独角兽书系

THE BOLEYN INHERI-TANCE

波琳家的遗产

[英] 菲利帕·格里高利 —— 著
潘佳雨 —— 译

PHILIPPA GREGORY

· 金雀花与都铎系列 ·

THE BOLEYN INHERITANCE
First published in Great Britain by HarperCollins Publishers Ltd. , 2006.
Copyright © Philippa Gregory Ltd. , 2006
Translation © CHONGQING PUBLISHING HOUSE CO, LTD. 2021, translated under licence from HarperCollins Publishers Ltd.

版贸核渝字（2017）第274号

图书在版编目（CIP）数据

波琳家的遗产 /（英）菲利帕·格里高利著；潘佳雨译 —重庆：重庆出版社, 2021.12
书名原文：Boleyn Inheritance
ISBN 978-7-229-15323-6

Ⅰ.①波… Ⅱ.①菲… ②潘… Ⅲ.①长篇小说—英国—现代 Ⅳ.I561.45

中国版本图书馆 CIP 数据核字（2020）第 193601 号

波琳家的遗产
BOLIN JIA DE YICHAN

[英]菲利帕·格里高利 著　潘佳雨 译
责任编辑：邹　禾　许　宁　方　媛
装帧设计：徐　图
责任校对：杨　婧

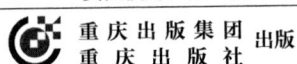

重庆出版集团 出版
重庆出版社

重庆市南岸区南滨路162号1幢　邮政编码：400061　http://www.cqph.com
重庆出版集团艺术设计有限公司 制版
重庆豪森印务有限公司 印刷
重庆出版集团图书发行有限责任公司 发行
E-mail:fxchu@cqph.com　邮购电话：023-61520646
全国新华书店经销

开本：890mm×1230mm　1/32　印张：16.125　字数：370千
2021年12月第1版第1次印刷　2021年12月第1版第1次印刷
ISBN：978-7-229-15323-6
定价：96.80元

如有印装问题，请向本集团图书发行有限公司调换：023-61520678

版权所有　侵权必究

菲利帕·格里高利
Philippa Gregory

英国畅销作家，资深记者，媒体制片人。1954年出生于肯尼亚，后随家人移居英格兰，在获得萨塞克斯大学历史学学士、爱丁堡大学18世纪文学博士学位后，她出版了第一部小说《威德克尔庄园》，此书的畅销令她成为一名全职作家。此后她笔耕不辍，以严肃的历史背景为依托，融入女性写作者特有的细腻情感，创作了多部系列小说，其中"金雀花与都铎"系列作为她的代表作被多次改编为影视作品，收获广泛关注，也为她带来"英国王室历史小说女王"的美誉。

"金雀花与都铎"围绕14~16世纪的英国宫廷女性写作。许多女性在历史上并未留下浓墨重彩的痕迹，菲利帕结合想象与考据，丰满了史书间女人们的名字。这是一个相当庞大的系列，且仍在持续更新中。

在小说之外，她还写过童书、短篇集，并与大卫·巴德文及麦克·琼斯合著非虚构类作品《玫瑰战争中的女性》。同时，她还是英国广播公司第四频道《英国问答》的常客，都铎王朝时代频道的专家。

目前她和家人一起住在英格兰北部。她喜爱骑马、散步、滑雪和园艺，另外在冈比亚建立了一所园艺学习慈善机构。

金雀花与都铎 系列

另一个波琳家的女孩

女王的弄臣

处女的情人

永恒的王妃

波琳家的遗产

另一个女王

白王后

红女王

河流之女

拥王者的女儿

白公主

国王的诅咒

驯后记

三姐妹三王后

最后的都铎

献给安东尼

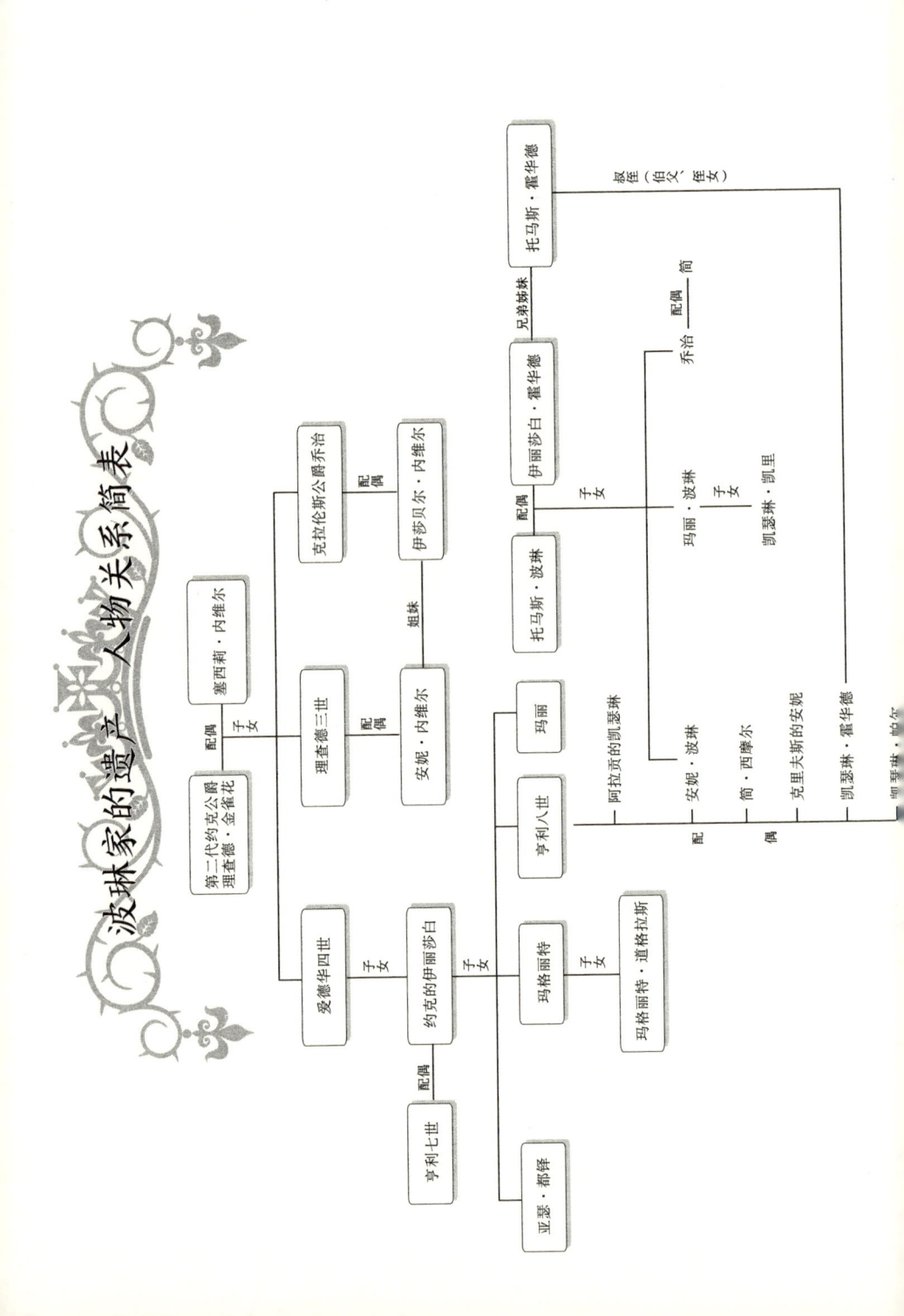

波琳家的遗产 人物关系简表

```
                                                            托马斯·霍华德
                                                                 │
                                                                 │ 叔侄（伯父、侄女）
                                                            兄弟姊妹
                                                                 │
                                                            伊丽莎白·霍华德 ──配偶── 乔治 ──配偶── 简
                                                                 │                  │
                                                              配偶│               子女│
                                                                 │         ┌───────┼───────┐
                                           克拉伦斯公爵乔治       │       玛丽·波琳        凯瑟琳·凯里
                                                  │              │
                                               配偶│         托马斯·波琳
                         塞西莉·内维尔          伊莎贝尔·内维尔      │
                              │                   │          姊妹│
                          配偶│              ┌────┴────┐          │
        第二代约克公爵    ──┼── 子女          │         │       ┌──┴──┐
        理查德·金雀花         │           理查德三世   安妮·内维尔  玛丽   亨利八世
                              │              配偶                   │       │
                         爱德华四世                               配偶│    子女│
                              │                                     │  ┌────┼────────┐
                         子女 │                              阿拉贡的凯瑟琳 │  │  │
                        约克的伊丽莎白                              安妮·波琳  │  │
                              │                                      简·西摩尔 │  │
                         子女 │                                      克里夫斯的安妮
                        玛格丽特                                     凯瑟琳·霍华德
                              │                                      凯瑟琳·帕尔
                         子女 │
                     玛格丽特·道格拉斯

        亨利七世 ──配偶── 约克的伊丽莎白
              │
              │
         亚瑟·都铎
```

1539年7月

简·波琳　于诺福克郡　布利克灵庄园

今天天气很热，风里夹杂着一阵瘟疫的恶臭，刮过平坦的牧场和沼泽。在这样的天气里，如果丈夫仍陪在我身边的话，我们就不会被迫困在一个地方，老盯着死气沉沉的黎明和暗红色的落日不放了。我们会同朝臣一道出游，走过汉普郡和萨赛克斯的旷野和丘陵地，饱览全英格兰最富饶和最美丽的乡村风光，我们会把马骑上高高的山路，从上俯瞰大海。每天早晨我们都会外出狩猎，中午就在大树的浓密荫蔽下吃饭，到了晚上，则在乡间别墅大厅摇曳的火光下翩翩起舞。我们曾与这片土地上最伟大的家族结谊，我们最得国王的宠信，我们是王后的后代，深受爱戴。我们就是波琳家族，宫廷中最得体和精明的家族。那时候想结识我丈夫乔治的人都要花点心思，而他姐姐安妮的要求更是无人能够抗拒。每个人都拿我当敲门砖，希望能引起波琳家人的注意。乔治非常迷人，黑头发、黑眼睛，又英俊，总是骑着最好的马匹，陪伴在王后左右。而安妮也处在她风华正茂的时期，她的智慧更是像黑蜂蜜一样诱人。

我不论到哪里都和他们姐弟俩在一起。

他们两个过去常常一起骑马，并驾齐驱，相互比试，就像一对爱侣，当他们从我身边飞驰而过的时候，即便有马蹄声的掩护，我也能听见他们的笑声。有时候，当我和他们在一起时，眼看着这两个如此富有、年轻、又美貌的人，我甚至说不出我究竟更爱他们中的哪一个。

波琳家的遗产

整个宫廷都醉心于他们，看看他们，那些波琳式的轻佻做派，那些奢华高调的生活——那真是为所欲为又热爱冒险的两个人。

他们俩热心于改革教会，并且都头脑灵活，涉猎广泛，思想开放。因此，上到国王下到烧饭的女佣，没人不被这两个人的魅力所折服。就算到了现在，三年过去了，我仍旧不敢相信我居然就这样和他们永别了。我总坚信，像他们这样如此光芒四射的一对年轻人，不该就这么简单地死了。在我脑海里，在我心中，他们仍然并肩骑着马，仍然那么年轻，那么美丽——而我充满希冀地渴望这一切都是真的。距离我最后一次见到他们已经过去三年了——确切地说，是三年零两个月零九天，我还记得最后一次和丈夫在一起时，他的手指粗心地擦到了我，然后他微笑着对我说："日安，夫人，我必须走了，今天我还有很多事要去做。"

那一天是五朔节，我们正为了庆典上的比赛做准备，我知道他和他姐姐都遇上了一些麻烦，但我并不知道它们有多严重。

开始新生活后的每一天，我都要走到村子的十字路口去，那儿有一块脏兮兮的面朝伦敦大道的里程碑。它被污泥和苔藓包裹，雕刻着"距离伦敦120英里"。120英里是如此漫长的一段路程，而我，离伦敦又是那么的遥远。每天我都弯下腰来摸一摸那块石碑，仿佛那是一道护身符，之后便转身返回父亲的房子。对于我这样一个曾经在国王最好的宫殿里住过的人来说，那房子现在也显得那样狭窄了。我依靠哥哥的接济生活，依靠他妻子对我的同情心——虽然她并不真的关心我。我还依赖一笔托马斯·克伦威尔的津贴，而他，这个自命不凡的暴发户，现在倒变成国王的新宠了。我呢，只能在过去本属于我们的大宅阴影旁做个穷苦度日的邻居。那过去是属于波琳家的产业，只是我们为数众多的房产中的一座而已。只有没住处也没男人要的寡妇才过这样死寂而廉价的生活，可我偏偏就是一个没有住处也没男人要的寡妇。我这样一个快三十岁的女人，脸上尽是苦难的印记，失去了自己的儿子，没有一丁点改嫁的希望，我是这个不幸家族唯一的幸存者，所继承下来的东西只有丑闻。

我做梦都希望能够改变这命运。想要遇见一个穿着霍华德制服的信使，骑马穿过这街道，给我带来一封诺福克公爵的信，将我重新召回宫廷，告诉我那儿又有工作给我做了，我又能侍奉王后，又能过上私传流言蜚语、筹谋划策的生活，并且像公爵那样做一个永远左右逢源的朝臣——他对此一直很在行，而我是他最好的一个学生。我梦想着这世界能再次改变，翻天覆地，波琳家再度站上制高点，这样我也能重拾昔日辉煌。我曾在最危急的时刻救过诺福克公爵一次，作为回报，他也挽救了我的性命。但最大的遗憾，还是在于我们不能拯救乔治和安妮，现在他们只能存在于我的梦中，在那儿骑马、欢笑和起舞了。我又摸了那块里程碑一次，想象着也许明天那个信使就会回到我这里，信封以锃亮的红火漆封起来，压印了一个深深的霍华德家徽图样。

信使会这样问："给简·波琳女士的信，请问您就是罗奇福德子爵夫人吗？"

他会看见我寒酸的裙子和礼服褶边上的尘土，而我的双手上还沾着那块里程碑上的脏污。

我会说："是的，是我。我已经等这封信太久了。"

然后我会将信攥进自己脏兮兮的双手。那也是我的遗产。

1539年7月

克里夫斯女公爵安妮　于克里夫斯　杜伦

我几乎不敢呼吸。我像砖块一般僵直，一个笑容黏在我的脸上，我尽量睁大眼睛大胆地盯着对面那个画家看，希望能在画像上体现出值得信赖的品质，希望这样坦率的凝视能显露我的诚实而不是让自己看上去不懂礼貌。我戴着母亲所能借来的最好的首饰，以向那些看低我们的人证明我们并不完全穷困潦倒——尽管我的哥哥确实拿不出嫁妆来为我寻一个夫婿。国王一定会看上我的，因为我不仅相貌出众，还能提供政治上的帮助。虽然我拿不出别的什么，但他一定会选择我的，我对这一点深信不疑。而摆脱这里的生活对我来说意味着一切。

我的画像在画家流畅的笔触下快速地形成着，在房间的另一头，小心地不去盯着这一切看的人是我的妹妹，她画像的顺序排在我之后。我恳请上帝宽恕我，因为我祈祷被国王选中的那个人不会是她。她同我一样迫切地渴望得到离开克里夫斯，然后荣登英格兰后位的机会。但她并不像我这般强烈的渴求这个转变，这个世界上没有哪个女孩像我一样渴求它。我不敢说一句反抗我弟弟的话，现在不，将来也不会。我永远也不会说任何反对他的话。他是母亲的乖儿子，是克里夫斯公爵爵位的优秀继承人。在临终前的最后几个月里，我那可怜的父亲已经彻底变成了一个愚蠢的疯子，那时是我的弟弟将他带进自己的房间，从外面锁上门，并且对外宣称父亲只是感染了风寒。母亲想要传唤内科医生甚至是牧师来为父亲驱散占据他头脑的恶魔,是我弟弟阻止了她。我的弟弟,他有一种公牛般的聪慧,审慎精明,他告诉我们,必须宣称父亲只是喝醉了,不得让精神失常的污点损害家族的名誉。他告诉我们,只要有任何人对我们的血统产生疑问,我们都不会好过;但如果我们选择将父亲说成一个酒鬼,拒绝施予他此刻最需要的帮助,那么我们还有可能往高处爬。只有这样我和妹妹才能有一段好的婚姻,只有这样我弟弟才能和一个好人家的女儿结婚以确保家族的未来——即便这样做会让我们的父亲孤立无援,只能独力和他头脑中的恶魔搏斗。

可如果听见父亲隔着房门对你呜咽着说自己已经回复正常了,那么我们应该放他出来吗?

我从弟弟那儿听到的答案是如此坚定,那就是他不允许父亲从房里出来。我有时疑惑我们这样做到底是不是错误的,是否弟弟已经变得像父亲一样疯狂,甚至就连母亲也发了疯,这家族里唯一正常的人是不是就只剩下了我,因为只有我会为我们所做的这些事感到无言的恐惧。但我同样也没有对任何一个人说过这个想法。

从少女时代起,我就生活在弟弟制定的戒律之中。他一直是这儿爵位的继承人,这块地方同时受到墨兹河与莱茵河的庇护,作为祖上传下的产业,它虽然小,地理位置却绝佳,欧洲的各大势力都想要和我们结盟:法国、西班牙的哈布斯堡王室、奥地利、神圣罗马帝国、罗马教皇,现在就连英格兰的亨利八世也盯上了这里。

克里夫斯地区是通往欧洲心脏的咽喉地带,克里夫斯公爵更是关键中的关键,所以也不怪我弟弟把自己看得那样重,他这样做是对的。但只有我偶尔会怀疑,他这样不起眼的地方领主,会不会事实上只是整个基督教国家明争暗斗中的一点调味剂而已。但这想法我也没和任何人说过,就连对妹妹艾米利亚也绝口不提。我并不轻信他人。

弟弟用地位赋予的权威来命令我们的母亲，并且让她扮演一个官务大臣的角色，她是他的管家，是他的专属教皇。在她的默许之下，弟弟同样控制了我和我妹妹，因为他才是这个家里的男丁，他是继承人，我们都是负累。他还年轻，前途一片光明，充满了权势和机会，而对我们这样的年轻姑娘而言，命运早已注定：嫁户人家相夫教子已经是最好的结局，如果运气不好，就得做一辈子的老姑娘。我的姐姐西比拉是已经解脱了，她一抓到机会就嫁离了家，现在终于摆脱弟弟管辖下的暴政了。我必须紧跟她的脚步。我一定要做下一个。我必须得到自由。

他们不能无端地就让艾米利亚来取代我的位置，这对我来说太过残忍了。她的时机迟早会来，我才是姐妹里排第二的，被选中的必须是我。他们把艾米利亚当作人选，无非是为了让我感到威胁以使尽浑身解数来讨好国王。如果是那样，这办法确实奏效了。我害怕会被更年轻的女孩子比下去，弟弟不是没做过这样的安排，事实上，他甚至不惜损害自己的利益也要来折磨我。我弟弟是个小家子气的公爵，在各种意义上都是如此。父亲临死前，都还在呻吟祈求有谁能为他把门打开，弟弟虽然继承了他的一切，却连他这最后的愿望也没有满足。相比之下，父亲的心胸要宽广得多，他出入法国和西班牙的宫廷，环游了欧洲大陆，而我弟弟仅仅只是待在家中，却好像所有这些他都已经经历过，这世界上再没有什么比他这个爵位更重要的了。在他的认知里，最伟大的书就是《圣经》，最好的教堂墙壁就应该是光的，最好的导师就是他自己的良心。就算只掌管着一个小小的家族，他也要严厉地对待那几个有限的仆人。就算只有一小份遗产，他仍然极力追求维持自身的高贵，而他所有的压力，都落到了像我这样本身就缺乏地位的人身上。

当他喝醉了或心情好的时候，他把我称作是他所有对象里最难征服的一个，并且用很重的力道抚摸我。而当他清醒或生气的时候，又说我是个没有自知之明的女孩,并且威胁要把我关在自己的房间里。这句威胁在今天的克里夫斯并不仅仅只是一句空话,那可是个将自己的亲生父亲也关在房里的男人,我觉得他完全做得出来。如果那时我也在门边哀号,会有人放我出来吗?

荷尔拜因大师①给了我一个简短的点头动作,示意我可以离开座位,让妹妹坐过来了。我不被允许去看我的画像。无论大师将给英格兰国王送去什么样的画像,我们谁都不能看。他来这儿并不是来取乐我们,也不是为了刻画我们的美貌。他到这儿来,只是为了能竭尽全力、尽可能精准地记录下我们的面貌仪态,以便英格兰国王能在我们中间挑选一个可能喜欢的,仿佛我们是被送到英格兰配种用的佛兰德斯种马一样。

荷尔拜因大师完全没有理会我妹妹的挤眉弄眼,他转过身去取了一卷新画布,检验了一下画笔的笔尖。他已经见过我们所有人了,所有目标直指英格兰王后的候选人,他已经画过米兰的克里斯蒂娜、吉斯的路易丝、旺多姆的玛丽和吉斯的安妮了,因此我并不是第一个让他眯着一只眼用胳膊里夹着的画笔测量过鼻子长度的年轻女士。就我所知道的人选里,还有一个女孩子排在我妹妹艾米利亚后面。大师在法国完成这部分任务后会启程返回英格兰,然后又会去紧紧盯住另一个傻笑着的女孩子,无论她的相貌还是失礼之处他都不会放过。在这个过程中,我的感受是无足轻重的,我只需要像一块棉麻布一样,展示自己的花纹就可以了。

"你是不喜欢被人画肖像吗,还是你觉得害羞?"

他曾这样粗鲁地问我。因为当他像屠夫看一块案板上的肉块一样看我的时候,我脸上的笑容消失了。

我没有告诉他自己的感受。向一个探子透露信息没有任何意义。

---

① 全名汉斯·荷尔拜因,文艺复兴时期德国著名画家。

我只说了一句话:"我要嫁给他。"而他扬起了一条眉毛。

"我只负责画画,"他说,"你最好把你的诉求留着对尼古拉斯·沃顿和理查德·比尔德大使说,跟我说这个没意义。"

我坐在临窗的位子上,因为身上的衣服而燥热不堪,那是我最好的一套衣服,被一个三角胸衣绑得紧紧的,甚至要两个女仆来帮忙才能扣上胸衣的扣子,当画像完成之后我又要付出同样的努力来把自己从这套枷锁里解放出来。我看到艾米利亚把她的头靠在一边,一边扬扬自得一边轻佻地对荷尔拜因大师露出微笑。愿上帝保佑大师不会喜欢她。愿上帝保佑他不会把她画得如她本人一般圆润,而且比我漂亮。对她来说,嫁不嫁去英格兰都无所谓,尽管这对她来说将是个多大的胜利啊!从一个贫穷公爵家的小女儿一跃成为英格兰王后,这将带领她和我们的家族,以及整个克里夫斯都走向繁荣。但她并不如我一样需要逃离家庭。这对她来说并不是个十万火急的问题,对我来说却是。我几乎都要用"不顾一切"来形容这情感了。

我已经答应过不看荷尔拜因大师的画像了,所以没设法去看。我的原则就是:如果对什么事情做出了承诺,就会履行诺言,尽管我只是个女孩子。因此,我看向了窗户外边,看向了城堡周围的庭院。打猎的号角在外边的森林里响了起来,一扇大栅栏门摇摇晃晃地打开了,打猎的人们回来了,我的弟弟在所有人的前头。他朝窗户瞥了一眼,并且在我躲开前就看到了我。我立刻就意识到自己惹他不快了。他会觉得我不应该站在窗边,让城堡下面的人都能看见。尽管我走开的速度很快,我还是确信他知道我正被绑带绑得紧紧的,也知道我外衣的方领是低胸设计,尽管我还特意拿一块棉布围巾包裹住了下巴。我因为他朝窗户这里投射过来的怒视而退缩了一下。现在他生我的气了,但他不会说出来的。他不会因为我的礼服而指责我,因为我能对自己的着装作出解释,他会抱怨其他地方,我根本不知道那将会是什么。我能确定的只有一件事,那就是今天或明天的什么时候,母亲会把我叫到她的房间,他要么站在她的椅子旁边,要么转身走开,又或者假装刚进门,装作这件事跟他一点关系都没有,他根本就不在乎。而我的母亲会以一种深深不以为然的腔调开口对我说:"安妮,我听说你最近……",她所指的一定会是好几天前已经发生过的事,就连我自己都记不清楚,但是那件事一定是弟弟知道,并且是他特意留在现在来给我算总账的,这样我就必须得遭受责备,甚至还可能要接受惩罚,但是自始至终他都不会提起我受到刁难的真正原因——那就是我被他看见打扮得漂漂亮亮的坐在窗边。而这对他来说才是真正的冒犯。

当我还是个小女孩的时候,我的父亲总叫我是他的"小猎鹰"①、他的白隼,是他在北方严寒的冰雪中的捕猎鸟。当他看见我在读书或者做针线活的时候,就会笑着说:"噢,我的小白隼,你被关闷了吗?过来让我放你出去跑跑!"那之后,就连母亲也不能阻止我从上课的地方朝他飞奔而去了。

我渴望着,我是如此地渴望,父亲能再像那样呼唤我一次。

我知道母亲觉得我是个蠢女孩,弟弟把我想得更加不堪,但如果变成英格兰国王的王后就能确保我的地位,我愿意从此放弃进入巴黎时尚圈和意大利舞会的机会,只为了让他们相信我,为了让国王相信我的忠诚。我知道一个男人的名誉对他们来说多么重要,而我除了做一个好女孩,做一个好王后以外别无所求。并且,我相信,无论英格兰国王是个多么严酷的人,起码我能够在自己的城堡中自由地靠窗坐着。无论其他人对他说什么,如果我的这一行为冒犯了他,我相信他都会坦白地告诉我,而不是操纵我的母亲来指责我什么的。

---

① 原文为德语:*falke*。

1539年7月

凯瑟琳　于兰贝斯　诺福克大宅

现在让我来看看手上都有什么。

我那个珍贵的珠宝盒子里景象有点儿凄凉，除了一条从我早逝的母亲那里继承的细金链子之外别无他物。但我确信还能找出其他的东西来装扮自己。我有三件礼服长裙，其中的一件还是崭新的；有一块父亲从加莱送来的法国蕾丝；有半打属于我自己的缎带，除此以外，我还拥有自己。是的，我还有自己，这就足够光彩夺目的了！我今天满十四岁，想想看，十四岁！只有十四岁，我多么年轻，且出身贵族，虽不幸的是我并不富有，然而我正沐浴在爱河里，如此美妙。我的祖母，公爵夫人，会给我一件生日礼物，我知道她会的。我最讨她喜欢，她也乐意看我穿得漂漂亮亮的。也许是一些用来做长袍的丝绸，或者一些买蕾丝用的钱。我那些坐在女仆休息室里的女伴会在熄灯时间之后给我办一场宴会，男士们会用敲门声传递暗号，而我们会快速打开房门让他们闪进来，我可能会冲他们大叫"噢，别！"装作只想要女孩们的陪伴，装作自己没有坠入爱河。我疯狂地爱上弗朗西斯·迪勒姆了。我花了一天的时间来期待夜晚，到了晚上我就能见到他了，只要再过五个小时我就能见到他了！不，我刚看过祖母那个珍贵的法兰西钟，只剩下四小时四十八分钟了。

四十七分钟。

四十六。

我居然如此地倾心于他,以至于在见到他之前我都要盯着那面钟忍耐着时间一分一秒地流逝。这一定是最热情澎湃、最奋不顾身的一种爱,而我这样的女孩子正因为这爱情而感到深深的、不同寻常的惆怅。

只剩下四小时又四十五分钟了。

但这实在是太枯燥无味了,现在我只能等待。我当然不会把这感觉告诉他。如果向他坦白这些心事,我一定会窘迫而死的。我想也许自己真的会为爱——为了我对他的爱情——而死也说不定。

这些事我只对最亲近的朋友艾格尼丝·莱斯特伍德提过,并且要她用生命发誓为我保守秘密,否则就会死于背叛。她也保证说如果她把我正爱着什么人的事说出去就会被吊死、被溺死、被分尸。她保证,如果自己背叛了我的信任,就会像我的表姐安妮王后一样上断头台;如果她说出去,就会在断头台上身首异处。

我对玛格丽特·莫顿也说过同样的话,她也告诉我,即便是死亡也不能让她开口,哪怕把她丢进熊堆或是绑上火刑柱也不会。

这是件好事,因为这意味着她们中的一个肯定会在弗朗西斯今夜到房间里来之前告诉他的。那样他就会知道我喜欢他的事了。

我认识他有几个月了,但感觉简直就像过了半辈子。刚开始我只能看着他,但现在他已经笑着和我打招呼了。他甚至还有一次叫出了我的名字。他和家族里的其他青年小伙一道到这个房间来拜访女孩子们,但他想追的女孩是琼·巴尔默。她的眼睛长得像只青蛙似的,如果她不是那么善于逢迎的话,根本没人会看她第二眼。但她实在太擅长于此,所以现在反倒是我不会被他多看一眼了。这不公平,太不公平了。她比我大十岁,而且结过婚,清楚怎样吸引一个男人,而我只会被男人当做一个小孩。我会证明给他们看我不是一个小孩子。我十四岁了,已经为恋爱做好了准备,我已经准备好等待我的爱人了,我是这么爱弗朗西斯,以至于如果不立刻见到他我都觉得要死掉了。

四小时四十分。

但是现在，从今天起事情就会完全不同，现在我有十四岁了，情况势必会改变的，必须如此，我能确定。我会戴上我的法式兜帽，我会告诉弗朗西斯说我已经十四岁了，而他将见到一个真正的我。我现在已经是一个女人了，并非一无所知，我已经长大了。这之后我倒要看看，一旦他可以穿过房间躺上我的床，他还会和那张老青蛙脸待在一起多久。

老实说弗朗西斯并非我的初恋，但当我第一次看到亨利·马诺克斯的时候，就未在他身上感受到任何类似现在这样的激情。如果他对别人说我有，那么一定是在撒谎。当我还只是个住在乡下的小姑娘时，亨利·马诺克斯对我来说还算不错。那时我真的是个孩子，纯洁的处女，对接吻和爱抚这类事一无所知，因此，当他第一次亲吻我的时候，我甚至都不觉得喜欢，我央求他停下来，当他将手放到我的裙子上时，我甚至被吓得高声尖叫和哭喊起来。我那时只有十一岁，根本预料不到作为一个女人的那种欢愉，但现在我已经完全了解了，这三年里，我已经在女仆的休息室里学到了我所需要的所有关于诱惑男人的技巧。我知道一个男人想要什么，我也知道如何与他们调情，并且知道什么时候该停。

我的名声就是我的嫁妆——祖母说我也没有其他可拿出手的了，那只阴阳怪气的老猫——没有人会说凯瑟琳·霍华德不懂如何把握自己和自己的家庭。

我现在是个女人了，再也不是个孩子。

当我还是个乡下小孩的时候，几乎不懂任何事，也没见过什么人，至少没见过什么大人物，而马诺克斯想当我的情人。我那时应该让他得手的，毕竟他已经软硬兼施地求了我好几个星期，想完完全全地得到我。但到了最后，是他自己因为害怕被人逮到而放弃了。因为那时他已经二十出头，而我只有十一岁，人们也许会觉得我们品行不良，我起码得有十三岁才行。但现在我住在兰贝斯的诺福克庄园里，不用再埋没在萨塞克斯这样的小地方了。就连国王本人都有可能骑着马经过这儿的大门，大主教则与我们为邻，我的伯父诺福克公爵，尽管身边总是围绕着一大群人，他还是一度记住了我的名字。我现在离亨利·马诺克斯很远了，已经不是一个他威胁几句就能从我这儿得到亲吻甚至更多的乡下姑娘了。我的身价已经远高于此。我知道房事是个什么样子，我是个霍华德家族的女孩，前景光明。现在对我来说只有一件非常棘手的事——原本一旦到了进宫的年纪，作为一个霍华德家的女孩，我应该会被送到王后的身边去做侍女，但问题是宫里就没有王后！这真是个灾难，根本就没有王后——简王后生产之后就死了，因此我根本就无事可做，也不可能有机会进宫去了。这对我来说真是太不幸了，我简直觉得没有女孩子会和我一样倒霉：在伦敦度过自己的十四岁生日，王后却已经逝世，整个宫廷都陷入了哀悼好几年。我有时甚至觉得整个世界都在故意与我作对，好像人们就想让我到死都还是个老处女似的。

如果根本不会有贵族见到我，我打扮得再漂亮又有什么意义？

如果没有人能看见我，又有谁会知道我多么迷人呢？

如果不是因为我心中的爱人，我甜美的、英俊的爱人弗朗西斯，弗朗西斯，弗朗西斯……我最终一定会感到绝望，在自己变成一个老女人之前就把自己投进泰晤士河底。

但是感谢上帝，至少还有弗朗西斯做我的希望，他已经成了我的整个世界！上帝啊，如果你真是全知全能的，你会为这个被你造得如此精美的人儿安排一个好将来吧？你一定另有安排的对吧？十四岁是个完美的时机，以上帝的智慧，他一定不会让我在兰贝斯荒废生命的，对吧？

1539年11月

简·波琳　于诺福克郡　布利克灵大宅

它终于来了。就在白日逐渐变短，我都做好了整个冬天都要在乡下提心吊胆过日子的准备时，我渴望的那封信终于来了。我感觉自己简直盼了它一辈子。我的人生又可以重来一次了，我又能回到烛火的光明和炭火盆的温暖中了，又能被朋友和对手包围，尽情享受音乐、美食和舞蹈了。我要被召进宫廷了，感谢上帝，我又被重新召回宫廷去侍奉新王后了。公爵大人，我的资助人，我的导师，给我在王后的身边重新找到了一个职位。我将要去侍奉英格兰的新王后——安妮王后了。这个名字在我的脑中敲响了一声警钟：安妮王后，又一个安妮王后。提议这段婚姻的官员在听见安妮王后这个名字的那一瞬间，难道就没有因为恐惧而颤抖吗？他们应该还记得那些发生在第一个安妮王后和我们身上的不幸吧。她让国王声名受损，毁掉了自己的家族，也给我带来了难以承受的灾祸。但是什么也没有发生，我看到的，是一个死去的王后被这个世界迅速地遗忘了。当这名新任的安妮王后到来时，原来的那个安妮将沦为一段回忆，仅仅存在于我的记忆当中。有时我都怀疑我是这个国家里唯一还记得她的人，怀疑我是世界上唯一一个还在守望和迷惘的人，一个被回忆所诅咒的人。

我还是经常梦见她，梦到她又恢复了青春，她在笑，除了自己的快乐对别的都不在乎，头戴的兜帽被拉到了脸颊后面，露出一头黑发，她穿着时髦的长袖衣服，永远带着一口夸张的法国口音，脖子上那B字形状的珍珠宣告着她属于波琳家的身份，就和我一样。我梦到我们在阳光普照的花园中，乔治很开心，我挽着他的手，而安妮正对着我们微笑着。我梦到我们比任何人所能想象的都要富有，坐拥庄园、城堡和土地。就因为我们修建房屋需要石头，教堂也要被拆掉，耶稣的雕像都被熔炼了给我们做成珠宝，我们从教堂的池塘里钓鱼，我们的猎狗在教堂的土地上四处奔跑，修道院长和修士们会向我们交出他们的房屋，圣坛上将供奉我们的像。整个国家都将会为我们的荣光、富有和快乐而存在。

每当梦到这里我就会醒来，躺在床上浑身发抖，这个梦是如此的荣耀，但我却因为恐惧而浑身冰凉地醒来。

我已经做够了梦了！这一次，我又将回归宫廷。我将再一次成为王后最亲近的朋友，她永远的陪伴。我将看到所有事，掌握所有的消息，我又将回到宫廷生活的中心，成为新安妮王后身边的侍女，尽我所能地，像侍奉亨利国王的其他三位王后一样忠诚地侍奉她。如果连国王都可以重新振作再娶新人，摆脱鬼魂的影子，那么我也可以。

我也将侍奉丈夫的亲属，我的舅舅，诺福克公爵托马斯·霍华德，除了国王以外全英格兰权力最大的人，一个军人，以他的急行军速度和残暴的突袭闻名，同时也是一个朝臣，不为任何势力所动摇，唯独对国王、自己的家族和自己的利益保持忠诚。

一个出身无比高贵的贵族，他甚至和任何一个都铎家的人一样有坐拥王座的资格。他是我的亲人、我的恩人和我的上帝。他已经从叛国罪的死刑中拯救了我一次，教给我该做些什么，怎么做，他在我因虚弱而脚步不稳的时候将我带出了塔楼的阴影，送到了安全的地方。从那一刻起，我就发誓要一生效忠于他。他也知道我的忠诚，于是这一次，他又有事需要我做了，而我将要偿还他的恩情。

1539年11月

安妮 于克里夫斯

我做到了！我成功了！我就要成为英格兰的王后了！我就像一只被解放的小鸟，已经松开了绑在脚上的绳带，就要展翅高飞了。艾米利亚用一块手帕捂住了她的眼睛，因为她发烧了，并且想要假装自己因为我即将离开的消息而伤心哭泣。她是个骗子。她才不会为我的离去感到悲伤呢。她现在是克里夫斯仅剩的女公爵了，生活会比我在的情况下，比只能做我妹妹时要好得多。而一旦我结婚——多伟大的一桩婚姻！——她能嫁得更好的机会也多了许多。母亲看上去也不大高兴，但是她的担忧却是实实在在的。她已经紧张兮兮了好几个月了。我希望自己能把这种表现当做是她舍不得我，但我知道事实并非如此。她只是在为我这次出行和结婚礼服所需要的花费动用了留给弟弟的储备金而担心得要命。她就是弟弟的老妈子和守财奴。虽然英国方面已经免去了我的嫁妆，但这次结婚所需要的花费还是超过了我母亲情愿支付的数目。

"就算有不收钱的小号手，我们还是得管他们吃饭。"她烦躁地说，好像这些小号手都是我出于虚荣心而坚持豢养的既奇怪又昂贵的宠物——尽管那实际上是在萨克森的姐姐西比拉借给我的。她还给我写信，坦言道，如果要出发去见整个欧洲最伟大的君主之一，却只乘坐一辆带着两个守卫的小货车，对她而言可不是什么好事。

我弟弟对此保持缄默。这件事对他而言是一次极大的胜利，意味着他的公国地位又得到了极大的提升。他和其他的新教徒王公们以及德国公爵是盟友，他们希望通过这桩婚姻来促使英国加入他们的阵营。这样一来，如果欧洲所有的新教势力都联合起来，他们就能攻打法国和哈布斯堡王朝的领土，从而推行想要的改革了。他们将有可能将势力范围一直延伸到罗马，有可能控制住教皇在自己国家的权力。只要我能成为一个好妻子，取悦那个从来就没有高兴过的丈夫，谁知道上帝的荣光将如何降临呢？

"在你侍奉丈夫时应该尽你对上帝应尽的义务。"我的弟弟傲慢地对我说。

我等着他进一步的指示。

"他从他的妻子们那里选择信仰，"他说，"当他和西班牙公主结婚时，他被教皇亲自封为卫护信仰者。而当他娶了安妮·波琳后，她就使他偏离迷信、趋向了改革的光明。和简王后在一起时，他又变回了天主教徒，如果不是她已经死去，他一定早就和教皇重修旧好了。现在，尽管他还不是教皇的朋友，他的国家信仰的也不是天主教，但他随时都有可能再改回去，如果你做你该做的，去引导他的话，他会变成一个新教徒的国王和首领，加入到我们当中。"

"我会尽我所能的。"我不确信地说，"但我只有二十四岁，他却是一个四十八岁的男人，从年轻时就已经是个国王了。他不见得会听我的。"

"我知道你会尽你的责任。"弟弟尝试让我安心。但当我离开的日子临近，他又变得越来越充满疑虑了。

"你不会是在为她的安危担心吧？"我曾听见母亲这样对他喃喃低语，那时是晚上，他刚喝完酒，正坐着盯着炉火，好像已经预见到了没有我的未来一样。

"如果她谨言慎行就会没事的。但上帝知道他是个国王，他可以在自己的国土上做任何想做的事。"

"你是说他对自己的妻子也同样可以为所欲为吗？"她小声地问。

我的弟弟不自在地耸了耸肩。

"她永远不会给他怀疑她的理由。"

"必须有人警告她，他的手中会掌握着她的生死。他可以对她做任何事，她最后会被他控制的。"

我藏在房间后部的阴影里，这段来自我弟弟的谈话揭示了真相，我笑了。

从这里面，我终于明白了这几个月来始终困扰着他的是什么了。他将会想念我，就像一个主人想念一条因为自己突发的怒火而被溺死的懒狗一样。他已经如此习惯于欺凌我和苛责我，并且在成打的琐事上找我的麻烦了，但是现在，当他意识到将由另一个男人来掌管我的控制权的时候，他感觉到痛苦了。如果他曾经爱过我的话，我也许会把这视作是嫉妒，并且很容易就能体谅这种感情，但他对我的感觉并不是爱。他只想除掉我，这种长久的怨愤已经变成了一种习惯，好像是他的一颗痛牙，让他永远也得不到休息。

"至少她在英国会对我们有用。"他刻薄地说，"她在这儿就什么用也没有。她必须促使他改革宗教，必须让他加入路德教会。只要她没把一切都搞砸的话。"

"怎么会办砸呢？"我的母亲回话说，"她只需要为他生个孩子就行了。这没什么难的。她身体健康，也很有教养，二十四岁的年纪很适合生子。"她思索了一会儿。"他会想要她的。"她肯定地说，"她模样俊俏，气质也不错，我已经看出来了。而他是一个习惯于受欲望驱使又容易一见钟情的男人。他一开始就会在她那儿取得肉体上的满足，因为她对他来说是新鲜的，而且是个处女。"

我的弟弟突然从椅子里站了起来。

"真羞耻！"他说，面颊比炉火还要烫。因为他提高了音量，所有人都不讲话了，之后他们就移开了视线，试着不去看他。我一言不发地从椅子上站起来，走到了房间的尾部。一旦他的脾气起来了，我还是溜走的好。

"亲爱的，我并没有不好的意思。"母亲说，赶快开始安抚起他来，"我只是说她会履行她的义务去取悦他的……"

"我不能忍受去想她会……"他停顿了一下，"我不能忍受！她不能勾引他！"他发出一阵嘶嘶声："你必须告诉她，不准有任何不端庄的言行。不能做任何淫荡的事，你必须警告她，在她作为一个妻子之前，她必须是我的姐姐，你的女儿。她要态度冷淡，要有尊严。她不是去给他做娼妓的，不能扮演一个不知廉耻的，贪婪的……"

"不，不。"我的母亲柔声说，"当然不。他不会喜欢那样的，威廉，我的阁下，我亲爱的儿子。你知道她是在最严格的环境下教养出来的，她知道要惧于上帝，保有自尊。"

"很好，那就再告诉她一遍！"他吼道。已经没有什么能平复他的情绪了，我最好还是离开。如果让他知道我看见他这个样子，他一定会发狂的。我把手背在身后，感觉到后墙上挂着的厚挂毯令人舒适的温度。我向前缓缓挪动步子，黑裙子在房间的阴影中几乎隐形。

"那个画家在这儿时我看见过她。"他粗声粗气地说，"忙着显摆她的虚荣心，让自己坐在显眼的地方，用带子……用带子……把自己束得紧紧的。她的胸脯……就展露在外面……想让自己吸引别人。她有能力犯下罪孽，妈妈，她想，她想……她的性情里天生就充满着……"他说不出口。

"不，不。"母亲轻轻地说，"她只是想取悦我们。"

"……淫欲。"

这个词还是从他的嘴里出来了，它掉落在屋子的寂静之中，好像是对所有人说的，好像这句话并不是在说我，而是在说他自己。

波琳家的遗产

我现在就在门口了,我轻轻抬起门闩,同时用手指掩去了开门的咔哒声。三个火炉边的侍女看似不经意地在我前面站了起来,掩饰我一再往后退的动静。用涂了油的铰链拴着的门摇晃着打开了,没有发出声音。门外吹进来的冷空气让火炉边的蜡烛明灭了一下,但是我的哥哥和母亲正面面相觑,还没有从刚刚那个词语的惊吓中回过神来,因此他们并没有转身。

"你确定?"我听见她问。

在他的回答传过来之前我关上了门,快速而安静地离开那里,回到了自己的房间,妹妹正和女仆们围坐在火炉边打牌。当我大力推开门跨步进屋时,她们慌慌张张地将所有的牌都藏到了桌子底下,可等到她们看清楚进屋来的是我的时候,就又松了一口气,庆幸自己没被人抓到在赌博,对于我弟弟来说,未婚女性是禁止参与这项娱乐的。

"我要睡觉了,我头疼,不想被打扰。"我对她们声明道。

艾米利亚点了点头,"去吧。"她狡黠地说,"你这回又犯什么事了?"

"什么也没干。"我说,"就和平常一样,我什么都没干。"

我快步穿过房间回到私人卧室,把外衣扔进床脚边的衣箱,穿着衬衫就跳上了床,拉上了床周围的布幔,盖上了被子。然后我整个人都陷入了亚麻布的冰凉当中,等着那个我明知会到来的传唤。

才不到几分钟,艾米利亚就打开了房门。

"你得去妈妈的房间。"她幸灾乐祸地说。

"告诉她我病了,你应该跟她说我已经睡了的。"

"我说过了。她说你必须起来,把外衣穿上然后去找她。你到底做什么了?"

我怒视着她喜滋滋的表情说:"没有。"然后不情愿地从床上爬了起来。"没有,和往常一样,我什么也没做。"我将礼服从门后的衣架上取了下来,系上了从下巴到膝盖的带子。

"你跟他顶嘴了吗？"艾米利亚愉快地问，"你为什么就总要和他争呢？"

我没有回答就出了门，穿过安静的屋子下楼，走进了同一座塔楼正下方我母亲的房间。

起先她看上去是一个人在房里，但紧接着我就看见了通往她私人卧房的那扇虚掩着的门，我已经不需要听见他或者见到他，就能知道他在那里看着这一切了。

她一开始背对着我，当她转过身来时，我看见她的手上攥着一根桦木条，神情严肃。

"我什么也没做。"我立即说道。

她不悦地叹了一口气，说："孩子，这是你走进一间屋子时该有的开场白吗？"

我低下了头。"尊贵的母亲。"我小声说道。

"我对你很不满。"她说。

我抬头去看她："我很抱歉，我哪儿冒犯您了吗？"

"你已经被赋予了一项神圣的职责，必须引导你的丈夫去改革宗教。"

我点了点头。

"你被赋予的使命是无上光荣和无上尊贵的，而你必须磨炼自己的言行来与之匹配。"

我无言地低下了头。

"你有一颗桀骜不驯的心。"她继续说。

她说对了。

"你缺少作为一个女性那些得体的特质：谦恭、顺从、愿意为爱尽义务。"

她又说对了。

"我甚至害怕你还有放荡的倾向。"她用非常低的声音说。

"母亲,我没有。"我的声音和她的一样小,"你错怪我了。"

"你的确没有。英格兰国王不会容忍一个浪荡的妻子。英格兰的王后必须是一个人格上没有污点的女性。她必须是完美的。"

"尊敬的母亲,我……"

"安妮,想想这件事!"她说,而这是唯一一次,我从她的声音中听出了真挚的成分。"想想这个!他以不忠为名处决了安妮·波琳,几乎把半个宫廷的人都卷了进去,就连她的亲弟弟都在她的情夫名单上。他把她变成王后,然后又草率地废黜了她,他一个人说了算。他指控她乱伦,指控她使用巫术,大多数的罪名都不成立。他是一个对自己的名誉看得相当重的人,趋于疯狂。英国的下一任王后必须是毫无瑕疵的。如果有任何一句诋毁你的话出现,我们都不能保证你的安全。"

"我尊敬的……"

"吻我手里的木条。"她说道,我连争辩的时间都没有。

我用嘴唇亲吻了一下那根她朝我举起的木条鞭。在她的身后,隔着卧室的房门,我听见了弟弟一声极轻的叹息。

"抓着座椅。"她命令道。

于是,我弯下腰抓住了椅子两边的扶手。

她拎起了我外衣的边缘,把它们撩到了我的臀部上方,动作优雅得好像一个贵族小姐弯腰捡起一块手帕。她又卷起了我的睡衣,我的屁股现在完全暴露出来了,如果我的弟弟选择从那扇半开的门里朝外看的话,他就能看见我的样子活像个妓院里的妓女。空气中响起一声鞭子挥动的清响,随之是一阵突然覆盖了大腿的疼痛。我喊了出来,又咬紧了嘴唇。我一边想着不知道自己还得再挨多少下,一边咬紧了牙关等待着下一鞭子。划过空气的响声之后是一阵尖利的疼痛,就像在一场不名誉的决斗里受到了剑伤。第二下。紧接着的那一声来得太快,我忍不住又叫了出来,滚烫的眼泪突然就和鲜血一样快速涌了出来。

"站起来，安妮。"她冷漠地说，然后放下了我的衬衣和裙子。眼泪从我的脸颊滚落下来，我能听见自己像个孩子一样在啜泣。

"回你的房间去读读《圣经》。"她说，"仔细想想你神圣的使命，你将成为凯撒的妻子，安妮，一个暴君的妻子。"

我向她行了屈膝礼。这个尴尬的动作导致了一阵新的疼痛，我呜咽得像个遭鞭打的小狗。我走向房门然后拉开了它，风从我的手边吹进屋子，在风中，母亲卧室的房门突然毫无预兆地打开了。

我的弟弟站在阴影中，他的神情不自然得如同刚刚挨鞭子的人是他一样，他嘴唇紧抿着，像是要防止自己叫出声来。在那个可怕的瞬间，我的眼神和他相撞了，他的脸上写满了疯狂的渴望。我闭上了眼睛，好像根本没有看见他一样转过身去，好像我根本看不见他。不管他想从我这里得到什么，我都知道自己不想听。我蹒跚着离开房间，沾血的衬衣黏在了大腿后侧。我渴望着能远离他们两个。

1539年11月

凯瑟琳　于兰贝斯　诺福克庄园

"我该叫你妻子。"

"我该叫你丈夫。"

这儿太黑了,以至于我不能看见他的微笑,但当他又开始吻我的时候我能感觉到他嘴唇的弧度。

"我应该给你买一枚戒指,这样你就可以用链子把它挂在脖子上藏起来了。"

"我应该给你一顶天鹅绒的帽子,在上面绣上珍珠。"

他轻轻笑了。

"看在上帝的分上小点声,我们还得睡觉呢!"房间的另一个角落有什么人恼火地说。有可能是琼·巴尔默。她一定想念这些熟悉的亲吻了,而它们现在落在了我的嘴唇、眼睑、耳朵、脖子和胸脯上,落在了我身体的每一处。她一定想念这个一度还属于她的爱人,但是现在他也归我所有了。

"我应该过去给她个晚安吻吗?"他悄声说道。

"嘘……"我轻叱了他一下,然后用自己的唇堵住了他的回话。

我们还处在欢爱过后疲惫的余波当中,床单在我们身边纠缠着,衣物和亚麻布都缠到了一起,他头发的气味,他身体的气味,还有他的汗味都环绕着我。誓言成真,弗朗西斯·迪勒姆现在是我的了。

"你知道,如果我们在上帝面前宣誓结婚,我再给你一枚戒指,这就同在教堂里正式举行婚礼没什么区别了。"他诚挚地说。

我昏昏欲睡,他的手抚摸着我的腹部,我感觉一阵迷乱,然后叹了一口气张开双腿再次迎接他温暖的触碰。

"对,就是这样。"我说,不过指的是他抚摸我的动作。他误解了我的意思,他总是把事情看得这么严肃。"那我们就这么做?秘密结婚然后永远在一起?等我继承了财产,再昭告大家,之后就能像夫妻一样一起生活?"

"好,好。"我开始因为快感而轻轻呻吟起来,脑子一片空白,里边只有他灵巧的手指,"啊,太棒了。"

到了早上,他又不得不飞速穿上衣服逃走,不然我祖母的女仆就要吵吵嚷嚷地来开卧房的门了。他才刚冲出去没多久,我们就听见了女仆踩在台阶上粗重的脚步声。但是爱德华·沃德格雷夫走得太慢了,只能滚进玛丽的床下,希望那条曳地床单能藏得住他。

"你们今早很快活啊。"弗兰克斯太太狐疑地说,而我们只能闷笑,"俗话说,七点前笑,十一点就哭了。"

"这是异教迷信。"玛丽·拉赛尔斯说,她一直是个虔诚的教徒,"如果这些姑娘多问问自己的良心,她们就没什么好笑的了。"

我们尽量装得严肃,然后跟着她下楼到小教堂去做弥撒。

弗朗西斯也在教堂里,他正跪在那里,英俊得像个天使,他穿过人群朝我看过来,我的心悸动了一下。

他和我相爱真是太美妙了。

仪式结束后,所有人都赶着去吃早餐,我留在长椅上调整鞋带,看见他也一直跪着不起来,像是还沉浸在祷告当中。牧师慢吞吞吹灭了蜡烛,收拾了他的东西,沿着通道颤颤巍巍地走了,于是现在只剩下我们了。

弗朗西斯朝我走过来,伸出了他的手,这真是个最庄严美妙的时刻,就和一出戏剧一样美好。我真希望能站在别处亲眼见证这一切,尤其是我们脸上肃穆的神情。"凯瑟琳,你愿意嫁给我吗?"他说。我感觉到自己一瞬间变成了大人,居然是我自己正在做这件事,掌握着自己的命运。祖母没有为我安排婚姻,父亲也没有,以往没人管过我,他们都把我忽略了,只把我关在这栋宅子里。但我已经选好了自己的丈夫,我要时来运转了。我就要像表姐玛丽·波琳那样,秘密嫁给一个独一无二的男人,之后得到整个波琳家族的遗产。"是的。"我说,"我愿意。"我也要像表姐安妮·波琳一样,在无人能想到之前,就把目标定在这片国土最高贵的婚姻上。

"是的,我愿意。"我说。

我不知道他所说的"结为夫妻"具体是什么意思,我想他的意思是我将得到一枚戒指来串在链子上,这样我就可以把它展示给其他的女孩子看了,这样我们就算互相承诺过了。但出乎我意料的是,他把我领上过道走向了圣坛。有那么一瞬间,我犹豫了,我不知道他想做什么,并且我对祈祷也没什么热情,如果不赶快的话就要错过早餐了,而我喜欢面包刚出炉还温热时候的味道。但是紧接着我发现我们还在进行婚礼仪式,我真希望今早穿上的是自己最好的衣服,可现在后悔已经晚了。

"我,弗朗西斯·迪勒姆,将娶凯瑟琳·霍华德为我合法的妻子。"他庄严地说。

我朝他微笑着,如果能戴上最好的兜帽的话,我一定会更开心的。

"现在该你说了。"他演示了一遍给我听,"我,凯瑟琳·霍华德,将认弗朗西斯·迪勒姆为我合法的丈夫。"

我顺从地照做了一遍。

他弯下身子吻了我。我能感觉到膝盖在他的触碰下失去了力量,我只想让这个吻永远继续下去,甚至开始怀疑我们是不是就要跌入我祖母那高墙包裹起来的教堂包厢里面去了。我们本来还能拥吻更长时间的,但他停了下来。"你明白现在我们已经结婚了吧?"他向我确认道。

"这就是我们的婚礼?"

"是的。"

我咯咯笑了:"可我才十四岁啊。"

"那无所谓,你已经在上帝面前许下过承诺了。"他非常庄重地从他的上衣口袋里掏出一个钱袋。"这里面有一百英镑。"他郑重地说,"我将交由你保管,过了新年我就回爱尔兰去继承财产,这样我就能回家正式迎娶你做我的新娘了。"

那个钱包很重,他为我存了这一笔财产,这太打动人了。"由我来保管吗?"

"是的,因为你是我的好妻子。"

这太让人高兴了,以至于我轻轻晃了一下那个钱袋去听那些硬币发出的响声。

我可以把它放进我的空珠宝盒。"我一定会成为你的好妻子的,你会感到惊喜的。"

"是的,就像我告诉你的,这是一场在上帝面前举行的正式婚礼,我们现在是夫妻了。"

"嗯,是的,一旦你继承了财产,我们就能真的结婚了,对吧?穿一套新的礼服,什么东西都是新的?"

弗朗西斯皱了一会儿眉。"你真的弄懂了吗?"他说,"我知道你很年轻,凯瑟琳,但你必须明白,我们已经结婚了,这是合法而有约束力的,我们不能再结一次,这次就是婚礼了,我们刚刚已经做过了,两个人在上帝面前的婚礼,就和签在文书上的婚约一样具有约束力,你现在是我的妻子了。我们是在上帝的见证和这个国家的法度下结婚的。如果任何人问起你,你是我的妻子,我合法的妻子,懂了吗?"

"当然,我懂。"我急忙说,不想看上去像个傻瓜,"我当然懂,我的意思只是说,在告诉所有人的时候,我希望能穿一件新礼服。"

他笑了,好像我说了什么滑稽的话,然后再次拥抱我,吻了我的脖子根部,用他的脸蹭了蹭我的脖子。"我会给你买一件蓝色真丝的礼服,迪勒姆夫人。"他向我承诺道。

我在喜悦中闭上了眼睛,"要绿色的。"我说,"要都铎王朝的绿色,国王最爱的绿色。"

1539年12月

简·波琳　于格林尼治宫

感谢上帝,我到了格林尼治宫,国王所有王宫中最漂亮的一座,我又回到了曾经待过的王后寝宫。我上一次到这儿来的时候还是作为简·西摩尔的护士来的,王后那时正在发烧,呼唤着亨利国王的名字,他却从来没有来过。但是现在这个房间又被重新粉刷过了,我将被重新任用,而她将被人遗忘。只有我一个幸存了下来。从凯瑟琳王后的废黜到安妮王后的丑闻,再到简王后的过世,我都挨过来了。这对我来说简直是个奇迹,因为我不仅幸存下来了,我还站在这儿,回到了宫廷,这概率真是微乎其微,太罕见了。我将侍奉这位新王后,就像我侍奉她的前任时一样充满热爱和忠诚,当然这中间也有我自己的目的。我将再一次如同进出自己的家一般出入这国家最好宫殿、最好的房间,我又回到了我天生的归所。

有时我甚至忘记了已经发生过的一切。

有时,我会忘记我是个三十岁的寡妇,唯一的儿子也遥不可及,我会以为自己还是个年轻女子,有一个恩爱的丈夫,还有可以期盼的事情。回到了世界的中心,我几乎可以这样说:我得到了重生。

国王计划要办一场圣诞婚礼,而王后的侍女们要为这个节日集结起来。感谢我的公爵大人,我也在这之列,又回到了从儿时开始就熟悉的朋友和对手身边。对于我的归来,有些人露出了嘲讽的微笑却又回过头来祝贺我,有些人则不以为然,他们并没有那么爱戴安妮——并没有——但是仍因为她的跌落感到害怕，而我是唯——个幸免于难的，我逃出来简直像个奇迹。这也使得那些人一面祈祷一面暗传关于我的那些旧时流言。贝茜·布朗特，这个国王的旧情妇，现在已经嫁给了地位远高于她的克林顿大人，她热情十足地欢迎了我，自从她的儿子亨利·菲茨罗伊死后我就没见过她了。国王授予了他一个爵位，里士满公爵，但那也仅仅是因为他是个王室私生子。当我客套地表示我有多为她痛失爱子而感到遗憾时，她却突然抓住了我的手看着我，神色苍白而隐忍，好像是一句无言的问话，在问我是否知道她的儿子是怎么死的。

我该告诉她吗？

我冷淡地笑笑，然后将她的手从我的手腕上拿开，我不能告诉她，因为我真的不知道，而就算我知道了，我也不会告诉她的。

"我很遗憾您失去了儿子。"我又说了一遍。

她也许永远也不会知道他为什么会死，又是怎么死的。

但是也还有数以千计的和她一样的母亲。她们眼见自己的儿子结成行伍，为的是要保护神殿和圣地，保护道旁的圣像、修道院和教堂。但这数以千计的儿子再也没有归家。国王会决定什么是信仰什么是异端，这不是由人民所决定的。在这个危险的新世界里，就算教廷也没有置喙的资格。国王会决定谁生谁死，他现在拥有上帝的权力了。如果贝茜真的想知道谁杀了她的儿子，最好去问国王，问孩子的父亲，但她不会去的，因为她太了解亨利了。

看见贝茜欢迎我，其他的侍女们也跟着来了，西摩尔家的、珀西家的、卡尔派博家和内维尔家的。这个国家所有的大家族都争先恐后地把自己的女儿送入王后房间这样一块狭窄的地盘。他们中的一些人并不喜欢我，有一些甚至把我想得很坏，但不管怎么说我和她们中的大多数都有关系，并且和所有人都是竞争对手。如果有任何人想找我的麻烦，她们最好记得我是受公爵大人庇护的。只有托马斯·克伦威尔比我们更有权力。

我真正害怕、真正不想碰见的人是凯瑟琳·凯里。

她是我丈夫刻薄的姐姐玛丽·波琳的女儿。凯瑟琳是一个孩子，一个十五岁的女孩，我本不应该怕她的，但是——说句实话——她的母亲是个令人畏惧的女人，而且从来都不喜欢我。公爵大人给小凯瑟琳在宫中谋了一个位子，并且命令她的母亲把她送来这处权力和财富之源，玛丽尽管勉强，还是顺从了他。我能想象，她有多么不愿意为自己的孩子购置衣服、打理头发，又教导她礼仪和舞蹈。玛丽眼看着她的家族是如何因为她弟弟妹妹的美貌和聪慧而爬上巅峰的，但接着又眼见着他们身首异处地躺在棺材里。安妮被斩首，她的身体被装在箱子里，头被放在一个篮子里，而乔治，我的乔治……我都不忍心去想。

玛丽对我的责怪已经够多了，她把她的悲痛和亲人的离去都怪罪在我的头上，一味责怪我让她失去了弟弟和妹妹，却从不想一想她自己给我带来的悲剧。她指责我没有挽救他们，好像我本可以改变这一切，却没有尽全力到最后一刻似的，可实际上，最后那一天，在断头台上那最后一刻，已经没有人能做任何事了。

她错怪了我。玛丽·诺里斯也因为同样的原因在那一天失去了她的父亲亨利，但她用尊重和微笑欢迎了我，没有怨愤，也许她已经被自己的母亲教导过了，明白国王不悦的怒火会殃及任何一个人，责备一个及时逃离的幸存者并没有意义。

凯瑟琳·凯里是一个十五岁的侍女，她会和其他年轻的女孩子住在一起，包括我和她的亲戚，凯瑟琳·霍华德、安妮·巴西特、玛丽·诺里斯，还有其他一些野心勃勃的侍女。她们什么也不懂，对所有事都充满希望，我将会以侍奉过几代王后的女人的身份去教导她们。而凯瑟琳·凯里不能对她现在的朋友们私下谈起和她的安妮阿姨一起在塔楼里度过的时光，还有那最后一刻的宣判、通往断头台的预兆和那些曾被承诺过却不曾兑现的赦免,她都不能说。她不能告诉别人我们都有份将安妮送上断头台——就连她高贵的母亲也和其他所有人一样负有责任。凯瑟琳被当做一个凯里家的人养大,但她是一个波琳家的后裔,是国王的私生女,也是一个完完全全的霍华德后代①。她应该懂得要闭上嘴巴。

在新的王后到来之前,我们不得不去习惯没有王后的房间。我们必须等待,天气不利于上路,她还在缓慢地从克里夫斯往加莱行进。人们现在都觉得她赶不上圣诞婚礼了。如果我能给她提供建议的话,我会告诉她要去面对旅途的危险,无论有多不安全也要坐船过来。我知道这中间有很长的一段距离,而且冬季的英国海域是一块危险的地方,但是一个新娘不该错过她的婚礼,这个国王也不喜欢等候任何事情,他是一个你无权违抗的人。

事实上,他已经不是过去做王子时的样子了。当我最初在宫廷中的时候,他还是个年轻的丈夫,拥有美丽的妻子,曾是个成功快乐的国王。人们把他称作是基督教世界里最英俊的王子,这甚至并不算过分恭维。玛丽·波琳曾经爱上过他,安妮爱上过他,我也爱上过他。在宫中没有一个女孩,甚至这个国家也没有一个女孩能够拒绝他。但那之后,他与自己的发妻反目了——凯瑟琳王后,那是个好女人。接着安妮又教会了他何为残忍。她的党羽,她聪明、年轻;又残酷无情的党羽们将原先的王后逼进难以耐受的痛苦中,并且将国王引入了异教的步调。我们诱使他相信王后背叛了自己,之后我们又欺骗他,使他认为沃尔西也背叛了自己。但那之后他充满猜忌的思想脱离了我们的控制,开始像用鼻子在泥土里翻找寻觅的猪一样偏执,他也同样开始怀疑我们了。克伦威尔鼓吹说安妮背叛了他,西摩尔极力鼓动他相信我们全是一伙的,到了最后,国王失去的东西已远

---

① 凯瑟琳·凯里的外祖母伊丽莎白旧姓霍华德。

比一个甚至两个妻子更多了，他失去的是他对人的信任。我们教会了他如何去怀疑，使得那些快乐的男孩般的闪光在这个男人的身上黯淡下去，现在，他被惧怕他的人们所包围，变成了一个暴君。他变得危险，就像一头沉浸在不友好的恶意中的熊。他对女儿玛丽公主说如果她反抗就会被处死。之后又宣称她是个私生女，剥夺了她公主的头衔。而伊丽莎白公主呢，我们波琳家的公主，我的外甥女，也被说成是私生女，她的家庭女教师说这个孩子甚至都得不到合适的衣服。

最后，亨利·菲兹罗伊这个国王的亲生儿子也难逃一劫，为什么他头一天还被认定是国王合法的继承人，被宣告为威尔士王子，隔天就死于神秘的疾病，而我的大人还被任命在午夜埋葬他？为什么他的画像被销毁，并且所有人都被禁止提起他？到底是一个什么样的男人才能眼看着自己的儿子死去又被埋葬却对此不置一词？什么样的父亲才会告诉两个小女儿说她们不是自己的孩子？什么样的男人才会将自己的朋友和妻子都送上绞刑架，并且在听闻他们的死讯时还能跳起舞来？这到底是一个什么样的男人，被我们赋予了绝对的权力来掌控我们的生命和灵魂？比这一切都还要糟糕的是：称职的神父吊死在自己教堂的横梁上，虔诚的人们死于火刑，他们的眼睛闭上了，他们的思想上了天堂。北部和东部都发生了暴动，国王对叛乱者信誓旦旦宣称可以相信他，他会听取众人的呼声，但随之而来的却是一场可怕的镇压，他将这个国家成千上万轻信的傻瓜们都送上了断头台，也使我的诺福克公爵大人成了屠杀同胞的刽子手。这个国王已残杀千万，却还将让更多的人民流血。英国以外的国家都在传言说他已经疯了，并且都在等待我们起义，但我们就像壕沟中受了惊吓的狗一样，除了看着国王狂吠以外什么也不敢做。

但不管怎么说，尽管这个新王后没能及时赶来，他现在是心情愉悦的。我仍然需要去见他，不过他们告诉我说他会友善地欢迎我和其他的侍女的。

当他在吃晚餐的时候，我偷偷溜进了他的房间，去看他保存在会客厅里的那幅新王后肖像。

房间是空的，那幅肖像画放在一个画架上，被几支又粗又方的蜡烛照着。不得不这么说，她看上去是个甜美的尤物，有一张诚实的脸，一对可爱的透着坦率的眼睛。我立刻就明白过来他到底是喜欢她的哪一点了——她不具有魅惑感，脸上找不到淫荡的神色，看上去既不轻浮，也不危险，更不引人犯罪。她没有精明的算计和复杂的心思，看上去比她实际二十四岁的年纪要年轻，如果按照我的眼光，甚至可以说她看上去都有点幼稚。她不会成为一个像安妮那样的王后，这一点是肯定的。这不是一个会想要翻转宫廷颠倒国家来适应一种新步调的女人。这不是一个会让男人为她疯狂，并且还要求他们将对她的爱都写进诗篇里的女人。是的，这正是他现在想要的——他再也不要爱上一个安妮那样的女人。

安妮已经对他造成了不好的影响，这个影响有可能会是永久性的。她在他的统治中点了一把火，到了最后，所有的一切都付之一炬。他就像一个眉毛被烤焦了的男人，我则是那个家园化为灰烬的女人。他再也不想娶一个欲望如此强烈的女人，我也不想再看到任何的硝烟了。他想要的只是一个站在他身侧，老实得像一头耕牛一样的妻子，这样他就可以在别处寻找挑逗、刺激和诱惑了。

"一幅漂亮的画。"一个男人在我身后说，我转过身子，看见了他的黑发和一张又长又毫无生气的脸，它属于我丈夫的舅舅①，托马斯·霍华德，诺福克公爵，全英国除了国王以外权力最大的那个人。

我对他深深行了一个礼。"确实如此，大人。"我说。

他点了点头，黑色的眼睛眼神坚定。"你认为她实际上也是这样一副好相貌吗？"

---

①伊丽莎白·霍华德的兄弟。

"我们马上就能知道了，大人。"

"你该感激我为你在她的身边谋到一个位子。"他轻描淡写地说，"这是我的安排，出于某种私人目的。"

"我的确对您感激不尽。就连我这条性命也得益于您的恩惠。您知道的，任何时候我都会为您效命。"

他又点了点头。他从未对我显示过友好，除了那一次。他帮了我一个大忙，将我从那场焚烧了整个宫廷的大火中救了出来。他是个沉默寡言的冷硬男人。传言说他唯一真正爱过的女人就是阿拉贡的凯瑟琳，但却为了要让自己的外甥女取代她的位置而眼看着她被推入贫困、遭受冷落，最后死去。可见，他的喜爱实际上也值不了几个钱。

"你要向我汇报她房中的情况。"他说，一边朝着雕像颔首，"就像你过去一直做的那样。"

他朝我伸出臂膀，要给我共进晚餐的荣誉。我又行了一次礼——他喜欢这种恭顺的表现——然后将手轻轻搁到了他的臂弯里。"我要知道她是否能取悦国王，要知道她什么时候怀孕，见过哪些人，她的行为又是怎样的，还要知道她是否引进路德宗的牧师。这一类的事情，你明白的。"

是的，我明白。我们一同走向门口。

"我想她会尝试将他领进宗教问题。"他说道，"我们不能让那发生。不能让他再继续推行改革了，这个国家已经承受不起了。你必须查看她的书本，看看她有没有在读任何被禁的内容。还要看好她身边的人，搞清楚她们到底有没有暗中探查我们，是不是会回馈信息给克里夫斯那边。如果她们中有任何一个人传播了什么异端邪说，我要在第一时间知道。你知道你该做些什么。"

是的，我知道。没有任何一个牵涉甚重的家庭成员会不知道他们自己的使命。我们的目的都是要维护霍华德家族的权力和财富，我们站在同一阵线上。

从我们所处的这个大厅里，能听见盛宴上的朝臣们欢呼的声音，而我们正朝那儿走去。宴会供应着装在大壶中的酒和装在大浅盘里的肉，它们排列成排，供给那几百个每天都陪着国王用餐的人。而在上方的走廊里则站着前来观看的人们，他们是来看内院这个由最高贵的人物组成的大怪兽的，那是一头长了一百张嘴的野兽，肚里装着一百万个阴谋，而那两百只眼睛则紧着国王，好像他是一切财富、权力的源泉。

"你会发现他变了。"公爵小声地对我耳语说，"我们都发现他变得很难取悦了。"

我想到了那个被宠坏的小男孩，仅仅一个玩笑、一场打赌或者一次挑衅就会立刻让他闹脾气。"他过去一向都挺暴躁。"

"他现在变本加厉了。"公爵大人说，"他的脾气会没有预兆地变坏，他变得暴虐了，会和克伦威尔展开对抗，会当面给他重重一击，他翻脸如翻书，火气上来就会变成一个嗜血的人。如果有什么事情早上取悦了他，说不定到了晚上就会激怒他。你应该小心。"

我点了点头。"他们现在都跪着侍奉他了。"我注意到了这个新潮流。

他短促地笑了笑。"他们还叫他'至高无上的陛下'。"他说。

"尊敬的陛下"也许对金雀花王朝来说足够了，但是对他来说还不够。他必须是"至高无上"的，就像个上帝。

"人们这样做了？"我好奇地问，"把如此高的盛赞赋予他？"

"你自己也会这么做的。"他对我说，"只要亨利想，他就如同上帝，没人敢拒绝他。"

"那些贵族呢？"我问道，想着那些骄傲的大人，他们皆是这个王国的重臣，即便是面对亨利的父亲，也能像寻常一样挥手致意，而正是这些人们的忠诚将他送上了现在的王座。

"你会看到的。"公爵大人严肃地说,"他们已经修改了叛国罪的相关法律,现在即便只是想想都会被视为叛国。没人有胆量与他争论,否则,就会有人在半夜敲开你的家门,把你带去审讯的高塔,你的妻子也会因此变成一个寡妇,连场庭审都不需要。"

我看向国王就坐的贵宾席,他的王座上还带着巨大的向两边展开的羽翼设计。我们看着他时,他用食物把自己的嘴塞得满满的,两只手都举到了脸颊边上。他比我这辈子见过的任何一个男人都要胖,肩膀长得滚圆,脖子就像公牛,五官也胖得模糊不清,像是水桶里的月亮,而他的手指看上去就像膨胀的布丁。

"我的上帝,他膨胀得像个怪物。"我惊呼了一声,"到底发生了什么?他病了吗?我都认不出他来了,看在上帝的分上,他根本不是过去的那个王子了。"

"他很危险,"公爵大人说,声音好像呼吸般微不可闻,"不管是他对自己的放纵,还是对旁人的暴怒。你要警惕。"

当走向为王后的女官们准备的桌子时,我抖得比看上去还要厉害。她们为我让出来一个位子,并且叫着我的名字和我打招呼,许多人都把我称作姐姐。我感觉到国王的小眼睛投来的视线,我朝他行了一个深深的礼后,才坐了下来。没有其他人多留意王子已经变成了怪物这样一件事,就像是在童话故事里,我们都中了咒语被蒙蔽了视线,因此看不到国王已堕落为了一个猪一样的男人。我静下心来吃晚餐,从公共的大盘里拿取食物,最好的酒被倒入我的杯中。我环视四周。这是我的家。到目前为止,我已经熟识了这儿的大多数人,并且由于公爵大人的照顾,将霍华德家所有小孩都许配给了自己的亲信,我和大部分的人都具有了亲戚关系。我也像他们中的绝大部分那样,侍奉过一个又一个的王后。和他们一样,就连兜帽的潮流我们都要效仿自己的女主人:三角兜帽、法式兜帽、英式兜帽。祈祷的方式也是一样，天主教式、改良式、英国天主教式。我能说结巴的西班牙语和流利的法语，我也能安静地坐着为穷人缝补衣物。关于英国王后的事情，就没有什么是我不知道或者没有看见过的。而且再过不久，我就会见到下一任王后，并且了解她的一切了：她的秘密，她的希望和她的过错。我要看着她，并且向公爵大人汇报情况。那么或许，即便身处这样一个因为国王膨胀的暴政而日益人心惶惶的宫廷，即便我的丈夫和安妮都不在我的身边了，我也能重新学着快乐起来。

1539年12月

凯瑟琳　于兰贝斯　诺福克庄园

我应该为圣诞节添置些什么吗？我知道我的朋友艾格尼丝·莱斯特伍德会送我一个绣花的钱包，玛丽·拉赛尔斯会送我一篇手抄的《圣经》（对此我还"真"相当兴奋，以至于都不能呼吸了），而祖母会送我两块手帕。就这些了，真是无聊透顶。但是我最最亲爱的弗朗西斯将会送我最好的刺绣亚麻布，我也为他做了针线活，是我自己一针一线缝制出来的，花了好几天的时间，那是一个臂章，是我最喜欢的颜色。他一定会很爱我的，这真让我高兴，而且，当然了，我也爱他，但他却没有如他承诺过的那样给我一枚戒指，并且坚持下个月就要离开到，爱尔兰去继承他的家产，到了那时我就是孤身一人了，那样又有什么意思？

整个宫廷都在格林尼治宫过圣诞，要是他们在白厅宫过就好了，这样我也许还能过去看一眼国王用晚餐的情形。我的伯父、公爵大人就在那儿，但他并没有召集我们前去，并且就算祖母去那儿用膳，她也没有带着我一起过。有时我会想，什么都不会轮到我的。

什么也不会有我的份，而我就得一直这么侍奉祖母，到死都是个老姑娘。到明年我就十五岁了，但我清楚地知道没人关心过我的未来。谁在乎过我？我的母亲死了，父亲只能记起我的名字，这真让人伤心。玛丽·鲁姆里明年都要结婚了，她已经签订了婚约，一切准备得差不多了，在我面前就像个女王一样。尽管我关心她，甚至关心她那个一脸疙瘩的未婚夫，却不想被迫面对这样一场竞赛，尤其是在附加了财产这个问题的情况下。因此我对她表明了态度：我们吵了一架。于是那条她原本准备当做圣诞礼物送给我的蕾丝领子就要送给别人了，但我对这也同样不在乎了。

原本王后现在应该已经抵达伦敦，但她真是愚蠢，居然动作这么慢，没能及时赶上圣诞，以至于我原本期待的盛大欢迎仪式和壮观婚礼也被搁置了，简直就好像是命运故意和我作对要让我不开心似的，真扫兴极了。我所想要的不过只是跳几场舞而已！总要让一个快十五岁的女孩——反正明年就会满十五岁了——在她死之前去跳一场舞吧！

当然了，我们会在这儿跳舞度过圣诞节，但那完全不是我想要的。在一群一年到头都会见到的人面前跳舞有什么意思？如果屋子里的每一个男孩都熟悉得像墙上的挂毯一样，在他们面前跳舞还有什么意思？如果那个注视着你的男人本来就属于你，是你自己的丈夫，那样又有什么乐趣可言呢？反正不管你跳得好不好看，他还是会爬到你的床上去的。

我又试着做了一个特别的转身行礼动作，我练习过这个动作，但是这又有什么用呢。除了祖母，根本没人会注意到的，但祖母会盯着所有的动静，还会把我叫出队伍，并且用手指钩着我的下巴说："孩子，你没必要像个意大利荡妇一样四处招摇。我们总会看着你的。"我会被教训说不应该跳舞跳得像个贵族、像个优雅的有风格的年轻淑女，我就该像个孩子。

我行了礼，什么也没有说。和祖母争吵一点意义也没有，她的脾气可不太好，如果我开口开得多了，她还会把我赶出房间。我真的觉得被这样对待非常残酷。

"我听到的关于你和小迪勒姆的风声是怎么回事？"她突然问道，"我想我已经警告过你一次了吧。"

"我不知道您都听说了什么，祖母。"我设法巧妙地回答。

但是对她来说这还不够，她用扇子打了我的手。

"别忘记你的身份,凯瑟琳·霍华德!"她严厉地说,"等到你的伯父派人来叫你进宫去侍奉王后的时候,我可不想因为你什么可笑的私情拒绝这个安排。"

"侍奉王后?"我在第一时间就抓住了重点。

"也许吧。"她令人恼火地说,"也许王后会需要一个侍女的,但前提是那个女孩必须有高贵的教养,而且没有荡妇的坏名声。"

我说不出话了,感觉如此绝望。"祖母,我……"

"算了,或许这和你无关。"她说,然后把我向跳舞的人们推去。我抓住她的袖子央求她告诉我更多事情,但是她笑着把我送回了舞池。因为有她盯着,我跳舞跳得像个小木偶人,舞步一丝不苟,举止极尽礼节,简直就好像一顶王冠正戴在我的头顶上。我跳舞跳得像个修女,像个贞洁的处女,但当我朝她看去,想弄清楚她有没有被我的谦逊态度打动的时候,她却在笑。

因此那个晚上,当弗朗西斯来到我的房门口的时候,我在门槛处就拦住了他。"你不能进来。"我直截了当地说,"祖母已经知道我们的事了。她警告过我要注意自己的名声。"

他看上去很震惊。"但是亲爱的……"

"我不能冒这个险,"我坚持说,"她知道的比我们想象的还要多。天知道她都听说了什么,又是谁告诉她的。"

"我们不应该拒绝彼此。"他说。

"也许吧。"我不确定地说。

"如果她再问你,你必须告诉她我们在上帝的见证下结婚了。"

"是的,但是……"

"那么我现在就要以丈夫的身份进来了。"

"你不能!"这个世界上没有任何事情能够阻止我成为新王后的侍女,

就算是我对弗朗西斯永远不变的爱也不能。

他用手环住我的腰,并且轻咬着我的后颈。"过不了几天我就要去爱尔兰了。"他轻声对我说,"你不会离开我的对吧,那样会让我心碎的。"

我犹豫了。如果他受到伤害我也会非常难过,但是我必须成为新王后的侍女,再没有比这更重要的事了。

"我不愿让你受伤,"我说,"但是我必须在王后的身边取得一个位置,谁知道那之后会发生什么呢?"

他突然放开了我。"噢,也就是说你要进宫去了?"他怒气冲冲地质问说,"去和那些大贵族们调情?或者找你那些贵族表兄或者其他什么人?卡尔派博家的,还是莫布雷家?内维尔家,还是别的?"

"我不知道。"我说。我都没有想到自己的语气竟然可以这么庄重,简直像是祖母在说话,"我现在不能和你谈论我的计划。"

"凯蒂①!"他叫道,语气介于愤怒和情欲之间,"你是我的妻子,是我合法的妻子!你是属于我的爱人!"

"我必须请你出去了。"我郑重地说,当着他的面关上门,然后跑进房间,把自己扔上了床铺。

"这是怎么了?"艾格尼丝问道。在房间很远的那一头,床四周的帷帐被拉了下来,大约是男孩和放荡的女孩在里边做爱,我都能听见男孩急促的喘气声和女孩的呻吟声。

"你们就不能安静点!"我冲着房间的那一头喊去,"这真是太可怕了。这对我这样一个年轻的淑女来说简直就是冒犯,让我恶心,怎么能允许这样的事情发生!"

---

① 凯瑟琳的昵称。

1539年12月

安妮　于加莱

在这漫长的旅途中，我开始学习一名王后应有的言行举止。国王送来身边的那些英国女官们每天都对我说英语，南安普敦大人也一直陪着我走过一个又一个城镇，并且用最有助益的方式引导和教导我。他们真是一群最一本正经、庄严隆重的人了，所有事情都要死记硬背，都要按规矩来，而我也学着在打招呼的时候、听音乐的时候和沿途的人群跑出来见我的时候掩藏起了自己的兴奋之情。我不想自己看起来像个二流公爵家庭出身的乡下姑娘，我想有个王后的样子，像个真正的英格兰王后。

每经过一个城镇，我都会受到人民的热烈欢迎，他们从街道上蜂拥而至，喊着我的名字，献给我花束和礼物。大多数地方都向我献上了忠诚的讲演，还送给我金丝做的手提袋或者其他珍贵的珠宝，但是当我到达英国国境内的第一个城市加莱港口时，之前沿途所见的东西都相形见绌起来：气势恢宏的英式城堡外连绵铺陈着长城一般的小镇，为的是抵御一切来自法国、来自敌人的攻击，只有雄伟的城门露在外边。我们由负责监视通往法兰西王宫大路的南门进了城，受到了一个英国贵族的招待，那是莱尔大人，除此之外还有十几个绅士和贵族盛装出面，身后跟着一小队穿着红蓝制服的侍从。

感谢上帝在这艰难的日子里为我送来莱尔大人做我的朋友和导师，他是一个明智的人，且有几分我父亲的样貌。如果没有他，我简直会因为害怕和英语词汇的贫乏而开不了口。他的穿着就如同国王一样华丽，身边还有那么多的英国贵族，看上去简直就像是一片天鹅绒和皮草的海洋。但是他用宽厚温暖的双掌握住了我冰凉的手，并且笑着对我说了"勇气"这个词。我必须要问过我的翻译才知道这个词的意思，但我一眼就看出来他会是个朋友，也看出了他笑容中憔悴的成分。接着，他让我挽着他的胳膊，带我走下了码头。为了欢迎我到来的钟声响起了，所有商人的妻子和孩子在街道两旁站成排，就为了看我一眼，当我经过的时候，学徒和仆人们都在欢呼：

"克里夫斯的安妮，万岁！"

在港口停着的两艘巨大的船只都属于国王，一条叫"好彩头"——意思和赌博有关，另一条叫"雄狮"，当我靠近的时候旗帜飞扬起来，号角也响了起来，它们从英国远道而来，以便护送我去见国王，从大船下驶来一条接驳用的小船，迎接我上船去。四周都有鸣枪的声音和礼炮的巨响，整个小镇淹没在烟雾和声响之中，但这仍不失为一场盛大而美妙的致意，因此我微笑着，努力让自己不觉得畏惧。我们走进主厅，在那儿，市长和商贾们用一场冗长的演讲向我致意，并且送给我两只金丝提包，莱尔夫人则同她的丈夫一道来到这儿欢迎我，也款待了那些侍奉我的侍女们。

他们簇拥着我回到国王的行宫之一，西洋棋宫，我站着，等着他们一个接一个地走上前来报上自己的名字，再说上几句恭维的话，然后鞠躬行礼。我太疲倦了，这一整天都让我不知所措，以至于双膝都开始感觉无力，但他们还是一个接一个地来到面前。莱尔夫人站在我的身边，对我耳语着每一个人的名字，并对他们做一些简单的介绍。但是我听不懂她的话，况且一时间有太多的陌生人了，我根本来不及消化。这人群让人头晕目眩，不过他们全都对我友善地微笑着，又如此毕恭毕敬地对我行礼。我知道自己应该为这样的注目感到高兴，而非惊慌失措。等到所有的女士、女仆和男仆都行完了礼，而我得以理所当然地离开的时候，我表示自己想要在用餐前去一下我的私室，我的翻译向他们传达了我的意思，但我仍然得不到休息。一走进私室，我就在那儿看见了更多等待着我的陌生脸孔，她们是我的仆人还有侍女。我对所有的介绍都感到精疲力竭，于是说想回卧室，但即便在那儿我也不能自己一个人待着。莱尔夫人和其他侍女还有仆人全在那儿等候我的差遣，以确保满足我的所有要求。一个又一个的人走进来拍拍床铺又扯扯床单，然后立在旁边，看着我。在绝望之中，我只好说想做祷告，然后走进了卧室旁边的一个小房间，并且在她们渴望提供帮助的眼神中关上了门。我能听见他们都等在外面，像是观众等着一个小丑将从里面走出来开始耍杂技或者变魔术：会因为我的拖延而些许疑惑，但仍然足够愉悦。我背靠着门，用手背碰了碰自己的额头，我感到发冷，却仍在出汗，好像生病发烧了一样。我必须做到，我知道自己能做到，知道自己会成为英国王后，我会是个好王后。我会学习他们的语言，尽管说得结结巴巴，但我已经可以听懂大部分的话了。我会记住所有这些新名字和每个人的等级，并且以合适的方式同他们交谈，这样就不会总是像个小人偶一样站着，还要靠旁边的操偶师来操控我、告诉我该怎么做了。一旦我到达英国，还要开始物色一些新衣服，我和侍女都穿着我们的德国服装，在这些英国天鹅的旁边看起来就像臃肿的小鸭子。她们穿得比我们少得多，几乎都不戴兜帽，轻薄的长袍飘来飘去，而我们则被绑在棉麻布里，好像是鼓鼓囊囊的包裹。我要学着优雅，我要学着神态愉悦，要学习一个王后的言行，还必须学习如何面见成百的人们时不因恐惧而出汗。

我现在很害怕旁人会发现我的奇怪举止。一开始，我说的是要在晚餐前换身衣服才过来的，现在却走进了这个比壁橱大不了多少的房间，还让他们在外面等着，我要么看起来虔诚得可笑，要么更糟，让他们看出来了我其实害羞得要命。我一想到这个，就在这间小屋子里僵住了。我觉得自已是个乡下来的傻子，简直没有走出去的勇气。

我靠着门聆听着，外面已经变得非常安静了，也许他们终于等得不耐烦了。也许他们又跑去换了一道自己的衣服。我斟酌再三，才把门拉开了一条缝，朝外面看了一眼。

外面只剩下一位女士在房间里了，她靠窗坐坐，平静地看着楼下的院子。她听见了开门的嘎吱声，然后抬起头来，表情友善而好奇。

"安妮殿下？"她说，接着站起来对我行了礼。

"我……"

"我是简·波琳。"她说，猜到我不可能仅凭今早的模糊记忆就记住她的名字，"我是您的陪同侍女。"

她一报上她的名字，我就彻底蒙住了。她一定和安妮·波琳有什么关系，但是她在我的房间里做什么？她怎么会在这儿侍奉我，她不是应该被流放了吗？起码也要被剥夺贵族的身份才对！

我四处张望，想找个人来替我们翻译彼此的对话，但她微笑着摇了摇头。她指着她自己说"简——波——琳"，又一字一句地对我说"我会成为你的朋友"，我听懂了。她的微笑是温暖的，表情是真诚的，我意识到她想说她会做我的朋友。一想到我虽身处陌生的人海，却能够找到一个可信任的人做朋友，我哽咽了，于是忍住眼泪，伸出手去握住了她的手，看起来就像个进了市场的幼稚乡下人。

"波——琳？"我费力地说。

"是的。"她回答，用冰凉的手回握了我的手，"我知道成为英国王后这种事有多让人紧张，有谁能比我更明白其中的艰难呢？我会成为你的朋友的。"她又说了一遍"你可以相信我"，然后用她的手暖了暖我的手。我相信她，我们俩都笑了。

1539年12月

简·波琳　于加莱

　　她永远都没法让他高兴的，可怜的孩子，她这辈子都别想，用上一千年也不行。我真奇怪国王的大使们居然也没有警告他，他们满脑子想的都是建立一个共同反抗法国和西班牙的联盟，要么就是建立一个新教联盟来对抗教皇，完全都没考虑亨利国王自己的喜好问题。

　　她根本不可能成为那种讨他喜欢的女人，他喜欢头脑机敏、小巧玲珑，又笑容甜美的那种女人，身上还要带有一种坦率真诚的气质。即便是简·西摩尔，就算她安静又顺从，她身上流露出的那种温驯的煦暖感也会带着肉体欢愉的暗示，但这个姑娘看上去就像个孩子，笨拙得也跟个孩子一样，还有孩子似的直白眼神和毫无心机的友善微笑。连别人对她深鞠躬的时候，她看上去都高兴坏了，在码头看到那两艘船的时候，她甚至都好像要鼓起掌来。而一旦她累了，或者觉得应付不过来了，又会苍白得像个闹脾气的小孩，并且还一副快要哭出来的样子。当她焦虑时鼻子会变红，活像个患了感冒的农民。这一切就像是一个笨手笨脚的姑娘正踩着安妮·波琳的钻石跟鞋子，如果这景象不算是个悲剧的话，那一定是最好笑的喜剧了——他们怎么会认为她有能力驾驭这个身份？

　　但是她的笨拙却为我提供了可乘之机，我能成为她的朋友，最好的朋友和盟友。她会需要一个朋友的，可怜的小姑娘，她会需要一个像我这样熟悉宫廷规则的朋友的。我会教给她所有需要知道的事情，教会她所有必须学习的技巧，还会有谁比我更在行呢？谁曾经处在英国有史以来最伟大的王朝中心，却又眼看着它焚于火焰呢？谁比我更懂得保障一个王后的安全？谁又像我一样曾看着一任王后亲手毁掉了自己和自己的家族呢？我已经承诺过成为这个新王后的朋友了，我也会信守承诺。她现在还年轻，只有二十四岁，但她会成长起来的。她现在还很无知，但她会学会的。她现在缺乏经验，但是生活会教会她的。我能为这个年轻又怪异的女孩做很多，而成为她的老师和向导将同样为我带来快乐和机遇。

1539年12月

凯瑟琳　于兰贝斯　诺福克庄园

我的伯父就要来见祖母了，我必须做好准备，以防万一他要召见我。我们都知道会发生些什么，但是我还是像有个大惊喜等着我一样兴奋。我连走到他面前行礼的这个动作都事先排演过了，我甚至排练过当听到这个好消息时要做出的激动万分的表情和快乐的笑容。我喜欢做好准备，喜欢事先安排好一切，我还让艾格尼丝和琼来扮演伯伯，直到一切达到我要求的完美程度——无论是我的礼数，还是我体面的欢呼方式。

女仆们都对此感到不高兴，闷闷不乐地就好像吃多了酸苹果一样，但是我告诉她们说这一切都是既定事实，我是霍华德家的人，理所应当要被召进宫廷，理所应当要去侍奉王后，尽管对于她们来说有点可悲，不过她们当然会被留在这里，真是遗憾。

她们说我得被迫去学德语，而且也不会有什么舞会了。

我知道那都是骗人的。她会活得像个王后，就算她是个迟钝的人，相形之下也只会显衬出我的光彩。她们说谁都知道王后离群索居，而且德国人不吃肉，他们整天都只吃奶酪和黄油，我知道这也是骗人的——不然人们干吗要重新粉刷汉普顿宫的王后住宅呢？当然是为了让她会见官员和客人用的呀。她们还说王后的所有侍女人员都已经指定好了，而且她们中的一半已经离开这里到加莱去见她去了，伯父只是过来告诉我我错过了这次机会而已。

波琳家的遗产

这终于吓到我了。我知道国王的外甥女们,玛格丽特·道格拉斯①还有多塞特女侯爵②已经被任命为王后的侍女长了,我担心起自己已经没有了机会。"不,"我对玛丽·拉赛尔斯说,"他不能到这儿来了却只是告诉我我必须待在这里,我没赶上,已经没有职位给我了。"

"如果他真的这么做了,你就当做一个教训吧。"她坚定地说,"你就拿这个教训来指导你今后的路吧。你不够格去侍奉王后,因为你已经和弗朗西斯·迪勒姆在一起了,没有哪一位真正的女贵族会让你进她们的房间的,因为你已经和一个这样的男人上过床了。"

她说得这样残酷,以至于我喘了几口气就感觉到眼泪往外涌。

"别哭!"她不耐烦地说,"别哭,凯瑟琳。你只会让自己哭红眼睛。"

我立刻就捏住了鼻子好阻止眼泪掉下来。"但如果他真的告诉我要待在这儿什么也不做的话,我会死的。"我哑着嗓子说,"我明年就十五岁了,之后就要十八岁了,然后十九、二十,最后老得嫁不出去,我会死在这儿,一直侍奉着我的祖母,从未去过别的地方,没见过任何别的东西,也没机会在宫廷里跳舞了。"

"噢,得了吧!"她生气地大声对我说,"除了虚荣你就不能想点别的什么吗凯瑟琳?况且,别人还会觉得作为一个十四岁的侍女来说你已经活得很好了呢。"

"才没有!"我说,鼻子已经被捏得很痛了,所以我放了手,然后把冰凉的手指压在了自己的脸颊两侧。"我什么也没做过。"

"放心吧,你会去侍奉王后的。"她轻蔑地说,"你伯父不会让自己的家庭成员错过这样的一个位子的,无论你的行为有多么不端。"

"可那些女孩说……"

---

① 亨利八世姐姐玛格丽特的女儿。
② 亨利八世妹妹玛丽的女儿。

"她们只是嫉妒你,笨蛋。如果你真的没去成,她们又会全部都跑过来假装安慰你的。"

她说得对极了,我完全能想象那样一幅情景。"对,没错。"

"所以再去洗洗你的脸然后回侍女房来吧,你伯父随时都有可能来这里。"

我以最快的速度照做了,只在中途停下来一次,告诉艾格尼丝、琼还有玛格丽特说我很清楚自己就要进宫了,而我从来就没相信过她们的恶意欺骗,接着我就听见有人在喊我:

"凯瑟琳!凯瑟琳!他在这儿!"我赶紧冲到祖母的会客厅,看见了我的伯父,他就在那儿,背对着火炉站着,用火温暖着他的脊背。

仅靠这一把火还不足以彻底温暖这个男人。我祖母说他是国王的锤子,只要有又脏又累的活计需要人做了,我伯父就会带领英国军队攻打敌人直到对方投降为止。当北方为了护卫旧宗教而暴动的时候——那是在两年前,我才只是个小姑娘——是我的伯父去和反叛军谈判的。他承诺会宽恕他们的罪过,但是接下来把他们全骗上了绞刑架。他保住了国王的王冠,平息了叛乱,也使国王免于亲自带兵打仗的麻烦。祖母说他就知道用绞刑解决问题。

她说他吊死过上千的叛乱者,尽管在内心深处,他是认同他们的事业的,但他自己的信仰没能阻止他。什么也不能阻止他。从他的脸我就看出他是个坚毅的男人,一个不会被轻易软化的人。但他来见我了,所以我会向他展示他有个多么优秀的侄女。

我弯下身子深深行了一个礼,就像在侍女房里排演过一遍又一遍的那个样子,我的身体微微前倾,这样伯父就能看见我推到长袍领口来的诱人的胸部曲线了。在我站起来前,我慢慢抬头看着他的脸,这样一来在他眼里我几乎就是跪着的状态了,这会给他片刻时间去想象我也许能跪在那儿做的事情，我的小鼻子就快蹭到他的马裤上了。"伯父。"我站起身来小声说，就像是在床上冲他的耳畔低语，"祝你今天快乐，先生。"

"我的上帝。"他直率地说，而我的祖母发出一声简短的"哈！"以表示她觉得有趣。

"她真是个……都是你的功劳，夫人。"当我稳稳地起身站在他面前时他这样说道。我在背后攥紧了自己的手，以最大程度地凸显我的胸部，我还拱起了背，这样他就能欣赏到我的纤腰了。我谦虚地低下眼睛，除了自信的站姿和唇边狡黠的微笑，看上去就和个女学生没什么区别。

"她是个彻头彻尾的霍华德家女孩。"我祖母说，谁不知道我们霍华德家的女孩子，就是以美貌和大胆闻名的呢。

"我还以为会是个孩子。"他这样说，对于我已经长大的这件事显得很高兴。

"一个狡猾的孩子。"她给了我一个严厉的眼神，来提醒我不准向任何人展示我在她的身边都学到了些什么。

我无辜地睁大了眼睛。我第一次看到一个女仆和一个邮差男孩上床是七年前的事情，亨利·马诺克斯第一次抓住我的时候我才十一岁。她觉得在这种环境下我又能长成怎样？

"她会表现得非常出色的。"他说，花了好一会才从震惊中回过神来，"凯瑟琳，你会唱歌跳舞吗？会弹鲁特琴或者别的什么吗？"

"我会，大人。"

"读书、写字呢？英语、法语、拉丁语都会吗？"

我痛苦地看了一眼祖母，所有人都知道我学习特别不在行，我甚至都不能肯定自己这时候到底该不该撒谎。

"她会那些要做什么？"祖母说，"王后自己除了德语也是什么都不会说，对吧？"

他点了点头:"王后说德语。但国王喜欢有学识的女性。"

我奶奶笑了。"他过去是这样。"她说,"简·西摩尔也不是什么聪明的女孩。我想他已经厌倦了和妻子争论了。你喜欢一个有知识的女人吗?"

他对此表示了不屑。全世界都知道他和他的妻子已经分居了好些年了,他们彼此憎恶到了一个程度。

"不管怎么说,最关键的是她要能让王后高兴,还要让宫里的人也喜欢她。"我的伯父命令道,"凯瑟琳,你就要前往宫廷,成为新王后的侍女了。"

我朝他笑了。

"你想去吗?"

"是的,伯父,我对此感激不尽。"我还记得要加上这最后一句。

"你已经被安置到一个非常重要的位置上了,你现在代表着整个家族的信誉。"他严肃地说,"你祖母告诉过我,你是个好女孩,而且知道怎么管束自己的行为。确保你自己做到这一点,不要让我们失望。"

我点了点头,不敢朝祖母看,因为她知道关于亨利·马诺克斯的所有事情,也在我和弗朗西斯一起待在上面的门厅里时抓到过我们一次。那时我的手放在他的裤子前面,脖子上还有他的吻痕,她叫我妓女和愚蠢的荡妇,给了我一巴掌,打得我眼冒金星,并且在圣诞节又警告了我一次离他远点。

"会有年轻男人注意到你的。"我的伯父警告道,说得好像我从来没有遇见过年轻男人一样。我赶紧看了祖母一眼,但她只是温和地微笑着。

"记住,没什么比你自己的名声更重要。你必须诚实没有污点。如果让我听见任何不名誉的传言——我说任何传言,是为了让你知道没什么事情能瞒得过我——那我就会立刻把你从宫里撤走,到了那时候你连这儿也不能回来,只能回到你霍舍姆的乡下外婆家了。我会把你永远扔在那里,听明白了吗?"

"是的,大人。"我说出口的话变成了惶恐的低语,"我保证。"

"我几乎每天都会在宫里见到你。"他说。令我几乎都开始期盼着不进宫去了。"我会把你叫来我的房间,然后你要告诉我你和王后相处得怎么样,或者这之类的事情。你要小心谨慎,不要惹上流言。你要保持敏锐的观察,但是要闭上你的嘴。你要听从你表嫂简·波琳的建议,她也被安排在王后的房间里。你要竭尽所能去亲近王后,要成为她的小朋友。得王公之心者得财富,你要记住。这会是你成功的途径,凯瑟琳。"

"是的,大人。"

"还有另外一件事。"他警告我说。

"什么,伯父?"

"要谦逊,凯瑟琳。这是女人最大的资本。"

我深深行了一个礼,低下了我的头,谦卑得就像个修女。我的祖母发出一阵嘲弄的笑声,显示她并没有被说服。

但当我抬头看我的伯父时,他在微笑着。

"做得很好。你可以走了。"他说。

我又行了一道礼,然后在他说任何话之前逃出了房间。

太糟糕了。一直以来我所期望的是能进宫去参加舞会,见到年轻的男士,而他却把这说得好像要去做佣人似的。

"他说什么了?他说什么了?"她们全都在大堂里等着我,渴望知道伯父带来的消息。

"我要进宫了!"我叫道,"我要有新袍子新帽子了!而且伯父还说我将会成为王后房里最漂亮的女孩,每晚都会有舞会,我想我以后再也见不到你们了!"

1539年12月

安妮 于加莱

终于等到了适合穿越英国海的天气，感谢上帝，在耽搁了好几天之后，终于放晴了。我原本以为在出海之前我会收到一封家里寄来的信呢，但是尽管我们已为了好天气不断推迟出发时间，始终没有信寄过来。我原本以为母亲也许会给我写的，就算她根本不想我，至少会给我送来几句叮嘱吧；我还以为艾米利亚也许想到英国来呢，那她也会写一封信来表达姐妹间的问候了，但今夜我几乎都要嘲笑起自己来了，想着我得如何放低姿态才能求艾米利亚给我写一封信。

原本唯一我能确信的人是我的弟弟。我以为一定能收到他的那封信的。他从来就没有收敛过对我的脾气，即便是在为了上路而做准备的漫长时期里他也没有，我们的整个人生都有一种固定的相处模式：我充满怨愤地惧怕着他的力量，他又因为不能明言而恼羞成怒。现在这种长久以来的模式被打破了。我原本以为他会写信给我委派要在英国宫廷里办的事情，我怎么也代表着自己的国家和国家的利益吧？不过所有的克里夫斯官员都和我一道在路上，毫无疑问他会给他们写信或传话的。他一定觉得我不适合为他办事。

我原本想至少他会写信给我，给我制定某些行为准则，不管怎么说，他这辈子都在控制我，我不认为他会就这么放我走了。但现在看起来，我好像真的摆脱他了。与其说我因此而感到高兴，我不如说是心神不宁。离开家的感觉很奇怪,甚至都没有人祝我一路顺风。

我们明天一大早就要出海去了,这样就能够赶上涨潮,我在国王行宫西洋棋宫的房间里等待着,等待着莱尔大人前来传唤。就在这时,我听见一阵类似争论的声音从外边的会客厅里传来。幸好我从克里夫斯带来的翻译洛特正在身边,我朝她点了点头,她立刻安静地走到了门边开始听那些说得飞快的英语。她的表情绷得紧紧的,皱着眉头,而后,当听见接近的脚步声时,她急急跑回房间来坐在我的身边。莱尔大人进屋来鞠了个躬,他的脸红红的。

他抚平自己的天鹅绒上衣,仿佛那件衣服就是他身体的一部分。"请原谅我,安妮殿下。"他说,"整间屋子都因为打包行李忙得一团糟。我一个小时之内回来见您。"

我的翻译将他的话耳语给了我,我鞠了个躬并且微笑了一下。

他朝屋子里眨眨眼。"她听见我们说话了?"他直截了当地问洛特,而她转向我,我对她点了点头。莱尔大人靠得近了些。

"托马斯·克伦威尔大人信仰的是您这种宗教。"他小声说。

洛特把翻译过来的德语用耳语告诉了我,以便我能完全理解他的意思。

"他错误地保护了几百个城里的路德教徒,而这城市受我管辖。"

我听懂了他的话,当然了,但没听懂他们的意图。

"他们是异教徒,拒绝承认国王陛下的权力由圣灵所指引,拒绝承认耶稣自我牺牲的神迹,拒绝承认他的酒能变成血。但这是英国教会的信仰,反对这些就会作为异教徒被处以死刑。"

我轻轻将手放到了洛特的胳膊上。我知道这些是很危险的问题,但我不知道该说些什么。

"如果让国王陛下知道他庇护了这些人,克伦威尔大人自己都可能被判决为是异教徒。"莱尔大人说,"我在告知他的儿子乔治,这些人必须被处决，不论是谁在庇护他们。我在警告他不能偏袒其中一边，任何一个合格的英国人都会跟我想法一致，那就是上帝不容嘲弄。"

"我对这些英国事务一无所知，"我小心翼翼地说，"我只想听从我的丈夫。"我短暂地记起弟弟命令过我要将丈夫带离天主教的迷信，并且引导他进行改革。我想我又要让他失望了。

莱尔大人点点头，他鞠了个躬退了回去。

"请您原谅。"他说，"我本不该用这些事来烦您。只是想让您明确我多厌恶克伦威尔对这些人的庇护，而我是完全忠于国王和他的教派的。"

我点了点头，除此之外我还能说什么做什么呢？于是他离开了房间。

我转向了洛特。

"这不完全是事实。"她非常小声地说，"他确实控告克伦威尔，说他庇护了那些路德宗的人，但是克伦威尔的儿子乔治·克伦威尔，同样也控告莱尔大人是个秘密的天主教徒，并且说他会派人盯着的。他们在互相威胁。"

"他想让我做什么？"我茫然地问，"他总不会认为我可以对这样的事做出评判吧。"

她看上去很烦恼："也许他想让你对国王说起这件事，对他形成影响？"

"莱尔大人自己都说了，在他的眼里连我都是个异教徒。我不承认酒会变成血。哪个有常识的人都不会相信这样的事。"

"在英国他们真的会处死异教徒吗？"洛特紧张地问。

我点点头。

"怎么做？"

"用火刑烧死他们。"

她露出被吓呆的表情，我正准备向她解释国王已经明确过我持何种信仰了，并且他打算要和我的新教弟弟以及他那些新教的公爵同伴们结盟，但一声叫喊已经从门外传来，船就要起航了。

"别担心，"我突然虚张声势地说了一句，"不管怎么样我们都要上路，无论有什么样的危险，总不会比在克里夫斯时坏到哪儿去吧。"

◆

乘着英国船只从英国海港起航就像是开启了新生活。大多数从克里夫斯来的同伴现在都要离开我了，因此就有了更多的临别谈话。那之后我上了船，人们解开缆绳，划动的驳船把大船拉出海港，他们升起船帆，找对风向，船帆发出吱吱声，整只船都朝上升起，好像它就要飞起来一样，现在，到了这一刻，我真正感觉到自己是个王后，正要到我的国家去，就像小说里的那种王后一样。

我弯下腰盯着两边移动的水面，盯着那些黑色海面上白色的波浪，想着何时我才能见到我的新家、我的王国、我的英格兰。周围全是其他船上的小灯，它们和我们一道出海。这是一个舰队，有五十条大船；这是王后的舰队，我也开始认识到我的新国家的富有和强大。

我们要航行一整天，他们说大海很平静，但是海浪看起来非常高，对我来说有点危险。小船攀上一面海水形成的墙幕，然后冲向了波浪之间的波谷。有时候我会丢失掉舰队里其他船的踪影。海面翻腾着，像被撕扯着一样发出吼声，而那些英国海员们拉着绳索，在甲板上四处猛冲，就像亵渎神明的疯子。

我一直看到黎明时分，一轮灰蒙蒙的太阳从灰黑色的海面上升起，感觉到了四周和脚下大海的广阔，才回到船舱休息。有些侍女们晕船了，然而我感觉很好，莱尔夫人和我坐在一起好几天了，简·波琳也在里面。我应该要记住其他所有人的名字。日子缓慢地度过，我走上甲板，却只能看见四周的船，极目所到之处也只有英国的舰队在陪伴着我。他们给我这般隆重的待遇，我应该感到骄傲，但是无论如何，我仍然对身处视线中心和引发了这么多的活动和麻烦感到不适。

不论我何时走出船舱，船上的水手们都会全体脱帽对我鞠躬，而两个侍女则总是陪同着我，就算我只是想到船头去转一转也是一样。没过多久，我就明显觉得焦躁不安了，于是我强迫自己呆在船舱里，宁愿从一个小窗户看外面的波浪起起伏伏，也不想到处转悠给所有人都造成不便。

我对英国的第一印象就是暗色的大海上黑色的阴影。当我们到达一个叫做迪尔的小海港时已经很晚了，但是就算天色又暗又下着雨，我还是被更加浩大的人群所欢迎。他们带我进入城堡休息、用餐，那儿有成百个——真的是成百个的人，前来亲吻我的手，欢迎我来到我的国家。我在薄雾中见到了他们的公爵和夫人们，见到了主教和城堡看守，以及更多的女士，她们是被送到我的房间服侍我的，还有一些女仆要来与我做伴。显然，我这一生都不会再有独处的时候了。

我们一吃完饭就又全体上路了，对于我们要到哪儿停留，哪儿吃饭都有一个严格的安排，但是他们还是非常礼貌地问了我的意见，问我是否做好准备现在就上路。我很快就反应过来了，他们并不是真的在询问我的意愿，而是说，按照那个安排，我们应该现在就走了，他们只是在等我表示赞同。

因此，尽管已经入夜，我也非常疲惫，依然别想在这儿休息。我爬上弟弟吝啬花费而给我配置的便宜轿子，贵族们和夫人们则骑上他们的马，我们便在黑暗的大街上叽叽喳喳地出发了，前后都走着士兵，好像我们是一支入侵军队，而这又提醒了我，我现在是一个王后了，如果这就是一个王后出行的方式，这就是一个王后被侍奉的方式，那我就必须学会适应：从此再也没有安静的床铺，每一餐都会有观众盯着我的一举一动。

今晚在多弗的城堡里过夜，我们到的时候已经很晚了。

波琳家的遗产

第二天我感觉那么疲惫，都起不来床，但是那儿还有半打女仆举着我的衬衣、长袍、梳子以及帽子，她们后面还站着其他的女仆在等候，侍女则在那些人的后面，萨福克公爵也差人来问我，在我做完祈祷吃完早饭之后是否就可以动身前往坎特伯雷。我看得出来他有些焦虑，并且认为我应该迅速地完成祈祷和进食以便及早上路，于是我回话说我很乐意，并且我本人也急于早点出发。

这显然是句谎话，因为已经下了一整夜的雨了，不仅越下越大，还伴随着冰雹。但是每个人都乐意相信我迫不及待想要见到国王，侍女们也竭尽所能地将我层层包裹起来，于是我们在狂风中迈着沉重的步伐走出庭院，上了一条他们管它叫惠特灵大道的路直往坎特伯雷城而去。大主教托马斯·克兰默等在城外的路上亲自迎接了我的到来，他是个微笑和蔼的绅士，路途的最后半里路他一直骑行在我的轿子旁边。我透过雨幕向外望去：这就是那条伟大的朝圣之路，虔诚的信徒们就是由此前往教堂内的圣人托马斯圣祠的。我都还没见着城墙的时候就看见了教堂的尖顶，它是如此高耸华美，尽管乌云层层，阳光还是穿透了它们照到了教堂的顶上，简直就像是上帝在触碰这个神圣的地方。这儿的路面是砌过的，路边的那些房屋是为了给朝圣者提供食宿而建立的，那些朝圣者来自欧洲各个不同的地方，只为了到这个最美丽的尖顶下祈祷。这儿一度曾是世界上最神圣的地点之一——直到近几年它的地位才有所下降。

现在一切都变了，变化之剧烈，就好像是要把教堂整个推翻重建一样。母亲警告过我不要去谈论我们听到的关于国王性情大变的流言，也不要对眼前所见的——无论它们究竟有多么令人震惊——一切情形发表言论。国王的手下们进入了大圣人的尖顶，拿走了那些原本也是由他们放进去的珍宝，转而又进入地窖，劫掠了装着圣托马斯遗体的棺材。有传闻说他们带走了圣托马斯的遗体，并且把它扔到了城墙外的堆肥里，他们是如此执着地要摧毁这个圣地。

　　我弟弟也许会说这是件好事，因为这意味着英国人总算开始抵抗迷信和教皇制度了，但他并没有看见这些为朝圣者修建起来的房屋如今沦为了妓院和小旅馆，到处都有乞丐沿着大道走进坎特伯雷。我的弟弟也不知道，在坎特伯雷里有一半的房屋原是给穷人和病人提供医疗救助的，这些贫病信徒的住宿费和医疗费原来是由教堂承担，修女和修道士们倾其一生地帮助那些穷苦的人。现在，依然有成群的人们围着士兵，寻找着旧日对他们施以关照的神圣庇护所，可它却消失了。当我们的队伍通过巨大的城门时，我小心谨慎地管住了自己的嘴，大主教从马上下来，恭迎我走进一幢漂亮的房屋，这间屋子之前显然是间修道院，也许距离它被废止也才不过几个月。当我们走入漂亮的大堂时，我四下打量，也许曾有旅行者在这儿得到过免费的款待，也许曾有僧侣在这儿用餐。我知道我的弟弟想要我引导这个国家更远地偏离迷信和教皇，但是他没有看见在这个国家里，以改革为名被毁掉的那些东西。这些窗户，一度是以彩色的玻璃雕砌起来用以诉说美丽的传说，现在也已经被毫不留情地摧毁了，装饰用的石块破损不堪，石雕的窗格支离破碎。如果一个调皮的男孩这样毁坏窗户的话早就会受到鞭打的处罚了。再看看教堂高高在上的拱顶，上面的天使都已经所剩无多，有一处，我认为原来应该是雕刻着圣人的檐壁，也被那些丝毫没有怜悯之心的傻瓜们用锤子给打破了。我知道，哀悼一个石头做的东西有点愚蠢，但是那些以神圣为名的人做事的方式也丝毫没有神圣可言。他们本可以将雕像取下，再将墙壁修缮好，但是他们仅仅只是敲掉了雕像的头，留下了那些没有脑袋的小天使。这样做怎么可能会符合上帝的意愿呢，我完全无法认同。

　　尽管我是个克里夫斯家的女儿，尽管我们的确反对教皇制度，但在此之前我还从来没有看见过这般愚蠢的行径。我不能理解为什么人们宁愿相信,一个美丽的事物被毁灭、仅仅有破碎的景象被留在原位的世界会是一个更好的世界。那之后,他们带我去了我的房间,非常明显,它也是属于已经不在这里的前人的。它被重新砌过粉刷过,此时仍散发着一股新鲜石灰的味道,而就是在这里,我开始意识到这个国家进行宗教改革的真正原因:这是因为所有的这一切,这幢漂亮的建筑,这处修建所用去的土地,成片的庄园和它们缴纳的赋税,还有羊群和它们提供的羊毛,一度都是属于教堂和教皇所有的。教堂曾是英国国土上最大的地主,而现在,所有这些财富都属于国王了。我第一次意识到这并非仅仅是个宗教问题。也许这和上帝根本就没关系,人们的贪婪也包含其中,也许同样还有虚荣。

就因为托马斯·贝克特是一个违抗了英国暴君的圣人,他的遗体才被存放在这样一个最为富丽堂皇的大教堂中,被金子和珠宝层层包围。而国王自己呢?那个下令毁了这座尖塔的人,过去只能到这里来祈祷寻求帮助,但现在国王不再需要帮助了,在这个国家,叛徒都被吊死,财富和美丽的事物则全都只属于国王一人。而我的弟弟也许还会说这是一件好事,因为一国不可容二主。

我在筋疲力尽地更换长袍好去用餐的时候听见了又一声枪响,尽管这时已经将近午夜,周围漆黑一片,简·波琳还是笑着前来告诉我,在大厅里有好几百人对我到达坎特伯雷表示欢迎。

"有很多绅士吗?"我用我生硬的英语问她说。

她立刻露出了笑容,听出来我是在害怕一长串的身份介绍。

"他们只是想见见你。"她指着自己的眼睛,口齿清楚地说。

"你只须向他们招手。"她对我示范了一遍招手的动作,而我则因为我们用英语对话时的这些戏剧性的动作吃吃笑了起来。

我指了指窗户,"上帝之地。"我说。

她点点头:"修道院之地,上帝之地。"

"现在变成国王之地了?"

她露出一个为难的笑容。"国王现在领导着教会,你懂吗?所有的财富……"她犹豫了一下,"所有属于教堂的精神财富,现在都是他的了。"

"那么人民乐意吗?"我问,因为无法流利地使用英语而备感挫败,"他们觉得国王赶走了坏神父吗?"

她朝房门瞟了一眼,好像必须确认我们的对话不被人听到一样。"人民并不开心。"她说,"人民热爱这片圣地和圣徒们,他们不明白为什么蜡烛都被拿走了,不明白为什么他们不能用祈祷来寻求帮助了。但你不能对除我以外的任何人说起这些。摧毁教堂是国王的意愿。"

我点头,"他是个新教徒吧?"我问。

一闪即逝的笑让她的两眼放光。"噢,不!"她说,"他想成为什么人就是什么人。他摧毁教堂只是为了和我丈夫的姐姐结婚,因为她信仰的是改革后的宗教,而国王选择跟随她的信仰。但是那之后他抛弃了她,于是几乎又将教堂变成了天主教的模式,连弥撒的传统都几乎要恢复了——但他永远不会归还那些财富的。谁知道他下一步会做什么呢?谁又知道接下来该信仰些什么呢?"

她说的话我仅仅只能听懂一小部分,于是我转身走开,朝窗外的倾盆大雨和无边黑夜看去。我想到,一个国王能决定的不仅仅是人民的生死,他甚至可以左右他们的信仰,这想法让我不寒而栗。这是一个摧毁了基督教世界里最伟大的圣地之一的国王,这是一个把国家的大修道院全部变为了私人房产的国王。弟弟让我来引导这个国王走上正途的想法真是大错特错了。这样一个国王只会遵循自己的喜好,而我猜大概没人能阻止他或改变他了。

"我们应该去吃饭了。"简·波琳对我温和地说,"别把这些话对任何人说。"

波琳家的遗产

"好的。"我说,并且在她前边一步打开了私人卧房的门,见到了那些在会客厅中等候的人群,我的面前又一次充满了海洋一般的挂着微笑的陌生脸孔。

能够从大雨和黑暗中来到这里让我感觉非常高兴,我为此喝了一大杯的红酒,并且在晚餐时吃得很尽兴,尽管我是孤身一人坐在华盖下面,旁边只有一群跪着为我服务、为我上菜的男人。大厅里有好几百人在进餐,还有好几百人正透过窗户和门口朝里观望,好像我是什么奇形怪状的动物。

我会习惯的,我不得不学着习惯,我会做到的。

对一个英格兰王后而言,因为仆从而感觉尴尬是没有意义的,而这个偷来的修道院甚至都算不上是这片国土上好一点的建筑——尽管我之前还从没见过哪个地方如此富庶,充满了镀金、壁画以及织物。我问大主教这个地方是不是属于他,而他微笑着说他自己的房子就在这附近。这真是一个财富多到不可估量的国家。

直到清晨我才爬上床,但是没过多久我们就又起身,早早地上路了。可无论启程的时间有多早,旅程的终点却显得遥遥无期,因为每天都有越来越多的人结伴同行。大主教和他的从伍,好几百个人,现在都和我们同路了,今天队伍里甚至加入了更了不得的大人物:前来护送我进入罗契斯特。人民夹道欢迎我的到来,无论到哪儿我都得微笑和挥手致意。我希望能够记住每个人的名字,但每一次,当我们在什么地点停下来时,都有一些穿着华贵的人前来对我鞠躬,而莱尔夫人,或是南安普敦夫人,反正是那些女士们中的一位,则在我的耳边耳语些什么,我就微笑着伸出手去,尝试着将一打新鲜的名字装进自己的脑子。但尽管如此,所有人看起来仍然是一个样子:都穿着华贵的天鹅绒,戴着金链子,帽子上缀着珍珠或宝石。成打这样的人,上百个这样的人,半个英国都跑过来逢迎我,我却没法将其中的任何一个同其他人区分出来。

我们在大厅里用餐，当中还有一大堆的繁文缛节，负责管理我侍女的布朗夫人陪着我。她向我介绍了那些侍女们的名字，我对着那一串永无止境的名单微笑：凯瑟琳、玛丽、伊丽莎白、安妮还有贝茜和玛奇，每个人看上去都既奔放又美丽。她们戴着小小的兜帽，展露自己秀发的方式如果叫弟弟看见了也许会被贬责为不庄重。所有人都穿着讲究的便鞋，盯着我看，好像我是只落入鸡群的白色野鹰。

布朗夫人看我的眼神尤其奇怪，于是我叫来洛特，请她用英语告诉布朗夫人，我希望她能在到伦敦后给予我一些着装和英国时尚方面的建议。当洛特传达了我的信息后，布朗夫人有些脸红了，转过了身子不再盯着我看，而我则开始担忧她刚才真的是在觉得我的穿着太过古怪、人也挺难看的。

1539年12月

简·波琳 于罗契斯特

"她让我给她些着装方面的建议!"布朗夫人对我发出了嘘声,好像都是因为我的过错,这个新任的英国王后才看上去那么古怪,"简·波琳,你说!她就不能在加莱时就好好换换她那一身行头吗?"

"谁会对她说这些呢?"我通情达理地反问道,"再说了,她所有的侍女都穿成那个样子。"

"莱尔大人也该告诉她呀,他早就应该警告她不能穿得像个浑身裹满粗布的修道士就来英国。我要怎么样才能叫那些侍女不去嘲笑她呢?我都恨不得给那个凯瑟琳·霍华德一巴掌,那孩子才服侍了她一天就已经开始学她走路了,更可笑的是,她学得还真像。"

"侍女们总是很顽皮的,你要好好教导她们。"

"到达伦敦之前不会有时间给她置办衣服的,已经开了这个头就得坚持下去,就算她现在看上去像个包裹也没办法。她现在在做什么?"

"她在休息。"我袒护地说道,"我想我应该让她安安静静好好歇会。"

"她是要成为英国王后的。"她的贵妇人腔调突然就上来了,"对任何一个女人而言这样的命运都不会安安静静的。"

我无话可说。

"我们应该对国王说这些吗?应该和我的丈夫谈谈吗?"布朗夫人问我,她的声音压得很低,"我们应该对克伦威尔大人保密吗?就是我们有所……

保留的那件事？你会对公爵大人说吗？"

我飞快地思考着。我发过誓自己不会带头说些对这个王后不利的话。"也许你应该和安东尼大人说说这件事。"我说，"私下的，以他妻子的身份说。"

"我应该告诉他我们达成共识了吗？我敢肯定我丈夫已经发现她根本不适合做王后了。她身上完全没有优雅高贵可言！她就只会默不作声！"

"我个人不主张这么做。"我立刻说道。

她立刻就笑了："噢。简·波琳，你从来对什么都没主张，自从死里逃生以后你就这样了。"

"也许吧，但是如果国王选中她，是因为她能给他带来新教徒的盟友，而克伦威尔大人选中她，是因为这让我们能够安全地对抗西班牙和法国，那么就算她的兜帽和这间房子一样大也不成问题。她总是能换掉她的帽子的。我不会去告诫国王，那名和他已经缔结了正式合法婚约关系的女人不适合做个王后。"

这让她停了下来。"那么你认为我对她的批评是错误的吗？"

我想起了在加莱时，那个面容苍白的女孩从衣橱里偷偷朝外张望，因为害羞而不敢和她的侍从们待在同一间屋子里的情景，并且我发现自己想要保护她免于这样的恶意。

"好吧，我反正对她并没什么意见。"我说，"我是她的贴身侍女。如果她有要求的话，我也许会就她的外衣和发型给予建议。但我不会说一句她的坏话。"

"或者只是现在不会。"布朗夫人冷冷地纠正了我的话，"在你从中找到对自己有利的事情之前不会而已。"

我没有回应这句话，因为门卫报告说，"王后的侍女，凯瑟琳·凯里小姐到了。"

是她。我的外甥女。我最后还是必须面对这个孩子。我挤出一个微笑，然后对她伸出了我的手。

"小凯瑟琳！"我叫道，"你都长这么大了！"

她牵住了我的手，但没有转过脸来亲吻我的脸颊。她安静地看着我，好像是在掂量我一样。这之前我最后一次见到她时她是站在她的安妮姨妈后面的，那个站在绞刑台上的王后。她抓着安妮的斗篷，而安妮把自己的脑袋搁上了断头台。她最后一次见到我是在法庭的外围，那时他们传唤了我的名字上前作证。我记得她那时是怎么看着我的：好奇。她看我的眼神那么奇异，好像从来就不认识我这样一个女人。

"你冷吗？路上怎么样？要喝点酒吗？"

我把她牵到炉火边，她顺从了，但并不情愿。

"这是布朗夫人。"我说。她的礼节周到，很得体，被教养得很好。"你的父母怎么样？"

"他们都很好。"她的口音很清晰，只带了一点点的乡音，"我母亲给你带了封信。"

她把信从荷包里拿出来递给了我。我接过来，把它移到亮处，借着我们在王室房间里才用的那种大方蜡烛的光拆开了信封。

简：

玛丽·波琳就这么开头了，连姓氏都不带，好像我都配不上家族的这个名字，好像我从前就不是罗奇福德子爵夫人一样，况且她现在还住在罗奇福德家的房子里。好像她就没有继承我的财产和房子一样，而且我根本就没从她那里得到过些什么。

很久以前我跨越宫廷的虚浮和危险选择了对我丈夫的爱,如果你和我妹妹也做同样的选择的话,我们也许都会感到更快乐些——上帝宽恕她的灵魂吧。我没有意愿回到宫廷,但我希望你和新任的安妮王后能比以前运气好些,我也希望你的野心能带给你你所追寻的快乐,而不是那些你也许应得的报应。

我的舅舅已经安排了我女儿凯瑟琳在宫廷中的位置,为了遵从他的安排,她将会在新年时到达。我对她的教导是她仅仅只须听从国王和她舅爷的命令,而她的意愿也仅仅只受到我和她自己的引导。我已经对她说了这些,在最后,我告诉她你不是我弟弟和妹妹的朋友,也建议她在对待你时施以你还值得的那份尊重。

玛丽·斯塔福德

我读完这封短信后倍感震惊,于是又重新读了一遍,好像第二次阅读能够让我看出不同的意思来似的。

"你还值得的那份尊重"?

"你还值得的尊重"?

我做了什么十恶不赦的事吗?一直替他们说谎到最后一刻,希望能够挽救他们两个的性命是我,保护整个家族免于他们所带来的灾难的也是我。我还能再做些什么?我还应该做些什么别的吗?我听从我的舅舅、公爵大人也是因为不得不这么做,是因为他的命令,而我作为他忠诚的亲戚,也分享着同样的荣耀。

她以为她是谁,可以管我叫"一个本该做一个好妻子的女人"?我爱我丈夫,我的全身心,灵魂的每一寸都爱着他,如果不是因为她和她的姐姐,如果不是她们编织的那张让他破无可破的大网,我可以为他做任何事。要不是因为他被她姐姐的不名誉拖累,他怎么会没法活到今天?要不是他因为安妮被指控,又因为安妮而被处死,他现在仍应该是我的丈夫,也早就是我儿子的父亲了!而玛丽又为了拯救他做过些什么!她除了为自己辩护以外又做过些什么!

她竟然又重新唤起了我这些痛苦的回忆,她竟然质疑我对乔治的爱,她竟然指责我!我几乎都要因为无法控制的怒火和绝望而发出叫喊了。在她这封充满了恶意和隐晦指控的信面前我气得说不出话来。我又能做些什么?真想冲着她的脸大吼大叫——你当时也在场,而你却没有用尽全力去挽救乔治和安妮,我们中的任何一个在那时又能做些什么呢?

但她一向如此,她还有她的妹妹。她们一向有办法让我觉得她们看问题更透彻,理解更深刻,考虑更周到。在我嫁给乔治之后,我意识到他的姐姐们是比我还要优秀的女人:她们一个曾是国王的爱人,之后另一个也拥有了同样的身份。到了最后,其中一人还做了国王的妻子,做了英国的王后。她们就是为了伟大而生的!这对波琳姐妹!而我仅仅只是她们兄弟的妻子。好啊,就算是这样吧。还不知道以后会怎么样呢,我没有发誓说过我会就这样接受这样一个女人的叱责,这可是一个刚嗅到一丝危险气味就逃跑了,然后嫁了人躲在乡下,用新教徒的方式祈祷着好时候能再次到来的女人。

而凯瑟琳,她的女儿,正好奇地看着我。

"她给你看过这封信了吗?"我声音颤抖地问。

布朗夫人带着贪婪的好奇看着我。

"没有。"凯瑟琳说。

于是我将那封信扔进了火炉,好像那是什么对我不利的证据。我们三个眼看着它烧成灰烬。

"我稍后再回复。"我说,"不是什么重要的事。现在,我要去看看他们给你准备的房间怎么样了。"

这只是一个从她们俩和那团火焰中的灰烬旁边脱身的借口。我快步走了出去，唤来了仆人并叱责她们办事粗心大意，而后才安静地回到自己的房间，将发烫的额头靠在冰凉的厚玻璃窗上。我应该无视这种中伤，应该无视这种侮辱和敌意。无论这些是由什么引起的。我现在身处宫廷的中心，为国王和自己的家族做事，到了最后他们全部都会认可我的，他们会承认我是这个家族最杰出的人，是个侍奉国王和家族到最后一刻的波琳女孩，就算国王已经变得又肥胖又危险，就算这个家族已经死亡，只留下了我一个。

1539年12月31日

凯瑟琳　于罗契斯特

　　现在让我看看我都有些什么？现在我已经是一个成熟的宫廷女人了，而我都有些什么呢？三件新礼服，做工都很好，但对一个期望更加引人注目的女孩子来说这还不是什么上档次的行头。我还有三顶与衣服相配的兜帽，它们都很漂亮，但都没有镶上金边，而我看到很多宫廷女官们都在帽子上镶了珍珠，甚至是昂贵的宝石。我也有一些很好的手套、一件新斗篷、一个暖手筒和一对花边领，但无论是从数量上还是可选择的花样上，这些衣服都还远没有达到标准。如果没有为数众多的漂亮衣饰供我穿戴的话，那待在宫廷里还有什么意思呢？

　　迄今为止我对宫廷生活的美好幻想，到头来都是一场空。我们顶着有史以来最恶劣的天气从格雷夫森德一路坐船过来，大雨倾盆，我的兜帽被强劲的风刮得到处乱飞，头发成了一团乱麻，新天鹅绒披肩也打湿了，我确定那上面肯定会留下去不掉的水渍。王后来面见我们的时候顶着一张和木头一样呆愣的脸，他们也许可以辩解说她这样是因为疲惫，但是她看上去明明一副对所有事物都感到新奇的样子，简直像个第一次进城来的农民，即使是面对最平凡无奇的事物，也会露出惊奇的表情。当人们向她欢呼时，她笑起来，然后像个小孩子面对旅行商队时一样招起手来，但当被要求去会见那些贵族们时，她总要四处张望寻找一个克里夫斯来的随从，再用他们那种蠢语言对彼此絮絮叨叨。她说话时伸出双手来，好像端着一大盘要上桌的肉，而且她也完全不会说英语。

当我被带到她面前时她仅仅只是看着我，看着所有这些新来的女孩们，一副完全不知道我们在她的房间里是要做什么的样子，也不知道她应该对我们做些什么。我原本以为她至少会想要来一些音乐，而我正好有一首完美的歌准备好要唱，但出人意料的是，她居然说她必须做祷告，随后就走开了，还把自己关在衣橱里。我的嫂子简·波琳说当她这样做时是想一个人待着，这并非是一种虔诚的标志，只能证明她的羞涩，而我们必须对她友善并且照顾她的情绪，她会很快学会我们的语言，也会渐渐成熟起来。

我自己反正不这么认为。她在礼服下面还穿了里衣，衣服的领子都快到她的下巴上了。她还把一顶看起来有一吨重的兜帽扣在自己的脑袋上。她的肩膀很宽，那件布丁碗一样的裙子也让她的屁股看起来硕大无比。南安普敦大人看起来很喜欢她，但也许他只是在为旅程将要结束，而他的任务就要完成感到如释重负而已。和王后一起的英国驻克里夫斯大使们用她的语言同她聊天，她则像只嘎嘎叫的鸭子一样笑着回应。莱尔夫人似乎也喜欢她，简·波琳也常伴她左右，但我担心这对我来说将不是一个令人愉快的宫廷环境，如果宫廷中都没有愉快的舞会和调情的话，宫廷生活的乐趣又在哪呢？说真的，倘若任何一个年轻人成了王后，却既不寻欢作乐，又不空虚、不犯点蠢的话，她当这个王后还有什么意义？

1539年12月31日

简·波琳　于罗契斯特

晚餐之后有一场狗斗牛的游戏，安妮王后被带到窗边俯瞰庭院，以便能欣赏到最好的景致。她一走到窗边，下边院子里的人群便爆发出一阵欢呼，尽管人们已经陆续把狗牵出来，一般这种时候正常男人是很难停止下注去做其他事情的。她微笑着朝他们招手。对待平民时她总是显得轻松自在，他们也因此喜爱她。无论我们沿途走到哪里，她都对赶来见她的人民露出微笑，对朝她的轿子扔花束的小孩子她则送出一个隔空的亲吻。所有人都受宠若惊。自从阿拉贡的凯瑟琳之后，我们已经很久不曾拥有过一个对待平民如此笑容满面又和蔼愉快的王后了，自从她之后英国也已经很久没有体味过异国公主的风采了。毫无疑问这位王后也会学着在面对宫廷时举重若轻，迟早的事。

我站在她身后的一侧，她的其中一位德国友人站在另一侧，这样她就能把正在进行的对话翻译给她，莱尔大人也在，当然还有大主教克莱默。他看上去心情是愉快的，当然了，因为她可能成为克伦威尔的同盟，那意味着他的竞争对手将变得更强，但他更害怕的事情莫过于国王迎娶一位天主教的公主，那样的话这位改革派的大主教就会眼看着他的教堂又一次全部变回老样子。

宫廷中的一部分人站在窗边观看庭院里的那场决斗，另一些在房间深处小声交换着闲言碎语。我听不清他们在说些什么，但是我想绝对不止一个人像布朗夫人一样，认为这个安妮没有足够的能耐去匹配这个尊贵的身份。他们尖刻地评判她，无论是她的羞涩还是她的少言寡语。他们批评她的衣着，嘲笑她不会跳舞、不会唱歌，也不会弹鲁特琴。这个宫廷是残酷的，充满轻浮的气焰，而她只是一个容易成为靶子、被极尽讽刺之能事的小女孩。如果这种状况继续下去，会发生什么呢？她和国王是一定会结婚的，没有什么能阻拦这场婚礼，他很难找到理由将她遣返家乡，应该不能。罪名是什么呢？就因为戴的兜帽太重了？就算是国王也不能这么做吧，就算是国王也不能。这将会打击到克伦威尔的政策从而引来麻烦，对克伦威尔本人也有弊无利，还会让英国在法兰西和西班牙的威胁面前孤立无援，没有任何新教盟友做我们的后盾。国王永远不会冒这个险，我敢肯定。但我却不能想象今后事情将会怎样的发展。

在楼下的院子里，他们已经做好了释放公牛的准备，牵牛的人剪断了牛鼻环上的绳子后就跳向旁边给牛让了道，他抬起了栅栏，而一旁坐在木头长凳上的人们站起来，开始吆喝他们下的注。这头牛是个大家伙，它有结实的四肢和一颗又粗又丑的脑袋。

它转着圈，用两只眼睛轮流盯着那些狗。没有一条狗想要第一个进场，它们害怕它的力量和强大。

我感觉到有一点喘不上气。自从我上一次离开宫廷之后就没再看过斗牛，我都忘记了看着狂吠的狗扑倒一头巨兽会带给人一种多么野蛮的快感。像这样大的公牛很少见，它的身上还带着之前的战斗留下的新鲜伤痕，头上的角几乎没什么磨损。那些狗都畏缩不前，只是狂吠着，叫声尖锐而持久，还带着一丝战栗的恐惧。那头牛一个接一个地观察它们，摇摆着犄角威胁它们，于是那些狗纷纷后退，在它周围形成了一个圆圈。

一条狗冲了过去，公牛立即就掉转了牛角，你想象不到一头这样巨大的动物会动作这么快，它把头往低处一刨，牛角猛地击中了那条狗，让它发出了一声类似人类悲鸣的叫声,那条狗的骨头一定断了。它倒在地上,一动不动,正像个小婴儿一样呻吟着,那头牛紧盯着它,然后低下了头,用它的大角刺中了那条号叫着的狗。

我都没发现我在尖叫,不知道是因为那条狗还是因为那头牛。鹅卵石上还沾着血,不过公牛刚刚的攻击让它在其他的狗面前露出了破绽,下一轮的攻击又发动了,有一只狗咬上了牛的耳朵。它转过身,但是另一只立刻紧紧咬住了它的咽喉并且挂在了那儿,那条狗露出的白牙在火炬光线下闪着微光,公牛第一次发出了哞叫,它的咆哮让所有的侍女都发出了尖叫,也包括我,现在所有人都挤到了窗户口往下看,公牛甩着它的脑袋让狗摔到了地上,其中的一条发出了愤怒的吠声。

我发现我正在发抖,尖叫着想让那些狗继续!冲上去!我想看更多,我想看到完整的全程,而安妮王后在我身旁笑着,兴奋地指着公牛流血的耳朵,我点点头说:"它一定气极了!它一定会杀了它们的!"就在这时,一个陌生的壮汉,闻上去充满了酒和汗液还有马的味道,突然冲到了我们面前,他对安妮说:"我为你带来英格兰国王的问候。"然后就亲吻了她,整个吻在她的嘴唇上。

我几乎是不假思索地叫喊着要侍卫们过来。

这是一个将近五十的老男人,一个肥胖的男人,老到可以做她的父亲。她第一时间就反应过来他大概是个喝醉了酒的笨蛋,成功闯进了她的房间。安妮用她的微笑和伸出的手面见过数以千计的男人,可现在这一个穿着大理石纹样的披肩、戴着一顶盖住整个脑袋的兜帽的男人,就这么来到了她的面前,把脸贴上了她的脸,把他那张沾着口水的嘴贴在了她的唇上。

但是紧接着,我咬住嘴唇打断了自己的呼救,看清了他的身高,我看清了和他一起进来的穿着相同披肩的人,立刻反应过来他就是国王。就在那一瞬间,仿佛奇迹发生了,他看上去不再那么老那么胖那么惹人厌恶了。

当我认出他就是国王的时候，我的眼中看见的是那个我所熟悉的王子，那个被人评为基督教世界最英俊的王子，那个我本人都曾经爱慕过的人。这就是亨利，英格兰国王，世界上权力最大的人之一，一个舞者、音乐家、运动健将，一个尊严有礼的骑士，也是一个爱人。这就是英国宫廷的偶像，如楼下院子里的公牛一样伟岸，当他受伤时，也像它一样危险，因为他会直面任何一个挑战者，并且处死他们。

我没有行礼，因为他正身着便装。我曾从阿拉贡的凯瑟琳那里得知外人不应该拆穿他的乔装，他喜欢自己撕下面具然后等着所有人惊呼——人们完全没想到这个英俊的陌生人会是谁，他们的赞美仅仅是针对眼前的这个人，并不是因为知道他就是我们伟大的年轻国王。

于是，因为我不能警告安妮，眼下发生在我们这个走廊上的情形，就变得和我们脚下院子里的那场血腥的决斗一模一样了。她推开他，两只手死死地抵在他肥胖的胸口上，而她的脸，有时是那么呆滞迟钝的那张脸，现在正火烧一样地变了颜色。她是个谦逊的女人，一个未经世事的女孩，而她害怕这个男人会非礼她。她把手背擦过她的脸以擦去他嘴唇的味道，紧接着，相当糟糕的是，她转过头去，将他的唾液吐了出来。她用德语说了些什么，这些话甚至不需要翻译，显然就是对这个企图触碰她的平民还有那些喷在她脸上的酒气的诅咒。

他跌跌撞撞后退了几步，他，这个伟大的国王，差点就因为她的蔑视而退却了。在他这一生当中，还从没有一个女人推开他，他也从没见过任何一个女人脸上露出除了渴望和逢迎之外的表情。他愣住了。在她激动的表情和恼火的瞪视中，他看见了一抹之前从未见识过的诚实态度。在这糟糕的令人眩目的一瞬，他第一次看到了真正的自己：一个年迈的，韶华远去的，不再英俊、不再有吸引力，只是个因为身上的气味就让年轻女人对他的触碰避之不及的男人。

他踉跄着后退,好像受到了致命一击,那一击打中了他的脸,也打中了他的心。我之前从没有见他这样过。我几乎可以看见在他失神的表情背后汹涌的思绪。他突然察觉到自己不再英俊了,察觉到自己不再吸引人了,这可怕的直觉告诉他他现在又老又虚弱,并且总有一天,他会死的。他不再是那个基督教世界最英俊的王子了,只是个愚蠢的老男人,以为只要穿上一件披肩戴上一顶兜帽骑马出去见一个二十四岁的姑娘,她就会对这个英俊的陌生人一见倾心,并且和国王坠入爱河。

他的灵魂备受震动,以至于现在看上去又呆笨又迷惑,像个乱糟糟的老爷爷。而安妮却是高贵的,她站得笔直,很生气,看上去很威严,她坚守自己高贵的身份,射向他的目光让他在她的侍女们面前无地自容,就像一个没人想要扯上关系的男人。

"别碰我!"她用带着浓重口音的英语说道,而后转过肩膀对着他,好像又要再一次将他推开。

她环顾四周想要找一个侍卫来逮捕这名闯入者,然后她第一次注意到,没人上前保护她,我们全都惊慌失措,没人知道自己能说什么或做什么来应对这样的时刻:安妮王后怒火中烧,而国王流露出胆怯的神色,在所有人面前退缩。国王的年龄和他衰老的真相突然之间尖刻地、不可饶恕地显现出来。南安普敦大人走上前来,但是哑口无言,莱尔夫人看向了我,而我也在她的脸上看见了和我相同的震惊。这一瞬间是多么的尴尬啊,以至于我们所有人——我们这些巧言辞令的人,善于逢迎和谎言的人——统统都说不出话来。那些被我们挂在嘴边三十来年的言辞,称赞我们的王子有多么的年轻、英俊和无法抗拒的话语都变得支离破碎,仅仅是因为一个我们都不尊敬的女人。

国王无言地转过身去,走路的时候几乎脚步踉跄,他挪动他臭气熏天的身子，而这时，凯瑟琳·霍华德，那个聪明机灵的小女孩，发出了一声明显充满了赞美的喘息，并且对他说："噢！请原谅我先生！但我才新进宫廷，一个像您这样的陌生人，我能请问您的大名吗？"

1539年12月31日

凯瑟琳·霍华德　于罗契斯特

　　我是唯一一个看见他走进来的人。我不喜欢斗牛，也不喜欢熊啊斗鸡啊或类似的东西，只觉得这些事非常令人不快，因此我站在离窗户稍远一些的地方。我那时正四处张望，事实上，我是在寻找一个之前见到过的年轻人，他非常英俊，还带着轻浮的笑容，就在那时我看到他们六个走进来，六个老人，他们至少有三四十岁，那个又胖又老的国王在最前面，个个都穿着一样的披肩，像化装舞会用的戏服，因此我立即就猜出来那就是他——他乔装成一个周游的骑士的模样，可笑的老笨蛋。接下来他会问候她，她也会装作不认识他的样子，接下来他们就会共舞。说真的，见到他我很高兴，因为这就意味着接下来肯定就会有舞会了，而我还在考虑怎么样才能在舞会上鼓动那个英俊的年轻人到我的身边来。

　　但当他亲吻她之后事情完全变样了。我立刻就看出来她根本不知道他是谁，应该有人事先警告她的。她以为他就是一个喝醉了的老男人，为了一个赌注闯进来，而且强吻了她，因此她当然受到了惊吓并且感觉相当的厌恶——因为当他穿着那件廉价的斗篷，而且身边没有世界上最庞大的宫廷人群围绕的时候，看上去根本就不像个国王。说老实话，当他身着那件穷酸斗篷，带着那些同样衣着寒碜的随从的时候，他看上去确实就像个普通商人，摆着鸭步，还有个红鼻子，简直像是喝多了酒指望着能到宫廷里来给自己认个亲戚。他看上去就和那种，当我叔叔在街上被人叫出名字时绝对不想去相认的人那样。一个又胖又老的男人，一个粗俗的老男人，像个在赶集时喝醉的牧羊人。他的脸浮肿得可怕，像个湿漉漉的圆盘子，头发又稀疏又灰白，胖得如同怪物，而且腿上还有旧伤让他走路一瘸一拐，颠跛得像船上的水手。没有皇冠，也一点不英俊，就像随便什么人家里又胖又老的老祖父。

他退缩了，她秉持住自己的身份，擦着嘴巴以摆脱他的气息，那之后——真是太可怕了，我几乎都要因为惊讶而叫出来了——她转过头并且吐出了他的口水。"别碰我！"她说，然后转过了身。

那是一阵彻底的、可怕的寂静，没人说一句话，突然之间我明白了，就好像我的表姐安妮·波琳正俯在我的耳边告诉我该怎么做一样。我甚至根本没去想那场舞会和那个年轻人，仅此一次，我甚至都没去想我自己，这种情况从未有过。在电光石火之间，我仅仅只是想，如果我装作不认识他，那么他就可以继续不表明身份，那么这整场差强人意的化装舞会和这个愚蠢的老男人，还有他所有的虚荣心就不会完全垮台了。说老实话，我只是同情他。我仅仅只是想，自己能够将他从这毛骨悚然的尴尬中解救出来，毕竟刚刚一个女人在他的面前气得跳脚，还像赶走一个发臭的老叫花子一样推开了他。如果有任何一个人开口说些什么的话那么我会继续保持沉默，但是没人说话，寂静一直在持续，直到无法忍受。而后他蹒跚着后退，差点就撞到了我，他的整张脸都起皱了，看上去不知所措，我真为他感到可怜。

可怜的威风扫地的老傻瓜！于是我装出惊讶的样子："噢！请原谅我先生！但我才新进宫廷，一个像您这样的陌生人，我能请问您的大名吗？"

1539年12月31日

简·波琳　于罗契斯特

布朗夫人大吼着命令侍女们上床睡觉，好像她是守卫的跟班。她们都兴奋过头了，凯瑟琳·霍华德更是所有人的中心，就和其他人一样激动。她好像五朔节的女王①般，是怎么对国王说话的，是怎么透过睫毛偷偷仰视他的，又是怎么央求他——好像对方是一位新进宫廷的英俊陌生人——去邀请安妮王后跳舞的，所有这些都被一遍遍地模仿和重演，直到她们笑到再也笑不动了。

布朗夫人没有笑，她的神情就像雷暴，因此我把这些女孩赶上了床，并且对她们说她们都非常愚蠢，本应该做得更好，应该学学她们的女主人安妮王后，要表现出适宜的尊贵，而不是模仿凯瑟琳·霍华德。她们像漂亮的小天使一样两个两个地钻上床，我们吹熄蜡烛把她们留在了黑暗里，然后锁了门。但我们还没来得及转身走开就听见了她们的窃窃私语，话说回来，这世上也没什么力量能迫使女孩们循规蹈矩，因此我们放弃了尝试。

"感到烦心吗，布朗夫人？"我体贴地问。

她犹豫了，她渴望找个人倾诉，而我就在她的身边，并且以谨言慎行著称。

"这件事太糟了。"她重重地说，"噢，虽然它最后还是有足够愉悦的结

---

① 按英国习俗，五朔节祭典上会选出一名少女扮作女王。

尾的，他们唱歌跳舞，在你对安妮殿下解释过之后，她也恢复得足够快，但这件事还是太糟了，太糟了。"

"你是指国王？"我猜测到。

她点点头，抿起了嘴唇，好像正在阻止自己多嘴似的。

"我累了。"我说，"睡前我们能一起喝一杯热麦芽酒吗？安东尼大人今晚也待在这儿，是吧？"

"天知道他能在我的房里待几个小时，"她心不在焉地说，"我怀疑国王身边的人今晚都还用不用睡觉。"

"是吗？"我说，带路走进了会客厅。其他的侍女们都睡觉去了，炉火浅浅地燃烧着，但在火炉边有一壶麦芽酒和半打大啤酒杯。我给我们两个都倒上了一杯。

"说吧？"

她在自己的椅子上坐定，前倾身子对我低语道："我丈夫告诉我说国王发誓不会娶她。"

"不可能！"

"他真的这么做了，真的，他发誓说他不可能喜欢她。"

她深饮了一口酒然后从酒杯上方看着我。

"布朗夫人，你一定是误会了……"

"我就是今晚上听我丈夫说的。国王揪着他的衣领子，几乎是用喉咙在说话，就在我们刚退场不久之后，他说他刚见到安妮的那一刻就感到惊慌失措，在她身上他没看到任何他预期的东西。"

"他是这么说的？"

"都是原话。"

"但是我们离开时他看上去真的很开心。"

"就像凯瑟琳'真的'认不出他的身份一样'真'，就像她是个纯'真'

的小女孩一样'真'。我们都擅长演戏，但国王不想扮演一个迫不及待的新郎角色了。"

"他必须要做，他们已经订婚了，连合约都签了。"

"他不喜欢她，他说了。他不可能喜欢她，他正在责怪那些为他安排了这桩婚事的大人呢。"

我必须把这个消息报告给公爵大人，他必须在国王回到伦敦前得到警报。

"责怪为他安排了婚事的人？"

"还有那些把她带给他的人，他怒气冲天。"

"他会怪罪托马斯·克伦威尔的。"我悄悄地说。

"一定。"

"但是安妮殿下怎么办呢？他肯定不能就这么拒绝她啊。"

"现在正在商量阻止这场婚礼的办法。"她说，"这就是为什么安东尼大人和其他所有人今晚都睡不成了。克里夫斯的官员本应该带一份合约的副本来，以说明安妮的旧婚约已作废，但是他们没有。既然如此，也许有理由宣告，婚约也可以被认作是无效的。"

"别又来一次！"我说，有一瞬间的真情流露，"别再做几十年前他对凯瑟琳王后做过的事情了，我们都会看上去像傻子！"

她点点头："是的，一样的事情。但对她来说，取消婚约从这儿安全地回到家乡，总比嫁给一个敌人要好。你了解国王，他永远不会宽恕她将他的吻吐出来这件事的。"

我什么也没说，这些推测十分的危险。

"她的弟弟一定是个蠢货。"我说，"她要走这么长的一段路，他却没派任何人保护她。"

"今晚我可不准备站在她那边。"布朗夫人说，"你知道我从不觉得她会讨国王的喜欢，我也是这么对丈夫说的。但他最清楚，和克里夫斯的结盟关系非常重要，他告诉我，我们必须寻找盟友以保护自己免受法兰西和西班牙的攻击，我们也需要盟友对抗天主教权力。欧洲的各个角落都有天主教徒可能会向我们进军，就算在英国都可能会有天主教徒趁国王睡觉的时候行刺。我们必须加强改革的力度。她的弟弟是一帮新教公爵和王子们的领头人，是我们未来可寻求的助力。我说：你说得对，但国王不会喜欢她的，听清楚，不、会、喜、欢、她。那之后国王就进来了，准备好了向她求爱，结果她把他当做一个喝醉酒的贩子给推开了。"

"那会他看上去不太像个国王。"除了这个小心谨慎的评判外我不敢再多说些什么。

"他的确不在最好状态。"她说，用词和我一样小心。在我们之间有一个不可言说的事实真相，那就是我们英俊潇洒的王子已经变成了一个肥胖、丑陋、苍老的人，而我们第一次意识到这一点。

"我得去睡觉了。"她说，放下了杯子。她不能忍受去想象那个我们曾经喜爱的王子衰老的样子。

"我也是。"

我让她回房了，一直等到听见她关上房门的声音，然后我悄悄走进大厅，在那些烂醉如泥甚至快要醉死过去的人当中，有一个人穿着霍华德家的衣服。我对他勾勾手指，他安静地站起来离开了其他人。

"去找公爵大人。"我低声对他说，嘴巴贴着他的耳朵，"现在立刻就去，在他见到国王之前找到他。"

他点点头，立刻就领会了我的意思。

"告诉他，只告诉他一个人，国王不喜欢安妮殿下，他会试着宣布婚约无效，还要怪罪那些安排婚约的人，并且会降罪于那些坚持这桩婚事的人。"

他又点了一下头，我仔细想了想，以免还有任何说漏了的事情。"就这些。"我们的敌人克伦威尔就是这场婚礼的月老，我不需要提醒那个全英国最聪明谨慎的人这一点——这是我们扳倒克伦威尔最好的机会，就像我们之前打倒沃尔西时一样。如果克伦威尔下台了，那国王会需要一个比他的总司令还要好的参谋——诺福克。

"快去，在国王之前见到他。"我又说了一遍，"公爵大人不能在没有收到警告前面见国王。"

男人鞠了躬，第一时间离开了房间，都没有和他那些酒友道个别。从他快速大幅度的脚步看来，他完完全全是清醒的。

我回到自己的房间，我今晚的床伴，另一个侍女，已经睡着了，她胳膊摊开，占了我的这半边床。我小心地挪开她滑进了温暖的被单。我没有马上入眠，躺在寂静中，听着她在我身侧的呼吸声。我在想那个可怜的年轻安妮和她脸上的纯真及坦诚的眼神。我在想布朗夫人是不是对的。这个年轻女人真会身处在危险之中，仅仅就因为国王不喜欢她？

肯定不会，布朗夫人一定夸大其词了。这个年轻女人是德国公爵的女儿，她有个强大的弟弟可以保护她。国王需要她带来的援军。但是紧接着我想起她的弟弟没让她带着一张可以保障她婚约的文书就来了英国，因此我怀疑他对她也并不怎么上心，毕竟他没派人保护就放她走了这么长的一段路来到这个虎穴。

1540年1月1日

安妮 于往达特福德途中

不会比现在更糟了，我觉得自己是个蠢货。我真庆幸今天上路了，虽然坐在不舒服的颠簸的轿子里，但至少是一个人待着。至少我不用面对任何可怜我的、暗地里却在嘲笑我的神情，所有人都知道我和国王的第一次见面是场灾难了。

但是说真的，怎么能怪我呢？

他有我的肖像，汉斯·荷尔拜因那严肃的审视曾把我看得无地自容，因此国王可以细看我的画像，评价和认识我，他很清楚我是谁。但我没有他的画像，除了一幅在脑海中的每个人都有的幻象：年轻的王子，在十八岁的黄金年龄登上了王位，世界上最英俊的王子。我很清楚他现在已经五十岁了，我知道自己不是要嫁给一个英俊的男孩，也不是一个英俊的王子，但我以为我要嫁的是一位全盛时期的国王，即便他上了年纪。不过我不知道他是什么样子的。我没有他新近的画像做参考，也没有想到他……他会这么糟糕。我能看出他过去是个什么样的人。他有宽阔的肩膀，不论对于哪个年纪的男人来说都很潇洒。他仍能骑马，这说明他仍在打猎，唯独腿上的伤会有一定阻碍，他仍然充满着活力。他亲自治理国家，没有把权力交给更年富力强的大臣们，他身上有一个人所能说出的所有智慧。但他还有一对小小的猪一样的眼睛，和小小的气味难闻的嘴，月球一样的堆满了肥肉的大圆脸。他的牙一定很坏了，因为他的口气非常难闻。当他抱住我亲吻时身上的气味真是让人恶心。当他在我面前后退时，看上去像个被宠坏的小孩，差点就要哭出来。但是，我必须公平地说，那一刻对于我们两个而言都够糟的。我敢说，因为我把他从我身边推开了，我也没有表现出最好的一面。

我向上帝祈祷我那时没有吐口水。

这是个坏开头。又糟糕又不庄重的开始。

真的，他不应该毫无准备又不事先通知就来见我。现在倒好，所有人都告诉我他喜欢乔装改扮成普通人，这样人们就会惊喜地发现他的真实身份。他们之前可从没告诉过我这个。相反，我每一天都被三番五次地告诫说英国的宫廷非常正式，所有事情都要讲规矩，我必须学会先后顺序，不能在一个家族元老之前先召见另一个年轻成员，而这些事情对于英国人而言比生活本身还要重要。在我离开克里夫斯之前的每一天，我母亲都在提醒我英格兰王后必须无可挑剔，必须是一个完全拥有王室尊严和矜贵的女人，永远不能与人太亲近，不能太轻浮，不能太过友好。每一天，她都告诉我英格兰王后的地位取决于毫无瑕疵的名誉。她威胁说如果我和安妮·波琳一样放荡、热心和多情的话我就会和她一样下场。

我怎么可能想到会有个又老又胖的醉汉跑来吻我呢？我怎么会想到我要在毫无准备的情况下接受一个又老又丑的男人的吻呢？

尽管如此，我还是祈求上帝我没有吐出他气味难闻的唾沫。

但是不管怎么说，也许事情也并没有这么坏。

今早上，他还给我送来了一份礼物，一份名贵的黑貂皮，非常昂贵，非常优质。而小凯瑟琳·霍华德，那个甜美的，把国王错认成了一个陌生人还友善地和他打招呼的小女孩，收到了一枚金胸针。安东尼·布朗大人今早送来礼物的时候还做了一番漂亮的说明，告诉我国王已经先行一步去为我们的正式见面做准备了，地点选在一个叫布莱克西斯的地方，就在伦敦外边。我的侍女们说在那之前都不会有任何的惊奇了，因此我不需要时刻戒备。她们说这种乔装是国王最喜欢的游戏，一旦我们结了婚，我便必须时刻准备迎接他戴着假胡子或一顶大帽子前来邀请我跳舞，还要做好装作不认识他的准备。我笑了，并说真可爱，尽管我真正的想法是，真诡异，真幼稚，还有，真虚荣，期盼人们能和现在这个普通人模样的他相爱的想法又是多愚蠢。也许在还年轻英俊的时候，他还能带着乔装到处走，人们会因为他的外表和魅力喜爱上他，但是这么多年过去了，人们肯定只能装作喜欢他了。

但我没把我的想法说出来。现在我最好什么都别说，因为我已经破坏过一次游戏了。

那个彬彬有礼和他打招呼从而救了场的女孩子，小凯瑟琳·霍华德，是我的新随身侍女了。我在今早启程的慌乱中把她叫到了身边，我感谢了她，尽我所能地用英语感谢她的帮助。

她小小地行了礼，噼里啪啦地用英语说了些什么。

"她说她很荣幸能侍奉你。"我的翻译洛特告诉我，"而她之前从来没有来过宫廷，所以她也没认出国王来。"

"那她为什么要和一个不经介绍就进屋的人说话呢？"我疑惑地问，"她不是应该理所当然地无视他吗？像这样一个粗鲁的男人，推推揉揉地就进来了。"

洛特把这些翻译成了英语，然后我看见那女孩看着我，好像有什么语言之外的东西把我们隔绝开来了，好像我们就是两个不同世界的人，好像我是雪里变出来的，还带着一对白翅膀。

"什么？"我用德语问道，我向她伸出手去，抬起了我的眉毛，"怎么了？"

她向前走得更近了些，对着洛特的耳朵耳语了些什么，眼神始终没有从我的脸上移开。她是一个如此漂亮的小东西，像个洋娃娃，这么认真，让我忍不住笑了出来。

洛特转向了我，她也快笑了。

"她说她当然知道那就是国王。还有谁能通过守卫进到屋子里来呢？还有谁这么高又这么胖呢？但是宫廷里的游戏规则就是要装作不认识他，还要和他搭话，说他是那么英俊的一个陌生人。她说她也许只有十四岁，她的祖母也说她是个呆子，但她已经知道每个英国人都喜欢被赞美，而且确实，人年纪越大，虚荣心就越强，克里夫斯的人一定也是差不多的。"

我因为她的话而笑了，也是在笑我自己。

"没错。"我说，"告诉她克里夫斯人也是差不多的，但是我这个克里夫斯来的女人很显然是个傻瓜，不论她的祖母怎么叫她，我应该在今后多听听她的意见，就算她只有十四岁。"

1540年1月2日

凯瑟琳　于达特福德

太可怕了！上帝啊！比我最害怕的事还要可怕！我就要死了，死定了！我伯父已经到这来了，一路从格林尼治赶来，就为了要见我，他召见我了。上帝啊他到底想拿我怎么办？我敢肯定我和国王的对话已经传到他的耳朵里去了，他会觉得这糟透了，并且会因为这不文雅的举动把我送回家给祖母。我死定了。如果他把我送回兰贝斯的话我一定会羞愧死的。但如果他把我送回霍舍姆，我大概又会无聊而死吧。我应该把自己扔进这条，管它叫什么名字的河，霍什河，谢姆河，要是可以的话鸭子水塘也行——然后溺死自己，这样他们就会因为我的离去而感到抱歉了。

当我的表姐安妮王后知道因被指控犯了通奸罪，要在他的面前上法庭，而他不会帮她说话的时候，心情一定也是这样的。她一定害怕得大脑一片空白，恐惧得浑身乏力，但我发誓一定没有我现在这么严重。我会害怕得死过去的。还没见着他的面我就死了。

我要在罗奇福德女士的房间面见他，我这次的莽撞行为明显相当糟糕，以至于他们只想将谈话限制在我们霍华德家的内部，当我走进去的时候，她坐在窗边的位子上，因此我猜测就是她把一切告诉我伯父的。她朝我微笑时我怒视着她，都是这个搬弄是非的长舌妇，我对她做了个鬼脸，让她知道都是谁把我害了。

"大人，我请求您不要把我送回霍舍姆。"我一进门就这么说。

他皱眉看着我。

"也祝你日安，我的侄女。"他冷冰冰地说。

我行了个礼，膝盖差点就跪到了地上。"求您了，大人，也别把我送回兰贝斯。"我说，"我恳求您，安妮殿下没生我的气，我跟她说话的时候她还笑了……"

我突然住了嘴，但随即意识到已经太晚了，我对国王的婚约对象说即便国王又胖又老也依然虚荣心十足这件事，也许并不该让叔叔知道。

"我什么也没告诉她。"我纠正道，"但她很高兴，她还说就算祖母认为我挺傻的，她今后还是愿意听从我的建议。"

他突然发出的嘲笑声在警示我，他认同祖母对我的评价。

"好吧，还不到建议的程度，不那么确切，大人，但她还是很高兴，国王也是，他还送了我一枚金胸针呢。天呐，伯父，求您了，如果您让我留下来，我永远都不会再乱说话了，大气都不会喘一下！"

他又笑了。

"我……"我说，"求您了伯父，别转过脸去，求您了，相信我吧，我会做个好姑娘，我会让您为我骄傲的，我会努力做到完美……"

"噢，行了，我很高兴。"他说。

"我会不惜一切……"

"我说，我很高兴。"

我抬起头："您高兴吗？"

"你似乎表现得很讨人喜欢，国王和你跳舞了吗？"

"是的。"

"看上去被你迷住了吗？"

我考虑了几分钟，我不能说他是被我"迷"住了。他不像那些跟我说话时眼神从我的脸溜到胸脯那儿偷看的年轻人，也不像那些我一朝他们笑就脸红的人。况且，当安妮断然拒绝他之后他差点就跌到我身上来了。他还沉浸在震惊中，和任何人说话都有可能只是为了掩饰他的受伤和尴尬。

"他的确和我说话了。"我无助地重复了一遍。

"我很高兴他在你身上放了注意力。"我伯父说。他语速慢得就像个校长，而我似乎应该从中领悟些什么。

"哦……"

"非常高兴。"

我朝罗奇福德女士看了一眼，想看看这句话对她来说是不是也别有用意。她投给我一个轻轻的微笑和一个颔首。

"他给了我一枚胸针。"我提醒他说。

他敏锐地看着我。

"很昂贵吗？"

我做了个鬼脸。"和他送给安妮殿下的黑貂皮相比不值一提。"

"我想也是。但那是黄金的吗？"

"是的，还很漂亮。"

他转向了罗奇福德女士："是吗？"

"是的。"她说。他们交换了一个微笑，好像已经彼此心领神会。

"如果陛下再次注意到你并同你说话，你要竭力表现得可爱和讨人喜欢。"

"是的，大人。"

"这点小注意也能帮上大忙。国王不喜欢安妮殿下。"

"可他送了她黑貂皮。"我提醒他说，"很好的黑貂皮。"

"我知道，但那不是重点。"

似乎我才是重点，但显然我没说对话，只能安静地站着等他。

"他每天都会见到你。"我的伯父说，"如果你继续取悦他，那么也许他也会送你黑貂皮的。懂了吗？"

这一次，关于黑貂皮的话题，我听明白了。

"是。"

"所以如果你想要礼物和我的嘉许，就竭尽所能地在国王面前表现得讨人喜欢和有魅力，罗奇福德女士会给你建议的。"

她对我点了点头。

"罗奇福德女士是最有技巧和最有智慧的宫廷人。"我伯父继续说道，"没多少人见到国王的时间比她还长。罗奇福德女士会教你怎么做。我们希望，也想让国王喜欢你，想让他，简单点说，爱上你。"

"我？"

他们都点了点头。他们疯了吗？他是个那么老那么老的男人，应该早好几年就已经忘记了恋爱的感觉了。他还有个女儿玛丽公主，比我都大得多，都能做我的妈妈了。他那么丑，牙齿都烂了，又一瘸一拐的，走路摇摇晃晃像只肥企鹅。一个像这样的男人，应该好多年前就死了恋爱这条心了。他没准还把我当孙女呢。

但我没有别的选择。

"但他就要和安妮殿下结婚了。"我指出来。

"那也没关系。"

"而且他也老得过了恋爱的年纪了。"

我的伯父朝我投过来一道怒视，我因为害怕而噤声。

"愚蠢。"他短促地说。

我犹豫了一会。他们当真想让这个老国王做我的爱人吗？我应该告诉他们我的贞洁和无可挑剔的名誉这些事吗？因为毕竟在兰贝斯，它们显得那么重要。

"我的名誉……"我小声说。

我的伯父又一次笑了。"那不重要。"他说。

我看向罗奇福德女士，她应该要成为我在这个淫乱的宫廷里的监护人，看管我的言行，并守卫我宝贵的名誉。

"我可以晚些时候对你说明。"她说。

我明白过来自己现在不应该多嘴。

"是的，大人。"我乖巧地说。

"你是个漂亮姑娘。"他说，"我已经给了罗奇福德女士给你添置新礼服的钱了。"

"天呐，谢谢！"

他因为我突然的兴奋笑了。他转向了罗奇福德女士。

"我会给你留一个仆人，他会服侍你并负责传递消息。看上去在你身边放一个人是值得的。谁会想到呢？不管怎么样，和我保持联系，让我知道这儿的事情发展得怎么样了。"

罗奇福德女士从座位上站起来行了礼。他没再说话就出去了。现在只剩下我们两个了。

"他想要什么？"我问，感到完全困惑不解。

她打量着我，把我从头看到脚，好像在估量礼服的大小。

"现在别担心这个。"她和蔼地说，"他因为你感到高兴，这才是主要的。"

1540年1月3日

安妮 于布莱克西斯

这是我一生中最快乐的一天，因为今天我坠入了爱河。我恋爱了，并不是像一个懵懂的女孩，因为一个男孩吸引了她的目光或对她讲了什么愚蠢的故事而昏了头。我恋爱了，这爱情将持续到永远。这天，我爱上了英国，而这点自觉把这天变成了我人生中最快乐的日子。这一天，我意识到我就要成为这个国家的王后了，这个富有、美丽的国度。一直以来我都像个傻子一样，穿越了这个国家，却对所有的美好视而不见，尽管有时我是在我能想象的最黑暗和最糟糕的天气里行进，但是今天却是明媚和阳光灿烂的一天，天空那么蓝，蓝得好像鸭子蛋，空气这么清新，使人愉悦，如白葡萄酒一样清爽宜人。今天我感觉自己就像父亲过去用来称呼过我的那只白隼，觉得自己仿佛乘着凉爽的风飞升到了高空，朝下俯瞰这个最美丽的国家，而它将属于我了。我们从达特福德一路骑行到布莱克西斯，路上的霜白沿途都在闪闪发光，当我们到达公园时，所有的侍女都来到了我的面前，每一个都衣着光鲜，温暖而友善地和我打着招呼。我一共有将近七十个侍女，当中还有国王的侄女们和表姐妹，她们今天全都像新朋友一样欢迎了我，我也知道自己看上去很不错，我想，就连弟弟今天也会为我感到骄傲的。

他们搭建了一座金线帐篷构成的城市，颜色光鲜亮丽的彩旗迎风飞舞，由国王的亲卫队把守着，他们都那么高大那么英俊，是英国的传奇人物。

在等待国王的时候,我们走进了那座城市,拿起一杯葡萄酒,靠着火盆取暖,他们为我燃起的是海煤,最好的煤,因为我就要成为英国的王室成员之一了。地板上铺着富丽的地毯,帐篷里还悬挂着挂毯和丝织物来保暖。那之后,她们说时间到了,每个人都微笑着颤抖着,几乎和我一样兴奋,我爬上马背,骑行出去见他。我满怀着希望而去。也许,就在这个仪式上,我会喜欢上他,他也会喜欢上我。

树木高耸着,它们光秃秃的黑色枝丫向冬日天空延伸,像是蓝色织锦上的黑色螺纹。公园绵延数里,绿意盎然、生机勃勃,融化的积雪闪闪发光,阳光是一种明媚而发白的黄色,亮得像要在天上烧起来。每一个角落都牵着颜色亮丽的绳索,伦敦来的民众们微笑着朝我招手,对我送上祝福,这是我人生中第一次,不是作为那个克里夫斯家的二女儿,不及西比拉聪明也不及艾米利亚可爱;此刻我就是安妮,唯一的安妮。

这些古怪、富有、又讨人喜欢的人,他们都在欢迎我,他们想要一个好王后,一个诚实的王后,他们相信,并且我也知道,我会为他们成为一个这样的王后的。

我知道得非常清楚,我不像之前的简王后一样是个英国女孩,上帝保佑她安息。但是见过这么多的朝臣和那些英国的大家族之后,我想我不是个英国人也许是一件好事。就算是我也能看出来西摩尔家现在备受拥戴,很可能变得过于强盛。他们无处不在,这些西摩尔家的人英俊又骄傲,总是在强调他们家的小孩是国王的独子,是王冠的继承人。如果我是国王而这是我的朝廷的话,我会警惕他们。如果他们得到允许去控制年轻的王子,利用外戚关系操控他,那么朝廷中的天平就会向他们歪斜。

依我之见,国王在选择他的宠臣这件事上并不谨慎。我也许年纪只有他的一半,但我很清楚一个掌权者应该小心展露自己的偏好。我上半辈子都活在家里最受宠的儿子对我的敌视中,我知道一个掌权者的一时兴起能带来多坏的影响。这个国王很随心所欲，但也许我能让他的朝廷更平衡一些，也许我可以成为他儿子头脑冷静的继母，保证这个男孩和那些谄媚的朝臣之间有一段安全距离。

我知道他的女儿已经被他所疏远了。可怜的女孩们，我如此希望能帮助小伊丽莎白，她还从来没有见过自己的母亲，并且到目前为止都活在不名誉的阴影下。也许我能把她带到宫里来，把她放在身边，让她和父亲重归于好。玛丽公主一定也很孤独，她的母亲不在了，她也清楚自己已经远离了父亲的关爱。我可以友善待她，我能帮她克服对国王的恐惧，把她以女方亲戚的身份带进宫廷，她不需要叫我继母，但也许我能做一个好姐姐。对于国王的孩子们来说，我至少能够成为一股正向的能量。如果上帝足够眷顾我们，如果他足够眷顾我，而使我们有了自己的孩子，那么也许我还会给英国带来一个小王子，一个神圣的小生命，可以用来帮助治愈这个国家的裂痕。

人群中传来兴奋的骚动声，我看见所有人的头都从我这里转开而后又转了回来。国王朝我们过来了，我对他所有的恐惧刹那间已经消失无踪。现在他不再假扮成个平民了，他不再将自己的尊贵掩藏在粗俗苍老又愚蠢的伪装之下了，今天他穿得像个国王，骑马的姿态也像个国王，身着一件缀满了钻石的外衣，一圈钻石领子环绕着他的肩膀，头顶上是一顶绣着珍珠的天鹅绒帽子，胯下的坐骑是我前所未见的良驹。他看上去高尚尊贵，像个明亮冬日下的天神，身下的坐骑骋跃在他自己的国土上，身上也挂着珠宝。他们被王家护卫围绕着，小号响了起来。他靠近我的时候笑了，而后我们向彼此致意，看到我们走到一起，人群发出欢呼声。

"向你致以英国的欢迎。"他说得足够慢以便我能听懂，我也同样小心谨慎地用英语回答他说："陛下，我非常荣幸能来到这儿，我会尝试着做您的好妻子。"

我想我会快乐的,我想这是可以实现的。第一次尴尬的失误能够被遗忘并被我们抛至身后。我们的婚姻会持续多年,会愉快地相处一生。等再过去十年,谁还会记得这样的一件小事呢?

接着我的马车就到了,我乘着它穿过公园到达格林尼治宫,它坐落在河畔,河上所有的船舶都用彩色装饰,上边旗帜飘扬,伦敦市民则穿着他们最好的衣服。船上有音乐家演奏一首新曲子,叫《快乐安娜》,是为我写的,船上还有庆祝我到来的露天表演,每个人都笑着看向我,因此我也微笑着对他们招手。

整个队伍开始浩浩荡荡地向格林尼治宫前进,我又一次意识到这是个怎样的国家,它将会是我的新家。这个格林尼治宫根本就不是一座城堡,它并没有因为惧怕可能到来的敌人而修筑防御工事,这是一座为和平时期的国家修筑的宫殿,一座宏大、富丽、精美的宫殿,就像法兰西的宫殿一样好。它面朝河流,由石块和我从未见过的珍贵的威尼斯玻璃而制成,非常美丽。国王看见了我惊喜万分的脸,他将马引到了马车旁,弯下腰来告诉我这只是他众多宫殿中的一所,但却是他最喜欢的一所,等到我们环游这个国家的时候,我会看到其他的宫殿,他希望我也会喜欢它们。

他们将我带到王后的房间休息,我第一次不想把自己藏进私人卧房,和侍女们一起待在我的王室住宅里让我很愉快。更多的人等在外面的大会客厅里。我走进私人更衣室,换上了我的塔夫绸礼服,他们已经用新年时国王送我的黑貂皮装裱过了。我想我这辈子还从未有过这等财富呢。

我带着侍女们下楼用餐,觉得自己已经是个王后了,在大餐厅的入口处,国王牵住了我的手,带领我转过餐桌,在那儿,每个人都弯腰行礼,而我们微笑点头,十指紧扣,就像已经结为了夫妻。

我开始认得出这些人了,不需要提示也能知道他们的名字,因此现在这个宫廷已经不再是不友好的模糊的一团了。我看到了南安普敦大人,他看上去神情疲惫而焦虑，也许是因为他已经完成了把我带到这儿来的任务。他的微笑紧张而古怪，寒暄也很冷淡，眼神从国王身上游移开来，好像那儿正酝酿着什么麻烦。我还记得我那要在这个国家做个好王后的决心，也许我要弄清楚南安普敦大人在烦恼些什么，还可以帮助他。

国王最重要的朝臣托马斯·克伦威尔对我鞠躬了，我也认出了他就是我母亲描述中，那个向我们和德国新教派的公爵们寻求结盟的男人。我原本以为他会更热情地欢迎我，因为联姻代表着他计划的成功，但他很安静谦虚，国王也只简短地招呼了一句就带着我与他擦身而过。

大主教克兰默也和我们一起进餐，我还认出了莱尔大人和他的妻子。他看上去也很疲倦很紧张，我还记得在加莱时他担心过的国家分裂的事。我对他温和地笑了一下。我知道我在这个国家还有工作必须要做。如果我能拯救一个异教徒免于被烧死的命运，那么我就会是一个好王后了，我肯定自己能带给这个国家和平。

我开始感觉自己在英国有朋友了，当我朝下看进大厅的时候我看到了我的侍女，简·波琳、友善的布朗夫人、国王的外甥女玛格丽特·道格拉斯，还有小凯瑟琳·霍华德，我开始感觉这儿真的会成为我的新家，国王也真的会是我的丈夫了，他的朋友和他的孩子也将成为我的家人，我在这儿会过得很愉快。

1540年1月3日

凯瑟琳　于格林尼治宫

就和我一直以来梦想过的一样,这儿有舞会,就在晚餐之后,在站满了世界上最英俊男子的漂亮舞厅里。甚至比我梦里的还要好。我有一件新礼服还有新胸针,极尽显眼,惹人注目,是英格兰国王本人送我的金胸针。我无时无刻不在用手轻抚它,就差没指着它对人们说"你觉得这东西怎么样?以我进宫的第一天来说不坏吧?"了。国王在他的王座上看上去威严又慈爱,而他身边的安妮陛下也尽可能地把自己打扮漂亮了(考虑到她那条可怕的裙子,这已经算是极尽所能了)。她还不如把那块黑貂皮扔进泰晤士河呢,总比缝在她那顶塔夫绸的帐篷一样的裙子上要强。这样一块美好的皮草就这么被糟蹋了让我很痛心,这几乎在一瞬间冲淡了我的好心情。

但那之后我环视房间,仅仅只是匆匆一瞥,好像漫不经心,然后我看见了第一个年轻英俊的男孩,紧接着是第二个,实际上有半打那么多都是我很乐意深入了解的。他们中的一些聚集着坐在桌边,那是青年侍从的桌子,每一个人都是出身优渥,家境殷实,也深得大人们的青睐。迪勒姆,可怜的迪勒姆,对他们来说他肯定一文不值,亨利·马诺克斯大概只够格做他们的仆人。这儿会出现新的追求者。我很难把眼神从他们中的任何一个身上挪开。我捕捉到了一两束朝我投来的目光,我知道那种兴奋的刺痒和快感意味着有人正在看我,有人正被我吸引,我的名字会被提起,一张小纸条会被传给我,一场令人愉悦的关于勾引和调情的游戏又将开始。一个男孩会问起我的名字，会传来一条信息。我会同意见面，相互交换眼神，在跳舞、运动和吃饭时说些蠢话。我们会接一次吻，然后再一次，慢慢地、可口地亲吻，我们会彼此引诱，而后我会接受另外一个男孩的触碰，另外一个美味的吻，我又将彻底坠入爱河。

晚餐很美味，但我吃得很少，因为在宫里，总有人会盯着你看，我不想让自己看上去很贪吃。我们的桌子面对着大厅的前端，因此我一抬头就很自然地能看见国王在进餐。他穿着名贵的衣裳，戴着巨大的金链子，你可能把他错认为是一幅挂在祭坛上的古老画像里的人物，我是指，上帝的画像。在黄金和珠宝的装饰下他显得那么庄重、那么伟岸、那么凛然不可侵犯，就像一座古老的宝藏一样闪闪发光。在他的大椅子上铺着一块金线布，两边垂挂着绣花窗帘，每一道菜都由一个跪着的仆人奉上——包括给他奉上金碗让他浸湿手指擦拭双手的仆人。还有一个全程给他递亚麻布。他们跪下时也同样低下自己的头，好像他是个太过超脱凡尘的大人物，以至于人人都不敢直视他的眼睛。

因此当他抬起头发现我在看他时，我不确定我是应该移开眼神，还是应该行礼，还是别的什么。我太矛盾了，以至于我只能向他投以微微一笑，稍稍移开了眼神，又悄悄看了回来，好确定他是不是还在看我，结果他还在看。接着我想到这正是当我试着想要吸引一个男孩子时会做的事情，于是我红了脸并低头去看自己的盘子，感觉自己是个笨蛋。接着，当我抬头时，透过睫毛，偷偷观察他是否仍在看我——他正盯着下方的大厅，而且很显然完全没在注意我了，伯父沉重严厉的眼神却投向了我。我害怕他会皱眉头，也许我应该在国王第一次看向我的时候就向他行礼。但公爵大人仅仅只给了我一个点头，就和坐在他右边的人说话去了。一个对我不感兴趣的男人，如果不是个死人的话，那么他肯定已经有一百九十二岁了。我真的很好奇这个朝廷到底有多年迈，国王看上去都那么老了。我总有一种这个宫廷还充满着年轻人的印象，年轻的、貌美的、快乐的人，而不是像这样的老男人。我发誓这儿没有一位国王的朋友是四十岁以下的。他的好友查尔斯·布兰登传说中是个光荣而又吸引人的英雄，现在明显也是个老人了，五十多岁，都有点老糊涂。我祖母还像在谈论她记忆中的王子一样谈论国王，那时她才是个小女孩，因此当事情到了我身上时当然已经大不一样。她已经那么老了，都忘记已经过去了这么多年。当她说起王后时她指的一直都是阿拉贡的凯瑟琳，不是简，甚至不是安妮·波琳。她把凯瑟琳王后之后的每一任都跳了过去。真的，我的祖母因为她外孙女安妮·波琳的倒台而受了大惊，以至于她除了在教训像我这样的顽皮女孩时用她的事做过警示以外都绝口不说她的名字。

但事情并不总是这样的。我还能记起当我第一次到这个继祖母在霍舍姆的宅院去时，她的每一句话都要提到"我那个王后外孙女"，而每一封寄去伦敦的信，要么是找王后帮忙，要么是要赏赐、要钱，要么是要一个仆人的职位，或是修道院的财富，请她驱逐一个牧师、推翻一座女修道院。后来安妮产下了一个女孩，话题就变成了"我们家的伊丽莎白公主"并且希望下一个婴儿会是个男孩。每个人都向我保证说我会在宫中我表姐的房里谋到一个位子，我会是英格兰王后的亲戚，谁知道我会嫁给什么样的大人物呢？我霍华德家的另一个表姐玛丽就嫁给了国王的私生子亨利·菲兹罗伊，而另一个表兄弟正在追求玛丽公主。我们和都铎王朝的通婚如此密切，有朝一日我自己也会成为王室的一分子。但是后来，慢慢地，就像在你还未察觉到寒冷的时候冬天就到来了一样，我们谈她谈得少了许多，谈她的宫廷就更少了。最后有一天，我的继祖母把一屋子的人都叫到了大厅，突然说安妮·波琳（她是这么叫她的，没有尊称，好像完全跟她不沾关系）行为不检，她的家族也背叛了国王，她的名字，还有她弟弟的名字将永远不准再被提起。

我们当然渴望知道发生了什么，但我们只能等着仆人的风言风语。只有等到消息最终从伦敦传来的时候我才知道安妮表姐完了。女仆告诉我，安妮王后被以严重的罪名处决了，她和很多男人都有不轨行为，这其中还包括她的弟弟。她对国王不忠，还使用巫术迷惑国王。摆在我面前的事实带给我一阵恐惧，让我吓呆了，因为处决她的人正是她的舅舅，也是我的伯父，诺福克。是他主持了庭审，是他给她下了处决令，而他的儿子，我英俊的堂哥，像一个去参加展会的人一样，盛装出席去了刑场，看着他的表亲被砍头。

我以前认为伯父一定是个可怕的人，他一定是魔鬼的盟友，但现在我能对那些幼稚的恐惧付之一笑了，因为我现在最得他的喜爱。他那么喜欢我，以至于给简·波琳，也就是罗奇福德女士下了命令，要给予我特别的照顾，还给了她钱为我买礼服。他显然很青睐我，在他安置在宫廷里所有的霍华德家女孩里他最喜欢我，并且认为我能够和王室建立联系、和王后建立友谊、讨国王的喜欢、为家族带去利益。过去我曾认为他是个恶魔般冷酷的人，现在我却发现他是个慈祥的伯父了。

晚饭之后有一场假面舞会和一些非常有趣的表演，是由国王的弄臣们进行的，还有一些歌唱曲目，这个就几乎无聊得难以忍受了。据我所知国王是个伟大的音乐家，因此绝大多数的夜晚我们不得不忍受他创作的歌曲。曲子中有非常多短促的重复，而每个人都听得聚精会神并在结尾处致以热烈的掌声。我想安妮殿下和我的感受应该差不多，但她错误地选择了朝四周茫然地张望，好像正急不可耐地想离开这儿。我看见国王看了她一眼，之后就移开了视线，好像对于她的走神很生气。于是我从中得到警告，将手放到下巴下边使劲拍着，笑得眼睛都眯了起来，好像已经喜不自胜。太幸运了！他突然又看向了我，而且显然认为他的音乐已经让我陶醉了。他对我报以了一个大大的赞许的笑容，我则回以微笑并且把视线降到了地板上，好像不敢直视他过长时间。

"做得很好。"罗奇福德女士说,我给了她一个胜利的微笑。我爱宫廷生活!我肯定这儿会让我意乱情迷。

1540年1月3日

简·波琳　于格林尼治宫

"我的公爵大人。"我把腰弯得特别低地说。

我们在格林尼治宫的霍华德家族寓所里，数个华美的房间彼此相连，差不多就和王后的房间一样宽敞漂亮。我曾和乔治一起待在这儿过一次，那时我们新婚不久，我甚至记得河面的风光以及自己醒来后黎明的光线，还记得天鹅舞动巨大的翅膀呼扇着飞过头顶落在河面上的声音。

"啊，罗奇福德女士。"公爵大人说，神色和蔼可亲，"我有事要叫你办。"

我等待着。

"你和安妮殿下的关系还和睦吧？"

"算是很不错。"我谨慎地说，"她现在还只能说一点英语，但是我花了很大工夫去和她交谈，我想她喜欢我。"

"她会找你倾诉吗？"

"我想她会先对她的克里夫斯随从说。但她有时会问我一些关于英国的事，我认为她信任我。"

他转向了窗户，用拇指轻轻敲击着他的黄牙。他蜡黄的脸颊因为思绪而皱了起来。

"有件难事。"他缓慢地说。

我等待着。

"正如你所听到的，他们的确没有把相应的文件和她一起送过来。"他说，"她幼年时曾和洛林的弗朗西斯订过婚，国王需要确定这场婚约已经被取消了才能和安妮殿下结婚。"

"她不够资格结婚？"我惊愕地询问道，"在已经签订了婚约，而她又走了这么远的路、被国王以新郎的身份迎接过之后？在整个伦敦都已经迎候她成为新的王后的情况下？"

"有可能。"他模糊地回答。

这绝对不可能，但我没有立场说这句话。

"谁提出她不够资格结婚的？"

"国王不敢继续下去，他说他良心不安。"

我愣住了，思绪已经有些跟不上了。这可是一个娶了自己兄弟的妻子、之后又抛弃了她、说婚姻无效的国王。这可是一个在上帝的指引下亲自下令将安妮·波琳的头放上断头台的国王。很显然，这不是一个仅仅因为德国使节没有上交一纸文书就不结婚的国王。接着我就想起了在罗契斯特时她将他推开的那一刻，还有他往后退时脸上的表情。

"那传闻是真的了。他不喜欢她。他不能原谅她对他在罗契斯特做过的事情。他会找个方法逃避这场婚姻，会要求重新订一次婚。"

公爵严肃的脸上一闪而逝的神情证实了我的猜测，而我几乎就要为这个国王带来的戏剧般的新转折而放声大笑了。

"他不喜欢他，他会把她送回家。"

"如果她承认自己之前订过婚的话就能回家了，无损荣誉，国王也能自由了。"公爵小声地说。

"但是她喜欢他。"我说，"不管怎么说，她都足够喜欢他。她不能再回到家里去，没有女人能做到。在你可以成为英格兰王后的时候回到克里夫斯去当个二手货？她不会这么做的，如果他拒绝她，谁还会娶她？如果他宣称她之前订过婚，谁还会娶她？那样她的人生就完了。"

"她可以再解除婚约。"他冷静地说。

"真有这么一个婚约吗?"

他耸耸肩:"大概没有吧。"

我思考了一会,"那她怎么解除一个并不存在的婚约呢?"

他笑了。"那就是德国人的问题了。她就算不愿意也会被强制送回去——如果她不合作的话。"

"就算是国王也不能把她绑起来扔出这个国家。"

"如果我们可以诱使她承认自己之前订过婚的话就可以。"他的声音像丝绸在摩擦,"如果她亲口承认这件事,当然就不能和国王结婚了。"

我点了点头,开始明白他想让我做的事情了。

"国王会对那个让她供认不讳的人心存感激。而这个给他带去证词的女人会帮他一个大忙,对我也是一样。"

"听从您的差遣。"我慢慢回答,为了给自己一些思考的时间,"但我不能让她撒谎。如果她有结婚的自由,那么她不会愿意否认这件事的。如果我指认她说过什么,她也只需要否认就好了。若她说的话和我说的相矛盾,我们就又回到了原点。"我因为恐惧而停了下来,"大人,我猜不会有什么指控吧?"

"什么样的指控?"

"针对一些罪过。"我紧张地说。

"你的意思说她有可能被指控不贞?"

我点点头,我不会亲口说出这个词,事实上我希望我永远不再听到这个词。它和绿塔还有刑场总是紧密地联系在一起。它将我生命中的至爱给夺走了。它永远地摧毁了我们过去的生活。

"怎么会是不贞呢?"他问我,好像我们并不是处在一个什么事都可以被叫做不贞的危险世界里一样,"律法已经改了很多了,贞洁不再那么重要了。"他突然摇了摇头,"无论如何,他不可能指控她的。法兰西国王现在正在巴黎宴请神圣罗马帝国皇帝呢。就在我们说话的当口他们都可能在商议联合攻打我们。我们不能做任何触怒克里夫斯的事情,必须寻找新教王子们的支援,否则就有腹背受敌的危险。如果英国天主教的势力又像过去一样再度崛起的话,我们就完了。她必须承认自己之前和其他人订过婚然后以自由之身返回祖国,这样我们才能同时摆脱这个女孩又保住盟友。或者如果有人能设计让她供认的话那就最好了。但是如果她坚持自己有结婚的自由,而且坚持这段婚约关系,那么国王也必须接受,我们不能冒犯她的兄长。"

"不论国王愿意与否?"

"就算他厌恶这段婚姻,就算他憎恨那个促成了这段婚姻的人,就算他恨她,也不行。"

我停顿了一会:"如果他恨她,但又娶了她,他之后还会找别的方法摆脱她的。"我说出了自己的想法。

公爵什么也没说,眼睑遮盖着他隐晦的眼神。"噢,以后的事谁会知道呢?"

"她的人生每时每刻都将活在极大的危险中。"我预言说,"如果国王想摆脱她,那么他很快就会想要利用上帝的意愿来除掉她的。"

"上帝的意愿一般都是以这种方式显现的。"公爵露出了一个残忍的微笑。

"那之后他会发现她犯了什么罪?"我说。我不会说出不贞这个词。

"如果你真的为她着想,就要说服她现在就走。"公爵小声说。

我缓步走回王后的房间。在她的使节们面前,她不会优先听从我的意见,我也不能把自己的真实想法全告诉她。但如果我真的是她的朋友,那么我会告诉她:国王在婚礼之前就讨厌她,亨利不是一个适合做丈夫的男人。对于那些违抗过他的女人,他的怨恨是致命的。谁会比我更清楚呢?

1540年1月3日

安妮 于格林尼治宫

侍女简·波琳看上去似乎忧心忡忡，于是我告诉她她可以坐到我的身边来，又用英语询问她是否还好。

她叫来了翻译和我们坐到一起，然后说自己在烦恼一些小事。

我想一定是关于婚礼安排上的事。他们对招待的顺序和应该佩戴的珠宝总是焦虑不已。我点点头，仿佛这是一件大事，并且问她需不需要我的帮忙。

"正相反，我正烦恼着如何才能帮上您的忙。"她小声地对洛特说。洛特做了翻译，我点了点头。

"我听说您的使节们忘记带来那份您之前解除婚约的文件了。"

"什么？"我说得太激动了，以至于她猜出了这个德语单词的意思，并且点点头，脸色和我的一样难看。

"这么说还没人告诉您吗？"

我摇了摇头。"什么都没说。"我用英语说道，"他们什么也没说。"

"那么我很荣幸能在您接受到错误的建议之前告知您这件事。"

她突然说，并等待着这句话被翻译给我。她前倾着身子，握住了我的手。她的紧握很温暖，神情很坚定。

"当他们询问您关于旧婚约的事情，你必须告诉他们那已经被取消了，还要说你已经见过相关文书了。"她认真地说，"如果他们问您，您的兄弟为什么不把它送过来，您可以说不知道，那样就不是您的责任了——事实上也不是您的责任。"

我几乎不能呼吸了，她的急迫让我感到害怕。我不明白为什么弟弟会对这次婚姻如此粗心大意，接着我想起了他一直以来对我的怨恨。他出于恶意破坏了自己的计划，到了最后一刻还是不能忍受让我轻易地逃离他。

"我看出来您很震惊。"她说，"亲爱的安妮陛下，听我的劝告吧，千万别让他们觉得根本没有文书，而您的头一次婚约还在生效。您必须要说一个强有力又可信的谎。您必须告诉他们您看到过文书，而您之前的婚约绝对已经取消了。"

"但是，"我慢慢地用英语回答，以防她误解我的意思，"我确实见过文书，这不是句谎话，我有结婚的自由。"

"您确定？"她紧张地问，"这些事情很有可能是在一个女孩子不知情的情况下办的，如果您不确定也没有人会责怪您。您可以告诉我，相信我，告诉我真相。"

"它被取消了。"我又说了一遍，"我知道它被取消了。那场婚约是我父亲的主意，但我弟弟不同意。在父亲生病去世后，轮到弟弟掌权，婚约就被取消了。"

"那您为什么没有文书呢？"

"我的弟弟，"我开始说道，"我愚蠢的弟弟……对我的幸福漠不关心。"洛特快速地翻译着。"父亲去世得太突然，母亲又太忧虑，他要做的事情太多了。弟弟把文书放在我们的资料室里了，我亲眼见到过。但他肯定忘记要送过来了。要安排的事情太多了。"

"如果您有任何疑虑，一定要告诉我。"她叮嘱我说，"我会告诉您应该怎么做，您看，我来找您，并且为您提供了建议，我对您是完全忠诚的。但是如果您的弟弟并没有文书的话您一定要告诉我，安妮陛下，这是为了您自己的安全，我会为您想办法，告诉您我们该怎么做。"

我摇摇头。"感谢你对我的关心，但是没有这个必要。我亲眼见到过文书，我的使节们也看到过。"我说，"没有任何问题，我知道我有嫁给国王的自由。"

她点了点头，好像还在等待别的东西。"我真高兴。"

"并且我想要嫁给国王。"我说。

"现在您已经见过他了，如果想要取消婚礼，您也可以这么做。"她非常小声地说，"如果您不喜欢他的话，这是一次逃跑的机会，您可以安全地返回家中，不会有任何对您不利的舆论。我能帮助您。我可以告诉他们，您对我说自己并不确定，您也许还处在婚约关系中。"

我从她那里抽出了手。"我不想逃跑。"我简洁地说，"这对我和我的国家来说是个巨大的荣耀，我也因此感到幸福。"

简·波琳看上去很怀疑。

"真的。"我说，"我希望成为英国的王后，我正在爱上这个国家，并且想在这儿生活。"

"当真？"

"是的，以我的名誉起誓。"我犹豫了一下，然后告诉了她最重要的一个原因，"我在家里并不快乐。"我坦诚道。"我不被看重，也没有特权。在这儿我是个重要的人，我能做得好。而在家里，我将永远只是个被嫌弃的姐姐。"

她点了点头，很多女人都知道，在男人的伟大事业中她们只能是个阻碍。

"我想要一次机会。"我说，"我想要一次机会成为我能成为的那种女人，而不是我弟弟的傀儡，不是我母亲的女儿。我想待在这里，成为真正的自己。"

她沉默了片刻，我为自己强烈的情感而感到惊讶。"我想成为一个自己主宰自己的女人。"我说。

"一个王后是不会自由的。"她指出来。

"那也比一个不讨喜的公爵之女要好。"

"很好。"她轻声说。

"我想国王一定很生气我的使节们没有带来文书吧？"我问。

"我肯定他会。"她说，眼神滑向了一边，"但是他们会告诉他您可以结婚，我肯定婚礼会继续的。"

"婚礼可能会被延期吗？"我惊讶于自己的情绪。我有如此强烈的感觉，觉得自己可以为这个国家做很多，可以成为一个好王后。我想立刻就开始。

"不会的。"她说，"使节们和国王的会面会解决这个问题的，我敢保证。"

我停顿了一下："他想娶我吗？"

她朝我微笑着，碰了碰我的手。"他当然想。这只是个小麻烦。使节们会为文书作担保，婚礼会进行下去的——只要你确定文书就在那儿的话。"

"就在那儿。"我说，十分肯定。"我发誓。"

1540年1月6日

凯瑟琳 于格林尼治宫

我来帮助王后为她的婚礼着装,因此必须起得非常早,以便准备好所有东西,我不愿起早床,但把自己和那些贪睡又懒惰的姑娘们区别开来挺好的。真的,她们在我们起来为安妮陛下服务的时候还在床上躺到那么晚,这是很不好的。说真的,除了我以外所有人都很懒。当王后在房间里洗漱的时候我为她布置好了衣服,凯瑟琳·凯里帮我把短裙和衬裙铺到了箱面上,玛丽·诺里斯则去拿她的珠宝。裙子很庞大,像一只大肥陀螺,我宁愿死也不要穿着这身衣服结婚,就算是世上最美的人穿上这身衣服也不管用,只会看上去像块布丁,摇摇晃晃,就等着被吃下去。如果你必须穿得像顶帐篷到处走的话,就是做了王后也不值得,我是这么认为。但布料是相当好的金线布,缀上了最漂亮的珍珠,所以很重,她还得戴一顶小王冠。玛丽已经把它拿到镜子前了,如果没人在场的话我都想试戴一下。可惜尽管时候尚早,却已经有半打人在了——仆人、女佣还有贴身侍女们,所以我只能把它擦亮然后留在那里。它锻造得非常精细。她一路把它从克里夫斯带来,告诉我那些尖尖的小装饰是迷迭香,她姐姐在婚礼上就是把迷迭香当做新鲜花草戴在头发里的。我说这看上去像顶荆棘王冠,但她的侍女偷偷给了我一个严厉的眼神,并且没有翻译我这句话。就是很像啊,真的。

她会把头发绑得松松的，当她从浴室出来坐到银镜子前面之后，凯瑟琳会用柔和轻缓的力道为她梳头，像是梳一条马尾。她的头发很漂亮，公平地说，她有很美丽的金发，它们被包裹在一条浴巾里，随着她的梳洗微微发光，王后今早看上去很美。她有一点儿苍白，但对我们所有人都笑了，看上去很快活。如果我是她，我会跳舞来庆祝自己成为英格兰王后。但我想她不是跳舞的那块料。

等到她前去参加婚礼时，我们所有人都按严格的身份顺序跟在她后边，这意味着我会在后面很远——这让一切失去了意义，没人会看见我，就算是我穿了银线切边的新礼服也一样，这还是我目前为止拥有的最贵的一件东西呢。它是一种非常淡的灰蓝色，很衬我的眼睛。我比任何时候都要美，但这不是我的婚礼，也不会有任何人注意到我。

克兰默主教将会做他们的证婚人：嗡嗡嗡的，像只老蜜蜂。他问他们是否有任何无法结合的原因，我们大家伙又是否知道任何存在的阻碍，所有人都兴致高昂地说"不，没有"，我想也许我是唯一一个傻到怀疑如果真有人说"停止婚礼，因为国王已经有过三个妻子了，并且她们无一善终"的话会怎么样的人，但是当然没人这么说。

如果她有常识的话，应该有所警觉。这可不是份让人放心的案底。他毫无疑问是个伟大的人，他的意志就是上帝的意志，当然了。但是他曾经有过三任妻子，三个都死了。当我想到这一点的时候，我会觉得，这对新娘来说可不是一个好兆头。但我不认为她会那么想。也许没人会这么想，除非他们跟我一样傻。

仪式完成了，一部分王室成员现在要离开，到国王的私人房间中去听弥撒，而我们剩下的人都无所事事地等在周围，我发现这可以算是宫廷中的主要活动之一。这儿有个叫作约翰·布雷斯比的英俊的年轻人，穿过层层人群站到了我的身后。

"我眼都花了。"他说。

"我可不觉得。"我傲慢地说,"才刚到黎明,时候还早呢。"

"不是因为太阳,而是因为你美丽的光彩。"

"噢,那个啊。"我给了他一个微笑。

"你是新来宫里的吗?"

"是的,我是凯瑟琳·霍华德。"

"我是约翰·布雷斯比。"

"我知道。"

"你知道?你问过别人我的名字吗?"

"完全没有。"我说,但这是句谎话,我在罗契斯特的第一天就注意到他了,而后向罗奇福德女士打听过他是谁。

"你问起过我。"他高兴地说。

"别太自作多情了。"我受不了地说。

"我等会至少能和你跳支舞吧,就在婚宴上。"

"也许吧。"我说。

"我就把这当做是同意了。"他低声说,这时门开了,国王和安妮殿下一起走了出来,我们全体行了个深深的礼,因为她现在已经是王后和一个结了婚的女人了,不过我忍不住想,虽然这样看上去她也很漂亮,但如果她穿的是一件长裙摆的礼服就更好了。

1540年1月6日

安妮　于格林尼治宫

仪式结束了。我是英格兰的王后了。是一个妻子了。在婚宴上我坐在丈夫的左手边，朝下方的大厅微笑着，以便每一个人——我的侍女们，坐在桌边的贵族们，走廊中的平民们，都能看出我很高兴能成为他们的王后，而且我也会成为一个好王后和一个好妻子。

克兰默大主教按照英国神圣天主教堂的惯例主持了仪式，这让我感到有点良心不安。我对母亲和弟弟作出过要把这个国家带领得与新教更加接近的承诺。谋臣奥沃斯坦伯爵站在我的身后，等到晚餐间隙的时候我悄声对他说，我希望他还有克里夫斯的官员们不要对我失望，因为我没有成功把这个国家带向改革。

他说我可以私底下践行我的信仰，但国王不会希望在大婚之日被宗教问题困扰。他说国王似乎想要保留已经建造好的教堂，它们虽然是天主教堂却拒绝接受教皇的领导。

"但我们肯定我们双方可以达成某种共识。"我说，"我弟弟急切地希望我能支持英国的教堂改革。"

他做了个鬼脸："英国对教堂的改革和我们理解的并不一样。"他说，从他紧闭的嘴，我看出来他不想多说些什么。

"能肯定的是，改革是会带来一些收益的。"我试探着说，想起那些我们过来的一路上住过的大房子，它们之前显然都是修道院或者教堂，而周围原本种植药材的花园全部被挖开种上了鲜花,原本供养着穷人的农田现在都被改成了打猎用的围场。

"当我们在国内的时候曾认为这是一项神圣的工程。"他简短地说,"我们没有意识到它沾满了鲜血。"

"我无法相信摧毁供普通人祈祷的神殿能够带领他们更接近上帝。"我说,"而且禁止民众为所爱之人燃烧蜡烛又能有什么好处?"

"在精神层面外是有实际的好处。"他说,"教堂的纳税虽然没有提高,但却统统落进了国王的私人腰包。不过英国想要选取何种方式做祷告,我们无权评判。"

"可我弟弟……"

"您弟弟才应该在看管自己的文件上多上点心。"他突然生气地说。

"什么?"

"他应该把那封证明你和洛林公爵儿子婚约无效的公文给送过来。"

"这没什么要紧的吧,是吧。"我问,"国王什么也没有对我说。"

"我们已经发过誓它会在三个月内被送过来了,还不得不拿我们自己做人质担保。如果您弟弟没有找到它并把它送过来的话,天知道我们会怎么样。"

我惊呆了。"他们真的以你们为抵押来换我弟弟的文书吗?他们不会真的认为这门婚事有问题吧?"

他摇了摇头。"他们很清楚您有结婚的自由,也知道这桩婚事是有效的,但出于某些我们不了解的原因,他们选择提出质疑。就因为您弟弟没有让我们带来文书这一失误,让他们有了质疑的借口,这让我们非常尴尬。"

我低下了眼睛。弟弟对我的厌恶已经损害了他自己的利益,损害了他自己国家的利益,甚至损害了他信仰的宗教的利益。我想到他出于嫉妒和恶意的刁难阻挠了我的婚姻,感觉到怒火直升上来。他真是个蠢货,真是个邪恶的蠢货。

"他很粗心。"我只说了这句话,但能听见自己的声音在颤抖。

"这不是一个可以马虎对待的国王。"那个官员警告说。

我点点头,对安静地坐在我左边的国王非常小心。他听不懂德语,但我不想让他看着我,并且看出任何愉悦以外的情绪。

"我肯定我会非常满意的。"我说,笑了一下,而后那个官员鞠了躬,返回了自己的座位。

✦

表演结束了,大主教从桌边的位子上站起来。我的参赞已经让我为这一刻做好了准备,当国王站起来时,我知道自己也要站起来。我们两个跟着克兰默大人来到国王的大房间外,站在门口等着大主教在房里转一圈,挂上香炉,往床上泼洒圣水。这真是迷信又古怪。我不知道母亲会怎么想,但我知道她不会喜欢这个的。

接着克兰默主教闭上了眼睛开始祷告。在我的旁边,奥沃斯坦伯爵用耳语快速地做着翻译:"他祈祷你们两个能够安寝,不被有恶魔的梦所打扰。"我努力保持有兴致和虔诚的表情,但实在很困难。这些人不是摧毁了神殿来阻止人们祈求奇迹吗?怎么在这所宫殿里他们还要通过祈祷来避免做噩梦呢?这有什么意义呢?

"他祈祷你不会遭受不孕,国王不会精气虚弱,他祈祷撒旦不会阻挠你们传承后代、开枝散叶。"

"阿门。"我立即说,好像真会有人相信这种毫无意义的事似的。接着我转向了侍女们,她们陪伴我回到自己的房间,我会在那儿换上自己的晚礼服。

当我返回的时候，国王正和他的大臣们一起站在大床边，而大主教还在继续祈祷。国王穿着长睡衣，还披着一件英气逼人的外套，肩膀处有皮毛做装饰。他已经把紧身长裤脱到了一旁，我能够看见他腿上体积庞大的绷带，那儿有一道外伤。绷带是新鲜干净的，感谢上帝，但伤口处渗出来的恶心味道还是和房间里的熏香混合在了一起。在我们两人换衣服的时候祷告好像一直都在持续。说真的，这简直让人觉得噩梦和不孕不育即将到来。我的侍女走上前来褪下我肩膀上的斗篷。现在在整个宫廷面前我就只穿着自己的长睡衣了，我感觉既害羞又尴尬，几乎想立即回到克里夫斯去。

罗奇福德女士快速地掀起床罩帮我阻挡了那些好奇的打量，而我滑进床褥之间，背靠着枕头坐好。在床的另一边，是一个叫托马斯·卡尔派博的年轻人，他跪对着亨利好让他扶着自己的肩膀，另一个人托着国王的手肘把他扶上床。就为了把自己拉上床，亨利国王喘得像一匹累坏了的拉车马。床因为他庞大的体重而往下沉，使我不得不做个不太雅观的挣扎并且抓住了床沿，好让自己不至于滚到他那边去。为了做最后的祷告，大主教将他的手举过头顶。我直直地朝前看去，凯瑟琳·霍华德明媚的脸吸引了我的目光，她双手合十贴着嘴唇，仿佛在虔诚地祷告着，但她显然正在努力不笑出来。我假装没有看见她，以免她发现我也在笑，当大主教完成了祷告，我说了一声阿门。

之后他们都离开了，感谢上帝。他们没打算要围观这场婚礼到最后一步，但是我知道他们明早会需要查看床单以确认婚礼彻底完成。这是王室婚姻的惯例。嫁给一个老得可以做你父亲、你还完全不了解的男人这件事也是。

1540年1月6日

简·波琳　于格林尼治宫

我是留到最后的几个人之一。最后我轻轻关上门，我已经看过国王的另一段婚姻从求爱进行到婚床之间的全部过程了。有些人，比如年轻愚蠢的凯瑟琳·霍华德，可能会认为故事到这儿就结束了，这里就是所有事情的结局了。但我知道得更清楚。从这里，王后的故事才真正开始。

今夜之前，还只有合约和承诺，有时也会有希望和梦想，甚至偶尔会有爱。今夜过后，就真的是两个人一起生活了。对部分人来说，这是一场永远不会终结的谈判。我自己的伯父娶了一个他无法忍受的妻子，他们现在分居两地。亨利·珀西娶了一位女继承人，但是一辈子也没有忘记自己对安妮·波琳的爱。托马斯·怀亚特憎恶他的妻子，因为他从安妮还是个小女孩的时候就爱上了她，并且永远也没能摆脱这情绪。而我自己的丈夫……就让我忘记过去的一切，只留下自己对丈夫的爱吧，我曾如此渴求他的爱——无论他第一次和我同床的时候是怎么想我的。无论他和我结合的时候心里想的是谁。愿上帝宽恕他，他将我抱在怀里时想的是她。上帝宽恕我，我看出这一点来，并因此受到了伤害。最后，还请上帝宽恕我自欺欺人并在他的怀里说着谎，想象着他和另一个女人在一起，满怀嫉妒和欲望。这让我变得如此卑贱，以至于在感受到他对我的触碰的时候，我想的是他在触摸她。这变成了一种快感，一种怪异的，充满了罪恶的快感。

婚姻可不是两个人赤裸裸躺在床上就算完了。她必须学着如何遵从他。

不是指在大的事情上，任何一个女人在大事面前都有一点发言权，但是一个妻子每天都要在无数小事上让步。一天里有一千次你必须咬紧牙关低下头不在公共场合与对方争吵，私底下也不行，就算是一个人安静休息时在脑子里想想也不行。如果你的丈夫是一个国王，这一点就更重要了。如果你的丈夫是亨利国王，这更是生死攸关的事情。

每个人都试着想要忘记亨利是一个无情的人。亨利自己也这么想。当他还英俊的时候，或者表现出愉快的时候，我们倾向于忘记我们正和一头残暴的熊共处。这不是一个能够控制自己的怒气的男人，这不是一个脾气总是温和的男人，也不是一个能管理好自己情绪的男人，他甚至不能保持某种状态超过一天。我曾目睹这个男人以绝对的激情和三个女人相爱。目睹他对每任妻子都承诺永远不变的忠诚。也目睹了他披着"忠心先生"的名号进行马上比武，又把两个妻子都送上了死路，并且非常平静地接受了第三任妻子的死亡。

那个女孩今晚上最好能取悦他，明早她最好能遵从他，她最好在一年之内就为他生下一个儿子，否则，我一点也不看好她的未来。

1540年1月6日

安妮 于格林尼治宫

他们一个接一个地离开了房间,而我们被留在了烛光和令人尴尬的沉默里。我什么也没说。还不到我说话的时候。我记得母亲的叮咛,她说无论在英国发生了什么,我都不能让国王觉得我是个水性杨花的女人。他选择我是因为他信任克里夫斯女人的本性。他娶回来的是一个行为检点、自律和守规矩的伊拉斯谟处女,我就要做这样的人。母亲没有明说让国王失望可能会要了我的命,自从婚约签订,我被许配给这个杀死妻子的凶手之后,安妮·波琳的命运就从没在克里夫斯被提起过。我婚约的制定都像安妮王后的死一样完全是静悄悄的。我被警告着,不断地被警告着,说英国的国王不会容忍自己的妻子行为轻浮,但是没人曾告诉过我他可能会对我做和安妮·波琳一样的事。没人曾警告过我我也很可能被迫将自己的头颅放在断头台上,因意想不到的罪过被斩首。

国王,我的丈夫,现在躺在我的身侧,重重地叹息着,好像他很累了,有那么一会,我都以为他也许已经睡着了,这精疲力竭心惊胆战的一天就这样结束了。等到明早起来,我就会变成一个结了婚的女人,开始我作为英格兰王后的新生活了,有那么一瞬间,我斗胆希望我今天的任务会就这么告结。

我撒谎,我躺下,按照弟弟要求的方式,就像一个冷冻的娃娃。我弟弟恐惧我的身体:既恐惧又着迷。他命令我要穿高领,穿厚衣服,戴笨重的帽子，穿大靴子，这样他和其他人能看见的，就只剩下我阴影下的脸和从手腕到指尖的那一截手臂了。如果他能像土耳其帝国的人对待他们的妻子一样把我监禁起来的话，我想他会的。连我的眼神对他来说都太直白了，他不想让我直视他，如果可以，他会蒙住我的眼睛。

可就算是这样，他还是时时监视着我。无论我是在母亲的监督下在她房里做女红或是在庭院里骑马，我只要抬起头就能看见他正盯着我看，他的眼神带着愠怒和……我说不清楚，欲望？但不是性欲。他从不像一个男人渴望一个女人一样想要我，我当然知道这一点。但他想要我，好像他希望能够完完全全地控制我。好像他想要把我吞下去，这样我就再也烦不到他了。

当我们还是孩子时，他曾让我们三个、西比拉、艾米利亚和我都很痛苦。西比拉比他大三岁，得以足够快地摆脱了他，对家中宝贝艾米利亚的泪水没辙，只有我会违抗他。在他掐我或者抓我头发的时候我不会还击。在他把我困在马厩棚子和阴暗角落里的时候我也不会奋起反抗。我只是咬紧牙关，当他打我的时候，我也不流眼泪。就算他将我纤细的胳膊弄出瘀青，就算他用石头将我的头砸出血，我从来也没有哭，从来也没有乞求他住手。我学会了使用沉默和忍耐作为对抗他最强大的武器。他的威胁和权力伤不到我。我的力量就是我敢做他做不到的事。我认识到我可以忍受一个男孩子可能对我做出的任何事。后来，当我看清了他是个暴君的时候他仍然不能让我害怕。我已经学会了生存的力量。

再后来我长大了一些，当我看到他对待艾米利亚的温柔和掌控时，看到他对母亲亲切的尊敬时，我意识到我的倔强和顽固已经在我们之间造成了永久的问题。他掌控我的父亲，把他囚禁在自己的卧室中，篡夺了他的位置。他是在我母亲的祝福下做所有这些事情的，他骄傲于自己的公正。他和西比拉的丈夫还有两个野心勃勃的幼年王子结了盟，这样即便在西比拉出嫁之后，他还是控制了她。他和我的母亲建立了强有力的合作关系，共同掌管克里夫斯。他们掌控艾米利亚，但是我既不能被控制也不会被收服。我不会被宠爱亦不会被支配。对于他来说，我成了一根必须拔掉的眼中钉。如果我哭泣了，或者恳求他了，如果我像一个小女孩一样崩溃了，或像一个女人一样贴近他了，那么我会被原谅，我会被他接纳，被他囊入自己的庇护和关怀中。我会变成他的小宠物，就像艾米利亚，他的甜心，那个他看护着、保护着她安全的妹妹。

但当我懂得这些的时候已经太晚了。他沉浸在对我失望的怒火中，而我也学到了顽强求生的乐趣，不惜一切地继续走我自己的路。他尝试把我变成他的奴隶，但他的所作所为不过让我变得更加向往自由。我就像其他女孩渴望出嫁一样渴望自由。就像其他女孩梦见情郎一样梦见自由。这场婚姻使我从他那里逃离。作为英格兰的王后，我掌管着比他更宏大的命运，我掌管着一个比克里夫斯更大的国家——人口要稠密得多，国力要强盛得多。我应该和法兰西的国王平起平坐，我是西班牙王室后代的继母，我的名字将被欧洲的宫廷提起，如果我再怀上一个儿子，他将是英格兰国王的弟弟，或者英格兰国王本人。这场婚礼是我的胜利和我的自由。然而此时，因为亨利正在床上笨拙地翻身，并且又像个疲累的老头子那样喘了一口气，我意识到，就像我一直以来都明白的那样，我只不过是从一个难相处的男人身边转到了另一个的身边。我应该学会如何躲避这个新对象的怒火，学会如何在他身边生存。

"你累吗？"他问。

我听得懂累这个字。我点了点头，说："有一点。"

"上帝保佑我做完这晦气活。"他说。

"我没听懂，我很抱歉。"

他耸耸肩，我意识到他不是在对我说话，而是在通过大声絮叨抱怨什么事情，就像我父亲在他坏脾气的牢骚转变成疯狂之前常做的那样。这无礼的抱怨让我笑了，接着我咬住嘴唇藏起了我的表情。

"很好，"他怪腔怪调地说，"你当然会笑了。"

"您想喝葡萄酒吗？"我小心翼翼地问。

他摇摇头，掀起床单，他那令人作呕的气味扑向了我。跟一个男人到集市里去挑他想买的商品似的，他掀起了我睡衣的边缘，将它撩上去，拉过我的腰和胸部，停在了那儿，让它们在我的脖子上裹了一圈。我担心自己看上去很傻，像是个在下巴下围了一条紧围巾的平民。我的脸因为害羞而烧红了，因为他正看着我暴露无遗的身体。他没有在意我的不适。他放下了手，突然抓住了我的乳房，然后把他粗糙的手滑向了我的腹部，揉搓着我的皮肉。我僵硬地躺着，这样他就不会认为我是个荡妇了。冻结在恐惧中并不是一件难事。天知道怎么会有人在这样的触摸下感觉淫荡。我爱抚我的马都比这冷血的摸索更有感情。他使劲哼哼了一声从床上坐起来，用很大的劲推开我的双腿。我没说什么就服从了他。有必要让他知道我是顺从而不渴求的。他爬到我身上，压到了我的两腿之间，把自己全身的重量都交给了放在我头两侧的手肘和他的膝盖，但就算是这样，他那又大又松弛的肚子还是压到了我身上，它们令我窒息。他胸膛上的肥肉也挤到了我的脸上。我骨架偏大，但在他面前就像小矮人。我担心如果他压得更重一点我会不能呼吸，这真是无法忍受。他从烂牙下面喷在我的脸上的气息让人恶心，我僵硬地控制着脑袋以免自己从他面前转过脸去。我发现自己呼吸困难了，我正尝试着不要吸进他的臭味。

他把手放到了我们中间然后抓住了他自己。我在杜伦的时候见过马厩里的马做这种事，很清楚在这样快速的摸索后会发生什么。我从旁边吸了一口气，打起精神准备迎接疼痛。他发出一小声失落的喘息，我感觉到他的手抽了出去，但是什么也没有发生。他用手反复拍了几下我的大腿，但是再没别的了。我非常僵硬地躺着,我不知道他想干什么,也不知道他想要什么。杜伦的种马看上去又刚强又激烈,而这个国王似乎虚弱多了。

"陛下?"我小声说。

他从我身上下来,吐出了一个我不懂的词。他把头埋在华丽的绣花枕头里,脸仍然是朝下的。我不知道他是不是已经做完了,或者这不过是个开始?他把头转向了我,脸非常红,大汗淋漓。

"安妮……"他说。

说出那个可怕的名字之后他停了下来,凝结在寂静中。我意识到他说起的是她的名字,他爱过的第一个安妮,他在想她,那个让他陷入疯狂的爱人,那个他因为嫉妒而杀死的爱人。

"克里夫斯的安妮,我是。"我提醒他说。

"我知道。"他简短地说,"蠢货。"

他动作很大地翻了个身,把我身上所有的被子都拉掉了,他转了过去,背对我躺着。带着可怕气味的空气从被褥下释放出来。那是他腿上伤口的味道,是腐肉的气味,是他的气味。这气味将永远地留在我的床铺上了,直到死亡将我们分开。我最好学会习惯它。

我僵直地躺着。我想放一只手到他的肩膀上,但那行为有点不庄重,所以我最好别那么做,尽管我为他今夜的疲倦和被另一个安妮的鬼魂所纠缠而感到遗憾。

我要学会不去介意那阵气味和被压倒的感觉。我应该尽我的义务。

我在黑暗中躺着,看向床上方华丽的帷盖。随着四个角落的蜡烛一支接一支地黯淡和熄灭,幽微的光线变得更加昏暗了,我能看见金线的纹路和丝织品丰富的色泽。他是个老人,可怜的老人,四十八岁了,而这一天对我们两个来说都是漫长且令人精疲力尽的。我听见他又喘息了一声,而后那些喘息变成了长长的、带泡泡的鼾声。等到我确定他睡着了,我把手轻轻地放到了他的肩膀上,在那儿,他的睡袍被大量的汗水浸湿了,又厚又潮湿地盖住了他的脂肪。我很抱歉他今晚上没成功,如果他能保持清醒的话,如果我们说的是一种语言的话,我们就能对彼此诉说真实的想法了。那样我会告诉他即便我们之间没有欲望,我也希望能够做一个他的好妻子,和一个英格兰的好王后。我为他的年老和疲惫感到遗憾,并且毫无疑问的是,等他精力充沛的时候我们能够孕育一个孩子,一个我们两个都非常想要的儿子。可怜的老病人,我应该告诉他不需要着急,会好起来的,我要的不是一个年轻英俊的王子,我会好好待他的。

1540年1月7日

凯瑟琳 于格林尼治宫

婚礼之后的第一天,在我们进房间之前国王就已经离开了,因此我错过了一次机会,没有眼见英格兰国王在大婚之日后一早穿着睡衣的样子,尽管我对此非常期待。做事的女佣带着她的麦芽酒进来了,还有她烧火的木头和洗漱用的水,我们则一直等到被传唤进去帮她更衣。她戴着睡帽在床上坐着,背后是一条齐整的辫子,而不是已经没了样子的头发。我必须说,她不像是个享受了一整晚鱼水之欢的女孩。她看上去就和昨夜我们把她送上床的时候一模一样,像母牛一样又平静又漂亮,对每个人都足够和气,没有要求特殊的帮助,也没有抱怨任何事。我在床边,因为没有任何人注意到我,于是我掀开了床单快速地瞟了一眼。

我什么也没有看见。千真万确。什么也没有。作为一个曾经不止一次把床单偷运到抽水井下面快速地洗干净然后睡在湿乎乎的床单上的女孩,我能看出来一个男人是不是和一个女仆在床上做了睡觉以外的事。但不是这张床单。我敢以我宝贵的名誉起誓国王事实上没有占有她,她也没有流血。我敢以霍华德家的命运打赌,我们把他们俩像两个洋娃娃一样并排摆到床上并离开之后他们只是睡在了一起,底下的床单甚至乱都没有乱,更别说弄脏了。我敢以威斯敏斯特大教堂的名义打赌他们之间什么也没有发生。

我知道谁会想要第一时间知道,当然是"好管闲事女士"。我行了个礼，然后像赶着去办一件差事一样离开了房间，接着我找到了她，她刚从自己的房间里出来。一看到我的脸就把我拉回了她的房间。

"我赌一大笔钱他没有占有她。"我扬扬得意地说，没做任何解释。

我最喜欢罗奇福德女士的一点就是她总是知道我在说什么。我从来不需要对她解释任何事情。

"那条床单。"我说，"上面什么痕迹也没有，连折痕都没有。"

"没人换过它们吗？"

我摇了摇头。"我是第一个进去的，就在女仆的后头。"

她走到床边的食橱旁，拿出一个苏弗林①给了我。"这很好。"她说，"你和我之间应该在第一时间交换所有情报。"

我笑了，在想自己应该用这枚苏弗林买一些缎带来装饰我的新礼服，也许还要一些新手套。

"别告诉其他人。"她叮嘱我。

"噢，不。"我表示抗议。

"不行。"她说，"情报总是很宝贵的，凯瑟琳。如果你知道些什么别人不知道的事，那么你就拥有了一个秘密。如果你知道的事情其他所有人都知道了，你就没什么优势了。"

"我能至少告诉安妮·巴西特吗？"

"我会告诉你什么时候告诉她。"她说，"也许就是明天。现在回到王后身边去，我一会就过来。"

我照她说的做了，出门的时候我看见她在写一张纸条。她会写信给我伯父，告诉他我认为国王没有和他的妻子发生关系。那么说不定还会有一枚苏弗林到我的手里来。我明白所谓的敛财宝地了：我才刚刚服侍王室几天，就多了两个苏弗林，给我一个月那就发大财了。

---

① 英国金币的一种。

1540年1月

简·波琳 于白厅宫

我们搬到了白厅宫,这里将会举办长达一个星期的马上长矛竞赛来庆祝婚礼,那之后最后一批外来者就要返回克里夫斯了,我们则要习惯开始和新的安妮王后在一起的新生活。她之前从没见过这么大规模的赛事,也没见过这种形式的竞技,因此表现得非常兴奋。

"简,我坐在哪?"她问我,"还有什么?是怎么进行的?"

我朝她兴奋的脸微笑着:"您坐在这里。"我说,给她指引了王后的休息看台,"国王会到竞技场里面去,传令官会发表演说。有时候他们会讲一个故事,有时候背诵一首关于他们着装的诗。之后他们要么会骑马到这儿的竞技场来开始马上竞技,要么就是在地面上持剑进行近身搏斗。"我考虑着该怎么解释这些。我不清楚她现在能听懂多少了,她学得很快。

"这是这么多年里国王举办的最大规模的赛事。"我说,"这将会持续一个星期。会有好几天的庆典,人们穿着美丽的装束,每个在伦敦的人都会赶来观看化装舞会和比赛。当然了,宫廷的人会在最前面,在他们之后就是贵族和伦敦好市民代表,再之后就会是数千计的平民。这是整个国家的盛大庆典。"

"我坐在这儿?"她指着王座说。

我看着她坐下了。当然了,对我来说,这个看台充满了鬼魂。这个座位现在是她的了,但在这之前它是属于简王后的,更早则是属于安妮王后的，当我还是个年轻女人的时候，甚至都还未婚，只是个充满了希望、野心和恋爱激情的小女孩的时候，我侍奉过凯瑟琳王后，那时她也是坐在这个位子上，她头顶的华盖是国王命人打造的，上面绣着小小的金色字母K和H，代表着凯瑟琳和亨利，他自己署名为"忠心先生"。

"是新的吗这？"她问，拍打着挂在王家休息亭里的窗帘。

"不是。"我说，被自己的记忆所驱使从而说出了真话，"这些都用了很久，看，您能看见。"我把布料翻了过来，这样她就能看见那些大写的首字母了。他们把前边帘子上的装饰都剥了下来，但是把这些老旧的刺绣留在了后头。显然你还看得见K和H，缠绕着爱情结。在锁边上，每一个H旁边都是一个H&A①。在这儿又一次看见代表她的首字母就像召唤了鬼魂。这些是在五朔节竞赛天正热的时候用来为她遮挡太阳的帘子，我们那时都知道国王很生气，我们都知道国王爱上了简·西摩尔，但我们都没想到接下来会发生什么。

我记得安妮靠在看台的前边，把她的手帕向下扔给了其中一名骑士，侧过身来给了国王一个微笑，好看他是不是妒忌了。我记得他脸上那冰冷的神情，也记得她脸色变得煞白然后又坐了回去的样子。那时，他的贴身衣服里已经有逮捕她的法令了，但他什么也没说。他计划着怎么处死她，却还是在她身边坐了大半天。她笑着，聊天，献殷勤。她朝他微笑调情，丝毫不知道他已经打定了主意要她死。他怎么能对她做这种事？他怎么能？他怎么能坐在她的身边，而他的新欢站在他们的身后微笑着，心里清楚再过不久安妮就要死了？安妮被处死，还连累了我的丈夫，我的丈夫为她死了，我的丈夫因为爱她而死了。上帝宽恕我的妒忌吧，上帝宽恕她和她的罪孽吧。

---

① A代表安妮的首字母。

坐在她的位子上,她的首字母看上去像是隐藏在帘子阴暗面上黑乎乎的污迹,仿佛一个人将冰凉的手贴上了我的脖子,我颤抖了一下。如果有任何地方会被鬼魂缠绕的话,那么就是这里了。这些帘子被缝纫了一遍又一遍,上面绣着三个已经死去的漂亮女孩的名字。再过几年,宫廷裁缝师又会撕下另一个A吗?这个看台又会添上新一个鬼魂吗?在这个新的安妮之后还会有后继者吗?

"什么?"她问我,这个新来的女孩什么也不知道。

我指着那整齐的针脚说:"K就是阿拉贡的凯瑟琳,"我说得很简洁,"A代表安妮·波琳,J是简·西摩尔。"我把帘子的右边翻开,这样她就能看见她自己的首字母骄傲崭新地绣在布料漂亮的一侧了,"现在,是克里夫斯的安妮。"

她直视着我,第一次,我想也许我低估了这个女孩。也许她不是个傻瓜。也许在那张诚实的脸之后有着敏锐的智慧。因为她不会说我的语言,我一直都像和一个小孩子说话一样与她对话,导致我以为她的心智也像个小孩子一样。但她并没有被这些鬼魂所吓到,甚至都没有像我一样感到动摇。

她耸耸肩。"之前的王后了。"她说,"从现在起,是克里夫斯的安妮了。"这要么是种无比的勇气,要么是愚蠢的不以为意。

"您不怕吗?"我非常小声地问。

她听懂了我的话,我知道她听懂了。我从她的安静和刻意歪了一下的脑袋看出来她听懂了。她坦率地看着我。"什么也不怕。"她坚定地说,"从来也不怕。"

有那么一瞬我想要警告她。她不是唯一一个坐进这个看台被尊为王后的勇敢女孩,但其他人都被剥夺了头衔,最后独自面对了死亡。阿拉贡的凯瑟琳拥有一个十字军战士的勇气,安妮则有妓女般的敏感。但国王最后把她们两个的一切都剥夺了。

"你必须小心。"我说。

"我什么不怕,都。"她又说了一遍,"从来不害怕。"

1540年1月

安妮　于白厅宫

我曾为格林尼治宫的美丽而炫目，但当我见到白厅宫的时候连双脚都在打颤。它与其说是一所宫殿，不如说是一个城镇，它绵延数千里，还有那些房屋、花园和球场，只有贵族家庭出生和长大的人才能在其中找到路。它现在永远都是英格兰国王的家了，而每一个大贵族和他的家族在这六英亩的庞大宫殿中都有自己的房子。每个人都知道一条秘密的小路，每个人都知道一条捷径，每个人都知道一扇方便到街道上去的门和一条通往河上码头的近路，在那儿你能找到一艘船。除了我和我的克里夫斯使节们之外的每一个人。我们一天要在这个大杂院里迷路六次，每一次都感觉自己越来越愚蠢，越来越像个出国来的农民。

宫殿的门外就是伦敦城区，世界上最拥挤最吵闹人口也最稠密的城市之一。黎明时起，我就能听见街上的小贩叫卖的声音，就算是坐在深藏在宫殿内部的房间座位上还是一样。随着日子一天天过去，噪声和叫卖声越来越大，直到这个世界上好像已经没有任何宁静的角落。宫门外有不间断的人流经过，他们叫卖着东西、讨价还价，还有简告诉我的，络绎不绝来找国王请愿的人们。这里是他的枢密院真正的落脚处，议会就坐落在这条路下半段的威斯敏斯特大教堂那里。而伦敦塔，那块强化了每一任国王权力的天然磁石，正是在河的下游。如果我要将这个大王国变成自己的家，就必须要认识这些宫殿四周的路，之后还得认识伦敦周围的路。躲在小房间里,被噪声和喧嚣环绕没有任何用处,我必须要出宫去,要让人民,那些从早到晚都挤在一起的成千上万的人们看到我。

我的继子爱德华王子正在宫里玩,他明天可以去看马上比武。他很少被允许到宫里来,因为害怕患上传染病,夏季的时候从不让他来,以免他感染霍乱。他的父亲喜爱这个唯一的男孩,唯一的都铎后代。独子是如此的宝贵。所有的新希望都落在了小爱德华的身上。

幸运的是,他是一个身强体健的孩子。他的头发是最美丽的金色,而他的笑容让你想要追上去拥抱他。但他非常独立,如果我想要亲吻他,他就会很不舒服。因此当我们去育儿室的时候,我只是坐在他的身边照顾他,让他将他的玩具一个接一个地拿出来,再一件一件地放到我的手上,这让他玩得很开心。"猫猫,"他说,"喵。"尽管当他抬头看我的时候,眼睛就和太妃糖一样那么浓那么圆,眼神也一样那么甜美,我却从来没有抓住过他的小胖手,并在那温暖的手心上亲他一下。

我希望能成天都待在他的育儿室里。对他来说我不会说英语、法语或者拉丁语都没什么要紧的。他把一个顶端雕刻过的木头给我看,并且庄严地说"娃娃!"我重复了一遍:"娃娃。"那之后他又取来了别的什么东西。我们两个都不需要太多的语言或太多的才智就能一起度过一个小时。

等吃饭的时间到了,他会允许我将他从小位子上抱起来,然后坐在他的身边,按他的父亲的意思给他最尊敬的待遇。仆人们都跪着服侍这个小男孩,他则坐起来,从任意一打丰富的菜肴里挑出自己的分量,好像他已经是个国王了。

我仍然什么也不说,因为这还不是继母该说话的时候,但是等到我待在这里的时间再长一些了,也许就在下个月的加冕礼之后,我会请求国王给这个男孩更多一些的自由,去四处跑跑、去玩耍,还要让他吃得更简单些。就算他不能到宫里来,也许我们能多去他自己的房间看他。也许我能够获准经常去看他。我想着他,这个可怜的小男孩,没有母亲的照顾,我也许能养大他,看着他长成一个年轻人,一个好年轻人,成为英国的爱德华国王。很快我又会嘲笑自己这自私的想法。我当然想要做一个他的好继母和好王后,但比起所有其他事,我更希望能做他真正的母亲。我想看见他的小脸因为我走进房间而亮起来,不仅仅是在这几天里,而是今后的每一天。我想要听他叫"安哇",那是他说"安妮王后"这四个字的最好的程度了。我想要教他祷告,想要教导他认字和行为举止。我想让他与我做伴。并不仅仅因为他没有妈妈,也因为我没有孩子,我想要一个人来爱。

当然了,这并不是我唯一的继子。但是伊丽莎白公主完全不被允许到宫里来。她要待在哈特菲尔德宫,和伦敦有一段距离,国王也不认她,只说她是自己和安妮·波琳的私生子,更有甚者传言说她连国王的骨肉也不是,而是别的男人的孩子。但简·罗奇福德女士,她什么都知道,她给我看过一张伊丽莎白的画像并且指着她的头发笑,那红得好像炉中煤一样的头发,好像在说毫无疑问她就是国王的孩子。但是亨利已经打定了主意要认哪些孩子,伊丽莎白的命运将是被当做一个王室私生子在宫外被养大成人,并且在成年后嫁个二流贵族。除非我能说服国王。也许,等我们结婚一段时间之后,如果我能给他生下第二个儿子,说不定那时候他会对这个需要关爱的小女孩更多一些爱。和她比起来,玛丽公主虽然被允许待在宫里,但罗奇福德女士告诉我说自从她母亲被废黜后她已经失宠好多年了。通过对凯瑟琳王后身份的否认,亨利摆脱了她,这意味着他否认了这段婚姻,也否认了他们的孩子。我试着不去想他这么做有多糟。那是太久以前的事了,我也没有评判的资格。但是因为母亲去迁怒一个小孩在我看来是很残忍的,就和我的弟弟因为父亲对我的疼爱而怪罪我一样。当然,玛丽公主已经不再是个孩子了。她现在是个年轻的女子,并且做好了准备出嫁。我想她的身体不太好,一直没有恢复到足够进宫见我的程度,但罗奇福德女士说她一切安好，只是在试着回避宫廷，因为国王正在考虑为她订一门婚事。

我不能因此责怪她，她曾被许配给我的弟弟威廉过一次，然后又是法兰西王子，接着又是哈布斯堡王子。她的婚姻在确定下来之前肯定将是一场持续许久的谈判。事实上更诡异的是没人知道当他们争取到她之后会得到什么。她的父亲曾经拒绝承认她，但现在又认了她，因此对她的血统还不能下定论，因为对于国王来说，除了他自己的意愿，其他事情都没什么分量，他所说的就是上帝的意志。

一旦我变得更有力量，对国王变得更有影响力，我会和他谈谈确认玛丽公主地位的问题。这对她来说不公平，他不应该连她是不是公主都不知道，而且在地位还不确定的情况下，她永远都别想嫁给任何人，我敢说国王从未站在她的立场上为她想过这些，也没有人来维护她。这肯定会是一件正确的事，作为他的妻子，要帮助他看到他女儿们的需要，就和他自己也需要尊严一样。

玛丽公主是一个最坚定的天主教徒，而我生长在一个拒绝天主教的陋习、提倡更纯净的教堂的国家。我们可能成为教义上的敌人，但也可能成为朋友。更重要的是，我想做一个英国的好王后和她的好朋友，我肯定她会理解我的。从人们对阿拉贡的凯瑟琳的谈论中看得出来，每个人都知道她是一个好王后和一位好母亲。我想做的只是遵循这一榜样，她的女儿也会乐意于此的。

1540年1月

凯瑟琳　于白厅宫

我被召去为一个假面剧排练，这是马上比武大赛开幕时用的，我要扮演一个背景角色。国王会乔装成从海上归来的骑士进场，我们则要扮演波浪、鱼或者别的他需要的东西，还要为王后和宫廷献舞。御用作曲家负责曲子，到时候会有包括我在内的六个人上台。我想我们也许代表的是女神们，但不确定。现在我开始考虑这件事情了，我甚至不知道女神是什么样子。但我希望那是个能穿着非常好的丝质戏服的角色。

安妮·巴西特是其中一个舞者，还有艾莉森、简、玛丽、凯瑟琳·凯里和我。在我们六个里安妮可能是最漂亮的女孩，她有最美丽的金发和一对大大的蓝眼睛，还会些我必须学会的小花招，比如让眼神上下顾盼，好像是听见了什么最有趣不过的事情。就算你告诉她的是一码硬麻布的价钱，她也会先低下眼神再抬头，好像你是在对她细语你爱她一样。不过当然只有在有什么人正看着她时她才这样。如果只有我们在场，她就不会这么注意了。当她这样努力时，的确变得最为迷人。我仅次于她，我很确定，我是第二漂亮的女孩子。她是莱尔夫妇的女儿，很讨国王的喜欢，国王因为这种顾盼传情的伎俩而承诺要送她一匹马，我想对于什么也不做就扇了扇眼睫毛的人而言这已经是很好的回报了。诚然，如果你知道方法的话，在宫廷里能够获得很多的财富。

我是跑着进房间的，因为我迟到了，国王本人就在那儿，和他的两三个最要好的朋友在一起，查尔斯·布兰登、托马斯·怀亚特大人和年轻的托马斯·卡尔派博，他们和音乐家们站在一起，国王的手里拿着曲谱。

我立刻深深地行了个礼，然后看见安妮·巴西特也在，在最前面，看上去非常端庄，和她站在一起的是其他四个女孩，像鸟巢里的四只小天鹅一样搔首弄姿以期得到王室的注意。

但国王看着我笑了。他真的这么做了。他转过头来说："啊，我从罗契斯特来的小朋友。"

我又行了一个礼，这次把上半身向前倾，这样那些大人就能很好地看见我浅浅的领口和我的胸脯。"尊敬的陛下。"我喘着气，好像因为兴奋而说不出话来。

我看得出来他们都很享受我的表现，而托马斯·卡尔派博，有着最迷人的蓝眼睛的那一个，给了我一个顽皮的眼色，就像霍华德家的亲戚们之间会交换的那种。

"你在罗契斯特的时候是真的没有认出来我吗，甜心？"国王问我。他穿过房间，把手指放到了我的下巴上，将我的脸抬起来，好像我是个小孩子，我非常不喜欢这种做法，但还是让自己乖乖地站着，并回答说：

"是的，陛下，我没认出您来。但下一次我就能认出来了。"

"你下一次准备怎么认出我呢？"他溺爱地说，像个圣诞节时慈祥的父亲。

好吧，这把我问住了，因为我不知道。我没什么好说的，我刚才只顾着高兴去了。我必须说点什么，但脑中一片空白。因此我看了他一眼，好像我的脑中满是自白却什么也不敢说似的，由于内心的狂喜，我能感觉到自己的脸颊在微微发热，我知道自己在脸红。

我脸红当然不是因为别的，只是因为虚荣心，是因为国王在那个淫荡的安妮·巴西特面前把我挑了出来而欣喜，另一方面也是因为什么也说不出、想不到而不安。但他看见了我的脸红,并且把那错认为了羞怯,随后立刻将我的手卷进了臂弯里,并且把我带离了其他人。我始终垂着眼睛,甚至没有回头看卡尔派博一眼。

"好了孩子。"他非常慈祥地说,"可怜的甜心,我没想让你难堪。"

"您太好了。"这是我唯一能挤出来的话了。我能看见安妮·巴西特正用杀人的眼神从后面看着我们。"我很害羞。"

"乖孩子。"他的语气更温和了。

"尤其是在您问我……"

"问你什么?"

我吸了一口气。如果他不是个国王,我会更确定应该怎么表演。但他是……这让我有些不确定。再说他是个老得能做我祖父的男人了,和他调情似乎很不礼貌。我稍稍往上看了他一眼,知道筷做对了:他脸上的表情就像其他男人看着我的时候一样,好像他们只想把我吞下去,只想俘虏我,把我狼吞虎咽地吃下去。

"就在您问我是否会再次认出您来的时候。"我用细细的小女孩的声音说,"我会的。"

"你要怎么做到?"他弯下腰来倾听我的声音,而我感到一阵突如其来的兴奋,他是国王并没什么要紧的。他对我就像祖母的管家对我一样好。他脸上的表情是完全一样的温柔和溺爱。我发誓我认得那个表情。我应该这么做,我见那个表情太多次了。当老男人看见我的时候就是那种愚蠢的湿漉漉的眼神,其实非常令人不快。当老男人看着年轻得能做他们的女儿的女人,并且幻想自己就和自己的儿子一样年轻时他们就是这样的,他们知道自己要做什么。

"因为您那么英俊。"我说,直直地凝视着他,冒着风险,等待着会发生的事,"您是宫廷里最英俊的男人,陛下。"

他相当安静地站立,就像一个人突然听见了仙乐。像一个人中了魔法。

"你觉得我是宫里最英俊的男人?"他怀疑地问,"乖孩子,我都老得能做你父亲了。"

真要说的话都快能做我祖父了,但我仰望着他。

"您吗?"我惊呼道,好像我不知道他都年近五十而我自己才十五岁似的,"但我不喜欢小男生,他们看上去那么幼稚。"

"他们烦你了吗?"他立即问。

"噢,没有。"我说,"我和他们什么关系都没有。但我宁愿和一个对生活更有经验的男人一起说话和走路。一个能指点我,一个我能信任的男人。"

"你今天下午就要和我一起说话一起走。"他许诺说,"然后你要告诉我所有你的小心事。如果有任何人给你找麻烦,无论是多么重要的人物,他都要先问过我。"

我沉身行了一个礼。我隔他那么近,垂下的头都快擦到他的马裤了。如果这都没能让他心花怒放,那就真出乎我意料了。我朝他看去,对他微笑了一下,然后轻轻晃了一下脑袋,好像不敢相信眼前的景象。我自认为这一套精妙绝伦。"何等荣幸!"我呢喃道。

1540年1月11日

安妮 于白厅宫

这是最美妙的一天，我感觉自己是个实实在在的王后了。我坐在王家看台上，我自己的看台、王后的看台，就在白厅新修建的门楼里。竞技场就在我的脚下，下面是英国半数的贵族，一些从法兰西和西班牙来的伟大绅士也前来展示他们的勇气，以期获得我的青睐。

是的，我的青睐，尽管我内里上还是克里夫斯的安妮，从没被当成是最漂亮和最甜美的克里夫斯女孩看待过，但就外在而言，我现在是英国的王后了，一旦头上有了一顶王冠，我就令人惊奇地变得高多了，也漂亮多了。

这顶新王冠很大程度地增长了我的自信。它是英国式的，尽管我仍因为穿着低胸礼服、脖子上没有围着棉布围巾而感到一阵不自在，但至少我看上去和其他的女士更接近，不再像一个宫廷的外来人了。我甚至戴着法式的兜帽，尽管我还是把它拉到了前面去挡住我的头发。它非常轻，我不得不注意不要乱晃自己的脑袋，并且因为这自由的感觉而笑了出来。我不想看上去改变了太多，太放纵自己的言行。母亲一定会因为我的外表而感到相当震惊，我不想让她和我的国家失望。

在竞技场中，已经有年轻人想讨我的喜欢了，他们弯下腰，抬头对我微笑着，眼神尤其温暖。而我一丝不苟地保持着庄重，仅仅只给予那些国王尊重或投下赌注的人以嘉奖。罗奇福德女士在这些事上是一个可靠的参谋，她会让我远离那些可能引起冒犯的危险，远远地隔绝那些可能导致流言蜚语的危险。我从未忘记一个英格兰的王后必须凌驾于所有调情的细语之上。我从未忘记这里就和过去的那个竞技场一样，在这里一个又一个年轻人抓住了王后的手帕，而那一天结束的时候，他们以通奸罪被逮捕，而她的婚姻终结在断头台上。

这个宫廷不记得这些，尽管那个提出证据并且对她下达死刑的男人今天也在这明媚的阳光下，笑着嚷嚷着竞技场里的名次；还有那些幸存下来的人，比如托马斯·怀亚特，也在朝我微笑，好像每个人都没看见曾经有三个女人坐过我现在坐的位子一样。竞技场用漆过的木板排成，以都铎王朝的白绿条纹做标记，每支旗杆的标准都不一样。这里有成千上万的人，全都穿着自己最好的衣服前来观看表演。这个地方因为人们叫卖商品而沸沸扬扬，卖花女孩把她们的价格都唱了出来，当赌注转手的时候钱币叮当作响。无论何时我看向他们的方向，市民都为我欢呼，那些男士的妻子和女儿在我举起手来回应他们的注意时，挥舞着自己的手帕对我喊"好王后安妮"，他们自己则将帽子扔向空中，大喊着我的名字，还不断有为了马上比武特意赶到伦敦的贵族和绅士来到王室的看台，向我鞠躬并引荐他们的妻子。

竞技场因为成千捧的花束和新鲜干净的湿沙子而散发着鲜甜的气味，当马匹开始飞驰、急停和跳跃时，它们扬起一阵金色的雾。骑士们身上的盔甲熠熠生辉，每一片都被擦得锃亮，像银子一样闪光，而且绝大部分都有华丽的雕刻，镶嵌着贵重的金属。他们优秀的随从举着名贵丝绸做成的旗帜，上面绣着特殊的家族格言。很多人作为神秘的骑士来到，将自己的面甲挡在前面，当挑战开始时他们奇异又浪漫的名字就被大喊了出来，其中的一些身边还跟着一个吟游诗人，用诗歌讲述他们传奇的故事，或在竞赛开始前唱他们的歌。我担心他们将争斗上一整天，而我会看不懂眼前正发生些什么，但这就像在最美丽的游行上眼见着那些良驹列队而来一样，有骄傲的英俊男士，还有成千上万为他们欢呼的人。

　　他们会在开始之前骑一会儿马，这时就会有一场活人剧的表演来欢迎他们的到场。国王本人就在布景的中心，穿得像一个耶路撒冷来的骑士，而我的侍女们在他的身边，穿着戏服坐在一辆由马匹拖曳进场的大马车上，马匹身上披着好几码长的蓝色丝绸。我看得出来它们代表海洋，但是我看不出那些女孩子代表什么。站在前面的凯瑟琳·霍华德露出了美丽的笑容，她举起手来挡住她的眼睛，我想她应该是一只守望的美人鱼，或者是什么类似的角色，也许是一只女妖。她的身上明显裹着白色的棉布帷帐，也许代表着海水白色的泡沫，而她不慎将它滑落下来了一些，露出了一边可爱的肩膀，好像她正赤裸着从海里升起来。

　　等我的语言学得再好一点，我应该和她谈谈关于小心自己的名誉和保持矜持的事。她没有母亲，她的母亲在她很小的时候就去世了，她的父亲是个粗心大意的败家子，住在海外的加莱。简告诉我，她是由继祖母带大的，因此可能没有任何人告诫过她国王对任何不庄重的言行都很敏感。她今天的装束也许还是合适的，因为那是活人剧的一部分，但让它们滑落下来露出她白皙苗条的后背的方式，我知道，非常不对。

　　侍女们在竞技场上起舞，然后她们行了礼，陪同国王来到了我的看台里，他坐到了我的身边。我微笑着递给他一只手，好像我们也是游行的一部分，人群在看见他亲吻我的手时发出了欢快的大叫。现在轮到我笑容甜美地对他行礼了，我迎候他坐上他巨大的加固后的座位，比我的座位更高。简看着他被奉上一杯红酒和一些糖果后，朝我点点头，于是我坐到了国王身边的位子上。

　　当半打身着暗色盔甲挥舞海蓝色旗帜的骑士们进场的时候，侍女们退场了，因此我想她们可能是潮汐或海神或别的什么。不能懂得表演全部的含义让我感觉自己非常无知，但一旦他们骑着马沿着圆场开始奔跑，传令官大声报出每个人的头衔,而人群大喊着希望竞赛能够开始的时候,这又没什么要紧的了。

人群填满了层层叠叠的座位,更穷一些的人则挤进了座位之间的缝隙。每当一个骑士来到我面前展示自己的武器的时候,人群都发出很大的欢呼声,他们一遍又一遍地大喊着"安妮!克里夫斯的安妮!"我站起来微笑着挥手致以谢意,无法想象自己做了什么能赢得公众如此的欢呼。但知道英国的人民接受了我,就和我接受他们一样,真是一件高兴的事。国王在我身边站起来,在所有人面前握住了我的手。

"做得好。"他简短地对我说,接着从看台里离开了。我看向简·波琳,询问她我是否要跟上去。她摇了摇头。

"他是要去和骑士们说话。"她说,"当然还有那些女孩。你就待在这里。"

于是我坐了下来,看着国王出现在对面他自己的王家看台里。他朝我招手,我如法炮制。他坐了下来,我也跟着他坐下了。

"你已经受到爱戴了。"莱尔大人悄声用英语对我说,我抓住了他的话头。

"什么?"

他笑了。"因为你很年轻。"在我理解地点了点头之后他又停顿了一下说,"他们希望你能生一个儿子。因为你很美貌,因为你朝他们微笑挥手。他们想要一个美丽快乐的王后,为他们生下一个小王子。"

在这些内心复杂的人面前我仅仅简单地耸了耸肩。如果他们只是想要我快乐那就太简单了。我这辈子都没有这么快乐过。我从未如此远离我母亲的责难和我弟弟的怒火。我现在是个独立自主的女人了,有自己的位置,有自己的朋友。我是一个伟大王国的王后,且我相信这个国家会变得更加繁荣和野心勃勃。就连我也看得出来,国王是这个草木皆兵的宫廷里反复无常的领袖，但在这里我也许能改变一些事情。我也许能带给这个宫廷它所需要的稳定，我甚至可能向国王进言让他更加耐心些。我能看见我在这的生活，我能想象自己作为一个王后的样子。我知道自己能做到。我对莱尔大人笑了一下，他这几天里一直和我保持距离，不再是他往日里那亲切的模样。

"谢谢，"我说，"希望如此。"

他点了点头。

"你还好吧？"我笨拙地问，"还愉快吗？"

他看上去因为我的问题而倍感惊讶："呃，是……是的，尊敬的殿下。"

我考虑着自己的用词："没有烦心事？"

有那么一会儿我看见了，他的脸上出现了恐惧的神色和那一闪即逝的想要全盘托出的思绪。但紧接着它就消失了。

"托您的福，殿下。"

我看见他的眼神越过竞技场投向了对面国王坐着的地方。克伦威尔大人也在那边，正对着他耳语着什么。我知道在朝廷里总是有派系的，而国王的倾向则变来变去。也许莱尔大人正用某种方式提防着国王。

"我知道你是我的好朋友。"我说。

他点了点头："愿上帝保佑您，无论接下来发生什么。"他说完就从我的座位边走开，站到了看台的后面。

我看见国王站起来走到了御用看台的前面。一个小侍童帮他用跛腿站好。他拿起大手套并且把它举过了头顶。人群安静了下来，目光聚焦在他们最伟大的国王身上，那个男人靠自己的力量成为了国王、君主和教皇。接着，很巧妙地，当所有人的注意力都在他身上时，他对我鞠了躬并且用他的手套指了指我。人群爆发出欢呼声。现在要由我来开幕了。

我从我那头顶有金黄色华盖的大椅子上站了起来。看台两侧的帘子都在风中飘动着，它们全是都铎家的白绿色，到处都有我姓名的首字母和我的纹章，而其他王后的首字母只在帘子的背面没有显出来。从今天开始，这儿只有一个王后了，那就是我。这个宫廷，这些人民，还有国王都会忘记其他的王后，我将被他们铭记。这场竞赛是为我举办的，仿佛我是亨利的第一任妻子。

我举起手，整个竞技场都安静下来。我丢下手套，竞技场两头跑道上的马匹就像被鞭子抽到一样开始发足狂奔起来。两名骑手如雷霆一般冲向对方，一个在左边，那是里奇曼大人，他将长矛放低了一些，而他的甲胄非常结实。伴随着一声仿佛是斧子劈进树木的巨响，长矛刺中了对手护胸甲的正中，那个男人喊了一声就重重地向后摔下了马。里奇曼大人骑马到了跑道的末端，他的随从抓住了马，而他拉下了深色的面罩并且看向了他被扔在沙子里的对手。

在我的侍女当中，莱尔夫人发出了一声小小的尖叫并且站了起来。

那个年轻人晃晃悠悠站了起来，他的双脚有些不稳。

"他受伤了吗？"我悄声问罗奇福德女士。

她正热切地看着。"也许吧，"她说，声音透出一股愉悦之情，"这是一项狂野的运动，他自己知道风险。"

"这儿有没有……"我不知道英语里医生这个词怎么说。

"他在走动。"她指出来，"他没受伤。"

他们把他的盔甲脱下来，他的脸色就和床单一样苍白，可怜的年轻人。他卷曲的棕色头发都被汗湿成了深色，粘黏在他苍白的脸上。

"托马斯·卡尔派博。"罗奇福德告诉我说，"我的一个远亲。真是个俊俏的男孩。"她古怪地朝我笑了一下。"莱尔夫人可是很喜欢他的，他和女人们的名声可不太好。"

当他迈着摇晃的步伐走到王后的看台前面向我深鞠躬时，我给了他一个微笑。他的随从用一只手扶着他的手肘帮他直起腰来。

"可怜的男孩。"我说,"可怜的男孩。"

"能为您效劳是我的荣幸。"他说。

他的话因为嘴上的挫伤而说得含糊不清。他是个极其英俊的男人,就连我这个被最严厉的母亲给带大的人,都突然产生了想把他带离竞技场给他洗澡的欲望。

"如果您允许,我将再度为您出战。"他说,"也许就是明天,只要我能爬上马。"

"好,但是要小心。"我说。

他给了我一个最可怜的甜美微笑,鞠了一躬就退向了一边,一瘸一拐地离开了竞技场,而第一场比赛的胜利者在圆圈外小跑了一圈,他的长矛向上竖起,答谢那些因为赢了押在他身上的赌注而发出叫喊的人们。我回头看向我的侍女,莱尔夫人的眼神正追着那个年轻人,好像很喜欢他,而戏服上还挂着一道披肩的凯瑟琳·霍华德,正从看台的后面望着他。

"够了。"我说。我必须学会命令我的侍女们。她们要向我母亲所推崇的那样,英格兰王后和她的侍女们的言行必须无可挑剔。我们三个肯定不应该直愣愣地追着一个英俊的年轻人看。

"凯瑟琳,立刻去穿上衣服。莱尔夫人,你的丈夫在哪里?"

她们两个都点点头,凯瑟琳飞快地离开了。我坐回了座位,这时另一名战士和他的挑战者已经进入了圆圈。这一次诵诗非常长,且是拉丁文的。此时,我的手却伸进了口袋,那里有一封沙沙作响的信,是伊丽莎白寄来的,那个六岁大的公主。我已经读过它了,而且重读了很多遍以确保我明白她的意思,事实上,我差不多把每个字都记下来了。她保证说她会尊重我这个王后,并会完全服从我做她的母亲。我差点就为她哭了,这可怜的小女孩,她用了那些宏大庄严的语辞,并把它们抄写了一遍又一遍,直到她的手书就和任何一个宫廷文书员一样规范。很显然,她希望能回到宫廷,说实话我,也是有意让她到我的房里来。我有几个并不比她大多少的贴身女仆,而把她放到身边也会是一件很值得高兴的事。再说了,她只有一个人,她房里只有家庭女教师和护士,国王应该也想让她在我们身边,接受我的看管吧?

有喇叭的声音响了起来,我抬起头,看见骑手们都被吸引到了一边并行礼,因为国王正一瘸一拐地穿过竞技场来到我的看台前面。随从们赶紧跳起来去开门,这样他就能走上楼梯了。他必须借助旁边一个年轻人的帮助才能被拉上来。我现在已经足够了解他了,我知道,在众目睽睽之下做这件事会让他脾气变得很坏,他会感觉受到羞辱并且会难为情,并且第一反应会是去羞辱其他什么人。我站起来向他行礼以示欢迎,我从来不知道我是应该伸出手还是应该靠近他以便他吻我,今天,在这么多爱戴我的人面前,他将我拉近,并且吻了我的嘴唇。每一个人都发出了欢呼声。他对此很在行,他总能做出什么事来赢得民心。

他坐在座位上,而我坐在他身边。

"卡尔派博受了重伤。"他说。

我不是很明白这句话,因此我什么也没说。

我们之间有一阵尴尬的沉默,并且显然轮到我说话了。我必须努力思考找到话说,还要想正确的英语单词。最后我想到了:"您想参加马上比武吗?"我问。

他转过来看向我的脸满布怒容,看上去很可怕,他的眉头紧皱到都要盖住他怒气冲冲的小眼睛了。我很显然说了什么大逆不道的话并且深深地冒犯了他。我喘着气,不知道我说了什么这样糟糕。

"抱歉,请原谅……"我结结巴巴地说。

"我想参加马上比武吗?"他语气强烈地重复了一遍,"是啊,我确实想参加，但是因为伤痛，因为这永远也好不了的伤我变成了跛子，它每天都在折磨我，要我的命，也许只要几个月！这让走路、站立和骑马对我来说都变成了一种痛苦，但是傻瓜肯定想不到这点吧！"

莱尔夫人上前了几步。"陛下，王后的意思是您喜欢看这场竞赛吗？"她赶忙说，"她没有想要冒犯您，陛下。她正在以惊人的速度学习我们的语言，但还是免不了会犯些小错误。"

"她是免不了犯蠢吧！"他对她咆哮着。唾沫从他嘴里喷到了她的脸上，但她没有躲开。她稳稳地行了一个礼，然后一直低着身子。国王俯视着她，却没有让她起来。他让她就这么不舒服地待着并且转向了我。"我喜欢看，因为这些全是离我而去的东西。"他激动地说，"你什么也不知道，但我过去是最伟大的战士。我打败所有的对手，一次也不例外。我乔装打扮而来，因此没人让着我，就算他们都使出全力我也还是赢了。我是英国最伟大的战士。没人能打败我，我能骑一整天的马，我能折断一打长矛。你能懂吗，你这笨蛋！"

我点了点头，仍然浑身颤抖着，但是事实上，他讲得那么快那么激动，以至于我根本听不懂他的话。我试着想笑，但是我的嘴唇在发抖。

"没人能战胜我。"他坚持说，"从没有，没有一个骑士能。我曾是英国最伟大的参赛者，也许还是世界上最伟大的。我战无不胜，能骑马一整个白天，跳舞跳上一整夜，一直保持清醒到第二天清晨出去打猎。你什么都不知道。不知道。我想参加竞赛吗？上帝，我曾是骑士精神的化身！我曾是人民的宠儿，我曾是每一场竞赛祝酒的对象！没人像我一样！我是自圆桌时代以来最伟大的骑士！我是个传奇！"

"没有一个人看过您的英姿后会不记得。"莱尔夫人顺从地说，抬起了她的头，"您是这个圆场之内最伟大的骑士。就是到现在我也从没见过能和您相提并论的人。没人能比得上您。这些天里他们没一个及得上您。"

"唔。"他暴躁地说，然后陷入了沉默。

有一段长时间的令人尴尬的停顿，没有一个在竞技场中的人让我们转移注意，每个人都等着我说些什么来取悦我的丈夫，他还沉默地坐着，怒视着地板上的小草。

"起来吧。"他生气地对莱尔夫人说，"你的老膝盖要是再待在那儿时间长一点就要固定在那儿了。"

"我有信。"我小声地说，试着把话题转移到什么不让他这么激动的地方去。

他转过头看着我，他想要笑，但是我看得出来他正在对我生气，对我的口音和犹犹豫豫的话语生气。

"你有信。"他重复了一遍，刺耳地模仿着我的口音。

"是伊丽莎白公主寄来的。"我说。

"小姐，"他纠正说，"是伊丽莎白小姐。"

我犹豫了一下，"伊丽莎白小姐。"我顺从地说。我拿出了我珍贵的信件并且把它展示给了他看。"她能来这儿吗？她能和我一起住吗？"

他把那封信从我手中抽走，而我不得不控制自己不要去把它抢回来。我想要留着它。这是我小小的继女给我的第一封信。他眯起了眼睛盯着那封信，接着突然叫随从把眼镜递给他。他把眼镜戴上，读起了信，但他把脸从人群面前转了过去，这样平民就不会知道这个英格兰国王因为斜视而变得视力不济了。他快速地扫了一遍信件，然后把它和眼镜一起交给了随从。

"这是我的信。"我小声说。

"我会替你回的。"

"她能到我这来吗？"

"不能。"

"陛下，求您了。"

"不行。"

我犹豫了一下，但我顽固的天性——在我那个和国王一样坏脾气的、被宠坏了的弟弟的铁拳之下习得的天性，鼓舞着我继续。

"那么，为什么不行？"我问，"她写信给我，问候我了，我想见她，为什么不行？"

他抬起脚，靠着椅子的后背俯视着我。"她有一个和你截然不同的母亲，无论哪个方面。她不应该要求你的陪伴。"他直截了当地说，"如果她了解自己的母亲的话，她永远也不会想要见你。我会这么告诉她的。"之后他抬起脚走下了台阶，走出了我的看台，穿过竞技场回到自己的看台里去了。

1540年2月

简·波琳　于白厅宫

　　我一直在期待公爵大人会在竞赛的某个阶段召见我,但他并没有。也许他也记起了那场五朔节竞赛,以及她扔下的手帕和她朋友们的笑声;也许就连他,在听着竞技场上声音的时候也会禁不住想起在那个炎热的五朔节时,她苍白的脸还有绝望。他一直等到马上比武结束,而白厅宫里的生活又恢复平常,才让我到他的房里去。

　　这是一个用来密谋的地方,所有的长廊彼此蜿蜒交错,每一个院子中心都有一个小花园,很有可能无意间就会撞上谁。每一栋房子都有至少两个入口。我也不知道从卧室通往隐藏水门的所有路。就连安妮和我丈夫乔治那样如此频繁地从这儿溜走的人都不知道。

　　公爵命令我在晚餐后私下里去见他,于是我从餐厅悄悄离开,绕了一个大圈子,以防有人看到我,那之后我没敲门就静悄悄进了他的房间。

　　他坐在火炉边。我看见仆人正在清理他独自用餐过后的盘子,我想他吃得比我们在餐厅里的还要好。在这幢老式的宫殿里厨房和餐厅隔得非常远,因此食物总是凉的,每一个有个人私室的贵族都是在自己的房里烹饪食物。公爵在这有最好的房间,他几乎在哪儿都有。只有克伦威尔的比我们的好。而霍华德家总是家族中的第一,尽管他们家的女儿并不在王座上。总有不干净的活要做,而那就是我们的专利了。公爵招手遣走了仆人,然后给了我一杯红酒。

"你可以坐着。"他说。

我从这一殊荣里看出来这一次他要我做的工作将会很机密,也可能很危险。我坐下来,抿了一口酒。

"王后怎么样?"他愉快地问。

"足够好。"我回答,"她每天都能学会更多我们的语言,并且现在几乎能弄懂所有事了,我想。其他人低估了她的理解力。他们应该引起警觉。"

"我会注意。"他点头说,"她的情绪呢?"

"很愉快。"我说,"没有表现出想家,事实上,她似乎对英国抱有很大的喜爱和兴趣。她是年轻侍女们的好主人,她看着她们,为她们着想,并且有很高的标准。她在房间里也保持着良好的威信。她很自律但不会过度迷信。"

"她像一个新教徒一样祈祷?"

"不,她跟随着国王安排的祈祷流程。"我说,"她在这上面一丝不苟。"

他点点头。"没有意愿返回克里夫斯?"

"她从没提过。"

"奇怪。"

他等待着。这是他的习惯。保持沉默直到别人感觉到自己有义务补充解释。

"我想她和弟弟之间的关系很坏。"我最后主动开了口,"我想安妮王后很得她父亲的宠爱,但是他后来因为酗酒而病倒并且去世了。听上去像是她的弟弟接收了她父亲的地位和权力。"

他点了头。"所以她没可能愿意从王位上下来并且回家吗?"

我摇摇头,"不可能的。她热爱做王后,并且喜欢做王室小孩们的母亲,还因为不能见到伊丽莎白公——小姐而深感失落。她希望自己能怀上孩子,并且想要把她的继子女在接身到边来。她正在计划自己在这里的生活和未来。她不会心甘情愿离开的,如果那就是您的计划的话。"

他伸出手。"我没计划什么。"他在说谎。

我等着他告诉我接下来他要什么。

"还有那个女孩。"他说,"我们年轻的凯瑟琳。国王也喜欢她,是不是?"

"非常喜欢。"我表示同意,"她和他在一起时就如同年纪两倍于她的女人一样精明。她非常富于技巧。表现得十分甜美,非常天真,但仍然可以像一个史密斯菲尔德的妓女一样展示自己。"

"的确很可爱。她有野心吗?"

"没有,只有贪婪。"

"她没想过国王在这之前也娶过他妻子的侍女吗?"

"她是个蠢货。"我简短地说,"她之所以有很好的调情技巧是因为那能带给她很大的快乐,但她的计谋就跟小狗差不多。"

"为什么呢?"他短暂地被这个话题吸引了。

"她没有关于未来的想法,不能想象除了下一场假面舞会以外的事。她会为了糖果耍伎俩,但不会想到自己有机会能得到那最大的奖品。"

"有意思。"他笑了,露出了黄牙,"你总是很有意思,简·波琳。那么说回国王和王后。我每晚都陪同他到她的房间去。你知道他是否成功办到了吗?"

"我们都很确定他没有。"我说,尽管我知道自己在这些房间里很安全,还是压低了声音,"我想他已经没这个能力了。"

"你怎么会这么想?"

我耸耸肩。"安妮最后的那几个月里也是这个情况,我们都知道。"

他短促地笑了。"现在我们知道了。"

是乔治,我的乔治告诉我的,他在接受生死审判的时候告诉我国王已经失去行房能力了。这是乔治会做的事,在已经没什么可失去的时候说出最说不得的事情,那件他原本应该保守秘密的事情。他那时已经做好了赴死的准备。

"他有对她表现出他的不满吗?她知道她不讨他喜欢吗?"

"他足够有礼,但是很冷淡。好像甚至连想起她一下都不高兴。好像什么事也不能让他开心。"

"你觉得他对所有人都是这样吗?"

"他老了。"我说,但公爵大人一个短暂的瞪眼让我想起来他自己也不年轻了,"那当然还不会对他造成障碍,但他因为腿上的伤而很虚弱,我想那地方最近又恶化了。肯定的,它闻上去很糟糕,而且他也跛得非常厉害。"

"我看得见。"

"他还便秘。"

他做了个鬼脸。"这我们也知道。"国王的肠子什么时候蠕动一直是宫廷里永远的牵挂,他们出于自己的利益对这件事就和他自己一样热心,当国王出恭困难的时候脾气就更坏了。

"而她也没做什么让他兴奋的事。"

"她抗拒他了?"

"也不全是,但我的猜测是她没帮上任何忙。"

"她疯了吗?她想保住婚姻的话,只能靠孩子了!"

我犹豫了一下。"我想她曾经被警告过不可以表现得轻浮和放荡。"我能听见公爵发出的轻笑声,"我想她的母亲和弟弟很严厉。她被严格地抚养长大。她最大的想法似乎是不要给国王机会抱怨她多情或者轻佻。"

他爆发出了笑声。"他们在想些什么?你给国王送去一个这么冷若冰霜的人,还指望他感谢你吗?"接着他平静下来,"所以你觉得她到现在还是个处女？他什么也没做？"

"是的大人，我想她是的。"

"她一定对此很着急吧，我想。"

我抿了一口酒，"就我所知，她不信任任何人。当然，她也许会和自己国家的人说，用她们自己的语言，但她们并不亲密，没有秘密的谈话。也许她很羞耻，又或许是谨慎。我想她把国王的失败当做了他们两人间的秘密保存了起来。"

"可圈可点。"他干巴巴地说，"作为一个女人来说很不同寻常。你认为她会和你谈吗？"

"也许会。您想要她说什么？"

他停顿了一下。"和克里夫斯的联盟关系不再那么重要了。"他说，"法兰西和西班牙之间的友谊正在减弱。谁知道呢？没准就在我们说话的时候他们已经分崩离析了呢。如果他们不再是盟友了，那么我们也不再需要同德国的路德宗联合，对抗集结起来的法兰西和西班牙基督徒。"他顿了顿说："我将亲自去一趟法兰西，是国王的命令，到法兰西国王的宫廷去看他到底和西班牙有多交好。如果法兰西国王告诉我他并不喜欢西班牙，说他已经受够了他们的背信弃义，那么他也许就会选择加入英国的阵营去对付另一边。在这样的情况下我们就不会需要和克里夫斯的友谊了，也不会需要一个克里夫斯的王后站在王座上。"他停下来强调："在这样的情况下我们会更需要一个空的王位。如果我们的国王再娶一位法兰西公主的话对我们来说会更好。"

他摇晃着脑袋，当我和他谈话时他经常这么做。

"大人，您是说国王现在会和法兰西结盟吗，因此他不再需要安妮王后的弟弟做朋友了？"

"正是如此。不止是不需要他，和克里夫斯的友谊都有可能变成耻辱。

如果法兰西和西班牙不向我们发动攻击，我们就不需要克里夫斯，我们不想被和新教徒绑在一起。我们可能会和法兰西或者是西班牙结盟，可能重新加入这场棋局。甚至可能和教皇重修旧好。说不定神会宽恕国王，他会恢复旧有的宗教，让英国教堂重新带回旧教皇的领导下。和亨利国王一起，一切都有可能。整个枢密院里只有一个人觉得和威廉公爵的友谊会是一项伟大的资产，而那个男人就要倒台了。"

我喘了口气。"托马斯·克伦威尔就要倒台了？"

他停顿了一下。"最重要的外交任务——去探听法兰西的态度的任务，被交给了我，而不是克伦威尔。国王关于教廷改革已经走了太远的想法也是与我分享的，而不是克伦威尔。托马斯·克伦威尔促成了和克里夫斯的结盟。他还促成了这桩婚事。结果我们并不需要这个盟友，且这桩婚事也并不美满。国王不喜欢这匹克里夫斯母马。因此，我亲爱的罗奇福德女士，我们也许要废黜这匹母马，这桩婚事，盟友关系，以及媒人托马斯·克伦威尔。"

"之后您就变成国王的首席谋臣了？"

"也许吧。"

"您会劝说他和法兰西结盟吗？"

"上帝会乐意的。"

"说到上帝，他和教廷重修旧好了？"

"神圣罗马教廷。"他纠正我，"但愿我们能看见它和我们重修旧好。我期盼这个已经很久了，半个国家的感受都和我一样。"

"所以说再没什么路德教派的王后了。"

"没错，她什么也不是了。她挡了我的路。"

"您有别的人选吗？"

他对我微笑着。"也许吧。也许国王已经自己选好了另一个人选。也许他的爱火已经燃起，而后会是他的神志。"

"小凯蒂①·霍华德。"

他笑了。

我坦白地说："但是年轻的安妮王后怎么办？"

有一阵长时间的沉默。"我怎么会知道。"他说，"也许她会接受离婚，也许她会死。我只知道：她挡着我的路了，而她必须离开。"

我犹豫了一下。"她在这个国家没有朋友，陪着她的大多数的国民都回家去了。她没有任何来自母亲和弟弟的支持和忠告。她有生命危险吗？"

他耸耸肩。"除非她犯叛国罪。"

"怎么会呢？她都不会说英语，除了我们引荐的人之外她谁都不认识。她怎么会密谋反对国王呢。"

"我还不知道。"他对我笑着，"也许有一天我会让你告诉我她是怎么犯叛国罪的。也许你要站在宫廷的面前，为她的罪行提供证据。"

"别。"我用冰凉的嘴唇说。

"你之前就做过。"他讽刺说。

"别……"

---

① 凯蒂为凯瑟琳的昵称。

1540年2月

凯瑟琳 于白厅宫

王后坐在她的银镜子前，我梳着她的长发。她看着她的镜影，眼神却很空洞，她完全没有在看她自己。真想不到！有这样一面好镜子，照出来的人影又这么清楚，而你连看都不看！我都差不多把所有的时间花在从银盘子还有玻璃片里照照自己了，在霍舍姆的时候我甚至跑到井水上面去照，而她就坐在这面制作精良的镜子前面，心不在焉。说真的，她真是怪极了。站在她身后，我觉得自己礼服的袖子随着手上下摆动得挺好看的，便稍稍弯下腰去看镜中我自己的脸，又把脑袋歪到一边看光打到我的脸上，再往另一边歪了歪。我试着微微笑了一下，抬起自己的眉毛装出惊讶的样子，又朝下看了一眼，发现她正看着我，于是我咯咯笑了，她也笑了。

"你是个漂亮女孩，凯瑟琳·霍华德。"她说。

我对着我们的影像眨着眼睛。

"谢谢。"

"而我不是。"她说。

她对英语还不熟练，这其中的一个尴尬之处就在于，她会稀松平常地说出这种可怕的声明，而你完全不知道该怎样回答。她当然没有我漂亮，但另一个方面，她有很漂亮的头发，又厚又有光泽，而且有张令人愉快的脸，光滑的皮肤和相当漂亮的眼睛。她应该记住在宫里几乎没有人能漂亮得过我，所以她不必要为这个而自卑。

她一点也不可爱，但那大概是因为她太呆板了。她不会跳舞、不会唱歌，也不会聊天。我们正在教她打牌，还有其他所有事情，比如跳舞和音乐，还有歌唱，她对这些完全一窍不通，且迟钝得可怕。而在这样的宫廷里，无趣的善良是不会起什么作用的。事实上，一点用也没有。

"漂亮的头发。"我体贴地说。

她指了指她面前桌上的兜帽，它又大又重。"不好。"她说。

"的确。"我赞同了她，"非常不好。您想试试我的吗？"尝试和她说话最有意思的一件事之一就是开始学着她讲话。我在夜里我们要睡觉的时候把这些学给女仆们听。"你睡觉现在。"我在黑暗中说，所有人都大笑了起来。

她对这个提议很高兴。"你的帽子？好啊。"

我把帽针取下，脱下了帽子。当我脱下帽子时快速地瞟了镜子里的自己一眼，看见我的头发倾泻了下来。这让我想起了亲爱的弗朗西斯·迪勒姆，过去他很喜欢取下我的帽子，在我松散的头发里摩擦自己的脸颊。第一次从镜子里看自己做这个动作，让我明白了他是有多么地渴求我。真的，我不能责怪国王像他一样看我，也不能责怪约翰·布雷斯比或者西摩尔大人的新随从。昨天晚上进餐的时候，就连托马斯·卡尔派博都不能把眼神从我身上挪开。事实上，在来到宫廷后我的外表状态就一直非常好，而且每一天似乎都变得更加漂亮了。

我温柔地给她递过帽子，当她拿起它时，我站在她的身后帮她把头发拢起来，将帽子戴了上去。

这样做起了很大的帮助，就连她自己也看得见：没有了那顶又重又方、像屋顶一样架在她额头上的德式兜帽，她的脸一瞬间就变得更圆润更好看了。

但她接着就把我的帽子往前拉了拉，这样它实际上就压在她的眉毛上了，同她在马上比武大会上戴新法式兜帽时一样，看上去非常可笑。我发出了一声不快的喷喷声,然后拉了拉帽子让它回到她的头上,接着又把几缕头发往前拉了拉,以展示它们漂亮的光泽和厚度。

但遗憾的是,她摇了摇头,把帽子又拉回了前面,将她漂亮的头发给挡了起来。"这样比较好。"她说。

"不好看!不好看!您必须把它拨回来,拨回来!"我大喊道。

她为我提高的嗓门儿笑了。"太法兰西了。"她就说了这些。

她让我语塞了。我想她是对的。任何一个英格兰王后最不敢做的事情就是看上去太法兰西。法兰西无疑是最不礼貌不道德的词语,而之前正有一任英格兰王后是在法兰西接受的教育,有典型的法兰西作风,她就是我的表姐安妮·波琳,她将法式兜帽带来了英国,最后却脱下了它将自己的脑袋放上了断头台。而简王后戴的是英式兜帽,比她的质朴,它就像德式的帽子,非常可怕,只是轻一点,而且微微有些弧线,是大多数女士现在在戴的。但我没戴,我戴的是法式兜帽,并且我尽可能把它往后戴,它很适合我,也会很适合王后。

"您在马上比武比赛的时候就戴着它,也没死人。"我催促她道。

她点点头。"也许吧。"她说,"国王喜欢这样吗?"

好吧,的确,但他喜欢这样的帽子也仅仅是因为戴它的人是我。他是个太溺爱我的老人,我觉得就算我头戴小丑帽穿着小丑服跳舞还晃着一个绑了铃铛的猪膀胱他都会喜欢我的。

"他挺喜欢的。"我随意地说。

"他喜欢简王后吗?"她问。

"是的,他喜欢。她也戴着一顶可怕的帽子,就和你一样。"

"他会上她的床吗?"

圣徒啊,我不知道对话会怎么发展下去,但我希望罗奇福德女士在这儿。"我不知道,我那时还不在宫廷里。"我说,"事实上,那时我和祖母住在一起。我只是个小女孩。你可以问问罗奇福德女士,或者其他资格老的侍女们。问她比较好。"

"他给我晚安吻。"她突然说。

"那很好啊。"我含糊地说。

"他还给我早安吻。"

"噢。"

"没别的了。"

我环视着空荡荡的更衣室。

寻常这儿应该有半打女仆的,我不知道她们都跑到哪去了。她们有时候就会到处晃,说真的,没什么比女孩们更懒的了。我现在知道为什么所有人都这么不喜欢我。但是我真的需要什么人来帮我应对这尴尬的倾诉啊,这儿却一个人都没有。

"噢。"我小声说。

"只有这样:一个晚安吻,然后,一个早安吻。"

我点点头。那些懒鬼都到哪去了?

"再没别的了。"她说,好像我笨得都听不懂她真正的意思一样。

我又点了点头。我希望上帝能派个人进来,随便谁。就算是安妮·巴西特也好啊。

"他没办法做别的。"她坦白地说。

我看见一团暗红的云升上她的脸颊,这可怜人因为羞耻而脸红了。我立刻就不再觉得尴尬了,我为她感到很遗憾,真的,这种事说的人和听的人都不好受。事实上,她肯定比我更难受,因为她正在告诉我她的丈夫对她完全没有欲望,她不知道该怎么办。她是个很害羞,很质朴的女人,而看在上帝的分上,我不是。

她的眼里盈满了泪水,脸颊也变红了。这可怜的小家伙,我想。真是可怜的小家伙。想想看，嫁给一个又老又丑的男人，而他甚至是个性无能。这得有多恶心？感谢上帝我还有选择自己爱人的自由，弗朗西斯很年轻，肌肤像蛇一样光滑，能用他无止息的欲望让我整晚都醒着。但她却被绑在了一个虚弱的老人旁边，而且没办法去帮助他。

"您吻他吗？"我问。

"不。"她简短地说。

"那么……"我将我的右手轻轻握住，在胯部演示了一个抚摸的动作，她看懂了我要表达的意思。

"不！"她大叫，相当地震惊，"上帝啊，不行。"

"好吧，您必须这么做。"我坦白地告诉她，"让他看见你，把蜡烛都点着。从床上下来然后脱掉衣服。"我做了个小动作告诉她应该怎么让衬衣从肩膀上滑下来，再露出乳房。我背过身去，从肩膀上方看着她，带着一个微笑，慢慢地，我弯下腰去，仍然从肩膀上方保持着笑容。没人能拒绝这个，我知道。

"停下。"她说，"不好。"

"很好！"我坚定地说，"一定要这么做，一定要怀孕。"

她把她的脸转向一边，然后是另一边，像只可怜的被困住的动物。"一定要怀孕。"她重复说。

我演示给她怎样敞开一件衬衣，我将手一路从胸部抚摸到屁股，闭上眼睛，喘息着，好像正被巨大的快感紧紧抓住了。"就像这样。做这个，让他看。"

她非常严肃地看着我。

"我不能，"她小声说，"凯瑟琳，我不能做任何那样的事。"

"为什么不能？如果这管用呢？如果这能帮助国王呢？"

"太法兰西了。"她悲伤地说，"太法兰西了。"

1540年3月

安妮 于汉普顿宫

这个大宫廷正在行进中,从白厅宫的宫殿到国王的另一座叫做汉普顿宫的城堡去。没人对我形容过,但我期盼在乡野里看到大片的农舍。事实上,我希望我们能住在一栋更小更简单的房子里。白厅宫的宫殿就像伦敦城里的一个小型镇,如果没有侍女带路的话我至少一天要迷路两次。那里人来人往,都忙着做生意讨价还价,还有音乐家在练习,商人在推销,就连小贩也来找女仆们卖东西,弄得噪声不绝于耳。这儿像是个大村子,塞满了无所事事、成天只知道流言蜚语惹是生非的人们。

所有贵重的挂毯、地毯、乐器、珍宝、盘子、杯子,还有床都被打包送上四轮马车连成的车队,我们启程的那一天,如同整个城市都倾巢而出了一样。所有的马都驮着东西,猎鹰们则待在特殊的马车上,在它们站的地方周围是藤条编制的屏障,它们被罩住的脑袋急切地转动着,一下这边一下那边,头罩顶上漂亮的毛皮摆动着,和骑士在马上比武比赛中头盔上的羽饰一样。我看着它们,想着自己也和它们一样目盲又无力。我们都应是生而自由,能去想去的地方的,但现在我们都在这里,沦为讨国王开心的俘虏,等着他的命令。

狗被它们的驯兽师鞭打着进门,在院子里四散开来,叫着,兴奋得滚来滚去。所有的大家族都收拾好了自己的货物,命令仆人准备他们的马和行李,然后我们合成一个队列,像支小型的军队,在清晨驶出白厅宫的大门，沿着河，到汉普顿宫去。

这一次，上帝眷顾，国王很高兴，他的情绪高昂。他说他会和我还有我的侍女们共骑，告诉我沿途经过的乡间的事。我不用像来英国时一样坐到轿子里了，我现在被允许骑马了，而且有一件新的骑马穿的礼服，礼服的长裙从马鞍的两侧垂下来。我骑术平平，因为我从没有经过正规的训练。我弟弟仅仅允许艾米利亚和我在他的小马厩里骑最安全的胖马，但是国王一直对我很好，他送了一匹马给我，是一匹脚步平稳的温顺母马。当我用鞋跟触碰她时，她会向前小跑，但当她担心我拉缰绳拉得手抽筋时又会变回彬彬有礼的漫步。我喜爱她的这种顺从，因为她帮助我在这无所畏惧的宫廷面前藏起了自己的惧怕。

这是一个喜爱骑马打猎和马上驰骋的宫廷。如果不是小凯瑟琳·霍华德只比我骑得好那么一点的话，我会看上去像个傻子，因此她陪在我身边，国王也放慢了速度骑行在我们两人之间，告诉我们两个要拉紧缰绳，坐得更直一些，还表扬了我们的勇气和进步。

他那么和蔼那么愉快，以至于我不再害怕他会把我想成一个懦夫了，我开始骑得更自信了，并学会环顾周围，享受这次旅行。

我们通过蜿蜒的道路离开国家，道路很窄，因此我们只能两两并排着，城里所有的人都从高悬的窗户上探出身子望着我们经过，孩子们跟着我们的车队边跑边叫。在宽阔的大路上，我们占据了马路的两边，中间区域的商人对我们喊出祝福，并在我们经过的时候脱下自己的帽子。这地方人很多，人们叫喊的噪声、他们挥舞的手、马车的车轮碾过鹅卵石时发出的雷鸣般的轰隆声组合成不和谐的音调。城市散发着它特殊的气味，那是小路上数以千计的动物的味道、肉铺和鱼市的内脏气息、皮革加工的臭味和挥之不去的烟味。间或会出现一座大房子，肮脏不堪，主人对门口的乞丐也不闻不问。高墙将它和大路隔开了，我只能看见那些封闭的大院里大树的树梢。伦敦的贵族们把他们的大宅都建在小茅舍的旁边,还把门前的地方租给小摊贩。太吵,又太混乱了,这让我头晕,因此我很乐意穿过大门到城墙外来。

国王给我看了古护城河,那是在过去伦敦抵御入侵者的时候挖的。

"现在没人来了吗?"我问。

"不能信任任何人。"他冷酷地说,"如果不是尝过我愤怒的重击的话,他们早就从北边和东边来了,苏格兰人也可能会来——如果他们觉得自己有机会的话。但我的侄子詹姆斯国王惧怕我,他的确也该怕,约克郡的乌合之众已经上过永生难忘的一课了。他们中的一半人现在都在为另一半死者哀悼。"

我不再言语,害怕会破坏他的好情绪,凯瑟琳的马绊了一下,她发出一声尖叫,抓住了马的鬃毛,国王朝她笑了,还叫她胆小鬼。他们的对话让我有余裕去看周围的景色。

城墙之外有更大的房子在道路旁边更深处的地方,前方配有小花园或者是封闭起来的小田地。每一片里边都有一头猪,有些人还在花园里养了牛、羊或者母鸡。这是个富饶的城市,我能从那些人容光焕发的圆脸和酒足饭饱的笑容里看出来。又走过了一里路,我们进入了拥有开阔田野、灌木篱墙、齐整农田和一些小村庄的乡间。在每个分岔口都有一座被毁坏的教堂,有时是一座头颅被随意敲掉的圣母雕像;脚边仍然有新鲜的花束。看来并非所有的英国人都信服新法。在其他的村子里,就连小修道院和教堂都被改建和摧毁了。看到国王这些年来在他的国土之上做出的改变是一件很奇异的事情,就好像橡树被突然禁止了,然后所有美丽的树木就在一夜之间被野蛮地摧毁。国王拽出了这个国家的心脏,这一切来得太快了,今后这个国家就要在没有一直以来引领着他的宗教的情况下生存和呼吸了。

国王停止了和凯瑟琳·霍华德的对话,并对我说:"我有一个伟大的国家。"

我可没有傻到去告诉他他其实摧毁和窃取了这个国家最伟大的珍宝之一。

"很好的农田。还有……"我因为不知道英语的牲畜怎么说而停了下来，指了指它们。

"羊。"他说，"这就是这国家的财富。我们把羊毛供应给世界。在基督教世界没有一件大衣不是用英国羊毛做的。"

这并不完全真实，因为在克里夫斯我们就修剪自己的羊，纺自己的羊毛，但我知道英国的羊毛贸易量的确非常庞大，而且，我并不想纠正他。

"我祖母在南唐斯丘陵有自己的羊群。"凯瑟琳高声说，"肉非常好吃，陛下。我会请她给您送来一些。"

"你会吗，漂亮的小姑娘？"他问她，"那你会做给我吃吗？"

她笑了。"我可以试试，陛下。"

"承认吧，你既不会装饰肉块又不会做酱汁。我都怀疑你有没有进过厨房。"

"如果您想让我为您烹饪的话，我会学的。"她说，"但我得承认让您的厨师来做会更好吃。"

"我也这么觉得。"他说，"但一个像你这么漂亮的女孩不需要会做饭。我肯定你一定有其他途径来迷住你的丈夫。"

他们的语速对我来说太快了，我听得似懂非懂，但是我很高兴丈夫心情愉悦，而凯瑟琳也有方法让他高兴。她像个小女孩一样和他聊天，他也发现她很有趣，就像一个老人宠爱一个他喜欢的孙女一样。

我让他们继续谈话，自己张望四周。我们现在到了那条宽阔、水流湍急的河边，河上有贵族家庭的摆渡船和到伦敦来进货的商船，船夫在忙碌着，渔夫用杆子寻找好的河鱼。因为冬季洪水，草地仍然是湿的，一片苍翠，几个水塘子闪着光。当我们经过时，一只大苍鹭从湖水里升起来，拍打着巨大的翅膀，收拢了长腿朝西方飞去了。

"汉普顿宫是个小房子吗？"我问。

国王鞭打马匹走上前来和我说话。"是一栋大房子。"他说，"世界上最美的房子。"

我怀疑建造了枫丹白露宫的法兰西国王和建造了阿尔罕布拉宫的摩尔人会不会同意这句话，但因为这两座宫殿我都没见过，所以我不会更正他的说法。

"是您建造的吗，陛下？"我问。

我一说出这句就发现自己又一次说错话了。我原本想这样可以促使他多跟我讲讲设计和建造的事，但他原本那么笑容洋溢那么英俊的脸，突然沉了下来。小凯瑟琳赶紧回答说："这是为国王所建造的。"她说，"是由一位顾问建造的，他后来被证实是一名叛徒。他做的唯一一件好事就是为他的陛下建了一座符合身份的宫殿。至少我祖母是这么告诉我的。"

他的表情缓和了，大声笑了出来。"你说得对，霍华德小姐，的确如此，尽管你在沃尔西背叛我的时候还是个小孩子。他是个叛徒，但他建造给我的房子却是好的。"他转向了我，"这房子现在是我的。"他的语气没那么温和了，"你就需要知道这些了。还有这是世界上最好的房子。"

我点点头，然后骑马向前。在他漫长的统治当中，有多少人冒犯过这位国王呢？他往后退了一段和他的御马官说话，那人就在年轻的托马斯·卡尔派博旁边，他们说着话，一块笑着。

我们前边的骑手们从路上转了出去，面前出现了一扇大门。在看见它的那一刻我愣住了。这真的是一座了不得的宫殿，由美丽的猩红色砖块砌成，是所有建筑材料里最昂贵的，拱门和外角则由闪闪发光的白石建成。我没想到它这么大这么美。我们骑马穿过巨石前门，而后通过一尘不染的道路朝内走去，途经大门的时候，马匹的蹄声就像雷鸣落在通往里院的鹅卵石路上。里边是一座大宫殿，仆人们从房子里出来，打开巨大的双开门，让我看见了里面的大厅。他们排着队，像个仪仗队，穿着都铎皇室的制服，按照级别，一排一排地前来为我们服务。这是一桩为数百人准备的房子，一个巨大的地方，为了取悦宫廷而建造。我又一次被折服了，这个国家的财富对我来说太过丰厚了。

"那个建造了这房子的男人怎么了？"当我们下马进入巨大的庭院时我问凯瑟琳，声音被宫廷的噪声所包围，海鸥在房屋前面的河里叫着，白嘴鸥则在塔楼上叫，"那个冒犯了国王的顾问后来怎么样了？"

"那是红衣主教沃尔西。"她小声说，"他被发现进行反对国王的行动，之后就死了。"

"他也死了？"我问。我发现自己不敢问是什么置这位国王居所的建造者于死地的。

"是的，死了，而且名誉扫地。"她简短地说，"国王和他翻脸了。有的时候他就是这样的，你知道的。"

1540年3月

简·波琳　于汉普顿宫

我回到了汉普顿宫故居,有时,当我从花园到王后的房间里去的时候,时间好像停止了,而我还仍个拥有所向往一切的新娘,丈夫的姐姐就在英国的王座上,正怀着她的第一个孩子,我的丈夫刚刚被授予罗奇福德勋爵的头衔,而我的外甥将会是下一任的英格兰国王。

有时候当我在玻璃镶嵌的窗户边停下,并且向下从花园一路看向河面的时候,几乎可以看见安妮和乔治沿着碎石小路在行走,她的手牵在他的手里,他们的头靠得很近。我以为我可能会再看见他们,因为我过去就总是看见他们,还看见乔治表示喜爱的小动作,他的手放在她背后酸痛的部位上,她的头磨蹭着他的肩膀。当她还是个孩子时就常常因为舒服靠着他,他也经常对她很温柔。安妮的肚子里很可能正怀着下一任英格兰国王;但是当我怀着我们的孩子时——那是在我们最后在一起的几个月里,他从未拉住我的手,或对我的疲累表现出任何同情。他从来没有把他的手放到我膨胀的腹部上去感受过胎儿的动静,也从没有把我的手挽进他的臂膀,鼓励我靠在他身上。我们有那么多不曾一起做过的事,我现在想念它们。虽然我们的婚姻并不快乐,我仍为失去他而感到无比的遗憾。我们之间留下了那么多未竟之事和那么多未诉之言,而它们现在再也不可能被做出来或者说出来了。他死了以后我把他的儿子送走了。他被霍华德家的朋友们养大,会进入教堂做事,我对他没有宏愿。我失去了为儿子积聚下来的庞大的波琳家遗产，这个家族的姓氏，也只剩下羞耻。当我失去了他们两个，安妮和乔治时，我失去了所有。

我的公爵大人完成了出访法兰西的任务，又和国王秘密议事了好几个小时。他现在最得宠了，谁都看得出来他给国王从巴黎带回了好消息。我们的势力在增长，我们的盟友，加德纳大主教的权力在膨胀，朗诵用的念珠和腰带和脖子上的十字架中又悄然出现。我看到了改革派的衰落：托马斯·克伦威尔无法掩饰的坏情绪，克兰默主教无声的思虑，他们想再次面见国王却不得其法。如果我正确地解读了那些信号，那么我们的党派，霍华德家还有天主教徒，就会再一次获取支配地位。我们有我们的信仰，我们有我们的传统，我们还有一个吸引着国王注意力的女孩。托马斯·克伦威尔已经把教堂吸干了，再没有能献给国王的财富了，而他的女孩，这个王后，也许能学习英语，但学不会怎么献媚。如果我是个立场未定的朝臣的话，会想办法向诺福克公爵示好并且加入他的阵营。

公爵把我召去了他的房间。我穿过熟悉的长廊去找他，薰衣草和迷迭香的叶片四散在各处，味道缠绕了我的双脚，河上的闪光穿过前头的大窗户落了进来，我好像看见他们的鬼魂在我前面奔跑，跑过镶着相框的走廊，好像她的裙子刚刚才在转角处从视线里轻轻地飘走了，好像能听见亡夫愉快的笑声回荡在这阳光照耀的空气中。如果我走得再快些就能追上他们了——这也和过去一模一样。我总是觉得如果能再走快些，我会追上他们，就能知道他们所分享的秘密。

我不顾一切地追赶着，但当我转过拐角的时候走廊上空空如也，只有霍华德家的守卫站在门边，他们什么也没见到。就像过去惯常的那样，我又失去了他们的踪影。就算死了，他们对我来说也太快了，就和他们活着时一样。他们不等我，他们从来不想让我参与。守卫敲了敲门，然后为我推开了门，我进去了。

"王后怎么样？"公爵在桌子后面的座位上问道，我反应过来他指的是新任王后，而不是我们喜爱的令人生气的安妮。

"她的精神状态和外表都很好。"我说。但她永远也不会成为凯瑟琳那样的美人。

"他要她了吗？"

这句话很粗鲁，但我假定他应该是旅途劳累，也没有彬彬有礼的时间。

"他没有。就像我说的一样，他还是没这个能力。"

在他从椅子里站起身来并走到窗前向外看的过程中，有一段长时间的沉默。我想起从前我们站在这儿的情景，那时他问起我安妮和乔治的事，当他从窗子向外看去时，看到他们在碎石小路上散步。我想知道他现在是否仍能看见他们，就和我一样。公爵那时问我有没有嫉妒她，我有没有准备反对她。他说只要我陷她于不义就有可能拯救我的丈夫。他问我是不是爱乔治更胜于她。他问我如果她死了我会不会那么介意。

公爵的下一个问题打断了那些我宁愿自己忘记的回忆。"你觉得他有没有可能已经……"他顿了顿，"被施了邪术？"

邪术？我几乎不相信这是我听到的。

公爵是在认真地认为国王对他妻子的性无能是诅咒、咒语或者邪术的结果吗？当然了，这个国家的法律写着一个健康的男人阳痿只会是女巫造成的，但事实上每个人都知道疾病和衰老也能致使一个人的虚弱，况且国王这么胖了，无论是身体还是心灵都快要被他的疼痛和疾病折腾得像条狗一样。邪术？国王最后一次宣布自己是邪术的受害者的时候，指控的就是我的丈夫的姐姐安妮，她进了监狱，因为巫术获罪，证据就是国王在她面前的无能和她对其他男人的欲望。

"你该不会认为王后……"我停住了，"没人能认为这个王后……还有其他的王后……"这个想法太荒谬又太危险了，以至于我都不能好好地组织语言,"这个国家不会站在……没人会相信的……不会有第二次……"我突然停住了,"他不能又做一遍……"

"我什么也没想。但如果他已经失去生育能力了,那么就是有人在给他施邪术。如果不是她,还能有谁呢?"

我沉默了。如果国王正在收集王后对他施邪术的证据,那么她就离死不远了。

"他现在对王后没有欲望。"我开口说,"但没有那么严重吧,欲望会来的。再说了,他已经不再年轻,身体也不大好。"

他点点头。我试图判断他想听些什么。"而且他对别人有欲望。"我继续说道。

"啊,这就证明了指控。"他狡黠地说,"因为仅仅在他和王后睡在一起时才被邪术影响。他和她在一起时就失去了能力,所以不能带给英国一个王子和一个继承人。"

"如果您这么说的话。"我表示同意。说实话这倒更像是因为他老了,还总是生病,没有过去有的那种欲望了,只有小荡妇凯瑟琳·霍华德和她的伎俩、她的美丽才能唤醒他。

"那么谁还可能对他施邪术呢?"他坚持说。

我耸耸肩。无论我说出谁的名字都要和他们说再见了,因为如果被控告对国王使用巫术,他们就死定了。不会有证明他们清白的证据,也没有辩解的机会,在新法下,任何谋反的倾向、任何思想和实际的行动都是重罪。亨利国王已经用法律来禁锢人民的思想了,而他的人民没有勇气认为他是错的。"我不知道谁会施这种巫术。"我肯定地说,"我无法想象。"

"王后款待过路德教徒吗?"

"不,从来没有。"这是真的,她小心遵照克兰默大主教的指示行事,好像是另一个简·西摩尔,生而服从。

"她见天主徒吗?"

我被这个问题震惊了。

这是个克里夫斯来的女孩,来自改革的中心地。她一直被教养说天主教徒就是这尘世的撒旦。"当然没有!她出生和长大都是一个新教徒,是出于新教安排才被带到这里来的,她怎么会招待天主教徒?"

"莱尔女士和她关系亲密吗?"我投向他的眼神传达了我的惊讶。

"我们必须做好准备,我们的敌人无处不在。"他警告我说。

"国王自己任命的莱尔女士去做陪同,还有安妮·巴西特,她的女儿,国王自己最宠爱的人之一。"我说,"我没有任何反对莱尔女士的证据。"因为确实没有,而且永远也不会有。

"或者是南安普敦夫人?"

"南安普敦夫人?"我疑惑地重复了一遍。

"是的。"

"我也不知道任何对她不利的事。"我说。

他点点头。我们都知道证据,尤其是使用巫术和邪术的证据,并不难伪造。先是些风言风语,随后就会有指控,接着就是漫天的谎言,再来个摆样子的公审,之后就是判决。这以前就发生过,因为国王想摆脱一个他不想要的妻子,这个女人被送进了监狱,她的家庭根本无力去挽救她。

他点了点头,我在沉默的恐惧中等了很长时间,想着也许他会命令我捏造证据,而那可能害死一个无辜的女人。我思考着,如果他下了这样一个可怕的命令的话我能说些什么。希望能找到些勇气去拒绝他,但我知道自己做不到。但是他什么也没说,因此最后我对他行了礼,朝门口走去,也许他已经说完了。

"他会找证据的。"当我的手落到黄铜门闩上时,他做出了预言,"他会找到反对她的证据的,你知道的。"

我立刻僵住了。"上帝保佑她。"

"他会找到证据，证明路德教或是天主教其中的一派在他的房里用了巫术而使他失去性能力。"

我尝试着不动声色，但这对王后来说近乎灭顶之灾，也许对我来说也是，我的恐慌因公爵冷静的措辞而渐渐加深。

"如果他提名路德教派是叛徒的话对我们会更有利。"他提醒我说，"而不是指控我们这一派。"

"是。"我表示同意。

"又或者，如果他不想要她死，他就会用她之前订过婚这件事做文章和她离婚，如果失败了，他还会以对她没欲望为由，否认这场婚礼，和她离婚。"

"他在大庭广众之下说过'我愿意'了。"我轻声说，"我们都在场。"

"但他内心并不愿意。"他对我说。

"噢，"我顿了顿，"他现在又这么说了？"

"是的。但如果她否认之前订过婚，到那时他还是会宣称他不能继续这段婚姻，因为他敌人的巫术正在对他不利。"

"那些天主教徒们？"我问。

"天主教徒，比如她的朋友莱尔大人。"

我喘着气。"他会被指控吗？"

"有可能。"

"又或是路德宗？"我悄声说。

"路德教徒，比如托马斯·克伦威尔。"

我的表情展露了我的震惊。"他现在是个路德教徒了？"

他笑了。"国王会相信他想要相信的东西，"他慢条斯理地说，"上帝会引领他的智慧的。"

"但他觉得谁让他无法生育？谁是女巫？"

这是一个最重要的问题，尤其对一个女人来说。这对于女人来说从来都是最重要的事——谁会是下一个女巫？

"你有猫吗？"他笑着问。

我能感觉到自己因为恐惧而变得身体冰凉，好像呼出的气都是雪。"我？"我重复了一遍，"我吗？"

公爵笑了。"噢，别那副表情，罗奇福德女士。当你处在我的保护下时没人会指控你的。再说了，你也没养猫吧，是吧？没有藏起来的密友？没有蜡做的玩偶？也没有午夜安息日吧？"

"别开玩笑了。"我动摇地说，"这不是好笑的事。"

他立即恢复了原样。"你说得对，这不是。所以谁是那个害了国王的女巫呢？"

"我不知道。不是她的侍女们。不是我们中的任何一个。"

"也许就是王后她自己呢。"他小声提议道。

"他的弟弟会维护她的。"我含糊地说，"就算你们不需要他的盟友关系，就算您已经带着一个结盟的承诺从法兰西回来了，您也不会冒与她弟弟为敌的风险吧？他可能会发动新教联盟反对我们的。"

他耸了耸肩。"或许他不会维护她呢。还有我确实也保证了我们同法兰西的友谊，不论接下来发生什么事。"

"恭贺您。但王后是克里夫斯公爵的姐姐。她不能被说成是女巫，被一个乡下铁匠勒死，更不能被埋在十字路口处，还在脑袋上插着一根棍子。"

他摊开双手，好像他和这些主意一点关系都没有似的。"我不知道。我仅仅是侍奉我的陛下。我们会需要观望看看的。但你必须看紧她。"

"要我看着她是不是用了巫术？"我已经很难隐藏语气中的不确定成分了。

"为了证据。"他说,"如果国王想要证据,无论是什么,那么我们霍华德家族都要呈给他。"他顿了一下,"对吧?"

我沉默了。

"就像我们一直所做的那样。"他等待着我的许诺,"对吧?"

"是的,大人。"

1540年3月

凯瑟琳　于汉普顿宫

托马斯·卡尔派博，我的亲戚，在为国王服务，而且很得他的赏识。不为别的，就因为他那漂亮的脸蛋和深蓝色的眼睛，他是个流氓，还是个不守承诺的人，我不会再见他了。

我第一次见他是几年前，当时他前来霍舍姆拜访我的继祖母，而她当时对他表现得大惊小怪，并且发誓他会走得很远。我敢说他那时根本就没看见我，尽管现在他发誓说我是霍舍姆最漂亮的侍女，而且一直是他最喜欢的。我那时的确看见他了。当时我正和亨利·马诺克斯相爱，一个小人物，但我无法不去注意托马斯·卡尔派博。我想就算我和这片大陆上最伟大的男人订了婚我也还是会注意到托马斯·卡尔派博的。任谁都会。宫里有一半的侍女都为对他的爱而疯狂。

他有黑色卷曲的头发和湛蓝的眼睛，当他笑起来时，声音听上去非常滑稽，惹得我也想笑。他是宫里最英俊的男人，毫无疑问。国王喜欢他，是因为他幽默又令人愉快，还是个绝妙的舞者和好猎手，而且马有长矛比赛时就和骑士一样勇敢。国王让他日夜伴在身边，称呼他为"漂亮男孩"和他的"小骑士"。他睡在国王的寝宫里，好在夜里侍奉他，而且他还有双那么温柔的手，比起其他药剂师或者护士，国王更宁愿让他来替自己的腿包扎伤口。

所有女孩都看出来我有多喜欢他，她们还说我们身为表兄妹就应该结婚，但他的名下没有财产，我又没有嫁妆，那我们要靠什么来生活呢？不过如果要我选择这世上的一个男人来嫁的话，那个人会是他。他有着我此生从没见过的挑逗笑容，当他看着我的时候，那感觉就像是他正在脱我的衣服，抚摸我的全身。

多亏了上帝，我现在是王后的侍女之一，但她是那样一个严格和朴素的王后，于是我的想象不可能实现了。如果他去兰贝斯的话，我发誓他可以爬上我的床并在那儿得到热情的欢迎。如果我有机会能和一个像汤姆①·卡尔派博这样的男人在一起的话，我早就把英俊的弗朗西斯甩给琼·巴尔默了。

在马上比武受伤后，通过静养他又回到了宫廷。他受到了很严重的一击，但他说自己还年轻，骨骼痊愈得很快。这是实话，他很年轻，而且像毫无缘由在春天的田野里跳来跳去的野兔一样充满了生命力。你只需要看着他，就能看见那流动在血液里的欢快情绪。他就像水银，像吹拂的春风。我很高兴他回到宫廷了，就算是在大斋节的时候他也能让这儿更快乐。但就在今天早上，他让我在王后的花园里等了他一个小时，那时我本该待在王后房里的。而他姗姗来迟后，又说他不能留下来，要赶着去服侍国王。

他不应该这么对我，我会让他清楚这一点的。我不会再等他了，到下次他问我时，我甚至不会再同意和他见面了。他将得不止一次地求我，我发誓。我要为了大斋节放弃调情，这也是他活该。

确实，也许我应该变得更成熟更严肃一些，而且再也不和任何人调情了。

当我们去吃饭的时候罗奇福德女士问我为什么怒气冲冲，我发誓说自己的快乐就和太阳一样真实。

"那就注意你的笑容。"她说，好像根本一点也不相信我，"因为公爵大

---

① 托马斯的昵称。

人从法兰西回来了,他会找你的。"

我立即鼓起了脸颊,并且朝她笑得相当灿烂,仿佛她刚刚说了什么非常有意思的事。我甚至小小地笑出了声,我在宫廷里的那种笑,"呵呵",非常轻非常优雅,就像我从别的侍女们那儿听来的一样。她微微点了点头。

"这样就好了。"她说。

"另外,公爵到法兰西去做什么?"我问。

"你对世界大事感兴趣吗?"她嘲弄地问。

"我不是个完完全全的傻子。"我说。

"你伯父是一个伟大的人,他在辅佐国王。他去法兰西是为了确保法兰西国王和我们的友谊,这样国家就不会面临圣——我是指教皇、罗马帝国和法兰西国王联合起来对抗我们的威胁了。"

我笑了,因为简·波琳她自己都差点说出了"圣父"的名号,这个词我们已经不能再说了。"噢,我知道这个。"我聪敏地说,"因为他们出于邪恶的目的,想把波尔主教推为我们的宗教领袖。"

她摇了摇头。"别说起这个。"她警告我说。

"他们就是要这样。"我坚持道,"这也是为什么他可怜的老母亲和他所有的兄弟现在都在伦敦塔里。因为波尔主教可能会号召英国的天主教徒们起来反抗国王,就和以前他们做过的一样。"

"他们再也不会起来反抗国王了。"她冷淡地说。

"因为他们现在知道自己错了?"

"因为他们中的大多数人都死了。"她简短地说,"而那也是你伯父做的。"

1540年3月

安妮 于汉普顿宫

我被告知宫廷在大斋节期间需要非常严格地遵守某些规矩。我们完全不能吃红的肉——不过我挺期待吃鱼吃上整整四十天的。但第一天的晚餐时间，英国的虔诚心就已经松懈了。国王更倾向于他自己的需求。无视了戒律的要求，丰富多样的彩色食物还是被仆人们顶在头上送进了大厅，首先送到的就是王室的餐桌，就像往常一样，国王和我每样都取了一点，然后把它们送给了大厅四周我们的朋友和宠臣。我确保它们被送去了我侍女们的桌子和宫中的贵妇人那里。我在这上面没犯错，而且也从没把我最喜欢的菜肴送给过任何一个男人。没有讲究礼貌的工夫了，国王会看着我的。每一句我在餐桌上说的话，每一件我做的事，尽管他发亮的小眼睛都快要被肥胖的脸颊给遮住了，可还是在紧跟每一件事，好像他要抓住我的把柄一样。

让我吃惊的是餐桌上还有鸡，在派里，在炖汁肉丁里，被从骨头上切下来，和让人垂涎欲滴的香料放在一起烤出来，但在这个大斋戒的季节里这些都不叫肉。为了大斋戒期间的禁食要求，国王已经下令说鸡肉就和鱼肉一样。这儿还有所有的野禽（根据上帝和国王看来，也不属于肉），漂漂亮亮地被呈上来，为了味道和口感，一只只叠在一起。还有菜式丰富的蛋（也不属于肉类），和真正的鱼：用池塘里的鲑鱼，以及泰晤士河鱼和深海鱼做成的精美菜式。为了满足这贪婪的宫廷，很多鱼都是渔人出海很远捕回来的。还有淡水小龙虾和"仰望星空派",派上面有小小的美味的白色银鱼,头从厚厚的派皮下面露了出来。另外还有几大盘宫廷里不常见的春季蔬菜。我很高兴在这季节还能够在盘里吃到它们。我现在应该放轻松吃了,而每一道我特别喜欢的菜都会在私下,在我房间里用餐时再呈上来一次。我之前从来没有吃得这么丰盛这么好过,我的克里夫斯女仆不得不放松我礼服的胃部,有些不太礼貌的流言说我变胖了,气色也变好了,似乎认为这都是因为我怀孕了。我不能反驳他们,这样会暴露我自己,还会暴露国王,我的丈夫,招致更恶劣的流言,因此我也不得不笑着听他们取笑我,好像我是个已经人事的妻子,正等着怀上一个孩子,而不是一个没有被她丈夫碰过的处女。

小凯瑟琳·霍华德走进来,说他们都太可笑了,是英国的好黄油让我长了一点体重,如果他们都看不出来这样有多适合我的话,那他们就都是瞎子。我对她非常感激。她是个没什么脑子又轻佻的小姑娘,但她有一个蠢女孩的伶俐之处,因为就像其他的笨女孩一样,她只想着一件事,因此对那件事会非常在行。至于她想的那件事是什么?无时无刻,每一天中的每个时候,凯蒂·霍华德不在想着她自己。我们因为大斋节放弃了其他的享乐。没有宫廷表演带来的快乐了,尽管饭后有朗诵宗教经典和唱诗的活动。也没有表演和哑剧,当然也没有马上比武。我因此感到了极大的放松,因为这就意味着国王没有可能乔装而来了。关于我们第一次灾难性会面的记忆仍然徘徊在我的脑海里,我担心他也是一样。让他感到如此受冒犯并不是因为我没有认出他来,而是因为我在众人面前公然表现出我从第一眼起就彻底厌恶他。那一天,无论是我的语言、行为甚至是神情,都让他明白了我觉得他有多么不迷人:肥胖,非常老,臭味让我反胃。但无论我多么努力屏住呼吸微笑,现在赎罪都太晚了。当他尝试亲我时,我的脸就在向他展示那一刻所发生的事情。我把他从我身边推开的方式,我把他的味道从嘴里吐出来的方式。还有我还低着头,在那可怕的尴尬中满面赤红的样子。所有的这些都给他留下了无法靠之后的好表现抹去的印象。他在那一瞬的眼神中看到了我对他的真实看法,而且更糟的是,他通过我的眼睛看见了他自己:肥胖,年迈,让人恶心。有时候我担心他的虚荣心永远也不会从这次打击中恢复。并且,我想他的力量也由此随之而去了。我很确定他的男性本能被我吐在地上的口水给摧毁了,而且我不能做任何事来重新唤起它。

而那是我们为了大斋节放弃的另一件事。感谢上帝。我可能每年都要期盼这段时光了。感谢这每日丰盛的受神眷顾的飨宴,感谢每年四十个国王不会到我房间里来的夜晚,我不必在他进门时微笑,也不必调整自己,好让他更轻松地把他的大部分身子放到我上面来,也不用试着在幽暗中,和一个根本办不到这件事的男人,在满是他腿上伤口化脓溃烂气味的床上展示我的乐意而不表现出放纵。

这样羞耻痛苦的夜复一夜带来的重压已经完全打败了我,它正将我贬至尘埃。我每天早晨都在绝望中醒来,感觉到屈辱,尽管所有的失败都是因为他。我在夜里醒着,听见他放屁,他因为肿胀的肚子腹痛而呻吟,而我祈祷能够离开,只要不是他的床,几乎任何地方都行。在这四十天里,我为自己能摆脱同他一道尝试的艰辛,以及尝试失败所带来的可怕的折磨而感到高兴,我不用清醒地躺着,心里知道明天晚上他会再试一次,但他不会成功,而他每失败一次,对我的厌恶就多一分。

至少我们能拥有这段时光,允许彼此之间的一点和平。我不需要着急自己该怎么帮助他。他也不需要在我身上像一只恶心的公猪一样卖力了。他不会来我的房间,我能睡在有薰衣草香味而不是脓汁气味的床单上了。

但我知道这段时光会结束的。

复活节会带着庆典一起到来,我原本定于二月的加冕礼因为我们进入伦敦的盛大仪式而推迟,现在将在五月举行。我必须将这段时间作一次从丈夫身边离开的愉快休息,但也必须用这段时间去确保当他回到我的房间时我们能够一起做得更好。我必须找到方法帮助他到我的床上来,也要帮他完成行房。

托马斯·克伦威尔一定可以帮我。而凯蒂·霍华德的建议在我预料之中:一个没规矩的女孩的诱惑技巧。我不敢想象在她被带来我房间前都是怎么行事的。在我的地位更稳固之后应该找她谈谈。像她这样的一个女孩,一个孩子,不应该知道怎么扔掉一件衬衣和从裸露的肩膀上方微笑。她一定被看管得非常散漫,也没有被好好地教导。我的侍女们都应该受到批评,我也一样。我应该告诉她无论她知道什么调情的伎俩,都应该把它们放到一边,而且也不能把它们教给我。我不能为自己的行为蒙上可疑的阴影。这个国家的一个王后已经因此而死了。

我等到晚餐结束,国王离开他的座位走到桌子中间,沿途和男人女人们打招呼的时候。他今晚很友善,他的腿疼一定减轻了。经常说不清是什么让他痛苦,他的坏脾气因那么多不同的原因而起,比如我问错了话,同样也能让他生气。

我看着他走开了,便看向下方的大厅,然后接触到了托马斯·克伦威尔的视线。我勾了勾手指,他来到了我身边,我站起来挽住他的手让他把我带离餐桌,到了一扇可以看到河的窗户边,好像我们在赞叹闪着一打星星的冰凉夜晚景色。

"我需要帮助,大人。"我说。

"任凭吩咐。"他说。他在笑,但表情很紧张。

"我无法取悦国王。"我说出已经排练过的台词,"帮帮我。"

那一刻,他看上去相当的疲惫和不适。他往周围扫视着,好像要为自己大声呼救似的。我为对一个男人说这些而感到羞愧,但我不得不从什么地方寻求一些好建议。我不能相信侍女们，而从克里夫斯来的那些谋臣说，就算是洛特，都会泄露给我的母亲和弟弟。但这不是一场真正的婚姻，不是一场和誓言一样的婚姻。如果这不是婚姻，那么我就没有完成对国王的职责，和对英国人民、对我自己的职责。我必须让这场婚事成真。我必须要做。如果这个男人能告诉我哪儿出错了，那么他就必须这么做。

"这些是……私人问题。"他说，手半掩着嘴，咬着嘴唇，好像在阻止自己说话。

"不。这是国王。"我说，"这是英国，责任，不是私事。"

"您应该听从您的侍女们的建议，听那些夫人小姐的。"

"你促成了婚事。"我说，思索着措辞，"帮我让它成真。"

"这不是我的责任……"

"做我朋友。"

他目光游移着，好像想从这儿逃走，但我不会放他走的。

"为时尚早。"

我摇摇头。"五十二天了。"还有谁比我更仔细地算过日子？

"他表达过他不喜欢您吗？"他突然问。这句英语对我来说太快了，我不懂那些单词。

"表达？"

克伦威尔因为我的愚笨而发出了一小声恼火的噪声，并四处打量着，好像要找一个我们国家的人来做翻译。接着他自己想起来这件事必须完全保密。

"您身上所出的问题。"他说得非常简洁非常小声，嘴巴贴着我的耳朵。

我意识到自己的脸僵住了，随后在整个宫廷看见我的惊讶和焦虑之前快速地转向了窗户。

"是我吗？"我问，"他说是我的问题？"

他的小黑眼睛看上去很痛苦。

因为羞耻，他无法回答，我因此而确信了。并不是因为国王老了累了或者生病了。而是因为他不喜欢我，他不想要我，也许我甚至让他恶心。我从托马斯·克伦威尔那皱成一团，神情焦急的脸上猜出来了，国王已经和这个让人不快的小个男人谈论过对我的厌恶了。

"他告诉你他恨我？"我突然说。

他挣扎的痛苦表情说明我是对的，国王已经和这个男人说过了，他不能强迫自己成为我的爱人。也许国王还告诉了其他人，也许是他所有的朋友。也许一直以来这个宫廷都在偷偷嘲笑这个克里夫斯来的丑女孩，跑来嫁给国王，现在又惹他讨厌。

羞耻感让我打了个颤，并且从克伦威尔面前转过身去，我没看见他鞠躬并快速地退场，他从我身边飞速地逃开了，好像对一个沾染了有毒噩运的人唯恐避之不及一样。

那之后的晚上我都在痛苦的晕眩中度过，我不能用语言来形容我的羞耻。如果我没在弟弟的克里夫斯宫廷经历过那些苦日子的话，早就冲回卧室一直哭到睡着了。但是很久以前我就学会了忍耐，很久以前就学会了坚强，而从前我也面对过当权者危险的厌恶，并且生存了下来。

我让自己保持警惕，像一只警醒的受惊的白隼。我没有哭，也没有让愉快的笑容从脸上消失。当侍女们的休息时间到了以后，我对国王，我的丈夫行了礼，没有向他泄露一丝一毫的痛苦，他对我厌恶到无法对我做其他男人能对田里的野兽做的事，我因此而感受到的痛苦无处宣泄。

"晚安，陛下。"我说。

"晚安，甜心。"他说得那么轻松温柔，以至于有一瞬间，我想要靠着他，把他当做我在这个宫廷里唯一的朋友，向他诉说我的恐惧和苦闷。但他已经没再看我了。他的眼神慵懒地落到了我的侍女们身上，凯瑟琳·霍华德走上前来对他行了个礼,我带着她们走开了。

　　我脱下我的金领圈、手镯、戒指、发网、帽子、袖子、三角胸衣、两条半身裙、垫料、衬裙和衬衣,在这个漫长的过程中我什么也没说。她们将女式睡衣套上我的头,我坐在镜子前面,她们梳着我的头发,把它们编成辫子,再用别针把我的睡帽别在头上,这之间我也什么都没说。当罗奇福德女士走过来和蔼地问我是否还需要别的什么,今晚的情绪是否还轻松的时候,我还是什么都没说。

　　牧师进来了,侍女们和我跪在一起做晚间祈祷,我也跟随起了这熟悉的祷词的节奏,就在那时,我无法控制地想起自己让丈夫厌恶这件事,而且是从第一次相遇就如此了。

　　而后我又再次记起了。

　　在罗契斯特时的那一个瞬间,那时他充斥着虚荣心走进来,看上去那么平凡,出人意料地站到了我的面前,就像个喝醉的商人。但那不是个乡下醉酒的老男人,那是英格兰国王,在玩骑士周游的游戏,我却当着整个宫廷的面羞辱了他,他永远也不会原谅我了。

　　我发誓,他从那时开始就不喜欢我了。他唯一能忍受那段记忆的方式,就是像个受伤的小孩一样说:"好吧,我反正也不喜欢她。"他记得我把他推开,我拒绝了他的吻,现在轮到他把我推开,他拒绝亲吻我了。他找到了一种方法来重获平衡,就把我称为令人不悦的那一个,而英格兰的国王,尤其是他,绝对不能成为让人讨厌的那一个。

　　牧师做完了祷告,我站起来,女仆们结对从房间离开,她们低着头,戴着睡帽,就像小天使一样甜美。我让她们走了,没让任何人留下陪我,尽管我知道自己今夜将无法入眠。我已经变成了让人厌恶的事物,就像在克里夫斯的时候一样。我已经变成了让自己的丈夫都厌恶的人,而且不知道怎样做我们才能和好,怎样在他都无法忍受触碰我的情况下孕育一个孩子。我已经变成了让英格兰国王厌恶的人，而他又是一个拥有绝对权力并且毫无耐心的人。

我没有因为对我容貌的羞辱而哭泣，因为现在我有了更大的担忧：如果我让英格兰国王厌恶，而他又是一个残暴的人，他会对我做些什么？这是一个用有计划的残酷行为杀死自己挚爱妻子的人，他第二个喜欢的人也被他用一柄法兰西剑给处刑了，而第三个，给他生了一个儿子，他却让她因为缺乏看护而死。他会对我做些什么？

1540年3月

简·波琳　于汉普顿宫

很明显她不开心，但她是个谨慎的年轻女人，远比她这年纪的人要明智得多，不过这也不能给她带来自信。我已经尽可能对她表示友好和同情了，我不想让她感觉我是在为自己谋利益，我不想让她感觉更糟，毕竟现在情况已经很严峻了。很肯定的是，这个她刚刚开始学会语言的国家对她而言一定感觉相当不友好、相当陌生，况且她的丈夫对于能够摆脱她还表现出如此明显的如释重负，并公然显示出他对另一个女孩的注意。

早上弥撒之后，她趁其他女孩在早餐前打理自己的时候来找了我。

"罗奇福德女士，公主们什么时候会来宫廷？"

我迟疑了一会。"玛丽公主，"我提醒她说，"但是是伊丽莎白小姐。"

她小小地噢了一声。"是的。没错。玛丽公主和伊丽莎白小姐。"

"她们通常会来宫里过复活节。"我宽慰地说，"那时候她们就能见到她们的弟弟，也能问候您了。您进入伦敦的时候她们没有问候您我们都很惊讶。"我停了下来。我讲得太快了，能看见她皱了眉头，正在艰难地跟上我的语速。"我很抱歉。"我放慢了一些，"公主们应该进宫来见您。她们应该问候她们的继母，应该欢迎您到伦敦来。她们通常进宫过复活节。"

她点了点头。"那么，我可以邀请她们了？"

我犹豫了。她当然可以，不过国王不会喜欢她擅用这样的权力。但是，公爵大人不会阻挡任何发生在他们两人中间的麻烦，警告她也不是我的工作。

"您可以邀请她们。"我说。

她朝我点点头。"请写信吧。"

我走到桌前,将小小的书信盒子拉到了面前。羽毛笔已经削尖了,墨水装在小罐子里,洒在湿墨水上用的沙子在筛漏里,还有一枚封蜡的印戳。我喜欢宫廷的奢华,我喜欢拿起羽毛笔和一张纸,等着王后的命令。

"写给玛丽公主,我会很高兴在复活节时在宫廷里见到她,也很欢迎她到我房里来做客。"她说,"这样写对吗?"

"对。"我说,快速地书写着。

"还写给伊丽莎白的家庭女教师,说我也会很高兴在宫里见到她。"

我的心跳得更快了些,就和看狗斗牛的时候一样。如果她寄出这些信件的话,就会陷入大麻烦里。这是对亨利绝对权力的绝对挑战。没人能给他的家人下邀请,除了他自己。

"你能为我寄这些吗?"她问。

我几乎不能呼吸了。"我可以。"我说,"如您所愿。"

她伸出了手。"还是给我吧。"她说,"我应该把它们给国王看。"

"噢。"

她转过身去,掩饰着一个小小的微笑。"罗奇福德女士,我永远不应该做任何忤逆国王意愿的事。"

"您有权利让你喜欢的女士们到宫廷来。"我提醒她说,"这是身为王后的权利。凯瑟琳王后就经常坚持自己挑选自己的入幕之宾。安妮·波琳也是。"

"这些是他的女儿。"她说,"因此我应该先问问他,再邀请她们。"

我鞠了躬,她让我无话可说了。"还有什么吩咐吗?"我问她。

"你可以走了。"她愉悦地说,于是我离开了房间。我非常清楚她是故意给我下的套，她自始至终都知道我的意图。我应该记住她比我们中的任何一个都要敏感的。

　　一个穿着诺福克家服的侍从正在王后的房间外转来转去。他递给我一封卷起来的信件，而我走到了其中的一个窗口处。外面的花园里正摆动着黄色的四蕊百合和水仙花，在一棵装点着肥美嫩芽的栗子树上，还有一只黑鸟在唱歌。春天终于来了，这是王后在英国的第一个春天。夏季的野餐、比武、打猎，还有欢快的旅行、河上划船和辗转几大宫殿的夏日行程就又要开始了。也许国王会学着忍受她，也许她能找到一个方式取悦他。我会看着这一切的，然后待在她的房里，那是我该待的地方。我背靠着擦亮了的镶板读我的信。上面没有署名，就同每一封从公爵那儿来的消息一样。

　　国王只会和王后保持关系到法兰西和西班牙决裂。这已经达成了共识。她和我们在一起的日子可以用天来计算了。看着她，收集对她不利的证据。销毁这封信。

　　我看向周围寻找刚刚那个男孩。他背靠着墙，正无所事事地掷一枚硬币，抓住其中一面，又是另一面。我把他叫到身边来。"告诉你的主人她想邀请公主们到宫里来。"我悄声地对着他的耳朵说，"就这些了。"

1540年3月

凯瑟琳　于汉普顿宫

　　国王在今晚的晚餐时相当恼火，我能从他把王后带进来的样子里看出来，而且他都没有像往常一样看我一眼。我感到很遗憾，因为我穿了一件奶油黄的新礼服（又一件新的），它在胸部以下是收紧设计，因此我的胸部就能以最迷人又最不知羞耻的方式展现出来。但当你想要取悦的男人在你呈现出最好状态时走了神，或者答应了与你见面却离开去了别的地方，连句像样一点的借口都没有时，这简直就是又浪费时间又让人闹心。今天晚上，国王忙着和王后闹不愉快，几乎没看过我，这件新礼服就这么浪费掉了。不过另一方面，这儿也有个迷人的年轻人坐在西摩家的桌子那儿，他很明显喜欢这件礼服和礼服的主人，但我没时间给这个年轻人了，因为我已经发誓要从这个大斋节开始过节制的生活。我看见了汤姆·卡尔派博，他试着想要吸引我的注意，但我根本不去看他。我不会轻易原谅他许诺要见我却失约的行为。我可能会以一个老姑娘的身份老去、死去，这都是他的错。

　　为什么国王在生气，她做了什么？我直到晚饭后到她的桌子那儿去送一条她绣给国王的手帕时才弄清楚。那条手帕很时尚，而且很精致。她明显很会刺绣。如果一个男人会因为女人的刺绣而奖励她的话，那她一定是他的最爱。但她从没把它给他看过，当我到场时，他突然转向她并且说："我们应该在复活节时有个愉快的宫廷。"

她也许更应该说"是的"然后停止争执。但她说:"我很高兴。我希望伊丽莎白小姐和玛丽公主能到宫里来。"

她看上去气极了,我看见她放在桌上的手在身前握紧了。

"不要伊丽莎白。"他粗声粗气地说,"你不应该期望她的陪伴,她也不该期望你的。"

他说得太快了,我看见她困惑地皱眉,但她很明白他在说"不"。

"玛丽公主。"她小声说,"她是我继女。"

我都呼吸困难了,我简直惊讶她居然敢回话。想象他朝你吼叫的那副样子,你居然还不怕?

"我不知道为什么你要把一个坚定的天主教徒召进宫来。"他冷冰冰地说,"她不是你信仰上的朋友。"

就算王后不是很懂这些复杂的单词也听懂了这语调的意思。

"我她继母,是。"她简短地说,"我引导她。"

他爆发出一声尖厉的笑声,让我很害怕,但她不怕。"她跟你差不多大。"他暴躁地说,"我不认为她会想要你给她的任何母爱。她是被基督教世界里最伟大的公主之一养大的,当我将她们分开时,她们就像抱作一团的爱人一样违抗我。你以为她会需要一个和她一样大的女孩照顾她吗?她和她的母亲就算因为死亡而分离了也不曾否认过自己的信仰。你以为她现在会想要一个连英语都不会说的母亲?她可以跟你说拉丁语、希腊语、西班牙语、法语还有英语,但不是德语。而你会什么?噢,只会高地德语。"

我知道我应该说点什么去转移他的怒火,但他那么愤恨那么尖刻,让我害怕。我什么也说不出来,像个傻子一样站在那儿,并且好奇她是哪来的力量没有昏倒在座位上。

她因为羞耻而涨红了脸,一路从礼服的脖子处红到了厚重的兜帽下面,我能看见她的棉布衬衣下面,金领圈下面,还有皮毛围巾下面都是红的。

她在他的怒火之下窘迫得让人痛心,我等着她哭出来,然后跑出房间。但是她没有。

"我学习英语。"她带着平静的尊严说,"无时无刻不在学,而且我是她的继母。"

国王从他的桌子前面站起来的动作那么快,以至于他沉重的金椅子在地板上发出了刺耳的刮擦声,几乎就要倒下。他不得不让自己稳在桌子边上。他的脸很红,太阳穴还有青筋在抽动。就是看着他,我都快要被吓得半死了,可她仍然坐着,手放在桌上,在身前紧握在一起。她就像是一小块木头,因为恐惧而僵硬,但没有动摇,也没有崩溃。他怒视着她,像是在威胁她闭嘴,然而她还是开口了。

"我要完成我的职责。对我的孩子们,也是对您。如果有冒犯之处请您宽恕。"

"邀请她!"他咆哮着,跺着脚从高桌走到了王座后通往他私室的门边。他几乎从来不用这扇门,因此没人在那儿为他开门,他自己把它打开,然后走掉了,剩下我们这些人吓得目瞪口呆。

她看着我,我能看出她的沉默并非冷静,而是因为害怕僵住了。现在他走了,宫里的其他人连忙跑到那扇被砸上的门边鞠了躬,之后就离开了,现在只剩下我们。

"王后有权利邀请女士们到她的房中去。"她虚弱地说。

"你赢了。"我难以置信地说。

"我应该尽我的职责。"她又说了一遍。

"你赢了。"我用惊异的口气重复了一遍,"他说了,'邀请她'。"

"这是正确的事。"她说,"我在为英国尽责。我也要对他尽责。"

1540年3月

安妮 于汉普顿宫

我在汉普顿宫的房间里等着我的新使节,他昨晚刚刚抵达,今早就要来见我。我原以为国王会在我见他之前召见他,但现在宫里还没有进行王室会面的计划。

"这样对吗?"罗奇福德女士问。

她看上去有些不确定。"通常都有个特殊的接待仪式,好把大使们介绍给宫廷和国王所有的议员。"她摊开手,好像在说她不知道为什么克里夫斯来的大使受到的是不同的待遇。"现在是大斋节。"她猜测说,"他不应该这时候来,应该复活节时来。"

我转向了窗户,这样她就看不到我脸上的怒火了。他应该和我一起旅行的,应该和我同时来到英国的。这样我也许就能从刚在英国落脚的那一刻起在国王面前有个代表,他本应该跟我一起留下来的。奥沃斯坦伯爵和奥利斯莱格尔伯爵是我的陪同,但他们知道自己会离开我回家去,对外交事务也没有经验。从第一天起我就该有一个大使在身边的。如果在罗契斯特时,在我第一次和国王会面让他难堪的时候他就在我身边的话……但是后悔没有意义。现在他在这儿了,也许他会找到方法帮助我的。

敲门声响起了,两个守卫拉开了门。"男爵卡尔·哈斯特博士求见。"守卫报出了来人,念这个头衔念得很费劲。克里夫斯大使走进房间四处张望着找我,接着深深鞠了一躬。在他接受检查和登记的时候所有的侍女们都向他行了礼,一阵评头论足的窃窃私语声响了起来:他天鹅绒外套的领子因为陈旧而反光,靴子的鞋跟磨损了,就连软帽上的皮毛看上去也像是经历了一番艰苦的长途跋涉才从克里夫斯来的一样。我能感觉到自己因为难为情而脸红了,这个男人应该代表我的国家,面对这个基督教世界里最富有又最浮夸的宫廷,他会让自己变成笑柄,连带着我也会的。

"博士。"我说,伸出我的手让他亲吻。

我能看出来他被我时尚的裙子还有我整洁的头发上的英式帽子吓住了,我的手上戴着华丽的戒指,腰上缠绕着金链。他亲吻了我的手,并用德语说:"很荣幸见到您,殿下。我是您的大使。"

上帝啊,他看上去更像一个穷职员了。我点了点头。

"您吃过早餐了吗?"我问。

他的表情有些尴尬。"我……呃,我没办法……"

"您还没吃?"

"我找不到大厅在哪,殿下。我很抱歉。这宫殿太大了,而我的房间又和主建筑隔着一段路,也没有一个人……"

他们把他安置在去马厩的半路上。"您没有问任何人吗?这儿有几千个仆人。"

"我不会说英语。"

我完全震惊了。"您不会说英语?那您怎么能主持我国的事务?这儿没人会说德语。"

"您弟弟公爵大人以为议员和国王能说德语。"

"他很清楚他们不会。"

"他也以为我能学会英语。我已经掌握了拉丁语。"他小心翼翼地补充道。

我要哭了,我感到如此丧气。"您一定要吃些早餐。"我说,尝试着让自己平复过来。我转向了凯蒂·霍华德，她就和往常一样，在我身边偷听着。到目前为止我都很乐意她参与谈话。如果她的德语说得足够好的话，就能给这个没用的大使做翻译了。"霍华德小姐，你能让一个女仆去为大使取一些面包和奶酪来吗？他还没用过早餐。还要一些麦芽酒。"

她走了以后我又转回了他。"你有任何家里给我的信吗？"

"是的。"他说，"我有您弟弟下的命令，您母亲也送来了她的关爱，希望您是家族的荣誉，并且没有忘记她的训诫。"

我点了点头。如果她给我送来一个有能耐的大使我会更高兴的，他也能代表我们家族的荣誉，而不是只有一个冷冰冰的祝福。但我还是接过了他递来的信件，当他到桌子的一头去用早餐时我在另一头读了信。

我首先读了艾米利亚的信。她开头就列了一大串她收到的赞美，说她在克里夫斯属于她自己的宫廷里有多愉快。她喜欢我们的房间变成她一个人的所有物。她还跟我讲了新礼服的事，那些原来属于我的裙子现在都归她所有了。这些都将成为她的嫁妆，因为她就要结婚了。我对此倒抽了一口气，罗奇福德女士温和地说："我希望不是坏消息，殿下。"

"我妹妹就要结婚了。"

"噢，真好。许配给了好人家吗？"

这和我的好运相比不值一提，当然了。我应该嘲笑艾米利亚这次胜利的规模之小。但我在开口回答之前眼睛就湿润了。"她要嫁给我的小叔子。我的姐姐西比拉已经嫁给了萨克森公爵，而她就要去他们那儿并且嫁给公爵的一个弟弟了。"这样一来他们就成了快乐的邻里，我苦涩地想。这样他们就都在一起了：妈妈、哥哥、两个姐妹和她们的两个丈夫，唯独我，被送到这么远的地方，等着不能给我带来快乐、只有排挤和恶意的信，那是弟弟已经对我怀抱了一辈子的东西。

"不像您的对象这么好。"

"没有对象能和我的这个一样了。"我说,"但是她会很喜欢和我姐姐一起生活,姐夫也喜欢把其他人聚集起来。"

"可她没有黑貂皮。"凯蒂·霍华德指出,她永无止境不知羞耻的贪婪让我笑了。

"是,那当然是最主要的。"我对她笑道,"没什么比黑貂皮还重要。"

我把艾米利亚的信放到一边,我不能让自己去读她那些自信满满的期许了:家族圣诞、合家团聚、夏季的出猎、生日庆祝,还有抚养小孩:萨克森家的小孩都同样快乐地待在婴儿床上。

我转而拆开了母亲的信。如果我期望在这里能得到一些宽慰的话,那么我就要失望了。她已经和奥利斯莱格尔伯爵谈过了,而且充满了焦虑。他告诉她我和不是自己丈夫的人一起跳舞,还穿着一件没有把我从脚尖包到耳朵的礼服。她听说我已经把克里夫斯的衣服都丢到了一旁,还戴着英国式的帽子。她提醒我国王娶我是因为他想要一个新教的拥有毫无瑕疵的言行的新娘;而他是一个善妒的男人,也很不好相处。她问我是否要一路跳舞跳进地狱,还提醒我没有比年轻女人的放荡更重的罪了。

我放下了信,走到了窗边,看向外面漂亮的汉普顿宫花园,宫殿旁华美的人行道和小径,一路通往有码头和王室船只在下锚处摆荡的河边。花园里有朝臣在陪伴国王走路,他们的穿着华丽得就像要去参加长枪比赛。而国王呢,比他身边的人都要高一头,肩像头公牛一样宽,披着一件金线的披风,戴着一顶镶钻石的天鹅绒软帽,就算隔着这么远,依然闪闪发光。他正靠在托马斯·卡尔派博的肩膀上,托马斯披着一件最好看的深绿色斗篷,用钻石胸针别了起来。而克里夫斯,还有棉麻粗布和呢绒面的衣服,似乎已经离我很远了。我将永远也无法对我的母亲解释,我不是为了寻求虚荣心才在英国的潮流里搔首弄姿的,而是只有这样,我才不会看上去比现在更卑微,更遭人排挤。如果国王抛弃我,上帝明鉴,那不会是因为我穿得太好了，而是因为我让他恶心。不过无论我是戴着像我奶奶那样的帽子，还是像小凯蒂·霍华德一样漂亮，都没有用。我做任何事都无法取悦国王了，母亲也不用向我强调我的生活就是建立在取悦他的基础之上的麻烦。我已经知道了，但是做不到。不管怎么样，我都做不到。

大使已经吃完了饭，我回到了桌边，对他做了个手势，示意在我读最后一封信的时候他可以坐着，那封信是我弟弟的。

姐姐，他是这么开头的。奥沃斯坦伯爵和奥利斯莱格尔伯爵关于你在新丈夫亨利国王的宫廷里的态度和言行的报告让我十分烦恼。母亲会处理衣着和礼仪的部分，我只能请求你听从她，不要做出只会让你颜面扫地的言行。我们都很清楚你虚荣的倾向和不受管教的行为，但希望这仍然是一个家族内的秘密。我们希望你能改进，尤其是当现在世界的眼光正聚焦到你身上时。

我跳过了接下来的两页，上面没什么实质内容，只写着我在过去曾多少次让他失望，以及警告我在英国的宫廷里走错一步都可能会导致最严重的后果。谁会知道这个比我知道得更清楚？

然后我接着读了下去。

这封信是对亨利国王和他的议会介绍我们的大使的，大使代表了我们的国家，你要对他施以一切援助。我希望你和他密切合作，以延续我们对联盟的希望，到目前为止，这段关系让我们很失望。事实上，国王似乎已经将克里夫斯视为了一个臣属国，现在他希望借由我们的援助来对抗帝国，但我们和帝国并无仇怨，也不想为了感激国王或是你而与他们结仇。你应该将这一点与他说明。

我知道一位资深的英国人，诺福克公爵，已经完成了一趟法兰西宫廷之旅，毫无疑问英国正在向法兰西靠拢。这是你被送去英国应该阻止的事情，你已经辜负了你的国家、辜负了你的母亲和我。大使会给你提供建议，让你知道怎样尽自己的职责，在肉体的欢愉中也不要忘了这一点。

我已经给他提供了前往英国的工具和一名侍从，但你需要直接向他支付报酬。我听说了关于你的珠宝和新衣服以及其他邪恶的浪费的传言，还包括昂贵的黑貂皮，推断出你完全有能力偿付这些。当然了，你在未来应该将你新获得的财富更好地利用于国家，而不是在个人享乐和装饰品上，这样只会招来轻蔑。你虽然地位崇高，却不代表你可以无视在过去所秉持的道德心。我真诚地请求你走回正途，姐姐。作为一家之主，我建议你不要虚荣和浪荡。

相信这封信到你手上时你还和离开我时一样健康，当然，我也希望你的精神同样安好，姐姐。奢侈不能代替好的品德，如果你能独善其身的话，到老了你就会发现这一点的。这也是你挚爱的弟弟的期许。

威廉

我放下了信，然后看向大使。"告诉我，你曾经做过这类事情，告诉我你曾在别国当过使节。"

我担心他是我弟弟雇佣来的一个路德宗传教士。

"您父亲在托莱多和马德里时我侍奉过他。"哈斯特博士不无自豪地说，"但我从没自己为开销出过钱。"

"我弟弟的财务有些拮据。"我说，"至少现在你能免费地在宫廷里吃住了。"

他点了点头。"他向我表明您会为我支付工资。"

我摇了摇头。"我不行。国王给了我侍女和助手，还有衣服，但还没给我钱。那可以作为问题之一由你对他提出来。"

"但作为英国的加冕王后……"

"我嫁给了国王，但还未加冕王后。"我说，"我二月的加冕礼被一场正式进入伦敦的欢迎仪式所取代了，现在预期会在复活节后完成加冕。我还没有一位王后应该有的津贴，没有钱。"

他看上去有点焦虑。"我想这其中没有什么困难吧？加冕礼会进行的吧？"

"这个嘛，国王要的文书你带来了吧？"

"什么文书？"

我能感觉到自己的火气上来了。"证明我早前的订婚已经失效了的文书。国王要它，奥沃斯坦伯爵和奥利斯莱格尔伯爵发誓说他们会把它送来的。他们用名誉发了誓。你一定有。"

他惊呆了。"我什么也没有！没人对我说过任何有关文书的事！"

我连说自己的语言都结巴了起来，我太心烦意乱了。"但是没有比这更重要的事了！我的婚礼被延期就是因为顾虑到之前的婚约。克里夫斯来的使节们发过誓他们一回国就会尽快将证据送来的。他们甚至拿自己作为人质。他们一定告诉过你。你一定有文书！他们可是拿自己作抵押的！"

"他们什么也没有对我说。"他重复着，"您的弟弟公爵大人认为我去见他们见得太晚了。他们是不是把这件事忘了？"

当他一提到我的弟弟，我便充满了恐惧。"不。"我疲惫地说，"我弟弟同意了这桩婚事，但是却不帮我。看样子他并不在乎我的屈辱。有时候我担心他把我送来这个国家就是为了羞辱我。"

他很震惊。"但是为什么？怎么会发生这种事呢？"

我将自己从失态中恢复过来。"噢，谁知道呢？育儿所里发生在孩子们之间的事情永远不会被遗忘或被原谅。你必须立即给他写信，告诉他我必须要有证据来证明之前的订婚是被取消了的。你必须说服他将它送过来。告诉他没有文件，我什么都做不了，我对国王不可能产生任何影响。告诉他没有文件我就犯了欺诈罪。国王会怀疑我们，他也有理由怀疑我们。问问我的弟弟他是否希望我的婚姻被人质询，是否想让我不名誉地返回家中，是否想让婚姻失效，是否还想让我成为加冕的王后。因为我们耽误的天数越多，我们就给了国王越多去猜忌的理由。"

"国王不会……"，他开口说，"每个人都知道……"

"国王只图自己高兴！"我激动地说，"那就是你在这个宫廷需要学的第一件事。国王就是国王，是教堂的领袖，是个暴君，不迁就任何人。他掌控人的身体和他们的灵魂。他在这个国家为上帝代言。他自己相信他知道上帝的意愿，而上帝通过他直接发言，他就是这世上的上帝。他会做自己想做的事，他会决定事情是对是错，然后他会称这是上帝的安排。告诉我弟弟如果他在这件小事上让我失败了，国王会把我置于非常危险非常不幸的境地。他必须把文件送过来，不然我为自己的安危担心。"

1540年3月

凯瑟琳　于汉普顿宫

复活节的早晨，我祝自己复活节快乐。我太讨厌大斋节了，要问我是不是做了什么克制自己，或者反思自己的事，几乎没有。今年我更讨厌它了，因为这就意味着宫廷里没有舞会、没有音乐，只有沉闷的唱诗和赞歌，最糟糕的是也没有化装舞会，没有戏剧了。但是复活节的时候我们至少能快活快活。玛丽公主就要来宫廷，我们都很想知道她到底会不会喜欢她的新继母。我们都已经笑话过我们想象中王后和她见面的场景了，王后试着要做这个只比她小一岁的女孩的母亲，试着用德语与她说话，试着将她引导向改革后的宗教。这一定和演戏一样精彩。据说玛丽公主非常严肃、悲伤、虔诚，而王后在房里却无忧无虑又快活，她还是作为路德教徒被生养的——或是伊拉斯谟教？反正就是类似的一个东西，但总归是改革后的教派。因此当玛丽公主来到宫殿前方时，我们都踮起脚来想从窗户口找到一个好视角，接着又像一群发疯的母鸡一样趁着玛丽公主还没在楼梯上出现的时候慌忙跑进王后的房间。我们猛地扎进房子周围的椅子里，试着让自己看上去只是在安静地刺绣和聆听训诫，王后笑着说："顽皮的女孩子。"接着敲门声就响了，公主走了进来，但出人意料的是，她把伊丽莎白小姐也带在身边，牵着她的手。

我们全部起身，飞快地行了一个谨慎的礼，我们必须向玛丽公主表达足够深的敬意以显示对王室血脉的尊重，但又要在伊丽莎白小姐也分享到这份礼遇之前站起来，因为她只是国王的一个私生女，甚至也许都不是他的孩子。但当她从我身边经过的时候我给了她一个笑容，对她伸了伸舌头，因为她只是一个小女孩，可怜的小东西，只有六岁大，况且她还算是我的表妹。她有一头你能想象的最乱七八糟的头发，红得像萝卜。如果我的头发也像那样我还不如死了，但那是她父亲的发色，这对一个身世受到怀疑的小孩一定有用。

王后起身欢迎了她的两个继女，分别亲了她们的双颊，之后就把她们带进了她的私人房间，在我们所有人面前关上了门，好像想要和她们独处。因此我们就必须等在外面了，既没音乐又没有酒或娱乐，而且最糟的是，我们完全不知道那扇关着的门后面究竟在发生些什么。我往私人房间那里晃悠了几步，但是罗奇福德女士皱着眉把我赶开了，我抬起眉毛说："怎么了？"好像不知道她为什么要阻止我偷听。

但是几分钟后，我们就能听见伊丽莎白的笑声和说话声了，过了不到半个小时，她们就打开了门走了出来，伊丽莎白牵着王后和玛丽公主的手，进来的时候那么阴沉和悲伤的玛丽公主正在微笑，看上去相当愉快和美丽。王后一个个地叫了我们的名字，玛丽公主对我们每一个都优雅地微笑着，尽管心里知道我们中有一半都是她的死敌。那之后，她们终于叫了点心，而王后给国王送去了消息，告诉他他的女儿们已经来到宫廷并且就在她房里。

现在事情更进一步发展了，因为接下来，国王本人也来了，其他人紧随其后，我向他行了礼，但他没看我第二眼就走了过去，去欢迎他的女儿们。他非常喜欢她们，他的口袋里有一些给伊丽莎白小姐的糖腌梅子，对玛丽公主说话的语气也很慈祥温和。他坐在王后的身边，而她将手放在了国王的手上，并悄声对着他的耳朵说了些什么，看起来像是明智的老爷爷和三个漂亮孙女，一个快乐的小家庭。

我对这一切感到又酸楚又愤怒，因为没人将一丁点的注意力放在我身上，然后，托马斯·卡尔派博，就是那个我已经忘记了的家伙，来到了我身边，并且吻了我的手，叫我"表妹"。

"噢，卡尔派博大人。"我惊呼道，好像很惊讶能见到他，"您也在这儿啊？"

"我还能在哪儿呢？这房里还有更漂亮的女孩子吗？"

"我不知道，肯定有。"我说，"玛丽公主就是位美貌的年轻小姐。"

他做了鬼脸。"我说的是一个能让男人神魂颠倒的女孩子。"

"我不知像您说的那样的女孩，因为我不知道有什么样的女孩可以让你按时赴约。"我尖锐地说。

"你不会还生我的气吧？"他说，好像感到很吃惊，"像你这样的一个女孩，用一个响指就能得到任何她想要的男人的女孩，怎么会因为我被迫离开就和像我这样的小人物生气呢，尽管我的心已经因此而破碎了。"

我发出了轻轻的笑声，用手掩住了嘴，因为王后看向了我。"您的心才不会碎呢。"我说，"您就没有心。"

"它碎了。"他坚持说，"碎成了两瓣。但我又能做什么呢？国王命令我前去，我的心却和你在一起。我必须将我的心摔碎去完成我的职责，而现在你还是不肯原谅我。"

"我不原谅你是因为我一句话也不相信。"我畅快地说。我看向了王后，看到国王正在看着我们。我小心翼翼地将脑袋从托马斯·卡尔派博那儿移开了一点，然后稍稍拉开了一段距离，这样才不会看起来和他太亲密。我透过睫毛瞟了一眼，国王确实在看我。他弯了弯手指将我叫了过去，于是我无视托马斯·卡尔派博走上了王室座位。

"陛下？"

"我正在说我们应该跳一些舞。你愿意做玛丽公主的舞伴吗？王后告诉我你是跳舞跳得最好的。"

瞧吧，谁跳得像个意大利人了？我因为快乐而脸颊发烫，真希望祖母现在能看见我，我可是经王后推荐，被国王本人下令去跳舞的呢。

"当然，陛下。"我漂亮地行了个礼，一如既往地谦卑地低下了眼睛，因为所有人都在看着我，然后我向玛丽公主伸出了手。但是，哎呀，她并没有站起来拉住它，而是走到了房间的中心，和我一起站到了第一排舞者的位子上，好像并未因为有这个舞伴而感到荣幸。我偏过头看着她阴沉的脸，叫来了其他女孩，她们在我身后排成一排。音乐家弹了一个和弦，我们就开始跳舞了。

谁会想到呢？她是个如此好的舞者。她舞动得很优雅，高扬着头，脚在步履间闪动，她被教导得很好。我稍稍摇摆了一下臀部，以确保国王和其他房里的人将视线停留在我身上，但老实说，我很肯定他们有一半人都在看公主，因为舞蹈，她的脸色变红润了，当我们跳到精彩部分，我的舞伴要弯腰穿过拱门的时候她还在微笑。我试着看上去虔敬愉悦，为我舞伴的成功而感到高兴，但又担心自己看上去表情发酸。我不能成为别人表演的陪衬，就是不能。这不是我的天性，我不接受第二的位置。

而后我们以一个行礼作结，国王站起来，对我们用拉丁语——还是德语，反正是一句欢呼——"Brava①！"他朝我们走来，握住了公主的手，亲吻了她两边的脸颊，说自己为她感到高兴，我微笑着，试着看上去非常愉快。

我往后退，谦虚得像朵小花，但在所有投向这无聊的小姑娘身上的赞美面前，我又嫉妒得像根穗草叶子。然而紧接着国王就转向了我，并且弯腰在我的耳边小声说："而你，甜心，跳得就像个小天使。任何舞伴在你身边跳舞看上去都会更好看。你能为我跳舞吗？只有你一个人，让我开开心？"

---

① 拉丁语中对女性表演者表示赞美的词。

而我呢，看着他，呼扇着睫毛看向下方，受宠若惊的样子，并说："天呐陛下！如果为您跳舞的话我会忘记舞步的。我会需要被人引导每一步该怎么走。您就得带着我走了。"

因此他说："可爱的小东西，我知道该要把你带到哪里去，如果我可以的话。"

噢，你行吗？我想。好吧，你这个下流的老男人。对自己的妻子都不行礼，还在这儿对我说悄悄话。

国王退后了，他带着玛丽公主回到了王后身边后，乐师奏响了音乐，宫廷里的年轻男性步上前来邀请舞伴。我感觉到一只手抓住了我的，我低垂眼睛转过身，好像因为受到邀请而感到羞涩。"不用费那个心了。"我伯父诺福克冷冷地说，"我要和你说句话。"

我感到相当震惊，因为这个人不是年轻英俊的托马斯·卡尔派博，我让他领着我到了房间的一边，罗奇福德女士也在那里，好像在特意等待。她当然在等待，我就站在他们两人的中间，心都沉到了我的小舞鞋里，我确定，我非常确定他要因为我和国王调情而把我送回家了。

"你怎么认为？"他在我脑袋上方问罗奇福德女士说。

"伯父，我是无辜的。"我说，但没人理我。

"也许。"她说。

"要我说已经很肯定了。"他回答道。

他们两个都看着我，好像我是小天鹅的雕像。

"凯瑟琳，你已经吸引了国王的注意。"我伯父说。

"我什么也没做。"我慌忙说，"伯父，我发誓我是无辜的。"当我听见自己的话时倒吸了一口气。我想到了安妮·波琳，她也对他说过同样的话，却没得到他的同情。"求您……"我小声说，"求您了，我恳求您……我真的什么也没做……"

"声音小点。"罗奇福德女士说,朝四周张望着,但没人正在注意我们,没人要来把我叫走。

"你已经讨得了他的欢心,现在你要抓住他的心。"他接着说,好像我刚刚什么也没说过,"到目前为止你都做得不错,但他是个上了年纪的男人,不想要一个趴在他膝盖上的小荡妇,他想要恋爱,他喜欢追求人更胜于俘虏人。他想要认为自己正在追求的是一个名誉毫无污点的女孩子。"

"我是!真的,我是!无可挑剔!"

"你必须引导他前进,带着他前进,但是你永远要保持后退的姿态。"

我等待着,不知道他到底想让我干吗。

"简单地说,他不能只对你有欲望,他必须爱上你。"

"但是为什么?"我问,"这样他就会给我找个好丈夫?"

我的伯父前倾了身子,他的嘴在我的耳朵旁边。

"听着,蠢货。这样他就会把你变成他的妻子,他自己的妻子,下一个英国王后。"

我因为惊讶发出的尖叫被罗奇福德女士给捂住了,她非常狠地拧了一下我的手背。"啊!"

"听你伯父的。"她说,"小点声。"

"但他已经娶了王后了。"我咕哝着。

"他还是可以爱上你。"我伯父说,"比这更奇怪的事都发生过。而他必须知道你是个没被人碰过的处女,是朵小玫瑰花,你是一个足够好的女孩,足以成为英国的王后。"

我回头望了一眼那个已经是英格兰王后的女人。她正低头对伊丽莎白小姐微笑着,后者在音乐中一蹦一跳地跳着小小的舞步。国王正用他健全的那条腿打着拍子,就连玛丽公主看上去也很高兴。

"也许不是这一年,也许不是下一任。"我伯父说,"但你一定要让国王对你保持兴趣，你必须吸引他真正地爱上你。安妮·波琳引他来又推他走，一直让他持续追求了六年，而且在他和妻子共浴爱河的时候就已经开始了。这不是一天两天的工作，这是一项大师级的工作，它将成为你一生的杰作。你不能给他一点苗头，让他认为你可以变成他的情妇。他必须要敬重你，凯瑟琳，就像你是一位只能接受正式婚姻关系的年轻小姐。你能办到吗？"

"我不知道。"我说，"他是国王。他不是知道每个人的想法吗？上帝不是都告诉他了吗？"

"上帝帮帮我们，这女孩是个傻子。"我伯父咕哝着，"凯瑟琳，他是个男人，就和其他人一样，只不过因为现在他老了，更迷信，也更有报复心了。他比大多数人都活得更容易，在自己的时代他是个偶像。无论到哪里都能受到礼遇，自从他摆脱了阿拉贡的凯瑟琳之后就没人对他说过'不'字。他已经习惯了在所有事上为所欲为。这是一个你必须取悦的男人，一个已经放纵成性的男人。他身边围满了假装喜欢他的女人，你必须让他觉得你是特别的。你必须做一些特别的事。你要让他情绪高昂，但不能让他得到你，这就是我要你做的事情。你可以得到新的礼服和罗奇福德女士的帮助，但这才是我想要的。你能做到吗？"

"我能试一下。"我不确信地说，"但那之后会发生什么？在他爱上我并且信任我之后？会发生什么？我总不能在我侍奉着王后的时候对他说我想做王后吧。"

"那件事交给我来办。"他说，"你完成你的任务，而我会完成我的。但是你必须尽职尽责。就像你现在这样，但要再多一点，再热情一点。我想让你把他吸引过来。"

我犹豫了，想说好，想要礼物，想要所有人嫉妒我，如果我吸引了国王的注意就什么都有了。但是安妮·波琳，我的表姐，这个男人的外甥女，一定同样也感觉到了。他或许对她给过完全一样的建议，又目睹了她凭这些都得到过什么。我不知道他在她登上王位的过程中起了多大作用，或者他又有没有促使她上绞刑架。我不知道他是不是会对我比对她要好一些。"如果我办不到呢？"我问，"如果什么事情出错了呢？"

他低头朝我微笑。"你是在说你怀疑自己没有让所有人都爱上你的本事吗？"

我想要保持表情严肃，但我虚荣心实在太高涨了，于是我回报了一个笑容。"当然不。"我说。

1540年3月

简·波琳 于汉普顿宫

我们骑行回伦敦，回到威斯敏斯特宫去迎接议会开幕。但这次回伦敦和我们之前到这来时并不一样。有些事已经发生了。我感觉自己像头老猎犬，是领头的那一只，抬起灰色的头颅，就能闻到风中气味的变化。当我们骑行来到这儿时，国王是在王后和年轻的凯蒂·霍华德中间的，任何看到他们的人，都会发现他将自己的笑容同时分给了自己的妻子和她的朋友。但是现在，在我看来，也许仅仅是我这样认为，局面已经相当不同了。国王又一次骑马走在王后和她宠爱的小侍女中间，可这一次他的头是偏过来的，一路上，都偏向他的左侧，就好像他的圆脸在肥厚的脖子上边转了向之后就卡住了一样。凯瑟琳已经抓住了他的注意力，如舞动的鱼饵抓住了一条吞吐着气泡的肥鱼的注意。国王目不转睛地盯住凯瑟琳·霍华德，像是无法把眼睛从她身上移开。而王后呢，在他的右边，就算玛丽公主在她的旁边也不能转移他的注意力，使他分心。她什么也不能做，只能为他的迷恋提供掩护。

我之前见到过这样的情景，上帝啊，太多次了。我从自己还是个少女而亨利还是个男孩起就待在他的宫廷里了，我了解他：作为一个少年恋爱的样子，一个男人恋爱的样子，以及现在，一个老傻瓜恋爱的样子。我曾看着他追求贝茜·布朗特，接着是玛丽·波琳，接着是她的妹妹安妮，接着是玛奇·谢尔顿，再来是简·西摩尔和安妮·巴西特，现在就是这个：

这个漂亮的孩子。我知道亨利犯蠢的时候是个什么样子——像一头公牛，等着被牵着鼻子走。他现在就是这副样子。如果我们霍华德家想要他，就能得到他。他已经是囊中之物了。

王后放慢了马速到后面来和我说话，把凯瑟琳·霍华德、凯瑟琳·凯里、玛丽公主和国王留在一处，她骑马走在我们前面，他们仅仅只是转了转脑袋就看着她走了。她已经变成了小人物，一个无足轻重的人。

"国王喜欢凯蒂·霍华德。"她对我说。

"也喜欢安妮·巴西特小姐。"我平静地说，"年轻人让他开心。我想您也已经享受过玛丽公主陪伴的感觉了。"

"不。"她简短地说，她不会被混淆视听，"他喜欢凯瑟琳。"

"跟喜欢其他人一样喜欢。"我坚持说，"玛丽·诺里斯才是他的最爱。"

"罗奇福德女士，做我的朋友，我该怎么做？"她简洁地问我说。

"怎么做？陛下？"

"如果他有了一个女孩子……"她停顿了一下寻找正确的措辞，"一个婊子。"

"一个情人。"我立即纠正了她，"婊子是一个非常不好的词，殿下。"

她挑了挑眉毛。"噢，那，情人？"

"如果他有了一个情人，您也要不动声色。"

她点了点头。"简王后就是这么做的？"

"是的，没错，殿下。她没有多在意。"

她沉默了一会。"他们没把她当傻瓜吗？"

"他们认为她高贵。"我说，"一个王后不会向她做国王的丈夫抱怨。"

"安妮王后也是这么做的？"

我犹豫了。"不，安妮王后非常生气，那天她发现简·西摩尔在国王的膝盖上一边蠕动一边咯咯笑时，闹出了很大的动静。上帝保佑，我们已经从那场让人头疼的风暴里解脱出来了。国王对她很生气,然后……"

"然后?"

"惹恼国王是很危险的,就算你是王后也不行。"

她沉默了,她没花多久就明白这个宫廷对于粗心大意者来说就是死亡陷阱。

"那时国王的情人是谁?就是在安妮王后闹出很大动静的时候。"

对国王的新妻子说这些可真尴尬。

"他那时正在追求简·西摩尔小姐,她后来成了王后。"

她点了点头。我已经知道了,当她看上去最迟钝又最愚蠢的时候,实际上是在很用力地思考。

"那阿拉贡的凯瑟琳呢?她也抗议了吗?"

我的底气又足了一些。"她从来没有对国王抱怨过。无论她听到了些什么,无论她害怕什么。她总是用微笑迎接他。她一直是个最有礼的妻子和王后。"

"但他找了个情人?就算身边有这么一个王后?就算她是一个因为他的爱情而被他迎娶的公主?也还是一样?"

"是的。"

"那个情人是安妮·波琳吗?"

我点了点头。

"一个贴身侍女?她自己的贴身侍女?"

因为她不断推进的逻辑我又点了点头。

"这么说他的两个王后之前都是侍女?他是在王后的房里见到她们的?他在那儿见她们。"

"的确如此。"我说。

"他在王后的眼皮底下见她们。在她房里和她们跳舞。她还同意说他们以后也应该见面?"

我无法拒绝。"唔,没错。"

她看向前方,凯瑟琳正骑马和国王走得很近,他歪过身把手放到凯瑟琳的手上,好像是在纠正她拉缰绳的动作。凯瑟琳抬头看着他,好像他的触碰是她无法承受的荣幸。她轻轻向他靠了靠,满怀向往,我们都能听见她屏住了呼吸的轻笑声。

"就像这样。"她直截了当地说。

而我想不出可以说些什么。

"我懂了。"王后说,"我现在明白了。一个明智的女人是应该什么也不说的吗?"

"她就什么也没说。"我犹豫着,"您不能阻止它,陛下。无论它会带来什么。"

她低下头,让我惊讶的是,我看见一滴眼泪落在了马鞍上,而她迅速地用戴了手套的手指遮住了它,"是的,我什么也不能做。"她低语道。

✦

我们刚在威斯敏斯特宫的房间里安定下来几天,就被传召到了我的亲戚诺福克公爵的房里。我是中午到的,就在开饭前,我发现他在房里踱步,完全不是惯常泰然自若的样子。看见他烦恼的样子真是太反常了,以至于我立刻就预感到了危机。我没有进房间,只是在墙边站着,好像我拉开一扇错误的门进了伦敦塔,随后发现自己置身于国王布下的狮群里。我在门边等着,手放在门把手上。

"大人?"

"你听说了吗?你知道了吗?克伦威尔就要成为一个伯爵了,一个该死的伯爵!"

"他吗?"

"我刚才没说吗?艾塞克斯伯爵。该死的艾塞克斯伯爵!你怎么看,女士?"

"我什么也不知道,大人。"

"他们行房了吗?"

"没有!"

"你发誓吗?你确定吗?他们一定干了。他最后还是干了,他现在正在犒劳他的老鸨。他一定因为克伦威尔做了什么事而高兴!"

"我非常确定。我知道他们没有。而且她不快乐,她知道国王被凯瑟琳吸引了,对此也很焦虑。她跟我说起这事。"

"但他正在嘉奖那些把王后带给他的大臣。他一定是对婚姻感到愉快了,一定有什么事让他高兴了。他一定是知道了什么,一定是出于什么原因从我们身边疏远了。他在嘉奖克伦威尔,是克伦威尔把王后带给他的。"

"我向您发誓,大人,我没有隐瞒任何事。自从大斋节之后,国王几乎每晚都到她的床上去,但情况还是和从前一样。床单很干净,她的头发也是整整齐齐的,睡帽每天早上都很笔挺。她有时会哭,白天的时候,当她觉得没人在看着她的时候。这不是个被关爱的女人,这是个受伤的女孩。我发誓她还是个处女。"

公爵的怒火缠绕着我。"那为什么他要封克伦威尔为艾塞克斯伯爵?"

"一定是因为什么别的原因。"

"什么别的原因?这是克伦威尔的大胜利,这个国王与新教公爵们的联盟是对抗法兰西和西班牙的,他们就靠和这个佛兰德斯女孩的婚姻绑在一起。和法兰西国王的联盟关系都已经到我手边了,我也已经给国王的脑袋里灌满了反对克伦威尔的思想。莱尔爵士告诉他克伦威尔欣赏改革,把异教徒都藏到了加莱。克伦威尔最喜欢的牧师都要被指控为异端了。所有的矛头都指向他，但接着他就被封为伯爵了。为什么？伯爵是对他的嘉奖，如果他没让国王高兴为什么国王要嘉奖他？"

我耸了耸肩。"大人。我怎么会知道呢？"

"因为你在这里就是为了要知道的！"他对我吼道，"你被安置在宫廷，留在宫廷，在这吃在这穿就是为了让你能知道所有事情然后告诉我！如果你什么都不知道，把你放在这里还有什么用？把你从刑场上救下来还有什么意义？"

在他的怒火前，我感到自己的脸因为害怕而僵住了。"我知道王后的房间里发生了什么。"顺从地说，"但我不知道枢密院里发生了什么。"

"你的意思是我应该知道吗？你是说这是我的疏忽吗？"

我无言地摇了摇头。

"谁会知道国王的想法呢，他用的是自己的法律顾问，还奖赏一个三个月前他当众掌掴过的人。谁会知道克伦威尔因为这糟糕的婚姻而被怪罪的期间发生了什么，谁会知道为什么现在又要把他封为伯爵，封为这见鬼的艾塞克斯伯爵呢？"

我发现我被推到了墙壁上，我伸开的手已经触摸到了背后柔滑的挂毯。我能感觉到那些布料因为冷汗而变潮湿了。

"谁会知道国王那该死的脑袋里在想些什么，他不是狡猾得像乌鸦就是疯得像只兔子！"

我无声地摇头。他刚刚脱口而出的对国王的描述，就和叛国罪一样严重。就是在这里，在安全的霍华德家房间里，我也不会重复他的话的。

"至少，你肯定他仍然喜欢凯瑟琳吧？"公爵更小声地说。

"相当狂热。这是毫无疑问的。"

"好的，告诉她和他保持一臂的距离。如果她成了他的情妇，而国王仍然保持着和王后的婚姻关系，我们就什么都得不到了。"

"这肯定可以放心……"

"我不放心任何事!"他直截了当地说,"如果他睡了她又接着睡了王后,还生了儿子,并因为新添的子嗣而感谢克伦威尔的话,我们就和这个小荡妇一起完了。"

"他不会和王后发生关系的。"我说,回到了我唯一确信的事情上。

"你什么也不知道,"他粗暴地说,"你只知道那些可以从锁眼里偷看到的事情,只知道闺房里的风言风语,只知道从那些垃圾里翻出来的东西。你知道所有能在生活的污垢里找到的东西,但你不懂政治。我告诉你,他因为克伦威尔带来这个克里夫斯王后而嘉奖给他超乎想象的地位,你我的计划全都得扔下了。你这个蠢货。"

我无言以对,只能等着他让我离开,但他转向了窗户并且停住了,他看向外面,咬着大拇指指甲。过了一小会,一个随从进来告诉他上议院在传召他,之后他就走了,一句话也没对我说。我行了礼,但我觉得他根本没看我。

他出去以后,我本来也应该离开,可我没有。我在他的房间里踱着步。当这房间彻底安静,没人来敲门的时候,我拉回了椅子,坐到了他的桌子后面,坐到了他的大雕花椅子上,霍华德家的家徽也在上面,它在我脑袋后面,很硬,让人很不舒服。我想知道如果我丈夫乔治还活着而他的舅舅死了,乔治又成了这个家族的当家人的话会是什么样子,那么我应该坐在这儿,在他的旁边,不受任何人差遣。我们也许会有和这张大桌子相匹配的椅子,并酝酿我们自己的计划,我们自己的阴谋。我们也许会建造自己的大房子,养大我们自己的孩子。我们应该是往后的当家人,我们的孩子应该是下一任国王的表弟。乔治肯定会成为一个公爵,我会成为公爵夫人。我们会很富有,成为王国里最伟大的家庭。我们也许会一起变老,他可能会因为我的建议和我坚定不移的忠诚而夸奖我,我会因为他的激情、他的英俊和智慧而爱他。他会对我回心转意的，到了最后，他一定会回到我身边的。他尝试过安妮和她的脾气，会认识到稳定的爱情、坚贞的爱情，由妻子所给予的爱情才是最好的。

但是乔治死了，安妮也是，他们两个都在认识到我的价值之前就死了。我们三个人里只剩下我了，唯一的幸存者，盼望着得到波琳家的遗产，坐在霍华德家的椅子上，梦想着他们仍然存活，摆在我们面前的是伟大的事业，而不是孤独和年老，不是琐碎的阴谋、不名誉和死亡。

1540年4月

凯瑟琳　于威斯敏斯特宫

就在晚饭前到王后房间去的路上，我感觉到一只温柔的手落到了我的袖子上。我第一时间就认为那是约翰·布雷斯比或者汤姆·卡尔派博，于是我笑着转身告诉他放开手，但结果那个人是国王，于是我赶紧行了礼。

他说："你真的认出我来了。"我这才发现他戴着一顶大帽子，披着一件大披风，还以为自己看上去大不相同。我没说：你是这宫里最胖的人，我当然认得出来你。你是唯一一个六尺高还宽过四尺的人。你还是唯一一个臭得像腐肉一样的人呢。我说的是："陛下，噢，陛下，我想我无论何时何地都会认出你来的。"

他朝前走了几步，走出了阴影，他身边没有别人，这很少见。通常他无论到哪、无论做什么，都带着半打人跟着他的。"你是怎么认出我来的？"他问。

我现在有个小花招了，那就是无论何时他像这样对我说话，我都把他想象成是托马斯·卡尔派博，那个十足可人的托马斯·卡尔派博，再想应该回答些什么来让他着迷，并且像我对托马斯那样对他微笑，像我对托马斯那样对他说话。因此我轻松地说："陛下，我不敢对您说。"脑子里想的是"托马斯，我不敢对你说"。

而他说："告诉我。"

于是我说："我不能。"

他又说:"告诉我,漂亮的凯瑟琳。"

这对话可以持续上一整天,于是我换了语调接着说:"我感到难为情。"

他回答:"没有必要,甜心。告诉我你是怎么认出我来的。"

于是我说,一面在心里想着托马斯:"是味道,陛下。像是香水一样的味道,很好闻,我很喜欢,就像茉莉花或者是玫瑰花。还有一种更浓的味道,像是打猎和活动时流汗的马匹的味道,还有一股皮革的味道,和一阵强烈的大海气息。"

"我闻起来像那样?"他问我,声音有些疑惑。我突然有些震惊地意识到,他当然会为我说的话动心,但事实上他闻得见自己腿上脓汁的味道。可怜的男人,因为便秘他还经常放屁,无论走到哪里臭味都跟着他,因此他不得不每时每刻都带着香膏来堵住自己的鼻子,他肯定知道在别人闻起来他就像腐肉。

"对我来说就是。"我坚定地说,艰难地想象着托马斯·卡尔派博和他的棕色卷发上干净的味道。"有茉莉花味、汗味、皮革味还有海盐味。"我低下头,舔了舔自己的嘴唇,动作很小,看上去并不放荡,"凭这个我总是能认出您。"

他拉住了我的手,将我拉到了身边。"真是甜美的女孩。"他喘着气,"上帝啊,这甜心。"

我仿佛因为害怕一样发出了喘息声,但还是好像要接受亲吻一样仰起了头。这真恶心。他就和我继祖母在霍舍曼的管家一样可怕,非常老。老得都快能做我爷爷了,而且他的嘴唇还在哆嗦,眼睛也是湿湿的。我当然钦佩他,因为他是个国王。他是这世界上最伟大的人,作为一个国王,我爱戴他。再者,我伯父也已经表明过,只要我能吸引上他就有新裙子了。但当他搂着我的腰把他潮湿的嘴唇贴到我脖子上的时候感觉还是不太好,我能感觉到他的唾液沾在我的皮肤上,凉凉的。

"甜心。"他又说了一遍,贴紧我,给了我一个湿乎乎的吻,感觉就像是在被一条鱼嘴对嘴吸气。

"陛下,"我屏着气说,"您必须放开我。"

"我永远也不会放开你。"

"陛下,我还是个处女!"

这话的作用非常明显,他稍稍放开了我,而我得以后退几步,虽然他仍然抓着我的手,但至少不用让他的呼吸喷到我的胸口上了。

"你是个甜美的少女,凯瑟琳。"

"我是个诚实的少女,陛下。"我喘着气说。

他紧紧地抓着我的手,把我拉到了他身边。

"如果我是个自由之身的话你会做我的妻子吗?"他直白地问。

我对这快速的进展感到惊讶,以至于什么话也说不出来。我是只看着他,好像我是个彻头彻尾的牛奶女工,且和奶牛一样蠢。"您的妻子?您的妻子吗,陛下?"

"我的婚姻并不名副其实。"他语速很快,其间一直在把我朝他拉近,他的手又在我的腰上滑动了起来。我想他的话只是用来哄我的,这时他将我推进了角落,并且把手放到了我的裙子上,因此我一直在挣扎,而他一直在说话。"我的婚姻是无效的。原因很多。我的妻子之前订过婚,没有结婚的资格。我的良心因此谴责我,看在灵魂的分上我不能和她结合。我的内心深处很清楚她是另一个男人的妻子。"

"真的吗?"他不会认为我蠢到会被这种话糊弄吧。

"我知道这件事,我的良心在警告我。上帝告诉我的,我知道的。"

"上帝有吗?真的吗?"

"是的。"他肯定地说,"因此我并不完全赞同自己的婚姻。上帝知道我的疑虑,我也没有和她行房,这婚姻并不是真正的婚姻,而且我马上就要自由了。"

这么说他真的把我当成笨蛋了,因为他连自己都骗。上帝啊,什么样的男人在他们性欲上头的时候还能用用脑子。这可真有意思。

"但她会怎么样?"我问。

"什么?"他正从我的腹部爬上我胸部的手因为这个问题而停了下来。

"王后会怎么样?"我问,"如果她再也不是王后了。"

"我怎么会知道?"他说,好像这和他一点关系也没有,"如果没有结婚的自由她就不该到英国来的。是她毁了约。她可以再回家去。"

我不认为她会想要再回家去,不会想要回到她那个弟弟身边去,而且她也喜欢上王室的孩子们、喜欢上英国了。但他的手正急迫地拉着我的腰,要让我面朝他。

"凯瑟琳,"他渴求地说,"告诉我,我能考虑你为王后人选吗?还是说有什么其他的男人?你是个年轻女孩,身边围绕着诱惑,这是一个人们满脑子淫邪念头、好色的宫廷,还有很多居心不良思想猥亵的男孩子,我想他们当中一定有人已经讨得了你的欢心,向你承诺会买礼物作为一个吻的回礼。"

"没有。"我说,"我告诉过您,我不喜欢小男孩。他们太愚蠢了。"

"你不喜欢男孩子?"

"一点也不。"

"那你喜欢什么?"他问。他的声音轻快,填满了扬扬自得。他知道我会怎么回答。

"我不敢说。"他的手又从我的腰开始往上爬了,要不了一会他就要抓住我的乳房了。噢,托马斯·卡尔派博,祈求上帝,如果那是你就好了。

"告诉我。"他说,"啊,告诉我,美丽的凯瑟琳,我会给诚实女孩一件奖励。"

我抓紧机会呼吸了一口干净的空气。"我喜欢您。"我简单地说，于是他的手猛地抓住了我的乳房，另一只手则将我拉向他，用他的嘴唇贴上了我的，湿乎乎地吮吸着我，感觉真的非常可怕，但另一方面，我已经开始好奇自己会因为做一个诚实的女孩而得到什么礼物了。

✦

他把两个已经被判了刑的杀人凶手的财产给了我：两栋房子和一些物品，还有一些钱。我简直不敢相信。我有房子了，还是两栋，还有土地，和属于自己的钱！

我这辈子从来不曾拥有过这么多财富，也没有这么容易地得到过礼物。我必须承认：它们得来全不费工夫。要引诱一个老得能做我父亲甚至能做我祖父的男人不那么令人愉快。让他的肥手在我胸部上蹭，还让他的臭嘴亲遍我的脸感觉也不太好。但我必须记住他是个国王，是个慈祥的老人，一个对我亲切溺爱的老人，我大多数时候可以闭上眼，假装那是别人。尽管接受死人的财产让人感觉不太好，但当我对罗奇福德女士说这件事的时候，她指出我们从某种程度上来说拥有的都是死人的遗物，每一件东西不是偷来的就是继承来的，一个女人想要飞黄腾达，就别想着另辟蹊径。

1540年4月

安妮　于威斯敏斯特宫

我原本以为在五朔节的时候会举行我的加冕仪式，作为庆典的一部分，但眼下还剩不到一个月的时间，也没有人来定制礼服或者计划加冕礼的流程，因此我觉得也许这个五朔节不可能了。身边没有好的谋臣，我只能在玛丽公主和我从圣母堂走回宫殿的途中问她的意见。我已经变得越来越喜欢她，也更相信她的意见，因为她曾经在还是个孩子的时候被放逐出宫廷，比大多数人都更清楚如何在这里生存，也知道作为一个被排挤的人的感受。

当我提到"加冕礼"这个词的时候她快速给了我一个饱含深意的眼神，以至于我再也迈不动步子了。我僵在了原地并且叫了出来："天呐，你肯定听说了什么。"

"亲爱的安妮，别叫。"她小声说，"请你原谅。安妮王后。"

"我不会嚷嚷的。"我震惊地看着她，"不会。"

我们两个立即环顾四周以确保没有什么人正看着我们。身处宫廷就是这个样子，总有探子的窥视越过你的肩膀，真话只能悄声细语地讲出来。她向我走近了些，我拉起她的手挽住自己的胳膊，然后我们走在了一起。

"这个五朔节不成，因为如果他要给你加冕的话，我们就必须从现在开始计划每件事和做准备了。"她说，"我原本以为会是在大斋节的时候。但也没那么坏，这不能说明什么，简王后也没加冕。如果她没死的话国王会给她加冕的,因为她给他生了个儿子。他会等到你也告诉他你怀孕了的时候。他会等着你生孩子,之后就会有加冕礼和再后面的洗礼仪式了。"

我的脸因为她的话而红了起来,但什么也没说。她看了我一眼,一直等到我们走上台阶,穿过会客厅,经过房间,最后到达我的小休息室,那里任何人不经通报都不能进入,我在满脸好奇的侍女们面前关上了门,现在就只有我们俩了。

"这里面有困难?"她用词谨慎地说。

"不是我造成的。"

她点了点头,但是我们两个都不想多说些什么。我们都是二十几岁还是处女的人,都是老姑娘了,对男性神秘的性欲都感到很恐惧,也同样惧怕国王的权力,我们都活在被他抛弃的边缘。

"你知道吗,我讨厌五朔节。"她突然说。

"我还以为这是一年里最大的庆祝节日之一呢。"

"噢,是的,但是是野蛮的庆祝,异教徒的方式——而不是天主教的。"

这是她的天主教迷信的一部分,我都有点想笑,但她严肃的神情让我没有这么做。

"这是为了迎接春天的来到。"我说,"没什么坏处。"

"是时候改变一下情况了。"她说,"国王完完全全扔掉了传统,像个没开化的野蛮人。从前五朔节的时候,他骑马进入比武赛场,旗子上还写着给安妮·波琳的求爱信,那之后他就抛弃了我母亲在另一个五朔节上和安妮·波琳在一起了。之后不到五年,又轮到她被抛弃:安妮那时已经是坐在看台上的新王后了,她的参赛者们为了荣誉而在她的王家看台前奋力争斗。但那些骑士在当天下午就被逮捕,国王离开她的时候连告别也没有说,安妮就这么完了,那是她最后一次见到他。"

"他没有告别?"出于某种原因,这对我来说似乎是最严重的一件事。

之前没人告诉过我这个。"

她摇了摇头。"他从来不说再见。当他的热情消退，他很快就会离开。他也从没对我母亲说过再见，他骑马离开了她，而她不得不派仆人们跟着他以祝他一路顺风。他从没告诉过她自己不会回来了。他只是出去骑了一天马，但是再也没有回来。他对安妮也没说过再见。他从五朔节的比赛上离开后，就派了自己的人去逮捕她。事实上，他甚至都没对简王后说过再见，而她是因为给他生儿子才死的。他知道她在生死一线间苦苦挣扎，但完全没去看过她。他让她孤零零地死了。国王是个硬心肠的人，可面上又挂不住，他不能忍受女人哭泣，不能忍受告别。他发现如果只是转开脸干脆地离开要容易得多。"

我微微战栗着，走到了窗边，检查它们是否都锁得好好的，我必须阻止自己在这强光面前拉上窗帘的冲动。从河上吹来了一阵冷风，我站在这儿几乎都能感觉到它的寒冷。我想出去，到会客厅去，到那群笨女孩的包围中去，那儿有个随从在弹鲁特琴，还有女人们在笑。我想让王后房间的舒适包围我，即便我知道在此之前还有三个女人也曾感受过这种温暖，但她们都死了。

"如果他对我反目，就像他对安妮反目一样，我也不会收到任何警告。"我小声说，"这宫廷里没人是我的朋友，甚至没人告诉我危险将至。"

玛丽公主没试图安慰我。

"有没有可能，就像安妮一样，一个晴朗的日子，一场比赛，然后就有武装好的士兵前来，而且不给我任何逃跑的可能性？"

她的脸很苍白，但仍是点了点头。"他叫诺福克公爵来对付我，好逼迫我顺从。那是个好公爵，从我童年时就认识我，还忠心地用爱侍奉过我的母亲，可他对我说如果他是我的父亲，会把我举起来，再在墙上把我的脑袋砸烂。"她说，"一个我从儿时就认识的男人，一个知道我是个真正的公主的男人,一个曾经爱过我母亲,做过她最忠诚的仆人的人,却受命于我父亲,带着他的意愿而来,做好了准备要把我送进伦敦塔。国王对我送出了死刑执行人,让他随便做什么都行。"

我用手抓了一把无价的织锦,好像这触感能让我感到安心似的。"但我没有犯罪啊。"我说,"我什么都没做。"

"我也一样。"她回答说,"我母亲也一样。简王后也什么都没做,甚至就连安妮都是无辜的。我们都看着国王的爱变成了恶意。"

"而我甚至连爱都未曾拥有过。"我小声地用德语自言自语,"如果他能抛弃他十六年的发妻,抛弃一个他曾爱过的女人,那么他想抛弃我得是件多轻松多容易的事啊,他从来就没有喜欢过我。"

她看着我。"你会怎么样呢?"

我知道自己的表情很暗淡。"我不知道。"我老实地说,"我不知道。如果国王和法兰西结盟,并且把凯蒂·霍华德纳为情人的话,那么我想他会把我送回家。"

"但愿不要更坏。"她非常轻声地说。

我露出了一个悲伤的微笑。"我不知道还有什么比我的家更坏的了。"

"那座塔。"她简短地说,"那座塔就会更坏,还有处刑台。"

随着那句话,寂静似乎也延续了很久。我一言不发地从椅子里站了起来走到了门边,走进了我的接见室,而公主在后面跟着我。我们沉默着穿过了休息室,都沉浸在自己的思绪里,那之后我们穿过一道房间的小门,进入一大片喧闹和忙碌中。仆人们端着东西从走廊里跑进房间。我的会客厅里已经布置好了一张餐桌,上面摆放了金银制成的碗碟,都是王室财产。

"发生什么了?"我困惑地问。

"国王陛下说他来您的房间里用餐。"罗奇福德女士跑到跟前行了个礼之后对我说。

"很好。"我试着让自己的口气听起来很高兴,但我仍然沉浸在关于国王的怨恨,还有那座塔和处刑台的可怕思绪中,"我很荣幸能让陛下到我的房间来。"

"是'来我的房间'。"玛丽公主小声纠正我说。

"来我的房间。"我重复了一遍。

"您要换一身用餐的礼服吗?"

"是的。"我看到贴身侍女已经穿上了她们最好的衣服,凯蒂·霍华德的帽子戴得那么靠后,她都有可能把它整个拿掉,她还戴着缀有小珍珠的金链子,耳朵下面的钻石闪着光,她用珍珠把脖子绕了一圈又一圈。她一定从别处得到了一些钱,之前我从没见她戴过比一条小小的细金链子更多的饰物。她发现我在看着她,赶快对我行了个礼,又转了一圈,好让我看清楚那件玫瑰丝的新礼服和那条深粉色的衬裙。

"漂亮。"我说,"新的?"

"是的。"她说,然后眼神就移开了,像个在偷窃中途被当场抓住的小孩,于是我立刻就明白了这些华丽的服饰都来自于国王。

"我能帮您更衣吗?"她问,几乎带着认错的语气。

我点了点头,她就和另外两个侍女一起跟着我走进了里边的私室。我为晚饭准备的礼服已经铺开了,凯瑟琳跑到衣柜跟前取出了我的亚麻布衬衣。

"真好。"她赞许地说,抚摸着我衬衣上那白织提花的刺绣。

我套上衬衣坐到了镜子前,好让凯瑟琳帮我梳头。她的动作很轻柔,把我的头发挽起来,送进一张镀金的发网,只有在她将我的帽子戴得很靠后的时候我们的意见产生了分歧。我把它拉回了原处,而她笑话了我。我看见镜子里我们并排着的脸,她的眼神也接触到了我的视线,纯真得就像个孩子,没有任何谎言的阴影。我转过脸,对其他的女孩们说:"就留下我们两个。"我说。

从她们离开时交换的眼神看来,我看出来大家都知道了她那些新进财产的事,并且每个人都知道那些珍珠是哪儿来的,她们期待能有一场嫉妒的风暴落到凯蒂·霍华德的小脑袋上。

"国王喜欢你。"我直截了当地对她说。

她眼神里的笑意消逝了。她穿着粉红小拖鞋的两只脚交换着,"殿下……"她支支吾吾地说。

"他不喜欢我。"我说。我知道我说得太直白了,但我不像巧舌如簧的英国女人那样能找到措辞来修饰这段话。

她的脸红了,从脸颊红到了低胸领口。"殿下……"

"你想要他吗?"我问。我不知道那些可以将这个问题粉饰得婉转又冗长的词语。

"不!"她立即说,但接着低下了头,"他是国王……而我伯父说了,是真的,我伯父命令我……"

"你不是自由的吗?"我问。

她的灰眼睛看向了我的眼睛。"我是个女孩。"她说,"我只是个年轻的女孩子,我没有自由。"

"你能拒绝他想让你做的事吗?"

"不能。"

我们两个人都沉默了,因为一个简单的事实已经被挑明了。我们是两个已经意识到自己没法掌控世界的女人。我们都参与了这场游戏,但又都不能控制自己的行动。而男人们会为了他们自己的欲望而驱使我们。无论之后发生什么,我们只能尝试着生存下来。

"如果国王想娶你为妻,我会怎么样?"这句话由我的嘴里尴尬地说出来,但我知道这是个最主要的无法回避的问题。

她耸了耸肩。"我不知道。我不觉得会有任何人知道。"

"他会杀了我吗？"我小声说。

让我害怕的是，她并没有吓得后退并且否认这个猜测。她非常平静地看着我。"我不知道他会做些什么。"她又说了一遍，"殿下，我不知道他想要什么也不知道他能做什么。我不懂法律，我不知道他有权利做些什么。"

"他会命令你到他身边去。"我嘴唇冰凉地说，"我看得出来。要么是妻子，要么是婊子。但他会把我送进伦敦塔吗？他会杀了我吗？"

"我不知道。"她说。她看上去就像个害怕的小孩。"我说不准。除了告诉我我必须取悦他以外没人对我说任何事。而我不得不这么做。"

1540年5月

简·波琳　于威斯敏斯特宫

　　王后坐在高高的王室看台上，身下就是竞技场，尽管因为焦虑而显得苍白，她还是让自己表现得像个王后。她对数以百计的伦敦人露出微笑，他们聚集到这个地方就是为了看到王室家庭和贵族，还有模拟战斗、游行和马上比武的。有六位挑战者和六位防御者，他们带着自己的随从、盾牌和旗帜环绕在竞技场周围，小号吹奏了起来，人群叫喊着他们的赌注，场上的金色沙子在阳光下熠熠生辉，这就像是个有噪声、热度的梦。

　　如果我站在王室看台的后面，眯起眼睛，便能看见鬼魂。我能看见凯瑟琳王后靠在前面对她年轻的丈夫招着手，我甚至能看见他的盾牌上刻着誓言：**忠心先生**。

　　忠心先生！如果国王那颗善变的心没有害死过那么多人的话我都要笑了。国王的忠心只是忠于他自己的欲望而已，而今天，这五朔节的日子，他的心又变了，就像春风，吹向了另一个方向。

　　我走到一边，一道从遮阳棚的缝隙上漏下来的阳光让我花了眼睛，那一瞬间我看见安妮坐在看台的前面，我的安妮，安妮·波琳扬着头笑着，露出了她喉咙处的白线。那年的五朔节很热，那是安妮的最后一年，当她吓得流汗时还怪罪于太阳。她知道自己有麻烦了，但她不知道麻烦会变成杀机。她怎么会知道呢？

　　我们所有人都不知道。我们都没有想到他会把那截修长迷人的脖子放到木头做的断头台上，还雇了个法兰西剑客把它砍下来。谁会想到一个男人会对自己喜欢过的妻子做这样的事呢？他破除了一个王国的信仰来取悦她，为什么接下来他会毁了她呢？

如果我们早知道的话……但现在说这话也没意义了。

也许我们会逃走。我、我的丈夫乔治，还有他的姐姐安妮，以及她的女儿伊丽莎白。也许我们会逃走，逃离因宫廷生活而起的野心、欲望和恐惧。但我们没有逃。当猎犬的脚步声传来时，我们像野兔一样坐着，缩在高高的草丛后面，期盼着猎人会这样经过，可那一天士兵们来了，他们带走了我的丈夫和我亲爱的安妮。那么我呢？我默不作声地坐着，让他们走了，并且再也没有对他们说过一句话。

而这个年轻的新王后不是个傻瓜。我们那时很害怕，三个都是，但不知道自己应该有多害怕。克里夫斯的安妮却知道。她已经和大使谈过，知道没有加冕礼。她还和玛丽公主谈过，知道国王曾将一个无可非议的妻子远远地送出宫廷，送到一个潮湿和阴冷到能害死她的城堡，还给她下毒。她甚至和小凯瑟琳·霍华德都谈过，现在她知道国王正在恋爱。她知道等在前头的一定是屈辱和离婚，这还是最好的结局，最坏的，则有可能是死刑。

但她仍然坐在这里，坐在王室看台上，高高地扬着头，扔下她的手帕以宣告挑战开始，并对胜利者露出一贯彬彬有礼的笑容，前倾身子，将一圈月桂树叶的花环戴上胜利者的头盔，再给他一袋金子作为奖赏。在她朴素、难看的帽子下面，她苍白地尽着身为王后的职责，就像她在这个国家落脚以来一直所做的那样。因为恐惧，她一定都快吐出来了，但她放在看台前沿的手还是温和地扣着，甚至都没有抖动。当国王向她致意时，她从椅子上站起来向他谦敬地行礼，当人群叫出她的名字时，她转过身微笑着，并且举起了手，这样的场景能让一个再小一点的姑娘大声呼起救来，而她却非常镇静。

"她知道了？"一个很小的声音在我的耳边问，我转向了诺福克公爵，"她有没有可能已经知道了？"

"她知道所有事，只是不知道自己会怎么样。"我说。

他看着她。"她不会知道的，不会理解的。她一定傻得不明白在自己身上都发生了什么。"

"她不笨。"我说，"她非常有勇气。她知道所有的事情。比我们想象的要更有勇气。"

"她会需要那些勇气的。"他冷酷无情地说，"我要把凯瑟琳带离宫廷。"

"把她从国王身边带走？"

"是的。"

"这不会有风险吗？您把国王选择的女孩从他身边带走？"

公爵摇了摇头，难掩自己的得意之情。

"是国王自己让我把她带离宫廷的。他说会在摆脱安妮之后立即娶她。想让凯瑟琳离开的人是他。他想让她暂离宫廷，这样她就不会在假王后被废期间被卷入流言了。"他咬紧牙关，几乎就要笑出来了，"他不希望任何流言蜚语的阴影伤害到凯瑟琳清白的名声。"

"假王后？"我抓住了这个奇怪的新头衔。

"她没有结婚的自由。这场婚姻从未生效过，它没有被完成。上帝指引了他的良心，因此他没有完成誓约。上帝阻止了他完成这场婚姻。这场婚姻是虚假的。王后是假的。向国王宣誓虚假的婚姻有可能获叛国罪。"

我眨了眨眼。处理这类事情是国王的权力，他就像上帝在尘世的代言人，但有时我们这样的凡人会有些跟不上上帝反复无常的意愿。"那么她就完了是吗？"我动作很小地指了指坐在看台前边的那个女孩，她现在正站着，向胜利者致敬，她举起了手，对喊叫着她名字的人群露出了微笑。

"她完了。"公爵回答说。

"完了?"

"完了。"

我点点头。我想这意味着他们会杀了她。

1540年6月

安妮 于威斯敏斯特宫

我弟弟终于把证明我确实没有在来英国之前结过婚的文书送来了,它证明我和国王的婚姻是我的第一次婚姻,它是有效的,就如我所知,如所有人所知的一样。文书是在今天由信使送到的,但我的大使还不能呈送它们。国王的枢密院正在开一个长会,我们不知道他们正在商议些什么。他们已经坚持再三要检验这份文书,现在不可能抽不出空来看看,而这个新变化会带来什么结果我无法预料。

天知道他们对我在计划些什么,我害怕的是他们会以什么羞耻的罪名起诉我,而我会死在这块遥远的大陆上,母亲会相信她的女儿是因为放荡而死的。

我知道大麻烦已经在酝酿了,因为危险已经降临在了我的朋友们身上。莱尔大人,是他友好地将我欢迎到了加莱——现在已经被逮捕了,没人能告诉我他面临的指控。他的妻子也从我的房里消失了,连句再见也没有说。她没有来请我为他求情。这一定意味着他要么将在不经审判的情况下被处死——上帝啊,他可能已经死了——要么,就是她知道我对国王没有任何影响力。无论是哪一种情况,对他和我来说都是个灾难。没人告诉我莱尔夫人现在藏在哪,而且说真的,我也不敢问。如果她的丈夫被指控为叛国,那么他曾是我朋友的任何迹象都会对我不利。

他们的女儿,安妮·巴西特还侍奉着我,但她声称自己病了并且在床上休养。我想见她，不过罗奇福德女士说如果能让这女孩一个人待着对她来说会更安全。因此她的卧室房门是关着的，房里的窗也是关着的。不知道这危险是逼向她的还是我的，我不敢问。

我已经派人去找了托马斯·克伦威尔，至少，他还是受国王宠幸的，因为他才刚被封为了艾塞克斯伯爵没几个星期。至少在侍女们在背后窃窃私语，而宫廷里的其他人都对灾难视若无睹的时候，托马斯·克伦威尔会支持我的朋友。但是克伦威尔到目前为止都没有给我回音。必须有人来告诉我发生了什么。

我希望我们能回到汉普顿宫。今天不热，但我感觉很闷，就像一只白隼待在拥挤的马厩里，这一点也不好，因为一只出生在寒冷广阔之地的像雪一样白的鸟生来就该是自由的。我想让自己回到加莱，甚至是多弗，回到那个通往英格兰王后的未来的道路还在我眼前的时候，回到那个我还充满希望的时候。我几乎希望自己在任何地方，只要不是在这儿，从这扇小小的方格玻璃窗往外看向明媚的蓝天，思考着为什么我的朋友莱尔大人会进伦敦塔，以及，为什么我的支持者克伦威尔对我要求他立刻前来的紧急请求不予回应。他肯定能来告诉我为什么议会已经秘密活动了好几天了吧？他肯定会来告诉我为什么莱尔夫人不见了，以及为什么她的丈夫被拘捕了吧？

门打开了，我立刻站了起来，以为会是他，但那不是克伦威尔，也不是他的手下，而是小凯瑟琳·霍华德，她的脸很苍白，眼神悲痛，胳膊里挽着旅行披风。我一看到它，立刻感觉天旋地转——小凯蒂也被捕了，她也被指控犯了什么罪吗？我飞快地走到她身边抓住了她的手。

"凯蒂？怎么了？你被指控什么了？"

"我是安全的。"她喘着气说，"很好，我很安全。我只是要回祖母家了，暂时的。"

"但是为什么?他们说你做了些什么吗?"

她的小脸上溢满了悲伤。"我再也不是您的贴身侍女了。"

"你不是了?"

"是的。我是来说再见的。"

"你做了什么?"我叫了出来。这女孩仅仅是个孩子,她能犯什么罪呢?凯瑟琳·霍华德能干的最坏的事也就是图点虚荣调点情罢了,而这不是一个把这些事当做罪责来惩罚的宫廷。"我不会让他们把你带走的。我保护你。我知道你是个好女孩。他们说了什么对你不利的事情?"

"我什么也没做。"她说,"但他们告诉我说当这一切发生的时候我最好还是从宫廷里离开。"

"为什么?噢,凯蒂,快告诉我,你知道些什么?"

她招了招手,而我弯下腰,这样她就能对我耳语了。"安妮——安妮陛下,最亲爱的王后。托马斯·克伦威尔被以叛国罪逮捕了。"

"叛国?克伦威尔?"

"嘘!"

"他做了什么?"

"他和莱尔大人还有天主教徒共谋要对国王施巫术。"

我的思维打了结,并没有完全听懂她说的话。"施什么?那是什么?"

"托马斯·克伦威尔下了个咒语。"她说。

她发现我仍然不明所以的时候,轻轻抓住了我的脸,把我往下边拉了拉以便再次对我耳语。

"托马斯·克伦威尔雇佣了一个女巫。"她很小声地说,没有一点音调变化,"托马斯·克伦威尔雇佣了一个女巫来害他的国王陛下。"

她往后退了退,以查看我现在有没有听明白她的话,我脸上的恐惧告诉她我听懂了。

"他们真的确定吗?"

她点了点头。

"谁是女巫?"我深吸了一口气,"她做了什么?"

"她给国王施了一个咒语让他失去了生育能力。"她说,"她诅咒了国王,让他不能和您生育孩子。"

"女巫是谁?"我问,"托马斯·克伦威尔的女巫是谁?谁让国王失去了生育能力?为什么他们说是她?"

凯瑟琳的小脸因为恐惧而缩紧了。"安妮,殿下,我最亲爱的王后,如果他们说那是您怎么办?"

我过着与世隔绝的生活,只在自己的房间里活动,唯有在宫廷前用餐的时候外出,尽量试着表现出平静和镇定。他们正在质询托马斯·克伦威尔,而逮捕行动还在继续,其他的人也被指控对国王犯有叛国罪,被指控雇佣了女巫来破坏他的男性能力。这儿有一张阴谋者织造的网。莱尔大人在加莱时就被定为了目标,他支持天主教徒和长久以来一直想要从都铎王室手中夺回王冠的波尔家族。他堡垒中的第二指挥官已经逃到罗马去侍奉红衣主教波尔了,而这就证实了这项罪名。他们说莱尔大人和他的党羽都和女巫共事,以确保国王不会和我有一段开花结果的婚姻,这样就无法为改革后的宗教诞下另一位继承人。但同时,也有传闻说托马斯·克伦威尔在帮助路德教派,那些改革者,那些福音派信徒。传闻说他将我带来与国王结婚并命令一个女巫来剥夺国王的生理能力,这样他就能自己篡夺王位了。但是女巫是谁呢?这宫廷扪心自问道。谁才是莱尔大人的朋友呢?又是谁被克伦威尔带到英国来的呢?谁会是女巫呢?有哪个女人满足这两个噩梦一样的条件呢?再说一遍,那个女人是被克伦威尔带到英国来的,而且还是莱尔大人的朋友。

很显然，只有一个这样的女人。

只有一个女人，被克伦威尔带来了英国，又和莱尔大人做了朋友，她还夺去了国王的男性能力，因此国王在新婚当夜，甚至之后的每一夜都无法行床上事。

但还没人说出过女巫的名字，他们在收集线索。

玛丽公主离开的日程也被提上了台面，而我只有在等待他们将马从马厩牵来的时候有一小会儿和她在一起的时间。

"你知道我是无辜的。"我借着仆人们跑来跑去的噪声和守卫们对马匹喝令声的掩护对她说，"无论未来你听到什么关于我的事，请相信我：我是无辜的。"

"当然。"她平静地说。她没看着我。

她是亨利的女儿，已经花了太长时间去学会如何掩饰自己了。"我会每天为你祈祷。我会祈祷他们像我一样看清你是无罪的。"

"我很肯定莱尔大人也是清白的。"我说。

"毫无疑问。"她用同样生硬的语调回答了我的话。

"你能救他吗？能吗？"

"不能。"

"玛丽公主，看在信仰的分上，你真的不能做什么吗？"

她冒险投给我一个眼神。"亲爱的安妮，不能。什么事也不能做，只能保留我们自己的忠告并且祈祷好时候会来临。"

"你能告诉我些什么吗？"

她环顾四周，发现马还没有被牵来。她挽住了我的胳膊，我们朝马厩走了一小段路，好像是要查看他们还需要多久。"你想知道什么？"

"波尔家族是什么？还有为什么国王会害怕天主教徒，他很久以前不是打败过他们了吗?"

"波尔是金雀花王室,属于约克王朝,有些人认为他们是英国王位的真正继承人。"她说,"玛格丽特·波尔①是我母亲最真诚的朋友,她过去就像我的母亲,对王室非常忠诚。但现在国王把她也关进伦敦塔了,还有她所有能抓到的家人。他们被指控犯了叛国罪,但是所有人都知道他们什么错都没犯,一切只是因为他们是金雀花王朝的血脉。国王对他的王座那么惶恐,因此我想他不会允许这个家族存活于世。玛格丽特女士的两个孙子,两个小男孩,也被关进了伦敦塔,上帝保佑他们。她,我最亲爱的玛格丽特,不会被允许活下来的。家族的其他成员都被放逐了,他们永远也回不来了。"

"他们是天主教徒?"我问。

"是的。"她小声说,"他们是。其中的一个,雷金纳德,是个红衣主教②。有人会说他才是英国真正的国王和信仰。但那样说就是叛国罪,说这话的人也会被处以死刑。"

"那国王为什么这么怕天主教徒呢?我以为英国已经改信了新教?我以为天主教徒已经被打败了。"

玛丽公主摇摇头。"不。我认为只有不到一半的人欢迎变革,更多的人想要重回老路。当国王拒绝教皇的权力并且摧毁修道院时,北部乡间有一大批人民起义,决心要保卫教堂和圣殿。他们管这叫求恩巡礼,在耶稣受难的旗帜下行军。国王把王国里最强硬的人送去迎击他们。他那么害怕他们,以至于召开了和谈,说了些甜言蜜语,向人民承诺会致歉并重组议会。"

---

① 即索尔兹伯里伯爵夫人,拥主者理查德·内维尔的外孙女,其母伊莎贝尔与理查德三世的王后安妮是亲姐妹。

② 玛格丽特·波尔之子。相关剧情可参考《国王的诅咒》。

"那是谁?"但我已经知道了。

"托马斯·霍华德,诺福克公爵。"

"那致歉呢?"

"军队一解散,他就砍了起义领导人的头,并且吊死了追随者。"她的语气有些愤愤,好像是在抱怨装行李箱的马车收拾得很糟糕似的,"他以国王神圣的名义作了许诺,也以他自己的名誉为担保。但那些什么也不是。"

"那些人被打败了?"

"他在房梁上吊死了七十个僧侣,就在他们自己的修道院。"她苦涩地说,"因此他们再也不敢反抗他了。但是我相信真正的信仰永远不会被击败。"

她让我们转个方向,我们便又朝门的方向走了回去。她微笑着向那些对她喊"一路顺风"的人们点着头,但我却笑不出来。

"国王害怕他的子民。"她说,"他害怕竞争对手,甚至害怕我。他是我的父亲,但有时我仍然觉得他已经因为猜忌陷入了半疯狂状态。他的任何担心,无论那有多么愚蠢,对他来说都是真实的。如果他沉浸于莱尔大人已经背叛了他的梦境里,那么莱尔大人就死定了。如果有人向他提出你也是这阴谋的一部分,那么你就很危险了。如果你能离开,就应该走。他不能将真相和恐惧分开,也不能将噩梦与真实分开了。"

"我是英国的王后。"我说,"他们不能指控我是女巫。"

她第一次转过头来面对着我。"那也救不了你。"她说,"王后的身份就没有挽救安妮·波琳。他们指控她是女巫,又找到了证据,发现她有罪。她就和你一样是个王后。"她突然笑了,好像我说了什么滑稽的事,而我看见我的一些侍女已经从大厅里走了出来,并且正看向我们。我也笑了,但我肯定谁都能听出我声音中的恐惧。她挽住了我的胳膊。"如果任何人问起当我们在这一带徘徊的时候说了些什么,我会说我在抱怨可能会迟到,而且很担忧旅途劳顿。"

"好的。"我表示同意，但我太害怕了，以至于像个受了风寒的小孩一样发着抖，"我会说你在查看他们什么时候才能做好准备。"

玛丽公主推了推我的胳膊。"我父亲已经改变了这国家的律法。"她说，"现在连在脑子里有对国王不利的想法都是一项叛国的罪名了，要被处以死刑。什么也不用说，什么也不用做。你自己的秘密念头现在就已经是叛国了。"

"我是王后。"我顽固地坚持说。

"听着。"她直白地说，"他同样也改换了司法程序。你都不需要被法院定罪，依照剥夺公权法案就能判你的死刑。那就和国王直接下令差不多，这个程序是由议会支持的，而他们从来没有反对过国王。无论是王后还是乞丐，倘若国王要你死，他只用下命令就行了，甚至不需要为死刑签署委任状，只需要一枚印章就行了。"

我发现我正紧紧咬着牙关以避免牙齿上下打颤。

"你觉得我该怎么做？"

"离开。"她说，"在他找上你之前离开。"

✦

她走了之后我感觉自己失去了最后一个朋友。我回到自己的房间，而侍女们搭起了一张牌桌。我让她们自行玩耍，我则召来了大使，并把他带到一扇转角的窗户前，在那儿别人就不会听见我们说话了，我问他有没有人向他询问过我的事。他说还没有，所有人都无视他，排挤他，好像他身上带着瘟疫似的。我问他是否能雇佣或买两匹快马并把它们安置在城墙外边，以备急需，他说他没有钱去雇马或买马，而且不管怎样国王都会在我的房门外夜以继日地安排门卫守着。那些我原本认为是来保护我安全、为我开门迎客、报上来人姓名的守卫,现在成了我的监狱看守了。

我非常害怕,我试着祈祷,但就连祈祷词都有可能成为陷阱。我不能表现出好像变成了一个天主教徒的样子,就像莱尔夫人现在被传是一个天主教徒那样。我也不能表现出我抱持着弟弟的宗教信仰,因为路德教派也被怀疑和克伦威尔对国王不利的阴谋有关。

当我见到国王时,试图在他面前举止愉悦镇定。我不敢违抗他,甚至不敢向他表示我的清白。我最害怕的是他对我的态度,他对我又温和又友善,如同我们只是即将在短暂旅途结尾分开的熟人。他表现得好像我们共度的时光是段愉快的小插曲,现在正在自然而然地接近尾声。

他不会对我说再见的,我知道这一点。玛丽公主已经警告过我了。等待他对我明说我正面临指控的那个时刻是没有意义的。我知道,或许某一天,我从餐桌上起身向他行礼,他彬彬有礼地回以吻手礼时,将会成为我见他的最后一面。我也许会在同侍女们一起离开大厅回到房间之后发现里面站满了士兵,我的衣服已经打包好、珠宝都收回了衣箱。从威斯敏斯特宫到伦敦塔距离并不远,他们会在夜色里带我走河道,我会穿过水门,最后被关进绿塔里。

大使已经给我的弟弟写信告诉他我十分恐惧,但我没抱希望会收到回复。威廉不会在意我有多害怕,反正当他们得知我已经受到指控的时候也来不及救我。或许威廉根本不会选择救我。他已经让危机发生了,他一定比我想象的更恨我。

如果有什么人能救我的话,那只会是我自己。

但是一个女人怎么能在女巫的指控面前自救呢?如果亨利公告天下他是因为我对他施法才失去生育能力的,我又怎么证明自己的清白呢?如果他向世界宣布他能和凯瑟琳·霍华德正常行房但和我就不行,那么他的指控就成立了,而我的否认不过是再一次证实了恶魔的狡猾罢了。一个女人不能在一个男人对她的指控面前证明她的清白。如果亨利想把我当做一个女巫掐死的话什么也救不了我。他宣布过安妮·波琳是个女巫，她也因此死了。他从没对她说过再见，尽管他曾以激情爱着她。士兵们仅仅只是在那一天来带走了她。

我正等着，等着他们同样来带走我。

1540年6月

简·波琳 于威斯敏斯特宫

在晚餐时,一个侍者在弯腰清理肉盘子的时候把一张纸条扔到了我的膝盖上,上面吩咐我在晚餐结束之后立即去见我的大人,于是我照着做了。这些天王后都是一用完餐就径直回到她的房间,她不会发现在那一群紧张兮兮混作一团被留在她房间的人里少我一个的。凯瑟琳·霍华德已经从宫廷里离开了,回到了兰贝斯她祖母的宅子。莱尔女士则因为她丈夫的重罪被软禁在家,他们说她因为焦虑和恐惧已经疯了。她知道他会死。拉特兰很安静,晚上就回了自己的房间,她一定也很害怕,但我不知道她可能面临什么指控。安妮·巴西特已经托病到她的表姐那里去了,凯瑟琳·凯里也被她母亲玛丽派人叫走了,她借口生病请求让凯瑟琳回家。我应该嘲笑这明摆着的托辞。玛丽·波琳对于让自己和她的家人远离麻烦一直很在行,可惜她没在自己弟弟身上发挥这一点。玛丽·诺利斯必须帮助她在乡下的母亲完成一些特殊的活计。亨利·诺利斯的遗孀上一次已经见过国王对他自己的妻子使用刑台了,她不会想看见自己的女儿也同自己的丈夫一样走上那截楼梯。

我们全都谨言慎行。乌云又一次笼罩了亨利国王的宫廷,每个人都很害怕,每个人都备受猜疑。这就好像活在噩梦里,每个人,男人女人,都知道他们所说的每一句话,所做的每一个动作都可能成为对自己不利的证据。每一个敌人都可能把你的一次言行失检变成一项罪名,一个朋友也可能将你的信任作为保障自己安全的交易。这是一个胆小怕事流言四起的宫廷。没人再继续平稳地走路了,我们都踮起了脚尖;没人敢大口呼气了,我们都屏住了呼吸。国王已经开始怀疑起了自己的朋友,没人能确保自己就是安全的。

我溜到了公爵大人的房间,走进了阴影里,接着我打开门,无声地窜了进去。公爵大人就站在窗边,百叶窗开着,窗外是温暖的夜间空气,他桌上的烛火在这阵气流中摇曳着。当我进来的时候他抬起头笑了,我几乎要认为他喜欢我了。

"啊,简,我的外甥女。王后要和一群所剩无几的随从去里士满了,我想让你和她一起去。"

"里士满?"我听见了自己声音中的颤抖,然后我吸了一口气。这意味着在他们收集对她不利的证据的时候,要把她软禁起来了。但是他们为什么要把我也一起送去呢?我也要接受指控吗?

"是的。你要和她在一起,并小心记下都有谁来了又走了,还有她都说过些什么话。你尤其要注意哈斯特大使。我们认为他什么也干不成,但你要让我确定她没有逃跑的计划,也没有发消息,或做类似的事情。"

"求您……"我住了嘴,声音已经泄露了我的软弱,我知道这不是和他打交道的正确方式。

"什么?"他仍然在笑,眼神却很坚决。

"我不能阻止她逃跑。我只有一个人,一个。"

他摇了摇头。"今夜起海港就会关闭了。她的大使也发现在英国既买不到也雇不到马了。她的马厩被封了,房间被关闭,她不可能逃跑或求援。每个侍奉她的人都是她的看守。你必须看着她。"

"请让我走,让我去侍奉凯瑟琳吧。"我吸了口气说,"如果她想成为一个好王后,会需要我的建议的。"

公爵停下来思索了一下。"她会的。"他说,"那个女孩是个傻瓜。但她和她的祖母在一起就不会有问题。"

他用自己的拇指指甲磕着牙齿,思索着。

"她会需要学习如何做一个王后的。"我说。

他犹豫了。我们两个都认识真正的英格兰王后,小凯瑟琳都配不上给她们提鞋,更别说走在她们中间了,几年的训练不会让她变尊贵的。"不,她不需要。"他说,"国王再也不想要一个伟大的王后在身边了。他想要一个可以宠爱的女孩,一匹小母马,一匹年轻的小母马为他生孩子。凯瑟琳除了顺从以外什么都不需要。"

"那我就实话实说了吧,我不想和安妮王后一起去里士满。我不想为这个王后作证。"

他锋利的、深沉的视线立刻就投向了我。"做什么证?"他问。

我已经厌倦了绕弯了。"作你想要我作的证。"我说,"作国王想要我作的证,我不想说。我不想控告她。"

"为什么不?"他问,好像他不明白。

"我厌恶审判。"我诚实地说,"我现在害怕国王的欲望。我不知道他想要什么,不知道他会往前走多远。我不想在王后的审判中作证了,再也不想了。"

"我很抱歉。"他不带感情地说,"但我们需要一个人发誓她和王后有过对话,并且王后承认自己是个处女,绝对没有被人碰过,并且对男女之事很无知。"

"她和他夜复一夜地睡在一张床上。"我不耐烦地说,"第一个晚上我们所有人把她放上的床。您也在那儿,坎特伯雷大主教也在那儿。她来就是为了怀孕生个儿子的,这才是她结婚的唯一目的。她不可能对男女之事一无所知。这世上没有女人经历过她那么多失败的尝试。"

"那就是为什么我们需要一个名誉无可指责的女士对此发誓。"他平缓地说,"这样一个不大站得住脚的谎言需要有让人信服的证人,就是你。"

"其他人也可以为您做这件事。"我抗议说,"既然对话从来没有进行过,既然这是一段不可能的对话,当然就无所谓由谁来说它发生过。"

"我希望由你来做见证人。"公爵说,"国王会很高兴看见我们的努力。这对我们有好处。"

"这样会证明她是个女巫吗?"我直白地问。我实在是厌倦了自己的工作,厌恶今夜这个在公爵身边亦步亦趋的自己。"是吧,事实上,就是为了要证明她是个女巫然后让她送死吧?"

他站直了居高临下地看着我。"预言国王的调查员会发现什么不是我们做的事。"他说,"他们会详查证据并且下定论的。你所要做的事就是提供一份证词,在上帝面前发个誓。"

"我不想让她的死给我的良心留下阴影。"我能听见自己声音中的绝望,"求您了,让别人去发誓吧。我不想和她一起去里士满,撒个对她不利的谎。我不想袖手旁观她被带进伦敦塔。我不想让她因为我的假证词而死。我曾是她的朋友,我不想做杀她的刺客。"

他沉默地等待着,直到我拒绝的请求全部说完,然后他看着我,又一次笑了,但这一次,他的脸上再看不到任何温暖了。"当然了。"他说,"你只用照我们为你准备的说就行了,你的长辈们才去决定要如何处置这个王后。你只要让我知道她都见了哪些人,平常都在做些什么就行了,我的人会和你一起去里士满的。你要小心看着她。她逃不了的。当这事完了以后,你就会是凯瑟琳的侍女了,你会在宫廷里有一席之地的,你会是英国新王后的侍女——那就是给你的嘉奖。你会是新王后房中的首席侍女。我保证。你会总管她的房内。"

他以为他已经用这承诺收买我了,但我恶心这种生活。"我不能继续了。"我简单地说。我想起了安妮·波琳，还有我的丈夫，他们就是因为这些对他们不利的证据进了伦敦塔，而那些证据都不是真的。我想起他们赴死的时候才知道他们的家人也做了反对他们的证言，而他们的舅舅则是那个下死刑判决的人。我想到他们信任着我，等着我去为他们作证，去维护他们，信任着我对他们的爱，确信我会救他们。"我不能继续下去了。"

"我也这么希望。"他一板一眼地说，"如果上帝保佑的话你再也不用做这样的事了。有了我的侄女凯瑟琳，国王终于找到了一位真正值得尊敬的妻子。她是一朵无刺的玫瑰。"

"一朵什么？"

"无刺的玫瑰。"公爵重复了一遍，保持自己的面部表情十分严肃，"我们将这么称呼她，国王希望我们这么称呼她。"

1540年6月

凯瑟琳　于兰贝期诺福克庄园

现在让我看看，我都有什么？我有杀人犯的房子，那是国王给我的，还有他们的土地。我有珠宝，是靠在安静的走廊里窜来窜去挣来的。我还有半打礼服，是由我的伯父支付的，大多数都是新的，还配有帽子。我还在祖母的房子里有自己的房间和的会客室，几个伺候我的女仆，不过还没有侍女。我几乎每天都买裙子，商人们带着成匹的丝绸从河对面过来，好像我是个裁缝似的。他们为我量身定做礼服，再用他们叼满了针的嘴巴嗫嗫嚅嚅地说我是所有被绑在紧身三角胸衣里的女孩里最漂亮最优雅的。他们俯在地板上挽住我的礼服，说他们从没见过这么美丽的女孩，说我是所有女孩里的王后。

我爱这说法。如果我更体贴，或者更有修养的话，那么也许会烦恼于我那可怜的王后女主人和将会发生在她身上的事，也会因为我马上就要嫁给一个已经埋葬了三任妻子——并且有可能将要埋葬他的第四任，还老得能做我祖父又臭烘烘的男人而不愉快……但我并不会被这些担忧所烦恼。他的妻子们都做了她们该做的事，她们的生命是出于上帝和国王的意愿才走向终结的，这对我来说真的不算什么。就算是我的表姐安妮·波琳，对我来说也不算什么。我不该想起她，也不该想起是我的伯父将她推上王座，接着又把她推上了处刑台。她也有礼服、后宫和珠宝。她有自己的时代，作为全宫廷最好的年轻女子，作为家族里最得宠的人和我们所有人的骄傲，而现在轮到我了。

我会拥有我的时代的。我会结婚。我和她过去一样饥渴，渴望色彩和财富，渴望钻石和调情，马匹和舞会。我想要自己的生活，想要所有最好、最好的东西，而依仗国王，依仗他的幻想（他幻想上帝保佑着他），我会得到最好最好的。我曾希望自己被宫中的一个大人物看中，被选为他的亲属，并被赐婚给一个年轻并前程远大的贵族。那就是我希冀过的最好的情况了。但取而代之的，一切发生巨变。变得更好了。国王本人注意到我了，英格兰国王喜欢我，这个尘世间的上帝，这个人民的天父，这个法律和言辞的象征，他喜欢我。我被上帝在尘世的代表所选中了。没人能阻止他的决定，也没人有这个胆子。这不是个看见我并且喜欢上我的普通人，这甚至不是个凡人。是一个半神看见了我。他喜欢我，并且伯父告诉我接受他的求婚是我的职责，也是我的荣幸。我将成为英国的王后，想想看！我将成为英国的王后！到了那个时候我们就会知道，我，小凯瑟琳·霍华德到底算什么人物了！

但事实上，一想到成为他的伴侣和他的王后，成为英国最伟大的女人，我就徘徊在害怕和兴奋中间。他想要我，这让我感觉到一股虚荣的兴奋，但我同时又很确定自己忽略了心中的失落；尽管他接近于上帝，但他仍然是个和其他人一样的普通人，还是个很老的男人，是个老得都要失去生育能力了的人，一个连厕所都上不出来的老男人，而我会像玩弄那些带着欲望和虚荣心喜欢上我的老男人一样同他玩耍。如果他给我我想要的东西，他会讨我喜欢的，我不能再说下去了，我都要笑出来了，就给予这世界上最伟大的男人我的小小喜爱作为恩典吧。但如果他想要，并且他出得起足够高的价钱，那么我就会像市场里的任何一个小贩一样：叫卖我自己。

我的祖母，公爵夫人，告诉我说我是她最聪明的小女孩，我会给我们的家族带来财富和荣誉。成为王后是比原本最野心勃勃的期望还要大得多的胜利，但他们对我的期望还有更多。如果我能怀上并且生下一个儿子，那么我们的家族就会爬升到和西摩尔家一样的高度。万一西摩尔家的男孩爱德华王子死了（尽管上帝不会允许的，当然了），万一他死了，那我的儿子还会是下一任国王，我们霍华德家族就会变成国王的亲戚，继而变成王室家族，同时还会成为英国最伟大的家族，每个人都会感谢我给他们带去的好运。我伯父诺福克公爵会在我面前跪下，赞美我的看顾。当我一想到这里，就咯咯地笑了，再也做不下去白日梦了，因为我太高兴了。

但我真心为我的女主人安妮王后感到遗憾。我喜欢做她的女仆，也想看她开心起来。但我不能那样，不能那样，我真是蠢，竟然为我自己的好运而哀悼。她就像那些可怜的被处刑了的男人，我占有了他们的土地；也像那些被从家里赶出来的修女，我们因之变得更富有。这样的人因为我的利益而受难。我已经学到了，这就是这世界的法则。这世界对其他人来说如此艰难并非我的错。我希望她也和我一样找到快乐。也许她会回家到弟弟那里，到那个不知道叫什么名字的地方。可怜人。也许她会嫁给她之前订过婚的那个男人。我伯父告诉我，她在明知自己之前订过婚的情形下还到英国来是非常错误的事。这是一件很让人震惊的事，我也对她感到惊讶。她一向素行良好，我不相信她会做这么不检的事。当然，当伯父说起之前订过的婚约的时候，我不由自主地想起了我可怜的亲爱的弗朗西斯·迪勒姆。我再也没提起过我们交换过的誓言，而且真的，我想我最好还是把它们全都忘掉，并且假装一切从没发生过。对一个年轻女人来说，在这个充满诱惑的世界里生存不是件容易的事，我并不责怪安妮王后之前订过婚又嫁给了国王。是我我也会这么做的，但介于弗朗西斯·迪勒姆和我并没有正式结婚，也没有正式订立过婚约，我便不需再考虑这件事。我那时没有一件合适的礼服，而且那些话也很明显不是正式的结婚或订婚时用的宣誓。我们所做的一切都不过是小孩子的白日梦和几个纯洁的吻。再没别的了，真的。如果她被送回家嫁给第一任爱人的话,我自己也会经常带着喜爱之情想起弗朗西斯。一个人的初恋总是非常甜美的,也许比一个非常老的丈夫要更甜美些。当我成为王后之后,应该做点什么来善待弗朗西斯。

1540年6月10日

安妮 于威斯敏斯特宫

上帝啊，救救我吧，亲爱的上帝啊，救救我，我所有的朋友和盟友都在伦敦塔里了，我一点也不怀疑接下来就要轮到我。托马斯·克伦威尔，那个负责将我带到英国来的男人已经被捕了，他被以叛国罪起诉了。叛国罪！他曾是国王的仆人，曾是他的狗。他不比国王的一条灰狗更有能力叛国。很显然，这个男人不是叛徒。很显然，他被逮捕是为了要惩罚他促成了我这段婚姻。如果这项指控将他带进了刑场带上了断头台，那么我就多半要步他的后尘了。

莱尔大人也被以叛国罪起诉了，他还被指控是个秘密的天主教徒，参与了那项天主教徒的阴谋。他们说他拥戴我作为王后是因为我会阻止国王生下一个儿子。他被捉住，并且以叛国罪起诉，名义就是参与了那场阴谋，而我被他选为阴谋的其中一个要素。没法证明他是无辜的。没法证明这阴谋本身是无稽之谈。在伦敦塔的地下那些可怕的房间里，邪恶的人做着残忍的工作。一个人在经受过他们的折磨后不会说得出任何话。人类的身体根本不能经受他们给予的痛苦。国王允许他们将囚犯的四肢从身体上扯裂下来，如此这般的残暴行径对这个国家来说前所未有，但现在却被允许了，因为国王变成了一头怪兽。莱尔大人天性温和，说话都轻言细语，他不可能经受住痛苦，他肯定会按他们希望的招认罪行，无论那是什么。然后他就会以一个供认不讳的叛国者身份被处死，谁知道他们会让他供认什么和我有关的东西呢?

那张网正在我身边收紧。它现在隔我这么近了,以至于我几乎可以看见网上的绳索。如果莱尔大人说他知道我会让国王不能生育的话,那么我就死定了。如果托马斯·克伦威尔说他知道我之前订过婚,当我嫁给国王之时并非自由之身的话,那么我也死定了。他们捉走了我的朋友莱尔大人,捉走了我的盟友托马斯·克伦威尔。他们会折磨他们,直到得到需要的证据,那之后就轮到我了。在整个英国只有一个人也许能帮助我。我对他不抱什么希望,但我已经没有别的朋友了。我派人请来了我的大使卡尔·哈斯特。

那是一个大热天,所有的窗户都朝花园敞开着。我能听见外边传来的宫廷里的人在河上划船的声音。他们弹着鲁特琴,唱着歌,我能听见笑声。就算隔着这么一段距离,我也能听见他们欢声笑语中的勉强。屋子在隐蔽之中,很凉爽,但我们都在流汗。

"我已经雇佣了马匹。"他用德语说,只用了耳语的音量。

"我不得不穿过城市才找到它们,最后从几个汉萨同盟①的商人那里把它们买回来了。我还借了旅途用的经费。我想我们应该现在就走。一找到能够行贿的看守就走。"

"立刻。"我点了点头,"我们必须马上走。关于克伦威尔他们说过什么吗?"

"很残酷。他们是一群野蛮人。他走进枢密院的时候还不知道出什么问题了。他的老朋友和过去跟随他的贵族们剥去了他身上的官员徽章,还有他的嘉德勋章。他们就像乌鸦撕扯死兔子那样把他啄食了,他被像个重罪犯一样带走。他甚至都不会面临审判,他们不需要传召证人,也不需要提

---

① 于德意志北部城市活跃的政治、商业联盟。"汉萨(hanse)"在德语中有公馆、会所之意。

供指控。他会依照剥夺公权法案被斩首，这只需要国王的一句话。"

"国王会不会不下令呢？他会宽恕他吗？几个星期以前他才刚将他提升成伯爵以显示对他的喜爱啊。"

"只是假象，这只是个伪装。国王展示他的喜爱只是为了让他现在的怒火发泄得更甚。克伦威尔肯定会恳求宽恕的，但他什么也不会得到。他一定会以一个叛国者的身份死去。"

"国王向他道别了吗？"我问，仿佛这是个随口一说的问题。

"没有。"大使说，"他们没有给这个人任何警告。他们分开的那一天就和以往的任何一天一样寻常，没有特别的言辞。克伦威尔就像没事人一样走进议院参加会议，他以为他是以国务大臣的身份来主持会议的，以为他的权力还强盛一如往日，但是接着，一瞬之间，他就发现自己被捕了，并且宿敌们还在嘲笑他。"

"国王没有说再见。"我在一阵沉默的恐惧中说，"就像他们说的一样。国王从来不说再见。"

1540年6月24日

简·波琳 于威斯敏斯特宫

我们沉默地坐在王后的房间里,为穷人绣着衬衣。凯瑟琳·霍华德已经不在了,她这个星期都到兰贝斯的诺福克庄园和她的祖母待在一起。国王几乎每晚都去看她,和他们一起用餐,就像是个平民。他坐着王家船只划船过河,大摇大摆地去,丝毫不费心隐藏他的身份。

整个城里都传开了,说国王才结婚六个月就在霍华德家有了个情人。这群无知的人认为国王有了个情人,那么王后一定是怀孕了,这个最受眷顾的国家里一切都好:王后怀着都铎家的后代,而国王一如既往在别处寻欢作乐。我们这些知道内情的人甚至都不想要纠正他们。我们知道,在国王微不足道的魅力面前,凯瑟琳·霍华德现在就像个维斯塔贞女①一样被看护着。我们知道王后仍然没有被碰过。我们不知道的,也无法得知的,就是未来会发生些什么。

国王不在的时候,宫廷也变得不守规矩了,当安妮王后和我们去用餐时,房间前头的王位空着,下面毫无秩序可言。大厅里吵吵嚷嚷,就像嗡嗡响的蜜蜂箱,人们传递着流言蜚语。所有人都想站对边,但是没人知道到底应该投靠向谁。大桌子那边有些空缺,因为一些家族已经集体离开了宫廷,也离开了恐惧和灾难。所有被旁人知道同情天主教徒的人都有危险,

---

① 维斯塔贞女是侍奉圣火女神的女祭司,因奉圣职的三十年内须守贞而得名。

都已经回到了自己的田庄。所有支持改革的人也在担心国王会因为那个霍华德家的女孩的喜好而再次扭转态度，史蒂芬·加德纳写了祭神用的祷词，那些祷词就和从罗马传过来的那些一模一样，改革派的克兰默大主教变得相当失势。留在宫廷里的都是些机会主义者和鲁莽大意的人，就好像全世界都和这被拆散的秩序一样解体了。王后用金叉挑着她盘中的食物，她的头深深低着，仿佛要避开光线，人群好奇的视线投向了这个被遗弃在王位上的王后，数以百计的人前来看她，渴望看见一个王后在宫廷里的最后一夜，甚至是她在这世上的最后一夜。桌子一被清理干净我们就回到了自己的房间，饭后没有为国王准备的娱乐活动，因为国王不在这里。这儿好像几乎就没有国王，也没有王后，没有宫廷。所有事都不一样了，或许还有更多更可怕的变故在等着。没人知道会发生什么，每个人都对危险的信号非常警觉。

但是只有问话无时无刻不在进行着，还有更多人被拘捕。今天我听说汉格弗德大人也被带进伦敦塔了，当他们告诉我他所犯的罪行时，我感觉从正午的烈日下走进了冰冷的房屋里。他因为自己有违天理的行为被起诉，就和我的丈夫一样：他被指控和另一个男人有染。他被起诉逼奸自己的女儿，就和我丈夫乔治被起诉和他的姐姐安妮乱伦一样。他被指控犯有叛国罪，并且预言国王的死，就和乔治和安妮被一同指控的那样。也许他的妻子会被带去作为指控他的证人，正如他们要求我去做的那样。我因这想法而颤抖着，动用了全部的意志力才安安静静地坐到了王后的房间里，并且镇静地做起了针线活。我能听见耳中反复的回音，我能感受到脸颊上的血液发烫，就好像我发了烧一样。这一切又发生了，亨利国王又一次同他的朋友们反目了。

又有一场大清洗了，又会有成堆的指控让国王将那些他不想看到的人们清理出视线。上一回亨利寻求复仇的时候，他长久以来的积怨夺去了我的丈夫，还有其他四个人，以及英国的王后。谁会怀疑亨利不会又来一次呢？但谁又知道这次他会带走谁呢？

王后房里唯一的动静就是针线穿过粗布时发出的沙沙声，和缝线被拉起来的细微声响。往日里还洋溢在这拱形房间里的笑声、音乐声和游戏声都归于了沉寂。我们没人敢说话。王后也总是被看守着，十分小心自己的言辞。现在，在这充满恐惧的日子里，她更加谨慎了，在这沉默恐怖的国度里，她就跟哑了一样。

我曾看见过一个王后在恐惧中生活，我知道当所有人都等着什么事情发生的时候王后的后宫会是什么样子的。我知道当王后的侍女们心知肚明王后就要被带走的时候她们是如何暗中窥伺的，但谁知道还有什么罪名会降到别人的头上呢？

王后的房间里有几张空出来的位子。凯瑟琳·霍华德已经走了，没有了她，房间也变得更安静，更呆板了。莱尔夫人藏了起来，偷偷寻找着一小撮还敢于和她相认的朋友们，因为哭泣而虚弱。南安普敦夫人则找了个借口离开了。我想她是担心丈夫也以和王后同样的借口被抓走，因为南安普敦大人也是王后初到英国来时的朋友。而安妮·巴西特自从她的父亲被拘捕后就一直称病，现在已经到她的亲戚家去了。凯瑟琳·凯里也被带离了宫廷，没有一句知会的话，她母亲就带走了她，她已经知道了所有关于王后失宠的事。玛丽·诺里斯的母亲也同样看出了眼前熟悉的形势，于是便把她的女儿召回了家。所有这些对王后承诺过永远不变的友谊的人现在都害怕她会宣扬这段友谊，并且让自己而受到牵连。她所有的侍女们都担心她们和王后一起被拖入陷阱。

我们所有人都如此，除了几个已经知道自己并不会成为受害人的人，因为她们自己就是那陷阱本身：国王在王后后宫的代理人拉特兰女士、凯瑟琳·埃吉摩姆和我，一旦王后被拘捕，我们三个就会对她做出不利的证供,这样自己就能保证安全。至少我们三个会没事。

我还没有被告知我应该做什么供词,我要做的也只是对一份已经写好的供词宣誓而已。我感到一阵焦虑。我问舅舅是否能够把我从里面剔除出来,他说正好相反,我应该为国王重新信任我而高兴。我想我不能再说什么或做什么了。我应该放弃挣扎,在国王的意志面前随波逐流。我要做的只是尝试将自己的头颅保持在水面之上,对那些在身边溺死的人,我只能感到遗憾。说实话,我甚至会通过将别人按下水来保证自己的呼吸。在海难事故中,每个溺水的人都只为自己。

传来一阵雷鸣似的敲门声,一个女孩尖叫了出来。我们都跳起来,很肯定士兵就在门外了,等待着拘捕令到来。我飞快地看向王后,她面色苍白,就和盐一样白,除了死人,我还从没见过一个女人能苍白成那个样子。她的嘴唇因为恐惧甚至已经发蓝了。

门打开了。是我的舅舅,诺福克公爵,他戴着一顶黑帽子,像个喜欢判处绞刑的法官,看上去闷闷不乐又苍白。

"殿下。"他说,并且对她深深鞠了个躬。

她摇摆得就像一棵银桦树。我走到她身边抓住了她的胳膊帮她站稳。我感觉到她因为我的触碰浑身发抖,意识到她以为我这是在逮捕她,在我舅舅宣读命令时把她制住。

"没事的。"我对她耳语说,但我当然知道不是这样。我只知道这儿有半打王家卫士站在视线外的走廊上。

她高仰起头,然后站直了。"好晚上。"她用滑稽的错误语法说,"公爵大人。"

"我代表枢密院而来。"他说,声音平缓得就像葬礼上的丝绸,"我很遗憾要告知您瘟疫已经在城中肆虐了。"

她微微皱了皱眉,试着理解他说的话,这不是她原本以为会听到的内容。侍女们起了骚动，我们都知道那儿没有瘟疫。

"国王为您的安全感到担忧。"他缓慢地说，"他命令您搬到里士满宫去。"

我感觉到她动摇了。"他也会来吗？"

"不。"

于是所有人都明白过来她这是要被送走了。如果城里真的有瘟疫的话，那么亨利国王一定会是这世界上的最后一个活人，他会在泰晤士河上泛着舟，带着他的鲁特琴和新喜欢上的歌谣一路又唱又笑地到兰贝斯的摆渡木马上去。如果夜晚的迷雾中有疾病沿着河道盘旋而下，那么亨利国王就会离开到南汉普郡的森林或者到艾塞克斯去。他对疾病有着非常大的恐惧。王子会被匆匆送往威尔士，国王肯定走得更早。

所以所有了解国王的人都知道这个关于瘟疫的说法就是句谎言，事实的真相一定意味着这就是对王后折磨的开始。首先，软禁在房中，继续进行调查，接着是一项指控，之后是庭审和审判，然后是宣判，最后是死亡。因为凯瑟琳王后和安妮王后都是如此，因此克里夫斯的安妮王后也会是一样。

"我能在离开前见见他吗？"她问，可怜的小家伙，她的声音都在发抖。

"陛下让我来通知您明早就离开，他会去里士满宫看您，这点毫无疑问。"

她蹒跚着，双腿在她的身子下面都变弯曲了，如果不是我拉着她，她一定会倒下。公爵朝我点了点头，像是在赞许我做得好，接着他退后鞠了躬就离开了，仿佛他自己不是那个冲新娘而来的死神一样。

我将王后扶上她的椅子，还派一个女孩给她取一杯水来，另一个则去管窖人那里要一杯白兰地。她们回来以后我让她把两杯都喝了，她抬起头来看着我。

"我必须见我的大使。"她哑声说。

我点了点头，如果她想见的话可以见他，但他无法拯救她。我派了一个随从去找哈斯特博士，他现在应该在大厅进餐，每到进餐时间他都会在后面的桌子上找一个位子。克里夫斯的公爵没有付给他足够的钱去像一个正常的大使那样拥有自己的房屋，这个可怜人不得不像只宫船甲板上的老鼠一样讨吃讨喝。

他跑着过来了，当看见她坐在椅子上，整个人折起来，像刚被人在心上捅了一刀的样子时他又畏缩了。

"让我们两个人待着。"她说。

我退到了房间的尾端，但没有直接出去，我站着，仿佛正看着门，防止外面有人进来。我不敢留下她单独一人，尽管我也听不懂他们在说些什么。我不能冒险让她把她的珠宝给他，两个人从通向花园和河边小路的小门逃走，尽管我知道防洪堤上会有哨兵站岗。

他们用自己的语言低声说着话，我看见他摇了摇头。她在哭，试着想告诉他些什么，然而他轻轻拍了拍她的手和手肘，唯独没有像猎犬管理员安抚烦躁的母狗一样拍她的头。我靠在门上。这不是个能颠覆我们计划的男人。这个男人救不了她，我们无须提防他。这个男人会为如何做才能救她于绞刑架而殚精竭虑，但如果她指望他的帮助，那么就和已经死去无异。

1540年6月

安妮 于里士满宫

我认为等待是最糟糕的,可现在我能做的事只有等待。等待着听到他们对我做出的指控,等待着对我的拘捕,和因为我做的辩护而施加在我身上的折磨。哈斯特博士和我达成共识,我必须离开这个国家,就算这意味着失去我的王位,意味着撕毁婚约,并且瓦解英国和克里夫斯的联盟关系。就算这意味着英国将会与法兰西共同对抗西班牙。我担心的是,我的失败会导致英国毫无顾忌地掀起欧洲战争。我想带给这个国家的原本是和平与安定,但我在国王身上的失败也许会将他们送入战争。而我不能阻止它。

哈斯特博士相信我的朋友莱尔大人和我的担保人托马斯·克伦威尔都肯定会死,接下来就会轮到我。现在我不能做任何事来拯救英国免于这场暴乱。我唯一能做的事情就是拯救我自己的性命。因为无法预料他们会以什么罪名起诉我,因此也无法准备辩护词。在法庭上将不会有正式的控告,也不会有法官和陪审团,我不会有机会为自己辩护,无论他们究竟捏造了什么指控。莱尔大人和克伦威尔大人都会死于剥夺公权法案,只需要国王的一个署名就行了。而国王,他相信自己由上帝指引,并且已经变成了全权掌握生死的神明。毫无疑问他也会计划我的死亡。

我犹豫了,像个傻瓜一样等了几天,期待着事情并不像它看上去那样坏。我认为国王还有可能会被仍有理智的人劝诫。我祈祷上帝也许会向他传话,告诉他些常识,而不是一再向他确保他自己的意愿才是最至高无上的。我希望能听见我母亲的告诫,告诉我应该怎么做。我甚至期盼能收到一封我弟弟寄来的信,告诉我他不会让他们审判我,他会阻止我被处刑,还会派一队人马来护送我回家。接着,就在那个哈斯特博士说会带着六匹马前来而我应该做好准备离开的日子,他来了,但是却没有带着马,他的神色非常悲痛,告诉我说港口被关闭了,国王严禁任何人出城。根本没有船舶被允许起航。就算我们能到达海岸——而且逃跑就意味着招认罪行——也不能出海去。我被囚禁在了我的新国家里。无路可逃。

就像个傻子一样,我曾以为自己的难关也许只是越过门前的守卫,得到马匹,在无人敲响警报喊来追缉我们的人的情况下从宫殿里跑出去,但现实并不是这样,国王什么都料到了,就像个他自以为是的神明一样。逃离宫殿就已经够难了,但现在我们都没法坐船回家去了。我被困在这个小岛上孤立无援。国王让我沦为了囚犯。

哈斯特博士认为这就意味着他们马上就要来找我了。国王已经封锁了整个国家,这样他就能在我的家族听闻我被捕的消息之前对我进行审判,将我定罪,再将我处死。整个欧洲没有人会发表抗议或大呼羞耻,因为欧洲根本没有人会知道这件事,除非等到事情结束,那时我已经死了。我相信这些都是真的。一定在几天之内就会发生,也许就是明天。

我睡不着,整晚都在窗边等着黎明的第一丝光线。我想这将是自己在人世上的最后一晚了,我最后悔的一件事就是我虚度了生命。我用一生的时间去遵从我的父亲,接着遵从我的弟弟,把这最后的几个月浪费在尝试去取悦国王上,我没有珍惜这小小的火星,那才是我,闪动着的我。取而代之的,我将自己的意愿和想法都押在了那些掌控我的男人们的意志之下。如果我是父亲称呼的白隼的话,应该展翅高飞,并且在寒冷孤寂的地方筑巢,驾驭着自由的风。可我却做了笼中鸟,总是被拴着,有时还被蒙着脑袋。从没有自由过,有时甚至连双眼都看不见东西。

我郑重起誓,如果我活过今晚,活过这个星期,我将在未来试着做真实的自己。如果上帝宽恕我,那么我将成为一个让他骄傲的真我,成为一个姐姐、一个女人和一个妻子。这对我来说是个很容易许下的誓言,因为我不认为自己能够实现它。我不认为上帝会拯救我,我也不认为亨利会放过我。我不认为我会活到下个星期之后。

天色渐渐变亮,又在夏季晨光的照耀下变成了金色,我坐在床边自己的位子上,当我看着河上拂动的水面和平稳地一上一下的船桨时,她们给我拿来一杯低度麦芽酒和一片面包和黄油。或许那是来将我带到伦敦塔的王家船只。每一声让划桨手的速度保持一致的鼓声响起时,我就能听见心跳在我的耳中重重一响,我想那一定就是他们了,他们今天来抓我了。但滑稽的是最终当他们在下午三点左右到来的时候,并没有一大队人,只来了一个,理查德·比尔德。他在没有任何预示的情形下坐着一支小舟过来时我正在花园里走动,放在口袋里的手冰凉,因为恐惧连脚步都不利索了。他在私人花园里找到了我,我正走在一丛玫瑰花中,向着花丛低下头,但没有嗅到完全盛开的花朵的香气。远远看去,我一定像个愉快的女人,一个年轻的正站在玫瑰园里的王后。可当他走近的时候,会发现我煞白的脸色。

"殿下。"他鞠了一躬,仍像正在对一个王后说话。我点了点头。

"我从国王那里带来了一封信。"他将信给了我,我接了过来,但没有拆开信封。

"里面都说了些什么?"我问。

他没有装作这是一封私人信件。"是告诉您经过几个月的怀疑之后,国王决定要检验他与您的婚姻。他担心这段婚姻并不合法,因为您已经和别人签订了婚约。将会有一次调查。"

"他说我们没有结婚吗?"我问。

波琳家的遗产

"他担忧的是您不能结婚。"他温和地纠正我说。

我摇了摇头。"我不明白。"我笨头笨脑地说,"我没听懂。"

✦

接着所有人都来了:半个枢密院的人带着他们的随从和仆人,都来告诉我说我必须同意进行调查。我没有同意。我不会同意的。他们全都要留在里士满宫陪我过夜。我不会和他们一起吃饭的,我不会答应的。我永远也不会答应的。

到了早上,他们告诉我说我的三个侍女会在调查开始前被召过去。他们拒绝告诉我他们将会问什么,甚至不告诉我谁会被叫走、对我做出不利的证明。我问他们要文书的副本,在调查开始前上面应该记录有证据,但他们拒绝给我看任何东西。哈斯特博士对这样的待遇提出抗议并且写信给我的弟弟,但是我们都知道等信送达的时候一切都太迟了,港口已经关闭了,没有任何消息能传出英国了。我们孤立无援了,无依无靠。哈斯特博士告诉我安妮·波琳在被审判前,就有一场针对她进行的调查,和他们要对我做的一样。她房里的侍女被问了话,要她们说出她都说了些什么做了些什么,就像会对我的侍女们做的一样。那场调查中得到的证据都被用到了对她的审判中。供词都是对她不利的,然后不到一个月,国王就娶了她的贴身侍女简·西摩尔。他们甚至不会为我举行审判,只要国王的一个署名就能完成了,其余什么都不需要了。为了要让国王能娶凯瑟琳·霍华德,我真的会死吗?我真的有可能要死,好让这个老男人能够娶一个仅仅用一件礼物的价钱就能睡到的姑娘吗?

1540年7月7日

简·波琳　于威斯敏斯特宫

我们乘坐王室船只从里士满进入伦敦城，一切都被安排好了，国王没有费心去照顾我们的想法。我们有三个人，拉特兰女士、凯瑟琳·埃吉摩姆，还有我自己：三个出卖朋友的人，现在要来完成我们的任务了。和我们在一起的还有一名陪护，是南安普敦大人，是他将克里夫斯的安妮欢迎到了英国，并且说她漂亮、愉快又有王后风范，他一定认为自己需要在国王面前为这个失误扳回一城。和他一起来的是奥德利大人和萨福克公爵，都记着要完成自己的使命好拍国王的马屁。在我们完成供认后，他们就会对她的调查作出不利的供词。

凯瑟琳·埃吉摩姆很紧张，她说她不知道自己要说些什么，很害怕会有牧师讯问她，并且诱拐她说错话，老天啊，如果她受到折磨的话就连真话也会跟着漏出来的，那该有多可怕啊！但我就像个给鲭鱼开膛破肚的劳苦卖鱼老妇一样气定神闲。"你甚至不会见到他们。"我预言说，"你不会受到讯问。谁还会怀疑你的谎话呢？那儿就没有人想要真话，在那儿就没有人会为了她说话。我预料你根本就不会接受问话。证词一定都为我们起草好了，只用签名就行了。"

"但如果那上面说……如果他们说她是……"

她打断了自己的话，看向了河下游。她太害怕了，连"女巫"这个词都说不出来。

"你看它做什么?"我问,"在你的署名上面有什么内容有什么关系?你同意的是签名,是不是?你可没必要读它。"

"但我不想她因为我的供词而受到伤害。"她说,这个笨蛋。

我挑起了眉毛,但我没说什么。没有这个必要。

这是个和煦的夏日,我们在河上乘着船前去毁掉一个没做错任何事的女人的生命。

"就是签个名就完事了吗?就是你……之前那一次?"她试探着问。

"不。"我说。我的口腔中有一阵浓烈的胆汁咸味,让我想把它们吐进舷外湍急的绿色河水里,"那还不算完,就和安妮还有我丈夫那次一样。你看,我们已经对这一套多熟练了?接下来我要上庭,面对他们所有人,然后对《圣经》发誓并且呈交我的证词。我必须面对法庭,并且说出那些我不得不说,对我自己的丈夫和他的姐姐不利的证词。当着他们的面说出来。"

她微微地发着抖。"那一定很可怕。"

"是的。"我简短地说。

"你一定害怕最糟糕的结果。"

"我知道我会没事的。"我直白地说,"我想这就是你今天在这里的原因,就像我,就像拉特兰女士。如果克里夫斯的安妮被发现有罪并被处死的话,至少我们不会跟着她一起死。"

"但他们会说她做了些什么呢?"凯瑟琳问。

"噢,应该是我们都说她做了些什么。"我发出一声尖刻的笑声,"将由我们来指控她。由我们提出控告并且誓言自己的证供是真实的。由我们说她都做了些什么,而他们只会说她必须因此而受死。我们很快就会发现她被定罪了。"

感谢上帝，感谢上帝，我不用签任何将国王的阳痿怪罪于她的东西。我也不用提供证词说她给他施了咒语或者邪术，不用说她和半打男人发生过关系，也不用说她曾秘密生下过一个怪物。这一次，我不用说任何那样的话。我们都签署了同样的声明，上面只写着王后告诉过我们她虽然和国王每晚都睡在一起，但国王从未染指过她，她一直是个处女，并且很显然对此一窍不通，因为她从来不知道这件事出了什么问题。我们都想给她些建议，告诉她一个妻子需要的不仅仅是晚安吻和早安吻而已，这样是生不出儿子来的，而她觉得"不需要再知道更多了"。所有这些对话都被假定发生在我们四人之间，发生在她的房间里，全部人都以英语交流，没有任何障碍，也没有翻译人员。

我在船舶将我们送回里士满宫之前找到了公爵。

"他知道她不会像那样说话吧？"我说，"我们发誓已经发生的那些对话永远也不可能发生啊，任何一个在王后房里待过的人都会立即看出来这是个谎言。在现实生活中我们只能说一些她知道的单词，而且在彼此都明白对方的意思之前要把话重复上好几遍。任何一个认识她的人都会知道她永远不会对我们说出那些话。她实在太低调了。"

"这没什么要紧。"他信誓旦旦地说，"他们只需要一份说她是个处女的证明，一如既往，这就够了。"

几个星期以来的第一次，我以为他们也许会放过她。"他只要摆脱她就可以了吗？"我问，几乎不敢抱什么期望，"是不是不会以让国王失去生育能力来起诉她？"

"他会摆脱她的。"他说，"你今天提供的供词会显示出她是个最虚伪最狡猾的女巫。"

波琳家的遗产

我抽了一口气。"我怎么会暗示她是个女巫?"

"你已经写了,她知道他失去了生育能力,然而就算在自己的房间和侍女们在一起的时候,她还是假装自己对男女之事什么也不懂。就像你自己说的那样,谁会相信呢?谁会说那样的话呢?哪个被放到国王床榻上的女人会这么无知呢?这世界上有哪个女人会这么无知?显然她是在撒谎,在掩藏自己的阴谋,她很显然是个女巫。"

"但是……但是……我还以为这份供词是为了显示她是清白的。"我结结巴巴地说,"只是个什么也不懂的处女。"

"的确如此。"他说,露出了一个转瞬即逝饱含深意的微笑,"这正是这供词最绝妙的地方。你,你们这三个身份很高的房中侍女,你们发过誓的证词既可以显示她是个像圣母玛利亚一样纯洁的人,也可以显示她像赫卡忒①那样阴险狡诈。它两种说法都能圆得上,这正是国王想要的。你已经将工作做得不错了,简·波琳。我对你很满意。"

我没再多说什么就上了船,我也不能说些什么了。

我的丈夫,乔治,之前曾经引导过我一次,那么也许我应该听从他的意见,而不是他舅舅的。如果乔治在这儿和我在一起的话,那么也许他会劝告我悄悄找到王后,告诉她离开这里。也许他会说爱和忠诚要比一个人在宫廷里的地位更重要。也许他会说对所爱的人保有信仰要比取悦国王更重要。但乔治现在不在我的身边。他也永远不会告诉我他相信爱这样的话了。我不得不在没有他的情况下过完自己的一生。

我们回到了里士满宫。潮汐加快了我们的船速,可我希望船能走得更慢些,而不是将我们快速送回家,送回那间宫殿,她一定会在那儿看着船只,脸色一定会非常苍白。

---

① 赫卡忒为希腊神话中冥后的侍女,也被传为是掌管幽灵、魔法和咒语的女神。

"我们都做了什么?"凯瑟琳·埃吉摩姆悲伤地说。她看向里士满宫美丽的塔楼,知道我们将会在那儿面对安妮王后,她诚实的视线将会一个个扫过我们,然后就会知道我们离开了一整天就是到伦敦去作对她不利的证明。

"我们不得不那么做。我们也许能救她的命。"我坚决地说。

"就像你'救'你丈夫的姐姐那样?就像你'救'你丈夫那样?"她问我,语气尖酸恶毒。

我将头从她那儿转开了。"我从没这么说过。"我说,"我甚至从没这样想过。"

1540年7月8日

安妮　于里士满宫

　　今天是调查的第二天,这调查会决定我和国王的婚姻究竟合法与否。如果我的情绪不是这么低落,可能会嘲笑那些一本正经聚集到一起筛选证据的人们,因为那些证据正是他们自己捏造的。我们一定都知道结果会是什么。国王没有传召牧师,那些人拿着国王的钱在国王自己的教堂里做事,当中有信仰的那些已经被挂上了约克郡城墙周围的绞架,因为他们告诉国王说他只是被一张漂亮脸蛋给迷惑了,应该跪下来为他的罪过请求宽恕,并且承认同我的婚姻关系。剩下来的那些会遵从他们的主人,呈上一份结论说我之前订过婚,因此永远没有资格再结婚,我们的婚姻是无效的。我不得不承认这对我来说还算是个解脱,事实可能比这糟糕得多。如果他决定用品行不端这个理由摆脱我的话,还会收集证据,还会继续针对我。

　　我看见一艘没有标志的船到了码头边上,然后看见了国王的信使理查德·比尔德,他在绳子都没系好的时候就跳到了岸上。他轻松地上了码头,看向宫殿,并且看见了我。他挥了挥手,迅速穿过草地来到了我的身边,他是个大忙人,必须动作利索,我慢慢地走了过去见他。我知道自己在这个国家做一个好王后、做一个孩子的好继母以及做一个坏丈夫的好妻子的希望就这么结束了。

　　我静静地对他带给我的信伸出了手。他也一言不发地将信给了我。我的少女时代也这样终结了。我的志向、我的梦想还有我的统治都这样终结了。也许我的生命也会这样走到尽头。

1540年7月8日

简·波琳　于里士满宫

谁会想到她的反应会这么激烈呢？她哭得就像个心碎了的姑娘，那没用的大使拍着她的手，像只黑毛的老母鸡一样用德语对她说着话，笨蛋理查德·比尔德则自持地站着，看上去像个尴尬苦闷的男学生。他们从理查德·比尔德把信交给她的那处台阶开始往上走，把她带进了房间，这时她的双腿已经不听使唤了，他们又找了我过去，因为她已经哭得痉挛了。

我用玫瑰水替王后洗了脸，然后给了她一杯白兰地。这让她有了片刻的稳定，她抬起头看向了我，眼眶红得就像小白兔一样。

"他否认了婚姻。"她断断续续地说，"噢，简，他拒绝我。是他自己让荷尔拜因大师给我画的像，是他自己选中了我，让我来，还把自己的议员送到我身边，是他把我带来宫廷。他免除了嫁妆，娶了我，和我睡在一张床上，现在他不要我了。"

"他想让你做什么？"我急切地问。我想知道理查德·比尔德是不是带来了一队士兵跟着他，是不是今夜就要把她带走。

"他想让我同意裁决。"她说，"他承诺给我……"她因为眼泪而失声了一会儿，"给我个处置。"

这对于一个年轻妻子来说真是残酷的话。"他承诺说如果我不惹麻烦的话会给我很好的安置。"

我看向了大使，他因为这样的侮辱而整个人怒得像只斗鸡，接着我看向了理查德·比尔德。

"你有什么给王后的建议吗?"比尔德问我。他不是个傻子,他知道我为谁做事。他很肯定,如果有需要,我会顺从地为亨利的曲子伴奏。

"陛下。"我温和地说,"除了接受国王的意志和委员会的决定以外没有什么能做的事了。"

她信赖地看着我。"我怎么接受?"她问,"他想让我承认在嫁给他之前嫁给过别人,那样我们的婚姻就无效了。但那是谎言。"

"陛下。"我腰弯得非常低,靠近了她小声说着话,以保证只有她能听见。"关于安妮·波琳王后的指证就来自于一个像这样的调查,王后先是到了委员会,后来就去了刑场。关于阿拉贡的凯瑟琳王后的指证也是来自一个这样的调查,花了六年来搜集证据,最后她孤独无依身无分文,在远离朋友和女儿的流放中死去。国王是一个可怕的敌人。如果他给你任何转圜的余地,任何条件,你都应该接受。"

"但是……"

"如果你不放开他,那么他会不择手段摆脱你。"

"他怎么能?"她问。

我看着她。"你知道的。"

她逼着我说出口:"他会怎么做?"

"他会杀了你。"我简洁地说。

理查德·比尔德走远了,这样他就可以否认自己听到过这些话。大使摸不着头脑地看着我。

"你很清楚。"我说。

在沉默中,她点了点头。

"你在英国的朋友有谁?"我问她,"谁会保护你?"

我看见挣扎在她的身上退去。"我一个也没有。"

"你能得到你弟弟送来的消息吗？他会救你吗？"我知道他不会。

"我是无辜的。"她呢喃说。

"就算是那样也没用。"

1540年7月9日

凯瑟琳　于兰贝斯　诺福克庄园

　　我不能，我不能相信：但它却是真的。祖母刚刚告诉我，她也是刚刚才从我伯父诺福克公爵那儿得知消息。我伯父在现场，因此他很清楚。手续已经完成了。他们已经检验过国王和克里夫斯的安妮婚姻的所有疑点，并且宣布这场婚姻是无效的，他们两个都有再嫁娶的自由，就好像他们根本就没有结过婚一样。

　　我太惊讶了。所有那些婚礼，还有礼服、漂亮的珠宝和礼物、那些我们都牵过的裙角和婚礼早餐还有大主教……所有这些都不算数了。这怎么可能呢？那些黑貂皮！连它们也不算数了。这就是国王。他某天早晨醒来的时候觉得要结婚，于是就结了。等到另一个早晨他醒来，发现自己并不喜欢她，于是就"看呐！我才没结婚"。婚姻从来就是无效的。而现在他们的关系和兄妹一样。兄妹！

　　只有一个国王能做这样的事。如果这是一个普通人你可能觉得他是个疯子。但因为他是国王，没人能说这是疯狂的，甚至就连王后（不管她现在是什么身份了）也不能说这是疯狂的。我们都说"啊，是的，陛下"。今夜他就要来找祖母和我一起吃饭了，他还会向我求婚，而我会说"啊，我愿意，陛下，感激不尽"，并且永远，永远不能说那是疯狂的，也不能说那些事是疯狂行径，更不能说这整个世界就是疯狂的，因为这会让他不高兴。

因为我不疯。我也许很傻，也许很无知（尽管我正在学法语，看呐！）但至少我不认为一个站在主教面前说过"我愿意"的人到了六个月之后就可以说话不算数了。但我确实看见自己所生活的这个世界是由一个疯狂的男人和他的意愿所统治的。同样的，他是国王，也是教会的统领，上帝与他直接对话，当他说什么事情的时候还有谁会反对他呢？

至少我不会，无论如何都不会。我可能会有自己的想法（不论他们认为我有多笨），也许会抱有愚蠢的想法，虽然——她是怎么说的？——我的脑子笨到一次只能想一件事。但我知道国王是疯狂的，这世界也是疯狂的。王后现在成了他的妹妹了，而我将会成为他的妻子和新一任的王后。我将会成为英国的王后。我，凯蒂·霍华德，就要嫁给英国的国王，成为他的王后了。看呐，就是这样。

我不能相信这是真的。并且，不知道有没有人想过：这件事对我来说真正的好处是什么？我现在也在想这个问题。什么能阻止他在另一个早晨醒来的时候说我之前也是和人订过婚的，我们的婚姻也是无效的呢？什么能阻止他说我对他不忠，而他最好砍掉我的头？什么能阻止他不再去喜欢我那漂亮的笨侍女中的一个，并且为了她再把我甩掉呢？

答案不言而喻！我不认为这种事只会发生在其他人身上。就是这样。没人能阻止他。而像祖母那样的人，像他们这样寡廉鲜耻也不吝于奉承的人，说这对于一个像我这样的傻瓜来说是莫大的荣耀和提升，一个傻子可能会飞黄腾达，但一个傻子也可能摔下来，到那时，又有谁会接住我呢？

1540年7月12日

安妮　于里士满宫

我已经写信说同意调查的结果了，那些到这儿来和我争辩过的大人，还有那些当我还是英格兰王后时称为朋友的侍女，曾经都争先恐后地想要侍奉我，现在都一个接一个地对我提出指证。我承认之前订过婚，没有结婚的资格，我甚至为这道了歉。

在英国的这个夜晚对我来说是个黑暗之夜。是我面对过的最黑暗的夜晚。我不再是王后了。借助着国王飘忽不定的恩典我能留在英国，而他会迎娶我那个侍女小姑娘。或者我也可以身无分文地回家去，和那个用恶意和疏忽把我推入如斯境地的弟弟一起生活。今夜我非常孤独。

这是这个王国最漂亮的宫殿，在它自己的园林中就能俯瞰河面。这是由先王建造的，作为和平美丽的国家的一座宏伟象征。这所美丽的宫殿将成为国王为了摆脱我而支付的赔偿的一部分。我还将拥有波琳家的遗产，他们的家族房屋：美丽的赫佛城堡。除了我以外似乎没人意识到这有多滑稽：亨利用来贿赂我的东西竟然是另一位王后安妮儿时的家，而他拥有它的唯一原因就是他砍了她的头。除此以外，我还会拥有一笔慷慨的津贴。我会成为王国的第一女贵族，仅仅只比新王后低一个等级，并且被称为国王的妹妹。我们都将成为朋友。我们该多快乐啊。

我不知道自己该怎么在这里生活。说实话，我不能想象今天这个幽暗的夜晚之后自己的生活将会是什么样子。我不能回家和弟弟一起，如果我回家去告诉他英国的国王已经抛弃了我，让大主教宣布了他有离开我的自由，并且正追求一位漂亮的女孩，那女孩还是我自己的侍女，我会羞耻得像一条吃了鞭子的狗。我不能回家说这些，不能回家面对这羞辱。他们会对我说些什么，我又怎样才能像个残次的货物一样在我弟弟的宫廷中生活，我无法想象。这是不可能做到的。

因此我应该留在这里。我在别处没有任何避难所了。我不能去法兰西、去西班牙，甚至不能去德国的某所属于我自己的房子。我没有钱去买这样的一块地方，如果离开英国我也得不到任何津贴，他们不会付租金给我的。我的土地会被赐给别人，国王强调我是依靠他的慷慨在他的王国中生活的，我也不能期望还会有另外一位丈夫为我提供一个家。我夜复一夜地躺在国王的身边，他一直在努力，可仍然不能同我圆房，知道了这些，没有人会娶我的。在知道了国王的男性气概在我面前就会被剥夺之后，也不会有人觉得我可爱了。国王甚至主动和他的朋友们说起他厌恶我肥胖的腹部、松弛的乳房和我身上的气味。因此我站在这片土地上都感到羞耻。除此之外，由于英国所有的牧师都已经认同我与洛林公爵之子订了婚，我未来的任何一段婚姻都会遭遇这个障碍了。我必须面对孤独终老的一生，没有爱人、没有丈夫、没有伴侣。我将会不得不独身一人，没有家庭。我将永远不会有自己的孩子，将永远不会有一个黏人的儿子，也永远不会有一个宠爱的女儿。我将成为一个没有修道院的修女，一个没有回忆的寡妇，一个为期六个月的妻子和一个处女。我将要面对被流放的一生。我将永远不会再见到克里夫斯，也永远不会再见到我的母亲了。

这对我来说非常残酷。我是个只有二十五岁的年轻女人，没有做任何错事。但我仍然将会孤独一生：不被喜爱、孤独无依、背井离乡。的确，当一个国王成为上帝，并且只听从自己的意愿时，苦难就会降临到其他人的头上。

1540年7月12日

凯瑟琳　于兰贝斯　诺福克庄园

事情结束了。一共才花了六天。六天，国王就摆脱了他的王后，他合法迎娶的妻子，为的只是能够娶我。祖母说我应该做好准备迎接这片大陆上最伟大的位置，并且开始考虑挑选哪些侍女来侍奉我，想好用我能掌控的那些职位和钱给谁一些好处。很显然，我在霍华德家的关系应该是第一位了。伯父说我必须要在所有事上听从他的忠告，而不是做一个像我的表姐安妮那样的愚蠢荡妇，我必须记住发生在她身上的事！就好像我很健忘一样。

我从睫毛下边斜眼看了一眼国王，并且对他笑了，我前倾着行了礼，这样他就能看见我的胸脯，我还把帽子戴得很靠后，这样他就能看见我的脸。现在所有事情都进行得比我想象得要快，所有事都发生得太快了。不论我想要或不想要，所有事都发生了。

我就要嫁给英国的亨利国王了。安妮王后已经被甩到一边，没什么能挽救她，没什么能让国王停下，没什么能拯救我——噢，我不应该说这个的。我应该说：没什么能阻止我的愉悦了。这就是我想说的。没什么能阻止我的愉悦了。他把我叫做他的玫瑰，叫我做他无刺的玫瑰。每当他说起这个，我都觉得这是男人给自己的女儿起的昵称，而不是给他的爱人。这完全就不是一个爱人的名字。

1540年7月13日

安妮 于里士满宫

所以就这么结束了。难以置信,就这么结束了。我已经将名字签署在了认可自己之前订过婚,并且没有结婚资格的协议上。我已经同意自己的婚姻无效了,突然之间就没我什么事了。就像这样。这就是嫁给一个上帝的代言人之后又被他嫌弃的结果。上帝警告亨利我之前订过婚。亨利警告他的议会,这段婚姻就什么也不是了。就算他曾发誓成为我的丈夫,尽管他到我的床上来并且努力尝试——真的很努力!——来完成这段婚姻,结果上帝还是阻挠了他的成功(不是巫术,而是上帝之手),因此亨利发话说这段婚姻无效了。

我遵从国王的要求给弟弟写信,告诉他我结束了这段婚姻关系,并且已经认可了自己身份的变动,但是,国王对我的信并不满意,于是我又被要求重写一遍。只要他想,我可能会写上十二遍。如果我的弟弟像他应当做的、像父亲会要求他做的那样保护我的话,这样的事永远也不会发生在我身上。但他是个充满怨恨的男人,不是个好家人,不是个好弟弟,我自从父亲去世后就处于不被保护的境地了。我弟弟的野心让他利用了我,他的恶意刁难又让我失去了后位。就连对待自己的马,他都不会把它卖给像亨利这样的英国买主,再任由它被折磨的。

国王还要求我退还他的结婚戒指。我像对待所有事情那样顺从了他。我还写了一封信和那枚戒指一起送去,告诉他那就是他给我的戒指,并且我希望他能把它打碎，因为那戒指已经没有任何力量也没有任何价值了。他不会从这些话中听出我的愤怒和失望的，因为他根本不了解我，也没有想过我。但我既愤怒又失望，他可以拿回他的结婚戒指，还有他的结婚誓言，他还能相信上帝会对他传话——然而那些都只是他妄想的一部分，既没有力量也没有价值。

它就这么结束了。

而对于小凯蒂·霍华德而言，它就这么开始了。

我希望她能让他开心。我也希望他能让她愉悦。

很难想象还会有比我的婚姻更经营不善，开场更糟糕的了。我无法嫉妒她。从心底里，就算是今夜，当我像这般满腹怨言的时候，当我有这么多可以责备她的地方的时候，就算是现在，我也不嫉妒她。我只是为她担心，可怜的孩子，可怜的笨孩子。

我也许是孤身一人、没有朋友的，国王也对我漠不关心，但天晓得她会不会跟我一样呢。当国王选中我的时候我既穷寒又卑微，她的情况也是一样。我是这宫廷内部纷争的一部分（尽管之前我并不知道），对她来说情况则更甚于此。如果另一个漂亮的女孩进宫来吸引了他的视线，她又怎能让他对她坚持一心一意呢（而且他们肯定会把自己的漂亮女孩成打成打地送进宫的）？如果国王的身体状况不允许他和她生下孩子，他会对她说这都是因为他的年纪大了，并且请求她的原谅吗？不，他不会的。当他责怪她的时候，谁又会维护她呢？当罗奇福德女士问她她还能请求哪个朋友的帮助的时候，她会怎样回答呢？当国王与她反目后，谁又会是凯瑟琳·霍华德的朋友和保护者呢？

1540年7月28日

凯瑟琳王后　于奥特兰兹宫

好吧，我必须说，嫁人是件很棒的事，但我婚礼的排场还没有她的一半大。没有在格林尼治宫为我举行的盛大欢迎仪式，没有骑着漂亮的坐骑被他和他身后所有的英国贵族迎接的场面，也没有顺流而下阵势盛大的船只和陷入狂欢之中的伦敦城，那些觉得嫁给国王是一件非常高兴的事的人应该看看我的婚礼，它感觉——说实话——偷偷摸摸的。看吧，我说完了自己的誓词，可任何会提出反对意见的人都不在场，事实上，这世上的大部分人都不会在场——因为这里几乎就一个人都没有。

我前一天对罗奇福德女士说过："请理清楚我们都要做些什么，从房里的男仆到宫务大臣，所有人。我应该站在哪里，我应该说些什么做些什么。"我想要练习，想练习当我出现在大家面前的时候所有人都看着我的情形。我应该从她的反应里找到些需要改进的地方。

"没什么好练习的。"她冷冷地说，"至少你的新郎已经练习得很好了。你只需要重复誓言就好了。而且也根本不会有什么观众。"

她竟说对了！这儿只有个伦敦的仲裁主教（真是感激不尽，居然连大主教都不是），还有国王，他甚至都没穿着礼服，就穿着一件旧衣裳，这难道不就近于侮辱了吗？我虽然穿着能定制的最好的婚服，但在短短两个星期里又能订到多好的东西呢？我的头上连个王冠都没有！

他给了我一些非常好的珠宝，我第一时间就请了个金匠来给它们估价，它们确实很名贵，尽管我知道那其中有一部分是阿拉贡的凯瑟琳从西班牙带来的，但谁会想要原本属于你祖母的朋友的珠宝？我很确定还会有一些和安妮王后得到的一样好的黑貂皮送来，并且我已经命令裁缝给我制作新礼服了，一旦所有人都知道这大婚的消息，一旦所有人都被告知，我还会收到世界各地的人们的礼物。

但仍然不能否认的一点就是这场婚礼并没有我期望中的那样好，根本就比不上她的那一场。我原本以为我们会花上几个月的时间来计划，而且还会有随行队伍和我进入伦敦城的盛大仪式，我应该在塔楼里度过第一晚，再穿越街巷到威斯敏斯特宫去，那儿应该缠绕上金线织物，还有人民唱着关于我的歌。"美丽的凯瑟琳～"我还以为他们会这么唱呢，"英国玫瑰～"

但是没有，这儿只有一个主教，还有国王，还有我，穿着迷人的灰绿色丝绸做成的礼服，走动时它还会变换颜色，还戴着一顶新帽子和国王给的珍珠，再来就只有作为见证的伯父和祖母，以及叔叔手下的几个男人了。然后我们就去进餐，再然后……然后！真是难以置信！所有人谈论的居然都是托马斯·克伦威尔被砍头的事！

这可是婚礼早餐！这是一个新娘想在她大婚的日子上听到的话吗？没有祝酒，也没有献给我的贺词，也几乎没有任何庆祝活动。根本没人恭喜我，没有舞会、没有调情、也没有阿谀奉承。他们谈论的就只有克伦威尔，因为他就在今天被砍头。就在我大婚的这天！这就是国王庆祝他婚礼的方式吗？用他的首席谋臣和他最好的朋友的死来庆祝？对于一个新婚的女孩来说这可不是一份好礼物，对吧？好像我是《圣经》里那一号不知道叫什么的想要人脑袋来当结婚礼物的人似的。我真正想要的结婚礼物只有黑貂皮，而不是国王的谋臣一边大喊着请求宽恕一边被斩首的消息。

但老一辈就只谈论这件事，根本没人在意我的感受，并且还乐在其中。

当然了，这样一来他们就在我之上了，好像我只是个孩子，而不是英格兰王后一样，他们谈论着同法兰西的联盟，并说法兰西国王会帮助我们对抗教皇。根本没人问我的意见。

国王在桌布下面抓住了我的手，并且靠近我低语说："我都等不及今晚上了，我的玫瑰，我最贵重的宝石。"这句话可不怎么振奋人心，我一想到托马斯·卡尔派博要帮助他坐到位子上，就会想到他肯定还要帮国王把自己挪到我的床上来。

一句话，我是这世上最开心的女人，感谢上帝。只对今晚有些小小的不满罢了。

因为今晚我并非自己的常态，当我还在王后的房里时，往常这个时间，我们应该都准备好了要去大厅用餐，我们会彼此瞧瞧，如果有谁把她的头发梳得特别漂亮或者穿得特别好，我们就会调笑她。总有人笑我说我试图要去吸引一个又一个的男孩，而我总是红着脸说"不是！才不是的"，像是为这个想法所震惊一样。之后王后会从她的卧房里走出来并把我们都取笑一遍，接着她会领着我们进大厅里去，每个人都非常开心。有一半的时间，会有年轻男人盯着我看，在过去的几个星期里，托马斯·卡尔派博都还常对我微笑，我身边的所有女孩都会用手肘提醒我要注意仪态。现在他当然不朝我看了，很显然一个王后已经没有吸引力了，我感觉我和我的丈夫一样老。

我们过去不仅仅是开心而已，还有忙碌、放纵和年轻。我们会有一大群人聚在一起，都开开心心的，彼此开着玩笑。如果玩笑时不时带上点嫉妒和恶意的酸味的话，总能找到另一个人去吐酸水，然后会形成小团体，产生小小的争吵。我喜欢和一帮女孩子混在一起，喜欢女生的房间，喜欢当王后的其中一个侍女，并且和所有人待在一起。

成为英国的王后是很好，但我没有朋友。我似乎只有我自己，还有这些老人：祖母、伯父及国王和他枢密院里那帮老家伙。服侍国王的年轻人现在根本都不朝我笑了，你都会觉得他们根本就不喜欢我。当我走近时，托马斯·卡尔派博低下头，看也不看我一眼。那些老人谈论的东西都只有老人才感兴趣：天气啦，托马斯·克伦威尔的下场啦，他的产业和钱啦，教堂的机构啦，天主教徒和异教徒的危险对立，还有北方那些仍然想要回他们的修道院的刁民。而我坐在那儿，就像个守规矩的女儿——事实上更像个守规矩的孙女——能做的只有打哈欠。

我将脑袋转向一边，装出好像在听伯父说话的样子，而后我又转向国王。可事实上，我没听他们中的任何一个人说话。对我来说都是嗡嗡声，在我头顶的嗡嗡声，现场也没有奏乐，没有舞蹈，除了我丈夫的谈话，没有任何能够让我解闷的东西，有新娘想看到这种情形吗？

接着亨利声音很轻柔温和地说，我们到时间离开了。感谢上帝，罗奇福德夫人终于走过来将我从这些人里带了出来，她还为我准备了一件新的漂亮睡衣，与之相配的一条披肩，我在王后的更衣室里换下了我的礼服，因为我现在已经是王后了。

"上帝保佑您，殿下。"她说，"但您确实已经受了不少的眷顾了。"

"的确如此，罗奇福德女士。"我说，很是庄严，"如果你能像过去那样在未来给我提供建议并帮助我的话，我会把你留在身边的。"

"你的伯父已经对我下了那样的命令了。"她说，"我将掌管你的后宫。"

"我要指派我自己的侍女。"我非常高傲地说。

"不，你不能。"她愉快地回答，"你伯父已经做好了主要的部署。"

我检查了一下她身后的门是不是关好的，然后问："王后怎么样了？你刚从里士满回来，是吧？"

"别叫她王后。"她立即打断了我，"现在的王后是你。"

我为自己的愚蠢哑了哑嘴。"我忘了，不管怎么说，她怎么样？"

"我离开时她非常悲伤。"她说,"我想并不是因为失去他,而是因为失去我们所有人。她喜欢作为英格兰王后的生活,她喜欢那些房间,喜欢和我们在一起,也喜欢所有这些事。"

"我也喜欢。"我憧憬地说,"我也很想念那些。罗奇福德女士,她对我有很多责怪吗?她说了什么关于我不好的话吗?"

罗奇福德女士系紧了我睡衣的领口。在结子上有些缀着小珍珠粒的刺绣,这真是温暖人心的一件袍子,在婚礼当日穿着这么一件要用上许多珍珠的袍子让我感觉舒服。

"她没有责怪你。"她温和地说,"笨女孩。所有人都知道这不是你造成的——你只是年轻又漂亮而已,没人会因为那个责怪你。就算是她也不会。她知道你没有想让她失势和伤心,克伦威尔的死更不是你的责任。所有人都知道你在这里面根本没起什么作用。"

"我是王后。"我相当恼怒地说,"我还以为我会比别人都更重要的。"

"你是第五任王后。"她指出来,对我的恼火相当无动于衷,"而且说实话,自从第一任之后,王后这个头衔就没什么价值了。"

"好吧,我至少现在是个王后。"我倔强地说,"这至少有点意义吧。"

"今天是个王后。"她说,走在我后面将我睡裙小小的衣摆展开。那些小珍珠缀在上面让衣服变得沉重了,真是件最迷人的衣服。"一个如蜉蝣般的王后,上帝保佑您,小殿下。"

1540年7月30日

简·波琳　于奥特兰兹宫

国王已经赢得了他无刺的玫瑰，现在决定把她留在身边了。半个宫廷的人甚至不知道婚礼已经举行了，他们都留在威斯敏斯特宫，对这儿发生的一切都不知情。这是国王的私人圈子，只有他的新婚妻子，他的家庭，还有他几个信任的朋友和谋士，我就在他们当中。

我又一次证实了自己的忠诚，又一次，我成了什么都能说的知心女友。我又一次被安排进了王后的房间，成为她最秘密的心腹，被安置在那儿，备受信任。我曾经是四个王后备受信任的朋友，但我看着她们所有人失去宠爱，或在我侍奉期间死去。如果我是个迷信的女人，我也许会认为自己是阵吹来死亡的瘟疫之风，这阵风还会传染，就像耳语时落在颈边的呼吸。

但我并不迷信，因此也没有让这些想法困扰我，没有细想自己在这些死亡以及羞耻和不名誉的骚乱当中起的作用。我已经完成了国王和家庭赋予的任务。我已经尽了我的职责，尽管它们让我一无所有：我的真爱、我的名誉，啊，还有我的丈夫……但今夜回忆乔治并没有意义。他总会感到高兴的：有一个霍华德家的女孩坐上了英国的王座，一个波琳家的人又一次获得了荣宠。他是我们当中最有野心的，他最先意识到能够在宫廷中取得地位，能够加入国王最宠信的圈子，用任何谎言都是值得的。他一定是第一个明白这件事的人，一定懂得总有些时候真相是奢侈的，对于一个朝臣来说真相是可望不可即的。

我想他也许会惊讶于国王已经向前迈进了这么多，会惊讶于他竟然这么容易就权倾朝野，只手遮天。乔治不是个傻瓜，我想如果他在这里的话，现在就会警告国王，一个不懂得约束自己欲望的君主并非贤君而是野兽。而当乔治离世的时候，我想他已经知道这个国王早就跨越了暴君的界限，并且还会向前走更远。

一大串的处决也随着这场婚礼而来，就好像是国王婚礼的装饰似的。国王要和他的旧敌们算总账，还要清算那些喜欢他前任妻子的人。汉格弗德伯爵和他愚蠢的算命师已经死了，这似乎消减了关于巫术的流言。几个天主教徒也死了，因为他们是莱尔大人"图谋"的一部分，连玛丽公主的家庭教师也算在其中。这会让她很伤心，不过也是对她的一个警告。同克里夫斯的安妮之间的友谊没有给她任何保护，她又一次孤立无援，又一次身陷危险了。所有的天主教徒和所有同情天主教徒的人也在危险当中，她最好警惕这一点。霍华德家族又重获权力，现在是他们在辅佐国王，国王用对旧敌的大获全胜来纪念自己得到一个新的霍华德家女孩。他同样处死了很多的路德教徒：为了警告克里夫斯的安妮，和那些认为她可以引领宗教改革的人。当她今夜跪在里士满宫的床边祈祷的时候，会明白自己原本离死神只有毫厘之隔。也会明白他会让她余生都活在恐惧当中。

而凯瑟琳呢，我注意到，她跪着祈祷时都没有闭上眼睛，我可以发誓她甚至连圣母玛利亚都没说。她修长白皙的手指合了十，跪着，呼着气，但她脑子里一定没想着上帝。甚至没在想任何事，我敢打赌。在这漂亮脑袋里从来就没有多少东西。如果她真在为什么祈祷的话，也是为一块和安妮王后的订婚礼物一样的黑貂皮。

当然，要做一个好王后她还太年轻了。她做什么都太年轻了，只是个笨女孩。她完全不懂接济穷人，也不懂与这个地位相匹配的责任，不懂如何管理好一个大家庭，更不用说治理国家了。如果让我知道凯瑟琳王后被任命为摄政王，并且管理英国的话，我可能要大笑出来。这孩子连只宠物鸽子都管不好。但她对于国王来说是让人愉悦的。她的伯父公爵大人在教导她顺从有礼方面做得很好，在剩余的时间里看好她则是我的责任。对国王来说，她舞跳得很好看，并且在他和那些大得能做她祖父的男人们说话的时候她也能安静地待在一旁。当他对她投去注意时，她会微笑。而当他捏她的脸颊，或者环抱她的腰肢时她也不会垮着脸。几天前晚餐的时候他的手一直就放在她的胸部上，她脸红了，却没有把他推开，而是让他当着所有宾客的面抚弄她。她在上的是一门严格的课程，公爵夫人以管教女孩手段严厉闻名，公爵则会用斧头来威胁她要顺从国王的意愿，言行上都要如此。但是，公平地说，她还是很开心的，她喜欢国王的那些礼物，也很喜欢当王后。她只要让自己漂漂亮亮，让国王高兴就行了，这对她来说是很轻松的。国王也没有想很多。他不需要一个像发妻凯瑟琳王后那样头脑聪慧道德高尚的妻子。也不需要一个像安妮那样拥有火焰般机智的妻子。他只想要享受她苗条的年轻身体，再让她生个孩子而已。

在他们新婚的日子里，好像整个宫廷都是透明的。当国王粗鲁地对待她的时候，她的家人和那些能从这场婚姻里获利的人会把视线挪开，她的小手被他紧紧握住，当他偶然碰到那条坏腿时她还把笑容挂在脸上，当他在餐桌下面探寻她的胯部的时候她因为窘迫而满脸通红。任何一个不会从这场婚姻里得益的人都有种不协调感——看着一个老人这样玩弄一个漂亮孩子是件挺扰人的事。任何凭良心说话的人都会管这叫强奸。

1540年8月6日

安妮　于里士满宫

他要来和我一起共进晚餐。我想不出这是为什么。王室仆从昨天来过，告诉我的管家说国王有意今天要来和我用膳。我问那些仍然在身边的侍女们有没有人得到过从宫里来的消息，一个侍女告诉我，她听说为了要从托马斯·克伦威尔可怕的背叛中转移注意力，国王正一个人在奥特兰兹宫打猎。她们中的一个问我，国王会不会是来祈求我的原谅，并请我回到他身边的。

"这可能吗？"我问她。

"如果他是被误导了呢？如果调查是有误的呢？"她问，"要不然他为什么要来看您，他这才刚结完婚不久呀。如果他仍然想结束婚姻，为什么还要和您一起用餐呢？"

我走到外面漂亮的花园里散了一会步，脑子里充斥着各种想法。看起来不太可能是他想让我回去，但毫无疑问的是如果他改变主意想让我回去的话，这会像他当初抛弃我时一样容易。

我怀疑自己会不会拒绝回到他的身边去。我当然想要回到宫廷并且取回我的位子。但作为一个单身女人，我同样有一份自由可以学着享受。我这一生从来没有做过克里夫斯的安妮、做过我自己，不是一个姐姐、一个女儿、一个妻子，只是我自己：快乐的自己。我发过誓，如果我能死里逃生，一定要过自己的人生，而不是听命于其他人的生活。我订制那些认为颜色很衬自己的鲜艳衣衫，不用再在意弟弟的规矩，也不用在意宫廷时尚了。到了用餐时间，我吃自己偏爱的食物，不用坐在两百个人面前进食还被他们盯着一举一动。当我想要外出骑马的时候想走多远就走多远，也不用考虑弟弟的担忧和我丈夫的好胜心。如果晚上有乐师来访的话我就能和侍女们跳舞或者听她们唱歌，不用总是迁就国王的品位，也不用对他作的曲子表现出惊奇的样子。我能用自己选择的话语对着自己心中的信仰来祈祷。我能做我自己，我能，我可以。

我原本以为自己的心会再一次朝着成为王后的机会飞扑过去。这是一次能让我重拾责任的机会，不仅对于这个国家，也对于那些我爱的人民，甚至也许是赢取我母亲的赞许和达成弟弟野心的机会。但当我终于拥有了隐私和平静，得以检视自己的想法时，我惊讶地发现，做一个单身女人，拿着一份津贴，住在英国最好的宫殿之一，或许比做一个成天担惊受怕的妻子还要好。

王室的守卫们率先到达，随后是国王的陪臣们，他们一如往常的英俊和衣着华丽。等到国王进来的时候则感觉稍为笨拙，他旧伤复发的那条腿还微微跛着。我深深行了一个礼，当起身时，能闻见从他的伤口处传来的熟悉的臭味。当我走上前去之后，他吻了我的额头，我以为自己再也不会在这阵味道里醒来了。

他上下打量着我，眼神非常直白，就像一个人在估量一匹马。我想起他曾对他的大臣们谈论我身上的味道，还有我松弛的胸部，觉得自己的脸红了。"你看上去不错。"他吝啬地说。我能感觉到那赞美后面的不快。我想他肯定以为我会因为这段求而不得的爱情而痛苦万分。

"我很好。"我平静地说，"见到您很高兴。"

他因为这句话笑了。"你一定知道我在对待你上从未有失公允吧。"他说，因为自己的慷慨而扬扬自得，"如果你做我的好妹妹，你就会发现我也会和善待你的。"

我点点头，鞠了一躬。

"你身上有什么地方改变了。"他拿了把椅子，并且做了个手势让我坐在他旁边低一级的椅子上。我坐下了，然后抚平了膝盖上蓝色的刺绣裙子。"告诉我，我仅凭外表就能判断一个女人，我知道你有什么地方不一样了，是什么？"

"一顶新帽子？"我问。

他点了点头。"它很适合你，非常适合。"

我什么也没说。帽子是法式剪裁。如果那个霍华德家的女孩已经回到了宫廷，她会开始习惯那些愚蠢的高级时尚的。无论如何，我现在不戴王冠了，我想戴什么都行。这真有趣，很好笑不是吗，比起那些我试着要去取悦他的穿着，他反而更喜欢我自己的穿衣品味。但是他在一个女人身上喜欢的东西不一定是他想在妻子身上看到的。凯瑟琳·霍华德也许会发现这一点。

"我有一些消息。"他环顾了一下陪我的那一小群人，他的绅士们站在一边。"让我们单独留下。"

于是他们小心翼翼拖拖拉拉地离开了。他们都想知道接下来会发生什么。我很确定这不会是一场让我回到他身边去的谈话，但仍然十分紧张，不知道会发生什么。

"有些消息可能会让你伤心。"他说，让我做好准备。我立刻想到也许是我的母亲死了，在那么遥远的地方，我连见她一面对她解释我为什么会辜负她期望的机会都没有了。

"不用哭。"他立即说。

我将手放在嘴唇上，压住了自己的指节。"我不会哭的。"我声音平稳地说。

"很好。"他说,"不过你一定想到过这事会发生的。"

"我没有想到。"我傻乎乎地说,"我没有想到会这么快。"如果他们得知她已经重病的话也应该告知我一声啊。

"好吧,是我的责任。"

"您的责任?"我太想知道母亲是不是在她临终前说起我了,以至于都没有怎么听他说话。

"我结婚了。"他说,"结婚了。我想我应该先告诉你,赶在你听到什么别的流言之前。"

"我还以为这是关于我母亲的事。"

"你母亲?不,怎么会是你母亲的事呢,我干吗要烦你母亲的事呢?这是我的事。"

"您说这是个坏消息。"

"对于你来说还有什么比得知我娶了另一个女人更坏的消息?"

噢,太多了,太多太多了,我想,但没有大声说出来。我母亲还活着的轻松感荡遍了全身,而我不得不抓住椅子的扶手稳定自己的情绪,并且极力装出一副伤心失落的样子来,我知道他就想看我这样。

"结婚了。"我简短地说。

"是的。"他说,"我对你感到很遗憾。"

这么说事情确实结束了。他不会回到我身边了。我再也不会成为英国的王后了。我不能照顾小伊丽莎白,也不能关爱爱德华王子,不能取悦我的母亲了。它确实结束了。我辜负了送我来这里的人,真是很抱歉。但是亲爱的上帝啊,我从他身边活了下来,再也不用上他的床了。这件事确确实实了结了。我仍然要低垂着眼睛,以便他不会看见我在这自由面前愉快的神色。

"我娶了一位最高贵家庭出身的小姐。"他继续说道,"诺福克家的。"

"凯瑟琳·霍华德?"在他的吹嘘让他自己看上去更可笑之前,我开口问了,虽然他现在就已经够好笑的了。

"是的。"他说。

"我希望你愉快。"我平静地说,"她很……"

在那沉闷的一刻里我找不到合适的英语单词。我想说"迷人",但我想不出那个词。于是我磕磕巴巴地说了个"年轻"。

他向我投来严厉的一瞥。"这对我来说不算问题。"

"当然不算。"我赶紧说,"我想说的是,迷人。"

他缓和了一些,说,"她是很迷人。"他对我笑了,表示赞同:"我知道当她还在你房里时你很喜欢她。"

"的确。"我说,"她总是让人很开心。是个可爱的女孩子。"我差点就说成了"小孩子",但我及时改了口。

他点了点头。"她是我的玫瑰。"我惊恐地发现他的眼中溢满了一个老混蛋感伤的泪水。"她是我无刺的玫瑰。"他深情地说,"我感觉到我终于找到她了,这个我等待了一生的女人。"

我沉默地坐着。这想法实在太诡异了,以至于我根本无法组织语言,无论是英语还是德语,我都无法回答他。他已经等了她一生?好吧,那他可等得真够没耐性的。在这段漫长的等待里他已经送走了三个,不,四个妻子了,我也是其中之一。而凯瑟琳·霍华德也远远不是一朵无刺的玫瑰,如果真要说的话,她像一朵小雏菊,让人愉快,又甜美,但是平凡。在那些曾坐过王位的女人里她一定是最平凡的一个了。

"我希望您能开心。"我又说了一遍。

他靠向了我。"我认为我们会生一个小孩。"他低语说,"别声张,现在还为时尚早。但她那么年轻,并且出生在子孙满堂的家庭。她说她也是这么认为的。"

我点了点头。他扬扬得意地对我透露这些，可他就是那个把我带到他床上去，并且让我忍受他在我身上无望的努力、把他自己推向我的男人，他还拍打我的肚子，吮吸我的乳房，他让我这么厌恶，以至于我很难因为他在一个女孩身上得到了在我身上得不到的东西而祝贺他。

　　"让我们开始用餐吧。"他说，将我从羞耻中解放了出来。我们站了起来，他牵住了我的手——好像我们仍然是夫妻——并且把我领进了里士满宫的大厅，这间新建的宫殿曾是他父亲的最爱，现在它属于我了。他一人独自坐着，坐在比别的座位都要高的王座上，我没有如同做王后时那样坐在他的身边，而是坐在和他有一段距离的大厅下面。他这样好像是在提醒这个世界一切都已经改变，并且我也永远不会再作为一个王后坐在他的身侧了。

　　我不需要提醒。我很清楚这一点。

1540年8月

凯瑟琳　于汉普顿宫

现在让我看看我都有什么？

我有八件已经做好了的新礼服和另外还在制作中的四十件（四十！我自己都不敢相信！），但是裁缝们的进度如此之慢让我对他们很不高兴，因为我原本的打算是从现在开始到我死的那天，每天的晚宴都要穿着不一样的礼服出现，而且还要一日三更衣。也就是说一天三件新礼服，一年就要好几百件，鉴于我可能会活到五十岁，那么就是……好吧，我算不出来，但一定会是很多件。几千件。

我有一个钻石颈环，还有钻石和黄金做的手镯和耳环与它相配。

我有黑貂皮，就像她之前收到的那件礼物一样，而且比她的那件还要好，更厚，更有光泽。我问过罗奇福德女士，她很确定地告诉我说这的确比她的要好。于是我担心的事就又少了一件。

我还有我自己的船（想想看！），上面刻着我的座右铭。是的，我还有自己的座右铭了，那就是"一切都只为他的意愿"，这是我伯父设计的，祖母说这太夸张了，但国王喜欢，还说这恰恰就是他所想的。我一开始并不真的懂它，但它的意思是我的所有意愿都只会来自于他——国王的意愿。一旦理解了这句话，我立刻就认识到为什么男人会喜欢它，只要他们真的蠢到去相信会有人愿意将自己的整个身体和灵魂都奉献给另一个人的话。

我在汉普顿宫有自己的房间，而这些是王后的房间！难以置信！我原来还在这些屋子里做侍女，现在它们却是我的了，现在我还被人服侍了。那张我过去伺候王后睡下，并且在早上叫她醒来的大床现在也是我的了。当举行马上比武的时候，那些环绕在王家看台周围属于她的帘子现在也是我的了，从前上面绣着的H和A现在已经换成了H和K了。不管怎么说，我已经订制了新帘子。之前那些让人感觉像在穿死人鞋，我也不觉得我有需要穿上它们的理由。亨利说我是只铺张浪费的小猫咪，因为这些挂在王后看台的帘子从他的第一任妻子开始就一直用到现在，而我说这正是我要更换它们的原因。所以，看呐！我马上就会有新帘子了。

我还有一帮自己选的后宫侍女，好吧，其中的一部分。不管怎么说，我有一帮自己家的宫廷侍女了。我规格最高的一名侍女是玛格丽特·道格拉斯女士，她的监护人是国王，她实际上是个公主，但现在服侍着我！不过她并没有真的干多少活，我必须说。从她用鼻子俯视我的神情看，没人会相信我是个王后。我还有一大堆的伯爵夫人，继母和我的两个姐妹也是我的侍女，当然还有伯父为我安插的成打的霍华德家女孩。我从来不知道自己原来有这么多堂姐妹。其余的是我原来在诺福克大宅时的室友和女伴，自从我得势之后，她们突然之间全涌了出来，抢着从我碗里分一杯羹，不过她们现在都对我很看重了，尽管她们过去并不重视我，但我告诉她们只要记住我是王后，而王后需要保持尊贵的作风，她们就仍然可以做我的朋友。

我还有两条玩赏用的小狗，我开了个私人的小玩笑，管他们叫亨利和弗朗西斯，指的是我过去的两个哈巴狗似的旧情人，亨利·马诺克斯和弗朗西斯·迪勒姆。我一叫它们的名字艾格尼丝和琼就大笑出来，她们俩和我一起在诺福克庄园住过，知道我脑子里想的是谁。就算是现在，我一叫这两条狗到身边来，我们三个也还是会大笑着想起那两个小伙子追逐我的情景，不过我现在是英格兰王后了。当这些男人记起自己曾经把手放在我的裙子和胸衣上的时候他们会怎么想！真是太可耻了，我都不敢记起来。我想他们肯定笑了又笑，因为我自己想起那些时也是这样。

我还有个马棚，里面全是我自己的马，我最喜欢的一匹母马叫贝茜。她非常听话温顺，马棚里最讨人喜欢的男孩帮我训练了它，这样它就不会变胖或者变顽皮了。他的名字叫乔尼，当他看见我的时候脸红得像朵小罂粟花，我让他帮我从马上下来时，把手搁在他的肩膀上，就会眼看着他脸上发起烧来。

如果我是个虚荣的蠢女孩（像我伯父一直认为的那样），我会被宫廷里从乔尼到克兰默大主教的每一个人的奉承给冲昏头脑，不过感谢上帝，我并不是。所有人都说我是国王所拥有过的最好的妻子，而真正惊奇的地方就在于这听起来几乎就是真的。每个人都告诉我我是世界上最美丽的王后，这也可能是真的，尽管当我放眼基督教世界的时候这显得不那么站得住脚。每个人都说国王从未像爱我这样爱过任何人，这倒是真的，因为他自己就是对我这么说的。每个人都告诉我，整个宫廷的人都喜欢我，这肯定是真的，因为无论走到哪儿，求爱信和邀请还有承诺都雪片一样朝我飞过来。那些我原来做侍女时打量过的，希望能和他们调情约会的年轻贵族们现在是我自己的臣子了，他们不得不保持着距离喜欢我，这真是最美妙的事情。国王早晚都把托马斯·卡尔派博派过来问候我，我知道，我就是知道，他已经完全爱上我了。我戏弄他、取笑他，可他的眼睛还是充满愉悦地盯着我看。无论我走到哪里，都被这片土地上最好的年轻人照看着，他们为了逗我开心进行马上比武，和我一起跳舞，乔装打扮让我高兴，和我一起打猎、一起乘船、散步、做游戏，为了我的嘉许进行体育竞赛，除了跪下祈求我的喜爱他们做了所有事情。而国王，上帝保佑他，他对我说："去吧，漂亮姑娘，去跳舞吧！"然后就坐回了原位，看着我，和一个英俊的年轻人——天呐，太英俊了！——跑来和我一起跳舞，国王微笑着，笑得像个慈祥的老叔叔。等我回来坐到他身边以后，他会对我耳语："漂亮姑娘，宫里最漂亮的女孩就是你，他们都想要你，但你是我的。"

这就像一个梦。我这一生从没比现在更快乐过。我都不知道自己还能这么开心。这就像是我从未拥有过的童年，身边环绕着英俊的玩伴、兰贝斯来的老朋友，还有全世界的钱供我花，一圈年轻人渴求着我的注意，我还被一个温柔可爱得像慈父一样的男人照看着，他从不让任何人对我说不友好的话，并且每天都在给我准备惊喜和礼物。我一定是全英国最快乐的女孩子。我把这些告诉了国王，他笑着轻轻叩了叩我的下巴，并告诉我说我值得拥有这些，毫无疑问，因为我是全英格兰最好的女孩。

这是真的，这份赞誉是我自己挣来的，我没有游手好闲，我有我自己的职责，而我尽力把它们做到最好了。王后房里的所有工作当然是交给其他人去做，我的官务大臣则处理着那些请愿和寻求帮助和判决的请求——我可不能为这些事情烦恼，再说了，我从来就不知道应该怎么处理那些乞丐还有无家可归的修女和贫穷的牧师。罗奇福德女士则管理着我房间的运作，并且确保所有事都像安妮王后在时完成得一样好，但侍奉国王的任务全落在我一个人身上。他老了，性欲很旺盛，但是对于他这把年纪的人来说却不是一件容易的事，因为他那么胖。我必须用些小伎俩来帮助他完成，可怜的老家伙。我让他看着我脱掉睡衣，确保蜡烛是点着的。我对着他的耳朵叹气，好像在发出意乱情迷的呻吟，所有男人都情愿相信是这样。我对他耳语说宫里所有的年轻男人都比不上他，说我轻视他们的愚蠢、少不经事的脸和轻浮的欲望，我想要的是一个男人，真正的男人。当他喝了太多酒，或者累得没力气爬到我身上来的时候我甚至用上了亲爱的弗朗西斯教我的小把戏，跨坐在了他身上。他爱这招，从前只有妓女为他这样做过，这是被禁止的娱乐，上帝出于某种原因并不允许这种行径。而一个长发披肩的美丽妻子跨坐在他身上，并且像个史密斯菲尔德区的娼妓那样服侍他让他很兴奋。我必须这样做，并且不能有任何抱怨。事实上比起被压在下面闻着他呼吸的味道和他腐烂大腿上散发的恶臭，一边恶心一边假装出欢愉的呻吟，这样做让我舒服得多。

这不容易。做一个国王的妻子完全不是像办舞会或者在玫瑰园里开庆祝会那样简单。我就像个牛奶女工那样辛勤工作，但我是在夜里秘密工作的，甚至没人知道我都付出了些什么代价。没人知道我感觉那么恶心，都要吐出来了，没人知道当我将那些为爱学到的东西用在刺激一个最好还是做完祷告就去睡觉的男人身上时，几乎感觉心碎。没人知道我多么辛苦才挣到了我的黑貂皮和我的珍珠。而我永远也不能告诉他们。这些永远都说不出口，只能是个深藏着的秘密。

当最后做完的时候，他就打鼾，那是一天中唯一让我对我的莫大好运感到不满的古怪时刻。那时我通常会起来，感觉焦躁又激动。我将要把我作为女人的每一个夜晚都用来引诱这个老得能做我父亲的男人吗？就对这个甚至可以做我祖父的男人吗？我才只有十五岁，却再也无法得到一张洁净的嘴给我带来的甜美的吻，感受不到年轻肌肤的光滑、一张坚硬结实的胸膛压着我的滋味了吗？我要把我的余生都花在这个跛腿、无用的家伙身上，还要在他在我身下缓慢、无力地挪动的时候假装出欢快的叫喊吗？当他在睡梦里放屁的时候，简直就像是从铺盖下面来了一声带着臭气的喇叭，我恼火地从床上下来，回到了我的私室。

一如既往地，罗奇福德女士就像我的天使一样等在那里。她明白是怎么回事，知道我必须做什么、怎么做，有些晚上，这让我感觉恼火又伤心。她会准备一杯热蜂蜜酒和一些小蛋糕，让我坐在火炉边的椅子上，把温暖的杯子放在我的手上，并且轻缓地、温柔地梳着我的头，直到我的怒火过去，又重新冷静下来。

"等到你怀孕了，就可以摆脱他了。"她对我耳语的声音那么小，我差点都听不见她的话,"等你确定自己怀上了小孩,他就会放你一个人待着的。不要谎报消息。一旦你告诉他你怀孕了,你一定要很确信才行,那样你就会有近一年平静的日子了。等你为他生下了第二个儿子,你的地位就确保了,那时就可以去找自己的乐子,他不会知道,也不会介意的。"

"我将永远不会快乐了。"我伤心地说,"我的人生还没开始就结束了。我只有十五岁,却对所有事都厌倦了。"

她的手轻抚着我的肩膀。"你会开心的。"她肯定地说,"人生很长,如果一个女人活下来,她总会得到快乐的。"

1540年10月

简·波琳 于温莎宫

我必须说，监管这个后宫可不是件闲差事。我手下可以用的女孩子都是些会因为口碑不佳被扫地出门的家伙。凯瑟琳从兰贝斯选来的那些朋友都毫无疑问是贵族家庭里最放荡的，她们那儿的管家肯定都没费心思好好管教她们。她坚持要邀请她那些旧友们到后宫来，我很难拒绝，尤其是因为她房里的那些年长的侍女们都不是她的玩伴，而是些大得能做她妈妈的人——她们都是被她的伯父偷偷安插进来的。她需要一些自己的同龄朋友，而不是这些被指派的侍女。她们可不是好家庭来的乖孩子，她们是女人，松懈的女人，就是她们让凯瑟琳疏于管教，给她做了坏榜样，并且如果可以的话，就算是在王室房间里，今后她们也还会继续自己的放纵行径。这和安妮王后治理时可大不一样，很快人们就会察觉到的。我不能想象公爵大人会怎么想，虽然国王愿意满足他这个小新娘的所有要求，一个王后的房间应该是这片国土上最好、最优雅的地方，而不该是一群野孩子的比武场，充斥着马棚里才说的语言。

她对于凯瑟琳·泰勒妮和玛格丽特·莫顿的喜欢我能理解，尽管她们都是一样的喧闹和放荡。艾格尼丝·莱斯特伍德也是个知心的旧相识，不过我不相信她会想要琼·巴尔默来侍奉她。她之前从未提起过她的名字，但这个女人写了一封密信，似乎还离开了自己的丈夫，哄着她得到了这个职位，凯瑟琳要么就是太好心了，要么就是太害怕那个女人可能会泄露的秘密了，总之她没有拒绝她。

而这意味着什么呢？她让一个女人进了自己的房间，进了她的后宫，这可是这片土地上最好的地方，就因为她知道一些凯瑟琳童年时的小秘密？一个女孩的童年能发生些什么她连说都不敢说的事？我们又能相信琼·巴尔默会保持沉默吗？在宫里？在像这样的宫廷里？在这所有的流言都集中在王后本人身上的时候？房里有这样一个姑娘，知道王后如此重大的一个秘密，以至于她都不能拒绝她进宫的请求，这种情况下我要怎么管理这片后宫？

她在这儿的那些朋友和玩伴真的已经没办法管教了，但我仍然希望那些被安插进来的老资格的侍女们能表现出更加尊贵的作风，并且在这些让凯瑟琳甘之如饴的放浪行经面前做出点榜样。房里出身最好的侍女是玛格丽特·道格拉斯，只有二十一岁，是国王的亲外甥女，但她基本上不待在这儿。她就是会时不时地从王后的房间里消失上好几个小时，而她最好的朋友玛丽，里士满的公爵夫人，亨利·菲兹罗伊的妻子，也和她一样。天知道她们去了哪里。人们都说她们是很好的诗人和读书人，这倒不是虚言，但她们整天都和谁一起吟诗作赋呢？为什么我从来就找不到她们呢？剩下来的王后侍女全是霍华德家的女人：王后的姐姐、小姨，还有她继祖母的儿媳，这张霍华德家族的网里还囊括了凯瑟琳·凯里，她的动作真够快，凯瑟琳一上位她就突然冒出来分享成果了。这些全都是些只关心自己野心的女人，从不帮我管理王后的内务，连起码的做做样子的举动都没有。

事情已经不成样子了。我很肯定玛格丽特是在和谁幽会，她是个蠢货，还是个有激情的蠢货。她已经被她舅舅撞见过一次了，并且为差点出格的调情接受了惩罚。玛格丽特曾嫁给托马斯·霍华德，那是我的一个亲戚。但他因为想娶的是一个都铎家的人而死在了伦敦塔里，她则被送到赛恩的一所修道院里去生活，后来她祈求了国王的宽恕，发誓自己的婚事只会听从国王的命令。但是现在她又一早就在王后的房间外面晃悠了，直到晚饭时间才匆匆赶回来和我们共进晚餐。她整理着自己的帽子，还咯咯发笑。我告诉凯瑟琳说她必须看好侍女，保证她们的言行与这宫廷相匹配，但王后自己都忙着打猎、跳舞，还有和年轻男子调情，行为就和其他那些人一样放纵得可怕。

也许我是过度焦虑了。也许国王真的会宽恕她做的任何事，这个夏天他看上去就像个沉醉在爱情里的年轻男子。在夏天出行时，他带着她把自己最喜欢的房舍都转了一圈，还每天都和她一块打猎。天一亮就起来，中午和她一起在森林里的帐篷中吃饭，下午在河上划船，看她打靶子，或者看网球赛，再要么就是在参加枪靶比赛的年轻男人身上打一下午的赌，享用迟来的晚餐，之后又是漫长的夜间娱乐。那之后，他会带她到床上去，到了第二天，这个可怜的老男人又会在黎明时就爬起来。当她旋转着笑着被宫里最年轻英俊的男人包围时，他还在对她微笑。他在她身后摇摇晃晃地走着，总是喜气洋洋，总是因为她感到高兴，虽因腿上的疼痛而一瘸一拐的，晚饭时还是吃得不少。但是今晚国王没有来吃晚饭，他们说他有些轻微的发烧。我倒更愿意相信他是因为精力耗尽而几近垮掉了。他过去的这几个月过得就像一个年轻的新郎，可他毕竟已是当爷爷的年纪了。凯瑟琳没有因此受到影响，她独自去进餐，和艾格尼丝手挽着手，玛格丽特恰好赶了上来跟在了她们身后，但我发现公爵大人缺席了。他在伺候国王。至少他还是很担忧他的健康的。如果国王病倒而凯瑟琳还没有身孕的话，对我们可没什么好处。

1540年10月

凯瑟琳　于汉普顿宫

  国王不愿见我，好像我冒犯了他一样，这太没道理了。因为我一刻不停地扮演一个绝对迷人的妻子至少已经两个月了，并且从来没有过怨言——尽管上帝很清楚我有理由去抱怨。我有心理准备他晚上会来我的房间，我忍受了这一切，一个字都没说，甚至装作渴望他的样子微笑着，但是他真的有必要留下来吗？留一整晚？他真的必须闻上去那么糟糕吗？不仅仅是他腿上的恶臭，他放屁放得就像长矛比赛上的枪响，尽管这让我想笑，但是真的很恶心。一到早上，我就推开窗子来驱散他身上的臭味，但它们还是在床单枕套和帘子上萦绕不去。我真是难以忍受。有时候我会想，真的会想，多一天我都受不了了。

  但我从来没有抱怨过他，他也从没有抱怨过我。那为什么他不愿见我呢？他们说他发了烧，不想让我看见他窝囊的样子。可我还是忍不住担忧他是厌倦我了。如果他真的厌倦了我，毫无疑问就会说我之前和什么人结过婚，我们的婚姻就会作废。我因为这个想法感到非常泄气，尽管艾格尼丝和玛格丽特说他永远不会厌倦我的，他喜欢我，谁都看得出来，但当他抛弃安妮王后的时候她们并不在场，他是那么轻松简单地就摆脱了她，以至于我们都不知道到底发生了什么事。她自己肯定也不知道那时发生了什么事。她们都没有意识到国王抛弃自己的王后是件多容易的事情。

  我每天早晨都送一道消息到他的房间去，而他们总是回话说他身体正在好转中，接着我就开始害怕他要死了，这对于一个已经这么老的人来说并不是什么稀奇的事。如果他真的死了，我会怎么样呢？我还能留着自己的珠宝和礼服吗？他死了以后我还会是王后吗？因此我一直等到晚餐结束，召来了国王最宠爱的副手托马斯·卡尔派博，让他到最头前的桌子边上来。他立刻就到了我的身边，那么恭顺，那么优雅，我对他非常严肃地说："你可以坐下，卡尔派博大人。"等他坐到身边，我对他说："请告诉我实情，国王怎么样了？"

　　他用他诚挚的蓝眼睛看着我，真要说的话他实在是太英俊了。他说："国王发烧了，陛下，但是是由劳累引起的，而不是由于腿上的伤口。您不用为他担心。如果因为他自己的原因让您产生哪怕片刻的担忧的话，他也会悲痛的。他只是有些发热和疲劳，没什么大不了的。"

　　他说得太温柔了，以至于我感觉自己变得感伤了起来。"我很担心。"我微微含着泪说，"我一直很为他焦心。"

　　"您不用这样。"他温和地说，"我想如果不出意外，过不了几天他就可以起身走动了，我保证。"

　　"我的地位……"

　　"你的地位并不重要！"他突然叫了出来，"你应该接受你的第一个心上人，而不是试着掌控宫廷、束缚自己的人生来取悦一个老得能当你祖父的人。"

　　我没想到托马斯会说这些，他一直是个完美的朝臣。我因为惊讶发出了一小声惊呼，并且犯了个错误——我告诉他一句实话，就像他刚刚告诉我的那样："事实上是自作自受，是我想当王后的。"

　　"在你都没弄明白这意味着什么的时候？"

　　"是的。"

　　接下来是一阵沉默。我突然意识到我们就在整个宫廷的面前，所有人都在看着我们。"我不应该对你说这些的。"我尴尬地说，"每个人都在看着我。"

"我会尽我所能服侍您。"他小声地说,"而我现在能为您做的最大的一件事就是离开您,我不想给您带来任何流言的种子。"

"我明天十点会到花园散步。"我说,"你应该那时前来,到我的私人花园来。"

"十点。"他同意了,并且很深地鞠了一躬,回到了他自己的桌子,我转身回来和玛格丽特说话,好像刚刚没有任何特别的事情发生。

她给了我一个微笑。"他是个英俊的年轻人。"她说,"但都比不上你的哥哥查尔斯。"

我看向大厅的下方,查尔斯正和他的朋友们吃饭。我从没认为他英俊过,直到进宫前都没怎么见过他。他还是个小男孩时就被送到别处教养去了,我则被送到了继祖母那里。

"这都是多久以前的事了。"我说,"你不会是喜欢查尔斯吧?"

"天啊,不!"她说,脸变得非常红,"谁都知道我甚至连想都说有想过。随便问谁!国王不会允许的。"

"这么说你果然喜欢他!"我愉快地说,"玛格丽特,你这淘气的小东西!你爱上我哥哥了。"

她把自己的脸藏进双手里,然后从指缝间偷偷看我。"别说出去。"她祈求我。

"噢,行,但他承诺过要娶你了吗?"

她害羞地点点头。"我们彼此深爱。别把我们的事对国王说行吗?他太严厉了!但我们真的非常相爱。"

我对大厅下面的哥哥微笑着。"好吧,我觉得这很好。"我温和地说。我太享受亲切地对待国王的外甥女的感觉了。"我们能策划一个多棒的婚礼啊。"

1540年10月

安妮 于里士满宫

我收到一封弟弟寄来的信,一封完全疯狂的信,它让我倍感失落,同样也让我倍感恼火。他以最粗野的言辞控诉了国王的行径,并且命令我要么回家,坚持自己的婚姻,要么就永远不要再当他的姐姐。他也没有给我任何怎样才能坚持自己婚姻的建议,很显然他都还不知道国王已经再娶了,也不会在我回家后给我提供任何帮助。我想,他在给我这样一道不可能的选择题时心里很清楚,我根本没有选择的余地,只能永远放弃他的姐姐的身份。

对我来说不算什么损失!他一句话也没说就把我扔在这儿,还给了我一个连报酬都没付过的大使,甚至都没有送来证明我和洛林家的婚约已经取消了的证据。他就不是一个好弟弟。诺福克公爵在盛怒中急速赶到里士满,他来显然是因为他们在那封信刚发出的时候就拦截了它,并且复制了一份,翻译了出来,在我之前就读了信。现在他们想知道弟弟是不是会为了维护我,而邀请神圣罗马帝国掀起对英国和亨利的战争。

我非常平静地告诉他们神圣罗马帝国不会因为我弟弟的邀请就挑起战争的,并且(我强调了这一点)我也没有请求我的弟弟为了我而发动战争。

"我警告过国王我不能控制我弟弟的行为。"我对诺福克公爵平缓又一针见血地说,"威廉会做他自己想做的事,他不会听我的意见。"

公爵看上去很疑惑。我转向了理查德·比尔德,并且用德语说:"请告诉大人,如果我能让弟弟听我的话,那么早就让他把那份能证明我和洛林婚约无效的文书送过来了。"

他转过身把这句话翻译给了公爵,公爵阴沉的眼神因为我话语中的错误而闪着光。

"婚约可没有取消。"他提醒我说。

我点了点头。"我忘记了。"

他对我露出了一个冷笑。"我知道你不能控制自己的弟弟。"他让步说。

我又一次转向了理查德·比尔德。"请告诉他,弟弟寄来的这封信实际上对国王是好事,因为这很清楚地表明他并不关心我,并且他还威胁说要永远和我断绝家庭关系。"理查德·比尔德翻译了这段话,于是公爵大人的冷笑稍稍淡去了。

"他怎么想,怎么做,还有要怎么恐吓我威胁我,这些都显然不是我能控制的。"我总结道。

谢天谢地,他们也许是国王的议员,但他们总算没有国王那种不合理智的担忧,他们没看出这里面有什么阴谋,因为根本就没有,不过当他们需要时,情况当然就会改变了。当他们需要摆脱一个像克伦威尔那样的敌人或是像莱尔大人那样的竞争对手时,就会煽动国王的恐惧,并且向他保证那些担忧都是真的。国王永远处在一个又一个的图谋的焦虑中,而这些委员们玩弄了他的这种惊惧,就像是大师为鲁特琴调音。一旦我证明自己对他们既不是威胁又不是竞争对手,他们就不会产生任何王室对我的警惕了,因此我和国王之间脆弱的和平并没有被弟弟激烈的发言而破坏掉。我怀疑他根本没有停下来想过自己的这封信可能会给我带来多大的危险,更糟的是,我甚至怀疑他是不是有意要把我置于如此危险的境地之中的。

"你认为你的弟弟会给我们找麻烦吗?"诺福克简短地问我说。

我用德语回答了他:"反正不会是为了我,先生。他不会为我做任何事。他几乎从没为我做过任何事，唯一的一件就是放我走。他可能会拿我当一个幌子，但我绝对不是他行为的初衷。就算他想找麻烦的话，我也很怀疑神圣罗马帝国是不是会为了英格兰国王的第四任妻子挑起战争，尤其是国王都已经娶了第五任妻子的情况下。"

理查德·比尔德翻译了这些话，他和诺福克公爵都必须掩饰自己的愉悦。"我会记得你说过的话。"公爵简洁地说。

我点了点头，"的确。我也永远不会打破自己的发言。我不会给国王找麻烦的。我只想一个人生活在这里，平静地生活。"

他环顾四周，他算是个鉴赏美丽建筑物的行家。他建了自己的大宅，并且摧毁过一些美丽的寺院。"你在这儿开心吗？"

"很开心。"我说，我说的是实话，"我在这里很高兴。"

1540年10月

简·波琳　于汉普顿宫

我应该警告玛格丽特·道格拉斯不要去和那个肯定会给她带来麻烦的男人瞎搅和的，但那时我的精力都集中在了稳定凯瑟琳·霍华德的情绪上，那是她结婚初期，我没有像我应该做的那样看住那些侍女们。再说了，玛格丽特是国王自己的外甥女，是他姐姐的女儿，谁又会想到他那严厉多疑的眼光会落到她身上呢？还是在新婚不久的时候？他可是对我说这是他漫长一生里第一次找到了快乐呢！怎么会呢，在这样的蜜月当中，我怎么会想到他会策划逮捕自己的亲外甥女呢？

不过他是亨利，这就是原因。因为我待在他宫廷里的时间已经足够长了，所以我知道当他因为追逐一个女孩而忽略了某些事情时，他会在得到那个女孩之后一并清算。没什么能让国王从多年以来的疑心病里转移注意力。他一从发热中好转下床，就开始环视宫廷要看看谁在他缺席的时候言行失检了。我太相信他不会怀疑王后和她的那些蠢朋友了，以至于忘记了要看着那些侍女。不过反正玛格丽特·道格拉斯也不会听我的，她完全就没有察觉到任何异样。都铎家所有人都是先跟随感觉走再组织自己的理性，玛格丽特就和她的母亲，苏格兰的玛格丽特王后一样，她爱上了个一无是处的男人，而她的女儿也做了一样的事。就在几年前玛格丽特才嫁给我的亲戚托马斯·霍华德，他们是秘密结婚的，但是才享受这快乐没几天国王就发现了这一对新人，并且以鲁莽无礼为名把托马斯这个年轻人送进了伦敦塔。他没几个月就死了,而她也失去了名节。当然了!这有什么可奇怪的!你不能因为国王的外甥女青睐一个霍华德家的人就把她嫁过去!你不能因为一个女孩喜欢别人深沉的眼神和愉快的微笑,就让一个原本已经很接近英国王座的家族靠得更近。国王发誓要教育她学会尊重自己的地位,于是不到几个月,她就变成了个心碎的寡妇。

好吧,现在她的心又修复了。

我知道有事发生,而且几个星期不到,所有人就都知道了。在国王生病卧床期间,这对爱侣放弃了一切隐藏他们相爱事实的努力。每个有眼睛的人都会看见国王的外甥女已经完全同王后的哥哥查尔斯陷入了爱河。

另一个霍华德家人,当然了,还是个受欢迎的,是枢密院的成员,并且在家族中地位很高。他觉得自己能从这桩婚事里得到什么?霍华德家的人都很有野心,但就算是他也一定已经觉得自己的行为有些过头了。上帝啊,他以为他能通过这个女孩得到苏格兰吗?他把自己幻想成国王的伙伴了吗?还有她,她怎么就没看到自己的危险呢?还有为什么霍华德家的人对于都铎家的人就像块磁铁一样呢?你可能会觉得这是某种法术?就像果酱会吸引蜜蜂一样?

但我应该警告她的,这样她就能认识到了。这是必然的。我们活在一间大玻璃房子里,这些慕拉诺①吹出来的威尼斯玻璃对我们是种特殊的折磨。在这个宫廷里根本没有藏得住的秘密,也没有躲得进去的窗帘,没有一堵不通透的墙。所有事情在这都是显而易见的。所有人迟早都会知道每一件事,而一旦事情败露,所有事情都会粉碎成一百万片。

我去找了公爵大人,发现他的船已经准备好要出海了,他本人就站在码头上。

"我能见您吗?"

---

① 威尼斯的玻璃工业中心。

"有麻烦吗?"他问,"我得赶上涨潮。"

"是玛格丽特·道格拉斯的事。"我简洁地说,"她爱上了查尔斯·霍华德。"

"我知道。"他说,"他们结婚了?"

就连我也震惊了。"结婚了的话他就死定了。"

王后的哥哥、公爵他自己的亲侄子,会因为叛国罪而被处死,这想法似乎并不能撼动他。不过这个情况的确不是第一次出现了。

"国王正在蜜月状态里,他或许会宽恕这对年轻的爱侣。"

"也许会吧。"我承认说。

"如果凯瑟琳让他这么做呢?"

"他到目前为止都没有拒绝过她,但她要求的也无非都是些珠宝和织物而已。"我说,"她可以要求自己家人娶他的家人吗?他不会起疑吗?"

"怀疑什么?"他温和地问。

我环顾四周。船夫在很远的地方听不见我们,仆人们全穿着诺福克家的制服。可就算是这样,我还是凑近了些。

"国王会怀疑我们正计划要篡夺王位。"我说,"想想亨利·菲兹罗伊想娶我们的玛丽时发生的事吧。想想我们的托马斯·霍华德要娶玛格丽特时发生的事吧。哪一场霍华德家与都铎家的联姻后面没紧跟着死亡的?"

"但如果他是在蜜月中的话……"公爵开口说。

"这一切是你策划的。"我突然明白过来了。

他笑了。"当然不是,但如果这事正好发生了,我倒是可以看到一些好处。我们在英格兰北部拥有那么多东西,看到一个霍华德家的人坐上苏格兰的王座一定是件乐事。一个霍华德家的子辈坐上苏格兰王座,孙辈坐上英国王座,你不觉得这点风险是值得的吗?如果我们的女孩有可能促成它,这不值得小小一搏吗?"

我因为他的野心而无话可说了。"国王会看出来的。"这句话是我在恐惧中勉强挤出来的,"他正热恋,但并没有因为恋爱变成瞎子。他是最危险的敌人,大人。你很清楚。当他感觉自己的继承权遭受威胁时是最危险的。"

公爵点了点头。"幸运的是,就算亲爱的查尔斯离我们而去了,我们还有霍华德家的其他孩子。玛格丽特是个蠢货,尽可以让她在赛恩院里多关上一两年,最坏的结果我们也不会有多少损失。"

"那时凯瑟琳应该要救他们吗?"我问。

"是的,这值得一试。"他无动于衷地说,"这是场大博弈,回报也会很高。"然后他走上踏板,上了那艘等待起航的船。我看着他们解开绳索,看着那艘船摇摆着开走。划船手的桨高高扬起,就像长矛,随着命令,他们将船桨扫入了绿色的河水中。船尾诺福克的标志荡漾着呈现了出来,随着船桨敲击水面,船向前行驶了开去,没过一会儿就看不见公爵了。

1540年10月

凯瑟琳　于汉普顿宫

九点半的时候我就进了私人花园，像个傻子一样。我不放心让任何人知道我要见托马斯，因此一听到十点的钟声敲响就把侍女们全遣返回了屋子。她们才离开不到一分钟，墙上的门就开了，他走了进来。

他走得就像个年轻人应有的样子。没有像国王一样拖着那条胖腿。他脚步轻盈，如同舞者，好像随时一声令下就能做好准备起跑或者战斗。我发现我无声地笑了，而他走到了我的身边看着我，什么也没说。我们对视了很长一段时间，这是头一次，我没在考虑应该说什么，甚至没想自己看上去是什么样子。我仅仅是在他的视线里失神了。

"托马斯。"我喘着气，他的名字太甜美了，以至于我出口的声音都有些恍惚。

"殿下。"他回应道。

他温柔地牵起我的手，将它举到了唇边。就在那最后一刻，在他用嘴唇亲吻我指尖的时候，他用那对动人的蓝眼睛看着我，我仅仅因为他视线的触碰就感到双膝无力。

"您还好吗?"他问。

"是的。"我说，"还好。你呢?"

他点了点头。我们站着，仿佛跳舞的中途音乐停了下来，我们面对着面，看进对方的眼睛。

"国王怎么样?"我问。有一瞬间我忘记了所有关于他的事。

"今早好些了,"他说,"医师昨晚来给他下了泻药,他有几个小时很痛苦,但是拉了很大一通后,现在已经好多了。"

我因为他的描述而扭开了头,托马斯轻轻笑了。"抱歉。我太习惯了,我们所有在他房里的人都已经习惯了谈论他健康问题上的细节。我不是指……"

"不。"我说,"我对这些都很清楚。"

"我想这都是寻常事,人一旦到了这个年纪……"

"我祖母也是他这个年纪,但她可没有总谈论排便的问题,闻上去也不像间厕所。"

他又笑了。"好吧,我发誓如果我到了四十岁就跳河自尽。我可不能忍受变老和肠胃胀气。"

我笑了,想着这个光芒四射的年轻人变老,还变得胃胀气的样子。"你会和国王一样胖。"我预言道,"身边围绕着可爱的孙子孙女,还有一个老妻子。"

"噢,我并不想结婚。"

"你不想吗?"

"我想象不出。"

"为什么不能?"

他紧紧盯着我。"我爱一个人爱得那么深,那么深。我只能想着一个女人,而她却不是自由身。"

我觉得无法呼吸了。"是吗?她知道吗?"

他对我微笑着。"我不知道,您认为我该告诉她吗?"

我身后的门开了,罗奇福德夫人走了进来。

"殿下?"

"这是托马斯·卡尔派博,他来告诉我国王已经排泄了,现在已经好转了。"我欢快地说,声音又尖又细。我转向了他,不敢看他的眼睛:"你能问他我今天能去探望吗?"

他没看我,鞠了一躬。"我会立即去问他。"他说,然后快速离开了花园。

"对玛格丽特和你哥哥查尔斯的事你都知道多少?"罗奇福德女士问。

"什么都不知道。"我立即就撒了谎。

"她有请你去为她向国王说情吗?"

"是的。"

"你会去吗?"

"是的。我希望他能高兴。"

她摇了摇头。"你说的时候注意方式。"她警告我,"他有可能不会高兴的。"

"他为什么会不高兴?"我问,"我觉得这是美事。她那么漂亮,还是个都铎家的人!这对我哥哥来说是很高的身份了!"

罗奇福德女士看着我。"国王或许也会这么认为。"她说,"他可能会认为过高了。你可能需要利用你的吸引力和所有的技巧去说服他准许他们的婚姻。如果你想要救你的哥哥并且引领家族前进的话,最好像过去那样把他控制好。你最好选对时机,并且要非常有说服力。你必须这么做,你的伯父也是这么想的。"

我朝她做了个鬼脸。"我能做到。"我自信地说,"我会告诉国王说我希望他们能快乐,而他会准许我的请求。瞧着吧!"

"边走边瞧吧。"她简短地说,这只老狐狸。

✦

但接着事情的发展就不对了。我认为我应该在晚上见他的时候提出这件事，罗奇福德女士也同意跟我一起去，并且祈求他的宽恕。事实上，我们两个都相当兴奋，确信一切都会进展顺利。我会恳求国王，而她负责哭。但就在晚饭前托马斯带了一条消息到我的房里来，说国王明天会见我。我同意了，并且去用了晚餐——我怎么会在意？国王已经错过了那么多次晚餐了，我不觉得这是什么大事。他总不会就这么消失掉吧。但是太糟糕了！真的出大事了，就在我用餐的那段时间里，实际上还有跳舞的时间里，有人跑去对国王进了谗言，对他说了他外甥女的事，甚至还包括我和我那可怜的后宫总管的事，这下好了。

1540年10月

简·波琳　于汉普顿宫

国王走进了她的私人房间,并且将头猛转向我们三个侍女说:"出去。"好像我们是三条听他话的狗。我们就像挨了鞭子的猎犬一样从房里急匆匆跑出来了,并且徘徊在半关的门外,听见一个君主在暴怒时令人恐惧的隆隆作响声。国王才下床半天就知道了所有事,并且非常的不快。

也许玛格丽特认为凯瑟琳会在他们被抓到前为她说情,这样的话她就会更有说服力。也许这对爱侣认为国王大病初愈,回到对自己妻子的宠溺之中后,就会宽恕其他的情侣,宽恕霍华德家的其他人。他们很可悲地错了。国王简洁明了地说完了自己的意见,直击要害之后就大步离开了她的房间。凯瑟琳紧跟着跑了出来,脸色和她的衣领一样白,哭个不停,还说国王察觉到了那些谋划和企图,和他后宫中的不检点行为,他现在怪罪她了。

"我该怎么做?"她问,"他问我是不是不能管好自己的侍女。我怎么知道怎么控制我的侍女?我怎么能控制他自己的外甥女?她是苏格兰王后的女儿,是王室成员,还比我大六岁。她怎么会听我的?我能做什么?他说他对我很失望,还说会惩罚她,他说他们两个都让他非常不愉快。我怎么办?"

"没办法。"我告诉她,"你救不了她。"

还有什么比这更显而易见的吗?

"我不能让自己的哥哥被送进伦敦塔!"

她不假思索地说。而她眼前这个女人,就是亲眼看着自己的丈夫被送进伦敦塔的。"我见识过更糟糕的。"我无动于衷地说。

"噢那个时候,没错。"她轻轻拍了一下手,那上面的二十颗钻石闪闪发光,闪走了那些连一句求救的话都没有就被送进了伦敦塔的鬼魂们,安妮还有乔治,"但是那已经过去了!眼下怎么办?那可是玛格丽特,是我的朋友,还有查尔斯,我的哥哥。他们会希望我去救他们的。"

"如果你承认知道他们之前在幽会,那么就会跟他们一块儿进伦敦塔。"我警告她说,"他现在反对这件事了,你最好假装对此完全不知情。你怎么就不懂呢?为什么玛格丽特就这么蠢呢?一个国王的被监护人根本没有凭借自己的喜好选择爱人的自由,而一个国王的妻子也不能让自己的哥哥和一个王室成员结合。我们都知道这点。这是场赌博,是一场巨大又鲁莽的博弈,现在我们赌输了。玛格丽特一定是疯了才拿自己的命冒险。你要是想帮忙,那你也疯了。"

"但如果他们是真爱呢?"

"爱值得用死亡来做代价吗?"

这句话叫停了她脑子里的浪漫小曲。她微微颤抖了一下。

"不,永远不值得。当然不。但是国王不能因为她和一个贵族男人相爱并且想嫁给他就砍了她的脑袋吧?"

"不会。"我尖刻地说,"他会砍掉她爱人的脑袋,所以你最好和你哥哥告别,并且确保自己再也不会和他说上一句话,除非你想让国王认为你也是霍华德家图谋王位的阴谋中的一部分。"

她因为这句话而变得满脸苍白。"他永远不会把我送进伦敦塔的。"她呢喃道,"你总是那样想问题。你总是把什么都想得太严重。这事只发生过一次,发生在那一任妻子的身上。它永远也不会发生在我身上。他喜欢我。

"他也爱他的外甥女,但还是会把她送到赛恩去,把她关起来,让她心碎,然后把她的爱人送进伦敦塔处死。"我预言道,"国王也许爱你,但他憎恨身边有人擅自行动。国王也许爱你,但他想要你像一个冰雪般的小王后。如果在你房里有任何不贞洁的事情发生,他会怪罪你,并且惩罚你。国王也许爱你,但他宁愿看着你死在他的脚下,也不会为自己树立一个王室家庭作为竞争对手。想想波尔一家吧,他们终身都要在伦敦塔里了。想想玛格丽特·波尔在那儿度过了多少年,她纯洁得就像个圣人,年迈得就和你的祖母一样,但仍然要被终身监禁在那里。你想看到霍华德家族也走上那条路吗?"

"这些简直就是噩梦!"她喊了出来,可怜的小女孩,穿戴着钻石,但脸色惨白,"他是我的哥哥。我是王后。我一定可以救他。他不过就是爱上了另一个人。伯父肯定听说了,他会救查尔斯的。"

"你伯父现在不在宫廷里。"我干巴巴地说,"很不巧他已经到肯宁霍去了。你没法及时联系上他了。"

"他对这事知道多少?"

"什么都不知道。"我说,"你会发现他对此一无所知。你会发现当国王问起他的时候他甚至会因为这样的放肆行为而感到震惊。你必须要放弃你的哥哥了。你救不了他。如果国王心意已决,那么查尔斯就死定了。我很清楚。全世界所有的人里,我是最清楚的。"

"你没有一句话不说就让自己的丈夫去送死啊!在国王下令处死他的时候你总不会没有祈求过他的宽恕吧!"她笃誓说,她什么都不知道,根本什么都不知道。

我没有说"噢,但我确实没有。我那时太害怕了,太担心我自己了"这句话,也没有说"噢,我确实没有,出于你想都想象不到的更加阴暗的缘由"。取而代之的,我说:"别管我求没求情。你反正要和你哥哥说再见,并且祈求能有什么让国王从死刑里分神出来,如果没有,那么你以后都只能在祈祷词里纪念他了。"

"那有什么用?"她反驳我说,"如果上帝总是站在国王这边,如果国王的意志就是上帝的意志,如果国王就是英国的上帝,那向上帝祈求能有什么用!"

"小声点。"我立即说,"你必须学着过没有哥哥的生活了,就像我学着过没有丈夫,没有他姐姐的生活一样。国王一翻脸,乔治就进了伦敦塔,被斩了首,我也学着忍耐下来了。你也要学着这么做。"

"这样不对。"她抗议道。

我抓住了她的手腕,好像她是个让我想要动手打她的愚蠢仆人。"听着!"我严厉地说,"这是国王的意愿。没有一个人能强大到足以对抗他。就是你的伯父,就是大主教,就是教皇本人都不能。国王想做什么就做什么。你的工作就是确保他永远不对你翻脸,不对我们翻脸。"

1540年11月

安妮 于里士满宫

我要去宫里参加圣诞宴会了。他实现了自己的诺言，让我成了仅次于小凯瑟琳·霍华德（我必须学着改口叫她凯瑟琳王后了）的女贵族。我今天收到了宫务大臣寄来的信，通知我要出席，并且说我会住在王后的房间里。毫无疑问我会分到最好的房间之一，玛丽公主会分到另一间，我也要习惯眼看着凯蒂·霍华德（凯瑟琳王后）爬上过去属于我的床，在我的房间里更衣，在我的椅子上接见访客。

如果我要做上述这些事情，还必须优雅地完成它们。

除此之外我也别无选择。

我很肯定凯蒂·霍华德会扮演好她自己的那一部分。她会事先排练。她喜欢练习自己的动作和微笑。我想象着她会为了接见我准备好一个崭新的亲切的微笑，我也必须态度亲切。

我必须买礼物。国王喜欢礼物，小凯蒂·霍华德（凯瑟琳王后）当然也喜欢。如果我能拿出什么非常好的东西，就能带着更多的自信去参加了。我太需要自信了。我做过女公爵，做过英格兰王后，现在我某种程度上算是个公主。我必须让自己，克里夫斯的安妮更有勇气，进入宫廷，在那儿有我的新位子，我要优雅地进去。这将是我在英国的第一个圣诞节。我曾经以为我会很快乐，会和一个快乐的宫廷在一起度过圣诞宴会，这想法让我想笑。我曾以为自己会是那宫廷里的王后，但现在情况变了，我仅仅只是个讨喜的宾客了。就这么回事。它就这么发生在一个女人的人生里了。我没做错什么,但却已经不在那个我原本被赋予的位子上了。我没做错什么,但却被抛弃了。如果要说我还能做些什么的话,那就是在这个我原本计划当一个好王后的地方当一个好公主了。

1540年圣诞

简·波琳　于汉普顿宫

国王已经开始对付他自己妻子的家族了，开始对付自己的亲外甥女了，然而每个人都保持着沉默，深深低着头，希望国王的不快不会落到他们自己身上。查尔斯·霍华德提前被一位比我们都勇敢的人警告过，已经跳进了一艘小渔船沿河而下，并且在一艘贸易船上求到一个位子，逃到法兰西去了。他也会加入到不断增长的无法在亨利的英国存活的流亡大军中：天主教徒、改革派、因为新叛国法案而获罪的男人女人们，和那些清白的、仅仅是和叛国的罪人（沾亲带故）的人。他们的人数越来越多，这个国王的猜忌和恐惧也越来越强。他自己的父亲就是在从理查德国王身边流亡的过程中，集结了一群亡命之徒并接手英国统治权的，因此他再清楚不过了，暴君会遭人憎恨，一旦流放的人足够多，觊觎王位的人足够多，就有可能颠覆他的王位。

因此查尔斯在法兰西是安全的，他只需要等到国王驾崩就可以了。某种程度上来说他的生活要比我们好。虽然远离了家和家人，但他是自由的，而我们在这里，几乎都不敢喘气。玛格丽特又回到了她在赛恩院的旧拘留所。知道国王又要监禁她的时候她哭得非常悲痛。她说她只有三间能够走动的屋子和一个可以看见河的角落。她说她只有二十一岁，那些日子却沉闷得让人难以忍受。她说时间流逝得非常缓慢，夜晚就和永夜一样长。她说自己所有的愿望只是能够爱一个好男人，嫁给他，然后过得快乐。

　　我们都知道国王永远也不会让这件事发生。这个冬天，快乐已经变成了王国里最稀缺的货物了。除了他自己，没人能够快乐。

1540年圣诞节

凯瑟琳 于汉普顿宫

现在，让我看看我都有什么？

我有西摩尔家的遗产，是的，所有的遗产。所有原来赐给简·西摩尔的城堡、爵位和庄园现在都被赐给了我。想想看西摩尔家的人得有多生气？前一刻他们还是英国最大的地主，下一刻，就变成了我，简·西摩尔的所有土地都是我的了。

我还有属于托马斯·克伦威尔的大部分土地，他已经被处刑了，伯父告诉我说这对他那样的坏人来说是个好解脱。我伯父说，尽管托马斯只隶属于下议院，却将自己的地产都选在非常好的地点，我能够从它们那儿得到非常丰厚的收入。我的！丰厚的收入！我从来不知道犁田有什么用！我还从来没收过地租！想想看！

我还会拥有汉格弗德大人的土地，他因为使用巫术和同性恋行为而被处死了；还有休大人的土地，他是雷丁修道院的院长。一如往常，得到原本属于死人的土地让人感觉不那么愉快，尤其是他们中的一些还是因为我才死的。但就如同罗奇福德女士指出的一样，我的确记得（尽管有些人说没什么能停留在我的脑袋里太久），反正所有东西都是从死人那里继承来的，太过纠结于此并没有什么意义。

这毫无疑问是真的，我不能阻止自己想起罗奇福德女士也是这样，她似乎也高高兴兴地继承了死人的遗产。她获得了波琳家的头衔作为遗产，并且还希望能得到房子。我肯定如果自己是个寡妇的话，会比她要悲伤和多虑得多，但她几乎完全不提起自己的丈夫。一次也没有。我曾对她说："待在我的房间里奇怪吗？它原本是属于你丈夫的姐姐的。"她却几近严厉地看着我并且说"小点声"，好像我想要嚷嚷得全宫里人都知道我是第二个戴上王冠的霍华德家女孩。当然不是。但我以为一个寡妇会更欢迎像这样的对于她所失去的东西做出的小小体贴呢——尤其是像我做得这么小心的情况下。

如果我成了寡妇，情况会大不相同。没人会觉得我应该非常悲伤。因为我丈夫比我老那么多，就算他很快就死了这也是自然现象，接下来我就可以自由地过自己的生活了。但我当然永远不会这么说出来，这太无礼了，在我成为宫廷人士之后飞快学会的第一件事就是国王永远都不要一幅真实的自画像，无论他对别人的画像要求多么真实，比如可怜的安妮王后的，但他永远都不会想要别人提醒他自己老了，也永远不想有人告诉他自己看上去疲倦了、跛得更厉害了或者伤口又在发臭了。作为他的妻子，我任务的一部分就是假装他还和我一样年轻，而他不站起来和我们其他人一起跳舞的唯一原因只是因为他更想坐着看我而已。我的言行从不会表现出自己觉得他老得能做我父亲了，还是个拖着伤病、肥胖、虚弱、便秘的老父亲。

我也不能改变这个事实——那就是他的女儿比我还要大，比我还要严肃，受到的教育也比我好。她已经来到了宫廷参加圣诞宴会，就像个老鬼魂，让每一个人都想起她的母亲。我从没有抱怨过她，因为没有这个必要。她出现在我身边，表现得那么严肃，比我要大得多，看上去更像是我的母亲，而非我的继女，光是这一点就足够让国王不快的了。他把他的怒火都发泄到了她身上，这真是可笑，我什么都不用做。她让他感觉苍老，而我让他感觉年轻。因此他不喜欢她，而喜欢我。

尽管他肯定再过不久就会死了——如果他立即就死了的话，比如今年，我还是会很为他伤心的。如果这真的发生了，明年，我就会成为执政女王，并且照顾我的继子爱德华王子。这将会非常令人愉快，我想。成为执政女王将是这世上最好的事，因为我会拥有所有身为王后会拥有的快乐和财富，又没有一个老国王来让我担惊受怕。确实，所有人那时都会害怕我了，而最大的玩笑就是，那之后的五十年里，我也会坚持让他们都表现出我还年轻，我还精力充沛的样子，每天早晨都和昨天一样美丽。

关于他会死的想法我还从来没有提起过，就算是在祈祷的时候也没说过，因为就算是有国王会死的想法也惊人地算作是叛国罪。他很可笑不是吗？居然幻想着用法律阻止人们说起这么明显的事实。不管怎么样，我不会冒任何犯叛国罪的险，因此我从没希冀过他的死亡，也没祈愿过这个。但有些时候，当我和托马斯一起跳舞，他的手放在我的腰上，我感觉到他喷在我脖颈上的温暖呼吸时，我会想如果国王就死在这儿，那么我现在就能拥有一个年轻的丈夫，也许能再一次感觉年轻人的触碰，能再闻到床被间新鲜甘甜的香气，能再感受到坚实的年轻躯体和一张干净的嘴唇给我带来的激动兴奋了。有时候，托马斯会在舞蹈动作中间抓住我，环着我的腰，而我因为他的动作感到一些疼痛。当我陷入这样的情绪时，会对他低语说我累了，从他身边离开，无视他手指轻轻的力道，走到国王身边坐下。玛格丽特因为违反国王的意愿爱上了一个男人，现在被关进了赛恩院，我的那些想法没有意义，而且并不让人愉快。

1540年圣诞节

简·波琳 于汉普顿宫

　　这将是凯瑟琳的圣诞节，将会是她有史以来过得最快乐的圣诞节。她被自己的亲族围绕，被这块大陆上最优秀的女人们侍奉，也与那些最糟糕的室友女孩们一起玩闹。她有属于自己管辖的土地，有数以千计的家臣，还有能让西摩尔家的人都羡慕嫉妒的珠宝，而现在，她又将拥有人生中最快乐的一个圣诞，我们的职责，就是让它成为现实。

　　国王经过休息，又再度恢复了活力，他为这炫目的节日庆典感到兴奋，因为这庆典也在向全世界宣布他正身为一个激情似火的丈夫，坐拥一名既年轻又漂亮的妻子。连他外甥女情事的丑闻被抛在脑后，现在她被关在赛恩院，她的情人也已经逃走了。凯蒂·霍华德为这件发生在她房内的有失检点的事责怪了除她以外的所有人，但所有人最后又都得到了宽恕。没什么能破坏这新婚之后的第一个圣诞节。

　　可没过多久，她又噘起嘴巴，精致的小脸上浮现出不满表情。玛丽公主按照吩咐也来到了宫廷，在她的新继母面前屈膝行礼，脸上却没有一丝笑意。很明显，玛丽公主对这个比她自己还小九岁的小姑娘没什么好印象，看上去也不大会勉强自己称呼一个幼稚虚荣的小女孩作"母亲"，那个她所珍爱的称呼一度是属于全欧洲最优秀的王后的。而玛丽公主本人呢，一向是个饱读诗书的庄重女子，是教会教养出来的孩子，身上流着西班牙皇室的血，当然无法忍受这个年纪比她小，却像只傻气的小鸟一样戴着她母亲的王冠，谁邀请她就去和谁跳舞的小姑娘。玛丽公主是在去年的春天第一次遇见凯蒂·霍华德的，那时她还是前任王后身边一个最虚荣最傻气的小侍女，人们怎会相信这个曾经的小淘气居然自己做了王后呢？如果这只是场昏庸所致的盛宴，玛丽公主也许会笑的，但当这种畸形的宫廷闹剧每天都在上演时，这件事就不那么好笑了。她当然也不再为此发笑了。

有人说这宫廷已经变得更欢愉了，又或者，如其他人所说的，变得日渐放纵了。而我要说，当你让这样一个年轻的小傻瓜去带领自己的亲族，当你放任这样一个人尽情取悦她自己的时候，结果只能是漫天的阿谀奉承，通奸偷情，故作姿态，言行失检，以及醉酒、不忠和彻底的淫乱。正如我们眼前所见，玛丽公主穿过人群，看上去就像一个正直不阿的女性穿过一集市的傻子。她眼中所见的没有一件是她能喜欢上的。

而凯瑟琳脸上那小小的噘嘴也向国王显示出这个少女新娘已经有所不满了。因此他将自己的女儿带到一边，告诉她如果还想继续在这宫廷中拥有一席之地的话就要注意自己的言行。玛丽公主此前已经忍受过比这更糟糕的待遇了，因此她选择忍气吞声静待时机。她没说过任何忤逆这位小王后的话，仅仅只是看着她，就像一个睿智的年轻女性看一条喧闹肮脏的小溪。在玛丽深深的凝视中有某些东西，它们使凯瑟琳看起来就像一个笑着的小小鬼魂一样不真实。

而小凯蒂·霍华德呢，哎，根本没有因为自己现在这显赫的身份而有所长进。尽管如此，除了她那宠溺她的丈夫，也没人对这件事抱有期望。她的伯父严密地监督着她在公共场合的一言一行，并倚重我来监督她的私生活。他曾经不止一次地将她召进房间，严厉地警告她身为王后应有的举止气度，她则会流下忏悔的泪水，这对她来说太容易了。他也因此放下心来。凯瑟琳不像安妮，不会当着他的面和他争论，不会用他自己的所作所为来反驳他，也不会引用法国宫廷的那一套礼仪标准来说事，更不会当面嘲笑他。她认为不管自己做了些什么，做了就是做了，也改变不了什么。但接下来才过了一个星期，王后的房间里就又开始胡闹起来，年轻的侍臣在她的房里追逐那些侍女，甚至还跑到王后自己的卧室里去了，他们用枕头互相打仗，而她这个王后也参与其中，在床上又叫又舞，还给枕头大战的活动进行计分和奖励。于是还能怎么办呢？

这世上没有什么力量能把凯瑟琳·霍华德变成一个睿智的女人，因为她根本就没有类似这样可培养的资质。她既缺少教育，又缺少训练，甚至还缺乏常识。天知道公爵夫人还了解什么她年轻时在自己房里和其他人做出来的事。她曾把凯瑟琳送去上音乐课，结果她在那儿和自己的音乐老师接了吻。但她从没教过她读书写字，凯瑟琳甚至连粗略的算术都不会。这个孩子根本不会得体地说话，也读不懂别人的暗示——除了亨利·马诺克斯的注目。她能用细细的嗓音唱歌，能跳舞跳得像个荡妇，她正在学习骑马。还有吗？没了，没别的什么了。这些就是全部了。

她的花招足够去取悦一个男人，在诺福克庄园时，她在后半夜里做过的那些蠢事教会了她一手妓女才会用的技巧。感谢上帝，她让自己取悦了国王，难以置信，她居然成功了。他已经坚定地认为这是一个完美的女孩子。在他的眼里，她已经取代了那个他从未爱过的女儿的位置，代替了那个他哥哥曾经拥有的处女新娘，那个他从来就没认定过的妻子。即便他已经拥有两个女儿，又先后和四个女人结婚同床，他仍然有许多的梦没有实现。而凯瑟琳正是那个最终给他带来快乐的人，他也尽了一切努力让自己确信她正是那个可以让他圆梦的女孩。

公爵每个星期都将我召进他的房间，在之前的两个波琳家人身上失算过之后，他不会给这个霍华德家的女孩留下任何可能出岔子的机会。

"她的言行还合乎礼数吗？"他简略地问。

我点点头。"她在自己的房间里和其他女孩玩得很疯,但并没有说什么或做什么会让您强烈反对的事情。"

他哼了一声。"别管我会不会反对。有没有什么会让国王反感的事情?"

我停顿了一会。谁会知道国王会反感什么?

"她没做什么有损她尊贵地位的事。"我只有这样小心地回答。

他严厉地盯着我。

"别和我玩文字游戏,"他阴沉地说,"我把你安插在这儿不是为了让你跟我打字谜的。她做过什么会让我在意的事情没有?"

"她和国王房里的一个侍从调了情。"我说,"不过他俩之间没发生什么,都只止于眼神上的交流。"

他皱了皱眉。"国王看见没有?"

"没有。那人是托马斯·卡尔派博,是他最宠信的一个侍臣。他太喜欢他们两个了,因此被蒙蔽了视线。他还命令他们两个一块跳舞,说他们会成为完美的一对。"

"我看见过他们在一起。"他点点头,"这一定会发生的。看紧她,确保她不会单独和他待在一块。一个十五岁的女孩总会坠入情网的,但肯定不是同一个四十九岁的丈夫。我们得看着她好几年。还有什么别的事吗?"

我犹豫了一会。"她很贪婪。"我中肯地说,"每次国王来用晚餐,她都会问他要点什么,不是让他给她这个那个亲戚赏个职位,就是找他要礼物。他不喜欢这样。每个人都知道他厌恶这样。他还没有厌恶她,但谁知道她还能这样下去多久呢。"

公爵在他面前的纸张上做了个记号。"我同意,"他说,"她还要再为威廉要到一个法兰西大使的职位,那之后我不会再让她要求别的了。还有别的吗?"

"那些安排进她房间的女孩子,"我说,"那些从诺福克庄园和霍舍姆来的女孩子。"

"有什么问题吗?"

"她们和她一道言行失检。"我直截了当地说,"而且我管教不了她们。她们是一群没脑子的女孩,总要和其他一两个年轻人偷情,总有女孩想偷偷摸摸溜出去,甚至还想把自己的情人引进房来。"

"引进房来?"他问,一下子警惕起来。

"是的。"我说。当国王还睡在王后的床上时没什么能对她的名声造成威胁,可万一他哪天累了或是病了,一天晚上没过去,而她的哪个敌人又恰好看见一个年轻男人正鬼鬼祟祟地爬上背面的楼梯,谁能说清楚那个男人是来见艾格尼丝·莱斯特伍德,还是来幽会王后的?

"她有她的敌手。"他若有所思地说,"王国里的那些改革派和路德教徒肯定乐意看见她名节受损。他们已经有人在背后说她闲话了。"

"您一定比我更了解情况。"

"我们的敌手更多。英国的每个家族都会乐意看见她失势,还连带把我们也一起栽进去。从来如此。我愿意付出任何代价让简·西摩尔为流言蒙羞。这个国王总会把自己妻子的朋友纳入自己的亲属里,现在我们又再次得势了,因而我们的敌人们也团结起来了。"

"可是如果我们不强求把什么都弄到手的话……"

"我要得到北部的首席治安官位置,无论用什么方法。"他烦躁地说。

"当然,但在那之后?"

"你看不出来吗?"他突然不耐烦地对我说,"国王就是这样一种人,对于他喜欢的和不喜欢的人,总是做得很彻底。当他有个西班牙妻子的时候我们就和法国开战,当娶了个波琳女孩他就把教皇同修道院一起毁掉。而当他又娶了一个西摩尔家的人时,我们霍华德就必须在桌子下面小心翼翼、攥紧手心地过日子。等到他娶了那个克里夫斯的女人做老婆,我们又全部都得看克伦威尔的脸色,就因为促成这段婚姻的人是他。现在我们的世道又回来了。我们的女孩正坐在英国的王位上,所有我们能提出来的东西都能拿到手。"

"但如果有人要与我们为敌呢?"我问,"如果我们的贪婪让所有人都与我们反目呢?"

他对我微笑了一下,露出了他的黄牙齿。

"一直以来,我们都是所有人的敌人。"他说,"但现在,赢的一方是我们。"

1540年圣诞节

安妮 于汉普顿宫

"如果我要做什么事情,那就必须优雅地去做。"这句话已经成了我的信条。

彼时我正在一艘从里士满溯流而上的船上,周围还有货船和一些小小的渔船。当他们看见我船上的标志时,都脱下自己的帽子叫喊说:"上帝保佑安妮王后!"更有甚者,还有一些不那么礼貌的问候,例如"我们更乐意你做王后,亲爱的!"或者"试试找个泰晤士河的男人,为什么不呢?"还有比这更糟糕的,不过我只能微笑着朝他们招手,反复对自己说:"如果我要做什么事情,那就必须优雅地做"。

国王就做不到这么优雅了。他的自私和愚蠢对于每个人都一览无余。西班牙和法国的大使一定都瞧不上他那过于夸张的虚荣排场,在背后笑过他。而小凯蒂·霍华德呢(凯瑟琳王后,我一定要让自己记住应该称呼她为王后),你也不能指望她表现得多优雅。对小狗抱这样的希望也比对她来得好。如果她能在近几年里学着守规矩,如果她能熬过生产而不因为难产丧命,那么也许她会学会身为一个王后应该具备的优雅……也许吧。但这些东西现在她都一窍不通。事实上,她还是个侍女时就不算优秀。就连在那时候,她的言行都配不上王后近侍应有的水平,如今又如何能匹配上她的王位呢?

因此,如果我不想让我们三个成为全国上下的笑柄的话,就得身先士卒表现得优雅才行。我将进入曾经属于我的房间,它曾是我最喜欢的一座宫殿,不同的是,这次我将以一名座上宾的身份步入其中;我将不得不跪在一个小女孩的面前,而她现在已经占据了我的位子;我将不得不尊称她为凯瑟琳王后,还得避免自己因为这个称呼而笑出来,或者哭出来。我必须做一个——就像国王说过的——国王的妹妹和最亲密的朋友。

尽管如此,这个身份并不意味着我就会受到庇护,得以免于国王一时心血来潮下的拘捕或指控,对于这一点,所有人都同我一样清楚。这个人曾经拘捕过自己的亲外甥女,并且把她关押在老旧的赛恩院里,因此,很显然的,同国王的血亲关系并不能让一个人免于恐惧,同国王的友谊也不能保证一个人的安全,而建造这所宫殿的人,托马斯·沃尔西,就很好地证明了这点。但我,我也许能够挺过来,此刻我正沿着速度平稳的河道溯流而上,穿着最华美的衣服,看上去比我的婚姻被宣布失效时还要快乐一百倍,我也许能够这样从这段危险的亲密关系中存活下来,并且以一个单身女人的身份在亨利的王国里平安地度过余生,而这些,在我还作为一个妻子时是肯定不可能实现的。

这感觉很奇异。在这段旅途中,我头顶的桅杆上飘扬的是克里夫斯的旗帜,我独自出行,没有大臣的船只跟随,也没有大队的人马在前方盛大恭迎,这提醒着我,每一天都这样提醒着我,国王真的已经如他所想的那样做了,他否定了我的身份,尽管我直到今日仍然很难相信这一切都是真的。我曾是他的妻子,现在却成了他的妹妹。在基督教世界中还有另一个像这样的国王吗?我曾是英国的王后,现在王位上却换了别人,这个人还曾经做过我的侍女,而我现在要反过来服侍她了。这一切简直就像一块贤者之石,在眨眼的工夫就把破铜烂铁变成了金子。国王已经完成了成百上千的炼金术士都做不到的事,他将一文不值的矿石变成了金子。他把最不起眼的侍女,凯瑟琳·霍华德,变成了金光闪闪的王后。

我们就要靠岸了。划船的桨手们将手中的桨以一个熟练的动作收了起来，并且用肩膀顶住了它们，这使得那些桨看起来就像列队两边迎候我走过的道旁树一样。它们一路从船头排列到我位于船尾的堆叠着皮毛的温暖座位，仆人和小厮们跑步赶到，列队站到踏板上。

诺福克公爵本人竟然也在岸上等着和我打招呼，这是何等的殊荣！甚至还有两三个枢密院来的官员。我能看出来，他们中的大部分都是霍华德家的亲属和盟友，我因这等规格的迎接而受宠若惊，也能从他充满讽刺的笑容中看出来：他同我一样觉得十分惊奇。

就像我之前说过的，到处都遍布着霍华德家的人，这个王国将在今夏失去平衡。这个公爵是个不容有失的人，他会像个久经沙场的老兵一样从机遇中攫取最大的利益。眼下他已经征服了高地，马上就会赢得战争，接着我们就能知道在西摩尔家、珀西家，还有帕尔、卡尔派博和内维尔家族中，人们的怒火还能隐忍多久了。还有围绕在克兰默身边的那些改革派教徒，他们已经惯于享受权力和财富了，又怎么会甘于长期忍受被排挤的滋味呢？

我被拉上了岸，公爵对我鞠躬说道："欢迎光临汉普顿宫，殿下。"说得好像我仍然还是王后似的。

"谢谢您。"我说，"我很荣幸能来这里。"我们两个都知道这句是实话，因为，看在上天的分上，曾经有那么一段时间，有那么几天，我真的以为我将再也看不见汉普顿宫了。伦敦塔下那些叛徒们在夜里经过的水门也许还有机会看见，但汉普顿宫的圣诞宴会，不，我绝没有想到。

"您这一路严寒，滋味一定不好受吧。"他问。

我挽住了他的胳膊，两个人并行在从河边通往宫殿的大道上，看上去就像两个亲密的朋友。

"寒冷对我来说不算什么。"我说。

"凯瑟琳王后在她的房里等着见您。"

"王后殿下真是慷慨。"我说。是啊,我还是这么说了。现在我不得不当着她伯父的面管我曾经所有侍女中最傻的那一个叫"殿下"了,就好像她是个女神一般。

"王后很期盼见到您。"他说,"我们都很想念您。"

我微笑着低下头。这并不是谦卑的表现,只是为了抑制自己大笑出来。这个男人是多么想念我啊!以至于他一直在不遗余力地搜集证据,证明我曾经用巫术加害国王,这项指控足以在任何人伸出援手前就把我送上断头台了。

我抬起头。"我对您的友善深表感激。"我不带感情地说。

我们穿过了花园的门,那儿有半打的仆人和小厮在鞠躬迎候我们,他们都曾经归我使唤。尽管我比实际看上去要受触动得多,但却不能表现出来。当一个年轻的小厮跑上前来跪在我面前亲吻我的手时,我只有强忍住泪水昂起自己的头。我做他们女主人的时间是那么短暂,只有六个月,当我想到即便另一个女孩已经住进了我的房间,成了他们的主人,他们却仍然关心我的时候,实在无法不因此而动容。

公爵的脸色并不好,但没有说什么,我也没有大意到去发表什么看法。我们两个表现得就像那些站在楼梯上和大厅里的人传来的窃窃私语都是些稀松平常的事一样。他领着我走到王后的房间,在他的点头授意下,站在双开门边的侍卫为我们推开了门。"克里夫斯的女公爵殿下驾到!"他这样通报过后,我走了进去。

王座上没有人。这让我很惊讶,有那么一瞬间,我甚至有个疯狂的想法,这会不会只是场玩笑,就像其他那些著名的英式玩笑一样,而公爵会突然转过头来对我说,"你当然还是王后,回到你的座位上去吧!"我们都会因此大笑,所有事都会回复曾经的原样。

但紧接着我就看出来，王位之所以空着，是因为王后此刻正在地板上玩一只羊毛球和一只小猫，她的侍女们则庄重地站了起来，朝我鞠躬，弯腰的弧度拿捏得十分完美，足以表现出对我应有的尊重——最低限度的尊重。那之后凯蒂·霍华德才抬起头，她看见我，大叫了一声"大人！"跑到了我的面前。

她伯父的一个眼神已经告诉我，他对于这样表现亲密和喜爱的行为有多不以为然。我弯下腰，鞠了一个最深的躬，就好像现在正面见的是国王本人一样。

"凯瑟琳王后。"我庄严地说。

我说话的语气镇定了她的情绪，而我的礼节也提醒了她我们正在众多的耳目面前演这出戏，因此，她停下了奔跑的动作，并且对我行了个小小的礼。"女公爵大人。"她小声说。

我站了起来。我是多么想告诉她没事的，我们还能像从前那样，有时可以如同姐妹，有时可以如同朋友，但我必须等到卧室的房门锁起来之后才能说。这些话必须保密。

"接到您的邀请我深感荣幸，陛下。"我庄重地说，"我也很高兴能同您和您的丈夫一起享受这圣诞宴。国王陛下，愿上帝保佑他。"

她发出了一声不确信的笑，当我紧接着看向她时，她瞟了一眼自己的伯父，回答说，"你能到宫廷来我们很高兴，将你视作姐妹，我也一样。"

接着她走到我的面前，将她尊贵的面颊呈给我亲吻，就如同她一早被告知应该做的那样，只是在刚见到我的时候她忘记了这点。

公爵看着这一切，然后通知我们说："国王陛下告诉我他今晚会到这儿来和两位女士用餐。"

"那么我们一定要好好招待他。"凯瑟琳说。她转向罗奇福德夫人，说："准备晚宴的这段时间里，女公爵阁下和我将在我的私人房间里待着。就我们俩。"接着她就走向了我的——她的私人房间，好像打从她出生开始就已经是这房间的女主人一样，而我发现自己跟在了她的身后。

房门一在我们身后关闭她就转过了身。"这样就没问题了，对吗？"她说，"你的礼节真好，谢谢你。"

我笑了。"我想现在没问题了。"

"快坐下，坐下。"她催促着我，"你能坐我的椅子，你会感觉更自在些。"

我犹豫了。"不，"我说，"这样做不对。您应该坐您的位子，而我坐在旁边，以免有什么人中途进来。"

"有人进来会怎么样？"

"总有人在看着我们。"我说，尝试着寻找措辞，"总会有人正注意着您。您必须时刻小心谨慎。"

她摇摇头。"你不知道他多喜欢我。"她向我保证说，"你一定没见过他像这样宠爱一个人。我能向他要求任何东西，我能拥有任何东西。无论是这世上的什么，我只消开开口，就能得到。他会准许我做任何事，宽恕我的任何错误。"

"很好。"我微笑着对她说。

但她的小脸看上去却不像和小猫一起玩时那么光彩四射了。

"我知道这很好。"她迟疑地说，"我理应是这世上最快乐的女人了。就像简·西摩尔一样，你知道？她的箴言就是'最最快乐的'。"

"您要习惯于做一个妻子和英国的王后。"我严肃地说。我真的不想听见凯瑟琳·霍华德的忏悔。

"我会的。"她急切地说。她真是个孩子，只要有任何人责备她就会试着去讨好对方："我真的努力了，殿——安妮。"

1541年1月

简·波琳 于汉普顿宫

这个宫廷有两个王后：此前还从未出现过这种情况。

那些曾经侍奉过安妮王后的人，那些女贵族们，都很高兴能再见到她，也很高兴能服侍她。对她的热情欢迎让每个人都感觉惊讶，就连我也是。但她身上总有种魅力让服侍的人都愿意为了她服务，她总是说谢谢，并且能迅速嘉奖别人。而凯蒂就和她不一样，她很善于下命令，很善于抱怨，而且还有数不完的要求。简而言之，就像一个孩子掌管托儿所似的，她和她的那些小玩伴们闹矛盾的速度和她分好处给她喜欢的人一样快。

宫廷人士很高兴能在安妮王后的老地方见到她，并且感到既震惊又陶醉，因为她和凯瑟琳王后一起跳舞跳得那么开心，她们俩还手挽着手走路，一起骑马去打猎，还一起同国王进餐。国王对她们两个微笑着，就好像她们是他两个心爱的女儿，他实在是太开心了，满意于目前这和乐融融现状的表现太明显了。那个曾经是王后的女贵族已经拥有了一些技巧来铺垫自己的道路了，她为这对新婚夫妇带来了很好的礼物：一对披着紫色天鹅绒的漂亮马匹。她现在拥有很优雅的举止了。身为一个前任妻子，在现任妻子的第一个圣诞节来到她的宫廷里，身处在这样一种紧张环境下，克里夫斯的安妮的行为堪称圆滑和优雅的典范。这世界上没有第二个女人能扮演那个角色扮时比她更周到，而她身为人类历史上唯一一位做好了这件事的女性，显得卓越非凡。过去的其他女人也许是要躲避或者被挤下台才退位，

波琳家的遗产

这个宫廷里的第一任王后就是一例,但是没人能像她一样优雅地退到一旁,好像是假面舞会上的一个舞步,并且还在另一块地方继续着她的舞蹈。

有不止一个人说过,如果国王没有完全老糊涂,而仍是一个机智的少年的话,他就会后悔自己让这样一个蠢女孩取代这样一位深思熟虑优雅迷人的女性。还有不止一个人预言说她出去不到一年就会再嫁得很好,因为谁会拒绝得了一个从王后降为平民之后还能表现出一种仿佛与生俱来的尊贵气质的女人呢?

我并不赞同他们的观点,因为我比他们想得透彻。她已经签署了一份声明同意自己已经在法律上被许配给了另一个男人,而她与国王的婚姻又无效了,那么她还能嫁给谁呢?他会一直将她绑在单身状态,直到洛林公爵的儿子死的时候。国王已经给下了孤家寡人和膝下无子的诅咒,而我怀疑他甚至都没考虑过这一点。但安妮不是傻子,她会考虑到这一点的。她一定认为这是一项值得做出的让步。在这儿,她是宫廷中的局外人。她是个只有二十五岁的迷人优雅的女人,还拥有丰厚的个人财产和没有污点的名誉,在适合生育的年龄,却已经打定了主意一生不嫁。这个从克里夫斯来的王后已经变成了一个多么老练的人啊!

她长得很好看。我们现在都知道她呆滞的表情和苍白的脸颊都是焦虑所引起的。现在第五任王后取代了她的位子,我们就看见了一个绽放了的年轻女性,摆脱了特权阶级的危险,她已经利用流放的这段时间提升了自己。她的英文比之前流畅多了,不用再挣扎着苦想措辞了,还有她的声音,柔和又清晰。她更快乐了,能听懂笑话了,也是活跃气氛的一分子了。她学会了打牌和跳舞,已经从言行和外表上都脱离了那一副克里夫斯路德教徒的严苛做派。她的裙子备受赞誉!我曾想过她将会如何回到这个宫廷里:穿着一层层厚重的衣服,像个德国村姑一样,还戴着个整个压住她脑袋的帽子,把自己的整个身子绑得像一桶火药。可现在我看见的是一位时尚的美女，一个拥有自由和主见的女性。她和国王一块儿骑马，认真又风趣地和他谈论着欧洲的宫廷与英国的未来，她还像另一个蠢女孩一样和凯瑟琳一起发笑。她和大臣们一块打牌，和王后一起跳舞。她现在是玛丽公主在宫里唯一的知心朋友，她们每天早晨都有一段私人时间一块读书，一块祷告。她是唯一维护伊丽莎白公主的人，伊丽莎白也和她这位前任继母保持着联系。她也常去探访爱德华王子的育儿室，王子一见到她，小脸就笑了开来。简单地说，克里夫斯的安妮无论在哪一方面都表现得像一位美丽并且身份尊贵的王室姐妹，而所有人都说她符合这样的身份。确实，还有很多人说她才是最适合当王后的人选，但追悔已经没有意义了。无论如何，现在我们都非常高兴自己的证词并没有把她送上绞刑台，尽管现在每个赞赏她的人，过去都可能迫切地向国王宣誓过反对她的证词——我也是。

一个晚上，公爵把我召唤去了他的房间。他首先谈到了安妮前王后，以及她在宫廷的表现是多么的让人赏心悦目。他还问起了我的外甥女，玛丽的孩子凯瑟琳·凯里，问她现在在表姐的房里做侍女做得怎么样。

"她尽了她的职责。"我简洁地说，"她母亲把她教得很好，我没什么要操心的。"

他露出了一丝假笑。"可你和玛丽·波琳从来就不算是好朋友。"

"我们足够了解彼此了。"她是我丈夫那自私的姐姐。

"她一定得到了波琳家的遗产吧。"他好像提醒我似的说，好像我曾经忘了这事一样，"我们不能留住所有东西。"

我点了点头。罗奇福德庄园，我的房子，在乔治死后到了他父母的手上，又从他们那里到了玛丽的手上。他们应该将它留给我，乔治应该把房子留给我的，但是他没有。我被迫面对了所有的危险和恐惧，到头来却只保住了自己的头衔，和那一份津贴。

"那么小凯瑟琳·凯里呢？她要被训练成另一位王后吗？"他问，只是为了戏弄我,"我们应该教她如何取悦爱德华王子吗?你认为我们能把她放上国王的床吗?"

"我想你会发现她母亲已经禁止了这些。"我冷淡地说,"她想要给她女儿一桩美好的婚事和安静的生活。她已经受够了宫廷了。"

公爵笑了,并且结束了这个话题。"那么我们通往梦想的通行证现在如何?我们的凯瑟琳王后?"

"她足够开心。"

"我并不关心她开不开心。她有任何怀孕的迹象吗?"

"不,没有。"我说。

"她之前怎么会弄错的,就在刚结婚的第一个月?她让我们都白抱了希望。"

"她数不好数。"我恼火地说,"而且她也不明白这有多重要。我现在看着她的月经周期了,不会再出错了。"

他对我挑起了一边眉毛。"国王还有能力吗?"他非常小声地说。

我没有朝门口张望的必要,我知道这儿肯定是安全的,不然我们不会谈起这么危险的话题。"他能做完最后一步,尽管花费的时间有点儿长,而且这让他筋疲力尽。"

"那她的状态还好吗?"他问。

"她的经期很规律。而且看起来也很健康强壮。"

"如果她没能怀孕的话,他就会开始找原因了。"他警告说,好像我能做什么阻止国王的奇思妙想似的,"如果她在复活节之前都没有怀孕的话,他就会问为什么。"

我耸耸肩。"有时候这种事情需要时间。"

"上一个花了时间的妻子死在了断头台上。"他严厉地说。

"您不用提醒我!"我情绪激动地反驳,"我当然记得所有那些事,她做的事、试图做的事和付出的代价。还有接下来我们付出的代价。"

我的爆发让他惊讶了。连我自己都感到惊讶。我已经发过誓永远都不再抱怨了。我尽了力。因此,他们也不该多提起。

"我想说的只是我们需要去阻止他起疑。"他安抚我说,"很显然这对我们、对我们家族都好,简,这是为了霍华德家,如果凯瑟琳加快脚步,在他还没有开始犯愁之前怀上小孩的话,对于我们来说将是最安全的。"

"巧妇难为无米之炊。"我冷冰冰地说,仍然很恼怒,"如果国王自己没能力让她怀孕我们能做什么呢?他是个老人了,还是个病人。他从来就不是一个生育能力强的男人,而他的所有潜能一定都被那条溃烂的腿和堵塞的肠道给吸干了。我们又能做什么呢?"

"我们可以帮助他。"他提议说。

"我们还能做些什么?"我问,"我们的女孩已经用上了史密斯菲尔德区的妓女所有能用的招数了。她把他弄得像妓院里烂醉如泥的军官,做了一个女人能做的所有事,而他所做的就是背朝下躺着,然后呻吟'噢凯瑟琳,噢我的玫瑰!'他身体里已经没有活力了,就算生不出小孩我也不会奇怪。我们还能做什么呢?"

"我们能雇个人。"他说话的语气诡谲得就像个皮条客。

"什么?"

"我们能雇一些有活力的人。"他说。

"您的意思是……?"

"我的意思是如果我们有个年轻男人,也许一个是我们熟悉且能够相信的人,一个愿意秘密行动的人,我们也许能让他去见她,也许能让她好好对他,他们也许能彼此取悦,那么我们就可能得到一个能被放进都铎摇篮的孩子了,没人会知道。"

我被吓坏了。"您不能再做一遍。"我断然地说。

他看上去就像严冬一样冰冷。"我以前从没做过。"他小心地强调说，"之前不是我做的。"

"这会把她的脑袋放上断头台。"

"如果我们小心行事就不会。"

"她永远也不会安全的。"

"如果她被小心引导，并且有人陪同的话。如果你和她在一起的话，每一步都领着她，为她的名誉起誓的话。谁会不相信你呢？谁当过国王可靠的证人这么多次呢？"

"的确。我经常为国王作证。"我说，喉咙因为恐惧而变得干燥，"我为刽子手作证。我总是在赢的那一边，从没为辩护方做过证。"

"你总是为我们这一边作证。"他纠正我说，"你依然会安全地站在赢的这一边的。而你将会成为下一位英格兰国王的亲戚。一个霍华德家的都铎男孩。"

"但是那个男人，"我几乎要因为害怕喘起气来了，"没有一个我们信任到可以交付这样大的秘密的男人啊。"

他点了点头。"没错，那个男人。我想我们必须要确保他在做完他的工作后能消失，对吧？制造些事故，或者一场决斗？或者派些盗贼去？他肯定要被挪开。我们不能再经历一次……"公爵在这个词之前停顿了一下，"丑闻。"

我因为这个念头而闭上了眼睛。那一瞬间，在眼睑背后的黑暗中，我能看见丈夫的脸转向我，他的表情非常疑惑，就像他那时看着我进入法庭，坐在了陪审席前面的位子上一样。有那么一瞬间他怀抱希望地想我是来救他的。但接下来，慢慢地，他因为我准备好要说的事情流露出了恐惧。

我摇了摇头。"这是个可怕的想法。"我说，"这可怕的想法只有你知我知。我们已经见识过并且已经做过这样的事……"我停顿了，因为他将要让我做的事而说不出话来。

"就是因为你已经见识过那些却没有退缩，我才和你谈的。"他说，还是今夜第一次，他的声音中有了些暖意，我几乎以为自己听到了嘉奖。"还有谁比你更让我信任呢，还有谁比你更能让我交付家族的野心呢？你的勇气和技巧已经将我们带到了这一步了。我不怀疑你会继续带领我们向前。你一定知道一个愿意为王后冒险的男人。一个能轻易与她见面的年轻人，一个可有可无，日后不会造成损失的年轻人。也许还是国王宠信的人之一，国王本人甚至鼓励他俩相处。"

我几乎要因为恐惧而作呕了。"您不明白。"我说，"求您了，大人，听我说。您不明白。我那时做的……我没想……我从没说过，我也从没想过。如果任何人让我想这个的话我会疯的。我爱乔治……真的，别让我想这个，别让我记起来。"

他站了起来。他从桌子的那一侧走了过来，并且把手放在了我的肩膀上。这几乎是一个温柔的动作，但感觉就像要把我按进他的椅子里一样。"你要下决心，我亲爱的简。你要考虑这些问题，再三考虑以后，告诉我你都想到了谁。我绝对信任你。我很确定你会做对家族最有好处的事。我对你有信心，你总会做对自己最有好处的事的。"

1541年2月

安妮　于里士满宫

　　我到家了，回到这儿真是个解脱，我真想笑自己，现在成了个沉闷的老处女，还躲避着这个社会。但这快乐并不是因为我回到了家，不是因为自己的房间、自己床前的景色和自己的厨子，而是因为我从宫廷、从那片宫廷的黑暗中逃离了。上帝啊，那是个他们为自己造的流毒之地，我怀疑是否真的有谁能忍受身处其中。国王的情绪比过去还要不可靠了。他一会儿对凯蒂·霍华德非常热情，在所有人面前像个流氓一样爱抚她，让她脸红，看着她的窘迫大笑，一会儿又对自己的大臣大发脾气，把杯子扔向墙壁，对男仆大呼小叫，再要么就是沉默寡言，沉浸在无言的怨恨和猜忌当中，眼睛圆睁着，为自己的不快寻找可以发泄的对象。他总是放任自流的脾气已经变成了一种危险。他无法控制脾气，也无法控制恐惧。他在每个角落都看见阴谋和刺客。这个宫廷已经习惯于让他转移注意力，让他分心了，每个人都害怕他的脾气突然转变成阴暗的情绪。

　　凯瑟琳在他想要她的时候向他跑过去，当他脾气变坏的时候又闪到一边，好像是他的一条漂亮灰狗，但是这紧张气氛最后也一定影响了她。并且她还被一群最笨最粗鄙的女孩子们环绕，她们都不够格进入一个绅士的房间。她们的穿着难以置信的招摇，尽可能多地袒露自己，还戴着能负担得起的最多的首饰，她们的行为很不好。她们在国王醒着待在宫廷里的时候还足够清醒，列队从他面前经过，并且向他行礼，好像他是个威严的偶像,可一旦他走了,她们就像女学生一样没规矩地跑起来。凯蒂没做任何事来管教她们,甚至于当房间的门关上以后,她自己就成了元凶。她们让宫里的男仆和年轻人整天在她的房间进进出出,奏乐、赌博、饮酒、调情。她自己仅仅还是个孩子,对她来说,穿着一件无价的礼服打个水仗,之后再换一件是件很大的乐事。但是她身边的人比她年纪更大,也没有她这么单纯,宫廷正在变得松懈,甚至更糟。当有人急匆匆跑进来说国王要来了时她们就会赶忙摆出端正的样子,凯蒂很喜欢这样,她还像个学生,但现在宫廷变得没有纪律了。它已经开始变成一个没有品行的地方了。

很难预料到会发生什么。她说自己结婚后的第一个月就怀孕了,但她搞错了,她似乎不知道这是多大的一个失误,而她以后也没希望了。因为我离开的时候国王腿上的伤再次复发,让他又卧病在床,什么人也不接见了。凯蒂告诉我,她觉得国王不能让她怀孕,他和她在一起就和同我在一起时一样,没有生育能力。她告诉我她在他身上施展了那么多的花招,让他享受了一些快乐,让他确信自己是强壮有力的,但事实是他很难完成全部动作了。

"我们演戏。"她痛苦地告诉我说,"我又呻吟又叫,说自己非常舒服,而他试着进去,但是,说真的,他动不了。这就像在演可悲的滑稽戏,不是真实的。"

我告诉凯瑟琳她不应该对我说这些,但她非常信赖地问我谁能够帮她。我摇了摇头。"你谁也不能相信。"我说,"你刚刚告诉我的那些话,就算我只泄露出去一部分,我都会被吊死。如果你说国王没有生育能力了,或者你预言他就要死了,就成了叛国罪,凯蒂。给叛国罪的宣判就是死刑。你永远都不能对任何人说起这些,如果任何人问起我,我也会撒谎说你从来没说过。"

她的小脸发白了。"但我该怎么办?"她问我,"如果我不能求助,又不知道怎么办，如果就连告诉别人哪儿出了问题都是犯罪的话，我能怎么办？我还能找谁？"

我没有回答她，因为我答不出来。当我也身处同样的麻烦和危险中时，从来就没有找到过能够帮助我的人。

可怜的孩子，也许公爵大人会为她准备一个计划。也许罗奇福德女士知道该做些什么。但当国王厌倦她之后，他一定会厌倦她的，她该怎么维持一段爱情呢？当他厌倦她之后，如果她没有一个小孩，他有什么理由留着她呢？如果他产生了摆脱她的念头，他又会像对待我一样慷慨地安置她吗？毕竟我是个拥有强大盟友的女贵族，而她只是个无足轻重又没有人维护的女孩。还是他会找到什么更简单更快速更廉价的方法摆脱她呢？

1541年3月

凯瑟琳　于汉普顿宫

让我看看我都有什么?

我的冬季礼服全部完工了,尽管还有更多的春季礼服仍在制作中,但它们已经没什么用了,因为大斋节就要到了,而我也不能穿它们了。

我有给国王准备的圣诞礼物,这也是扔给侍女做的事情之一。我还有两条钻石项链,一条有二十六颗切面钻石,一条是二十七颗普通钻石,它们太重了,当我戴着它们时几乎不能把头抬起来。我还有一条珍珠项链,上面是两百颗和草莓一样大的珍珠。我还有亲爱的安妮给我的可爱小马。我现在叫她安妮了,而她和我单独相处时仍然叫我凯蒂。那些珠宝也没起多大作用,因为大斋节,它们也要被搁置一旁了。

我还有一整个合唱团的新歌手和音乐家,但他们在大斋节到来的时候不能为我演奏欢快的舞曲。另外,我也不能在大斋节期间吃任何美食。我不能打牌或者打猎,不能跳舞也不能玩游戏,外出到河上去太冷了,就算这样做不冷,马上也要到大斋节了。一到那闷得要死的大斋节我甚至连和侍女们开玩笑、沿着宅子跑跑都不行,更别提传球游戏和击球。

而国王呢,出于某种原因,让今年的大斋节提早开始了。因为急转直下的坏情绪,他从二月开始就回了自己的房间,现在甚至都不出来用餐,而且也不见我,不好好待我了。自从主显节前夕开始,他就没给我任何东西,也没再叫过我漂亮的玫瑰。他们说他是病了,但鉴于他总是跛着,而且经常便秘，腿部伤口又时常溃烂，我看不出来他生不生病到底有什么区别。况且，他对谁都不客气，简直就没有愉快的时候。他把宫廷全关闭了，所有人都踮着脚走路，大气都不敢出一口。真的，自从国王不在这儿之后，一半的贵族都已经回到自己的家里去了，枢密院不做事，国王也不见任何人，于是很多的年轻人也离开了，这儿就一点娱乐都没有了。

"他在想念安妮王后。"艾格尼丝·莱斯特伍德说，像一只满怀恶意的猫。

"他没有。"我决断地说，"他为什么要？是他自己抛弃她的。"

"他就是有。"她坚持说，"看见了吗？她一离开他就沉默了，然后就病了，从宫廷中退了出去，去想自己能做些什么，去想怎么样才能让她回来。"

"你说谎。"我说。这对我来说是件糟糕的事。还有谁比我更清楚一个人能够爱上什么人，但是突然某天醒来，又变得对他们毫不在意呢？我以为只有我有这样轻薄的感情，我祖母就是这么说的。但如果国王也是如此呢？如果他认为——事实上我也这样想，并且很显然所有人都这样想——安妮从来没有表现得比现在更好过呢？她身上所有曾经那么异样那么愚蠢的东西都飘走了，而她变得——我不知道怎么形容——优雅。她就像个真正的王后，而我，一如往常，还是房里最漂亮的女孩。我从没超出过那个范畴。但如果他想要一个优雅的女人呢？

"艾格尼丝，利用你和陛下长期以来的友谊来打击她是错误的。"罗奇福德女士说。我很高兴她能说出这样的话。这句子就像戏剧的台词一样好，她的语调就像二月的雨一样打落在你的脖子上。"这些是对身体抱恙的国王的无聊谣言，我们应该为他祈祷。"

"我祈祷了。"我赶紧说，因为所有人都这样提议，我就去了小教堂，并把所有的时间都花在了从王后隔间的边缘伸长脖子去看托马斯上，他也朝我看过来并对我微笑。他的微笑是教堂里最好的东西，它就像个奇迹，把整间教堂都点亮了。

"我祈祷了。而且在大斋节的时候，上帝知道，除了祈祷我也没别的事可做。"

罗奇福德女士点了点头。"确实，我们都应该为国王的健康祈祷。"

"但是为什么？他为什么病得那么重？"我小声问她，这样艾格尼丝和其他人就听不见了。有时我真的希望自己从来没有让她们到我身边来过。她们对于兰贝斯的房间来说真的还算是合格，但我不觉得她们的行为对于王后的后宫来说是合适的。我很肯定安妮王后就从来不会让她的侍女房间和我的一样吵闹。她的侍女表现得要好得多。我们永远不敢像我的侍女对我说话那样对她说话。

"他腿上的伤又开始愈合了。"罗奇福德女士说，"医生在解释的时候你有在听吧？"

"我没听懂。"我说，"我开始有听，但接着我听不懂了。于是就没听了。"

她皱了眉。"很多年前国王的腿受了很严重的伤，伤口从来没有愈合过。你至少知道这点吧。"

"是的。"我不开心地说，"谁都知道这个。"

"伤口恶化了，并且开始流脓，每天从肉里流出的脓汁必须要被清除出去。"

"我知道。"我说，"别说这个了。"

"好吧，伤口闭合了。"她说。

"这是件好事吧，是吗？它愈合了吗？他好点了？"

"伤口在表面闭合了，但底下的情况仍然很糟糕。"她解释说，"毒素排不出来，便跑到他的肠胃，到心肺里去了。"

"天呐！"我相当震惊。

"上一次发生这种情况时我们都担心要失去他了。"她非常严肃地说，"他的脸都变黑了，就像一具中毒的尸体，就像个死人一样躺着，直到他们又重新打开伤口排出毒素。"

"他们怎么打开的？"我问，"你知道，这真的很恶心。"

"他们切开了伤口，然后把它掰开了。"她说，"他们用小金片把伤口撑开。医师不得不把那些金片插进伤口里来分开两边，否则它又会愈合，他必须每时每刻忍受着敞开的伤口带给他的疼痛，而他们又得这么做一次了：要切开他的大腿，再插一次。"

"之后他就又会好起来吗？"我开心地问，希望能早点结束这次对话。

"不。"她说，"他就又会和过去一样，跛着，还要忍受疼痛和毒素的煎熬。疼痛让他恼怒，更糟的是，这让他感觉又老又疲倦。跛足意味着他不能再像过去一样了。你帮助他又一次感觉到了年轻，但是现在那伤口又提醒他自己个老年人。"

"他不会真的以为自己还年轻吧？他不会以为自己还很年轻英俊吧？就算是他也不会这么想吧？"

她严肃地看着我。"噢，凯瑟琳，他真的以为自己还年轻，并且还在恋爱。而你要让他再一次拥有这种想法。"

"但我能做什么呢？"我感觉到自己噘起了嘴，"我不能把想法塞进他的脑袋。再说了，他自从病了以后就没到我的床上来了。"

"你要到他的床上去。"她说，"去找他，然后做点让他感觉自己再次年轻起来、沐浴爱河的事。让他感觉自己是个年轻人，充满了欲望。"

我皱了眉。"我不知道怎么做。"

"如果他是个年轻人你会怎么做？"

"我可能会告诉他宫里的一个年轻人正爱慕我。"我说，"我能让他嫉妒。这儿有……"我想着托马斯·卡尔派博,"有我知道自己真的、真的渴望的人。"

"绝不!"她赶紧说,"永远不要这么做。你不知道这么做有多危险。"

"好的,但是是你说……"

"你就不能想些让他重新坠入爱河但是又不会把你的脑袋放上断头台的方法吗?"她恼火地说。

"会吗?"我大声说,"我还觉得……"

"再想!"她相当粗鲁地说。

我什么也没说。我没在思考,只是故意不说话来凸显她的粗鲁,以及表示我不吃这一套。

"告诉他你担心他会回到克里夫斯的安妮身边。"她说。

这句话太让人惊讶了,以至于我忘记了生气,惊异地看着她。"但艾格尼丝刚刚就说了这个,而你让她不要让我烦恼的啊。"

"的确如此。"她说,"这就是为什么这是句高明的谎话。因为这就是真的。半个宫廷的人都在背后这么说,而艾格尼丝·莱斯特伍德当着你的面说出来了。如果你能有一刻不想着你自己和你的样貌、你的珠宝的话,你就会真的感觉到焦虑不安。如果你去找他,并且表现出焦虑不安,那么他会感觉两个女人在争夺他,而又会对自己的魅力充满自信了。如果你做得好,在大斋节之前也许就能让他回到你的床上。"

我犹豫了。"我想让他开心,当然了。"我小心翼翼地说,"但就算他在大斋节前不到我的床上来这也没什么大不了……"

"它就是大。这不关于你的快乐与否,甚至不关于他的。"她严厉地说,"他必须让你生个儿子。你似乎一直忘了这不关乎跳舞和音乐,也不关乎珠宝和土地。成为一个他宠爱的女人不代表你坐稳了这个王后的位子,只有成为他儿子的母亲,你才能稳固这个位子。在你给他生下儿子之前,我不认为他会给你加冕。"

"我一定要加冕。"我抗议说。

"那你就要让他到你床上来,然后给他生个孩子。"她说,"任何其他事想都不要想,太危险了。"

"我会去的。"我像受到了不公平待遇一样重重叹了一口气,这样她就能知道她的威胁并没有吓到我,但是我还是勉为其难地去履行自己的职责:"我会去告诉他我不开心的。"

幸运的是,当我到国王那儿时他的会客厅很不寻常地空着,那么多的人都已经回家了。于是几乎就只留下托马斯一个人了,他坐在床边玩骰子,左手对右手。

"你赢了吗?"我问他,试着让语气轻松些。

他一看见我就立刻站了起来,并且鞠了一躬。

"我总是赢,殿下。"他说道。他的笑容让我的心漏跳了一拍。真的,它真的漏跳了,当他像那样抬起头并且微笑的时候我能听见自己的心跳声:怦!怦!

"一个人玩可算不上好技艺。"我大声说,然后在心里对自己说,"这可不好笑。"

"我赢骰子、赢牌,但我在爱情上输了。"他非常小声地说。

我瞥向身后,凯瑟琳·泰勒妮停步在和赫特福德公爵的亲戚说话,她没在听我们,至少现在没有。而凯瑟琳·凯里距离很远,她在看窗外。

"你爱上谁了?"我问。

"您一定知道。"他小声说。

我几乎不敢想。他指的一定是我,他一定是准备向我表白。我发誓如果他说的是别人我一定会死掉。我不能忍受他渴望着别人。但我让自己的声音保持轻快:"我为什么会知道呢?"

"您一定知道我爱上了谁。"他说,"您一定比这世上的任何一个人都清楚。"

这话语太让人迷醉了,我能感觉到我的脚趾在新拖鞋里蜷缩了起来。我感觉发热,我很确定我脸红了,而他看得见。

"真的吗?"

"国王现在要见您。"巴特博士那个蠢货突然宣布。我猛地回过神并且从托马斯身上移开了视线,差点完全忘记了我到这儿来是来见国王,并且让他重新爱上我的。

"几分钟后就去。"我回过头说。

托马斯从鼻子里发出声低笑,而我必须用手按着嘴唇以阻止自己咯咯笑出来。

"不,您必须去。"他小声提醒我说,"您不能让国王等。我会在这儿等您出来。"

"我当然立刻就会过去。"我说,想起自己要看上去因为国王对我的疏忽而气闷,于是我从他面前转过去,快速地奔向了国王的房间。国王躺在床上,像一艘大船搁浅在干涸的码头上,腿搁在绣花的垫子上举在空中,他的大圆脸看上去一片苍白又可怜兮兮的,而我慢慢地朝他的大床走去,并且试图看上去正焦虑地渴求他的关爱。

1541年3月

简·波琳　于汉普顿宫

国王正不知不觉陷入一种忧郁当中，他坚持要一个人待着，让自己像一条快要死了的癫皮狗一样与世隔绝开来，而凯瑟琳想要让他回到身边的努力也失败了，因为她做不到对任何人上心超过半天，她就只会想着她自己。她又去了他的房间一次，但是这一次他甚至都没让她进去，她没有表现出对国王的关切，反而是扬着她那漂亮脑袋说她还会再去的。

但是她去见托马斯·卡尔派博的时间就长多了，他还带着她在花园里散步。我派了凯瑟琳·凯里追上他们给她送一块大披巾，还让一个行为良好的女仆给他们做出端庄的样子，但无论是从王后挽着他胳膊的方式，还是他们的谈天和欢笑，任谁都看得出来她在他身边很开心，并且已经忘记了自己那还在幽暗的房间里无言躺着的丈夫。

公爵大人在晚餐时给了我一个意味深长的严厉眼光，但他没说什么，我知道他是想叫我帮助我们的小荡妇和人睡觉，并且怀上孩子。一个儿子会把国王从他的忧郁中拉出来，并且能够永远地巩固霍华德家族的王座。我们必须及时行事，必须成功。这世上没有第二个家族在这样的奖品面前还能获得两次机会。我们不能失败第二次。

当凯瑟琳因为国王对自己不闻不问而闷闷不乐时，就把乐师叫到侍女们的房间，还和侍女以及亲族一起跳舞。但她似乎嫌场面还不够热闹，于是两个胆子更大的女孩，琼和艾格尼丝跑到用餐的大厅邀请了一些宫廷里的男人。当我看见她们做了这些之后，派了一个男仆去邀请托马斯，好看他是不是笨到会来。结果他是。

当他进屋的时候我看见她的脸都红了起来，接着飞快地转过身去和旁边的小凯瑟琳·凯里说话。很显然，她对他相当着迷，那一刻我记起，她并不仅仅是我们游戏中的一枚棋子，还是个女孩，一个年轻的女孩，而这是她人生中第一次坠入爱河。看着凯蒂·霍华德不知所措的样子，看着她说话结结巴巴，脸红得像朵玫瑰，没在想着自己而在想着别人的样子，就像看着一个女孩变成一个女人。如果她不是英国的王后，也没有霍华德家的任务要担负的话，这会是非常可爱的一件事。

托马斯·卡尔派博加入了一票舞者的行列，并且站好了自己的位置，这样在舞伴结对的时候他就可以和王后结成一对了。她看向地面，以掩藏自己愉快的笑容，并且表现得谦虚，但是当舞蹈将他们带到一起时，她抓住了他的手抬起头，两人的目光长久地交缠在一起。

我四下看了看，似乎没人注意到，而且说实话，有一半侍女自己都在偷瞄其他年轻男人。我看向对面的拉特兰女士挑起了眉毛，她点了点头，走到了王后身边小声对她耳语了些什么，凯瑟琳便像个失落的小孩子一样愁容满面，接着她转向奏乐师闷闷不乐地说："这就是最后一支舞了。"但当她转过身伸出手，面对托马斯·卡尔派博的时候，刚才的那些决心几乎消失不见。

1541年3月

凯瑟琳　于汉普顿宫

我每天都见到他，每天我们胆子都更大。国王还没有从房间里出来，而他的那一圈医生和药剂师，以及那些给他做参谋的老大臣都几乎不来我的房间，因此就好像我们在这几天里获得了自由一样——只有我们年轻人待在一起。因为大斋节宫廷里很安静，没有舞蹈也没有娱乐，我甚至都不能再在自己的房间私下里跳舞。我们不能打猎，不能划船，也不能玩游戏，不能做任何有意思的事。但我们可以在花园里散步，或者在弥撒结束后沿着河边散步，而当我和托马斯一起漫步时，甚至觉得这比穿着我最好的衣服和一个王子跳舞感觉还要好。

"您冷吗？"他问。

根本不，裹着黑貂皮都要让我烧起来了，但我看着他说："有一点儿。"

"让我暖暖您的手。"他说着，把我的手团进了他的胳膊，这样我的手就贴着他的外套了。我多么渴望能打开他的外套把两只手都放进去啊。我想他的腹部一定光滑又坚硬，他的胸膛也许会有层薄薄的胸毛。我不确定，这不确定性太让人兴奋了。不过我至少熟悉他的气味，我现在可以认出这气味来了。他身上有股温暖的味道，就像优质的蜡烛，让我燃烧起来。

"好些了吗？"他问，将我的手朝他那边按了按。

"好多了。"我说。

我们沿河散着步，一个船夫经过对我们两个喊了句什么。我们前后只跟着几个侍女和朝臣，没人知道我是王后。

"我希望我们仅仅只是男孩和女孩，走在一起。"

"你希望自己不是王后吗？"

"不，我喜欢当王后，并且全心全意地爱着国王陛下，但是如果我们仅仅只是男孩和女孩，就能走去一间旅馆用餐和跳舞了，那样就会有点乐子。"

"如果我们是男孩和女孩，我会把你带去一间我知道的特殊房子。"他说。

"真的吗？为什么？"我能听见自己声音中惊喜的笑意，但我控制不了自己。

"我有一间私人餐室和一个好厨子。我会为您提供最好的餐点，然后再向您求爱。"他说。

我假装出震惊的样子惊呼了一声："卡尔派博大人！"

"在我能吻您之前我不会放弃的。"他蛮横地说，"并且在那之后我还会继续。"

"我祖母会打你耳光。"我威胁他说。

"这也是值得的。"他微笑着，而我感觉到自己扑通扑通的心跳。我被他逗乐了，想要大笑出来。

"也许我会回吻你呢。"我小声说。

"我很肯定您会的。"他说，无视了我兴奋的喘息，"我这辈子都还没有亲过一个没有给过我回吻的女孩呢，我很肯定您会吻我，我想您还会说'噢，托马斯！'的。"

"这么看来你对自己真的很有信心啊，卡尔派博大人。"

"叫我托马斯。"

"我不会叫的！"

"我们像这样单独待着时叫我托马斯。"

"噢，托马斯！"

"你看你说了，而我都还没有吻你呢。"

"其他人在附近的时候你不准和我谈接吻的事。"

"我知道。我不会让你有任何危险，我会用生命来保护你。"

"国王什么都知道。"我警告他说，"我们说的每一句话，也许甚至连我们想什么都知道。他在哪儿都有探子，他知道人们心里都在想些什么。"

"我把爱藏得很深。"他说。

"你的爱？"因为这句话我几乎不能呼吸了。

"我的爱。"他重复了一遍。

罗奇福德女士来到了我的身边。"我们必须进去了。"她说，"要下雨了。"

托马斯立刻就转过身去，领着我往宫殿走了。"我不想进去。"我固执地说。

"进去，然后说你想要换件礼服，再从你私室通往花园的楼梯那儿溜下来，我会在门口等你的。"他非常小声地说。

"我们上一次约好的时候你就没来。"

他轻轻笑了。"你必须原谅我那一次，那都是几个月以前的事了。我这次一定会见到你的。我想做一些很特别的事。"

"做些什么？"

"我想看看自己到底能不能让你再说一次'噢，托马斯'。"

1541年3月

安妮　于里士满宫

  哈斯特大使前来向我传递宫中来的消息。他已经在国王的房间里安插了一个年轻仆人，那男孩说医生们每天都在照料国王，正在努力使伤口张开，这样毒素就能从他的腿里流出来。他们把金子做的小球放进伤口当中，这样它就不能愈合了；并且还用细线将伤口的边缘往回拉，他们就像捣鼓布丁一样折腾着一个大活人。

  "他一定很痛苦。"我说。

  哈斯特博士点了点头。"而且他还很绝望。"他说，"他认为自己永远都不会痊愈了，他认为他的时候到了，并且很害怕留下爱德华王子独自一人，连个可靠的监护人都没有。枢密院正在考虑设一个摄政王。"

  "他会信任谁去照顾未成年的王子？"

  "他谁也不信。王子的亲族，西摩尔家的人已经公开和王后的家族霍华德家交恶了。都铎王朝是在王室家族彼此间的战争中建立的，现在它的平静又要被这种战争打破。国王也担忧民众的信仰。霍华德家坚持旧有的宗教，并且想将这个国家带回罗马教皇的轨道，而克兰默的身后有教堂的支持，他会为改革进行抗争。"

  我轻咬着手指，思索着。"国王是不是还担心有人阴谋推翻他？"

  "有消息说北边又爆发新的起义了，是支持旧宗教的。国王害怕那些人会再一次出现，害怕起义会扩散，他相信到处都有天主教徒在呼吁反对他的叛乱。"

"这些应该都没有波及我吧？他应该不会反对我吧？"

他疲倦的脸皱出了一副怪相。"也许会。他也害怕路德教徒。"

"但所有人都知道我是站在国王的宗教这一边的啊。"我抗议说，"我做了所有能做的来表现自己对他命令的服从。"

"你是作为一个新教派的公主来到这个国家的。"他说，"那个把你带来的男人付出了生命的代价。我很担心。"

"我们能做什么？"我问。

"我会继续观察国王的。"他说，"在他反对天主教徒的时候我们足够安全，但如果他转而和改革派反目，只要我们有能力，就得想办法回家。"

我稍稍耸了耸肩，想了想弟弟疯狂的暴政，又对比了一下这个国王："我在那儿没有家。"

"您在这儿也许也没有。"

"国王已经承诺了我的安全。"我说。

"他过去还承诺过您王位呢。"大使讽刺地说，"可现在是谁坐在那儿？"

"我不嫉妒她。"我想到了她的丈夫，活在自己的世界中，被化脓的伤口困在床上，计算着他的仇敌，罗织着他们的罪名，当发起烧来时，他的不公正更是愈演愈烈了。

"我不认为这世上会有任何一个女人嫉妒她。"大使回答说。

1541年4月

简·波琳　于汉普顿宫

"安妮·波琳身上究竟发生什么了些什么?"小王后威胁地问我,那时我们正从四月清晨的弥撒地往回走。国王一如往常没有出现在王室隔间里,她也第一次没有从隔间的边缘往外去看卡尔派博。她甚至在祈祷中途闭上了眼睛,好像真的在祈祷似的,并且看上去忧心忡忡。现在她又这么问了。

"她被指控为叛国。"我冷酷地说,"你不会不知道吧。"

"我知道,但是为什么?究竟为什么?发生了什么事?"

"你应该问你的祖母,或者公爵大人。"我说。

"你那时难道不在现场吗?"

难道我不在现场吗?难道我没有经历所有那些痛苦的瞬间吗?

"不在,我那时在宫里。"我说。

"难道你不记得吗?"

清楚得就像拿刀子在我皮肤上刻下的痕迹。"噢,我记得。但我不想谈论它。为什么你想知道过去的事?现在那都没什么意义了。"

"如果没有意义它就不会是个秘密了。"她催促我说,"这里边没什么可羞耻的,对不对?"

我用干燥的喉头吞下一口口水。"是的,没有。但它毁了我丈夫、我丈夫的姐姐,还有我们的好名声。"

"他们为什么处决你的丈夫?"

"他和她一起被指控为了叛国,还有其他的一些人。"

"我想那些人是因为通奸被指控的吧?"

"都是一回事。"我简洁地说,"如果王后找了情人,那就是对于国王的背叛,懂了吗?现在我们能谈点别的了吗?"

"那为什么他们要处决她的弟弟,你的丈夫?"

我咬紧了牙。"他们被指控为是一对情人。"我冷酷地说,"现在你知道我为什么不想谈论这个了吗?知道为什么没人想谈论这个了吗?这就是为什么我们不能说更多了。"

她甚至没有听出我的语气,她太震惊了。

"他们指控她把弟弟当做情人?"她问,"他们怎么会认为她会做这样的事?他们怎么会有这种事情的证据?"

"探子和骗子们。"我苦涩地说,"记住。别相信那些你聚集到身边的蠢女孩们。"

"谁指控他们的?"她仍然疑惑地问,"谁会给出这样的证据呢?"

"我不知道。"我说,我非常渴望远离她,远离她对这些陈旧真相不依不饶的追问,"过去太长时间了,我记不起来了,就算我记得,也不会谈论它。"

我不顾王室的礼仪从她身边大跨步离开了,我不能忍受她脸上展露出的怀疑神色。"谁会知道呢?"她重复了一遍。但我已经走了。

1541年4月

凯瑟琳 于汉普顿宫

我因为自己所得知的事儿而消除了疑虑，要是我之前就想到去问就好了。我一直以为我的表姐安妮王后是因为被抓到有个情人才被砍头的，现在我发现这远比那要复杂得多，她那时处在叛国阴谋的中心，远超出我所能理解的程度。我原本很担心我和她会走上同样的道路、得到同样的命运，担心我也遗传了她的不道德，但结果却是场大阴谋，就连罗奇福德女士和她的丈夫都因为某种原因被牵涉其中。我敢说这一定是宗教原因，因为安妮是个激烈的宗教改革者，而现在，我想稍微有些常识的人都倾向于老法子了。因此我想只要自己够聪明够谨慎，至少还能和托马斯做朋友，能经常见他，他能陪伴我安慰我，没人对此会有什么想法。他当国王的王室仆人，而我做国王的好妻子，这不会有什么危害的。

我很聪明地把外甥女凯瑟琳·凯里叫到了身边，并且告诉她去把刺绣织品按颜色分类，好像做好了准备要开始做针线活一样。如果她在宫廷里的时间再长些的话就会立即明白这不过是个诡计，因为我自从成为王后后就再没碰过针线了，但她拿来了一张凳子，并且坐在了我的脚边，将一匹匹的粉红色丝绸放在一起，我们一起看着它们。

"你母亲跟你说过发生在她妹妹安妮王后身上的事吗？"我小声地问。

她抬起头看着我。她有对淡褐色的眼睛，不像波琳家的颜色那么深。"噢，当时我在场。"她简洁地说。

"你在场?"我惊呼说,"但我完全不知道发生了什么!"

她笑了。"你那时在乡下,是吧?我们差不多大。但当时我只是个宫里的小孩。我妈妈是她妹妹安妮·波琳的侍女,而我是她的女仆。"

"那么发生什么了?"我几乎要因为好奇结巴起来,"罗奇福德什么也不跟我说!而且我问起她时她显得那么烦躁。"

"这是个不好的故事,不值得讲。"她说。

"你别也不告诉我!我要知道,凯瑟琳。你知道,她也是我的表姐。我有权利知道。"

"好吧,我告诉你。但这仍然不会是个好故事。王后被指控和她自己的弟弟,也就是我小舅乱伦。"凯瑟琳平静地说,好像这是件寻常事一样,"还有其他人。她被查出有罪,舅舅也是,还有那些男人。王后和她的弟弟乔治都被处死了。我和她一起进的伦敦塔。她在塔里时我是她的女仆,他们来带走她时我也和她在一起,后来她就死了。"

我看着这个女孩,她是我的外甥女,和我一样大,我们来自一个家族。"你那时在塔里?"我呢喃说。

她点了点头。"事情一结束继父就来把我带走了。母亲发誓说我们永远都不会再回到宫廷。"她笑了,耸了耸肩,"但现在我还是来了。"她高兴地说,"就像继父说的:一个女孩还能待在哪儿?"

"你那时在塔里?"我没法甩掉这个念头。

"我听见他们为她建造刑台。"她认真地说,"我为她祈祷。我看着她最后一次走出去。那很可怕。真的很可怕。就算是现在我也不想想起它。"她转开了脸并且暂时地闭上了眼睛,"很可怕。"她重复了一遍,"那真是一种可怕的死亡方式。"

"她犯了叛国罪。"我小声说。

"她是由国王的叛国罪调查委员会定罪的。"她纠正我,但我没看出什么区别。

"这么说她真的有罪。"

她又一次看向了我。"哦，不管怎么说，这事过去很久了，无论她是不是有罪，都被国王下命令处死了，她在她的信仰中死去，已经死了。"

"那么她一定犯了叛国罪。国王不会处死一个无辜的女人的。"

她低下头以藏住自己的表情。"按你说，国王就不会犯错误了。"

"你认为她是无辜的。"我低声说。

"我知道她不是个女巫，我知道她没有犯叛国罪。我很肯定她没有和所有那些男人通奸。"她肯定地说，"但我没有和国王争论。陛下一定知道得最清楚。"

"她那时很害怕吗？"我小声问。

"是的。"

似乎没什么可说的了。罗奇福德女士走进了房间并且看了一眼交头接耳的我们。

"你在做什么，凯瑟琳？"她不耐烦地问。

凯瑟琳抬起头。"我在为殿下整理绣花丝绸。"

罗奇福德女士深深地给了我一个严厉的眼神。她知道如果没人看着的话我肯定不会开始做针线活的。"你做完之后小心地把它们放进箱子。"她说完就又出去了。

"但罗奇福德就没有被起诉。"我小声说，朝她离开的那扇门点了点下巴，"你母亲也没被起诉。只有乔治。"

"我母亲那时才刚进宫廷。"凯瑟琳开始整理丝绸了，"还是国王的旧情人。罗奇福德女士没被起诉是因为她为她丈夫和王后的指控作了证。他们没有起诉她，她是他们的主要证人。"

"什么？"我太惊愕了，以至于发出了小小的惊呼声，凯瑟琳瞥了一眼我们身后的门口，好像在害怕什么人听见我们的对话。

"她背叛了自己的丈夫和丈夫的姐姐？"

她点了点头。"这是很久以前的事了。"她重复说，"我母亲说想着旧账和宿怨没什么意义。"

"她怎么能那么做？"我因为震惊结结巴巴地说，"她怎么能做那样的事？把她的丈夫送向死亡？起诉他……做那种事？如果罗奇福德女士连她自己的丈夫和她的王后都能背叛，我伯父怎么会那么信任她？"

我外甥女凯瑟琳从地板上站起来把丝绸放进箱子，以完成她的任务。"我母亲让我不要相信宫里的任何人。"她说，"她说尤其不要相信罗奇福德女士。"

这些话带给了我一些思考。我不能想象那么久之前的那些事会是什么样子。我不能想象国王还是个健康的年轻人时是个什么样子，也许会和现在的托马斯一样英俊可爱吧。我也不能想象我的表姐安妮王后像我这样备受宠爱、像我这样被朝臣包围、像我这样对简·波琳吐露心中秘密的样子。

我不知道这意味着什么。我不知道这对自己来说意味着什么。就像凯瑟琳说的，那是很久之前的事了，现在每个人都不同了。我不能被那旧时的悲剧过多纠缠。安妮·波琳已经成为了我们家族中一个耻辱的秘密那么久，而且因为她最后以一个叛国者的身份死去，她是不是无辜的已经不重要了。对我来说并不重要吧？我不会跟随她的脚步，也不会继承这份波琳家的断头台作为遗物。所有这些对我都不造成什么影响。我也不会向她学习的。

现在王后是我了，而我应该照喜欢的样子生活。我应该尽我所能地对付那个几乎已经完全算不上我丈夫的国王。他已经一个月都没出过房间了，就算我去他的房间探望他也不见我。同样，正因为他从来不见我，也就不能为我所取悦，因此我都几个月没有从他那儿得到过赏赐了，就连件小饰品都没有。这真是太无礼太自私了，让我觉得就算我爱上了别人也是他活该。

但我不会这么做，也不会找个情人，什么都不会做。可如果我做了，那也毫无疑问是他的错。他对我来说是个可怜的丈夫，每个人都想知道我是不是身体健康，有没有怀孕的迹象，这没什么不对，但如果他都不让我进他的房间，我怎么可能会怀孕呢？

今夜我决定做一个好妻子并且再尝试一次，我已经派了一个男仆给他带去请求，希望能在他的房间与他一同进餐。托马斯送回了一条消息说国王今天稍有好转，也高兴了些，已经从床上起身坐到窗前听花园里的鸟叫了。托马斯亲自到我的房间里来告诉我说国王从窗户往下看，看见我和我的小狗一起玩耍，还看着我笑了。

"真的吗？"我问。我那时穿着一件新礼服，它是非常浅的玫瑰粉色，用来庆祝大斋节终于临近了尾声，我还戴着我的圣诞珍珠。老实说，在花园里玩耍时，我一定看上去相当迷人。我要是知道他那时在看就好了！"你看见我了吗？"

他把脸转了过去，好像不敢承认一样。"如果我是国王，我就会跑下楼去和你在一起了，无论身上是不是疼。如果我是你的丈夫，我认为我甚至不会让你离开我的视线。"

我的两个女仆走了进来好奇地看着我们。我知道我们现在正面对面，好像就要接吻了一样。

"告诉陛下如果他准许的话，我今晚会和他一起用餐，我会尽最大的努力来让他开心。"我清晰地说，托马斯鞠了躬就出去了。

"让他开心？"艾格尼丝问，"怎么做？再给他做一次灌肠？"她们都笑了，好像这是个大笑话一样。

"如果他还有高兴起来的希望的话，我会试着取悦他的。"我说，"还有注意你的言行。"

　　没人能说我没有尽到作为妻子的所有责任，即便他这么难相处。至少我今晚会见到托马斯了，他会接送我往返国王的房间，这样我们就会有片刻在一起的时光。如果我们能找到一个别人不会看见的地方，他就会吻我，我知道他会的，一想到这里，我就像调味罐里的砂糖一般融化了。

1541年1月

简·波琳 于汉普顿宫

"很好,"霍华德舅舅对我说,"国王的伤没有好转,但是至少他和王后的关系开始好转了。他上她的床了吗?"

"昨晚上她已经唤起了他身上男性本能,她跨坐在上边来刺激他,虽然她不喜欢那样。"

"这不成问题。只要完成了就行。他喜欢吗?"

"当然,哪个男人不喜欢?"

他冷笑着点点头。

"她按照你的指点做到完美了吗?他相信她因为他暂离宫廷而心碎,总是担忧他会回到那个克里夫斯女人那里去了吗?"

"我想是的。"

他短促地笑了一声。"简,我的简。如果你是个公爵你该多么出色啊。你会成为我们家族的中心的,你当女人浪费了。你的全部天赋被性别扼杀了。如果你拥有一个支持你的王国,你将成为一个伟人。"

我不能抑制自己的微笑。我曾是那么卑微,现在这个家族的首脑却告诉我我可以成为一个像他一样的公爵。

"我有个请求。"趁着现在正得他的欢心,我开口说。

"哦?什么?我几乎都要说'尽管说'了。"

"我知道您不能给我一个爵位。"我说。

波琳家的遗产

"你已经是个贵族了，罗奇福德。"他提醒我说，"我们成功地保住了你的头衔，你留下了这一部分波琳家遗产，虽然也有些没留下的。"

我并不那么感谢那个头衔，因为我名下的那个庄园被丈夫的姐姐和她乳臭未干的孩子给占据了，并不归我。"我想也许我还想要另一个头衔。"我提议说。

"什么头衔？"

"我想也许我能再嫁。"我现在大胆地开口说了，"不是说要离开这个家，但是可以帮我们和另一个大家族结盟。能够增长我们的力量和人脉，以增加我自己的财产，并且获得更高的身份。"我顿了顿，"这是为了我们，大人。有益于我们所有人，您喜欢把手下的女人都利用上，而我想要再嫁人。"

公爵转向了窗户，我看不见他的脸。他停顿了很长一会儿，等到再转回来的时候脸上什么表情都没了，他的脸就像一张画，静止不动又毫无波澜。

"你有人选了？"他问，"一个意中人？"

我摇了摇头。"我不会做这种梦。"我聪明地说，"我仅仅只是给您提个建议，以便让您想想有什么联盟关系能够匹配我们，我们霍华德家。"

"什么等级能够匹配你？"他温和地说。

"我想成为一名公爵夫人。"我老实地说，"我想要穿着貂皮。想要被称为尊贵的女士。我想要属于自己的土地，而不是由丈夫替我掌控。"

"我们为什么要为你考虑这么高级别的联姻呢？"他问我，好像已经知道了答案。

"因为我将成为下一任英格兰国王的亲戚。"我小声说。

"无论用何种方法？"他问，脑子里想着那个病倒的国王躺着，而我们轻浮的女孩正在他上方全力施展的样子。

"无论用何种方法。"我说,想着年轻的卡尔派博,慢慢地走向王后的床,以为是在跟随自己的欲望,却不知道只是在按我们的计划行动。

"我会考虑的。"他说。

"我想要再结婚。"我又说了一遍,"我想要床上有个人。"

"你感觉渴望了?"他问,似乎因为发现我并不是某种冷血的蛇类而感到了惊讶。

"我就和其他女人一样。"我说,"我想要个丈夫,也想再生个孩子。"

"但和大多数女人都不一样,你只会想要一个公爵做丈夫。"他笑着说,"他还得是富裕的。"

我也回以微笑。"这个嘛,是的,大人。"我说,"我不像我们所知道的某人一样,蠢到为了爱情而结婚。"

1541年4月

安妮　于里士满宫

　　仔细想想，其实说老实话，我去宫里过圣诞节的确是有那么一点虚荣的成分，并且我也认为到那儿去提醒国王我是他的新妹妹是明智的。但恐惧又迅速地让我回到了里士满的家。节日过去很久以后，礼物都被忘却了，恐惧却仍然残存。国王是在圣诞结的婚，但到了大斋节情绪却变得很坏，这让我很高兴能待在这儿，并且也很高兴能被宫廷给遗忘。我决定不去宫里过复活节了，也不会去参加他们的夏日巡游。我害怕国王，我在他身上看到了弟弟的暴政和父亲的疯狂。我看向他的眼睛，想起其中的凶狠多疑似曾相识。他不是一个安全的男人，我想宫廷里的其他人也会意识到，他们的英俊男孩早已变成了一个强硬的男人，而现在，那个男人正慢慢地失去了控制。

　　国王公然反对改革者、天主教徒和路德教徒，而我出于良心和安全需求加入了旧教会遵循老路子。玛丽公主的信仰是我的榜样，但就算没有她，我也会在圣像之前弯曲膝盖，并且相信酒是血变的，面包是肉做的。在亨利的英国想其他事情太危险了，就连思想本身都不安全。

　　为什么他这样一个在权力的巅峰和繁盛时期放纵自己欲望的男人，会像一头狂怒的野兽一般四下张望寻找能威胁的对象呢？如果他不是国王，人们一定会说这是个疯子，他娶了个年轻的妻子，但结婚不到几个月，就到处搜寻殉道者，要将他们烧死。一个选择在自己的大婚当天处死自己最好的朋友和谋臣的人。这是一个疯狂又危险的男人，并且慢慢地，每个人都明白了这一点。

他的脑子里已经植入了一个观点，那就是改革派酝酿了阴谋，而新教徒想要推翻他。诺福克公爵和克兰默大主教想要教堂维持现有的样子，他们从教堂那儿剥夺财富，但从根本上来说他们仍是天主教徒。他们想让改革就停留在现在的阶段上。小凯蒂不能违抗他们，因为她什么也不懂，我怀疑她甚至不明白她书里的那些祈祷词。受他们的暗示影响，国王已经下令全英国的主教们，乃至教徒的牧师们都去抓捕教堂里那些在圣像升起时没有表现出足够虔诚的人，指控他们为异端，并且烧死他们。

史密斯菲尔德区的屠宰场已经变成了人们受难的场所，在那里人和动物都遭受屠戮，已经变成了焚烧殉道者的中心，还有卖柴火和木桩的商店，那是专门为牧师给国王找到的男女准备的。这甚至都不被称为审讯，尽管它实际上就是。年轻人、无知的人、愚蠢的人和很小一部分拥有坚定信仰的人都被针对一个很小的点翻来覆去地审问，直到他们出于恐惧和迷惑自相矛盾，便被判有罪，而这个国王，这个原本应该作为他子民的父亲的男人，把他们给拖了出来焚烧至死。

人们在谈论罗伯特·巴尔内斯，被绑上木桩的时候还在问那个绑他的治安官他到底为什么要被判死刑。治安官自己也不知道，也不能说出他的罪名。围观的群众也不知道。巴尔内斯自己也不知道，但他们却在他脚边点着了火。他没有做违法的事，也没说任何违抗教堂的话。他没犯任何罪。怎么会发生这样的事？这个国王曾经是基督教世界中最英俊的王子，曾经是信仰的捍卫者，曾经是国家的明灯，他怎么能变成这样一种——我能说那个词吗——这样一种怪物呢？

波琳家的遗产

就算在这儿,在里士满宫温暖的私人房间里,我还是像受了凉一样打了个颤。为什么国王在幸福中会变得如此满怀怨恨?他怎么能对自己的人民如此残忍?他为什么会这么反复无常,突然就勃然大怒?怎么会有人胆敢在宫廷中生活下去?

1541年4月
简·波琳　于汉普顿宫

　　我们已经安排好了做王后情人的人选，而我几乎不用做什么来加速这段爱情。不需要任何推动力，只需要一个女孩的渴望，她就从头到脚地坠入了同托马斯·卡尔派博的爱情之中，而且从我所见，托马斯对她也是一样。国王的腿疼有所减轻，复活节后已经从他的私人房间里出来了，宫廷又一次回复了正常，但这对年轻伴侣仍有很多的机会见面，事实上，是国王把他们两个扔到一起的，是他告诉卡尔派博去和王后跳舞，或在赌局上建议她给卡尔派博下注。国王爱卡尔派博，把他看作卧室里最讨喜的男仆，无论去哪儿都带着他，被他的魅力、他的幽默和他英俊的外表所取悦。无论何时国王去看望王后，卡尔派博都总是跟着他，并且国王也喜欢看到这两个年轻人在一起。如果他不是被自己畸形的虚荣心所蒙蔽的话，他应该就会看见自己正在把他们两个人扔进彼此的怀抱里，但他并没有，反而将他们三个人看作是一个快乐的小组合，并且说卡尔派博让他想起了自己的青年时代。

　　小女孩王后和小男孩臣子正结伴玩耍，而国王看着他们两个，就像一个宠溺的父亲看着自己的两个英俊儿女，这时诺福克公爵绕过房间来和我说话了。

　　"他回到她的房里了？她有履行义务和国王睡觉吗？"

　　"是的。"我说，几乎没有动嘴唇，我把脸转向了那对漂亮的年轻玩伴和宠溺他们的长辈,"但是效果如何还不能肯定。"

他点了点头。"卡尔派博也愿意为她服务吗?"

我笑了,并且看向了他。"一如您看到的,她对他来说很有吸引力,他渴望她。"

他点了点头。"我也这么想。并且他很讨国王的喜欢,这是我们的优势,国王喜欢看到她和自己最喜欢的仆人跳舞,而他又是个不知廉耻的混蛋,这也是我们的优势。你认为他会不顾后果到愿意去冒险吗?"

我花了一会儿去欣赏公爵对他的受害者密谋策划的眼神,任何人都会以为他只是在谈论天气。

"我想他爱上她了,他现在会为她冒生命危险。"

"真甜蜜。"他尖酸地说,"我们得看着他。他有些脾气。不是有过一些事件吗?他强暴了一个猎场看守的妻子吧?"

我摇了摇头并且转过了身子。"我没听说过。"

他把胳膊递给我,我们一起沿着走廊漫步起来。

"强暴了她,然后在她丈夫想要救她的时候杀了她丈夫。这两项罪名都被国王赦免了。"

幸好我的年纪已经够大,不会觉得震惊了。"他确实喜欢他。"我干巴巴地说,"国王还会宽恕他什么?"

"但在那么多人里凯瑟琳为什么会喜欢他?他除了年轻和外表好看以外没有任何优点,还很自大。"

我笑了起来。"对于一个嫁给了老得能当她祖父的丑男人的女孩来说,这就够好的了。"

"好吧,如果她喜欢的话可以得到他,但我也许还会找个年轻男人扔给她的。我已经相中了她的一个旧情人,刚从爱尔兰回来,并且仍然单恋着她。等我们开始夏季巡游后你能敦促她吗?她不会被看得那么紧了,而如果她能在这个夏天怀上孩子的话，就可以在圣诞节之前加冕。如果她头上有顶王冠肚里有个孩子的话我会感觉更安稳些，尤其是国王又病倒了。他的医生说他的肠子打结都打得紧紧的。"

"我能帮他们两个。"我说，"我能促成他们会面。但很难更进一步了。"

公爵笑了。"卡尔派博是个混账，她又是个放荡的女人，我怀疑你根本就不需要多做些什么，我亲爱的罗奇福德女士。"

他那么温和，那么坦诚，以至于当他向内院走去的时候我有胆子将手放到他的胳膊上。"还有我自己的事。"我提醒他说。

他的微笑一刻也没有动摇。"啊，你想结婚。"他说，"我正在活动。以后我会告诉你详情。"

"对方是谁？"我问。虽然很蠢，但我发现自己屏住了呼吸，像个小女孩似的。如果能马上再嫁，我就有可能再生下一个孩子。如果我能嫁给某个身份尊贵的男人，就会积淀下一个大家族的基础，建一所大宅，还能积攒下一大笔财富传给后代。我能比波琳家的人做得更好。我能看见我家族的崛起。我会留下一份财富，而第一次婚姻带给我的羞耻和痛苦都会被第二次婚姻的繁荣所冲淡。

"你要耐心些。"他说，"我们先来处理凯瑟琳的事。"

1541年4月

凯瑟琳　于汉普顿宫

正值春季。我之前从未如此注意过一个季节，但今年阳光那么强烈，鸟鸣那么响亮，让我在黎明时就醒来了；我躺着，感觉身上的每一寸肌肤都像丝绸，嘴唇潮湿，心脏因为欲望而怦怦直跳。我无缘由地想笑，想给我的侍女小礼物好让她们开心。我想跳舞，想沿着花园长长的小径奔跑，我想在花园的底部旋转起舞，想要一头栽倒在草地上，去嗅樱草淡淡的香气。我想要骑一整天的马，跳舞跳一整个晚上，在赌局上一掷千金。我有惊人的胃口，我尝遍所有送到王室餐桌的菜肴，然后转送出最好的，最最好的，给一张又一张的桌子，但是永远都不会传给他。

我有个秘密，这个秘密如此重大，以至于有时候我感觉自己因为它在我舌尖上焚烧而无法呼吸，它太炽热，根本无法讲出来。有时候它又像一阵痒痒让我想要发笑。每一天，每一个日与夜，它都像温暖迫切的欲望在血液里流动。

有一个人知道它，只有一个。他在弥撒时看着我，我也越过王后包厢的边缘朝下去看他，他抬起头，朝我露出微笑，微笑时蓝色的眼睛里有星星在闪烁，而后它们又跑到了他让人欲吻的唇上，接着他就给了我一个最厚颜无耻又一闪即逝的眨眼。因为他知道这个秘密。

当我们骑马时，他的马一有机会就来到我的身边，他赤裸的手刮擦着我的袖子，好像我会被他的触碰给灼伤一样。我那时甚至不敢看他，除了最温柔的触摸,他没做更出格的事,只是告诉我他知道这个秘密,和我一样。

当我们跳舞时,舞步把我们两个带到了一处,我们按照舞蹈动作把手握到一起,当分开之后视线仍然相连,而后我们低下头,或看向别处,或做出毫不在意的样子。因为我们不敢太亲近,我不敢把我的脸贴近他的,也不敢去看他的眼、他温暖的唇和他诱惑的微笑。

当他离开房间时亲吻我的手,不会用嘴唇去触碰我的手指,但他的呼吸会打在那上面。这感觉太美妙了,太势不可当了。我只能感觉到他呼吸的温热。当他温柔地抓住我的手时他一定能感觉到,我的手指在他轻微的触碰下颤动得就像微风吹拂下的牧场草地。

而这秘密是什么呢?是什么让我黎明时就醒来,让我的手指在他呼吸的热度下颤抖,让我像只野兔一样一直发抖到太阳落山呢?这个秘密太重大了,我甚至不敢对自己说。这是个秘密。我在夜晚的黑暗中环抱自己,那时亨利国王终于入睡了,而我也得以在床上找到那么一小块没有被他的肥肉和伤口的恶臭所充斥的地方,之后在头脑中组织语言,但我不会将它们低语出来:"我有个秘密。"

我将枕头压向自己,从脸上撂下一绺头发,用脸颊摩挲着枕头,做好了准备入睡,我闭上了眼睛,对自己说:"我有个秘密。"

1541年5月

安妮 于里士满宫

我的大使哈斯特博士带来了我所听闻过的最震惊也最令人遗憾的消息，他一说出来我就因为消息的内容摇摇欲坠。国王怎么能这么做？一个人怎么能这么做？国王已经处决了玛格丽特·波尔，索尔兹伯里女伯爵。国王就这样没有一点理由地处死了一个无辜的年近七旬的老人。如果非要找理由的话，那是一个约束了他很多言行的人，可她约束的全是他疯狂的恶习啊。

上帝啊，他正在变成一个可怕的男人。在这里士满的小小宫廷里，我裹紧了自己身上的外衣，告诉侍女们她们不用跟了，我和大使会到花园里去散散步。我要确保没人能看见我脸上的恐惧。现在我知道自己能如此轻易如此完好地逃脱是何等的幸运了。感谢上帝怜悯。有太多理由去害怕国王，就像害怕一个嗜杀的疯子。他们都警告过我，尽管那时我也很害怕，可并不知道他能有多么恶毒。他对一个年纪能够做自己母亲的女人如此残忍，如此疯狂，她还曾是他祖母的被监护人，是他妻子最好的朋友，是他亲生女儿的教母，是个圣洁的女人，没犯任何罪过——而现实彻底地向我证明了他真是最危险的男人。

他居然把一个快七十岁的老人从床上拽下来砍掉了脑袋，一点理由都没有！完全没有理由，这样做只会让她的儿子、她的家庭和那些爱她的人心碎。这个国王是个怪物，尽管他对他的小新娘笑得那么甜，对我也那么和善那么温柔，但我要记住这一点：英国的亨利是个怪物，是一个暴君，在他的王国里没人是安全的。在这样一个人占据着王座的时候待在这个国家里就不会安全。他一定是疯了才这样做。这是唯一的解释了。他一定是疯了，我生活在一个疯国王统治的国家里，生死都在他一念之间。

哈斯特博士加快了步伐好跟上我，我一路大步前进，好像能用走的逃离这个国家一样。

"你太焦虑了。"他说。

"谁能不焦虑？"我四下看了看，我们正用德语对话，别人听不懂，随从也已经落在了后面。"为什么国王要现在处决波尔夫人？他已经把她关在塔里好几年了。她根本不会密谋反对他！这么多年她除了监狱看守以外谁都没见过，他已经杀掉了他们家一半的人，还把另一半全关进塔里了呀。"

"他没觉得她在密谋什么。"他小声地说，"但北面新爆发的暴乱打着回复旧宗教的旗号，他们拥护波尔家族再登王位。这个家族是虔诚的天主教徒，备受爱戴，他们来自北方，隶属于金雀花王朝的约克家。国王不会容忍任何竞争对手。就算对方是无辜的。"

我战栗着。"那他为什么不派人对抗北部呢？"我问，"他可以带领一支军队去抵御反叛者。为什么要因为他们的叛乱而在伦敦处死一个老太太？"

"据说自从她站在阿拉贡的凯瑟琳王后那一边反对国王开始，他就一直恨她。"他小声地说，"他还是个年轻人时，他喜欢她、尊重她，而她是金雀花王朝最后的公主，比国王自己的身份都要高贵。但当他抛弃王后之后，波尔夫人站到了王后那边为她说话。"

"那是多少年前的事了。"

"他不会忘记任何仇敌的。"

"为什么不像从前那样对抗起义？"

他压低了自己的声音。"他们说他害怕。就和以前一样。他从没对抗过那些民众,以前是派托马斯·霍华德公爵去的,他自己不会出面。"

我大步走了起来,而大使追赶着我的脚步,我的随从落得更远了。"我永远不会真的安全。"我说,几乎是在自言自语,"只要他还活着就不会。"

他点了点头。"您不能相信他的承诺。"他简短地说,"而如果您违抗他,他永远都不会忘记。"

"你觉不觉得这些——"我做了个动作囊括了这美丽的花园、河流和漂亮的宫殿,"所有这些都只是小小的贿赂?就为了在他和凯瑟琳生孩子期间让我闭嘴,让我弟弟闭嘴?如果她生产结束,她加了冕,他会不会逮捕我,控告我是叛国贼、异教徒,或是给我任何他想要加之于我的罪名,然后把我也杀了?"

大使的脸色因为对我的假设的恐惧而变得灰白。"天知道,希望不会。但我们也不能确保。"他说,"现在我认为他想要的是持续的安稳,是和您长期的友谊。但我们也不能确定。对于这个国王谁也不能下定论。事实上他可以今天示好明天就翻脸。这是所有人对他的评价:他令人恐惧、反复无常,永远不知道他会把谁视作自己的敌人。我们不能相信他。"

"他是个噩梦!"我叫了出来,"他为所欲为,能做任何事。他太危险,太恐怖了。"

向来严肃的大使并没有纠正说我说得太夸张。他冷淡地点点头。"他很恐怖。"他赞同说,"这个男人对他的人民来说是种恐惧。感谢上帝您离开他了。愿上帝保佑他年轻的妻子。"

1541年6月

简·波琳　于汉普顿宫

尽管国王看上去更苍老和憔悴了，但至少他又一次回到了宫廷，生活得像个君主而非一个病恹恹的病人。他的脾气对于仆人们来说是个诅咒，他的怒火能震荡朝廷。腿上和内脏中的毒素侵入了他的性情。他枢密院中的成员全都因为害怕冒犯他而踮着脚尖，比如他会在早上说起一件事，而到了晚上又变成相反提议的热情拥护者，他表现得就好像记不起早上发生的事，也没人有胆子提醒他。任何不赞同他的人都是不忠的，叛国罪的控诉就像他伤口的恶臭一样飘荡在空气中。这是一个惯于见风使舵的宫廷，但我还从没见到过这么快就抛弃自己观点的男人呢。国王每天都自相矛盾，而无论他想些什么，旁人总是赞同他。

他对索尔兹伯里的女伯爵的处决让我们都很震惊，哪怕是最硬心肠的人也是如此。我们都认识她，在她还是阿拉贡的凯瑟琳王后最好的朋友和盟友时，我们都以成为她的朋友为荣，她是约克王朝最后的王室血脉了。虽然在她失宠并且隐居乡间的时候大家几乎忘了她，但当她被关在伦敦塔里时，想要忽略她无声的存在就要难一些了，每个人都知道她的住所简陋，吃不饱穿不暖，还在为自己的家人服丧——因为就连她的小孙子都从伦敦塔那锁闭的房间里消失了。这真让人无法忍受，国王就这么毫无预兆地和她反目，毫无预兆地就让人将她从床上拖了下来，处决了她。

他们说她拼命逃避刽子手的斧头，没有做出庄重的发言，也没有为他俯倒在刑台上。她什么也没有供认，只是坚称自己的无辜。她摔倒在断头台上，挣扎着想要逃跑，而刽子手不得不去追赶她，她的脖子挨了好多下。听见这些让我颤抖，让我从灵魂深处感到恶心。她企图逃避的断头台正是他们为安妮造的那一个。多少女人的头要被放上去？下一个会是谁？

对这个易怒的新亨利，小凯瑟琳应付得比预期的还要好。她对宗教和权力都没什么兴趣，因此他不和她谈政治，她也不知道他早上的决定到了晚上就会翻盘。她的脑子里没什么想法，因此永远不会同他争论。他对待她就像对待小宠物，一条小狗，供他爱抚，等当他心情不好了也可以把它赶走。她对这些事的反应很好，也知道自己应该把对卡尔派博的感情藏在妻子奉献的面纱之后。再说了，哪个主人会去问一只小狗她是不是在梦想着什么更好的东西呢？

他当着整个宫廷的面玩弄她，在对待她的时候没有羞耻感可言。当他们当众用餐时，他会越过别人去揉她的胸部，然后看着她的脸红起来。国王让她亲他，在她侧过脸颊的时候他会直接去吸她的嘴巴，我们还能看见他狡猾的手在拍着她的臀部。她从不推开他，对于一个十五岁的女孩来说，她做得非常好。对于一个正热恋着另一个男人的女孩来说，她真的做得非常好。

无论她在用餐间隙和跳舞时成功地抓住了多少和卡尔派博共度的秘密片刻，到了午夜，她总是待在自己的床上，漂亮的睡衣宽松地系着，白色的睡帽让她的眼睛看上去又大又明亮，像个困倦的天使，等着国王。如果他到得晚了，有时候她会睡着。她睡得像个孩子，而且在躺着时有用自己的脸摩挲枕头的习惯，这非常可爱。他穿着自己的睡衣进来，宽阔的肩膀上披着厚袍子，坏腿上缠着厚厚的绷带，但是斑斑点点的脓汁透过白色的布料仍然隐约可见。大多数的晚上托马斯·卡尔派博都在他的身边，沉重的帝王之手重重地依靠在这个年轻人的肩膀上以获取支撑。当卡尔派博将她的老丈夫扶上床的时候，他和凯瑟琳从来不曾交换过哪怕一个眼神。他盯着她身后的床头，那儿刻着国王的首字母，缠绕着她的首字母，而她则低头看着丝质的绣花床单。他将国王的披肩从他的胖肩膀上脱下，卧房里的一个男仆展开床单。两个仆从将国王向上抬到床上，并且让他用唯一的一条好腿保持住平衡。化脓的伤口发出恶臭，盈满了整个卧房，但凯瑟琳从不退缩。她的笑容稳定又热情，就算国王上床之后发出呻吟，他们轻轻将他的腿插进被褥的时候她的镇静也没有动摇过。我们都恭敬地后退着离开，只有当关上了门后我才会朝托马斯·卡尔派博看一眼，我看见这个年轻人的脸因为忧愁而皱了起来。

"你想要她。"我小声对他说。

他看着我，嘴上似乎是要拒绝，但接着他耸了耸肩，什么也没说。

"她想要你。"我自告奋勇地说。

他立刻就捉住了我的手肘，把我拉进了窗户的凹处，我俩几乎被厚厚的窗帘给盖了起来。

"她对你这么说了？她对你说了这么多吗？"

"她说了。"

"她什么时候说的？她说了些什么？"

"大多数夜晚，在国王睡着之后她会从卧房里出来。我脱下她的睡帽，给她梳头发，有时她都快哭了。"

"他伤害她了吗？"他震惊地问。

"不。"我说，"她因为欲望而哭泣。夜复一夜，她费力地为他提供快乐，但她能为自己做的仅仅只有把自己一圈一圈拧得更紧，就好像一根随时都可能会崩断的发条。"

卡尔派博的脸就像一幅画，如果我不是要完成公爵大人的任务，可能会没法继续说下去。

"她因为欲望而哭泣?"

"她都快要叫出来了。"我说,"有时候我会给她安眠药,其他时候她会喝一些加了香料的热葡萄酒。但即便如此,有时候她还是一连几个小时无法入睡。她游荡在房间里,拉着睡衣的缎带,说自己感觉就像火烧。"

"她总是在国王入睡之后走出来吗?"

"如果你一个小时以内再回到这里,她那时就会出来了。"我小声说。

他犹豫了一会儿。"我不敢。"他说。

"你能见到她。"我怂恿他,"那时她会带着自己未被满足的欲望从床上下来,渴望着你。"

他的表情写满了饥渴。

"她想要你。"我提醒他说,"我轻抚她的头发时她低下头呢喃着说'噢,托马斯'。"

"她说了我的名字?"

"她为你疯狂。"

"如果我被抓到和她在一起她就死定了,我也一样。"他说。

"你可以只是进来,和她说说话。"我说,"安抚她一下。让她保持平静也是对国王的贡献。她还能像这样下去多久?国王每晚都揉弄她,把她剥得精光,打量她,摸她,触碰她身体的每一寸,从来没给她片刻平静。她绷得很紧了,我告诉你,卡尔派博大人,紧得就像一条拉得太过的鲁特琴琴弦一样。"

在这幅景象面前他吞了口口水,嗓子紧了起来。"如果我能和她说说话……"

"一个小时之内回来,我会让你进去。"我说。我几乎就要像他一样无法呼吸,像他一样因为自己的话而兴奋。

"你可以在她的私室里和她说话,国王会在卧房睡觉。我可以全程陪着你们两个。如果我从头到尾都在那儿和你们一起，还有谁会抱怨呢？"

奇怪的是，他并没有因为我的友好而感到安心，他后退了一步并且不信任地看着我。"为什么你要这么帮我。"他问，"你有什么好处？"

"我为王后服务。"我赶紧说，"我一直在帮王后。她想要你的友谊，她想要见你。我所做的只是确保她的安全而已。"

如果他真的认为任何人可以让他们的会面变得安全的话，那他一定是被爱情冲昏头脑了。

"一个小时。"他说。

我等在火炉边，炉火正在熄灭。我正在履行公爵大人交给我的任务，但我发现我的思绪一直在飘向丈夫乔治，然后想到安妮。他总是等着她从国王的床上下来，就像我现在这样，就像卡尔派博等待着王后一样。我摇了摇头，已经发过誓不再想起他们了，我已经发誓说要把关于他们的想法都抛诸脑后了。我之前曾努力控制过自己无声的疯狂思绪，但现在它们都不见了，我再也不用让它们折磨我了。

过了一小会，卧房的门开了，凯瑟琳走了出来。她的眼睛下面有黑色的阴影，脸颊是苍白的。

"罗奇福德女士。"看见我以后她用很小的声音叫了我，"你准备好我的酒了吗？"

我被这句话拉回了现实。"我准备好了。"我让她坐到最靠近火的那张椅子上。她把自己赤裸的脚搁到了垫子上，颤抖着。

"他让我恶心。"她断断续续地说，"上帝啊，我自己都觉得自己恶心。"

"这是你的责任。"

"我做不到。"她说，闭上双眼仰起了头。一滴眼泪从她阖上的眼睑下流了出来,滑落到苍白的脸颊上,"就算是为了珠宝也不行。我不能再继续下去了。"

我停顿了一会儿,接着低语说:"你今晚会有一个访客。"

她立即警觉地坐了起来。"谁?"

"一个你可能想要见到的人。你最想见谁?"

她的脸红了起来。"你不会是指……"她说,"是他要来吗?"

"托马斯·卡尔派博。"

听到这个名字她发出一声惊呼,然后跳了起来。"我得穿衣服。"她说,"你得帮我梳头。"

"不行。"我说,"我先把卧室的门锁起来吧!"

"把国王锁在里面?"

"也比他醒了走出来好。我们总能找到个理由的。"

"我要我的香水。"

"算了吧。"

"我不能就这么见他。"

"我应该在门口拦住他让他回去吗?"

"不!"

门外传来轻轻的叩门声,那么轻,如果我不是生了双探子的耳朵的话,几乎都听不见。

"他来了。"

"别让他进来!"她把手放到我的胳膊上,"这太危险了。上帝啊,我不应该让他身陷险境的。"

"他只想说话。"我安抚她说,"这不会有什么害处。"我轻轻地为他打开了门。

"一切正常。"我对门卫说,"国王想要见卡尔派博大人。"我敞开门,然后卡尔派博走进了房间。

在火炉边,凯瑟琳站了起来。炫目的火光照亮她的脸,给她的袍子镀上了一层彩色。她的头发散落在脸上,在火光中发亮,分开的唇瓣呢喃着他的名字,脸泛红晕。睡衣的缎带在她的喉咙处打着抖,她的心怦怦跳着。

卡尔派博就像梦中的男人一样走向了她。他对她伸出一只手,而她立即握住了它,把他的掌心放到了脸颊上。他抓住她的一把头发,另一只手摸索着找到了她的腰,他们不知不觉贴近彼此,好像已经为了能像这样触摸彼此等待了好几个月了,事实上他们的确如此。她把手放到了他的肩膀上,他将她拉得更近,一句话也没有说,她将嘴唇迎向了他,而他低下头吻了她。

我转动外侧门的钥匙,这样入口就被封住了。接着我回到卧室的房门处,背靠着门站着,耳朵监听着国王的一举一动。我能听见他喘着气发出的打鼾声和又响又潮湿的嗝。在面前的火光中,托马斯将他的手滑进了她礼服的胸口,当他触摸她的胸部时,我看见她的头毫无抵抗地仰了起来,她让他爱抚她,自己则把手指插进他卷曲的棕色头发中,将他的脸拉向自己裸露的脖子。

我不能移开自己的视线了。这就是我经常会想象的场景,乔治和他的情人在一起时的样子。快感就像刀子,渴望就像痛楚。他坐在高背椅上,将她拉到身边。我只能看到椅背外的一点点东西和他们的深色的轮廓,背对着灼热的火光。当他吻她,并让她跨到腿上时就好像在跳一场欲望的舞。我看到她笨手笨脚地解着他的裤子,而他用力拉扯她睡衣前的缎带。他们就要在我的眼前做那件事了。他们已经不知道羞耻了:我就在屋子里,而她的丈夫就在门后。他们那么放肆,对于自己的欲望那么无能为力,他们现在就在这里,在我的面前进行了。

波琳家的遗产
3.98

　　我几乎不敢呼吸,我得看着这一切。睡着的国王粗重的呼吸声匹配上他们无声的喘息,他们正一起移动,接着当她拉开自己的睡衣时我看到了她雪白的大腿发出的微光,听见了他的呻吟声,我知道她已经跨坐在了他上方并且让他进入了身体。我听见一声充满欲望的轻轻喘息,那是我发出来的,我已经被这偷来的情欲给包围了。当她往后仰倒并在他身子上面前后摇晃时椅子发出嘎吱嘎吱的声音,她的呼吸变急促了,我听见她开始呻吟,似乎快感已经攀升了起来。我担心他们会吵醒国王,但没什么能让他们停下了,就算国王醒来开始吼叫,就算他尝试推开门走出来,他们已经被欲望绑在一起了,不能分开了。我感觉自己的腿在这满溢而出的欲望面前酸软无力,凯瑟琳小小的喊叫声变大了,我的双膝滑落到地板上,我看着他们,眼前却是乔治充满渴望的脸,而他的情人跨坐在他身上。直到凯瑟琳突然喘了一口气倒在托马斯的肩膀上,而他也在同一时间发出呻吟并且抓紧了她,他们才一起平息下来。

　　感觉过了很久,她才发出一声轻轻的呢喃并且动了动。卡尔派博放开了手,让她从座位上站了起来,她放下睡衣的褶边,在走向火炉的时候回头朝他笑着。他从椅子上站起来,又一次系紧了衣服带子,然后走到她的身边,从后面揽住她的肩膀,用鼻子轻擦着她的脖颈和头发。她就像个第一次陷入恋爱的年轻女孩一样,偎偎进他的怀里,把自己的嘴唇递给了他。她吻他的样子充满爱慕,她吻他的样子好像他们的爱可以持续到永远。

　　到了早上我去找公爵大人。宫廷已经做好了准备去打猎,王后也被国王的一个朋友举上了马鞍。国王自己则拉着猎犬,他的心情很好,嘲笑着卡尔派博红皮做的新马缰。公爵今天不骑马,他站在门口,在清晨的凉意中看着马匹和猎犬。在我向我的马走过去的路上在他身边停顿了一下。

"做到了。"我说，"就在昨晚。"

他点了点头，好像我只是在告诉他铁器的行情一样。

"卡尔派博？"他问。

"是的。"

"她还会再来一次吗？"

"她会不顾一切的，她已经被爱烧昏了。"

"让她保持谨慎。"他说，"如果她怀孕了要告诉我。"

我点了点头。"那我自己的事呢？"我直白地问。

"你的事？"他重复了一遍，装作已经忘记了。

"我的婚事。"我说，"我……我要结婚。"

他挑起了眉毛。"'与其欲火攻心，倒不如结婚为妙'①，对吧，我亲爱的罗奇福德女士。"他问，"但你和乔治的婚姻也没能满足你啊。"

"那不是我的错。"我赶紧说，"是她的。"

他笑了，他不需要问也知道'她'是谁，到底是谁的阴影落入了我的婚姻，并将所有人都带向毁灭。

"关于我的新婚事有什么消息？"我催促他说。

"我正在交换信件。"他说，"你一告诉我王后怀孕的消息，我就会确认这件事。"

"对方是？"我急切地问，"是谁？"

"你的有钱老爷？"他问，"等着看吧，我亲爱的罗奇福德女士。但是相信我，他很富有，而且年轻英俊——让我想想——离法兰西王位只有三步、最多四步的距离。你满意了吗？"

"非常满意。"我几乎因为兴奋而说不出话来了，"我不会让您失望的，大人。"

---

① 出自《哥林多前书》第九章第七节。

1541年6月
安妮 于里士满宫

我有一封宫务大臣寄来的信，邀请我参加宫廷这个夏天的巡游。国王要去北方，由于他对旧宗教的攻击，那边最近掀起了反抗运动，他要过去行赏论罚。刽子手已经提前被派过去了，他会安全地跟在后方。我手上攥着这封信坐了很久。

我正试图掂量其中的危险。如果和国王一起待在宫廷，陪着他让他开心，那么我也许会更得他的宠爱，也许就能借此保证自己来年的安全。但同样的，如果让宫中那些面貌严肃的人看见他又重新喜欢上我的话，他们就会想方设法将我同国王隔开。凯瑟琳的伯父诺福克公爵对于让侄女是否能保住国王的宠爱这一点非常重视，他绝对不会乐意她和我被放在一起比较。他会用一份留在手上的文书来证明我也是天主教徒阴谋的一部分，想要对国王不利。他也许已经制造了更加糟糕的证据：通奸或者是巫术，异教徒或是叛国罪。谁知道他之前都收集了什么证词来置我于死地呢？当国王决定同我离婚的时候公爵肯定没有把它们都丢掉。他一定会留着。他会永远留着，以备有一天他需要毁了我。

但是如果我不去，就不能当场维护自己了。

如果任何人说了什么诋毁我的话，将我列为北方反叛者的同伙，或将我同可怜的玛格丽特·波尔联系起来，同失去名誉的托马斯·克伦威尔联系起来，同我弟弟可能做过或说过的任何事联系起来，那么就不会有人来为我说话了。

　　我将那封信收进了礼服的口袋，走到了床边看向花园外果园里摆动的枝丫。我喜欢这儿，喜欢做自己的女主人，喜欢掌控自己的命运。想到自己就要进入英国宫廷这个虎穴，就要面对英格兰国王这样一个巨大苍老又可怕的人，这对我来说太难应付了。上帝保佑我的想法是对的，我觉得自己不应该同国王一道参加夏季巡游，应该待在这儿，冒着他们可能会污蔑我的风险也好过同他一道旅行，生活在无尽的他人的妒意所带来的危险中。任何事情都好过和他一起出游，好过看着那些贪婪的目光转向我，然后因为某些自己莫须有的行为引起他的敌意并且身陷险境。

　　他很危险，很危险，对每一个身边的人都很危险。我应该待在里士满，并且祈祷亨利这个大威胁与我擦肩而过，这样就能安全平静地生活在这里了。

　　应该远离宫中那些令人恐惧的人群，我应该像只白隼一样独自待着，孤独地翱翔在静默的穹顶之下。我有理由恐惧，但我不愿活在恐惧中。我应该抓住机会。我应该将这个夏天留给自己。

1541年6月

简·波琳　于汉普顿宫

公爵在夏季巡游前已经过来看过他的侄女了，但他很快就意识到自己挑了个最坏的时机。王后的房间一片混乱。就连最有经验的仆人，就连王后的姐姐和继母都不能维持任何的秩序，因为凯瑟琳发誓说不带上她的新礼服就不走，但接着记起来她已经将它们打包好提前送过去了，于是又要求看珠宝箱，看完指控一个女仆偷了条银链子，但跟着又找到了它，之后她又因为犹豫着要不要把黑貂皮带去约克郡而几乎哭出来，跟着又脸朝下倒在床上并且发誓说自己绝对不要去，国王反正也不会关注她，那她在约克郡的生活还会有什么意思呢？

"到底在搞什么鬼？"公爵朝我发出斥责，好像这是我的错。

"已经这样一整天了。"我疲倦地说，"昨天还更糟糕。"

"为什么她的仆人不处理好这些？"

"因为她老打断他们，一会要这个一会要那个。我们已经把她的一箱准备装上马车的礼服打包了两次。她的衣柜管理员没犯错，是凯瑟琳把所有东西都翻出来，就为了找一对她一定要带去的袖子。"

"王后的房间如此无序简直不可理喻！"他大声说，我第一次看见他真的焦虑不安的样子。"这是王后的房间。"他重复说，"她理应优雅。应该自持身份。阿拉贡的凯瑟琳王后就从不会……"

"那位王后的出身和教养都非常高贵，但这是个女孩的房间。"我说，

"还是个被惯坏了的任性的女孩。她的言行不像个王后，就像个小孩。如果她想，她可以为了一条缎带把这个地方弄得底朝天，没人能教她注意言行。"

"你应该给她命令。"

我挑起了眉毛。"大人，她是王后。是您让她成为英格兰王后的。无论是庄园里接受的教养还是国王对她的放纵都没有教给她任何的道理。我得一直等到她去吃晚饭，才能让所有事情回到正轨，而到了明天她又会忘了这一切，会继续这样，所有她想要的东西都要被打包，任何落下的东西她都会买新的。"

公爵耸了耸肩转过了身。"不论如何我想见的是你。"他说，"出来，到大厅来。我不能忍受女人的聒噪。"

他拉着我的手把我带出房间。守卫看在门的一侧，我们离开了那边，以防止他听见我们的对话。

"至少她对卡尔派博的事情挺小心。"他直截了当地说，"还没有人知道。他跟她睡过几次了？"

"六次。"我说，"我很高兴宫里没有关于她的传言。但在她房里至少有两个人知道她爱上了他。她寻找他的身影，一看到他脸就放光。过去的这个星期里她至少不见了一次。但国王晚上的时候到她的房间来，而白天她身边又总有人陪着。没人能提出任何不利于他们的证据。"

"你在巡游期间也得给他们找个法子见面。"他说，"从一个庄园到另一个，这之间一定有机会。他们见面的次数太少对我们没好处。我们需要那女孩生个儿子，她必须一直这样做，到怀了小崽子为止。"

我因为他粗俗的话语抬起了眉毛，但赞同地点了点头。"我会帮她的。"我说，"她就和只小猫一样会玩。"

"让她玩得像只发情的母狗。"他说，"只要他能睡她就行。"

"那我的事呢?"我提醒他说,"你说过在为我物色一个丈夫。"

公爵笑了。"我已经给法兰西宫廷写信了。你想做伯爵夫人吗?"

"噢。"我惊呼了一声,"他已经回信了?"

"对方表示有兴趣。不过还需要考虑你的嫁妆和对你孩子的安置问题。但我能向你承诺,如果你能让那女孩在夏末时怀上孩子,那么到了冬天你就是伯爵夫人了。"

我几乎因为渴望而喘起了气。"他是个年轻人吗?"

"他和你差不多大,很有钱。但他不会坚持要你生活在法兰西,我已经问过了。他很乐意你继续在王后这儿做个侍女,只会要求你在英国和法兰西各有一处房子。"

"他有城堡吗?"

"几乎能称作宫殿了。"

"我以前见过他吗?我认识他吗?他是谁?"

他拍了拍我的手。"耐心些,我最有用处的波琳女孩。做好你的工作就会得到我的嘉奖。我们讲好了的,对不对?"

"是。"我说,"的确。我会履行承诺的。"我期盼地看着他。

"那么我也会的,当然了。"

1541年8月

凯瑟琳 于林肯城堡

我担心过这会非常无聊——我们要巡游这个国家，还要在每一个市中心广场处接受那些赶来的人群的注目礼并向他们做出宫廷演说，国王庄重地坐到这国家的每一个市政厅里，而我磨着牙齿，以阻止自己在穿着礼服的胖参议员发表拉丁文讲话的时候打哈欠，至少我想那应该是拉丁文。托马斯很调皮，他发誓那是埃塞俄比亚语，因为我们已经迷失在了非洲。但事实上，这还挺有趣的。讲话的确很无聊，可一旦演讲结束，就会有化装舞会、跳舞、娱乐活动或者是野餐一类的事情，在巡游中当王后比在宫里当王后有意思多了，因为每隔几天我们就搬去另一座城堡或庄园，我没有时间感觉无聊。

在林肯城堡这里，国王命令我和所有的侍女都要穿代表林肯的绿色，当我们进入城镇时就像是在开化装舞会。国王自己穿着一身深绿，他拿着弓，肩膀上有一袋子箭，还戴着一顶带羽毛的俏皮小软帽。

"他是罗宾汉，还是侠盗？"托马斯对我耳语说，我必须得用袖子挡住嘴巴才能抑制自己笑出来。

无论我们去哪儿卡尔派博都跟着，吸引着我的视线，逗我笑，就是在最冗长无味的宫廷演说中我都能感觉到他投向我的视线。而国王无论是健康还是脾气都好多了，这让我们所有人都松了一口气。他对北边的叛乱感到非常气愤，但似乎现在已经平息了，他处死可怜的索尔兹伯里女伯爵时我感觉心烦意乱，但现在他告诉我所有邪恶的人都被击败或处决，我们又能在床上安睡了。他还告诉我他已经和西班牙结盟对抗法兰西国王了，这个联盟会帮助我们抵御法兰西——看啊，现在法兰西是我们的敌人啦——不过这也是一件好事。

我不应该浪费太多时间去悼念女伯爵，不管怎么说她已经非常老了，就和我的祖母一样老。而最好的一件事就是到达约克郡的时候我们将要去面见苏格兰宫廷和国王的外甥，苏格兰的詹姆斯国王。国王对此很期待，我也一样，因为到时会有一场盛大的两国见面的仪式，还会有比武大会，英国的骑士一定会胜利，因为我们有最勇敢的人和最好的战士。汤姆·卡尔派博也将穿上他的新盔甲，而我将会是竞技场上的王后。还有我在御用看台上的新帘子，我几乎等不及要看到它了。

我已经练习过每一件事。我已经练习过走下台阶、走进看台、环视四周并且微笑的样子。我已经练习过坐在看台里的样子和我庄重的王后面貌，我将在人民为我欢呼的时候摆上那副面孔。我也已经练习过在看台边倾下身子分发奖品的方式了。

"你还应该练习下怎么呼气儿。"琼·巴尔默无礼地说。

"我喜欢好好安排事情。"我说，"每个人都会看着我的。我得表现好。"

将会有超过一百个英国骑士参加竞赛，我相信他们中的每一个都想要讨我的欢心。托马斯也抓住了机会，他到我在林肯城堡的看台上来了，并且跪在我面前请求成为我的骑士。

"是国王让你来问的吗？"我说，虽然很清楚并不是。

他优雅地低下头，好像感觉很困窘。

"这是发自我本人内心恳切的请求。"他说。

"你并不总是这么谦恭的。"我说，心里想着他那些强硬的吻，他的手抓着我的臀部，好像要把我压到他的阳具上，就在我们离开汉普顿宫前，就在那条走廊上。

他抬起头看我,那是一个很有深意的一闪而过的眼神,我知道他也在想着那些事。

"有时候我敢于抱希望。"

"你的确表现得像个充满希望的男人。"我说。

他笑了,低下了脑袋。我把袖子掩在嘴唇上咬住,这样才不会笑出声来。

"我了解我的女主人和我的王后。"他庄严地说,"只要她经过我身边,我的心跳就加速。"

"噢,托马斯。"我低语道。

这太让人快乐了,我希望它能持续整日。

我的一个侍女朝我们走来,我想她就要打断我们了,但罗奇福德女士对她说了些什么,然后她就被转移了注意力,停在了那里。

"我总是不得不走开。"我说,"永远不能像我期盼的那样长久地停留。"

"我知道。"他说,在他那爱抚的、调情的语气下,有真正的遗憾。我能听出来。"我知道。但我今夜必须见您,我必须触摸到您。"

我真的不敢回答这句话,它太激情了,尽管现场只有侍女们在我们身边,我也知道对他的渴望会就这样从自己的表情里溢出来的。

"去问罗奇福德女士吧。"我小声说,"她会找到法子的。"接着我大声地说:"不管怎么说,我不能给你我的恩典。我应该先去问国王他喜欢谁。"

"您能留着自己的恩典,只需要在我骑马出场时给我一个微笑就够了。"他说,"他们说苏格兰人是可怕的战士,牛高马大。告诉我您会看着我,并且祈祷我不会在苏格兰的长矛前倒下。"

这实在太可怕了,我差点都叫出来了。"我一直在看着你,你知道的。我一直注视着你竞技,并且一直都在为你的安全祈祷。"

"我也看着你。"他说,声音那么轻,我几乎都听不见他,"我带着如此多的渴求看着你,凯瑟琳,我的爱人。"

我能看见她们都在看着我。我站了起来,有一些脚步不稳,而他也站了起来。"你明天可以在弥撒前和我一起骑马。"

他鞠了躬并且向后退,接着他转过了身,我发出了一声小小的惊呼,我震惊了,因为门口站着一个人,就像个鬼魂,那么像,以至于我一瞬间真的以为那就是个鬼魂——那是弗朗西斯·迪勒姆。我的弗朗西斯,我第一次的爱,他出现在了我的门阶上,穿着件漂亮的斗篷和质地优良的外套,还戴着一顶好看的帽子,好像他真的过得很好,就和之前我们在兰贝斯我的床上假扮夫妻时一样英俊。

"迪勒姆先生。"我非常清晰地说,以便他不会误以为我们还是同样的身份。

他很清楚这一点,并且单膝跪了下来。

"殿下。"他说,手上有一封信,他将它递给了我,"您尊敬的祖母,公爵夫人,吩咐我前来给您带这封信。"

我冲我的随从点点头,让弗朗西斯看到我并不愿意为了自己的信往前走那三步。那个随从小伙将信从弗朗西斯手上拿过来递给了我,因为我的身份尊贵到不需要弯腰。我没有看他,我看见托马斯·卡尔派博僵硬得就像只苍鹭,站在一边怒视着弗朗西斯。

我打开公爵夫人的信。字迹非常潦草,因为她几乎不会写字,而我也几乎不会认字,所以我们很少通信。我寻找着罗奇福德女士,她立刻就出现在了我身边。"她说了什么?"我将信递给了她。

她快速地读了一遍,因为我正看着她的脸而没看着随从,因此看到了她眼中一闪即逝的神色:看上去像是她正在打牌,而一组非常好的牌落到了她同伴的手里,她几乎都要笑出来。

"她写信提醒你记得这位绅士,弗朗西斯·迪勒姆,他曾在她的房里当过差,你那时也在那儿。"

我必须称道她掩饰自己表情的能力,现在我已经完全看不到一点表示了。她清楚弗朗西斯和我曾是什么关系,因为当我还只是安妮王后房里的一个贴身女仆而她是比我等级更高的侍女时,我曾经告诉过她所有关于他的事。并且,现在我也想到了,有一半的女仆都是我从前的朋友和玩伴,因此她们都知道弗朗西斯和我——现在如此有礼地面对面的这两个人——曾经在每个他得以溜进女孩房间的晚上,做过赤裸的床伴。艾格尼丝·莱斯特伍德发出了压抑的笑声,我瞪了她一眼,让她闭上那张蠢嘴。琼·布尔默在我之前拥有过他,她现在已完全呆住了。

"噢,是的。"我说,接过了罗奇福德女士给我的暗示,转过头朝弗朗西斯微笑着,好像我们是老熟人一样。我能感觉到托马斯的眼神射到了我身上,而后又环视过其他人,我想我以后得给他解释这件事,而他不会高兴的。

"她推荐他做您的仆人,并且请求您将他收为私人秘书。"

"好的。"我说,我不知道该怎么办,"当然。"

我转向了弗朗西斯。"祖母向我推荐了你。"我真的不知道为什么她会有兴趣把他安插进我房里。我也不明白为什么她要把他安置在一个这么敏感的位置上,不是她自己在我还是她房里的一个小女孩时因为我把他放进卧室而打了我的耳光,还叫我荡妇的吗?

"你要感激她。"我说。

"我会的。"他回答。

我倾向罗奇福德女士。"任命他吧。"她对着我的耳朵简短地说,"你祖母是这么说的。"

"那么就按祖母说的办,我很欢迎你来到我的宫廷。"我说。

他站了起来。他是如此英俊年轻的一个男人。我真的不能为做女孩时爱上他而责备自己。他转过头朝我微笑着，好像正因为我感到羞涩。

"我感谢您，殿下。"他说，"我会忠心地侍奉您。奉上心和灵魂。"

我伸出手让他亲吻，当他走近时，我能闻到他皮肤的气味，那么熟悉，那性感的味道我曾经那么了解。这就是我第一个爱人的味道，那时他对我来说意味着一切。啊，我还把他的衬衣藏在枕头下面好让自己把脸埋进去，这样等我睡着了，就能梦见他了。我那时喜欢弗朗西斯·迪勒姆，可现在我唯愿上帝不要让我再一次见到他。

他俯身吻向我的手，嘴唇碰到了我的手指，它们是那么柔软，就像记忆中在我的嘴唇上时一样让人屈服。我前倾了身子。

"你需要小心侍奉我。"我说，"我现在是王后了，不能有任何关于我的流言，不仅是现在，旧日的流言也不能有。"

"我是您的心和灵魂。"他说，我感觉到了那阵一闪而过的不忠的、不可抵抗的欲望。他仍然爱着我，一定还爱着我，不然他为什么要来侍奉我呢？尽管我们分开的方式并不和睦，但我还记得他的触摸和他的吻，其间的兴奋感让人窒息，也记得当他第一次到我的床上来时，光裸的大腿在我的两腿之间光滑的触感，他那经久不息的欲火从来叫人无法抵抗。

"留心你说话的方式。"我说，他对我笑了，好像就和我一样清楚我脑子此刻正想着什么似的。

"请留心您回忆起来的东西。"他说。

1541年8月

简·波琳　庞特佛雷特城堡

那两个年轻人，还有半打其他的人，每一个都有理由相信自己是王后的最爱，他们每天都围着她转，而宫廷里弥漫着一种不安，好像即将爆发群架的妓院大厅。王后因为自己在每个角落、每一次狩猎、每一次早餐和化装舞会上得到的注视而兴奋不已，像个熬夜熬太晚的小孩子，亢奋个不停。一方面，托马斯会在她下马时扶着她，在她跳舞时陪着她，在她玩牌时对她耳语，在早上第一个来问候她，到了晚上则最后一个离开她的房间。而另一方面，年轻的迪勒姆遵从命令听候她的差遣，他的小写字台就在她的右手边，好像她一直在口述一封寄给别人的信似的，他持续不停地对她低语，走上前来和她商量，出现在那些他不需要出现的地方。这之外还有几个呢？十二个？二十个？就连安妮·波琳在她最任性的时期也没有让这么多的年轻男人包围过，这就像一群狗对着屠夫的门淌口水似的。但是就算在安妮调情最频繁的时候，她也从没表现得像个小女孩，可以用一个微笑来打赏讨她欢心的人，可以被一首歌、一首诗、一句话所吸引。整个宫廷都开始看见王后的欢愉，这个曾经让国王那么开心的王后并不是他认知中那个只倾心于他的单纯女孩，而是个荡妇，纵情于异性对她长久的注视里。

这当然会引起问题，几乎就要导致一场争斗了。一个资深宫人告诉迪勒姆说他应该从桌子边站起来离开，因为他并不是王后理事会中的一员，只有他们能坐着享受红酒。迪勒姆没管好自己的嘴，他说他很久以前就是王后理事会中的一员了，比他们认识她还要早，就算我们其他人都被开除了，他也会和她保持密切的联系。这当然引起了骚动。最可怕的地方在于这可能被传到国王的耳朵里，因此迪勒姆被召到了王后的房间，她会见了他，我在她的旁边。

"我不能让你在我的后宫里引起麻烦。"凯瑟琳生硬地对他说。

他鞠了躬，但眼神闪着自信的光。"我无意引起任何麻烦，我是您的，心和灵魂都是。"

"这么说是没问题。"她生气地说，"但我不想让人们问起我和你是什么关系。"

"我们曾经相爱。"他坚定地坚持说。

"这件事永远不准提。"我打断他说，"她是王后，她之前的生活应该被当做不存在。"

他看向她，无视了我。"我永远都不会否认这一点。"

"结束了。"她坚定地说，我为她骄傲，"我也不会容忍有关过去的流言，弗朗西斯。我不能让人们谈论我。如果你不保持安静的话我只能把你送走了。"

他停顿了一下。"我们曾在上帝面前结为夫妻。"他小声说，"你不能否认这一点。"

她摇了摇头。"我不知道。"她无助地说，"不管怎么说，这事结束了。你只有闭上嘴才能在宫廷里谋到一席之地。对吧，罗奇福德女士？"

"你能闭上嘴吗？"我问，"别再提那些废话。如果你能管好自己的嘴就能留下来。可如果你再说错话就得走。"

他冷冷地看着我，不像他和王后，我们之间并没有感情。"我能闭上嘴。"他说。

1541年9月

安妮　于里士满宫

这对我来说是个好夏天,是我在英国恢复自由后的第一个夏天。附属于我宫殿的农田都很肥沃,我已经骑马外出看过成熟的玉米了,果园里的果树缀满了果实。这是个富庶的国家,我们已经垒起了一堆干草供牲畜冬天食用,粮食在谷仓里堆成了山,好经由磨坊磨成面粉。如果这个国家是由一个渴望和平的男人统治的,如果他愿意分享财富,那么这就会是一片和平繁荣的乐土。

国王对天主教徒和新教徒的怨恨伤害着他国土上的生灵。当教堂中的圣体升起时,就连最小的孩子都被训练得要把目光集中在那上面,并且按照教给他们的条款生硬地摆动脑袋画起十字,他们被自己的父母威胁说如果不按照国王的要求做,就会被带走烧死。这群穷人没有理解这一圣洁的行为,他们仅仅知道这是国王现在的要求,而他们应该低头弯腰并且为自己祈祷,就像之前他们必须听英文的弥撒而不是拉丁文的一样。那时他们还在教堂里放了一本《圣经》供所有人阅读,但现在它又被拿走了。国王限制教堂,也颁布了越来越多不公的赋税:就因为他能,因为没人胆敢阻止他,因为现在就连质疑他也是犯叛国罪。

私下有传言说北方的起义是由勇敢的人们所领导的,那些觉得他们能够为了上帝反抗君主的有勇气的人们。但是小镇子里年纪稍长的男人们指出他们现在都死了,国王今年通往北边的巡游正是去践踏他们的坟墓,羞辱他们的遗孀。

我并不干涉任何人说任何话，如果有任何可能会被看作叛国罪的言语进到耳朵里我会尽快离开，并且告诉某个侍女或房里的某个人说我听到了一些事，但没有听懂。我掩藏进自己的愚昧里，认为这将是我的避难所。我摆出自己呆滞不解的脸，并且相信关于我的那些又丑又迟钝的谣言会让我安全。不过通常，人们不会在我面前说什么，他们把我当成某种糊涂善良的人，就好像我是个大病初愈的人，还需要被小心地照顾。某种程度上来说，也的确是这样。我是第一个从同国王的婚姻中活下来的女人。这是比在瘟疫中活下来还要了不起的壮举。瘟疫在最可怕的夏天、最贫穷的地区可以席卷一个城镇，十个女人中也许就有一个会死去。但国王的四任妻子里却只有一个完好无损地活了下来，那就是我。

哈斯特博士的探子报告说国王的精神已经好多了，他的脾气也因为这次的北方之旅而有所缓和。他的探子没有受命同宫廷一道上路，而是留在了汉普顿宫清理国王的房间，总的来说那还是个值得庆幸的地方。不过我也因此无法得知他们的巡游进行得怎么样了。我有一封罗奇福德女士寄来的短信，告诉我国王的健康状况好多了，他和凯瑟琳也很开心。但如果这个可怜的孩子还不尽快怀上小孩的话，我不认为她还能高兴上多久。

我也给玛丽公主写了信。她很庆幸自己和法兰西王子的婚事问题已经被完全搁置一旁了，因为西班牙和法兰西要开始打仗，而亨利国王会站在西班牙的那一边。他很担心法兰西的入侵，因此那些让人民厌烦的赋税一部分已经被花在了南部沿岸的防御工事上。从玛丽公主的观点看来，只有一件事是重要的：如果她的父亲同西班牙结盟的话那她就不用嫁给法兰西王子了。她的母亲是西班牙人，而她又是这么一个激情澎湃的女儿，因此我想她宁愿到死都是个处女也不愿意嫁给一个法兰西人。她希望国王能准许我在秋天之前去看望她。在他结束巡游返回后我会写信给他，请求他让我邀请玛丽公主和自己待在一起。我应该会喜欢和她共度时光。她笑话我，还说我们两个是王室老姑娘，不过我们的确是这样。我们是两个没有用处的女人。没人知道我到底算是个女公爵还是个王后还是什么都不是。也没人知道她是个公主还是个私生女。王室老姑娘，我真想知道我们会变成什么样。

1541年9月

凯瑟琳　于约克郡　国王庄园

　　好吧，这就和我预计的一样，让人彻底失望。苏格兰的詹姆斯国王不会过来，这儿也不会有马上比武和宫廷竞赛了，我仅仅只是这个小小的英国宫廷的王后，完全没有任何特殊的事情发生。我看不到我亲爱的托马斯参加比赛，他也不会看见我站在王室看台上，更看不到我的新帘子了。国王发誓说詹姆斯是太害怕了，不敢在国境线以南这么远的地方露面，如果这是真的话，那也只能是因为他不相信国王订立的休战约定而已。尽管没人敢说，但他这样小心谨慎其实是相当正确的。因为国王对北方的叛军首领也承诺过休战，还承诺过他的友谊和他们想要的改变，以他的王室姓氏发了誓，但是接着，在对方相信了之后，国王抓住了他们并且把他们吊死了。他们的头颅仍然被钉在约克城墙的周围，我必须说这真是让人厌恶。我对亨利说也许詹姆斯也害怕被吊死，他笑了很久，说我是只聪明的小猫，詹姆斯没准真的害怕。但事实上，我不认为人们对你不信任会是一件好事。如果詹姆斯信任国王的话他就会前来，那么我们就会度过很快乐的一段时光。

　　再者，这是一座很好的庄园，是为我们新建的，但我仍然没办法不注意到这里在成为国王的行宫之前曾是一间漂亮的寺院，我也有理由认为约克郡的人民一定很讨厌我们在这儿跳舞，因为这儿原本是僧侣们祈祷的地方，而这儿的人民都对旧信仰（如果他们不是秘密的天主教徒的话）非常同情。我当然不会说出来,我没有那么蠢。但我能想象如果我到一个地方祈祷和寻求帮助,却发现这儿完全变了样,只有一个又胖又贪婪的皇帝正坐在正中间,叫着他的晚饭时的那种感受。

不管怎么说,最重要的是国王很开心,就连我都对这一点感到高兴,可以不那么计较错失长矛比赛的事了。对于见不到英俊的苏格兰男人以及远离了伦敦的珠宝商和金匠我有一些失望,但并没有真的为这些所困扰。令人吃惊的是,一切看上去都不那么重要了,这都是因为我正在恋爱。人生中的头一次,完完全全彻彻底底的陷入了恋爱,我自己都不敢相信。

托马斯·卡尔派博是我的爱人,他是我内心的渴望,他是我唯一的挚爱,也是今后我唯一将会爱的男人。我们拥有彼此,无论是心灵还是灵魂。所有那些我曾经抱怨过的要和一个老得能做我父亲的男人睡觉的烦恼都被抛到了脑后。我把对国王尽的责任当成某种形式的赋税,当成我必须偿付的费用,而让他睡着后,我就有自由和我的爱人在一起了。更幸运的是国王已经让这次巡游的庆祝搞得很疲惫了,因此他经常完全都不到我的房间里来。我一直等到宫廷里安静下来后,罗奇福德女士走下楼梯,为我打开一扇侧门,或是通往一处走廊的隐藏门,我的托马斯便走进来,我们共度一段时光。

我们必须很小心,因为我们的性命就系在这上面。但是每次我们都转移到一个新地方,罗奇福德女士会找到一条通往我房间的密道,并且告诉托马斯应该怎么做。他总能成功到我身边来,他爱我,正如我爱他一样。我们进了屋子,罗奇福德女士在外面为我们守门,我一整晚都躺在他的臂弯里,两人亲吻低语,许下延续到永远的爱的誓言。到了黎明时她轻轻敲敲门,我爬起床,我们接吻,而后他像个幽灵一样溜出去。没人看见他。没人看见他来,也没人看见他走,这是个绝妙的秘密。

女孩们当然会谈论,这是最不守规矩的一群人。我不敢相信如果安妮王后仍然在位,她们会有胆子谈论这种流言和丑闻。但因为现在王位上的只有我,而她们中的绝大部分又都比我大,还有很多都是从兰贝斯来的旧识,所以完全目无尊长,她们笑我,还用弗朗西斯·迪勒姆的事戏弄我,因此我很担心她们会起疑,睡觉时我唯一的同伴是罗奇福德女士,卧室的门又锁着,谁也进不去。

"她们什么也不知道。"罗奇福德女士向我保证说,"她们也不会告诉任何人的,无论如何。"

"她们根本就不应该谈论这些。"我说,"你就不能告诉她们别多嘴吗?"

"我怎么能,难道过去用弗朗西斯·迪勒姆嘲笑琼·布尔默的不是你自己吗?"

"好吧,至少我从来不开托马斯的玩笑。"我说,"我从来不提他的名字。我甚至在告解室也不说。我连对自己都不说。"

"这是明智的。"她说,"留着这个秘密,完完全全保密。"

她正在梳头发,然后她稍稍停顿了一下看向镜子里的我,"你的月事什么时候来的?"她问。

"我不记得了。"我从来没有记录过,"应该是上周该来?不管怎么样它还没来。"

她脸上有种发亮的警觉神情。"还没来吗?"

"是的。梳梳后面,简,托马斯喜欢后面柔顺些。"

她的手动了动,但没有梳得很仔细。

"你感觉到恶心了吗?"她问,"胸部有变大吗?"

"没有,"我说。接着我意识到她在想些什么:"噢!你在想我也许怀孕了吗?"

"是的,"她低语说,"上帝保佑。"

"但那就糟糕了呀!"我叫道,"你难道看不到想不到吗?罗奇福德女士,这有可能不是国王的孩子啊!"

她放下了梳子摇了摇头。"这是上帝的意愿。"她缓慢地说,好像她想让我听懂什么一样,"如果你嫁给了国王,又怀了孕,那就是上帝的意愿。这是上帝想让国王有一个孩子。因为这就是国王的孩子,就像你想的一样,不论你和别人之间发生了什么,这就是国王的亲骨肉。"

我被这段话搞糊涂了。"但如果这是托马斯的孩子怎么办?"那一刻我脑海中突然有了一幅托马斯的小儿子的画面,一个棕发蓝眼的小淘气,就像他的爸爸一样,一个年轻父亲的强壮儿子。

她看着我的脸,猜到我正在想些什么。

"你是王后。"她坚定地说,"任何你怀上的小孩都是国王的孩子,都是上帝想要的。你不能抱有另外的想法。"

"但是……"

"不。"她说,"你也应该告诉国王你可能怀上了他的孩子。"

"这是不是太早了?"

"好消息从来就不早。"她说,"我们最不想看到的事情就是他不满意。"

"我会告诉他的。"我说,"他今夜会到我的房间来,你晚些时候要把托马斯带到我身边来,我也要告诉他。"

"不行。"她说,"你不能告诉托马斯·卡尔派博。"

"但我想!"

"这会毁了一切的。"她语速非常快,口吻让人信服,"如果他认为你怀孕了就不会和你睡了。他会觉得你恶心。他想要一个情人,而不是一个孩子的妈妈。你不能对托马斯·卡尔派博说任何事,但你能给国王希望。这才是处理这件事的方法。"

"他会很高兴……"

"不会的。"她摇摇头,"我肯定他会很和善,但他不会再到你床上来了。他会找情人。我看见过他和凯瑟琳·凯里说话。他可能会找个情人直到你生完孩子。"

"我不能忍受那样！"

"那就什么也别告诉他。告诉国王说你有希望了，但什么也别告诉托马斯。"

"谢谢，罗奇福德女士。"我谦卑地说。如果不是有她的建议我真的不知道该怎么办。

那天晚上国王到我的房里来了，他们帮助他上了我的床，我一直站在火炉旁，直到他们费力地把他抬起来，然后把他留在了那里，他的衬衣遮住了下巴，看上去像个体形庞大的婴儿。

"亲爱的。"我甜甜地说。

"到床上来，我的玫瑰。"他说，"亨利想要他的玫瑰了。"

我因为他管自己叫亨利的愚蠢做法而磨了一下牙齿。"我想告诉你一些事情。"我说，"我有一些好消息。"

他把自己撑了起来，戴着睡帽的头歪歪斜斜地抬起来一点了。

"什么？"

"我的月事还没来。"我说，"我可能怀孕了。"

"噢玫瑰！我最甜美的玫瑰！"

"现在为时尚早。"我提醒他说，"但我想你也许想要第一时间知道。"

"比任何事都想先知道！"他保证说，"最亲爱的，只要你一告诉我确切的消息我就加冕你为王后。"

"但爱德华仍然是您的继承人啊。"我问。

"是的，是的，但如果我知道爱德华有个弟弟的话我会感觉轻松很多。一个家庭只有一个儿子是不会安全的，一个王朝需要兄弟。如果只有一个孩子，一个小小的意外就能毁掉所有事情，如果你有两个男孩的话，那你就安全了。"

"那我会有顶豪华的王冠吗?"我问,想象着王冠和珠宝。还有礼服和飨宴,成千上万的人民会来恭贺我,成为英国的新王后。

"你会拥有英国有史以来最大的加冕礼,因为你是最伟大的王后。"他承诺我说,"等我们一回到伦敦,我就宣布一天为全国为你庆祝的日子。"

"真的吗?"这听上去妙极了,一整天来庆祝我的存在!凯蒂·霍华德真是了不起!

"一整天都为了我?"

"那一天每个人都会去教堂对上帝祈祷,感谢他将你赐予我。"

最后还是只有教堂。我露出了无力、失落的微笑。

"还会准备一场盛大的宫廷宴会和庆祝仪式。"他说,"每个人都会为你献上礼物。"

我笑开了。"听上去很棒。"我满意地说。

"你是我最甜美的玫瑰。"他说,"我无刺的玫瑰。现在到床上来,凯瑟琳。"

"是。"我确保自己在朝那张大床上的肥胖身躯靠近的时候不去想我的托马斯。我的脸上挂着充分愉悦的笑容,我闭上了眼睛,这样就不用去看他了。我无法阻止他身上的味道和他身体的触感,但我能在做现在这件事的时候不去想他,之后我会躺在他的身边,等到那些满足的鼻息声转变成喘着气的鼾声,等着他睡着。

1541年10月

简·波琳　于安姆特山

　　她的月事一个星期之后就来了，但我也没有太灰心丧气。光是这个想法就足以让国王比以往更爱她，而她至少也同意了：尽管太阳只为托马斯·卡尔派博升起和落下，但他也没有必要知道所有的小秘密。

　　她对待夏季巡游见到的人时言行更加优雅了，就算当她觉得无聊和被怠慢的时候脸上也挂着愉快的笑容，并且她已经学会了稍稍落在国王身后，保持一副娴静顺从的样子。在床上，她就像一个收钱的婊子一样为他服务，晚餐时她坐在他的旁边，在他打屁时她做到不动声色。她是个自私又愚蠢的女孩，但也许，如果给她时间的话，她会成为一个很好的王后。如果怀上一个孩子并且给英国生一个小王子的话她也许就会活得足够久，久到能学着成为一个为人所称道的王后。

　　而国王呢，不管怎么说，他都为她疯狂。他对她的放纵使我们能更轻易地让卡尔派博在她的卧室出出进进。

　　我们在庞特佛雷特的时候曾经有一晚上很糟糕，因为国王毫无预兆地就把安东尼·丹尼大人派去了她的房间，而那时她正和卡尔派博一起被锁在里面。丹尼试着开了一下门，然后什么都没说就走了。在另一个夜晚，当他们仅仅隔着一道门办自己的事情的时候国王在床上翻了身子，这让她不得不飞也似的奔回那个老男人身边，她的身子还是潮湿的，带着汗液和吻。如果不是空气里都充斥着他的屁臭味，他肯定就要闻出那些情欲的味道了。在格拉夫顿的里吉斯时，这对爱侣在厕所中交合——卡尔派博沿着台阶爬上那间悬架在护城河上方的石头房子，而她告诉自己的侍女说她身体不舒服，之后他们就把整个下午都花在了那里，在我们其余人做牛乳酒的时候他们一直在疯狂地努力。如果这件事情不是这么危险的话，它会挺有趣的。也正是因为这样，在我听见他们在一起的时候仍然感觉到一种混杂着害怕的情欲，这让我窒息。

但我从来不笑。我会想着我的丈夫，还有他的姐姐，还有所有那些笑了的，但是因为我的证词而死去的人。我想着乔治承诺不论有什么困难也要成为她的男人，我想到她，迫切地想要生个儿子，亨利当然不能给她带来儿子。我想到他们肯定已经结成的不正当协定，接着，我发出一声小小的呻吟，觉得这些也许都是我的恐惧，是我的幻想，也许它们从来就不是真的。他们两个都已经死了，最糟糕的莫过于我永远也不会知道发生了什么。这么些年，唯一让我从他们究竟做了些什么，而我又扮演了一个什么角色的想法中忍耐过来的方法，就是把它们都抛诸脑后。我从来不去想，从来不说起，也没有一个人当着我的面提起他们。这就好像他们从来就不存在。他们已经不在了，而我还活着，唯一能让我忍受这个事实的方法就是当他们从来不存在。

"这么说当安妮·波琳王后被指控犯了叛国罪的时候，他们其实是指她有通奸罪吗？"凯瑟琳问我说。

这个问题太尖锐了，像根刺一样刺中了我自己的思绪。

"您是指什么？"我问。

那是一个明媚凉爽的十月早晨，我们正在从克里维斯顿骑马到安姆特山的路上。国王走在前面，和宫里的年轻人们一起驰骋着，以为自己赢了一场比赛，可实际上只是因为其他人都放慢了自己的马速，托马斯也在其中。凯瑟琳坐在她的小灰马上缓步前行，而我在她的身侧，身边跟着一只霍华德家的猎犬，其他所有人都落在后面讨论着流言，没有一个人能让我从她的好奇心面前脱身。

"你之前说过她被指控和其他男人犯了通奸罪。"她追问说。

"那是几个月前的事了。"

"我知道，我一直在想这件事。"

"那你还想得真慢。"我厌烦地说。

"我知道。"她说，一点也不因此觉得窘迫，"我一直在想他们之所以指控安妮·波琳，我的表姐，指控她叛国，仅仅是因为她对国王不忠，而他们砍了她的头。"她朝四下张望了一下，"我一直在想自己的处境也是一样。"她说，"如果有任何人知道了，他们也会说我对国王不忠。也许他们也会管这叫叛国罪。那样我会怎么样？"

"这就是我们为什么从来不说任何事。"我回答说，"这就是为什么我们很小心，记得吗？我从一开始就警告过你一定要小心。"

"但为什么你要帮我和托马斯见面？你明知道做这样的事有多危险吧？你自己丈夫的姐姐已经因为做同样的事情而被处死了呀。"

我一时找不到话来回答她。我从来没想到过她会问我这个问题。但是她的愚蠢有些时候会直击要害。我转过了脑袋，好像是在远望那些寒冷的牧场，在牧场之上，有一条最近由雨水汇聚而成的河流流过，它闪闪发亮，就像一把剑，一把法式长剑。

"因为你请求我帮助你。"我说，"我是你的朋友。"

"你也这么帮了安妮·波琳吗？"

"没有！"我叫了一声，"她不想要我的任何帮助！"

"你不是她的朋友吗？"

"我是她的弟媳。"

"她不喜欢你吗？"

"我怀疑她从一开始眼里就没有我。她对我视而不见。"

但这也没有让她打住思考,正如我所料,这反而助长了它。我几乎都能听见她思绪缓慢旋转的声音了。

"她不喜欢你吗?"凯瑟琳问,"她和她的丈夫还有她的姐姐,他们总是一起的。但她们把你排除在外了?"

我笑了,但笑得并不好看。

"你把这说得就像是在学校里的小孩子之间的事。"

她点了点头。"在宫廷里就是这副样子。你因为他们不让你加入而恨过他们吗?"

"我是波琳家的人。"我说,"我就和他们一样,是波琳家的人。我嫁进了波琳家,所以他们的舅舅公爵大人也是我的舅舅。在家族中我的利益和他们的利益一致。"

"那你为什么还要为控告他们作证呢?"她问。

我震惊于她对我开门见山的责问,几乎快说不出来话了。我看着她。

"你从哪里听来这些的?为什么你会说起这个?"

"是凯瑟琳·凯里告诉我的。"她说,好像两人都还是小孩,私底下谈论叛国、乱伦和死亡并没有什么大不了一样,"她说你对你的丈夫和他的姐姐做了不利证明。你提供了证词证明他们是情人和叛徒。"

"我没有。"我小声说,"我没有。"我不能忍受她提起这件事,我从来就不想提起这件事,今天也一样。"不是那样的。"我说,"你不明白,因为你只是个女孩子。那些事发生的时候你还只是个小孩子。我试过救他,也试过救她。这是你伯父设计的大计划。它失败了,但它本可以成功的。我以为只要我作证就能救他,但结果全错了。"

"真是那样吗?"

"我心都碎了!"我痛苦地喊了出来,"我试过要救他,我爱他,可以为了他做任何事。"

她年轻漂亮的脸上写满了同情。"你那时想要救他吗?"

我用袖子背面抹去眼中的泪水。"我可以为他去死。我那时正要去救他。本可以为了救他做任何事。"

"为什么事情的发展变了?"她小声说。

"我和你伯父以为如果他们认了罪,国王只会和她离婚,把她送到修道院去。我们以为乔治会被剥夺头衔和荣誉,然后被放逐。那些和她一块被起诉的男人从没犯过罪,所有人都知道。他们是乔治的朋友,是她的朝臣,而不是爱人。我们以为他们都会被赦免,就像托马斯·怀亚特被赦免了一样。"

"那么发生了什么事?"

再次说起这些就像做一个梦。一个经常来到我身边的梦,像病痛一般在夜里将我唤醒,让我离开床铺走进黑暗的房间里,一直等到第一缕灰色的光线出现在天际,我才知道我的折磨结束了。

"他们否认了自己的罪过。这并不是计划的一部分,他们应该供认的,结果却几乎否认了所有指控,只承认说过对国王不敬的话,乔治说国王已失去生育能力。"就算是在这样明媚的秋季,在那场审判之后五年,我仍然压低了自己的声音并且环顾四周以确保没人能听见我的话,"他们的勇气没有奏效,他们否认自己犯了罪并且没有请求宽恕。我按照计划行事,就像你伯父说我应该做的那样。我保住了头衔,保住了土地,保住了波琳家的遗产,保住了他们的财产。"

凯瑟琳还在等着我说更多。她不明白故事到这儿就结束了。这是我的一项壮举和胜利:我拯救了头衔和土地。她甚至露出了迷惑的神色。

"我做了我应该做的事——去拯救波琳家的遗产。"我重复了一遍,"我的公公,乔治和安妮的父亲,花费了一生的时间来积蓄这笔财产。乔治在这之上又积累了不少，安妮的财富也在其中。我保住了它们。我为我们保住了罗奇福德庄园，保住了头衔。我还是女贵族罗奇福德。"

"你救了遗产，但他们并没有继承到呀。"凯瑟琳不解地说，"你丈夫死了，他一定认为是你做了对他不利的证供。他一定认为在自己否认罪过的时候是你在指控他。你是指控方的证人。"她思考得很慢，说得也很慢，但她慢慢地说出了最糟糕的那件事，"他一定认为是你让他走向死亡的，这样你才能保住头衔和土地，即便要用杀了他做代价。"

因为她说了这些话，这些噩梦一样的话，我几乎喊叫出来。我用袖子背面摩擦着脸，好像这样就能把怒气擦走。"不，不是这样的！不是这样的！他不会这样想的。"我绝望地说，"他知道我爱他，知道我在试着救他。就是在他赴死的时候他也知道我跪在了国王的面前，请求他放过我的丈夫，她也知道我同样为她这么做了。"

她点了点头。"好吧，我希望你永远都不会成为来拯救我的证人。"她说，这是个糟糕的笑话，我甚至连嘴角都没有动一下。

"我的生活到那儿就结束了。"我简短地说，"并不仅仅是他们的生命到了尽头，我也在那时候死了。"

我们沉默着骑行了一段时间，接着凯瑟琳的两三个朋友打马走上前来，和她聊着安姆特山、我们将会受到的欢迎、凯瑟琳的那件黄礼服完工之后她会不会把它送给凯瑟琳·泰勒妮这种事。之后又爆发了一阵争吵，因为凯瑟琳已经承诺了要把那件衣服给琼，但是玛格丽特坚持那件衣服应该属于她。

"你们两个都安静点。"我下令说，将自己拉回了眼前的现实，"王后穿那件礼服还不到三次，它应该继续留在王后的衣橱里，直到她更充分地使用完为止。"

"我不在乎。"凯瑟琳说，"我随时都可以再订一件。"

1541年11月

安妮　于里士满宫

　　我走进教堂，在胸口画了十字，对圣坛行礼，坐到高墙包围的长椅上。感谢上帝没人能看见我在这儿，感谢我身后关闭的高门和保证我隐私的墙壁，还有座位前镶嵌的窗格子，让我能看见别人，却没人能看见我。只有神父，如果他站在高高的唱诗班座位上，向下就能看见我。如果我的眼神从圣像上移开，没有及时画十字，或者用错了手，用错了方式，我就会被通报为异教徒。这个城市里现在有成百上千人一刻也不得安宁，尤其他们还没有我这种隐私。有好多人都因为做错了祈祷而死。

　　我站着，弯下腰，然后跪下，然后站起来，好像完全遵从这一套礼仪的顺序，但我从这样的仪式中不能感到一丝快乐。这是国王规定的礼节，在每一段滚动的祈祷词里我听见的都是亨利的力量，而不是上帝的力量。过去我曾从不同的地方了解过上帝，在家时从小小的路德教小礼拜堂那里，在伦敦时是从高耸雄壮的圣保罗大教堂那里，而在汉普顿宫寂静的王室礼拜堂中，当我跪在玛丽公主的身边时感觉到天堂的平静降临到我们身上。但国王似乎带走了这一切，不仅仅是从我这里，也从其他许许多多的人那里。我现在只能在一些宁静的时刻感受到上帝的存在：当我在公园或河边散步时，当我听见画眉在正午鸣叫的时候，当我看见野鸟箭一般飞过头顶的时候，当我看见放鹰人放飞一只飞鸟，而它不断攀升在天空翱翔的时候。在那些亨利允许上帝和我交流的时刻，上帝不再发话了。我躲避着国王，我在他的上帝面前缄默不语。

我们跪着为王室家庭祈求健康和安全，让我惊讶的是，在这熟悉的祈祷词中竟然毫无预警地加入了一些新内容。牧师脸上没有一丝羞愧的神色：他命令我的侍女们还有我本人都要去感谢国王的妻子凯瑟琳。

"我们向您致以谢意，我的主，在那么多奇怪的意外降临到国王的婚姻中之后，您还是乐意于赐予他一位那么符合他期许的妻子，正是他现在的这一位。"

我控制不住了，从虔诚的谦恭中抬起了头，接触到了唱诗班座位上里士满宫牧师惊讶的眼神。他正在阅读一份祝福国王妻子的官方文件，上头要求他朗读这份文件，就好像颁布一条新律法一样。疯狂的亨利已经下令英国的每一间教堂都要感谢上帝，让他在"这么多奇怪的意外"出现在先前的婚姻中之后，终于拥有了一位完全符合期望的妻子。这些话和其中蕴含的感情，以及不得不跪着聆听的羞辱都让我气极了，几乎就要站起来抗议。

但立即就有一只手急切地抓住了我礼服的背部并且把我按了下来，我摇晃了一会，又重新膝盖着地了。那是洛特，我的翻译，她对我露出了一个微笑，双手握在一起做出忠诚奉献的模样，并且阖上了眼睛。她的动作稳定了我的情绪。这的确是一种侮辱，是最蛮横最轻率的侮辱，但是回应这些会让我陷入危险。如果国王要求我跪下来，并且在王国面前把我描绘成一个奇怪的意外的话，那也轮不到我来发话。我们的婚姻并不是一场意外，而是计划妥当深思熟虑的合约，但他仅仅就因为更喜欢别人这样简单的理由就将它打破了。鉴于我们的婚姻是真实有效的，所以他现在要么就是通奸者，要么就是犯了重婚罪，他和现任妻子其实是生活在罪孽当中的。如果小凯瑟琳·霍华德这个无忧无虑举止轻浮的小孩子，是他找到过的最符合要求的唯一一个女人，而要么她是这世上最好的演员，要么他就是真的愚蠢和轻信到了一个程度，才会娶了这个小得都能当他女儿的小女孩。不过我没有任何资格把这些话说出口。

亨利现在疯了，他就像个老傻瓜一样宠溺一个女孩，而且还下令整个国家都要因为他的愚蠢而感谢上帝。在这国家上上下下的教堂里，人们都会咬住嘴唇以阻止自己笑出来的，正直的人会诅咒自己的运气，居然让他们到了亨利的教堂，还得在祈祷词里加进这样荒谬的话。"阿门。"我大声说，当站起来时展示给牧师一张平静而虔诚的脸。离开教堂时我唯一的想法就是，那待在亨斯顿的可怜的玛丽公主一定会因为如此侮辱而愤怒得语塞的，她会觉得像这样不得不为凯蒂·霍华德祈祷的做法简直就是亵渎神明，并且觉得她父亲的行为也愚蠢至极。祈求上帝她足够明智，什么也不会说，国王无论想要做什么，我们都必须闭上嘴。

星期二的时候，一个侍女看向窗外对我说："大使来了，他从河上的一条船那儿匆匆跑进了花园。发生什么事了？"

我站了起来。哈斯特博士从来没有不提前打招呼就来拜访过，宫里一定发生了什么事。我的第一反应觉得不是伊丽莎白就是玛丽，我最害怕的就是她们出了什么事。只要不是玛丽公然反对国王就好！"待在这儿。"我对侍女简短地说，然后将一块披巾披上肩膀匆匆下楼。

我下楼时他正走进大厅，我立刻就知道有什么很严重的事情发生了。

"发生什么了？"我用德语问他说。

他对我摇摇头。仆人们来来去去，给他上完酒和小点心，然后我把他们都差遣离开。

"什么事？"

"我第一时间赶来了，没有搞清楚全部的事情，因为我想您预先收到警告。"他说。

"警告我什么？不是玛丽公主吗？"

"不，是王后。"

"她怀孕了？"

他摇摇头。"我不知道具体是什么事。但她从昨天起就被关在自己的房间里了，国王也不见她。"

"她病了？他害怕被传染吗？"

"不。没有传召任何医生。"

"她没在谋划任何反对他的阴谋吧？"我说出了最大的担忧。

"我会告诉您所有我知道的事，大部分都是从我们安置在国王房里的那个仆人那儿收集来的。国王和王后在星期天参加的弥撒，就像你们知道的，牧师感谢上帝赐予了国王这段婚姻。"

"我知道。"

"星期天的晚上国王一言不发一个人用了餐，好像是陷入了旧疾。他没去她的房间。星期一他把自己锁在房间里，王后也被锁在她自己的房里。今天克兰默大主教前去和她谈话了，然后又一言不发地走了出来。"

我看着他。"她被锁起来了？国王把自己也锁起来了？"

他沉默着点点头。

"你认为这代表什么？"

"我认为王后被指控了。但我们还不能知道罪名是什么。我们必须考虑她会不会牵连到您。"

"我？"

"如果她被指控秘密进行天主教活动，或者是使用巫术让国王失去生育能力，人们就会想起来您也被指控过同样的罪名。人们会想起您和她的友谊，回想起您在圣诞节时在宫里与她共舞，而您才刚离开，他就在大斋节时生了病。人们会觉得你们两个制造了反对他的阴谋。他们也许会说你们两个都对他用了巫术。"

我伸出了手,好像要阻止他说下去。"不,不。"

"我知道这不是真的。但我们必须考虑到最坏的情况,并且要试着想好对策。我应该给您的弟弟写信吗?"

"他不会帮我的。"我阴沉地说,"我只有自己。"

"那我们就必须做好准备。"他说,"您的马厩里有好马吧?"

我点了点头。

"那就给我一些钱,我会在通往多弗的路上备好其他的马。"他果断地说,"一旦我认为时机开始对你不利,我们就离开这个国家。"

"他会关闭港口的。"我警告他说,"他上次就是这么做的。"

"我们不会再被困住一次了。我会雇一艘渔船。"他说,"我们现在知道他会怎么做了,知道他能影响的范围。我们会在他做出逮捕您的决定前就逃离。"

我看向紧闭的门。"仆人中一定有人知道你来警告过我了。"我说,"就如同我们在他们的仆人中安插了眼线一样,他也会在这儿安置一个探子。我被监视了。"

"我知道那个人是谁。"哈斯特博士相当愉快地说,"他会回报我今天来过,但他不会说更多。他现在是我的人了。我想我们是安全的。"

"安全得就像死刑台下的老鼠似的。"我苦涩地说。

他点了点头。"只要斧子不落到我们的头上就行。"

我耸耸肩。"谁是罪有应得的呢?我不是,但是小凯蒂·霍华德也不是啊!她和我什么都没做,不过就是遵从吩咐嫁了一个人。"

"只要您逃出去,我的工作就算完了。"他说,"王后得向自己的朋友寻求帮助。"

1541年11月

凯瑟琳　于汉普顿宫

现在让我看看我都有什么？

惊人，太惊人了！我原本以为我有一打朋友呢，结果一个都没有！

我也没有爱人，而我曾以为身边缠了一大堆。

我甚至没有家人，因为自从出事后，他们都不见了。

我也没有丈夫，因为他不见我；我就连忏悔的机会都没有，因为大主教本人已经变成了我的审讯官。每个人都对我那么刻薄，这太不公平了，我不知道该说什么该想什么。他们找到我时我还在和侍女们跳舞，他们说这是国王的命令，我不得离开自己的房间。

有那么一会儿——我可真是个笨蛋，祖母说得对，这世上再没有比我更笨的人了——我还以为这是场假面舞会，有人会穿着戏服走进来逮捕我，然后会有另一个穿着制服的人来拯救我，还会有场对抗和模拟战斗，发生在河上，还有别的一些有趣的事情会发生。整个国家都在星期日为了我对上帝祈祷、感谢他，因此我还以为在这一天之后会有什么庆祝活动呢。我等在房间里，等在锁起来的门后面，期盼着一个游侠骑士进来，也许甚至会有座塔车出现在我的窗户边，或是一场模拟的围攻，甚至一队骑兵进入花园，我对侍女们说："会有场好戏的，我预料得到！"但是我们在房里等了一整天，尽管我匆匆忙忙换好衣服做好了准备，也没有一个人来。于是我叫人前来奏乐，想找点乐子，但是接着克兰默大主教就进来了，告诉我跳舞的时间结束了。

噢,他真是够凶的!他看上去那么严肃,好像发生了什么特别严重的事一样。接着他就开始问我弗朗西斯·迪勒姆的事了!为什么在所有人中偏偏问了弗朗西斯·迪勒姆,他来服侍我也是因为祖母的要求啊!好像这是我的过错一样!那些流言蜚语搬弄是非的小人对大主教说了我们在兰贝斯的那段关系,好像现在有人还在乎这个似的!我必须说,如果我是大主教的话,我会试着做一个更好的人,而不是听信这些流言。

因此我说这些都是不真实的,如果能见到国王我会很容易就说服他不要去听信那些针对我的话。但是接着,克兰默大人就说了一句真的把我吓到了的话,他的声音可怕极了,他说:"女士,这就是在彻底排查清楚前你不能去见陛下的原因。我们会彻查每件事,直到完全排除所有针对你的诽谤为止。"

好吧,我没有作答,因为我知道我的污点,或是类似的东西,不可能被彻底排清。但是我肯定,所有发生在兰贝斯的事只是一个女仆和一个年轻男人之间的事,现在我已嫁给了国王,谁还会拿那么久之前发生的事情给自己寻烦恼呢?啊,简直就是上辈子的事,都已经两年了!现在还会有谁在乎呢?

也许到了早上这些就都会被人淡忘了。国王有时候会犯点毛病,他反对了一个又一个男人,把他们给砍头了,但又经常事后后悔。他和可怜的克里夫斯的安妮王后翻了脸,不过她离开的时候得到了里士满宫殿,还成了他最好的妹妹,因此我们相当愉快地上床睡了觉,我还问了罗奇福德女士的看法,她看上去很奇怪,说她觉得只要我保持勇气并且否认每一件事的话也许会没事的。这对于她这样一个看着自己的丈夫否认了一切却还是上了刑场的人来说,是句相当冷淡的安慰。但是我没这么说,因为我怕让她生气。

凯瑟琳·泰勒妮和我睡在一起，她上床时还在笑，打赌说我肯定希望她是托马斯·卡尔派博。我没说话，因为我的确这么希望。我的渴望那么强烈，都可以为他哭喊出来。她开始打鼾后很久，我仍然清醒地躺着，希望身上的所有事都会改变，而托马斯会到兰贝斯的房子去，也许还会和弗朗西斯打一架，也许还会杀了他，接着把我带走，并娶我为妻。如果他为我去了的话，我永远都不会做王后，也不会拥有那些钻石项链，但我会整晚都睡在他的臂弯里，有时候那看上去似乎是更好的选择。今夜它看上去就是更好的选择，我肯定。

我睡得不好，清晨就醒了，我躺在寂静之中，灰色的光线透过百叶窗照了进来，我想，我愿意用所有的珠宝作为交换去见汤姆·卡尔派博，去听他笑。我可以放弃我的财富换取到他的臂弯里去。祈求上帝让他知道我是被关在屋子里，而不是故意不去见他。如果我出去之后，他因为我的疏忽冷淡而生气，并且去讨好别的什么人的话就太糟糕了。如果他喜欢上别的女孩我会死的。我真的觉得我的心会碎的。

我想给他送封信，但没人可以离开房间，我也不敢信赖任何一个仆人帮忙带消息。我甚至不被允许出去吃饭，而是由他们把早餐带到房间里来。我还不能去礼拜堂，一个司祭会到房间里来让我祈祷，在那之前，大主教要再来和我谈一次话。

我真的开始认识到事情不对劲了，我也许应该发言反对这一切。我是英国的王后，不能像个顽皮的女孩关禁闭一样被关在自己的房间里。我是位成熟的女性，是个霍华德家的人，是国王的妻子。他们以为我是谁？不管怎么说我也是英格兰的王后。我想我应该告诉大主教，他不能这么对待我。我考虑着这件事，直到自己变得相当愤怒并且决定要求大主教给我以合适的尊重。

但是后来他没有来！我们花了一早上坐着，试着绣点东西，试着看上去严肃认真，以防房门突然被打开，大主教走进来。但是没有！那真是个枯燥沉闷的下午，直到下午结束的时候，他才推门进来，但和蔼的神色已经全都不见了。

我的侍女们全都骚动着，站了起来，好像她们无辜得就像一群蝴蝶似的，只是被一只发霉的鼻涕虫困在了这里。我仍然坐着，不管怎么样，我是王后。我只是希望自己看上去像那个时候他们进门来看到的安妮王后一样。她真的看上去很无辜，真的看上去是被陷害的。我现在为自己签署了一张对她不利的证词而感到很抱歉。我现在意识到被人怀疑是件多么不快的事情了。但那时我怎么会知道有一天自己也会面临同样的境地呢？

大主教走向了我，看上去好像在为什么事情感到十分遗憾一样。他摆出了一副悲伤的脸孔，好像内心里在挣扎着什么事情，有一会儿我很肯定他就要因为昨天对我那么不友好而道歉、请求我的原谅，并释放我了。

"殿下。"他非常小声地说，"我非常遗憾地发现，您雇佣了弗朗西斯·迪勒姆那个男人到您的房中来。"

那一刻我太惊讶了，以至于无言以对。这不是每个人都知道的事吗？上帝啊，弗朗西斯在宫里惹了那么多麻烦，大家早就知道有这个人了。大主教怎么说这种话？这就像是在说他发现人穿了衣服似的！

"好吧，没错。"我说，"就跟所有人知道的一样。"

他又一次低下了眼睛，手在法衣肚子处钩到了一起。"我们知道您和迪勒姆在您祖母的庄园中发生过关系。"他说，"他已经承认了。"

噢！那蠢货！现在我没法否认了。他为什么要说这件事呢？他为什么是这样一个大嘴巴呢？

"我们的假定是，您将情人放在近在眼前的位子上是为了不可告人的目的。"他问，"你们每天能会面，在您的侍女们不在场的时候他也能找到您，就算是未经通报也行。"

"什么都没有。"我足够傲慢地说,"再说了,他也不是我的情人。国王在哪?我要见他。"

"您在兰贝斯时是迪勒姆的情人,当您嫁给国王时并不是个处女,并且在婚后你们还是维持着情人的关系。"他说,"您犯了通奸罪。"

"没有!"我又说了一遍。真相全被谎言混淆了,我不确定他们都知道了些什么。要是弗朗西斯懂得闭上嘴就好了。"国王在哪?我一定要见他!"

"命令我来调查的就是国王本人。"他说,"在您回答我的问题,并且名节被洗清、毫无污点前您不能见他。"

"我要见他!"我跳了起来,"你不能把我和丈夫分开!这不符合律法!"

"不管怎么样,他已经走了。"

"走了?"那一瞬间,感觉就像在游艇上跳舞的时候,地板在我灵巧的双脚下轰然崩塌了一样,"走了?他去哪了?他不可能已经走了。我们要在这待到去白厅宫过圣诞节为止。他没有别的地方可去,他不会就这样把我留在这里。他去了哪儿?"

"他去了奥特兰兹宫。"

"奥特兰兹?"那是我们结婚的地方。他永远不会撇下我到那里去的,"撒谎!他去哪了?这不可能是真的!"

"我已经告诉他了,这是我一生中做的最悲伤的一件事:告诉他您曾是迪勒姆的情人,并且我担心你们两个仍然是情人关系。"克兰默说,"天知道我多想对他隐瞒这个消息。我想他已经失去了觉得悲伤的能力,您让他心碎了。他立时就离开这儿到奥特兰兹去了,只带了少量的随从。他谁也不会见,您已经伤透了他的心,也毁了您自己。"

"天呐,不。"我无力地说,"噢,天呐,不。"这真的很可怕,但如果他把托马斯带在身边的话,那么至少我最亲爱的爱人是安全的,我们也没有被怀疑。"我不在身边他会寂寞的。"我说,希望大主教能说出他到底带了谁在身边。

"他就快要因为悲伤而疯狂了。"他语气平平地说。

"噢,天呐。"好吧,我能说什么呢?在发生这些事之前,国王已经就疯得跟发情期的野兔一样了,而那,公平地说,不该归罪于我。

"他没人陪伴吗?"我聪明地问。祈求上帝托马斯是安全的。

"带了他房间的男仆。"他回答。这么说感谢上帝托马斯没有危险。"你现在能做的只有供认。"

"但我什么也没有做啊!"我叫道。

"你把迪勒姆带进了你的房间。"

"那是我祖母的请求。而且他从来都没有和我单独待在一起过,就连碰我手的次数都不多。"我从自己真实的无辜里汲取了些许的勇气,"大主教,你做了件非常错误的事情让国王伤心。你不知道他在心烦意乱时会是什么样子。"

"你能做的只有供认。你只能忏悔。"

要我真这么做了的话,就会像个背着一捆柴火长途跋涉到史密斯菲尔德去把自己烧死的可怜虫了,于是我停了下来,并且因为恐惧而笑了出来。"真的,大主教,我什么都没做。而且我每天都忏悔,你知道的,我从没做任何事。"

"你还笑?"他惊恐地说。

"噢,只是因为觉得震惊。"我不耐烦地说,"你必须让我到奥特兰兹去,大主教。你真的应该这样。我必须去见国王并向他解释。"

"不,你必须向我解释,我的孩子。"他认真地说,"你必须告诉我你在兰贝斯做的事情,还有在那之后做的事情。你必须诚实,供认不讳,那么也许我还能把你从死刑台上救下来。"

"死刑台?"我嚷嚷着这个词,好像之前从没听过它,"你什么意思,死刑台？"

"如果你对国王不忠，那么这就是叛国罪。"他说得缓慢而清晰，好像我是个孩子，"对叛国罪的惩罚就是死刑。你肯定知道的。"

"但我没有背叛他啊。"我急切地对他说，"死刑台！我能对着《圣经》起誓。我可以拿我的命起誓。我从没犯过叛国罪，从没犯过任何罪！随便问谁！问啊！我是个好女孩，你知道我是，国王叫我他的玫瑰，他无刺的玫瑰。我完全遵从他的意志……"

"你的确要对着《圣经》发誓，而且还要确保自己没说一句谎话。现在，告诉我你和那个年轻男人在兰贝斯都发生了些什么事。记住，上帝听得见你说的每句话，我们已经有了他的证供，他把一切都告诉我们了。"

"他都供认了什么？"我问。

"你不必知道。只用告诉我，你都做了什么？"

"我那时非常年轻。"我说，偷偷抬眼看他，好看他是不是对我有恻隐之心。他有！他是的！他的眼神实际上溢满了泪水。这是个好信号，我感觉自信多了，"我非常年轻，而且房间里的女孩们都行为不检。她们都不是我的好朋友和好导师。"

他点了点头。"她们准许一个年轻人进到女孩的房间里来？"

"是的。弗朗西斯晚上的时候来和另一个女孩幽会。但是接着他就喜欢上了我。"我停顿了一下，"她没有我一半漂亮，而我那时候连件属于自己的漂亮衣服都没有。"

出于某种理由，大主教叹了口气。"这没有用。你应该供认和那个年轻男人犯的罪。"

"我在！我在供认。我很困苦，而他咄咄逼人，很坚持。他发誓说爱我，而我相信了他。我那时太年轻了。他许诺娶我，我还以为我们这就算夫妻了。他坚持这么说。"

"他到你的床上来了?"

我想说"不"。但如果那个笨蛋迪勒姆已经告诉了他们所有事,那么我也只能让它们听上去好听点了,"是的。我没有邀请他,但他坚持要来。他强迫我。"

"他强奸了你?"

"是的,几乎是。"

"你没有喊叫吗?你和所有其他的女孩子们在一间房里,她们不会听见吗?"

"我让他做了。但我并不想。"

"这么说他和你睡在了一起?"

"是的。但他没有脱衣服。"

"他穿着全部的衣服?"

"我的意思是他在脱掉裤子前都穿着衣服。然后他就……"

"他就,什么?"

"然后他就脱光了。"这话就算在我听起来也有气无力的。

"而他取走了你的童贞。"

我找不到方法来否认这点。"呃……"

"他是你的情人。"

"我不知道……"

他站了起来,看起来是要走了。"这对你一点好处也没有。如果你对我撒谎,我就不能救你。"

我太害怕他就这么走了,于是叫了出来,并且追赶着抓住了他的胳膊。"求您了大主教。我会告诉你的。我只是太羞耻了,而且太惭愧……"我开始啜泣了,他看上去那么严厉,看上去好像并不站在我这一边,那我要怎么对国王解释这一切呢?我害怕大主教,但我更害怕的是国王。

"告诉我。你和他睡了吗？你们那时就像夫妻一样吗？"

"是的。"我说，开始变得诚实，"是的，我们是。"

他将我的手从他的胳膊上面拎下来，好像我患了某种传染病，他连碰都不想碰。好像我是个麻风病人。我在两天以前还那么尊贵，整个国家都要为了国王能找到我而感谢上帝！这不可能。不可能一切这么快就变得这么不正常了。

"我会考虑你的供词的。"他说，"我会在祈祷时将它带给上帝，另外不得不报告给国王。我们得考虑一下应该起诉你何种罪名。"

"我们就不能忘掉所有这些事吗？"我小声说，手绞到了一起，手指上的戒指很沉重，"那是那么久以前的事了，好多年前了。都没人记得。国王也不需要知道，你自己说的，这会让他心碎的。就不能告诉他没什么重要的事发生，就不能一切照旧吗？"

他看着我，好像我已经相当疯了。"凯瑟琳王后，"他缓慢地说，"你背叛了英国的国王。惩罚会是死刑。你不明白吗？"

"但这些都是发生在我结婚前啊。"我呜咽道，"这不是对国王的背叛，我那时都没见过他。国王会宽恕一个小女孩的过错吧？"我能感觉到啜泣声升上了喉咙，而我无法抑制它们。"他不会这么残酷要为了我儿时的错误审判我吧？我那时还只是个缺乏管教的小女孩啊。"我哽咽，"陛下应该会宽待我吧？他爱过我，我让他那么快乐。他为了我感谢上帝，而这，这什么也不是。"眼泪从脸颊上倾泻下来，我没有在表演，我是真的很害怕站在这儿面对这个可怕的男人，只能用谎言来扭曲自己好让事情看上去更好些。"求您了，大人，求您宽恕我吧。请告诉国王我没做任何了不起的事好吗？"

大主教把我从身边推开了。"请冷静冷静。我们现在还什么都不会说。"

"告诉我你会宽恕我，告诉我国王会宽恕我。"

"我希望他会，希望他可以。我希望你能平安。"

我抓住他，失去控制地哭了起来："在你承诺我会平安前你不能走。"

尽管我像个哭闹的孩子一样紧紧抓着他不放，他还是拖着自己的身子走向了大门。"女士，你要冷静。"

"你告诉我说国王对我生气了，你告诉我说惩罚是死刑，这叫我怎么冷静？我怎么冷静？怎么冷静？我只有十六岁，我不能被指控，我不能……"

"让我走，女士，这种行为不会对你有帮助。"

"在你赐福我之前你不能走。"

他把我推开了，然后迅速地在我头顶的空气里画了个十字。"好了，好了，以神的名义……神的儿女……行了，现在安静下来。"

我跌坐到地板上哭了起来，听见门被他关上的声音。尽管主教现在不在这儿看着了，我却还是不能止住哭泣。就算里边房间的门打开，侍女们跑了出来，我也还是在哭。即便她们把我围住，轻拍着我的脑袋我也没有站起来，没有振作起来。我现在那么害怕，我太害怕了。

1541年11月

简·波琳 于汉普顿宫

大主教那个恶魔已经吓掉了这个女孩子一半的理智,现在她不知道是要撒谎还是要坦白了。公爵大人和他一起来做第二次会面,当侍女们试着要把哭泣的王后从床上弄下来的时候他在我身后停住了。"她会把卡尔派博的事招出来吗?"他小声说,声音很轻,以至于我要凑过去才听得见。

"如果你让大主教对付她的话她什么都会招认的。"我用很快的语速小声警告他说,"我不能让她保持冷静。他用希望折磨她,接着又用死刑威胁她。她只是个笨女孩,他似乎下了决定要把她击破。如果他再接着威胁的话会把她逼疯的。"

他短促地笑了一下,听上去就像呻吟。"她最好祈祷自己疯掉,这也许是唯一能让她免于死刑的方法了。"他说,"上帝啊,两个外甥女都做了英国的王后,两个都死在断头台上!"

"怎样能救她?"

"如果她疯了他们就不能处死她了。"他心不在焉地说,"一个疯子不能接受叛国罪的审判,他们只能把她送到修道院去。上帝啊,现在是她在叫吗?"

当侍女们试着要拉她起来去面对大主教时,凯蒂·霍华德可怕的哭喊声开始在她的房间里回荡开来。

"你会怎么做?"我问,"这不能继续下去了。"

"我会尽量避免最坏的情况。"他阴沉地说,"我原本希望她今天还能保持点理智。我本来要来告诫她承认和迪勒姆的事,但是否认和卡尔派博的,那么她最多也就是在结婚之前有过婚约而已,就和克里夫斯的安妮一样。她可能因为这个被送走,但国王或有可能会让她回到自己身边。不过照这样看,她会在刽子手砍掉她的脑袋前先弄死自己。"

"避免?"我问,"那我怎么办?"

他的脸色变得很生硬。"你什么怎么办?"

"我会去法兰西宫廷。"我快速对他说,"无论是什么样的婚约,我都接受。我会和他一起在法兰西生活几年,他爱在什么地方都行,我会一直保持低调,直到国王从这件事里恢复过来。我不能又被流放,不能再回布利克灵了。我不能忍受了,不能再经历一次这一切了。我真的不能。就是没有好的安排我也要去法兰西宫廷。就算他又老又丑是个残疾我也要去。"

公爵突然像头被逗弄的熊一样吼叫着大笑了一声,我畏缩了一下,但他的打趣表情真的很可怕。女人们吼叫着让凯瑟琳保持冷静,而凯瑟琳令人恐惧地高声地哭号着,大主教压过这些噪声,大声地祈祷,在这样恐怖的房间里,公爵嘲弄地吼了起来。

"法兰西宫廷!"他叫道,"法兰西宫廷!你疯了吗?你就跟我外甥女一样疯了吗?"

"什么?"我问,感到相当迷惑,"你笑什么?小声点,大人。嘘,这没什么好笑的。"

"没什么好笑的?"他有些控制不住了,"从来就没有法兰西宫廷!永远也不会有什么法兰西宫廷!永远不会有什么法兰西宫廷、英国伯爵、英国男爵,也永远都不会有一位西班牙阁下,或是意大利王子。这世上没有男人会要你!你就笨到看不出这一点吗?"

"但是你说……"

"我说什么都只是为了让你为我工作,就像你无论说什么都是为了保证自己的目的一样。但我从来没认为你真的相信我!你难道不知道男人们是怎么想你的吗?"

我感觉到双腿开始打颤了,这就像之前那一次一样,和我知道自己必须背叛他们的时候一样。和我必须藏起脸上虚伪表情的时候一样。"我不知道。"我说,"我不想知道。"

他坚硬的手落到了我的肩膀上,把我抓到了王后其中一面镶金边的昂贵穿衣镜面前。在柔软的水银倒影里我看见自己圆睁的眼睛,而他的脸就和死亡一样坚硬。"看,"他说,"看看自己你就会知道了。你是个骗子,你是个虚伪的妻子。这世上不会有一个男人想娶你。整个欧洲上上下下都知道,你就是那个把自己的丈夫和丈夫的姐姐送给刽子手的女人。欧洲的每个宫廷都知道你是个卑鄙的女人,让自己的丈夫被吊上绞刑架……"他晃了晃我,"他还有气的时候就被割了刀子,马裤上还有他的小便。"他又晃了我一下。"被从胯部到喉咙一路撕开,肠胃肺腑都被剖出来拿到眼前,最后失血而死。他们还在他的面前烧了他的内脏。"他又摇晃了我一下,"最后就像头屠夫砧板上的畜生一样被切成了一块一块的,头、手、脚。"

"他们没有这样对他。"我呢喃着,但嘴唇几乎没有动。

"不,拜你所赐。"他说,"这就是人们记住的事情。国王,他最可怕的敌人,给了他这样的折磨,是你把他送了进去。国王把他的头砍掉,而你让他开膛破肚。是你站在法庭做见证人,发誓说他和安妮是情人,说他同自己的姐姐苟合,又是个同性恋,和半个宫廷里的人都发生过关系。你发誓他们策划要害死国王,你用笃誓害死了他,让他死得比一条狗还惨。"

"那是你的计划。"镜子里我的脸因为虚弱而变绿了,真相被大声说了出来,我眼睛里全是深深的恐惧,"那是你的计划,不是我的。我不应该被指责。你说我们能救他们的。如果我们作证而他们认罪的话他们就会被宽恕的。"

"你知道那是个谎言。"他揉着我，就像小狗蹂躏耗子，"你知道的，你这个骗子。你从来就没有想过要救他，只想着拯救头衔和财产，你把它叫做你的遗产，波琳家的遗产。你知道如果对自己的丈夫做出不利的证供国王就会把头衔和土地留给你。那才是你最想要的。那才是你关心的。你把一个年轻人还有他美丽的姐姐送上绞刑架，这样就能拯救自己这人老珠黄的躯壳和那微不足道的头衔。你把他们害死了，残忍地害死了，就因为他们美丽又快乐，享受着彼此的陪伴而排斥你。你就是个充满恶意、嫉妒和扭曲欲望的笑柄。你认为会有任何男人再赐予你一个头衔吗？"

"我是要救他的。"我对着镜子中的两个人露出了牙齿，"我指控他是为了让他认罪，之后就可以被赦免。我本来是可以救他的。"

"你是个比国王还糟糕的杀手。"他残酷地说，并且把我扔到了一边。我撞到墙上弹了一下，抓住了挂毯才让自己站稳，"你对自己的丈夫和他的姐姐做不利证明，在简·西摩尔死的时候袖手旁观，还对克里夫斯的安妮做了不利证明，你本可能看见她被砍头的，而现在，毫无疑问，你会看着另一个表亲走上绞刑台，而且我很确信你也会对她作出不利证明。"

"我爱他。"我顽强地说，反驳着那唯一一项我无法忍受的指控，"你不能否认我爱乔治。我全心全意地爱着他。"

"那么你就比一个骗子和一个虚伪的朋友更糟。"他冷冰冰地说，"因为你的爱把爱的那个男人带入了最可悲的死亡。你的爱比恨更可怕。恨乔治·波琳的人有很多，但却是你爱的证言将他害死的。你看不到自己有多邪恶吗？"

"如果他站在我这边，如果他信赖我，我就会救下他的！"我因为自身的痛楚而喊叫了出来，"如果他像爱她一样爱我，如果他让我进入他的生活，如果我和他就像他和安妮一样亲密……"

"乔治永远都不会站在你这边的。"公爵轻蔑地说,声音里好像带着毒药,"他永远也不会爱你。你的父亲是用钱才把他带到你身边的,但是财产并不能让你惹人爱。乔治轻视你,而安妮和玛丽嘲笑你,这就是为什么你指控他们,那些自视甚高、自我牺牲似的谎言没有一句是真的。你指控他们,是因为如果你得不到乔治,那么宁愿看着他死也不会让他去爱他的姐姐。"

"是她插足到我们中间。"我喘着气说。

"他的猎犬也插足到你们中间了呢。还有他的马,他爱马厩里的马、爱他的老鹰都超过爱你。而你大概会因为嫉妒杀了它们,马、狗还有老鹰。你是个坏女人,简,我过去是在利用你,就像利用一块废料,但现在我已经利用完那个愚蠢的女孩凯瑟琳了,对你也是一样。你可以教她怎么尽力救自己。你也可以为她作证或是指控她。你们两个我都不在乎。"

我摸着身后的墙壁,强撑着瞪他的脸。"你不能这么对我。"我说,"我不是一块废料,我是你的盟友。如果跟我翻脸你会后悔的。我知道所有的秘密。足够把她送上绞刑架,也足够把你送上去。我会毁了她,而你会给她陪葬。"我喘着气,脸因为愤怒而涨得通红。"我会把她送上刑台,每一个霍华德家的人都要和她一起上去。哪怕我也会因此而陪葬!"

他又笑了,但是现在变安静了,怒火浮现了出来。"她是个注定要失败的棋子。"他说,"国王已经跟她结束了。她对我也没有用了。我能保全我自己,我会的。而你会和这个荡妇一块下去。你不可能再一次逃掉了。"

"我要告诉大主教卡尔派博的事。"我威胁说,"我要告诉他是你想让他们成为情人。是你告诉我撮合他们的。"

"如果你想的话就说吧。"他轻松地回答,"你不会有证据的。他们只看见一人带信并且让他进了她的房间——那个人就是你。每一件你打算控告我的事都会证明自己的罪过。你会因此而死,谁知道呢,我反正不关心这个。"

我叫了起来，叫着跪了下来，扒住了他的腿。"别这么说，我侍奉过您，我侍奉过您那么多年，是您最忠诚的仆人，几乎从没受过嘉奖。把我从这儿带出去。她会死，卡尔派博也可能会死，但我和您会是安全的。"

公爵缓慢地弯下腰来，掰开了我的手，好像我是某种黏人的杂草，让人不愉快地缠到了他的腿上似的。"不，不。"他说，看上去已经失去了谈话的兴致，"不。她没救了，我也不会动一个手指头来救你的。等你死了，这个世界会变得更美好。简·波琳，你逃不掉的。"

"我是您的。"我抬头看向他，但不敢再去抓他了，他从我身边走开，推开了门，走向外边的世界。门两边的哨兵过去是要阻止外面的人进来，而现在他们却阻止了我出去。

"我是您的。"我叫道，"心和灵魂都是，我爱您！"

"我不想要你。"他回答说，"没人想要你。你最后一个承诺过爱的男人被你的证供害死了。你是个虚伪的东西，简·波琳，刽子手会结束这一切魔鬼的勾当，这与我又有何干呢。"他把手放在门上停顿了一下，好像猛然想到了些什么。"我认为你会在绿塔被处决，正好是他们杀死安妮的地方。"他说，"这对你真是个讽刺。我想她和乔治在地狱里都会笑着等你的。"

1541年11月

安妮　于里士满宫

  他们已经把凯蒂·霍华德转移到了赛恩院，她就像个囚犯一样被监禁了起来，身边只有很少的侍女。他们还从她祖母的房子里逮捕了两个年轻人，他们会被一直折磨到供认自己知道的事情，接下来又会被一直折磨到供认出需要他们说的话。和她关系亲密的侍女们都被带到了伦敦塔进行质询。国王陛下已经结束了在奥特兰兹宫的个人冥思并返回了汉普顿宫。据说他很安静，很悲伤，但是没有生气。我们必须感谢上帝他没有发怒。如果他没有爆发满怀怨恨的怒火，那么也许是会陷入自怜，然后驱逐她。他将会基于王后让人厌恶的行为废除这段婚姻——这是他对议会说过的原话。祈求上帝他们会接受他的说法：认为她不适合做王后，那么这个可怜的孩子就能被释放，而她的朋友们就能回家了。

  她可以去法兰西，她会很乐意到那边的宫廷去的，在那边人们会觉得她的漂亮和浮华赏心悦目，或者，她也许会和我一样被说服留在这个国家生活，并且被称为国王的另一个妹妹。她甚至还可能过来和我一起生活，我们会成为朋友，就像过去那样，就像那时候我还是个他不想要的王后，而她是个他想要的女仆那样。她可以被送到一千个不同的地方，不会对国王造成任何危害，而她的愚蠢又会逗人们发笑，她也许会长成一个通晓事理的女人。当然，每个人都觉得她不会被处刑。她太年轻了，不会被处决的。她不是安妮·波琳，不是那个花了六年心思图谋不轨为自己通往王位铺路，之后又毁于自己野心的女人。这是一个不比自己的猫有更多判断力的女孩子。没人会那么狠心，把一个像这样的孩子送上断头台的。感谢上帝，国王只是悲伤而没有愤怒。愿上帝保佑议会会建议他废除这段婚姻，愿上天保佑克兰默大主教会满足于审判这个王后少女时偷的情，不要调查她婚后犯的罪。

我不知道这些天宫里发生了什么事，但我在圣诞和新年时看见过她，我那个时候就认为她已经准备好要找个情人了，并且她也渴望得到爱。她怎么可能管得住自己呢？她是个女孩，被一个老得能做自己父亲的丈夫变成了女人，那是个令人作呕的男人，一个位高权重的男人，甚至也许还是个疯子。就算是有理智的女人在这种情况下也会转而在身边的年轻男性身上寻求友谊和安慰，何况凯瑟琳还很轻佻。

哈斯特博士从伦敦骑马来见我，他一到达这里就遣走了侍女好让我们单独说话。我知道这一定是从宫里来了坏消息。

"王后有什么消息？"仆人们一离开房间，我们才刚并排坐下，我就问他，像个火炉前的同谋者。

"她还在被问话。"他说，"他们会诈出她能说的最后一句话。她被关在赛恩院的房间里，禁止见任何人，甚至不被允许到花园中去走动。她的伯父已经放弃她了，而且她也没有朋友。王后四个侍女也和她关在一起，不过一有机会她们就会走的。她最亲近的朋友都被捕了，在伦敦塔里接受审讯。他们说她一直在哭，并且祈求他们宽恕。她焦虑得吃不下睡不着。据说她快把自己饿死了。"

"上帝啊，帮帮她吧，可怜的小凯蒂。"我说，"愿上帝保佑她。但他们应该已经有让国王废除婚姻的证据了吧？他已经可以和她离婚然后让她走了吧？"

"不，现在他们开始寻找更糟糕的证据了。"他简短地说。我们都沉默了。我们都知道他说的是什么意思，并且都很害怕结局会比离婚更可怕。

"我来见您是为了比这更糟糕的事。"他说。

"上帝啊，还有比这更糟糕的事吗？"

"我听说国王在考虑重新迎娶你作为妻子。"

有好一会儿我实在太震惊了，以至于一句话也说不出来，接着我抓住了椅子的雕花扶手，并且看着指尖变成白色。

"你一定是搞错了。"

"没有。法兰西的弗朗西斯国王对于你们的重修旧好很热心，这样您的弟弟就能和国王一起加入他一块对抗西班牙了。"

"国王现在又想和我弟弟结盟了？"

"对抗西班牙。"

"没有我他们也能这么做！没有我他们也能结盟！"

"法兰西国王和您弟弟想让你恢复原来的地位，而国王想让他自己摆脱对凯瑟琳的回忆，就好像时光倒流，她从来就没存在过一样。就好像你才刚刚到达英国来，一切都照计划进行一样。"

"他是英国的亨利，但就算是他也不能让时光倒流！"我喊了出来，并且将自己从椅子上推了起来，大跨步穿过房间，"我不想干。我不敢这么做。不到一年他就会杀了我的。他是个杀死妻子的凶手，娶来一个女人然后就毁了她，这已经成了他的习惯。我会死的！"

"如果他能好好待您……"

"哈斯特博士，我已经从他手上逃过一次了，我是唯一一个活着离开这段婚姻的人！我不能回去把自己的脑袋放到断头台上。"

"我被告知他会向您保证……"

"那可是英国的亨利！"我生气地对大使说，"那是一个毁了他四任妻子，并且现在还在为第五任建刑台的男人！不会有任何保障的。他是个杀人犯。如果你们把我放上他的床我就死定了。"

"我肯定他会和凯瑟琳王后离婚的。他已经在议会面前说了。他们知道她嫁给他时不是处女，关于她可耻行径的传言都已经传到欧洲宫廷的大使那里去了。她已经被宣称为荡妇，他会抛弃她的，但不会杀她。"

"你怎么能这么肯定？"

"他没有理由杀她啊。"他温和地说，"您过度紧张了，您没有想清楚。她和他结婚时有骗婚的嫌疑，这是犯了罪，她做错了。他已经宣布过这一点，但因为他们那时还没结婚，她并没有对国王不忠。他没理由做别的事，只能让她走啊。"

"那为什么他还要寻找更多反对她的证据呢？"我问，"既然他已经有了足够宣称她是个荡妇的证据，既然他已经足以让她身败名裂然后和她离婚，为什么他还要更多的证据呢？"

"为了惩罚那个男人。"他回答。

我们的眼神交会了，两个人都不知道我们到底敢相信些什么。

"我害怕他。"我痛苦地说。

"您是该害怕，他是个可怕的国王。但是他和您离婚之后信守了承诺，对您做了妥善的安置，让您生活得平静富足。也许他也会和她离婚，并对她做一个安置，也许国王现在就是这么做的。接着他就会想再娶您了。"

"我不能。"我小声说，"相信我，哈斯特博士，就算你是对的，而他宽恕了凯瑟琳，慷慨地对待了她，我也不敢嫁给他，不能忍受再一次嫁给他了。我每天都跪下来，为上一次能够有如此的好运逃离他而感谢上帝。不管是议员们问你、我弟弟问你，还是法兰西大使问起你，你都要告诉他们我已经确认了，自己就如国王说的一样之前订过婚。就像他说的：我没有结婚的资格。说服他们这样做行不通。我发誓我做不到。我不会把自己的头放到断头台上并且等着听斧子落下来的声音。"

1541年11月

凯瑟琳　于赛恩院

现在让我看看我都有什么？

我必须说我的状况一点也不好。

我有六顶镶金边的法式兜帽。还有六对袖子、六件素色的衬裙和六件礼服，它们是海蓝色、黑色、蓝绿色和灰色的。我没有珠宝，没有玩具。我甚至没有我的小猫。国王给我的所有东西都被托马斯·西摩尔从房间里拿走——西摩尔家的人！拿走了霍华德家的东西！想想看我们会有多生气！——还给国王了。看来，所有我之前在乎的东西并不真正属于我。它们只是贷款，完全不是礼物。

我有三间挂着劣质挂毯的房间。仆人住一间，我和另外两个同父异母的姐妹——伊莎贝尔和贝恩顿——及两个侍女住另外两间。她们都因为我的不检行为身陷这样的境地，但都没对我说重话，除了伊莎贝尔，她被告知要来让我认罪。我必须说这在一个封闭空间里造成了一种非常糟糕的陪伴关系。我的忏悔都已经说完了，会笨到对她供认出之前对所有人都否认的事好让自己被绞死吗？而且每一天伊莎贝尔都把我当她的仆人一样骂上两次。我有一些祈祷用的书和《圣经》，有一些针线活可以做，为穷人缝衬衣，但他们现在已经有足够的衬衣了吧？我没有随从，没有朝臣，没有弄臣，没有音乐家也没有歌手。就连我的小狗都被拿走了，我知道它们会想我的。

我的朋友全都走了。伯父就像晨雾一样消失，他们告诉我我的大部分家人，罗奇福德女士、弗朗西斯·迪勒姆、凯瑟琳·泰勒妮、琼·布尔默、玛格丽特·莫顿和艾格尼丝·莱斯特伍德都在塔里接受关于我的质询。

但比这一切都糟糕的是，我今天听说他们把托马斯·卡尔派博也带进伦敦塔了。我可怜的、漂亮的托马斯！托马斯被问话这还算好，可一想到他惊慌失措地被那群丑男人架住胳膊的样子我就忍不住扑倒在床上，把脸埋在粗布里哭了起来。如果我们在刚相遇并且相爱的时候逃走该多好啊。如果他在我进入宫廷之前，在我还是个兰贝斯的小女孩时就来找我该多好啊。如果在我初到宫廷的时候，在这一切变糟之前我就告诉他自己是他的、只属于他，那该多好啊。

"你想招认了吗？"贝恩顿发现我在哭之后就冷冷地对我说。一定是他们叫她这么说的，他们迫不及待等着我崩溃，好说出所有事。

"不。"我小声说，"我没什么可招认的。"

更可怕的一点是这些房间曾是玛格丽特·道格拉斯的，她就是因为和别人相爱而被关在这儿的。想想看！她曾在这儿，就和我一样，从一间房游荡到另一间然后又走回来，因为爱着一个男人而被逮捕，不知道罪名是什么，也不知道判决是什么，更不知道会遭遇什么样的命运。她过去在这儿待过，失去名誉了十三个月，希望国王能够宽恕她，怛忧着什么事会发生，几天以前她又被带走，就为了给我腾出地方——我真是不敢相信！——他们把她带去了肯宁霍尔，她在那儿又要被监禁到国王宽恕她为止——如果国王还会宽恕她的话。

我想到她，一个只比我大一点的年轻女人，就像我这样被独自关起来，因为爱上一个与她两情相悦的人而被囚禁，我现在希望自己过去曾跪在国王面前祈求他对她开恩。但是那时候我怎么会知道自己有一天也会面临同样的境地呢？在同样的屋子里，被怀疑成一个坠入爱河的年轻女人，就像她一样？我希望我曾对他说她只是一个年轻人，也许愚笨，但会被教导好的，不要逮捕她也不要惩罚她。但我那时没有为她说话，也没有为可怜的玛格丽特·波尔说话，没有为所有史密斯菲尔德的男男女女说话。我没有为那些北方发起叛乱反对他的人说话，也没有为托马斯·克伦威尔说一句话，还在他死去的那一天结了婚，一刻也没有感到遗憾。我没有为国王的女儿玛格丽特公主说话，更糟糕的是我还抱怨她。我没有为自己的女主人安妮王后说话，尽管我喜欢她。我向她承诺过忠诚和友谊，但当他们要求我签署一份对她不利的证供时我毫不犹豫就签了。因此现在也没有人会跪下来为我求情了。

当然了，我不知道会发生什么。如果他们把亨利·马诺克斯和弗朗西斯·迪勒姆一起逮捕的话，无论他们想听什么亨利都会说的。我们分手得并不愉快，而且他也不喜欢弗朗西斯。他会告诉他们他和我也曾是情人，并且肯定会告诉他们我甩了他和弗朗西斯·迪勒姆在一起。我的名誉一定会被玷污，而祖母会气得不行。

我想他们会问兰贝斯的女孩关于我的事情。艾格尼丝·莱斯特伍德和琼·布尔默并不是我真正交心的好朋友，在我是王后有好处给她们时，她们喜欢我，但不会维护我、为我撒谎。如果他们找其他那些微不足道的小人物，那些人会为了能来伦敦一趟而说任何事情。如果他们问琼·布尔默任何关于弗朗西斯的事情，她都会和盘托出，我一点也不怀疑。诺福克庄园里的每一个女孩都知道弗朗西斯管我叫夫人，而我回应了他；都知道我们就像夫妻那样睡在了一起。而我那时不知道——真的不知道——我们到底算不算结婚了。我从来没有真的考虑过这件事。凯瑟琳·泰勒妮会告诉他们所有有关兰贝斯的事，已经够了。我只是希望他们不要问她关于在林肯、庞特佛雷特或是赫尔发生的事。如果她告诉他们我晚上不在自己的房间的话，就会把他们引向托马斯了。噢，上帝啊，要是我从来没有注意过他该有多好啊。他现在就会很安全,我也一样。

如果他们同玛格丽特·莫顿谈话,她会告诉他们在她试着要开我卧室房门的时候我骂过她,而那时我的门是锁着的。我当时正和托马斯,亲爱的托马斯一起在床上,必须飞身到门边去嚷嚷要她表现出更多的尊重,门还要半关着好让他藏起来。她朝我笑了,她知道里面有人。上帝啊,如果我没有那么频繁地和她们争吵就好了。如果我用贿赂和衣服把她们全收买了,也许现在她们还会为了我撒谎呢。

我现在想起来了,那天,就在汉普顿宫,玛格丽特站在外面的会客厅里,而托马斯和我一起在私室中。我们花了整个下午在火炉边亲吻和爱抚,嘲笑着就在门外的朝臣们。我那时因为我们的勇气而感到兴奋,现在我因为察觉到自己有多么的愚蠢而拧着手掌心,直到皮肤都变红肿。但就是现在,我也不后悔。就算我要因为那个下午而死,我也不会后悔让他的吻落在我的唇上,让他的触摸落在我的身上。

感谢上帝我们至少拥有那段时光。我不希望它被剥夺。

他们过会儿就会为我带来另一盘食物了。我不会碰的。我吃不下,也睡不着,除了在这两个房间里走来走去,想着玛格丽特也在这儿边游荡边思念她心爱的男人的样子之外我无法做任何事。她不像我有一半的朋友被拉去问话,也没有霍华德家的敌人撺掇国王对付她。她是我所知道的最不幸的女人,但相对于我来说却算是幸运的。

我知道罗奇福德女士还会是我的朋友,我知道她会的。她知道我和托马斯对彼此来说意味着什么。她会保住性命的,她之前也陷入过这样的危险当中,知道怎么面对审讯。她是个更老成的女人,是个有经验的人。就在我们分开之前她还对我说"否认所有事",我会这么做的。她也知道应该怎么做。我知道她会让自己活下来,而我会和她一起活下来。

她知道所有事,当然了,这是最坏的一点。她知道我是什么时候爱上托马斯的，而且她也策划了所有的秘密会面，还有那些信件，和我们偷来共度的时光。她为我把他藏在壁挂的后面，在约克郡时还把他藏在楼梯的阴影中过一次。她通过旋转的廊道将我偷偷带给他，带进奇怪的房间。托马斯在庞特佛雷特有间自己的房子，某次下午打猎后我们在那儿会过面。她告诉我我们能在哪儿见面，而且有一个晚上，就在国王想要打开外面的门到我床上来时，她鼓起勇气对他喊话说我病了睡着了，并且把他送走了。她做到了！她把英格兰国王送走了，而嗓音没有一秒的颤抖。她如此有勇气，是不会哭也不会招认的。我敢说就算他们折磨她，她也会冷冷地看着他们什么也不说的。我并不担心她背叛我。我相信她会否认一切他们问起的事情。我知道她会维护我的。

尽管……尽管我现在一直在怀疑为什么她没有在自己的丈夫被指控时救他。她从来不喜欢谈论他，这也让我感到好奇。我总是认为这是因为她对于他的事感到太悲伤了，但是现在我怀疑事实比那更加严重。凯瑟琳·凯里很肯定她没有为他们作证，而是指控了他们。怎么会那样呢？她保住了他们的遗产，而不是他们本身。如果没有和国王达成某种协议，怎么可能他们都死了而她毫发无伤地离开了呢？如果她背叛过一个王后——那个人还是她丈夫的姐姐——又让自己的丈夫被处以极刑，那她为什么要救我呢？

噢，因为身处这样的情形，这些可怕的想法全跑到了我的脑子里，这可一点也不轻松。可怜的玛格丽特·道格拉斯从这间房走到那间房，不知道自己身上会发生什么事，她一定快疯了。想想她在这儿，度过了一年从一间房走到另一间却不知道自己到底会不会被释放的日子。我不能忍受等待，不过至少我不像她，我肯定很快就会被放出去的。我很确定所有事都会好起来的，但我真的很担忧，为每一件事。其中一件就是安妮·波琳和乔治·波琳是怎么被杀死，而乔治的妻子简又是怎么脱身的。为什么从没人谈起这件事？为什么她能够拯救他的遗产，但她的证词却没能救他的命？

现在我必须停下了，因为我开始想她也许会为我作证，这可能会把我引向同安妮·波琳同样的局面。安妮做的见不得人的事情是通奸、巫术和叛国。而我呢，只不过在还是个小女孩时同亨利·马诺克斯和弗朗西斯·迪勒姆做了些超出界限一点点的事情。从那之后，就没人知道我做过些什么了，我也会否认所有事。

上帝啊，如果他们带走托马斯问话的话，我知道他会为了保护我而撒谎的，但如果他们折磨他……

这太不好了。想着托马斯被折磨就让我好像一头被狗咬伤倒下的熊一样叫了起来。托马斯很痛苦！托马斯就像我一样大叫！但我不会再想这些。这不会发生的。他是国王心爱的男孩，国王就这么叫他：可爱男孩。国王永远不会伤害托马斯，也永远不会伤害我的。国王没有理由怀疑他。而且我敢说，就算他知道托马斯和我彼此相爱，他也会理解的。如果你爱着谁，你就会理解他们的想法。他也许甚至会笑，并且说在我和他的婚姻取消之后我可以和托马斯结婚。他也许会给我们祝福。他确实会宽恕人，尤其是他喜欢的人。我不像玛格丽特·道格拉斯，不经他的允许就结了婚。我也没有违抗他。我永远也不会那么做。上帝啊，她一定觉得自己会死在这儿。我才来这儿几天，已经想要在墙上刻自己的名字了。

房间下方就是长长的花园，我能看见落在暗淡草地上的阳光。这里原来是座修道院，这里的修女原来曾是英国的骄傲，她们行为严谨、歌声动听。贝恩顿女士就是这么跟我说的。但是国王赶走了那些修女，把这里的房屋据为己有，现在感觉上就像是生活在教堂里面，我发誓这地方被她们悲伤的鬼魂所缠绕了。这完全不是一个适合我的地方。我毕竟是英格兰的王后，不然至少也是凯瑟琳·霍华德，这个王国最伟大的家族的成员。不管怎么说，做一个霍华德就是要做人上人。

现在让我看看，无论如何我得让自己振作起来。因此，我都有些什么呢？不过，啊，这一点儿也不振奋人心。真的，一点也不。六件礼服，这不算多，而且都是单调的颜色，老女人穿的颜色。两间我自己用的屋子和服侍我的一小撮人。如果往好的方面想，我真的比在兰贝斯做凯瑟琳·霍华德小姐时要好。我有一个爱我，并且我也全心全意爱着的男人，和一个能被释放并且嫁给他的机会，我应该这样想。我还有罗奇福德女士这位值得信赖的朋友，她会做对我有利的证明，汤姆也会尽全力救我，因此当大主教再次前来时我只会继续招供弗朗西斯·迪勒姆和亨利·马诺克斯的事情，一个字都不会提到汤姆。我能做到。就算是像我这样的蠢货也能做到。之后所有事都会好起来的，等到开庭之后我就又会拿回那些可爱的东西了。我不怀疑这一点，丝毫也不怀疑。

但尽管我一直在让自己确信这一点，眼泪却一直涌出来。我哭个不停，眼泪怎么都止不住，尽管我知道现在的处境很有希望。真的，事情对我来说真的很好，我一直都很幸运，我只是好像无法停止哭泣。

1541年11月

简·波琳 于伦敦塔

我太害怕了,我想我真的要发疯了。他们一直不停问我凯瑟琳和那个蠢货迪勒姆的事,我一开始还以为可以否认所有事。在他们做情人的时候我不在兰贝斯,并且确信那之后他们再也没做回过情人。我可以告诉他们所有我知道的事情,并且问心无愧。但是当巨大的木门在我身后砰地关上时,伦敦塔的阴影冰冷地盖到了我的身上,我还是感觉到一阵前所未有的恐惧。

自从五月的那一天之后一直缠绕着我的鬼魂现在要把我带走了。我就在他们走过的地方,感觉到同一堵墙壁的寒冷,体会到同样的恐惧,我正活在他们死去的地方。

上帝啊,他那时一定也是这样,乔治,我挚爱的乔治。他一定也听到了大门关上的轰响,他一定也看到这通往天际的塔楼的砖块,他一定知道他的朋友和他的敌人也在这墙壁对面的什么地方,低下头颅,为了自保而声讨着他。而现在我也走在这个他曾走过的地方了,现在我知道他的感受了,现在我体会到了恐惧,就和他一样。

如果克兰默和他的检察官只探查凯瑟琳在进宫之前的生活,也有足够的证据毁了她,那他们还需要些什么呢?如果他们止步于她和马诺克斯还有迪勒姆的事情,那就不需要我身上的任何东西啊。我那时候甚至都不认识她。这不关我的事。因此我应该无须惧怕任何事。但是如果真是那样,为什么我会在这儿呢?

房间很狭窄,地板是砖砌的,石墙湿乎乎的。墙壁上密密麻麻刻满了在我之前被关在这儿的人们的姓名首字母。我不会去找 GB 这两个字母——"乔治·波琳"。如果看见他的名字我会疯掉的。我会安安静静地坐在窗前,去看窗子下边的庭院。我不会去细看那面墙,不会去触摸那冰冷的石头寻找"波琳"这个姓氏,触摸他曾经刻字的地方。我会安静地坐在这儿看着窗外。

不,这不好。这面窗外能看见绿塔,从我的囚室看下去正好就是安妮因为我的指控而被砍头的现场。我不能看着那个地方,不能看着那鲜绿色的草地——那绝对比任何正常的秋草都要绿——如果看见那片绿色我一定会失去理智的。当她等在这儿的时候一定也是一样的情景,她知道我掌握着足以让她被斩首的东西。而她一定也已经知道我会选择让她死去。她知道自己曾经折磨我、戏弄我、嘲笑我,直到我充满妒意,一定好奇于我会跟随自己邪恶的怒火到什么程度,是不是会想让她死。接着她就知道了答案:我对他们两个做了不利证明,用清晰的声音做出证言,毫不留情地将他们定罪了。好吧,我现在感到后悔了,上帝知道我后悔了。

这么些年以来我一直对自己掩藏这个真相,但那个冷酷无情的诺福克公爵却把它说了出来,这冰冷的墙壁让它们变得真实了起来。我嫉妒安妮和她对乔治的爱,以及他对她的爱,我作出的证供并不是为了说出知道的事实,而是为了最大限度地伤害他们。上帝宽恕我。我把他对他姐姐的温柔、体贴和关怀都变成了某种肮脏阴暗和邪恶的东西,因为我无法忍受他对我从未有过温柔、体贴和关怀。我让他走向了死亡,为了惩罚他对我的疏忽。而现在,就某些老土戏剧里演的那样,上天降下惩罚,我仍然被人所忽视。我从来不曾更孤独过。以一个妻子来说,我罪无可赦,但仍感觉不到快乐。

波琳家的遗产

公爵已经离开了这个国家,无论是凯瑟琳还是我都不会再见到他了。我足够了解他,知道他唯一关心的事就是保住自己的老皮囊,以及守卫自己心爱的财产。而国王需要一个霍华德家的人为他行军打仗、为他行刑。国王也许会因为这第二次的通奸行为而恨他,但他不会允许自己像失去一个妻子那样失去一个指挥官。凯瑟琳的继祖母,公爵夫人,也许会因此失去自己的生活。如果他们能证明她知道凯瑟琳在她抚养期间有点儿轻浮,那么就会以她没有警告国王为由而指控她。以我对她的了解,她会撕毁文件,让仆人们发誓保密,解雇老仆人,并且清理她的房子。她也许能够藏得足够好以保住自己。

但是我呢?

我的路很清楚。我不应该说托马斯·卡尔派博的任何事,至于弗朗西斯·迪勒姆,我唯一能给的证供就是他曾应王后的继祖母的要求担任她的秘书,并且那之后两人之间并无私情。但如果他们发现了托马斯的事(只要发现了一点,他们就会寻根问底),那么他们就什么都知道了。如果他们什么都知道了,我就告诉他们在汉普顿宫里时,在国王第一次病倒时,她就和他睡到了一块,并且整个王室的夏季巡游期间,在她认为自己怀孕了的时候他们还在睡觉,一直持续到我们全都跪下来为了她感谢上帝的这天。我会说我从第一天开始就知道她是个荡妇,但她对我下令,公爵大人对我下令,因此我没有自由去做自己认为对的事。

这就是我会说的话。她会因此而死;公爵也许会因此而死;但我不会。

这是我需要考虑的所有事情。

我的房间朝向东面,太阳在早上七点升起,而我总是醒着看它升起来。伦敦塔在安妮死去的那块鲜绿色草地上投下长长的阴影,好像是一根指向我窗户的黑色手指。如果我想起安妮,想起她的美貌和美丽、她的聪慧和幽默,那么我会发疯的。她曾经也在这些房间里,曾走下这些台阶,走到外边的那块草地上（如果我走到窗前也可以看见那里，但我从来不过去），把自己的头放到了断头台上勇敢赴死，心里知道自己被所有曾因她而得势之人背叛了。知道她的弟弟和她的朋友，那个那么爱她的小圈子，昨天就已经死光了；知道是我做出了致命的证供，是她的舅舅下达了死刑的判决，而国王庆祝这件事。我无法去想那些。我一定要好好照顾自己，不去想那些事情。

亲爱的上帝啊，她知道我背叛了她。上帝啊，在乔治以一个叛徒的身份死在断头台上的时候知道我背叛了他。他也许没有意识到这是出于爱。这是最糟糕的事。他永远也不会知道那是出于爱。我做的事那么残忍，看上去充满了怨恨，他永远也不会知道我爱他，而我也不能忍受他看着另一个女人，更别说是安妮了。是如此爱他的安妮。

我坐着面对着墙，去看窗户外面，不敢去那面墙上寻找字迹，害怕找到他的名字。我坐着，将双手叠在膝盖上。任何一个看见我的人都会觉得我很镇静。我是个清白的女人。我就和——怎么说——玛格丽特·波尔一样镇静和清白，但她也在我的窗户外面被斩首了。我也从没为她说过一句话。上帝啊，我怎么会呼吸到这个地方的空气呢？

我能听见楼梯上纷杂的脚步声。他们觉得自己需要多少人？钥匙被插进了锁孔，门摇摆着打开了。我被这缓慢的动作所激怒。他们认为自己可以用这虚张声势的表演吓到我吗？接着他们进来了，两个男人和一些守卫。我认出了托马斯·弗罗瑟斯利大人，但不认识那个记录员。他们手忙脚乱地架好了一张桌子，为我放好了一张椅子。我站起来，试图看上去平静，我的手握着，感觉指头紧紧地绞在了一起，但我让自己看上去镇定自若。

"我们想问你一些王后还是女孩子时在兰贝斯的言行问题。"他说，对着记录员点点头，示意他可以开始记录了。

"我什么都不知道。"我说，"就像你能从自己的记录里看到的那样，我那时候在乡下,在布利克灵大宅里,后来就去侍奉安妮王后了,我对她很忠诚。在凯瑟琳·霍华德也来侍奉安妮王后之前我并不认识她。"

记录员做了个记号,但只有一个。我看见了。那是个钩。

这就意味着他们知道我会说些什么了,这不值得写下来。他们已经为这次谈话做过了准备,我不应该相信他们说的任何一个字。他们知道他们想要说什么,也知道想要我怎么回答。我必须准备好。必须在他们面前武装起来。我希望自己能思路清晰,思绪不会被搅混。我一定要冷静,我一定要聪明。

"王后是什么时候起用弗朗西斯·迪勒姆做她的秘书的,你知道他曾是她的老朋友和旧情人吗?"

"不,我对她此前的生活一无所知。"我说。

记录员画下了一个钩。这他们也预料到了。

"王后是什么时候让你把托马斯·卡尔派博请到她的房间的?你知道她的企图是什么吗?"

我感到震惊了。他们是怎么从弗朗西斯·迪勒姆一下子跨到托马斯·卡尔派博的?他们怎么知道托马斯的事?他们都知道些什么?他都告诉过他们些什么?他是受到了酷刑的折磨并且吐出了真相吗?

"她从没要求过我。"我说。

记录员画了一个破折号。

"我们知道她是让你去请的他,也知道他来过。现在,如果想挽救你的头衔,你会告诉我们托马斯·卡尔派博和凯瑟琳·霍华德之间发生了什么事吗?"

记录员的笔已经摆好了,我能感觉到自己干涩的嘴唇中的那些话。已经结束了。她完蛋了,他死定了,而我则又一次站到了背叛的悬崖边缘。

1541年12月

安妮　于里士满宫

那位诺福克的老公爵夫人已经被在病床边质询过她孙女的行为了。她会被起诉，罪名是让这个女孩到国王的身边，却没警告过他，她并不是处女。这现在被称为叛国罪。她会因为自己的孙女找了个情人而被以叛国罪起诉。如果她被判有罪，那么她将是第二个把脑袋放上亨利断头台的老妇人。

迪勒姆和卡尔派博一起被以准叛国罪的名义起诉了，因为他们两个都和王后发生了关系。尽管根本没有对迪勒姆不利的证据，且大多数人都相信他和她睡觉已经是在她成为王后之前很久，甚至是在我成为王后之前的事，他还是被起诉了，这仍被算作是叛国罪。国王甚至已经将凯瑟琳·霍华德称为了"公用娼妓"——天呐，凯蒂，怎么会有人这样说你！这两个年轻人都承认犯了罪并希望得到宽恕，但两个人都否认曾经和王后发生过关系。他们的法官——尽管这让任何人都觉得难以置信，但对亨利国王来说却不算什么——是诺福克公爵，这个男人比任何人都更清楚这件事。公爵大人已经从乡下回来，搜集了证据证明他侄女凯瑟琳曾许誓过要嫁给迪勒姆，并且允许他进自己的卧室，上自己的床。他还有关于迪勒姆在她做王后时进入她房间的供词，这已经足够判这对年轻人有罪了。因此，检察官愤怒地发问说，如果不是为了引诱王后，迪勒姆还会为王后工作吗？——当然，他可能是为了从她的成功之中获得好处，就像其他人一样，像她的伯父一样——但这些话都没有被提及。

卡尔派博一开始否认所有事，可一旦王后的侍女们开始提供证词，罗奇福德女士也在其中，他就知道他完了，所以认了罪。这两个年轻人都要被半吊起来，肠肚要被剖开，内脏要被拉出来，最后流血而死，就因为他们爱上了这个嫁给了国王的漂亮女孩。

这已经成为了凯瑟琳命运的预兆。我清楚，并且每天都在为她祈祷。如果因为爱上她而被起诉的男人都被以英国最残忍的手法杀死，那么她得到赦免并被释放的可能性就微乎其微了。我担心她的余生都要在塔里度过。上帝啊，她现在才只有十六岁。他们难道不觉得两年以前她太年轻了，根本就不足以被起诉吗？难道她伯父认为一个十四岁的女孩身处一个不断地鼓励她放纵自身欲望的环境中，还能抵御住诱惑吗？我甚至都没有考虑亨利的想法，亨利是个疯子。他除了自己能在她身上得到的快乐，和她喜欢自己的虚假信念外什么都不会想。她要为此付出代价：她打破了一个疯子虚妄的梦。就像我一样。

我在罗契斯特因为恶心而从他面前转开，他因此而恨我，并且尽可能地惩罚了我，对外宣称我又丑又胖，胸腹松弛，不是处女，体臭难闻。当凯蒂越过他那肿胀腐烂的身躯选择了一个年轻英俊的男人时，他宣称她是个娼妓。他用羞辱和逐出宫廷来惩罚我，又从显示自己的慷慨中获取快乐。我不认为她会比我幸运。

我跪在私人房间的祈祷台前，突然听见身后的门静悄悄地打开了。在这样危险的日子里我连自己的影子也害怕，所以我转过了身。是洛特，我的女秘书，她的脸色苍白。

"什么事？"我立即站了起来，因为鞋跟踩到了礼服的边缘而被绊了一下，几乎就要摔倒，只得抓住了小小的祭坛来稳住自己。十字架摇晃着倒在了地上。

"他们已经逮捕了您的女仆弗朗西丝,把您的侍从理查德·泰维纳也带走了。"

我惊恐地喘着气,一直等到又能呼吸了为止。

她将我空洞的神色误认作是我还没听明白,于是又用德语重复了一遍刚刚讲过的可怕的事:"他们已经逮捕了您的女仆弗朗西丝,把您的侍从理查德·泰维纳也带走了。"

"为什么?"我小声说。

"他们并没有说。检察官们现在在屋子里。我们都要接受问话。"

"他们一定说了什么。"

"就说了我们都要接受问话。您也要。"

我因为恐惧而浑身冰凉。"快。"我说,"立刻到马厩去,找个男孩乘船到下游去找伦敦的哈斯特博士。告诉他我很危险。立刻就去。走花园台阶,确保没人看见你。"

她点了点头,然后走到了小小的通往花园的后门,正当此时会客厅另一端的门被突然推开了,五个男人走了进来。

"待在那儿。"其中一个人看见打开的门下令道。洛特停住了,她甚至没有看向我。

"我只是要到花园去。"她用英语说,"我要去呼吸新鲜空气,我不舒服。"

"你被捕了。"他回答道。

"以什么为由。"我走上前问,"有什么对她不利的控告吗?"

那个长者,我不认识他,他走到我的面前轻轻鞠了个躬。"安妮女士。"他说,"伦敦流传着消息说你的房里有过重大的不检行为。国王已经下令我们调查了。任何企图隐藏什么或者不配合我们调查的人都会被视作是国王的敌人,罪同叛国。"

"我们都服从国王的命令。"我快速地说,能听见自己声音中的恐惧。他一定也能听出来,"但我房里真的没发生不检的事。我从没干过任何不道德的事。"

他点了点头。大概凯蒂·霍华德说过同样的事吧,卡尔派博和迪勒姆也一样。

"宁可错杀一千,我们也得将犯罪连根拔起。"他简洁地说,"如果您乐意的话可以待在这间房里,如果您想,在我询问您的房里人时也可以和侍女做伴。那之后我们就回来和您谈话。"

"应该通知我的大使。"我说,"我不应该被以普通女人的方式对待。我的大使需要知道你们的调查行为。"

那男人笑了笑。"他正在自己的房间被问询呢,就是现在。"他说,"或者,更确切地说,是在他待着的旅馆里。要不是我知道他是个大公爵的使节,可能会以为他是个失败的商人呢。他没什么财产,是吧?"

我因为羞愧而脸红了。这又是我弟弟做的好事。哈斯特博士从来没有得到过合理的偿付,也没有得到过合理的安置。而我现在正因为弟弟的吝啬而被奚落。

"您想问谁就问谁吧。"我尽量鼓起勇气说,"我没什么可隐藏的。从达成协议时起我就按照着国王的吩咐在生活。我自己过活,没有多余的娱乐,自给自足。并且我可以说我的仆人也秩序井然纪律严明,我们还去教堂,按照过往的规矩祈祷。"

"那么您就没什么好怕的。"他说,看着我苍白的脸笑了,"请别害怕。只有罪人才会显露出恐惧。"

我挤出一个微笑,走到椅子旁边坐下了。他的眼睛转向了那翻倒的十字架,和从祈祷台上被扯下来的台布,然后挑起了一挑眉毛,看上去很震惊。

"您推翻了陛下的十字架?"他惊恐地说。

"发生了个意外。"就算是我自己都感觉我的语气听上去很弱,"把它捡起来,洛特。"

他和另一个男人交换了一个眼神,好像这也是一条要被记录下来的证据,然后就从房间里离开了。

1541年圣诞节

凯瑟琳　于赛恩院

让我看看我现在都有什么？

我仍然有六件礼服和六顶兜帽。我有两间可以看见花园的房间，那儿通向河边，我要是想，现在可以去那里走走，但因为天气寒冷又老是下雨我并不想去。我还有个漂亮的石砌壁炉，存了很多的柴火，因为墙壁冰冷，当有风从东面吹来时这里很潮湿。我同情那些一辈子都要在这儿度过的修女，并且祈求上帝我能尽快被释放。我还有本《圣经》和祈祷用的书。我有一枚十字架（非常朴素，并非首饰）和一个跪垫。我还有两个不情不愿的女仆服侍我穿衣，到下午则会有贝恩顿女士和另外两个人陪我坐着。她们都不太高兴。

我想这就是我所有的，全部的东西了。

还有什么比在这种情况下过我那么热爱的圣诞节更糟糕的呢。去年我还在宫廷里和安妮王后一块跳舞，国王朝我微笑，我有二十六切面的钻石吊坠和珍珠链子，安妮王后还送了我一匹装饰着紫罗兰天鹅绒马饰的马。我每晚都和托马斯一起跳舞，亨利说我们是这世界上最漂亮的一对。在圣诞前夜的午夜，托马斯托着我的脑袋吻了一下我的脸颊，还对我耳语道："你真漂亮。"

我仍然能听见那句话，我仍然能听见他的呢喃："你真漂亮。"现在他死了，他们把他英俊的头颅从身子上砍了下来，也许我仍然很漂亮，但我连面可以从中汲取安慰的镜子都没有。

　　这样说也许很蠢，但在这么短的时间里一切都天翻地覆真是比什么都叫我吃惊。圣诞宴会的时候我才刚新婚，就在去年我还是这世界上最漂亮的新娘呢，就在去年的那个时候。而现在我身处最糟糕的处境，也许是一个人可以面临的最糟糕的处境。我想我现在正在学习到苦难所赋予的非凡智慧。我曾是一个非常愚笨的女孩，但是现在我已经长成了一个女人，真的，我想如果有机会能再成为王后的话，我会成为一个好女人的。我真的觉得这一次我会做一个好王后的。而且，因为我的爱人托马斯已经死了，我想我也会对国王保持忠诚。

　　我几乎无法忍受托马斯是因我而死的这个想法。当我想到他再也不在这里了的时候，想到的仅仅是他走了。我不太能理解死亡的含义，从来没有想过这件事，从来没有意识到它能像这样、像这样终结一切。我不能相信我在这世界上再也见不到他了。这让我笃信天堂的存在，而我希望自己能够在那里见到他——这样我们又会再一次相爱，唯一不同的是，这一次我不会是以别人妻子的身份。

　　我很肯定，一旦他们释放我，所有人都会看见我变成了一个更好的人。对我的审问并没有像对可怜的托马斯的那样严厉，他们折磨了他但放过了我；但我仍然以自己愚蠢的方式感觉到痛苦。我想着他，想着我们的爱情，为这爱情要了他的命而痛苦。我想着他试着保住我们的秘密，想着他为我担心，痛苦极了。而且我想他。就算他不在这个世界上了，不能爱我了，我也仍然爱他。就算他死了我也仍然爱他，就像任何一个年轻女人在坠入爱河的最初几个月里思念她们的情人一样思念他。我一直想见他，然后记起来自己再也见不到他了。这比我想象中的更加痛苦。

　　不管怎么说，这件事唯一的好处就是，在托马斯和弗朗西斯都死了之后，没有人做对我不利证明了。他们是唯一知道发生了什么的人，而他们已经不能指控我了。这一定意味着国王想要释放我。也许到了新年他就会释放我,那么我也许得到某个沉闷得可怕的地方生活。不过也说不定国王会在托马斯死后原谅我,让我成为他的妹妹,就像安妮王后一样,那么我至少能去宫里度夏和参加圣诞宴会。也许下个圣诞节我就又会变开心了。也许我明年就会收到很棒的礼物,当我回顾现在这个可怕的圣诞,也许我会嘲笑自己居然愚蠢地认为自己的生活就这么结束了吧。

白日相当漫长,即便天亮得那么晚天黑得又那么早。我很高兴自己因为苦难而有了长进,要不然这真是浪费时间。我在这个沉闷的地方挥霍自己的青春。我明年就要十七岁了,实际上已经算个老女人了。打击我的是我必须在这儿一个星期接一个星期地等待着,而我的青春随之流逝。我已经在窗户旁边的墙上记数,当我看着那些划痕的时候,感觉它们会永远向前延伸出去。有时候我少算了一天并且没有把它刻在墙上,这样时间看起来就没有那么漫长;但这让计数出了错误,也是个麻烦。不能持续地计算天数实在是太蠢了。但我并不确定我是不是真想知道这个数目。如果他把我关在这里好几年要怎么办?不,不可能的。我预计国王会在白厅宫过圣诞节,等过了主显节前夜他就会下令释放我的。但我不会知道那要等到什么时候,因为我已经把自己的天数算混了。有时候我觉得祖母是对的,我确实是个笨蛋,而这很让人沮丧。

我害怕国王仍然在生我的气,尽管我肯定他不会像克兰默大主教那样把所有事都怪在我的头上。等我见到他,我肯定他会宽恕我的。他就像我祖母的老管家一样,告诉我们要因为诸如跳进干草垛里或是折断苹果树枝这样的顽皮行径而受到处罚,他会动手打一两个男孩,但当事情到我这时,我会噙着泪水抬头看他,他则会轻轻拍拍我的脸颊告诉我不要哭,这全都是那些大孩子的错。我预计等我见到国王时,他就会是那样。因为他知道所有事,他应该知道我一直是个蠢女孩并且很容易被引入歧途吧?出于他的智慧，也应该理解我坠入了爱河而情不自禁这件事吧？像他一样年长的人肯定会理解一个女孩陷入爱情后会忘记对与错这件事的吧？一个女孩会坠入情网，除了什么时候能再见到那个心爱的男孩以外，她什么都不会想。现在可怜的托马斯已经从我身边被带走了，我永远都不会再见到他了，对我的惩罚应该已经足够了吧？

1542年1月

简·波琳　于伦敦塔

于是我们等着。

国王一定在考虑宽恕他的王后，那个婊子，因为他等待了这么久。如果他宽恕她，他就会宽恕我，那样我就会又一次从斧头下面逃脱。

哈哈！我的人生真是个笑话！我本可以在第一次保住性命之后就离开宫廷、在诺福克安全舒服地过日子的，而我现在却在伦敦塔里，在我丈夫被关押过的地方，等待着曾经降临到他身上过的命运。我已经带着我的头衔和抚恤金逃离过一次了，为什么还要跑回来？

我真的想过要让他自由的。我真的想过如果我为了他的利益供认出所有事情，那么他们就会明白安妮就像他们声称的那样是个女巫，是个荡妇，他们会明白乔治是被引诱和奴役的，也会把他和我一起释放，我会把他带回家，带回我们的房子，罗奇福德庄园，我会让他再度好起来，而后我们会有一个孩子，我们会快乐地生活。

那是我本来的计划，那才是应该发生的事情。我真的以为她会被处死而他会被释放。我真的以为我会看着她可爱的脖子被砍成两截，但最终会把我的丈夫留在自己的床上。我以为我会抚慰他失去她的痛苦，而他会发现这并不是一个大损失。

不。

事实并不全然如此。

我有时候会想，她被处死是作为一个要阴谋诡计的荡妇要付出的代价，他如果死去也是她的错，而他会在绞刑架上意识到自己原本应该离开她来爱我的，意识到我才一直是他真正的妻子，她却是个坏姐姐。如果通往刑台的台阶能让乔治看清她是个多么虚伪的朋友，那么我就值得那样做。但我从没真的认为他们会死，我再也不会见到他们。我从没真的认为他们会从我的生活中消失，我再也见不到他们。我怎么会想得到，会真有这么一天，他们再也不会开着秘密的玩笑，手挽手漫步穿过房门了，那时她的帽子就和他深色卷发的脑袋一样高，手放在他的胳膊上，两个人一样自信、一样美丽、一样华贵。是宫廷中最聪慧最幽默最迷人的一对。有哪一个嫁给他的女人会看着她，而不希望他们两个都死掉的？总也好过他们两个永远手挽手走下去，又美丽又骄傲。

　　上帝啊，我希望今年的春天来得早些，灰暗的午后在这小房间里就像一场持续到永久的噩梦。到早上八点天才亮起来，可到了三点，天色就变暗了。有时候他们忘记了要更换蜡烛，那我就必须坐在火光的旁边。我一直都很冷。如果春天早些来的话，就能看见金色的晨曦越过石砌窗台升起的样子了，那样我就能度过这些黑暗的日子，我也会活着见到其他人。根据我的预计——谁又比我更了解国王呢？——如果他在复活节前还没砍掉她的头，那么他就不会这么做了。

　　如果他在复活节前不处死她的话，那么我就能逃脱，他有什么理由放了她而杀了我这个对她做出指控的人呢？如果她还保有理智，并且否认所有事的话就能活下来。我希望有人能告诉她，如果她否认了卡尔派博的事，只说她和迪勒姆是在上帝的面前结为夫妻的，那么她就能活下来。如果她承认自己是迪勒姆的妻子，那么她就没有对国王犯通奸罪而是对迪勒姆犯罪，这样，因为迪勒姆的脑袋已经在伦敦桥上了，他也没有会抱怨这件事的可能了。

我都要笑了，这对她来说是这么明显的一个逃脱方式，但是如果没人告诉她，那么她就可能因为自己的愚蠢而死。

上帝啊，为什么我，安妮·波琳的弟媳，要和像荡妇凯瑟琳这样没脑子的人一起合计事情呢？

信任诺福克公爵是我的错。我以为我们是合作关系，以为他会为我找一个丈夫，那么我就会有一段好婚姻。我现在知道他不可信了。我应该早就意识到的。他利用我来保持对凯瑟琳的控制，又利用我将她带到了卡尔派博的面前。现在他到乡下去了，而他自己的继母、儿子和妻子现在都在伦敦塔里的什么地方，将因为他坑害国王的罪名而死。他不会动一个手指头去救他的继母，也不会动一个手指头去救他的小外甥女，天知道，他也不会动一个手指头来救我的。

如果我活下来，如果我能活下去的话，会找到方法来控告他犯了叛国罪的，我会看见他被关在一间屋子里，每天活在恐惧之中，听着窗户下面他们为他建造刑台的声音，等着塔楼的看守前来告诉他明天就是他的死期。如果我活下来，我会让他为对我做的事、对我的称呼、对他们做的一切付出代价。他会像我现在这样在这个小房间里受苦。

当我想到这些会发生在自己身上的事时，我几乎因为恐惧而发疯。我唯一的安慰，唯一的保障，就是如果我因为恐惧而发疯了，他们就不能处死我了。一个疯子是不能被斩首的。如果不是担心我的笑声会在墙壁间回荡的话我会笑的。一个疯子不能被处死，因此等这件事结束——如果它真的发展得那样糟的话——我也会从凯瑟琳被处死的断头台上逃脱。我会装作发疯了，而他们会把我连同一个看守一起送回布利克灵，之后我会慢慢恢复自己的神智。

有时候我会胡言乱语，这样他们就能看出来我有发疯的倾向。有时候我大喊着天下雨了，让他们看见我因为窗外的石板瓦上闪闪发光的水迹而哭泣。有些夜里我喊叫说月亮在对我低语做个好梦。说实话，我自己都被自己吓到了。有时候，当我没有在假装发疯的时候，认为自己一定真的疯了，我一定从儿时起就已经相当疯狂了。发了疯才嫁给乔治这个从没爱过我的男人，发了疯才抱着那般激情对他又爱又恨，发了疯才会从他和情人在一起的想法中获得如此强烈的快感，发了疯才对他做不利的指证，而最疯狂的一点是，我如此充满妒意地爱着他，以至于把他送上了刑台。

停，我必须停下来。我现在不能想这个，现在不能让这事到眼前来。我是在假装发疯。我不会把自己逼疯的。我要假装疯狂，而不是感受疯狂。我要记住自己做了所有能够做来拯救乔治的事情。任何不同的话都是谎言。我是个忠诚的好妻子，并且试过要救我的丈夫和他的姐姐。我还试过要救凯瑟琳。就算他们三个的结局都没有改变也不应该责怪我。事实上，我才是那个值得同情的人，因为我的生活竟然遭遇了这样的不幸。

1542年2月

安妮　于里士满宫

我坐在房间的椅子上，手扣着膝盖，三个从枢密院来的官员神情严肃地站在我面前。他们最终还是派人去请哈斯特博士了，因此，在对我房中的人进行了好几个星期的质询之后，这应该是下判决的一刻。他们看过了我的房中账目，甚至和我的马厩小厮谈过我都骑马去过哪里，谁和我一起去的。很显然，他们是在调查我是不是曾秘密地和什么人会面，或许他们怀疑我和西班牙、法兰西或是教皇共同谋划着什么，我不知道。他们也许会怀疑我找了个情人，也许会指控我加入了女巫的聚会。他们已经问了所有人，我都去了哪里、谁经常来见我。我身边的人肯定就是他们调查的关注点，但我不知道他们怀疑的是什么。

因为密谋反叛、行为放荡和使用巫术等罪名都与我无关，我应该能高昂着头，宣称自己的良心无虞。但现在正有个比我年轻许多的女孩正在接受生杀审判，且在这国家还有那么多绝对清白的男男女女仅仅因为不同意国王升起圣像而被烧死。因此仅仅只是清白还远远不够的。

但我还是扬起了头，因为我知道，当一股比我强大得多的力量冲我而来的时候——无论是我弟弟放纵的残忍，还是英格兰国王虚妄的疯狂，鼓起勇气仰起头等待着可能来临的最坏结果总是更好些的。而相比之下哈斯特博士却在流汗，他的额头前挂着小汗珠，并且还在不停地用一块脏兮兮的手帕抹脸。

"我们已经有了结论。"弗罗瑟斯利傲慢地说。

我冷眼看着他。我之前从没喜欢过他,他对我也一样,但是看在上帝的分上,他替亨利做事,无论亨利想要什么,这个男人都会虚情假意地乖乖给他送去。我们就要知道亨利现在想要什么了。

"国王听说你已经生了一个孩子。"他说,"我们被告知这个夏天你生了个男孩,然后让你的盟友把他藏起来了。"

哈斯特博士的下巴都要掉下来了。"什么?"他问。

我让自己的表情保持着完全的平静。"这是假话。"我说,"自从我和国王陛下分开后我再没有过男人。而正如你们已经求证过的那样:我没有同他圆房。国王自己发誓说我是个处女,而我现在仍然是个处女。你们可以去问我的女仆,我没有生孩子。"

"我们已经问过你的女仆了。"他回答说,对此很享受,"我们把她们每一个都问过了,并且得到了截然不同的答案。你在房里有一些敌人。"

"我很遗憾。"我说,"没有把她们管教得更好是我的过错。有时候仆人会撒谎。但这是我的错。"

"他们告诉我们的事比这更加严重。"他说。

哈斯特博士脸刷地红了,他大口喘着气。他和我都在想,还有什么比一个私生子更糟糕的?如果这只是在为一场表演性的庭审和一个叛国罪的指控做铺垫的话,那这个对我不利的罪名已经被小心翼翼地搭建起来了。我怀疑自己能否在发过誓的证词面前维护我自己,和某个人的新生婴儿。

"还能有什么更糟?"我问。

"他们说你没生孩子,但你假装生了一个,一个男孩,并且对你的盟友宣称这是国王的孩子,是英格兰王座的继承人。你和反叛的天主教徒一同谋划将他放上英格兰的王位,并且颠覆都铎王朝。你对此有什么可说的,女士?"

我的喉咙非常干，我能感觉到自己在搜寻措辞，寻找一个可信的回答，但是我什么都没想到。如果他们想，仅凭这个断言，现在就能拘捕我。如果他们有证人作证说我假装生了个孩子，并且宣称说这是国王的孩子，那么他们就有了证人来证明我犯了叛国罪，那样我就会到赛恩院去加入凯瑟琳的阵营，我们会死在一起，成为断头台上两个不名誉的王后。

"我说这不是真的。"我简洁地回答，"无论是谁说的这些都是谎言、虚假的证词。我不知道任何反对国王的阴谋，也不会参与任何反对他的事情。我是他的妹妹和他忠实的仆从，我听从他的吩咐。"

"你要否认你准备了逃去法兰西的马匹吗？"他突然很快地说。

"我没有。"这句话一说出口我就意识到这是个错误，因为他们知道我们确实准备了马匹。

托马斯大人对我微笑着，知道他捉到我了。"你没有？"他又问了一遍。

"那些马是为我准备的。"哈斯特博士说，他的声音颤抖着，"我欠了债，正如您所知道的，虽然羞于启齿，但我的确欠了很多的债。我想如果我的债务人逼得太紧我就得赶快回克里夫斯找我的主人多要些钱。我准备马匹，是以防债务人找上门来。"

我讶异地看着他，为他的反应如此迅速而感到惊讶，但他们肯定不知道这一点。他鞠了个躬。"我请求您的原谅，安妮大人。我应该知会您的。但我感觉很羞耻。"

托马斯大人瞥了一眼另外两个议员，他们对他点了点头。这是个解释，不过并不是他们想要的那个。

"那么，"他很快说，"您那两个针对您编造这个故事的仆人已经因为诽谤而被逮捕了，他们会被带到伦敦塔去。国王下令说，您的名节不应受到毁损。"

这转变对我来说太快了。听上去好像我已经要摆脱嫌疑了，但是我立刻就意识到这是个诡计。"我感谢陛下对我兄长般的关怀。"我小心谨慎地说,"我将自己视作他最忠心的仆从。"

他点了点头。"很好。我们现在就会走。议会会想知道您的名誉已经被洗清了。"

"你们要走了吗?"我问。我知道他们想趁我松懈的那一刻逮住我。他们不知道我的恐惧有多么的深。我甚至不会庆幸自己的逃脱,因为我永远都不会相信它。

我恍恍惚惚地从椅子上站起来和他一道从房间走了出去,我们走下长长的台阶走到前门,他的侍卫等在那里,骑着有王家标志的马。"我相信国王还安好。"我说。

"他的心碎了。"托马斯大人坦白地说,"这很糟,真的很糟。他的腿带给他很多疼痛,而凯瑟琳·霍华德的行为又导致了他的抑郁。他当她已经死了。今年的圣诞季,整个宫廷都要在哀悼中度过了。"

"她会被释放吗?"我问。

他投给我一个快速、戒备的眼神。"您怎么想?"

我摇摇头,没有蠢到把自己的想法说出来,尤其是在自己刚刚还在受审的情况下。

如果真的要说实话,我会说我已经有好几个月认为国王失去了理智,而没人有胆量挑战他。他可能会放了她再把她娶回去做妻子,他可能会称她是他的妹妹,他也可能砍了她的头,这一切都要看他的心情。他可能会把我召回去结婚,也可能会以叛国罪的名义把我斩首。他是个怪物似的疯子,除了他自己没人知道答案。

"国王会下判断的。"他说,证实了我无声的想法,"他是受上帝引导的。"

1542年2月

简·波琳　于伦敦塔

　　我笑，我蹦来蹦去，有时候我看着窗外和海鸥说话。不会有庭审，不会有质询了，我没机会清洗自己的名誉了，因此再留着理智也没有什么用了。他们不敢把愚蠢的凯瑟琳带到法庭上去，也有可能是她自己拒绝去，我不知道是哪一种，但我并不在乎。我所知道的只有他们告诉我的事。他们说得非常大声，好像我是聋了或是老糊涂了，而不是疯了。他们说议会已经通过了对我和凯瑟琳的剥夺公民权法案的处置，我们被判共谋叛国。我们在未经庭审、没有法官、陪审团及自我辩护的情况下就被判有罪，并且被下了判决。这就是亨利的公正。我神情呆滞，咯咯笑了，我唱了一会儿歌，问我们什么时候会去打猎。要不了多久了，再过几天我想他们就会把凯瑟琳从赛恩院带走然后行刑。

　　他们把国王的御医巴特医生送来诊断我。

　　他每天都来，坐在我房间中心的椅子上从浓密的眉毛下面看着我，好像我是某种野兽。他是来判断我是不是疯了的。这让我不遮掩地大声笑了出来。如果这个医生知道人们什么时候是发着疯的，他在六年前，在国王杀死我的丈夫之前，就应该把他锁起来了。我对着他行了礼，在他的周围跳舞，当他问我的名字和家族时我嘲笑他的问题。我装得非常像，我能在他的眼中看到怜悯的神色。

　　他会向国王报告说我已经失去理智了，他们会放了我。

听啊！听！我听见了！锯子和锤子的声音。

我从窗户向外看去，我拍着手，好像看见建造刑场——凯瑟琳的刑场——的工人们是件很高兴的事似的。他们会在我的窗户下面砍下她的脑袋。如果我敢，我会看着它发生。我会拥有所有人里面最好的视野。她死了以后他们会把我送走，可能送回我在布利克灵的家，那之后我就能安静地、秘密地回复正常了。我要循序渐进，我不想让任何人追踪调查我。我会跳一两年的舞，唱歌，和云朵说话，等到最后，新任的爱德华国王坐上王位大赦天下之后，我会回到宫廷，并且竭尽所能地侍奉新的王后。

噢！又一块厚木板搭上去了，发出了好大一声响，还有个年轻男人毛手毛脚地给它套上了绳子。我应该在窗台上安一块垫子看上他们一整天，看着他们测量、锯木、修建，就和看宫里的假面舞会一样好。就为了不过持续几分钟的表演搭座台子真是小题大做！当他们为我送来晚饭的时候，我拍着手，朝那些看守指指点点，他们摇着头，放下了盘子就一言不发地走了。

1542年2月

凯瑟琳　于赛恩院

这个早晨就和其他早晨一样，安静，无事可做，没有娱乐，没有乐子也没有人陪。我对所有事，甚至对自己都厌倦了，以至于当听见脚步声在我窗外的小路上响起的时候，马上为即将到来的事情高兴起来——我根本不在乎那会是什么。我像个孩子一样跑到高窗边，看见一队王家护卫列队从河边通来的小路穿过花园。他们是划船来的，船上有我伯父诺福克公爵的家徽，还有穿着他家族制服的男人，他本人也来了，看上去和以往一样威严和暴躁，他走在最前面，半打枢密院的议员跟着他。

终于！终于！我那么庆幸，都要因为看见他们而哭出来了！我的伯父回到了我身边！我的伯父回来告诉我该做什么了。我终于要被放出去了。他终于来找我了，我就要自由了。我想我会被伯父带到他在乡下的一幢房子，那儿不会很有意思，但也比这儿好。或许，我还会走得更远，也许是法兰西。法兰西就太好了，虽然我不会说法语，除了一句"走着瞧"，但是他们大多数人肯定会说英语的吧？就算他们不会说，他们也能学啊。

门打开了，房间的守卫走了进来。他的眼中噙着泪光。"夫人。"他说，"他们来找您了。"

"我知道！"我欢快地说，"你不用帮我打包礼服了，我不在乎能不能再见到它们，我会订制新的。我要去哪儿？"

门敞得更开了，我伯父本人就在门后，他看上去很严肃，不过这是必须的,因为这显然会成为一个非常庄严的时刻。

"大人!"我说,无法抑制地对他眨了眨眼。我们熬过来了,对吧?我们又在这儿了。他神情严肃,我等着给我的命令。他不到一个月就会动用一些手段让我得到宽恕并且回到王位上的。我原本以为自己惹了大麻烦,他已经放弃我了,但他来了,无论他走到哪里,成功总是随其而至。我仔细看了看他的脸,微笑着行了礼。他的表情严肃得可怕,因此我也正经了起来。我垂下了视线,看上去非常悔恨。由于一直待在室内我显得相当苍白,我真的认为只要自己眼睛低垂、嘴唇微微噘起,那么看上去就会相当圣洁。

"大人。"我用一种温柔悲伤的语气说。

"我为你带来了判决。"他说。

而我等着。

"国王的议会已经讨论通过了一项针对你的剥夺公权法案。"

如果我知道这是什么的话,就能做出更好的反应了。但我不知道,我想我最好只是睁大眼睛,并且看上去心情愉悦。我想那项剥夺公权法案应该是某种官方的赦免吧。

"国王已经表示了赞成。"

是的,是的,但是那又怎么样?这对我来说意味着什么?

"你会被带进伦敦塔,并且会在近期于绿塔被秘密处刑。你的土地和财产都收归宫廷所有。"

我真的不懂他在说些什么。何况,就因为他没有保护好我的王室财产,我现在已经没有任何土地和物品了。我还没有忘记托马斯·西摩尔带走属于我的珠宝的样子,好像它们仍然属于他的姐妹似的。

公爵对于我的沉默显露出了一点惊讶。"你明白吗?"

我没说话,但是仍然看上去很圣洁。

"凯瑟琳！你明不明白？"

"我不知道公权剥夺法案是什么。"我承认。这玩意听上去就像一块变了质的肉。

他好像看着个弱智一样看着我。"剥夺公权法案。"他纠正我说，"没有公民权，被剥夺了。"

我耸耸肩。谁在乎它是什么叫法呢？这意味着我能回到宫廷了吗？

"这意味着议会已经给你判了死刑，国王也已经准许了。"他小声地说，"不经过庭审就会执行。你就要死了，凯瑟琳。你就要在绿塔被砍头了。"

"死？"

"是的。"

"我？"

"是的。"

我看着他。他一定有个计划。"我该怎么做？"我小声问他。

"你要认罪，然后请求宽恕。"他迅速地说。

我的一颗心又落了下来，差点就要哭了。如果道了歉我当然会获得宽恕的。"我应该怎么说？"我问，"告诉我该说的话。"

他从外衣的口袋里掏出了一个小薄本。他总是有计划的。感谢上帝，他总是有计划的。我打开了本子看向了他，里面的内容长得可怕。他对我点点头，很显然我必须全部读完。我开始大声读起来。

第一段的内容是要我承认自己对国王、对最神圣的上帝以及全英国国民所犯下的罪，我觉得这完全就是夸大其词，因为我做的不过是数以百计的年轻女人每天都在做的事情，尤其是当她们嫁给一个又老又没有性能力的男人之后，而我已经被非常严厉地处罚过了。不管怎么样我读了纸上的话，公爵点了点头，和他一起的议员们也点了点头，因此我显然做对了，每个人都因为我感到高兴，这肯定是最好的方式。我希望他能提早一些给我一本副本好让我练习。我喜欢在别人的注视下做事情。我把本子翻到下一段，说我恳请陛下不要将我的罪归咎于我的家族和亲人，希望他能向他们播撒他无边的恩慈和仁德，让他们不要因为我的过错而受苦。

我为此冷冷地看了我伯父一眼，因为我很清楚他是在保证自己不会因为我而受牵连。他的表情相当的温和。接下来我要请求国王在我死后将我的衣服赐给我的仆人，因为我没有别的东西能给她们。这太悲伤了，我发现自己几乎没法大声读出来。想想看！我竟然身无长物，什么东西都送不出来！想想看！我要把我的衣服都送出去，因为我再也不能穿它们了！难道我还会在意那六件廉价礼服、六对袖子、六条裙子和那六顶颜色可怕且没有一颗珠宝的法式兜帽会怎么样吗？这真是太可笑了。他们可以一把火把它们烧了，和我又有什么相干呢。

但是除了我的礼服，我伯父还拯救了他自己的亲戚，我一读完讲话稿就悲伤得哭了起来，所有的议员们看上去也都非常悲伤，他们可以把这个令人沉痛的场面回报给国王，而我肯定他会因为我为其他人祈求宽恕以及捐赠小衣橱的行为而动容。这太悲伤了，以至于我哭了，尽管我知道这一切都是假的。如果这是真的，我会整个人崩溃的。

我伯父点了点头。我已经做了他想让我做的事，现在就轮到他去说服国王我真的悔过并且做好准备赴死了。那应该是一个人能做出的最大忏悔，我想。他们全都从来时的路回去了，而我坐到了一把椅子上，穿着我无趣的礼服，等着他们回来告诉我，因为我那么后悔所以被宽恕了。

✦

我等着船只到来，从清早就在窗边。通常，因为起来无事可做，我都试着睡过早餐，一路睡到晚餐去，但是今天我肯定他们会带着我的王室赦免状过来的，而我想让自己呈现出最好的状态。天一亮起来，我就打铃叫来了仆人为我铺开裙子。唔，我面前还真有不少选择！我有件黑礼服，两件深蓝色的礼服，颜色深到近乎黑色，还有件近似黑色的深绿色礼服和一件灰礼服。为了以防我需要两件，这儿还有一件黑色的。那么我该穿些什么呢？我还能怎么做选择呢？我选了那件黑色的礼服，但我搭配的是深绿色的袖子和深绿色的兜帽，这会对那些注意到这些东西的人表现出我的忏悔，和我对都铎王朝绿色的热爱。这也让我的眼睛看上去很漂亮，这总是好事。

我不知道事情会怎么发展，但我通常喜欢为这样的场合做准备。我房间的管家总是告诉我该站在哪里，该做出什么样子，而我喜欢排练。这是因为我在非常小的年纪就被变成了王后，我的确不知道怎么做才算合适。但是就我所知，没有王后曾经被从剥夺公权法案和叛国罪或诸如此类的东西中赦免过，因此我想只能边走边瞧了。不管怎么说，我伯父，那头老狼，肯定会引导我走过这一切的。

我穿戴整齐了，一直等到早上九点，可是没有一个人来。我听了弥撒，在阴沉的寂静中吃了早饭，但是还是没事发生。不过接下来，就在中午之前，我听见了落在石头小路上期待的脚步声，于是我冲向了窗户，看见了伯父摆动的黑色方帽子和其他议员手上拿着的权杖，他们的前方是宫廷旗帜，我赶紧回到了自己的座位上坐好，双脚并拢，手放在膝盖上，神情忏悔地低下了眼睛。

他们打开了双开门，所有人列队走了进来，穿着他们最好的衣服。我站起身来向我的伯父行礼，因为他是家族的家长，但他再也不像我还是王后时一样对我鞠躬了。我站着等待着，很惊讶他没有因为这一切都结束了而看上去更放松。

"我们是来把你带到伦敦塔去的。"他说。

我点了点头。我原本以为他们会把我带去肯宁霍尔的，不过也许这样更好，国王经常把伦敦塔作为他在伦敦的住所，也许我要去那儿见他了。"如您所愿，公爵大人。"我甜甜地说。

他对我这娴静的语气感到些微的惊讶。我必须很努力才不让自己笑出来。

"凯瑟琳，你要被处刑了。"他说，"你要作为一个已经被定罪的叛国贼被带去伦敦塔了。"

"叛国贼？"我重复了一遍。

"我上次就告诉过你。"他不耐烦地说，"你被剥夺公权法案定罪了。我说过的。你不需要经过庭审，明白吗？你认了罪。那些罪名已经被登记到了你的名下了。现在是下判决的时候了。"

"我认罪是为了能够被赦免。"我指出来。

他看上去相当恼火。"但你没有被赦免。"他说，"给你的只有这个判决。"

"然后呢？"我有些冒失地说。

他深吸了一口气，仿佛要驱除自己的怒火。"陛下已经同意要把你处以死刑了。"

"等我到了伦敦塔他会赦免我吗？"我问。

让我更加焦虑的是他摇了摇头。"看在上帝的分上，孩子，别太蠢了！你不会抱这样的希望吧？没理由抱这样的希望啊！当他第一次听说你都做了些什么的时候拔出了他的剑说要亲手杀了你。结束了，凯瑟琳。你必须做好赴死的准备了。"

"这不可能。"我说，"我才只有十六岁。没人会把只有十六岁的女孩处死的。"

"他们就可以。"他阴郁地说，"相信我，他们会的。"

"国王会阻止他们的。"

"这是他的意愿。"

"你会阻止他们的。"

他的眼神就冷得像一条大理石板上的鱼一样。"我不会的。"

"好吧,总有人会阻止他们的吧!"

他转过了头。"把她带走。"他说。

六个男人列队进了房间,那些王家守卫过去还曾大张旗鼓地列队走在我身后呢。

"我不会走的。"我说。我现在真的很害怕了。我站得笔直地对他们吼叫:"我不会走的!你不能强迫我!"

他们犹豫了一会,看了看我的伯父。而他用手快速做了个斩断的手势,"带她走。"他又说了一遍。

我转过身跑进私人房间,在身后甩上了门,但这只拖住了他们一会儿,他们在门锁死前就抓住了它,追我追得那么紧。我抓住其中一根床柱把手指紧紧缠在上面。"我不走!"我吼叫着,"你们不能把我带走。你们不能碰我!我是英格兰王后!没人可以碰我!"

其中一个男人抓住了我的腰。另一个走到了前面开始掰我的手,我的手一松开就竭尽全力狠狠扇了一个碰我的男人一巴掌,他撒了手,但第三个男人又一次抓住了我,第二个这次则按住了我的手,尽管我挣扎着,他还是从后面强行要把我拉走,我听见了一声袖子撕裂的声音。"让我走!"我尖叫道,"你们不能抓我。我是凯瑟琳,英国的王后。你们不能碰我,我是清白的。让我走!"

我伯父站在门口,脸黑得就像恶魔的一样。他对那些站在我身边的男人点了点头,于是他们弯下腰来抓住了我的脚。我试着踢他们,但他就像抓一只躁动的小马驹一样抓住了我,三个男人架着我把我拖出了房间。我的侍女们在哭,我房间的看守脸吓得煞白。

"别让他们带我走!"我尖叫着。但是看守无言地摇了摇头,靠门支撑着自己。"帮帮我!"我叫道,"派人去找——"我突然语塞了,因为我没有一个人可以找的。我的伯父、看守和朋友都已经做好了准备,这一切都是在伯父的命令下进行的。我的祖母、姐妹和继母都被捕了,家族的其他成员都在疯狂地否认和我的关系。没有一个人会维护我,除了弗朗西斯·迪勒姆和托马斯·卡尔派博,没有一个人爱过我,可他们已经死了。

"我不能去伦敦塔!"我现在开始啜泣了,他们大跨步地向前走着,我就像个麻布袋子一样被吊在他们中间,气息紊乱,"别把我带去伦敦塔,我求你们。把我带到国王面前,让我取悦他。求你们了。如果他真的下决定我会去伦敦塔的,到时候我会好好接受的,但我现在还没准备好。我只有十六岁。我还不能死!"

他们什么也没说,列队走到了通往船只的踏板上,我挣扎了一下想要跳进水里逃走,但巨大的手掌把我抓得紧紧的。他们把我架上了船只后方的高台,压得我不能动弹。他们抓着我的手和脚,我哭着求他们把我带给国王,但他们都看向了别处,看向了河面,好像都是聋子。

我的伯父和议员们上了甲板,看上去就像一群要去参加自己葬礼的人。"公爵大人,听我说!"我大喊着,他朝我摇了摇头,之后就走向了船的前端,在那儿他就看不见我也听不见我了。

我现在太害怕了,哭个不停,眼泪从脸上滚落下来,我还流着鼻涕,而那畜牲还抓着我的脑袋,我甚至都不能擦擦自己的脸。我脸颊上被眼泪打湿的地方很冰凉,鼻涕令人恶心的味道就在我的嘴唇上,但他们甚至连让我擦一下鼻子都不许。"求你们!"我说,"拜托!"但是根本没人在听。

船很迅速地沿河而下,他们抓住了潮汐的时机,划桨手们平划着桨以便能抓住通过伦敦桥最安全的水流。我抬头朝上望去——我希望自己没有这样做,因为我立刻就看见了那两颗新的头颅,那两颗刚被斩下的头颅,属于汤姆·卡尔派博和弗朗西斯·迪勒姆，看上去就像潮湿柔软的石头雕像，他们的眼睛圆睁着，牙齿裸露在外面，一只海鸥正努力要在迪勒姆的黑头发间找一个落脚点。两个人的头颅被钉子钉在其他那些腐烂得可怕的头颅旁边，鸟儿们啄食他们的眼珠和舌头，把它们尖锐的喙插进他们的耳朵以挑出他们的脑子。

"求你们！"我呻吟着。我现在甚至不知道自己在请求些什么。我只是希望这一切能停下。我只是希望这一切都不要发生。"求你们，大人们……求你们。"

我们取道水门，看守一看见我们就把门无声地升了起来，而划桨手们划着桨让船只停靠在了那墙壁阴影下的码头上。伦敦塔的副官埃德蒙·沃尔辛厄姆大人正在台阶上，等着见我，好像我只是到这里的皇室住宅中留宿，好像我仍然是一个美丽的新任王后。链条滚动着，吊闸门在我们的身后落下了，他们把我从船上架了下来，抓着我的手臂，将我举着上了台阶，我的脚步踉踉跄跄。

"日安，凯瑟琳小姐。"他说，一如往常那么彬彬有礼。

但我什么也没说，因为我没法停下不哭，每呼吸一下就又要啜泣一下。我回头看向站在船上的伯父，他正等着看我离开。一旦完成自己的任务，他就会乘着急流从水门出去了。他一定不顾一切地想要摆脱这塔楼落在身上的阴影。他一定会飞快地回到国王的身边，去向他保证霍华德家族已经放弃了这个坏女孩。而要为霍华德家野心付出代价的人是我，不是他。

我尖叫起来："伯父！"但他仅仅只是做了个手势，好像是在说"把她带走"，然后他们照做了。他们带着我上了台阶，穿过了白塔，穿过了绿塔。工人们正在草坪上搭建一座平台，一个小小的木质平台，大约有三英尺高，带着宽宽的台阶。其他人在把小路用栅栏隔开。我两边的男人走得更快了些，他们看向了别处，这让我确信了这就是我的刑台，而这栅栏是用来拦住那些前来看我被处死的人群用的。

"有多少人会来?"我问,啜泣的咳嗽让我有点呼吸困难。

"几百人吧。"看守不自在地说,"这并不对公众开放,只对宫廷开放。是对你开恩。是国王下的命令。"

我点了点头,我想这算不上是什么开恩。前方塔楼的门打开了,我沿着狭窄的石头台阶走了上去,一个男人在前面一点拖着我,其他人则在后面推我。"我能走。"我说,于是他们放开了我的胳膊,但还是紧紧贴着我。我的房间在第一层,透过大玻璃窗可以看见草地。壁炉里有火,火旁边有个马桶,还有张放了《圣经》的桌子,除此之外还有张床。

那些人让我进去站在门边,看守和我对视了一眼。"你还需要别的什么吗?"他问。

我因为这个最可笑的问题而大笑了起来。"比方说什么?"我问。

他耸了耸肩。"一些菜肴,或是一些精神安慰?"

我摇摇头。我甚至不知道是不是还有上帝存在,因为在上帝看来亨利是特别的存在,他能知道上帝的意志,因此我想上帝也想要我死,但是作为特殊的恩典我可以秘密地去死。

"我想要一个断头台。"我说。

"断头台吗,小姐?"

"是的,刽子手的断头台。能在我的房间放一个吗?"

"如果你……要的话,但是……你要来做什么呢?"

"练习用。"我不耐烦地说。我穿过房间走到床边朝下看去,那些绿地上会站满过去曾以在我的宫廷做事而为荣的人们,曾经渴望着成为我朋友的人们。现在他们都要来看着我死了。如果我要死,那么我最好死得好看。

他吞了口口水。他当然不理解我的意思,他是个老人,会在他朋友们的注视下躺在床上咽下最后一口气,但我却会被成百双责备的眼睛盯着。

如果我必须要那样的话，我想要做到优雅。

"我让他们立即带过来。"他说，"你现在要看你的忏悔词吗？"

我点了点头。但上帝已经知道了所有事情，并且已经决定我实在罪无可恕，要在十七岁的生日之前死掉，因此很难想象我的告解还会有什么意义。

他鞠了个躬就离开了房间。士兵们也鞠了躬，然后关上了门。钥匙在锁孔中转动的时候发出了很响的咔哒声。我走到窗前看着外面的那些工人和刑台，看上去好像今夜就会完工了。也许明早就会做好准备。

他们用了两个人，好不容易才把断头台搬进来，看上去那很重。其他站在一边的人盯着我，好像我是个怪人，居然需要练习这个。真的，如果他们像我一样在还是个小女孩时就做了英格兰的王后的话，他们就会知道把礼数处理好是件多大的安慰了。这世界上再没有什么比不知道你该做什么、看上去傻乎乎的更可怕了。

我在那大家伙面前跪了下来，将我的头放了上去。我不能说这非常舒服。我试着将头转了转向。变换哪个方向都无济于事，视野上也不会有什么变化，因为我会被蒙住眼睛，而在眼罩的下方我要把眼睛紧紧闭起来，像个孩子一样期待事情不会发生。木头很光滑，在我的热脸颊下很冰凉。

我想这一切都是真的。

我又站了起来看着这可怕的东西。

真的，如果这东西不是这么可怕的话我会笑的。一直以来我都以为我拥有了波琳家的遗产——波琳家的优雅、美貌和魅力，但事实证明我传承到的仅仅只有这个：她的断头台。这才是我波琳家的遗产。看呐！这刽子手的断头台。

1541年2月13日

简·波琳　于伦敦塔

　　她的行刑日就是今天，草地上已经有人群聚集了。从窗子向外看能看见那么多熟识的脸。那儿有我多年的故交和宿敌，当亨利七世在位的时候我们是一起作伴的小孩子，当中还有一些人是阿拉贡的凯瑟琳王后的侍女。我开心地朝他们招着手，有几个人看见我了，他们指了指我，盯着我看。断头台被送上场了！他们之前把它收在别的什么地方了，两个工人把它抬上了刑台，还在它周围撒了木屑，那是用来吸收她的血的。刑台下面有一个垫满了稻草的篮子，那是用来装她的头颅的。我知道这些，因为我之前见过，不止一次。亨利已经变成了一个经常使用刽子手的国王。安妮·波琳被斩首时我在场，我看见她走上那些矮矮的通往断头台的台阶，站到人群前面，对罪行供认不讳，并为自己的灵魂祈祷。她从我们的脑袋一路扫视到伦敦塔的大门，好像是在等待期许中的那道赦免，但它始终没有来，最后她不得不跪下，将头颅放到断头台上，伸开手臂，那是个信号，意味着剑可以砍下去。我经常想那到底是个什么感受，你张开双臂，好像就要飞翔，下一刻却听见那嗖嗖声，感觉到脖子后面的头发因为穿过的剑风而飘飞起来，然后……

　　好吧，凯瑟琳很快就会知道的。我身后的门开了，一个牧师走了进来，他穿着法衣，怀揣着一本《圣经》和一本祈祷用的书，看上去很严肃。

　　"我的孩子。"他说，"你准备好迎接死亡的一刻了吗？"

我大声笑了出来,这听上去真的很让人信服我疯了,所以我又笑了一次。我不能说他搞错了,我不可能被下令处死,因为我疯了,于是我指着他说:"你好!你好!你好!"非常大声。

他叹了口气,跪在了我面前的地板上,双手合十闭上了眼睛。我从他身边跳走,到了房间很远的另一边说:"你好?"但是他开始说忏悔和赎罪的祈祷词,完全没有注意我。有蠢货告诉他我就要被处死了,我想我必须跟他一起去,因为我不能和他争论。到了最后一刻他们会将刑罚改成监禁的。"你好!"我又说了一遍,然后爬上了窗台。

人群中有一阵骚动,每个人都伸着脖子看着塔楼脚下的门。我踮着脚站起来把脸贴在冰凉的玻璃上,这样我也能看见他们正看着的东西了。是她:小凯蒂·霍华德,步履蹒跚地走上了断头台。她是被一个守卫和一个侍女驾着走的,他们几乎是拖着她的步子,她摇摆的双脚则不听使唤,以至于不得不被人举起来,再推上台阶。我因为这个不协调的场景笑了,但接着我就因为自己竟然在嘲笑一个女孩——几乎算是个孩子——面临死亡的这一刻而感到恐惧。接着我意识到这看上去更像发疯了,于是又笑了一遍,为了让在身后为我的灵魂祈祷的牧师也确信这一点。

她看上去好像已经昏厥了,他们拍打着她的脸,捏着她的脸颊,可怜的小东西。她蹒跚地走到刑台的前方,抓住了围栏,试着要说话。我听不见她说了些什么,我怀疑任何人都听不见多少。我能看见她的嘴唇,看上去好像她是在说"恳求"。

她向后倒去,而他们抓住了她,把她按到了断头台上,她紧贴着它,好像它能够拯救她一样。就算是在这儿我也能看见她在哭。接着轻轻的,就像她睡觉的时候会做的那样,好像是个安定下来想要睡着的小女孩一样,她用手将一缕头发从脸上撩下来,将头低到了光滑的木板上方,转过了她的小脑袋,将脸颊贴到了木头上。仿佛是在希望自己不需要这样做一样,她犹豫不决地伸展开了颤抖的双手，刽子手动作非常迅速，斧子就像一道闪电那样落下了。

看着那么多的血和她的脑袋弹落在台子上，我尖叫了起来。身后的牧师陷入了沉默，我突然想起我不能忘记自己的伪装，一刻也不能，因此我叫了起来："凯蒂，那是你吗？那是你吗凯蒂？这是个游戏吗？"

"可怜的女人。"牧师说，然后站了起来，"给我个信号让我知道你已经供认了自己的罪，并将在信仰中死去，失心疯的可怜人。"

我从窗台上跳下来了，因为我听见了钥匙在锁眼中的摩擦声，现在他们就要来把我带回家了。他们就要来把我从后门里带出去带到水门去，接下来，我猜猜，乘一艘没有标志的船，也许去格林尼治，之后也许乘小船去诺维奇。"到时间走了。"我愉快地说。

"愿上帝保佑和宽恕她。"牧师说。他将《圣经》伸出来给我亲吻。

"到时间走了。"我又说了一遍。我亲了它，因为他很急迫地要我这样做，而我对他那悲伤的脸笑着。

守卫站到了我的两边，我们快步走下台阶。但是就在我以为他们要转向伦敦塔后门的时候他们把我领向了前边的入口，领向了绿地。我本能地拒绝看到凯瑟琳·霍华德被像旧衣服一样裹起来的身体，但接着又想起来自己必须表现出疯了的样子，一直到他们将我放上船的最后一刻，我都必须表现得神志不清，这样才能免于一死。

"快，快！"我说，"向前，向前！"

作为答复，看守抓住了我的胳膊，而门摇摆着打开了。

宫廷的人仍然聚集在那里，好像他们还要看另一场血溅三尺的表演一样。我不想被带着穿过他们，经过那些曾经尊敬我的朋友。在人群的前排我看见了我的一个亲戚，萨里伯爵，他看上去被那些浸透他表亲鲜血的木屑弄得恶心欲呕，但是最后还是一笑置之。我也笑了，我从一个看守看向另一个。"前进！前进！"我说。

他们脸上痛苦的表情仿佛这一切都让人不愉快。他们加强了抓住我的力道，接着我们便朝刑台走去了。我犹豫了。"不是我。"我说。

"来吧，罗奇福德女士。"我右边的男人说，"到台阶上头来。"

"不！"我抗议道，死死地坚持着不动，但他们对我来说太强壮了。他们强迫我上去了。

"到这儿来，好女孩。"

"你们不能处决我。"我说，"我疯了。你们不能处决一个疯子。"

"我们能。"那男人说。

当他们把我拖向台阶的时候我奋力挣扎了起来，用脚钩住了第一级台阶并且拒绝往前走，这让他们不得不使劲把我搬上台阶。

"你们不能！"我说，"我疯了。医生说我疯了。国王把他自己的医生派来了，他的医生每天都看着我是不是疯了。"

"但他把法律更改了，是吧？"其中一个看守喘着气说，另一个加入了他们，从背后推着我。他有力的手从背后将我一路推上台阶直至刑台上。他们已经从前面挪走了凯瑟琳被裹起来的身体，她的脑袋已在篮子里，漂亮的金棕色头发从边缘溢了出来。

"不是我！"我坚持说，"我疯了。"

"他更改了法律！"看守压过人群的笑声对我吼道，他们都被刚刚那场台阶大战而逗乐了，"法律更改了，所有被判犯有叛国罪的人都要被斩首，无论疯了没有。"

"医生，国王的御医，说我疯了。"

"那也没用，你还是要死。"

他们把我压在刑台的前方。我看向那些笑着的贪婪的面孔。在这宫廷里没人爱过我，没人会为我流一滴眼泪。没人会对这新的不公律法提出抗议。

"我没疯!"我叫道,"但我完全是无辜的。好心人,我求您向国王请求宽恕。除了一件可怕的事,就一件,我什么错事也没做。而我已经为那受过惩罚了,你知道我已经受过罚了。没人因为那件事而责备我,但那是一个妻子所能做的最可怕的一件事了……我爱他……"一阵起伏的鼓声响起,淹没了所有一切,却没有盖住我自己的哭声。"我很抱歉,我很抱歉我那么做了……"

他们将我从刑台前面的扶手处拽到了后边,强迫我跪在了血迹斑斑的木屑上。他们将我的手按到了断头台上,上面还沾着她濡湿的血液。等我看自己的手时,它们就和鲜血一样红,好像我是个杀人犯一样。我死的时候手上会沾着无辜人的鲜血。

"我是无辜的!"我叫着。他们使劲给我套上了眼罩,这样我就什么也看不见了。"我什么错也没犯。我一直没犯任何错。我做的唯一一件错事,我唯一的一件罪过,就是因为对乔治的爱而害了他,我的丈夫乔治,愿上帝宽恕我,我想要忏悔……"

"倒数三下。"守卫说,"三、二、一。"

五年后　1547年1月

安妮　于赫佛堡

这么说，他终于还是死了，那个抛弃了我的丈夫，那个撕毁了年轻时承诺的男人，那个变成了暴君的国王，那个变得疯狂的学者，那个最终变成了怪物的可爱男孩。他的死救了他最后的一任妻子，凯瑟琳·帕尔，在此之前她已经因叛国罪和异教徒罪被拘捕起来了，但是死神在做了他的盟友、伙伴和同谋那么长时间之后终于找上了他。

国王杀过多少人？既然死亡已经平息了他暴虐的意志，那么我们可以开始数了。数以千计。没人会知道有多少。这个国家上上下下，有在市场因为异端邪说而被烧死的人，有在绞刑架上因为叛国罪而被吊死的人。数以千计的男人女人，他们唯一的罪只是因为不赞同国王。天主教徒想要维护他们天父的宗教，改革派们想要新的途径，而在这些死去的人当中，小凯蒂·霍华德唯一犯过的罪不过就是爱上了一个和她同龄的男孩，而不是一个老得能做她父亲，还从腿上散发出腐臭的男人。这是一个被人们称为英国有史以来最伟大国王的男人。这难道不是昭示着我们应该一个国王也不要吗？难道人不该是自由的吗？难道一个暴君就因为在王冠之下生了一张俊俏的脸就可以不算是个暴君了吗？

我想起了对罗奇福德女士意义重大的波琳家的遗产。她最终还是成了它的继承人。她继承了她丈夫，还有她丈夫姐姐的死亡。她和可怜的凯蒂的遗产就是断头台上的死亡，和他们一样。我也分到了一些波琳家的遗产，这个坐落在肯特乡间的可爱的小城堡，是我最喜欢的家。

所以这一切都结束了。我会为国王哀悼，之后会参加王子的加冕礼，我爱那个小男孩，他现在是爱德华国王了。我承诺过如果从亨利的斧子下面逃出来就要做自己。我承诺过说要过我自己的生活，自己做主，在这个世界中以一个自由的女人的身份扮演自己的角色，而我都做到了。

我现在是个自由的女人了，摆脱了他，也最终摆脱了恐惧。如果夜里再有敲门声传来，我不会心跳如鼓地从床上起身，想着是不是运气用完而他派士兵来抓我。如果一个陌生人到了我的房子里，我也不会怀疑那是不是个探子。如果有人问我宫廷里的消息，我也不会害怕那是个圈套了。

我会养一只猫，不用害怕别人管我叫女巫，我会跳舞，不用怕别人管我叫荡妇。我会骑我的马，想去哪就去哪。我会像只白隼一样翱翔天际。我会过我自己的生活让自己开心。我会自由。

对于一个女人来说，这不是件小事，这件事就是自由。

作者手记

相较于我们对其他历史人物的了解而言，克里夫斯的安妮和凯瑟琳·霍华德是我们了解得最少的亨利八世的两任妻子。在这部涉及到真实的史实的小说里，我试着超越过去对这两位妻子一个丑陋一个愚蠢的固有观点，去考虑这两位年轻女性的生活与成长环境，简言之，这两位都曾是英国最重要的女性，相继做过一个徘徊在疯狂边缘的男人的妻子。

这些角色的主要史实就和我在本书所描述的一样。我很难找到很多关于克里夫斯的安妮童年时代的细节，但我想她父亲的病况与她弟弟的专制都是她之后会抓住机会留在英国的有趣依据。她的美貌和她的魅力在当时都有广泛记载，也通过荷尔拜因大师的画像所呈现出来了。

我相信是发生在罗契斯特的灾难性会面致使亨利出于受损的虚荣心拒绝了她。关于以女巫或叛国罪名起诉她的阴谋，以及将这些罪名与离婚协议放在一起让她二选一的安排都有完好的文书记录，尤其是在历史学家雷萨·沃尼克的研究中。这些罪名和调查委员会给出的其他与她婚姻有关的谎言一样很显然都是假的。

凯瑟琳·霍华德的童年记录就更详尽些，但主要的来源是对她不利的供词。我的小说考据包含了历史史实以及自己的理解，我倾向于将凯瑟琳看作是一个身在比她苍老得多也复杂得多的宫廷人中间的年轻女孩。现存的她寄给托马斯·卡尔派博的信件显示出——并且我也这样认为——她是一个真心真意陷入恋爱的年轻女孩。

简·波琳，罗奇福德女士的这个角色，是建立于历史之上的，少有小说家敢于去探索她或许曾经面临过的恐惧。她的确做出过导致自己的丈夫和丈夫的姐姐被斩首的不利证言，对此除了嫉妒和保护自己遗产的决心之外没有别的解释。她还曾在简·西摩尔告别人世的床榻旁待过，也提供过可能会让克里夫斯的安妮上断头台的证词（如我所描述的一样）。针对她的证词和她自己的供词都明确显示出，她在完全明白其中危险性的情况下鼓动了凯瑟琳·霍华德的通奸行为。而她这样做是要让王后怀孕的情节是我自己的推测。我认为她假装发疯是希望能够从死刑中逃脱，但我希望自己在本书和《另一个波琳家的女孩》中都表现出简·波琳从来没有完全失去过理智。

在我的个人主页 philippagregory.com 上有一份家谱，还有更多关于这部小说写作的背景知识。

参考书目

在本书撰写过程中所作的调查得益于下列文献：

Baldwin Smith, Lacey, *A Tudor Tragedy, The Life and Times of Catherine Howard*, Jonathan Cape, 1961

Bindoff, S. T., *Pelican History of England: Tudor England*, Penguin, 1993

Bruce, Marie Louise, *Anne Boleyn, Collins*, 1972

Cressy, David, *Birth, Marriage and Death: Ritual Religions and the Life-cycle in Tudor and Stuart England*, OUP, 1977

Darby, H. C., *A New Historical Geography of England before* 1600, CUP, 1976

Denny, Joanna, *Katherine Howard, A Tudor Conspiracy*, Portrait, 2005

Elton, G. R., *England under the Tudors*, Methuen, 1955

Fletcher, Anthony, *Tudor Rebellions*, Longman, 1968

Guy, John, *Tudor England*, OUP, 1988

Haynes, Alan, *Sex in Elizabethan England*, Sutton, 1997

Hutchinson, Robert, *The Last Days of Henry VIII*, Weidenfeld and Nicolson, 2005

Lindsey, Karen, *Divorced, Beheaded, Survived, A Feminist Reinterpret-ation of the Wives of Henry VIII*, Perseus Publishing, 1995

Loades, David, *The Tudor Court*, Batsford, 1986

Loades, David, *Henry VIII and His Queens*, Sutton, 2000

Mackie, J. D., *Oxford History of England: The Earlier Tudors*, OUP, 1952

Mumby, Frank Arthur, *The Youth of Henry VIII*, Constable and Co., 1913

Plowden, Alison, *The House of Tudor*, Weidenfeld and Nicolson, 1976

Plowden, Alison, *Tudor Women: Queens and Commoners*, Sutton, 1998

Randall, Keith, *Henry VIII and the Reformation in England*, Hodder, 1993

Robinson, John Martin, *The Dukes of Norfolk*, OUP, 1982

Routh, C.R.N., *Who's Who in Tudor England*, Shepheard-Walwyn, 1990

Scarisbrick, J. J., *Yale English Monarchs: Henry VIII*, YUP, 1997

Starkey, David, *Henry VIII: A European Court in England*, Collins &Brown, 1991

Starkey, David, *The Reign of Henry VIII: Personalities and Politics*, G. Philip, 1985

Starkey, David, *Six Wives: The Queens of Henry VIII*, Vintage, 2003

Tillyard, E. M. W., *The Elizabethan World Picture*, Pimlico, 1943

Turner, Robert, *Elizabethan Magic*, Element, 1989

Warnicke, Retha M., *The Marrying of Anne of Cleves*, CUP, 2000

Warnicke, Retha M., *The Rise and Fall of Anne Boleyn*, CUP, 1991

Weir, Alison, *Henry VIII: King and Court*, Pimlico, 2002

Weir, Alison, *The Six Wives of Henry VIII*, Pimlico, 1997

Youings, Joyce, *Sixteenth-Century England*, Penguin, 1991